当代中国文学书库

村庄的大地

李世伟 ◎ 著

九 州 出 版 社
JIUZHOUPRESS

图书在版编目（CIP）数据

村庄的大地 / 李世伟著 . -- 北京：九州出版社，
2023.1

ISBN 978-7-5225-1629-5

Ⅰ.①村… Ⅱ.①李… Ⅲ.①长篇小说—中国—当代
Ⅳ.①I247.5

中国国家版本馆 CIP 数据核字（2023）第 025599 号

村庄的大地

作　　者	李世伟　著
责任编辑	沧　桑
出版发行	九州出版社
地　　址	北京市西城区阜外大街甲 35 号（100037）
发行电话	（010）68992190/3/5/6
网　　址	www.jiuzhoupress.com
印　　刷	唐山才智印刷有限公司
开　　本	710 毫米×1000 毫米　16 开
印　　张	24
字　　数	431 千字
版　　次	2023 年 1 月第 1 版
印　　次	2023 年 1 月第 1 次印刷
书　　号	ISBN 978-7-5225-1629-5
定　　价	95.00 元

序

谭岩

  李世伟的长篇小说《村庄的大地》，讲述的是 1978 年党的十一届三中全会召开前后发生在豫东大地乡村的故事，刻画了豫东大地刘庄村中一个叫刘海山的农民，以及以其为主要人物的乡村人物群像，歌颂了人性的真善美，鞭挞了人世的假丑恶，作者以刘海山的命运发展为叙述主线，以家庭联产承包责任制实施前后发生的乡村变化为故事背景，写出了以刘海山为代表的广大中国农民在改革开放的转型期间，从农民走向农民工的共同命运，闪耀着以刘海山为代表的新型中国农民纯朴、善良、忠孝、热情、勤劳、忍耐、进取的诸种优秀品质，塑造出了新时代中国农民的典型形象。

  在朔方的深秋，"连风都像是漆黑的"夜晚，受人诬陷为强奸、调戏寡妇的青年刘海山，"心似乎被放在了冰箱中的冷藏室，冰凉冰凉的。他下了最后的决心，一定要离开这个生他养他的村庄"，准备跳进村东头的水塘，以"一死来了却人世间的恩怨情仇"，同时"洗去身上污垢，还自己清白"。关键时刻，他的两个同村好友刘建成、刘喜旺拉住了他，在两个同村好友的劝说下，刘海山打消了自杀的念头，也开始了多灾多难的人生。

  刘海山与老母亲相依为命，共同生活。虽然有两个哥哥，但长兄受泼妇长嫂的管制，二哥家境十分贫寒，两个兄长对他的帮助十分有限，好在有两个儿时好友刘建成、刘喜旺不时来给他宽心解闷，还有邻居清德叔的热心关怀，让他一步步走出了心理阴影，重新抬头做人。家庭联产承包责任制实施后，刘海山母亲去世，以前别人介绍的女朋友，因其受人诬陷也解除了婚约。在好心人的帮助下，刘海山去当木匠学手艺，跟随师傅走村串乡，给农家户打家具做木工活儿。在给王家闺女打嫁妆的日子里，认识了王家准备出嫁的闺女秋燕。相同悲惨的命运，善良的性格，让两颗心走到了一起。在好心人万师傅的鼓励与支持下，秋燕私下解除了自己并不情愿的婚约，与刘海山连夜出逃，最终有情人终成眷属。婚后的日子虽艰辛却充满希望，在刘清德等乡亲的热心帮助下，二人盖建了新房，喂养了猪羊，生育了子女，曾经孤家寡人的清冷消失了，破败的家园也焕然一新，充满生机。有了家庭的刘海山为了让家人有更好的生活，不再靠给人打家具赚小钱，而是成为了农民工大军中的一员，走进了城市，靠自己的技术和双手挣得更多的收入。

  小说故事紧凑，悬念顿生，让读者在复杂的人际环境中，时刻为主人翁刘海山的命运担忧、叹息，为他充满正义感的行为暗暗叫好，有想要一口气读完的感觉；人物塑造也栩栩如生，既塑造了热心肠、乐于助人的刘清德，好心人木匠万师傅等正面人物，也刻画出了无情无义、尖酸刻薄，处处算计，斤斤计较，没有人情味的大嫂桂平和秋燕的嫂子素枝等反面人物。在塑造同一类人物时，作者善于根据人物的环境、个性来描绘个体，刻画出性格鲜明的人物形象，如助人为乐的正面人物刘清德，木匠万师傅。刘清德是种地的农民，在刻画他善良、热心的一面时，还着重塑造了他外向、诙谐的个性；而同为正面人物的木匠万师傅，带着一大帮徒弟走村串乡，是见过世面熟知礼节的人，在他帮助刘海山体现好心的同时，还塑造出了一个稳重大方、运筹帷幄、受人敬重的师傅形象。

小说在塑造人物的同时，还荡漾着浓郁的乡情，弥漫着豫东大地的民俗风情，对劳动的描写也充满了诗情画意。小说的语言表述通俗易懂，接地气，透露着豫东大地的风味。

作为小说主要人物，刘海山是作者精心刻画的形象。他自强不息，在走出诬陷的阴影后，不断上进，当木匠学手艺，进城当农民工支模板，不怕苦不怕累；他懂得感恩，对帮助他的清德叔尊敬有加，打工回来，买礼物怕清德叔不收，就偷偷把钱塞在老人家的枕头下；他孝敬老人，当见到岳父王有轩老两口被泼妇媳妇素枝虐待时，主动把他们接到自己的家里，并安慰秋燕说："我会把二老养到最后一口气。你放心，我说话算话，咱就是再穷，只要有咱几口吃的，就有二老吃的。"他忠厚仗义，当曾经欺负他的工地工友受伤时，他不计前嫌，把受伤的工友背下几层楼高的工地，并拿钱探望。虽然出身农民，但他刘海山并不胆小怕事，当受到欺负、不公时，除了因为亲情的忍耐，也还有挺身而出、舍命相拼的一面，是个能沉得住气又能顶天立地的男子汉。

小说精心刻画了生活在豫东大地的新时代青年农民刘海山纯朴、善良、忠孝、热情、勤劳、忍耐、进取等优秀品质，满腔热情讴歌了这种种优秀品质换来的光明未来与希望：当刘海山打工受到欺负和不公待遇回到刘庄后，又受到亲戚的冷遇，人生再一次处在十字路口时，"一辆黑色小轿车在他面前停了下来，这让大家伙都感到非常奇怪，在村里人眼里，能坐上这小鳖盖车的人，不是有钱就是有势。""小轿车上一共下来三个人，海山一看，原来是史有利、安强、催冰川来了"，这三人分别是他进城打工的老板、包工头、不打不相识的工友，刘海山为人处世的优秀品德感动了他们，老板接到了一个大工程，专程来他家请刘海山去当队长，并当场给了他一笔钱。

小说结尾写到："红彤彤的太阳从东方缓缓升起，暖暖的阳光洒满了大地，洒在了海山和秋燕的身上，融化着车轮下那曾经冻僵的路。"

豫东大地上红彤彤的太阳，融化的是广大农民命运的苦难，散发的是中国新型农民优秀品质的光芒，闪耀的是中国大地广大乡村光辉灿烂的希望。

一

　　朔方的深秋，大地一片萧瑟。

　　连日的东北风没有半点歇息的意思，仍旧一步赶着一步地忙活着去扫荡每一个旮旮旯旯。紧随着东北风后面的，是那没完没了的连绵阴雨。风雨呢，似乎相约着让日月和昼夜玩一玩捉迷藏。

　　于是，白天看不到太阳，夜晚看不到月亮。

　　找也找不着月亮的这个夜晚，连风都像是漆黑的，它吹在身上，带着阴森森的凉气。

　　刘海山怎么也逃不出这漆黑的夜晚，他嘴里也倒吸着一口口阴森森的凉气。

　　凄凉的气息，拽扯着年轻的他，拽扯着他惨怆孤单的身影。风儿没有同情他仿佛被折断了的翅膀；雨儿也无视他被浇淋湿透了的羽毛。

　　风雨中，他倚靠在村东头水塘边的一棵大柳树旁，用袖子胡乱地擦拭着脸上的雨水和泪水。他背过身去，用冻僵的手从烟盒里抽出一支烟。打火机吧嗒吧嗒几下，才好不容易地把烟点燃，他使劲儿地抽了几口。

　　凭借着忽闪忽灭的烟头，刘海山的身影显现在黑夜里。

　　焦黄瘦弱的面颊，仿佛一块粗硬的生铁。凌乱的湿发如同疯狂的黑色触角，肆虐地扒在脸上。胡碴儿像长在池塘边的茂密的荒草，倔强地杵在嘴边。脖子缩在衣领里，头立在肩膀上，一米七八的个子已变成了拉圆的弓箭。所有的形象，都在掩饰着这年仅二十多岁却几乎被夜色吞没了的青春。

　　他觉得活在这个世上，长在刘庄这个村子里，俨然行尸走肉般的存在。在很多人的心目中，他已是一个可有可无的人。什么人格、尊严，早已不复存在，甚至连他自己也记不清刘海山是谁了。

　　此时，他的心似乎被放在了冷藏室，瓦凉瓦凉（很凉很凉）的。他下了最后的决心，一定要离开这个生他养他的村庄。亲情、友情、乡情、伦理、道德已无从谈起，他不想在别人的眼中痛苦地挣扎，想以一死来了却人世间的恩怨情仇。

　　刘海山已经不是第一次来到村东头的水塘边了。在他人生的记忆里，这个水塘里溺死了好几个人。当时自己年纪尚小，在以前溺死的几个人中，印象最深刻的当属邻居大嫂。平时爱说爱笑的大嫂，却被老实巴交的丈夫误认为不守妇道。平时，只要她与别的男人多说几句话，就会被丈夫拳脚相加。最终，大嫂忍受不了丈夫的虐待，含着无尽的恨，扎进了这个深深的水塘。

他以前想起此事，时而同情，时而不平。说这个邻居大嫂真笨、无能，有什么解决不了的事儿，非要去死不可？咋说好死也不如赖活着。我如果是她，怎么着也不会去死，其实有很多办法去对付那个男人，或者逃得远远的，再不行就再找个男人，世上好男人多得很，树挪死，人挪活，这个道理她怎么就不懂呢？

然而经历过种种之后，他改变了对邻居大嫂的看法。他从心里感觉到邻居大嫂当时跳进这个水塘，是做了一个她一生中最正确的抉择。此刻，邻居大嫂在他心里变得伟大了起来。活着等同于折磨，不可再犹豫了！眼里浸着泪，心里滴着血的人生何时奔得到头啊？或许水塘才是洗去身上污垢，还自己清白的归宿之地。

他慢慢地感悟到，死也是对人生的解脱，死了就一切都不复存在了。与其活得无奈，不如尽快化为灰烬。

绝望的泪越来越少，像季节性河流一样，几乎到了干涸的地步。

此时，寒气毫不留情地对着他轮番进攻，他抽了一支又一支烟，浑身颤抖得更加厉害。

等到掏出最后一支烟后，刘海山攒着一把力气将烟盒捏成一团扔进了水塘。他嘴里发出喃喃的哀叹，鼓起最后的勇气，安慰着自己：我要靠着这一支烟的光亮，去寻找另一个极乐世界。虽然选择离开，但决不能喝药，更不能上吊。我要在这个清澈的水塘了此一生，或许这个水塘能洗去所有的谣言。

接着，他又从口袋里慢慢地掏出一根尼龙绳。他把双脚并拢，缠了一圈又一圈，使出攒足的力气，用发抖的手摸索着，把尼龙绳牢牢地打了个死结。

猛然间，刘海山吸完最后一口烟，然后狠狠地把烟头向水塘中央吐去。

黑暗中，烟头迸出的火星，像流星一样划过漆黑的水面。他慢慢地扶着柳树站了起来，仰起脸望着夜空，绝望地说道："再见吧，我所有爱过的人，还有那些爱我的人，一切都等来世相会吧！"

说罢，刘海山用力一撑，将整个身子甩向了水塘。

就在这千钧一发的时刻，从大柳树后伸出了一双有力的臂膀抱住了他。

此刻，刘海山脑海里一片空白，感觉到天旋地转，无力挣扎。他被牢牢地拉回到这棵大树下，只朦朦胧胧地听到有人在用嘶哑的声音叫他的名字："海山哥！海山哥！你怎么变成一个大昏头了？你平时的骨气到哪里去了？你真是一个窝囊废呀！俺俩怎么也没想到，你竟然变成了一个鸡肠鼠肚的人！你想得太简单了，如果这样一死了之，不就坐实了那件事儿是你做的吗？你只要勇敢地活下去，总有一天，老天会还你清白的，时间能验证一切。"

说话间，刘海山已瘫倒在了大柳树下，号啕大哭起来。

片刻之后，他们完全松开了刘海山，刘建成这才敢把手电灯打开照着他。

刘喜旺急忙把海山脚上的尼龙绳解开，三个人在这个风雨交加的夜晚，紧紧地抱在了一起。他们的心怦怦地跳个不停，几个人的心脏彼此撞击的声音，像夜空中似霹雳的雷电，发出耀眼的光亮，劈开了这么多天压在刘海山心中的一座大山。

今天，事也凑巧。吃过晚饭，喜旺和建成去找海山，看到海山没在家后，他们来到了大街上，无意中看到坑塘的大柳树下有一丝光亮。二人感到十分好奇，天这么晚了，谁还在这里干什么呢？他们便蹑手蹑脚地来到这里，让他们怎么也没想到的是，竟然是海山在寻短见。

风依旧刮着，小雨依旧淅淅沥沥地下着。

喜旺和建成架着海山的胳膊，沿着水塘边泥泞的小路，深一脚浅一脚，艰难地向海山家慢慢走去。

他们还没有走到海山家门口，就远远地看到一束灯光在海山家门前的大路上来回地照着。

喜旺说道："海山哥，你千万不能失去生活的勇气呀！你看这么晚了，还这么冷，大娘还在等着你回家哩！你这样甩手一走，怎么对得起大娘啊！"

建成说道："今天发生的事儿，绝对不能让大娘知道了。她一大把年纪，哪能承受这事儿？"

海山看着灯光，声音嘶哑地说道："兄弟，你们不知道我心里有多苦啊！有些话永远就想埋在心里，不想再对任何人讲。现在我看到俺妈还在苦苦地等我回家，就好像有一把刀子扎在我的心上，而我却无能为力。"

"海山哥，啥也别想了，只要你没事儿就好。"建成小声说道。

此时，他们两个怕海山的妈妈看见，默默地松开了海山的胳膊，用手电灯往海山家的门口照去。

海山的妈妈看到灯光后，也照了过来，一只手扶着门框，探着身子，嘴里喊道："海山，海山。"

"妈，妈，我回来了。"海山回答道。

海山的妈妈冻得浑身直哆嗦，声音有些打战，说："海……海山，我早就把饭做好了，专等着你哩！天这么冷，还下着雨，我在门口看了很多遍了，眼都发酸了。这么晚了，你咋才回来？你出门的时候也不给妈打声招呼，让我不放心。"

看到在风雨交加的夜晚，站在家门口弯腰驼背探着身子，面带望眼欲穿神情的老娘，海山的脚步越发沉重，心里不禁泛起了对往日的遐思。父亲去世的时候，姊妹几个还没有成家立业。他知道，父亲是为这个家终年忙碌，日积月累，积劳成疾而死。

他非常想念自己的父亲。父亲在他的印象中，忠厚老实，为了姊妹几个，可以说是呕心沥血。像老牛一样，吃的是草，吐的是奶和血。但是，虽然父亲如此辛劳的付出，这个家的温饱却都没有得到保障。

那一天，父亲奄奄一息的时候，把他姊妹几个叫到跟前，用微弱的声音对海山的大哥说道："海风，我是不行了，不能再为你们操心了。我最放心不下的就是恁兄弟海山。他年纪还小，脾气又偏，认理太直，一头撞到南墙上都不知道拐个弯。我担心他永远也弄不明白，在特殊情况下，屎壳郎也有变白的时候。要让他知道，犟人损财，犟牲口损力。我知道他心地善良，可有时候，人好很很了，遇到有心计的人，不会拐个弯，是要吃亏的。"

停了一会儿，父亲长长地叹了一口气，少气无力地说道："海风，你操点心，出点力，去坑里拉点土，把咱家的院墙打好，门楼盖起来，也让家看上去像个家。将来有机会娶个媳妇，添个后代传递香火，我也就知足了。"

父亲说完这些话没几天就咽了气。可是，他那两只浑浊的眼睛直到躺进棺材时也没有闭上。海风用一张黄纸蒙在父亲那干瘦的脸上。

那时，海山已经深深地明白，为什么父亲会死不瞑目，那是因为他对这个家的挂念和惆怅。

虽然父亲临终的时候嘱咐海风把门楼盖起来，但是海风却没能完成父亲的遗愿。就当时的情况而言，家里用一贫如洗来形容绝不为过，父亲看病时欠别人的钱还没有着落哩，别说盖门楼娶媳妇了，就是一家人吃饭都有问题。

在父亲去世几年后，海风和大姐玉梅姊妹几个齐心协力，省吃俭用，终于把欠别人的钱还完了。海风成了家，大姐也已出嫁。

后来，海山借了邻居的瓦块和几根木料，总算把门楼盖了起来。

实际上，说是门楼，其实是最简单的狗头门楼，平时只能圈个猪羊。晚上，隔住好人，隔不住坏人。

好在海山不富裕，贼人也不惦念。无论咋说，门楼是全凭自己的力气盖起来的，也算是争了一口气，了却了父亲的遗愿，也让村里的人看到后，给一个肯定的评价。

然而事与愿违，单凭他的决心和努力，并没有改变别人对他的理解和评说。他自己做梦也没想到，如今竟然处于生不如死的境地。近时发生在他身上一连串的事情，又有谁能解释清楚，替他鸣不平呢？

海山用手揉了一下眼睛，看着站在门楼下的老妈，心里既愧疚又心疼，牙齿不禁咬得咯咯直响。

海山平复了一下自己的思绪，他伸出手，拉住喜旺和建成说道："兄弟，今天是你们给了我第二次生命。在关键时刻，两个兄弟救了我。还有生我养我的老妈，依然在风雨中等着我。我终于想明白了，以后不会再这样浑蛋了，一切都让它过去吧！"

说罢，海山大步走到妈妈的身边，拉住妈妈的手亲切地说道："妈，天这么冷，你怎么还不睡呢？"

妈妈拿着手电照了又照，心疼地说道："看你的手冰凉，浑身湿淋淋的。天这么晚了，你才回来，我心里快急死了。"

海山说道："妈，我没事儿。"

把喜旺和建成送走后，海山一个人坐在床边，靠在墙上，默默地抽着烟。他望着漆黑的夜空，静静地回忆着这么多天来发生的一切。他怎么能忘记，那个不堪回首的，彻底改变他人生轨迹的夜晚呢？

二

那是在夏季的一个晚上，皎洁的月光把整个夜晚照得如同白昼。

劳累了一天的海山把工具放回家后，便来到了村东头的水塘边，随手把身上的臭汗洗了个干净。他简单地吃了晚饭，喝了几两酒后，就拿着一张破席来到了门外的大槐树下，很快就朦朦胧胧地睡着了。

月光下，海山安然地躺在席片上，伴随着轻轻吹拂在身上的凉风，无忧无虑地沉醉在这个看似平静的夜晚。很快，他的鼾声就有节奏地响了起来。

突然，他从席片上翻身站了起来，径直来到村里的寡妇连爱英家院墙外边，然后蹲下身子，靠在墙上。紧接着，鼾声又响了起来。

这时，连爱英家的狗和邻居刘涛家的狗听到响声后同时低沉地"呜呜"了几声。此时，刘庄村的治安主任刘火头和连爱英正偷偷摸摸地在屋里寻欢作乐。

刘火头听到狗叫的声音后，立刻觉得不同寻常，心脏提到了喉咙眼儿。他的第一感觉告诉他，这是有人在查自己的脚印。

于是，他惊慌地穿上衣服，小心翼翼地来到门后，把耳朵贴在门板上，仔细地听着外面的动静。

待狗的呜呜声停止后，惊慌失措的连爱英蹑手蹑脚地从堂屋里挪了出来。她把栅栏门打开，准备把刘火头送走。

两个人屏住呼吸，静静地站在门口探着身子，突然看到一个人靠在院墙上一动未动，鼾声此起彼伏。

心有余悸的刘火头见状，很快定了定神，牙齿一咬，立刻计上心来。他想，在刘庄竟然还有人敢查我的脚印，你真能耐了，这次栽在我手里，看我不把你捏死。

接着，刘火头对连爱英耳语了几句后，便悄无声息地急忙离开了。

很快，刘火头就把生产队队长刘起还有刘庄大队的其他几个成员找了过来，来到了连爱英家门口。连爱英看到几个人到来，立刻抓乱自己的头发，然后故作委屈地抽泣起来。

几个人嘀咕了几句后，刘火头从连爱英手里接过被单，猛地一下把被单蒙在了正在酣睡的海山头上。刹那间，海山来不及做出任何反应，就被几个彪形大汉不由分说地拖到了村里大队部。

等海山身上的被单被拽下来的时候，他在众目睽睽之下，像一个无处躲藏的怪物一样被人谴责和殴打，似乎浑身长满嘴也无法说得清楚了。他真的不明白，这一切究竟是为什么？到底发生了什么？

刘火头恼羞成怒地往着桌子上使劲一拍，大声说道："刘海山，你还没睡醒啊？还在装蒜哩！今天，你把事情交代清楚。不然的话，我就把你送到派出所去。我还真是看走眼了，你竟然有恁大的胆量！"

海山揉了一下眼睛，像做梦一样迷迷糊糊地说道："你大惊小怪地咋呼啥哩？"

此刻，刘火头像一头暴怒的狮子，怒目圆睁，张牙舞爪。他蹿上前去，抓住海山的头发，恶狠狠地说道："我看你刘海山就是不觉死的鬼，不见棺材不落泪！"

这时，海山大吼一声："呸！你给我松手，你把我带到大队部是什么意思？我做错啥了？"

刘火头被海山这么一吼，更是气得暴跳如雷，他照着海山的胸脯打了一拳，说道："我看你是真疯了，在事实面前，你还想抵赖呀！看我今天怎么收拾你!"

"你当个治保主任有什么了不起的?我还真不怕你,要杀要剐随你的便。我刘海山不做亏心事儿,不怕鬼敲门。你在咱村是个什么样的人,你自己比谁都清楚,你有什么德行来教育我?"海山愤怒地说道。

被逼急了的海山根本没把刘火头放在眼里。当刘火头把拳头打在他身上的时候,他心想,你还真是不讲理了,不分青红皂白就敢打人。

此时,海山把牙齿咬得咯咯直响。他猛地把胳膊抬起,就要捶打回去。

一旁的几个人见状,使劲地拉住海山的胳膊。海山瞬间变得无反抗之力了。

刘起呵斥道:"海山!你想干什么!今天你敢还一下手,你就别想走出这屋,看俺们敢把你的腿打断不?在事实面前,你还抵赖呀,你真是吃了熊心豹子胆了!"

海山挣扎着要与这些人辩个明白,只是他被几个人牢牢地挟持着,就是再挣扎也无济于事。他喘着粗气,不停地呐喊着:"你们这些人真是不讲理,欺负人会遭报应的。"

刘火头听着海山不停地叫喊,就用手指着海山的鼻子说道:"刘海山,你真是胆大妄为,一点也不老实。今天,你戳了这么大的窟窿,好狗不识人敬。我要不是看在你是咱爷们儿的面子上,一个电话就能把你送到派出所去。你就是再不服气,也得蹲上几年小黑屋,喝几年稀糊涂。"

"随你的便,你是黄鼠狼给鸡拜年,本来就没安啥好心。"海山两只眼睛直发红光,气愤地说道。

正在海山和刘火头争辩的时候,海山的大哥海风、二哥海昌也被通知来到了大队部。他们两个穿着短裤,光着脊背,气得发抖的心脏把黑色的护心毛震得在胸前闪动着,眼里露出怒光。一开始,海山以为两个哥哥是来帮自己辨别是非,助自己一臂之力的。可他哪曾想到,平时与自己朝夕相处,从一个被窝里爬出来的大哥、二哥,下一秒竟对自己出手这么狠。

海风和海昌来到大队部刚站稳脚跟,还没问个所以然,就恼羞成怒地说道:"你们把海山放开,俺们有话对他说。"

还没等海山醒过神来,海风和海昌就对他拳脚相加,劈头盖脑地把他打翻在地,恼恨地说道:"我让你不争气,把咱老刘家老祖宗的脸都丢尽了,打死你都不解恨!"

海山哪能跟自己的哥哥动手,他只是哀求着两个哥哥放过自己,说自己什么坏事儿也没有做,自己是冤枉的。然而,自己的两个哥哥并没有理会这些。

最后，海山被两个哥哥打得连一点招架的力气也没有了，身体不听使唤地瘫在了地上。嘴角冒着血丝，两只眼睛紧闭着，只有泪水顺着眼角滴在了地上，再没有发出任何声音。

刘火头见状，急忙假惺惺地阻止道："海风，恁弟兄俩咋出手那么狠哩？海山毕竟是你们一母同胞的亲兄弟。他还年轻，有些事没经过大脑，免不了会犯一些错误。你们当哥的应该教育他，帮助他才是，尽量别用拳头。万一闹出人命了，后果就严重了。"

这时，海风让海昌急忙把村里的医生刘半仙请了过来。刘半仙赶到后，又是掐人中又是呼叫，一阵手忙脚乱。

终于，在刘半仙的奋力抢救下，海山这才慢慢地苏醒过来。

海山微微地睁开眼睛，扫视了一下在场的人。任凭他们再说什么，他都没有去做任何解释。因为此刻，他感到自己已经是孤家寡人，所有的解释对他们这些人来说都是苍白的。他恼恨自己的两个哥哥在没有把问题搞清楚的情况下，甚至连一句解释的机会都没有给自己，就这样糊里糊涂地大打出手，完全不顾一丝兄弟之情。

从这一刻起，海山的心好像跌入了冰冷的湖底。

刘火头对所有在场的大队成员递了个眼神，客气地说道："海风，你们先把恁兄弟拉回去，有啥事儿，俺们再做进一步处理。"

几个人按照刘火头的吩咐，把海山从地上托了起来。海风点点头，看着昔日像跟屁虫一样的弟弟被自己打得不能站立，眼睛瞬间变得湿润起来。

弟兄三人的眼中都噙着泪水，心中更是五味杂陈。接着，海昌迈着沉重的步伐用手拉车把海山拉回了家。自从海风和海昌各自成家搬出去以后，如今的老院子就只剩下海山和老妈两个人了。

海昌轻轻地来到院子里，在确定老妈已经睡着后，这才把海山慢慢地扶到床上。

海山躺在床上，默默地承受着身体的疼痛。他闭着眼睛，紧咬着嘴唇，浑身都在颤抖。

这时，刘火头也抽身从大队部急忙来到连爱英家，严肃地说道："今天晚上，你一定要坚持自己的话，绝不能改口，就说刘海山是来你家强奸你哩！你要是改口，事儿就闹大了。刚才，海风和海昌在大队部把海山打得差一点没了命。这可是人命关天的事，如果不慎重考虑，万一出了差错，你肯定脱不了干系！"

"刘主任，你放心，我一切都照你说的做。"连爱英不住地点头说道。

提起连爱英，在方圆十里八村的地界上，无人不知无人不晓。说起来，她也是个苦命的主，丈夫早早去世，自己年纪轻轻便守了寡。

有一天，连爱英无意中碰到一个风水先生，于是就有心想问一下自己以后的人生落脚点。不料风水先生很直接地说道："你也不要有什么想法了，好好独享天年吧！"

当时，在场的人把风水先生说的话一下子传了出去。村里的人都说她克男人，再找个男人还是过不到老。

随着时间的推移，连爱英慢慢地默认了风水先生的话，反而认了命了。她在心里暗暗发誓，以后坚决不再改嫁，放下所有的思想包袱，活是刘庄的人，死是刘庄的鬼，带着孩子安下心来，过好自己的日子。

然而生活一直在变化，石头虽硬，时间长了，也有被风化的时候，何况是一个血肉之躯的人呢？终于，连爱英还是忘了初心，没能度过那孤独的一天又一天，心中隐藏的欲火烧破了最后一道防线。她成了刘火头的俘虏，而且一发不可收拾，直至今天为止。

平时看起来并不聪明的村民们虽是没有当面提起，可心里还是有杆秤，都明白他们之间的那点破事儿。毕竟这年头，很多家庭连自己的温饱都解决不了，谁还会犯傻去操别人的心呢？

刘火头再三叮嘱连爱英："今天发生的事儿，千万不要对外人讲。如果出一点差错，我就对你不客气。你悠着点，否则我什么事儿都做得出来。"

连爱英看清刘火头狰狞的面孔后，不禁心惊胆战，连忙点头，低声说道："我记住了。"

三

过了一会儿，海昌从代销点拿了两条烟，又一次赶到了大队部。刘火头也从连爱英家里赶了回来，他和刘起等几个人都坐在连椅上。海风则站在一旁，耷拉着脑袋，听他们几个人说话。

海昌刚一进门，刘火头就变得很有原则的样子，正儿八经地说道："海昌，你这是干啥？快把烟拿回去，都是自己爷们儿，千年搁舍，万年搁邻。恁海山兄弟犯这样的错误，作为刘庄大队的治保主任，我也有责任。很多群众的思想工作，还没有做到位。海山还年轻，以后的路还很长，咱们要全力以赴地去挽救他，坚决把他从犯罪的路上拉回来。你们作为海山的大哥、二哥，也有义务、有责任对海山严加教育。一会儿连爱英来了，咱们一起好好协商一下，尽量大事化小，小事化了。"

接着，海昌不动声色地把两条烟放到了大队部的抽屉里。

这时，连爱英蓬头垢面、哭哭啼啼地来到大队部。她像演戏一样，两只手不停地拍打着大腿，嘴里同时说着："今天这事儿，你们不还给我一个清白，我就死给你们看。"

于是乎，在座的每一个人都向她投去了同情的目光。海风和海昌见状，急忙走上前去。

海风低声下气地说道："嫂子，你先别哭，有啥事儿，请慢慢说。直到现在，俺俩都不知道海山在你家干了啥。刚才，俺俩已经把他打了一顿。你放心，俺俩会给你做主的，有什么要求你尽管说，一定会让你满意。"

此时，海风的心里怦怦地跳个不停，腿不停地打战。为了安抚连爱英，为了自己的兄弟，就差没有跪下了。

刘火头看到这个情景，狠狠地抽了一口烟，眯着眼睛说道："连爱英，你别只顾着哭，把海山在你家做的事儿，从头到尾向在场的人讲一遍，免得冤枉了海山。但是，我可先把丑话说到前边，这事儿你要实话实说。如果你说假话，到时候把事情弄大了，出了人命，你可吃不了兜着走，天王老子也救不了你！"

说罢，刘火头绷着脸，显出一副刚直不阿的正义神情。

海风和海昌站在那里，额头上直冒冷汗，心里是十五只吊桶打水——七上八下，真想地面裂条缝儿钻进去。

连爱英揉了一下眼睛，偷偷看了海风和海昌一眼。她看到二人耷拉着脑袋像两只病鸡一样，甚是可怜，忍不住想起了丈夫死后，二人在农忙时给自己帮忙时的情景。如今，自己怎么忍心去祸害他们兄弟俩呢？

刘火头在一旁看到连爱英迟疑未决，心中顿时感到忐忑和不快，生怕达不到自己预期的目的，于是不耐烦地说道："连爱英，你还没想好啊？现在时候也不早了，你不要觉得难为情，不好意思说。本来很明白的事儿，你怎么还拖泥带水的，实话实说不就中了。"

连爱英清楚地知道，刘火头是自己永远也得罪不起的，毕竟治保主任在刘庄大队还真的算个人物。如今自己的男人已经不在了，自己一个寡妇娘们儿，要想在村子里站住脚，简直是痴心妄想。再者，这几年刘火头确实帮了自己不少忙。往后如果没有刘火头的帮忙，可以说是寸步难行。

连爱英想起刘火头曾经对自己说过，好几年以前，刘火头家丢了一条小狗，他始终认为是海山昧（藏）起来了。为这事儿，海山和刘火头的儿子闹了好几次，最后还打了一架。自此，刘火头愤愤不平地把此事压在心里，一直等待着报复的机会。后来，刘火头又不知道从谁嘴里听说海山在村里说过他的一些不光彩的事情。接着，一些言语又很快传到了刘火头老婆的耳朵里，他的老婆也因此一连跟他闹了好几天。从那以后，刘火头对海山更加怀恨在心，他在心里默默地种下了复仇的种子。他暗暗发誓，如果哪一天有机会了，一定狠狠地收拾一下海山不可。

很长一段时间，刘火头每逢看到海山，就像猫见到老鼠一样红了眼睛。而今天，刘火头终于抓住了自认为等待了许久的机会。

连爱英怎么也没想到，刘火头和刘海山之间矛盾的爆发点，偏偏摊到了自己头上。

此时，连爱英既害怕又无奈。摆在她前后的两座山，身后一座山是权势，前边一座山是良心。可事到如今，她哪还有回旋的余地？眼前紧张的形势逼着她必须马上做出选择。顿时，她有种上天无路、入地无门的感觉。她快速地思索着，为了以后的生活，她决定昧着良心把事情说得"圆满"。

连爱英不再哭出声音，只是依然热泪直流。只不过她此时流淌的泪水，有种要烫破脸颊的感觉。因为她的心里像火烧一样，浑身都热辣辣地烫。

这时，连爱英把心一横，哽咽着说道："就在今天晚上十一点多的时候，刘海山浑身酒气，突然来到俺家，当时我正在迷迷糊糊地睡觉。听见有人在拨门闩，我吓得躺在床上一下也不敢动，在我还没有反应过来的时候，刘海山已经把门闩拨开了。我也不知道从哪里来的勇气，把平时放在枕头下的剪子拿了出来。我哭着对刘海山说，你不要胡来，你要敢过来，我就和你拼了。他看我这样，就出去了。谁知道，后来他竟然胆大包天，在俺家院墙外没有走，竟然还睡着了。我看他睡得那么死，就从家里偷跑出来，告诉了治保主任，这才把他抓住。你们想想，我往后还怎么见人哪！你们一定要替我做主啊！"

刘火头听罢连爱英的叙述以后，郑重其事地说道："现在事情已经发生了，我作为刘庄村的治保主任，说句掏心窝子的话，我不想把事情闹大。如果这个事情报到派出所，不但海山和爱英脸上无光，刘庄大队的爷们儿们也丢面子。我想，这是咱们每一个爷们儿都不愿意看到的结果。所以我建议，尽量家丑不外扬，自己的问题，自己来解决。"

海风拉着连爱英的胳膊，哀求着说道："爱英嫂子，我知道你受委屈了，俺兄弟真不是人！以后我会好好教育他，保证这样的事情不再发生，请你看在俺兄弟俩的面儿上，饶他这一次。海山还年轻，脑子一热，做出了这样的傻事儿。要是把他报到派出所，坐几年监狱，将来恐怕连个媳妇也找不到了。求求你！嫂子！只要不报到派出所，你要求什么条件，俺俩都能接受。"

连爱英慢慢地抬起头，看着站在面前的海风兄弟俩儿，又扫视了一下在座的几个人。她原本就不愿做这昧着良心的事儿，如今更不想把事情做得太绝。她心想，万一将来有一天海山恼羞成怒，恐怕杀自己的心都有，到时候谁也救不了自己。

"嫂子，你要是不答应，我就给你跪下了！"海风看着连爱英有些犹豫，继续哀求道。

连爱英听到海风这么说，于是瞥了刘火头一眼，说道："海风，既然你都这么说了，我就念在这么多年爷们儿情义的份儿上，不去派出所报案了。这个事儿就由治保主任处理吧！"

刘火头听连爱英这么说，心里不禁暗自庆幸。顿时觉得自己像一个读过剧本的导演一样，事情发展得达到了预期的演练水平。

他想，这可是一箭射双雕的事儿，你连爱英休想跑出我的手掌心，以后你必须乖乖地听从我的指挥。而对于刘海风兄弟几个，今后无论我在刘庄大队干什么事儿，他们都会像乌龟一样，永远被我踩在脚下，想翻身就只有等来世了。从今天起，把柄被牢牢地抓在我的手里，他们肯定没有再跟我顶牛的勇气了，何况他们感激我还来不及呢，这真是一步妙棋呀！

刘火头把烟点着，说道："今天，咱们近人不说远话，爱英把这事儿交给我来处理，说明她的胸怀够宽广。她受了这么大的委屈，还能顾及刘庄大队的爷们儿，我打心眼里佩服。她不仅给海山留足了面子，也给我们在座的人留足了面子。说句实在话，咱姓刘的在五百年前还是一家呢。眼时是自己家里出了问题，就应该关上门，自己解决，这才是最好的办法。"

刘火头抽了一口烟，接着说道："时间也不早了，我是一手托两家，一碗水端平。你们都听着，一人为私，二人为公。对于这件事儿处理的公平性，我要让在场的人都做个见证。我代表刘庄大队，把处理的意见向在座的爷们儿说一下。如果双方不能接受，还可以坐下来再商量；要是没意见，你们双方就照办。现在我把处理的意见公布一下：第一条，为了弥补连爱英的精神损失，刘海山需拿出三百五十元。第二条，明天，在刘庄大队部放一场电影，所需费用由刘海山支付。"

海风听到刘火头说出的两个条件后，感到脑袋一阵阵发麻，至于第一条嘛，目前只得接受了。可第二条是放电影，那不是在宣传搞臭海山吗？这一场电影可以说是把海山彻底推向了人生的断头台，仅仅一夜之间，方圆邻村的亲戚朋友都会知道。那后果就不堪设想了，无论如何也接受不了呀！

海风哀求地说道："火头叔，这三百五十块钱，我就是再难，也会想办法拿出来。至于这场电影，您看，就取消了吧！"

刘火头早就预料到海风会这么说。他是在有意利用此事来对刘海山加个砝码，就是为了以后能对海风兄弟几个起到更好的压制和震慑作用。

刘火头假装着难为情地沉默了一会儿，说道："海风，你心里不要有什么顾虑，演电影是为了给爱英压压惊，宽慰一下她的心。今天晚上的事儿，就咱几个人知道，放电影就说是给群众搞娱乐哩！这样就不会走漏风声。"

海风听着刘火头的解释，哪里还敢有心思和他讨价还价？现在，他只想着赶快回家把三百五十块钱筹齐，尽早交到刘火头手里，免得再节外生枝。

但是，这三百五十块钱对于他们兄弟几个来说，可是一个不小的数目。

海风对海昌说道："海昌，恁家还有钱吗？"

海昌想了一下，难为情地说道："大哥，我估计俺家连五十块钱都够呛。"

"你回家，有多少拿多少吧。俺家也不会有一百块钱，我也回家拿过来。"海风接着说道。

说罢，兄弟俩就急忙回家拿钱去了。

海风回到家时，屋里的灯还亮着，老婆桂平正抱着儿子虎子在撒尿。

桂平生气地问道："这么晚了，你上哪儿去了？我发现你变成夜里欢了，家里有蛰驴蜂啊？整天跑得没有影儿，到现在才回来！"

海风慢腾腾地说道："我……我出去玩一会儿，你咋就烦了？"

桂平说道："我看你有点不对劲儿，听着话音吞吞吐吐的，一点也不利索，肯定是有事儿瞒着我，你以为我傻呀！今天，如果你不给我说实话，就别想上床睡觉。"

海风很清楚桂平的脾气。结婚这几年，他早已是桂平斗败的鸡、咬败的狗，家里的一切主动权都掌握在桂平手里。在外人看来，桂平就是个女强人。可在海风心里，不如说是个母老虎更恰当。他总觉得，桂平压根就不知道讲理是干啥哩，连黑白尿道子都不懂。

刚开始，他们两个也打过几次架。但是，桂平也不用喝药上吊的办法对付他，总是一气之下，把吃奶的虎子往家里一放，自己就去了娘家。不是躲到她的姨家，就是躲到她娘家的姑家，让海风找不到踪影，每次都把海风折腾得精疲力尽。最后，海风不得不抱着虎子去老丈人家求情。

当时，老丈人把脸一横，一点情面也不留，刚照面就劈头盖脑地熊上了："你打人的时候有力气，虎子吃奶的时候，你也应该有能耐呀！俺闺女没到俺家来，要是有个三长两短，我跟没完，你赶快回去吧！就你那个穷家，俺闺女早就跟着你受够了。你有本事，回头再给虎子找个后妈好好过吧！"

海风抱着饿得哇哇直哭叫的虎子，急得眼泪差点就掉下来了。在万般无奈的情况下，他扑通一声跪在了老丈人面前，苦苦哀求道："我以后再也不敢了，桂平就是让我上天摘星星，我也没二话。"

终于，在邻居的劝说下，老丈人总算松了口，让桂平跟海风一路回家了。从那以后，海风对待桂平就是敬而远之，敢怒不敢言，甘拜下风。

今天晚上，海风有些为难了，这次该怎么办呢？

海风点上一支烟，大脑快速地运转着，终于想出了办法。于是他鼓足勇气说道："我实话实说，今天，海山骑着自行车去朋友家玩，不承想摔了一跤，我看摔得还不轻哩！现在急需用钱，我知道咱家有几十块钱，我想叫他先用着。海山也说了，让我和你商量一下，你要是把钱借给他，等他的身体好了，你借给他五十，他还你六十，依此类推，绝不会说假话，还可以给咱打个欠条。"

桂平听海风这么一说，想了一会儿，笑着说道："海山可不能欠咱的时间长了，千万告诉海山，说话一定要算数，亲兄弟也要明算账。"

海风苦笑着说道："你放心，他敢不还给咱钱，有我哩！海山要是说话不算数，看我不把他那一对老山羊牵到集镇上卖了抵账。"

于是，桂平这才从枕头下把八十块钱拿了出来，递给了海风。

海风接过桂平递过来的八十块钱，手都在哆嗦，他深深地叹了一口气，在心里说道："唉！我的傻兄弟呀！你那骆驼蹄子，咋还敢走猴路哩！这不是在作死吗？"

看着皎洁的月亮，海风的泪流了下来。这些钱在手里攥出了汗。他心里想着，人家寡妇也不容易，海山咋能做出这种事儿呢？就是做贼还趁月黑头哩！今天夜里，月光和白天能有什么区别？你这么年轻，就是再穷也不至于打光棍呀！再说了，你看上她什么了？差一点毁了自己的一生啊！

平时，海山在海风的心里一直是一个骨气十足、为人善良的热血青年，寄托了一家人的厚望。没想到，真的没想到，如今会是这样的结果。海风叹息着，你今天晚上做的事儿真让大哥犯糊涂啊！

此时，海风心中对海山有说不出的惋惜和惆怅。

想到这里，海风慢慢地停下了脚步。此时，他心乱如麻，胸口犹如被一块巨石死死地塞着，快要喘不过气来了。以前，他是坚定的无神论者。然而这一刻，他动摇了。

突然，他跪在地上，对着月亮哀求道："拜托了！老天爷，帮帮我兄弟吧，他还年轻。老天爷，你最公平，我相信你在做证。如果他没犯错，请你保佑他，还他一个公道！"

此时，海山躺在床上，浑身疼得不是滋味。他越想越心碎，肚里直憋疙瘩。他想翻身下床，可整个身子却不听使唤，动弹不得。他想找大哥、二哥问个清楚，为什么他们对自己如此狠心，更想找刘火头讨个说法，说出个子丑寅卯。他暗暗发誓，一定要把事情搞清楚。

然而海山哪里知道，此时他的两个哥哥为了他，还傻乎乎地在别人面前屈辱地哀求哩！

四

夜晚，皎洁的月亮慢慢西去，刘庄大队的上空也随之暗淡了下来。

这时，从生产队饲养院传来了几声刺耳的驴叫声，打破了夜晚的寂静。

乡下人都知道驴叫半夜。刘火头听到驴的叫声后，从大队部走了出来。他抚摸着自己的肚皮，深深地打了一个哈欠，对着天空得意地说道："时间不早了，生产队的驴已经叫罢了。看那月奶奶（月亮）里桂花树下的小兔也想打盹儿哩！"

刘起也从屋里走了出来，接着说道："火头，你说得也是，时间不早了，今天的事情你这样处理，海风弟兄几个肯定感谢你几辈子。"

"事情这么处理，你也功不可没呀！"刘火头接着说道。

这时，海风和海昌火急火燎地赶来了。二人感到非常沮丧，哀求着说道："火头叔，我想求您个事儿，您说的三百五十块钱，俺们确实拿不出来。您看天都这么晚了，上谁家去借钱呢？现在俺们把家里的钱都拿来了，只有一百多块钱，想了一圈子也没想到办法。您能不能再帮我们一下？如果您家里有钱，先给俺们垫上，俺们绝对不会赖账。"

听海风这么一说，刘火头没有马上回答，心里琢磨着，眼时三百五十块钱还真不是个小数。今天这个事儿，我就是有钱也不能借给他们。事情过去后，我还是躲得越远越好，免得夜长梦多，沾自己一身腥。万一哪天走漏了风声，海风非骂我八辈子先人不可。再者说了，万一以后他们还不起，岂不是自找麻烦吗？我还不如来个就坡下驴，再送个人情，这样他们以后更会记住我的好。人要学会见好就收，孙子兵法上不是说，穷寇莫追嘛。

"海风，我手里也没有钱，要不我再给你们调解一下？"刘火头装作束手无策的样子说道。

于是乎，刘火头来到连爱英面前，说道："爱英，你再听我一回劝，把心放宽点。毕竟都是自己村的爷们儿，往后低头不见抬头见，少不了你来我往的。你再退一步，让海风拿二百五十块钱吧，免得结下仇冤，否则对你们双方都没有好处。你们都把眼光看得远一点，退一步天高地阔，让三分心平气和。"

连爱英抬起头看了一下在座的人，装作有些不情愿地说道："既然刘主任说了，我也不想再说什么，就照你说的办吧！"

海风听到连爱英这么说，高兴地说道："嫂子，你大人大量，我谢谢你了！"

此时，海风的心里是既高兴又无奈。高兴的是，又减少了一百块钱。无奈的是，即使少拿一百块，离二百五十块还差得远哩。

刘火头说道："海风，我只有给你们调解到这个份儿上了。我作为刘庄大队的治保主任，对咱们姓刘的爷们儿，也算是做到仁至义尽了，这二百五十块钱是没法再少了。时间也不早了，大家也都该休息了，你再想想办法，把钱拿出来交给爱英吧！"

海风说道："我再求你们一次，我手里这一百多块钱先给爱英嫂子，剩下的一百多，我给她打个欠条，我保证秋后还上。"

刘火头看着眼前的海风兄弟二人，又看了一眼连爱英，心里想着，根据现时情况，海风眼时也确实拿不出这些钱来，要是海风愿意打欠条并捺上指印，再加上在场的几个人证明，海风定不敢要滑头，这个钱肯定跑不了，这事儿就这样处理算了。

刘火头说道："我也最后说一句，再给你们兄弟一次面子，就依海风说的，先打个欠条吧！"

这时，海风急忙把钱拿了出来，递到刘火头手里。刘火头点了一下，正好是一百二十块钱。接着，海风又打了一百三十块钱的欠条。

到了这个时候，焦头烂额的海风总算松了一口气。

刘火头说道："海风，恁弟兄俩先回去吧！往后一定要好好教育海山，可不敢再犯了。下次可不是钱的问题了，到时候谁也管不了，只有蹲监狱的份儿了！"

"记住了，火头叔，俺们弟兄几个谢谢你们了。"海风连连点头说道。

说罢，海风低着头，倒退着身子，走出了大队部。

海风走后，刘火头把抽屉里的两条烟扯开，分给了在座的人，大家很快就各自离开了。

黑暗中，刘火头漫步在刘庄村的大街上，嘴角露出了得意的微笑。他在心里自言自语地说道："我看你刘海山以后还敢不敢再出风头？刘庄大队还是我说了算，恁弟兄几个永远别想跑出我的手心。"

这一刻，海风像完成了一项使命一般。在这关键的时刻，作为大哥，能为自己的兄弟独当一面，拯救了自己的兄弟，心里不禁感到欣慰和轻松。

然而，他放心不下的是，海山能不能理解自己的良苦用心呢？想到这里，海风的腿像装了铅似的沉重。

不知不觉，海风和海昌来到了海山家里。二人站在海山的床前，看到被自己殴打的弟弟生不如死地躺在床上，泪水又一次默默地流了下来。

二人不约而同地搬来小凳子坐在床前。停了好一会儿，海山才微微地睁开眼睛。他看到大哥、二哥，心里有一种欲哭无泪的感觉，脑子里充满了问号。他想，今天到底发生了什么？我刘海山做错了什么？

海风倒了一杯水递到海山面前，心疼地说道："海山，俺俩儿不想打你呀！你咋会这么昏呢，竟然去找寡妇连爱英？你不是在背着头混吗？在刘庄大队，咱丢不起这个人哪！打你是为了堵住他们的嘴，都是为了你好啊！万一把你送到派出所，你以后恐怕连媳妇都找不着了。"

听海风这么一说，海山气得想一下子从床上爬起来，去找连爱英问个究竟。然而，此时他连说话的力气都没有了，就是再愤怒又有什么用呢？

接着，海山轻轻地摇摇头，长长地叹了一口气，用微弱的声音说道："哥呀！恁兄弟长这么大，我什么脾气，别人不知道，难道恁俩还不知道吗？恁俩糊涂呀！我冤枉得很哪！"

听着海山的话，海风和海昌禁不住想了很多，想起以前，海山对他们总是言听计从，从来没有顶撞过他们。顿时，委屈的感觉从心底油然而生。为了你，我们使尽了浑身解数，该说的都说了，该做的也都做了，可依然得不到你的理解。不过转念一想，不管咋说，今天这个事儿也算解决了。看着躺在床上的兄弟，他们感到既心疼又难过。

海山的妈妈在隔壁房间听到几人的说话声后，从床上慢腾腾地爬了起来，来到了海山的床前。

当她看到海山的神态后，诧异地问道："海风，半夜了，恁几个咋还不睡呢？"

海风安慰道："妈，俺们没事儿。"

海山的妈妈说道："我看海山脸上咋还流着泪呢，是不是在外边受气了？"

说罢，泪水便不知不觉地顺着她那饱经风霜的脸颊滚落下来。她弯下腰，用手慢慢地擦着海山脸上的泪水，抽泣着说道："海山，你这是咋了？谁欺负你了？你说话呀！"

海山轻轻地摇摇头，身子一动未动，少气无力地看着海风和海昌说道："你们为什么下手这么狠，我冤枉啊！"

海山的妈妈一听，两只手不停地颤抖着，急促地说道："海风，海昌，恁俩说话呀！恁兄弟到底是咋了？是谁欺负他了？我知道海山长这么大，从来就不惹事儿。"

海风哽咽着说道："妈，我张不开嘴，说出来嫌丢人。真不想给你说，怕你受不了。海山犯了一个天大的错误，他脑子一热，去欺负寡妇连爱英，被人家抓住了，人家不愿意，告给了大队干部。要不是我和海昌打他一顿，给人家赔个不是，海山现在就被派出所抓小黑屋里去了。"

霎时，海山的妈妈感觉天旋地转，犹如五雷轰顶。接着便两腿一软，扑通一声跪在了地上，整个人晕厥了过去。

海风和海昌见状，急忙把妈妈扶回里间床上，接着又把刘半仙请了过来。过了好大一会儿，妈妈才苏醒过来。

刘半仙离开后，海风安慰道："妈，海山这事儿你千万别往心里去，我和海昌已经把这事儿摆平了。现在已经和刘火头说死了，都不准声张，村里的人都不会知道。过两天，海山就没事儿了。你一定要注意身体，不能把你的身体给累垮了。"

海风又对海山说道："海山，事情已经过去了，你往后把自己的脾气改一下吧！不要老认死理，认理太直会吃亏的，胳膊拧不过大腿，哪个庙里没有冤死鬼呢！这事儿就结束了吧！今天要不给人家消消气，人家怎么会放你一马呢？如果刘火头把你往派出所一送，可能比俺们打的还狠哩。到时候就由他们说的，没有你辩的，人证、物证都有，你还有什么说的？"

海山唉声叹气地说道："你别再给我讲道理了，你说的我都懂，但是恁兄弟会干这种不是人的事儿吗？我再给你们解释，你们也不明白呀！我冤枉啊！"

海昌说道:"咱们什么也不要说了,这事儿算是平息了,再争论还有什么用呢!"

接着,海昌一只手拿着一包消炎止疼药,一只手端着一碗水递给海山,劝说道:"海山,把这药吃了吧!别再想这些事儿了,说什么也没用了。咱哥俩也心疼你呀,眼下咱家顶不住事儿,亏就亏吧,吃亏人常在!别让咱妈再累心了!咱妈不能再受啥刺激了!"

海山看着两个哥哥眼泪汪汪的,只好把所有的痛苦和这包药一口咽进了肚里。接着说道:"你们回去睡吧!我不会生恁俩的气,你们做的事儿,我都懂!"

海风轻轻地点着头,说道:"海山,你睡吧!你只要想明白了,俺俩就放心了。歇一会儿,俺俩就回去。"

时间一分一秒地过去了,海山终于进入了梦乡。等他醒来的时候,看到大哥、二哥依然坐在床前,眼睛都已红肿,地上丢了很多烟头。

海山忍着疼痛,说道:"哥,你们白天还要挣工分,都回家吧,我没事儿!"

看到海山的精神状态好了些许,海风严肃地对海山说道:"海山,我再叮嘱你一遍,昨天晚上发生的事儿,你千万烂在肚子里,不要再提了,这事儿就当没有发生。往后,你要稳当一点,不要脑子一热什么都不顾了,如果你戳个大窟窿,谁也给你缝不了,吃亏的还是你。别让咱妈再担心你了,她肯定也不希望你去闹事儿。晌午回来了,我再来看你。"

"我知道了,你们忙去吧!"海山无奈地说道。

接着,海风和海昌便离开了。对于罚钱和放电影的事儿,二人对海山是只字未提。

海山闭着眼想了很多,他想起老妈为了弟兄姊妹几个,含辛茹苦地撑起这个家,自己没有过上一天安稳日子。如今又突发状况,万一再受打击,说不定就会撒手人寰。

想到这里,海山的眼角湿润了。他暗暗告诉自己,天狗吃不了日头,等过几天,老妈的病好利索了,一定把此事弄个水落石出,我刘海山可不是被吓大的。

五

傍晚，劳累了一天的太阳从刘庄村的上空慢慢走过，疲惫地落下了西山。

村里的孩子们放学后回到家里，把书包一扔，接着手里拿着馒头，叽叽喳喳、你追我赶地来到村里大队部院内，眼疾手快地抢了一个好位置，兴奋地准备看电影。

为了能让大家稳稳当当地看一场电影，刘庄大队的各个生产队队长也破例提前让社员下班。这年头，看电影是很多人梦寐以求的事儿，也是一种奢侈的精神享受。每次放电影，方圆各大队的男女老少都三五成群地从四面八方像潮水般地涌到现场。公社放电影的师傅早早地把影幕挂在刘庄大队部院里的两根电线杆上，投影机也放在了三脚架上。一切准备就绪，专等着夜幕降临。

在放电影开始之前等待的时间里，孩子们在现场不停地号啕着。村里的青年男女三五成群地站在一起，眉飞色舞地笑谈着。

还有一些小伙子，把手指放在嘴里，吹着口哨，发出刺耳的尖叫声，以用来吸引年轻女孩的目光。他们无所顾忌地显摆着自己，生怕别人不知道自己的存在。

大队部的院子里可以说是比肩接踵、人声鼎沸。一时间，现场像个被撑大的气球，随时都有爆炸的可能。人们高兴的情绪，用疯狂来形容也绝不为过。

天色慢慢地暗了下来，在放映机的灯泡照亮的刹那间，在场的人们又一次欢呼雀跃起来："快点放，大家都等急了。"

放映员拿着台式的麦克风吆喝道："请大家安静一下，不要着急，马上开始放映。今天放两部影片，第一部是《英雄儿女》，第二部是《渡江侦察记》。请大家遵守纪律，不要惹是生非。"

话音刚落，掌声和欢呼声又一次雷动般响了起来。

此时，现场的每一种声音都传到了海山的耳朵里。

海山平时就爱看电影，而且最喜欢的就是战斗故事片。那些战斗英雄与敌人生死拼搏的场景，在他幼年时的心灵里就打下了深深的烙印。一直以来，他的心里都隐藏着一个崇高的希望，将来有一天，自己也要做一名战斗英雄，保家卫国，视死如归。像刘胡兰一样甘洒热血，像王成一样英勇，像董存瑞一样不怕粉身碎骨……

可是，海山的希望不像他想象的那么简单，而且他的希望在慢慢地消失。每一年征兵，他都踊跃报名，可每一次都被无情地刷掉。

通过几年的应征经历，他慢慢明白了一些道理，现实中的很多条框都在制约着自己。自己强健的身体和正直的性格并不能代表一切，有时还在阻碍人生的闪光点。时间久了，他难免有些心灰意冷，不再对自己以前想做的事情抱有太大的希望。慢慢地，另一种不同的思绪飘上心头，自己生在农村长在农村，发生在身边的事情，只有顺其自然地放在心里，少了些许抱怨。

电影开始了，里面的枪声、炮声瞬间淹没了现场的吵闹声。

海山躺在床上，听着从电影里传来的各种激烈的声音，一点睡意也没有了。可是就自己现在的状态而言，他实在不愿见到村里那些熟悉的面孔。因为不能去现场一睹为快，心中不禁有些烦闷。

这时，从电影里传来战斗英雄王成那勇敢、急促、铿锵的声音："我是王成，我是王成，快，快向我开炮，向我开炮……"

这个声音犹如一剂猛药灌入海山的身体，他全身的血液一下子变得沸腾起来。于是，他不顾身上的疼痛，从床上爬了起来，踉踉跄跄地走到门外，站在那里，望着声音传来的方向。

听到王成的呼喊声后，海山恨不得一下子冲上前去，把侵略者全部消灭殆尽。同时，他又渴望自己变成一个神通广大的如来佛，用法术扫尽天下一切没有人性道德的恶魔。

此时，他激动得两只拳头攥出了汗水，心底不时发出怒吼："弟兄们，往前冲，狠狠地打，中国人永远不能做缩头乌龟。我们要撑起中国人的脊梁，即使流尽最后一滴血，也要取得胜利，保卫自己的祖国不受侵犯！"

许久，他激昂的情绪才慢慢地平复下来。想到有很多事情自己是心有余而力不足，一切都不像自己想象中的一帆风顺。自己在刘庄生活了这么多年，连发生在自己身上的事儿都无能为力，又怎能和这些伟大的英雄相提并论呢？他瞬间感到自己渺小得不值一提，有一种生不逢时的感觉。想到自己昨天晚上在大队部被打的情景，一种迷茫、委屈、愤恨的思绪涌上心头。

此时，海山还不知道，今天刘庄大队放的这场电影跟自己有着莫大的关联，而这场电影对他的打击，比挨一顿打有着更加不可估量的伤害。

电影很快就结束了，前来观影的人们成群结队地离开了刘庄大队，小伙子的口哨声又一次划过夜空。人们高兴地议论着，调侃着，手电灯在路上来回地照个不停。人群散去后，留给刘庄的又是寂静的夜晚。

海风的老婆桂平一只手拿着板凳，一只手抱着儿子虎子匆匆忙忙地回到家里。她打开门，看到屋里的灯还亮着，海风正懒洋洋地躺在床上。

桂平问道："海风，你没去看电影吗？"

"我没去，今天干活儿有点累。"海风回答道。

桂平说道："你平时就爱看电影，以前还跑到别的村去看哩。这么好的机会你可错过了。今天演的是两个战斗片，打得真激烈，以前我看了几遍，都没看过瘾。"

海风说道："咱家住在村边上，我有点不放心，万一家里的东西被人偷走了咋弄啊？家里没人可不中。白天防火，夜晚防贼，以前放电影的时候，就有人家的东西被偷了。"

桂平听着海风的话，心里没有多想，把虎子放到床上后便躺下了。

桂平说道："海风，刚才看电影时，我听说今天咱大队放电影的钱是大队干部罚谁家的钱，我也没有听清楚是怎么回事儿。"

海风听桂平这么一说，心脏突然像一只受惊的兔子，一直往上蹿，摁也摁不住，有种将要蹦出肚皮的感觉。

海风就怕别人知道，更怕桂平知道，今天演电影是和刘火头有言在先，达成的口头协议，这是刘火头承诺好的。无论到什么时候，也不能说是罚海山的钱。为什么这场电影刚结束，就有人知道了呢？这事儿以后该咋办呢？

此时，老实厚道的海风是又急又气，心里直骂刘火头八辈子先人。他真想一下子从床上爬起来去找刘火头理论，甚至和他拼命的心都有。

他感受到了事态的严重性，别说放电影这事儿是真的罚海山的钱，就是假的，传到别人的耳朵里，那后果也不堪设想。无论什么事情，都是好事不出门，坏事谣千里。这人的肉喇叭，就是有形的也能说成无形的，无形的更能说成有形的。在这片古老的土地上，它就像瘟疫一样，很快就能传遍各个角落。速度之快，影响之大，令人咋舌。可谓是谈虎色变，最后只有绝路一条。

想到这里，海风愈发紧张了。放电影本来是想拿钱消灾，减少痛苦。结果，这不比送到派出所强到哪里去。

一时间，海风已经是热锅上的蚂蚁，没有了主意。他努力压制着心里的愤怒，调整着自己的情绪，这事儿还能怨谁呢？还不是怨自己的兄弟不争气吗？

停了一会儿，桂平见海风没有说话，便用手推了一下海风的肩膀，说道：

"海风，你怎么不说话呀？这么快就睡着了？"

海风说道："这是别人瞎说，纯粹是谣言，操那么多心干啥？只要能看上电影不就是了？赶快睡吧，明天还要早起干活儿哩！"

桂平也没有再说什么，很快就睡着了。

海风躺在床上，怎么也睡不着，今天刘庄大队放的这场电影对他来说是刺心地疼。他已经抽了两包烟，本来他还安慰着自己，电影结束后，就雨过天晴了。他不愿把自己变得伟大，也不想把自己变得渺小。无论咋说，作为海山的大哥，上对得起祖宗，下对得起兄弟。自己忍辱负重，换来全家的平安，也是对死去的父亲的一种慰藉。虽然他认为海山做的事是错误的，但他没想到此事在刘火头的调解下，自己所有的妥协，最后换来的却是这样的结果。

海风从床上爬起后走到门外，在自己的脸上狠狠地抽了两巴掌。此时，他感到欲哭无泪，这是从未有过的痛苦和无奈。他抽着烟，望着深邃的夜空，心在苦苦地煎熬着。

然而，明天会是怎样的呢？他已经无能为力了。他觉得自己做的事情仿佛都没了意义，所有的承诺都化作泡影，未知的恐怖笼罩在身边，整个人到了进退两难的境地，快要无法呼吸了。一夜无眠，他就这样熬到了天亮。

"当！当！当！"各生产队上班的铃声交织着响彻在刘庄大队的上空。

生产队队长刘起敲罢铃，习惯性地把烟点上，津津有味地抽着。他光着脊背，穿着一个到膝盖的长裤头，浑身被晒得油光发亮，脸上长满了又浓又密的胡子。平时说话时，胡子像刺猬似的扒在脸上打滚。

刘起抽着烟来到了海山家，用脚砰砰砰地踢着海山家的栅栏门，又不停地用手摇晃了几下，嘴里吆喝道："海山，海山，抓紧起来，今天你去河东玉米地浇水。现在队里活多人少，每一个人都不能耽误，老天快把庄稼旱死了。"

海山忍住疼痛回答道："中，我知道了。"

太阳和往常一样慢慢地从东方升起，今天又是一个大热天。

连日来，地里的庄稼在炙热阳光的煎烤下做着垂死的挣扎。即便是在晚上，庄稼也蜷缩着身子，像插上了氧气管的病人，奄奄一息。如果再不及时浇水，秋后定会大量减产，甚至颗粒无收。大家看在眼里，急在心上，大家都感到压抑和恐惧。

昨天，刘起到地里转了一圈，他深深地感受到了旱情的严重性。本来他想着再等等，老天爷近时就会下雨，没想到老天爷不但不下雨，反而气温一

23

天比一天高。这一等不要紧，一下子等空儿里去了。本来就旱的庄稼经过这几天的高温，已然是雪上加霜。

海山扛着铁锨拉着车子来到了生产队保管室，准备和其他几个人一起拉机器和水泵。

此时刘起已在保管室等候，他看到海山就劈头盖脑地嚷道："你在家磨叽个球哩？咋到现在才来？你又不是个娘们儿，带着吃奶的孩子。要是咱队里的人都跟你一样，这庄稼非旱死完不可，一点集体主义观念也没有。往后要是继续这样，就让记工员每天给你少记一分。就你这样的脾气，像个摔不烂的破毡帽一样，整天吊儿郎当的。要是这样下去，我也不是小看你哩！将来你连个媳妇也不会有。"

大清早的，海山遭到刘起这顿训斥，气得心跳骤然加速。本来前天发生的事儿，整得心里还憋屈着哩！但是他强压住心里的怒火，劝说自己，眼时不能再生事端了，要是以前刘起这样说自己，非要跟他理论几句不可。再者，他也知道，刘起是一个愣头青，平时心眼并不坏。

于是乎，他深吸了一口气，把怒火都压到了肚子里，接着说道："我这两天有点拉肚子，来得有点晚了，咋说也不能扣我的工分呀！"

刘起说道："你要是不说清楚，我还以为你在茅厕里拉石磙哩！"

接着，刘起"嘿嘿"地笑着说道："海山，你啥理由也别找了，抓紧把水泵装到拉车上，拉到河东的玉米地里。你们几个昼夜不停地轮换班，三天之内，一定把这块玉米地浇一遍，任何人都不准偷懒。晚上，我会不定时地去你们浇地的地方转一圈。如果我发现谁偷懒，不但不给工分，还要加倍处罚。"

几个人听刘起说完，就拉着水泵和机器向河东走去。

海山拉着水泵没走多远，汗水就顺着脸颊滚淌下来。他已经几顿没吃饭了，连气带饿，身体已经严重透支，脸色变得蜡黄，然而他却一步也没有退缩。

海山知道，平时不挣工分，到秋后分粮食的时候就会分得少，村里的人也会说三道四。况且今天浇玉米地、安水泵、摇机器这活儿还非他不可。因为这项工作需要技巧与胆量的配合，一般人弄不好会被摇把儿打掉牙齿，队里很多年轻人都不敢接这个活儿。

当时，生产队刚把机器买回来的时候，海山就自告奋勇接下了摇机器的工作。从那以后，他就成了一名机器手，每次机器派上用场的时候都能看到他的身影。如今，庄稼快要旱死了，全队的人都在看着他哩！

海山也懂得，一旦粮食减产或者绝收，大家就都要挨饿了。他始终认为，人要讲良心，懂是非，辨别黑白，这是做人最基本的准则。自己就是再委屈，身体再虚弱，也要把这块玉米地浇好，只要能把这块玉米地保住，就是保住了队里所有老少爷们儿的口粮。

想着这些，海山用皮带把干瘪的肚皮紧了又紧。几个人把水泵和机器安装好时，海山已感到浑身疲惫。

接着，海山使出全身的力气把机器摇转起来，水泵不停地把河水抽到地里，河水像是支援前线的急行军一般，顺着地沟奋勇地向前奔跑着。只要是水流经过的地方，一棵棵玉米秆起死回生般地抬起了头，好像露出了笑脸，在微风的吹动下，向海山频频点头。

六

海风吃过早饭便来到了海山家。他把门推开，一直走到海山的床前。看到海山不在床上，心中不禁忧虑万分。他担心海山会因为前天的事儿而变得郁郁寡欢，甚至一时想不开，再惹出是非。

这两天，海风思来想去。自从这事儿发生以后，兄弟就不停地喊冤。他有些丈二和尚——摸不着头脑。可是真是假，却无从验证。因为当时自己并非亲眼所见，只听刘火头和连爱英的一面之词。

话又说回来，事情已经过去了，再去翻腾这件事儿，万一闹出别的事儿来，到时自己是否有能力去处理呢？

海风想了很多，息事宁人的心理慢慢占据了上风。他安慰着自己，事情已经过去了，吃亏人常在，多一事不如少一事吧。

海风从堂屋里走了出来，看到妈妈正在做饭，问道："妈，海山哩？"

妈妈一边忙着一边说道："今天，刘起让他去河东浇玉米地去了。海山昨天就没吃饭。今天我给他煮了两个鸡蛋，摇机器可是个累人的活儿，他的身体能顶住吗？"

看着弯腰驼背的老妈，平时连个鸡蛋都舍不得吃，为了儿女，这么大年纪还在抱病忙碌着。海风心中顿时感慨万千，眼睛变得酸溜溜的。

"妈，你把饭盛好，我给海山送去。干这么重的活儿，不吃饭可不中。"海风说道。

妈妈说道："海风，这两个鸡蛋你也吃一个吧！我要知道你来，就多煮两个了，这几只老母鸡每天都下蛋。"

海风说道："我不吃，我的身体好着哩，你不要心疼我。"

很快，海风提着饭大步向河东的玉米地走去。此时，他只想一步走到兄弟面前，爱与恨像一团乱麻在他心里交织着。

离很远，海风就看到海山软绵绵地靠在河滩的一棵大杨树上，眼睛盯着机器。他知道海山快要撑不住了。

于是，海风又加快了脚步，很快就来到海山面前。

海风说道："海山，抓紧吃饭吧！我把饭给你送来了。"

"哥，我不饿，你自己吃吧！"海山无精打采地回答道。

海风看着海山焦黄的脸，急促地说道："海山，你咋这么任性哩？还在生我的气吗？你都几顿没吃饭了，再这样下去，会把身体拖垮哩！再说了，你就这样靠在这儿，等会儿队长来了，肯定说你是在混工分。给！吃吧！心里想开点，这是咱妈给你煮的鸡蛋，还有锅饼。"

"哥，我真不饿。现在肚子里还饱着哩！"海山说道。

海风劝说道："兄弟，别再生气了，人是铁，饭是钢，一顿不吃心里慌。我求你了，你就是少吃点也得吃呀，事情慢慢会过去的，你要是有个三长两短，让咱妈咋办哪？"

海山看了一眼站在面前的大哥，正眼泪汪汪地剥着鸡蛋。

海风把剥好的鸡蛋递给海山，说道："兄弟，你原谅恁哥一回吧！以后这种事儿不会再发生了。你以后的路还长着哩！先把鸡蛋吃了吧！"

海山在海风的劝说下，勉强把鸡蛋和锅饼接到手里，慢慢地吃了起来。然而他每咬一口，都好像是泥巴塞在嘴里，黏牙难咽。

海风看着海山把饭吃了下去，紧绷的心情才稍微放松下来。他安慰道："海山，我先回去了。你可要想开点，烦心的事儿，就让它过去吧！"

自从刘庄大队放了电影以后，短短一两天，海风提心吊胆的事情还是发生了。真是验证了"怕鬼有鬼"那句古话。

人们很快就知道了放电影的来龙去脉。这件事一传十，十传百，像龙卷风一样，在刘庄大队以外的村庄传开了，成了很多村民茶余饭后的谈资。亲戚朋友间更是口无遮拦地相互传递着。

更有甚者说，刘海山不但被罚了钱放电影，还被打死了。看热闹的不怕事儿大，一时间，说什么的都有，安鼻子，戴眼镜，添油加醋，传得是神乎其神，越来越玄乎。尽管当时发生的事情谁也说不清，可是刘海山这个名字却越来越"响亮"了。

情理之中，这件事儿很快就传到了离刘庄大队十里之遥的王营大队王铁的耳朵里，而王铁正是海山的未婚老丈人。

海山的未婚妻是王营大队一家姓王的"大户人家"。王铁是个精打细算，枕着算盘睡觉的主儿。农闲时下河捕鱼，扛着猎枪打野兔。在村子里，人送绰号"十三能"。

虽然他的家境和别人差不多，粮食也有些紧张，但是正因为他会这两手，家里隔三岔五地吃肉。有些想吃肉的人不时买一瓶酒去他家里混上一嘴，胡侃一阵。时间久了，他还真喝出了不少的二八月——狐朋狗友。本来王铁对女儿金环的亲事就不满意，他嫌海山兄弟伙儿多，家里肯定穷。但是金环愿意嫁给海山，为这事儿，他同金环商量了好几次，金环都没改口。

金环说道："现在哪个村里有富裕的人家？只要有力气，为人实在，身体好，能干活儿就中了。"

为此，王铁托人打听了很多次。只要跟刘庄大队有一点拐弯抹角的关系的亲戚，他都打听了一遍，很多人说刘海山这个人还可以。将来金环过了门，凭海山自己，也能把日子过得一般以上。

可王铁仍然犹豫不决，他总认为，以后都是没影的事儿，现在又不是将来，打心里对女儿的这门婚事还是不太满意。

最后，王铁对金环说道："金环，你要是非嫁给刘海山不可，我当爹的也不再说什么。以前是父母包办，现在是新社会，讲究婚姻自由，你自己愿意就中。万一以后你后悔了，可别埋怨爹。"

金环把嘴一撇，说道："爹，是坑是井，我都认了。"

从那以后，王铁也不再劝说金环，可是这门亲事始终是他的一块心病。

然而，如今海山出事儿的消息传到王铁耳朵里后，王铁高兴得差点没蹦起来。他希望金环抓紧时间，把这门亲事退掉。再找一个弟兄伙儿少的，家境殷实的。这样，不但女儿不会缺吃少穿，而且逢年过节来看望他的时候，还能提上几瓶酒，拿上两只烧鸡，孝敬孝敬他。

傍晚，月亮挂在王营村的上空，清澈透亮，温柔的凉风吹去了白天的热浪，树影在月亮的映射下不停地移动着。

晚饭后，金环坐在门槛上，望着月亮，仿佛看到了月亮里桂花树下的兔子在不停地捣药。此时，她的脑海里闪现着一个农村姑娘纯洁的梦想，将来海山来娶自己的那一天，晚上如果也能看到这样的月亮，那该多好啊！

自从金环见到海山那一天起，海山就成了她的心上人。为此，金环每天都是乐呵呵的。每次，几个邻里大嫂戏弄她的时候，她总是害羞得面红耳赤。几个大嫂在她面前调侃的话，总是说得露骨直接，有时甚至动起手来，调皮地逗着她。

其中一个大嫂笑着说道："金环妹，俺们说话，你脸红什么？大闺女坐轿，你永远跑不了那一回。明年海山把你娶走了，你要是不争气，不生个白胖大小子，海山不用鞋底把你的屁股打两瓣子才怪哩！将来想让恁娘家人给你出气，还非要恁嫂子不中。到结婚那一天，让恁婆家多抬点果子，好好地敬俺们一下。恁嫂子一句话，就能把刘海山修理得以后永远不敢动你一指头。"

金环平时不爱说话，每逢遇到嫂子们调侃，总是以微笑面对。但是这回被嫂子这么一击，她也有说漏嘴的时候，瞬间不假思索地说道："我不会让你们出气，我就不会一胎生两个？"

几个大嫂听金环这么一说，本来长了一张花麻雀的嘴也没词了，只是一个劲儿得意得前俯后仰地笑个不停，忘记了遮掩那露出的白亮肚皮。

这时，有一些旁观的调皮男人，顺手抓了一把土塞在肚皮上。喘过气来的这些女人哪能吃得了这亏？她们把裤带紧了又紧，不甘示弱地说道："傻小子，想吃奶呀？来！我儿子的奶让给你吃。"

这个男人正得意之时，那些女人则像一窝马蜂一样反扑过来，直到把这男人整得苦苦哀求，战败为止。一时间，街头留下一片爽朗的笑声。

这时，金环也被整得不知所措。哪承想，自己的一句话惹起了一场闹剧。她的脸瞬间红得像一朵待放的玫瑰花一样。

在这个金环万般入神地望着夜空的晚上，王铁抽着烟，腆着肚子，在院子里不停地踱来踱去。

王铁知道金环自从和海山定亲以后，金环所有的一切都在莫名其妙地变化着。对于女儿的变化，他都看在眼里，记在心上。他认为自己不是个死物头，只是怕金环接了她妈的脉气，认个死理，遇事儿时心里想不开，像一块搬不动的石头，没有活动的余地。

在王铁的心目中，这门亲事儿终于画上了一个句号。他认为，事已至此，这事儿就由不得金环了。

王铁回到屋里，在老婆的耳边说了几句："你先给金环说一声，就说刘海山干了见不得人的事儿，快被人家打死了，还被罚放一场电影。这门亲事儿一定要断，没有商量的余地，就说我快气死了，悔恨当初找了一个这样的女婿。"

王铁吸了一口烟，接着说道："我一开始就不同意这门亲事儿，我的眼睛好使得很。无论对什么事儿，从来没有看走眼过，跟我掂枪打野兔一样，不说百分之百，也有个八九不离十。给金环说，海山送的彩礼一分也不能退。因为，这断亲的事儿不怨咱，这事儿陪着他丢人都丢不起！"

当初，海山送的定亲礼不是很多，买了两身衣服，两只烧鸡，四瓶酒，一条烟，还有一百多块钱。海风和媒人把送来的彩礼往王铁面前一放，简单地说了几句话就离开了。别说喝茶了，王铁当时连一句客套话都没说。

金环嘴里什么也没说，只是到了晚上，把那两件衣服偷偷试了一遍，心里也算满意。

当天晚上，王铁吃着海山家送来的香喷喷的烧鸡，喝着掂来的酒，这门亲事儿就勉强算定了下来。

王铁当时说道："金环，这门亲事儿既然你自己做主，以后不论享福还是受罪，你都别怪谁。到时候你有困难了，我有能力就帮你；我没能力帮你，你也别生我的气。无论什么时候，爹都是为你好。"

金环只是轻轻地点点头，没再说什么。

七

世事难料，谁也没想到事情会变化得这么突然。

就在海山和金环定亲一年后的今天晚上，王铁对着老婆催促道："你别想那么多了，快去跟金环说一下，越快越好。明天一早就去把这门亲事儿退了，这事儿没有商量的余地。"

此时，王铁的老婆心里虽有说不出的难受，然而事已至此，她也无力再反驳什么，只能失望地说道："看来这事儿也只有照你说的办了。"

金环的妈妈从屋里走了出来。她看到金环坐在门槛上，两只手托着下巴，正傻乎乎地望着明朗的夜空。

作为母亲，她清楚自己的女儿在想些什么。女儿平时有哪些变化，她总是心知肚明。可有些事儿就是看出来，往往也不会直说，因为女儿的心情还是要顾及哩！

她搬了一个板凳来到金环面前坐了下来，说道："金环，你看今天晚上的月奶奶（月亮）真亮，比白天差不了多少，就是一根针掉在地上，都能找到。"

"是的,像今天这样的月奶奶(月亮),一个月也碰不见几回。"金环笑着说道。

金环心里想着,从她记事起,妈妈很少像今天这样坐着陪着自己,今天肯定有事儿来找自己商量呢。或许是婆家捎信,商量结婚的事儿呢,要不然,劳累了一天的妈妈不会这么耐心地陪着自己。想到这里,金环心里有一种喜不自禁的感觉。

此时,王铁在屋里吸着烟,心里急得直跺脚。他嫌老婆太死憋,这是光屁股上贴杨叶———清二白的事。眼下只有退亲这一条路,其他别无选择,和自己的女儿说话还客气个啥?这么大的事儿,哪有商量的余地?

王铁两口子之间平时就很少说话。从结婚一直到现在就不对脾气,对方稍出言不逊,两个人少则三五天,多则十天半月,谁也不先和谁说一句话。就是躺在一张床上,也得叠两个被窝。如果在生气的时候,谁要是无意中咳嗽一声,或者放个屁,二人都要理论半天,因为双方都认为对方是有预谋的。可是到最后,二人也没论出什么结果来。

时间久了,王铁即使有理,也在老婆的声讨中缴械投降,甘拜下风。

让王铁没有想到的是,家里遇到这么大的事儿,老婆在女儿面前竟然还能如此沉静和温柔,和平时对自己毫不客气的态度相比,简直判若两人。

王铁在屋里有意咳嗽了几声,示意老婆快刀斩乱麻。他心想,马上黄花菜都要凉了,你这个臭娘们儿真是磨磨叽叽,平时对我磨刀霍霍,今天这么大的事儿,还犹豫个啥?赶快把事儿说明白不就妥了?

金环的妈妈对王铁的咳嗽声心领神会,可是她的心里仍然有些顾忌。

金环也知道,今天晚上妈妈肯定找自己有事儿。她想,定是妈妈不好意思开口,于是主动说道:"妈,我看你是有什么事儿吧,你就直说吧!"

金环的妈妈说道:"我也不瞒你了,我听恁爹说,刘海山出大事儿了,把人丢尽了,长了一身的贱骨头。半夜里,他去欺负一个寡妇娘们儿,被刘庄大队的治保主任逮住了,几个社员差一点没把他打死,不但被罚放了一场电影,还罚了不少钱呢。你的命还不错,幸亏没嫁过去,要不然你这辈子在别人面前都抬不起头,永远也别想过好了。这回恁爹还真没看走眼,对你这门亲事儿,他始终都不满意。"

金环听妈妈这么一说,浑身打了个寒战,刚才所有的快乐和幻想都跑到九霄云外去了,好似一盆冷水浇在了头顶上,透心地凉。她不愿相信这是真的,更不愿相信海山会做出这样伤天害理的事儿。

金环惊讶地用手摇晃着妈妈的胳膊，说道："妈，这不可能！你是从哪里听说的？这肯定是谣言，俺爹恁俩不会骗我吧？"

金环的妈妈说道："金环，俺俩怎么会骗你呢？没风也不会起浪，毕竟十里八村的亲戚朋友这么多。今天下午，有好几个人给恁爹俺俩说，刘海山出事儿是真的，还都是自己人说的，恁表姨专门让人给我捎信儿，让我和你商量一下，把这门亲事儿抓紧退掉，越早越好。要是外人，人家只顾看笑话，还不给咱捎信儿哩！尽管你们还没结婚，但是摊上这样的事儿也够倒霉的了。现在，很多人都为你捏了一把汗，说你有福。要是结了婚，你这辈子就算完了，跳到火坑里去了。"

金环听着妈妈的话，什么也没再说，耷拉着头，整个人像个泄气的皮球，眼泪顺着脸颊流了下来。

金环咬了咬自己的嘴唇，心里又气又恨。她心想，你刘海山对得起我吗？看来是我看错你了，咱俩到这儿就算缘尽了，这样的事情放在任何人身上，都是不会原谅的。

这时，王铁从屋里走了出来，气愤地说道："这事儿还商量个啥？明天一大早就去找媒人说一声。再熊媒人几句，问他是一个什么东西，给金环介绍这样的人家。以后，媒人再敢来咱家，我一定掂棍把他撵出去，别说陪他喝酒了。就是连一句话，我都不会搭理他。"

王铁抽了一口烟，气急败坏地骂道："这个鳖孙媒人，不知道喝了刘海山多少尿水子哩！我真想拿着兔子枪崩了他个王八蛋！"

金环的妈妈说道："老头子，你还咋呼个啥？明天给媒人说一声，把这门亲事儿退了，不就啥事儿没有了？你纯粹是屁股后作揖。"

王铁听着老婆的话，气得嘴里直冒火。他重重地"嘿"了一声，说道："你真是狗屁不通。咱们结婚这么多年，别人放个屁也是香的。我把血放给你喝，你还嫌腥，不知道好歹的东西，我这一辈子就把你看走眼了，也不知道当时见面的时候咋叫鬼迷住眼了。"

金环一听，爹妈又为自己的婚事儿杠上了，眼看着又要吵起来。这样吵下去，终究解决不了问题。况且晚上还这么静，要是让邻居听见了，除了让人笑话别无他用。

金环抬起头，哀求地说道："爹，妈，你们别吵了。我知道你们都是为了我好。既然刘海山把事情做出来了，我心里也不是个滋味。我听你们的，从今天起，这门亲事儿就算结束了，你们再吵还有啥意义哩？都这么大年纪了，从我记事起就吵，一直吵到现在，啥时候是个头哩？我看到你们吵架就难受，明天把彩礼给刘海山如数退回去。他就是犯天大的错，那也是他的事儿，我不欠他的，免得他以后恨我们。"

王铁一听金环这么说，心里既满意又难受。满意的是，这门亲事儿，金环是彻底不愿意了，达到了他的目的。难受的是，金环要把彩礼如数退给海山。

这是王铁不愿意听到的，也是更不愿意做到的。他想，无论咋说，这彩礼也不应该退给刘海山，事情到了这个地步，都是刘海山一手造成的。这是活该，责任应该由刘海山一人承担。要是听金环的话，把彩礼退给刘海山，不仅自己的面子挂不住，村里的老少爷们儿也会说三道四。

金环当然懂王铁的意思，劝说道："爹，这彩礼咱一分也不要，包括烧鸡、烟、酒都算上钱，送到媒人那里。刘海山犯的事儿，咱们管不了，他是自作自受。"

王铁听金环这么一说，生气地说道："照你说的，刘海山可是占了咱家不少便宜，咱们不让刘海山赔咱的青春费，难道还不够意思吗？"

"爹，你什么也不要想了，你把钱准备好。明天就把彩礼钱退回去，给媒人说清楚，这样你也安心了。"金环接着说道。

王铁也没再说什么，气得"哼"了一声，然后又跺了一脚才回到屋里，愤愤地躺在了床上。

中午，当头的太阳火辣辣地照耀着大地，空气中的热浪逼面而来。

很多社员在队长的安排下提前下了晌（工）。有的坐在地头的树下乘凉，有的陆续往家里走去。人们走在田野间的大路上，尘土顿时飘荡在天空，迷得人们睁不开眼睛。

此时，海山穿着背心正在玉米地里忙着改水，浇过水的玉米变得嫩绿、挺拔。他盼望着玉米能有个大丰收，到时家里也能多分点粮食换些钱，然后把金环娶回来，安安稳稳地过日子。

想到这些，他压住心里所有的怨恨，暗暗发誓，以后一定要活出个人样来。话虽如此，可海山心里依旧平静不下来。

这时，海昌匆匆忙忙地来到了海山面前，慌慌张张地说道："海山，你先回家一趟，那个给你说媒的朱贵，在家等着你哩！我在这儿替你先干着，你说话尽量说好听点，留他吃顿饭，咱大哥也在家等着你哩！"

听海昌这么一说，海山感到十分惊讶，问道："这大热天的，朱贵这时候来干啥哩？"

海昌回答说："你回家看看就知道了。"

海山走到河边把脸洗了一下，又把脚上的泥巴洗干净，然后便大步向家里走去。他刚走到屋里，就看见堂屋的桌子上有个包袱，顿时感到有一种不祥的征兆向自己袭来。

此时海风正耷拉着脑袋抽着烟，看到海山从地里回来，海风的脸看起来比哭还难看。

看到这种压抑的场景，海山已经明白了七八分。他掏出一支烟递给朱贵，客气地说道："叔，天这么热，让你跑这么远，你受累了。"

朱贵看着海山，叹了一口气，不好意思地说道："唉！我也不知道因为啥。今天早上，金环他爹就把彩礼送到俺家，说金环不愿意了，他也没有说其他哩！就说他碰到一个算卦的，说金环和你八字不合，命中相克，以后在一起过日子没有好结果。我当时就说他，如今是新社会，你咋还信这一套哩！啥时候都是一福压百祸，有祸你躲不过。但他非要把你给金环送的彩礼一分不少地退回来。当时我非常生气，说这门亲事儿是恁提出来的，你少给海山个糖豆钱我都不愿意，我这是整天有空陪你们闹着玩哩吗？你这不是把我当猴耍吗？你们说吹就吹了。海山要是不给你们讲一点面子，你们还要赔海山的青春费哩！"

朱贵抽了一口烟，接着说道："他如果敢得罪我，我要不把他闺女在她娘家住一辈子才怪哩！到时候让金环长成一个老闺女，不把他王铁急疯不算完。"

朱贵说的这些话，其实是有意说给海山兄弟俩听的。实际上，他根本没敢在王铁面前放个屁，因为海山的事儿早已传到他的耳朵里了。

以朱贵的身份而言，周围每个村的犄角旮旯儿，他都了如指掌，俨然一个敬业的婚配情报站站长。

朱贵很清楚，金环退亲是早一天晚一天的事儿，但他没想到，这一天会来得这么快。

对于海山身上发生的这件事儿，朱贵儿是打心里不愿意看到的，甚至是心有余悸。因为这桩婚事儿毕竟由他一手牵线，况且刚开始，他为了促成这桩婚事儿使出了"种种招数"。

事已至此，朱贵可不想成为双方的出气筒。他更不想，以后在十里八村那些亲戚朋友面前颜面扫地，因为这将对他以后说媒的名声造成恶劣的影响。

平时，朱贵给别人说媒，也有自己的原则。他认为，给人说媒，成与不成，主家至少破费掂瓶酒聊表心意吧。

他心想，无功不受禄，我也不是白吃你们的。我可没少操心，没少跑腿，这是你们应该做的。很多时候，我关上门卖贱药，你们还是自愿找上门来。人活着要不为点啥，还不如去给狗挠蛋哩！谁都知道，从古至今，朝廷还不白用人哩！我给你说媒，要是不喝你的酒，你心里还真不好受哩！

长此以往，朱贵整天喝得脸红彤彤的，肚子腆得很远，上等烟时常噙在嘴角。在很多人眼里，他的日子过得犹如神仙一般，一路春风一路歌，风光无限。

咀嚼再香的饭菜也有咬到舌头的时候。如今海山的婚事儿到了这个地步，朱贵觉得自己就是跳进黄河也洗不清了。不要说是碰到王铁这样的"十三能"，就是一般人家也不会轻易放过他。朱贵可谓是如鲠在喉、有苦难言。

今天天不亮，王铁就骑着自行车带着彩礼来到了朱贵家里。王铁连招呼也没有打一声，就对着朱贵家那个栅栏门来回地撞击着。

朱贵家养的一只老黄狗顿时龇牙咧嘴，不停地大声号叫着。

朱贵的美梦就这样被惊醒了。他急忙揉着眼睛，光着脊背从屋里走了出来，不耐烦地吼道："谁呀？天还不亮就来叫门，有啥急事儿不能等到天明了，牛会把日头吞吃了啊？"

王铁也不吭声，又故意使劲儿地用脚踹了几下，恨不得一下子就把栅栏门给踹零散。

朱贵听到这个声音，不敢再说什么，只是振作精神来到了门口。当他看到是王铁时，顿时感到事情不妙，脸色唰的一下，像奔丧一样拉了下来，客气地说道："表侄，咋是你呀！这么早就赶过来了？有啥事儿到屋里说。"

王铁也不客气，径直掂着彩礼大步来到朱贵的堂屋里，把彩礼往地上一扔，喘着粗气。朱贵见状，急忙客气地把烟递到王铁手里，又恭敬地点上。

还没等朱贵开口，王铁就唉声叹气地说道："唉！表叔。"

王铁叫这个"表叔"的声音，让朱贵听起来像是前来吊孝，浑身直起鸡皮疙瘩。

王铁说道："其实，我连表叔都不想叫你，你算个啥一号的人哩？为了吃点、喝点、抽点，老脸也不顾了，谁都骗。对恁表侄，你也不说一句实话。昨天晚上，你把俺一家气得差点出了人命，我要不是耐心地劝俺闺女，她气得要寻短见哩！你差一点没把俺家搞零散。你整天除了吃喝，到处跑着吹牛皮。你也不好好打听一下，啥一号的人都给俺闺女介绍。像刘海山这样的家伙，弟兄伙儿多，穷就不说了，还去欺负人家一个寡妇。就你给俺闺女说的这号人家，你这不是端着屎盆子往我王铁头上倒吗？我提起这门亲事儿，都不知咋说你了。我看你那脸一点也不红，都不要一点脸了。"

朱贵怕王铁把话说得更难听，于是就伸伸脖子，咽了一口唾沫，客气地说道："表侄，你别再往下说了。我也几十岁的人了，我脸不红，可心里难受啊！当时，提这门亲事儿的时候，刘海山确实不是这样的人，到现在我也不相信这事儿是真的。你也知道，人的嘴是两张皮，咋说咋是哩。往往捎东西会捎少，捎话能捎多。别人说的话你不能全信，世上冤死鬼多哩！这门亲事儿，恁表叔我要是有心骗你，我就是个大老圆（大王八）。"

说罢，朱贵比画了个圆的手势，放到王铁的面前以示真心。

王铁说道："表叔，我气得再狠，也不会再说你了。往后多做点好事儿，别再伤天害理了，彩礼一分不少地都给刘海山送过来了。今天晌午，还不耽误你到刘海山家再吃一顿。往后多留点心，别让大鲤鱼的刺卡住喉咙眼儿了。"

这时，王铁站起身来，好不客气地接着说道："彩礼你看清楚了，这门亲事儿就算结束了，俺家你是不能再去了。"

话音刚落，王铁就头也没回地骑着自行车离开了朱贵家，临走还不忘甩了一下朱贵家的栅栏门。

朱贵看着王铁走远了，狠狠地"呸"了一声，骂道："妈的，老子算倒霉死，一大早碰到你个王八蛋。刘海山犯错误能怨我？你找我来出气，要是刘海山发了财，给你拿吃的，又拿喝的，孝敬你这个老丈人的时候，你的肚脐撑得眍眼，你也不会想着老子。"

朱贵"哼"了一声，接着说道："王铁，你个傻龟孙！往后，你还是看着老子该咋吃咋吃，该咋喝咋喝。老子离了你这堆牛粪就不开菜园了？岂有此理！"

人们常说，急病慢先生。朱贵根本没把王铁来自己家给海山退彩礼当回事儿，小算盘在他心里噼里啪啦地拨拉着，上午他依旧没耽误去挣工分，特意趁中午下班的时候才来到海山家，计划着再混一顿酒饭。

他对海山兄弟俩说的话都是现编的，他可不迷糊，处理这样的问题是小菜一碟。他心里想，不讲黑猫狸猫，无论用什么办法，只要把彩礼送到刘海山手里，自己就算把这事儿处理了，管他娘嫁给谁，还是照样喝喜酒。

话说回来，海山兄弟俩对朱贵还是感激的，毕竟朱贵当初对这桩亲事儿也没少费心。他们深以为然，既然女方把彩礼退回来了，作为媒人，自然也不愿意看到这样的结果。今天再让朱贵喝上一顿也是应该的，以后可能还需要他帮忙哩！

海风客气地说道："叔，这事儿算过去了。你也不要往心里去，俺们不会埋怨你。等以后有媒茬了，你再给俺兄弟操个心就是了。今儿个中午别走了，给这儿喝点。"

朱贵听着海风的话，假装执意要走，谦虚地说道："好闺女多着哩！等有机会了，我再给海山介绍一个。恁俩别麻烦了，天快晌午了，家里还有点事儿，我得回去了。"

海山说道："叔，你说啥也不能回去。你先等一会儿，我去代销点，买两盒罐头，掂两瓶酒，咱几个喝点。"

海山说的话正合朱贵的心意。再者，海风也拽住朱贵的手，让外人看起来，朱贵还真的诚意要走哩！

海山很快就从代销点把罐头和烟酒拿了回来，他把盖子打开，一股迷人的牛肉香味很快就弥漫了整个屋子。

朱贵也不再谦虚，一边津津有味地吃着，一边高兴地喝着。

没多大工夫，朱贵就喝得话多了起来。自然而然，就开始吹上了："海山，今天不是恁叔给你吹牛皮哩！王铁他把彩礼送回来了，有他后悔的时候。晚一天，他就是再托着我给他闺女说媒，你也不能愿意。你放心，你的媳妇包在我身上，我手里的媒茬多得很，这次走一个穿绿的，我再给你找个穿红的。就你这身材和块头，还能发愁找不到媳妇？没有听人家说吗？有个金镬头，还愁找不到柳木把？"

海风在一旁听着朱贵的话，耳朵里直发痒。他思索着，你朱贵可不傻，打兔子的猎人也捉不住你这样的滑脚兔，以前喝酒有你，今天喝酒还有你，以后再请你，恐怕你也不会再来了。

对于海山退亲的事儿，海风心里感到沉甸甸的。他很清楚，绝对不会像朱贵说的那么简单了，自从这件事情传开以后，海山想找个媳妇是不容易了。

酒足饭饱以后，朱贵对海山兄弟俩又海阔天空地侃了一阵。可以说是，该说的也说了，不该说的也许诺了。直到无话可说，朱贵才腆着个像怀着孕的大肚子，晃晃悠悠地推着自行车离开了海山家。

八

午饭过后，太阳像疯了似的继续喷着火舌，大地万物都在苦苦地支撑着。此时，人们已被烤得疲惫不堪。无论躲在哪里，都没能逃脱像蒸汽一样的热浪。大路上，远远望去，只有少许骑着自行车或者步行赶路的人。路上荡起的尘土，伴随着汗水，死死地沾满了脚丫子。

此时，朱贵已经离刘庄很远了。他的汗水像雨点一样不停地往下滚淌着，加上喝了那么多白酒，他的脚步变得越来越沉。他把自行车当成拐杖，推着自行车在火燎似的土路上来回走着 S 形。两只眼睛迷迷糊糊，脑袋昏昏沉沉，身体有些支撑不住了。偶尔碰到一个熟人，也只是不屑一顾地看他一眼，然后就躲得远远的。

有的甚至还骂他一句，"下三烂"，天气这么热，还喝这么多尿水子，肯定又是不掏钱的酒，要不也不会喝得这么傻。像这一号的货，啥时候喝到那一间里去了，就不喝了。

十里八村认识朱贵的人，看到他这个样子，早都见怪不怪了。有人说，谁要是想喝倒朱贵，那也确实不容易，他这一辈子就是奔着喝酒而生的。平时，喝高的时候，即便有人劝他，不但起不到什么作用，反而更能助长他的酒兴。

又走了一会儿，朱贵实在是走不动了。他抬起头，扶着自行车，努力地睁开眼睛，本能地扫视了一下四周，发现在他不远处的路边有一棵大树。

他坚持着向那棵大树走去，刚走到大树旁，就随手丢掉自行车，浑身像散了架一样，顺势倒了下去。

朱贵贪婪地享受着大树带来的阴凉。他根本就没看见，今天还有一个和他的想法完全一样的酒鬼，也躺在这棵树下睡得正香。这个人不是别人，正是刘火头。

二人在这棵树下碰到一起也是机缘巧合。今天，刘火头去一个好兄弟家，给他爹祝寿，整个人也是喝得不能自已，最后走到这棵树下，把鞋子甩在一边，四仰八叉地睡着了。

朱贵身子一歪，一屁股坐在了刘火头的腿上。刘火头一点反应也没有，只是下意识地"哼"了一声。霎时，两个人的鼾声忽高忽低，打擂台似的混杂在一起，形成了一道独特的风景，吸引着路人的目光。

路过这里的人，看到他们像两条泥巴狗一样躺在一起，都以为是他们两个在一起喝的酒呢。

这两个人，在方圆十里八村也算"小有名气"，各有各的"特长"。一个是响当当的刘庄大队的治保主任，一个是名声在外的说媒人。其他地方，二人不能相提并论，但在喝酒划拳这方面，还真不知道鹿死谁手。

人们看到他们两个醉倒在那里，说什么话的都有。有人说，这两个醉鬼，没有一个正儿八经的货，你看那熊样儿，平时见了酒比看见他爹还亲。有人说，今天是两只螃蟹挤胡同——对家（夹）了，烩一锅汤子都不会拐味儿。

但是没有一个人停下脚步问候一声，只是轻蔑地看上他们一眼，便很快离去了。

时间慢慢地过去了。刘火头以为是在家里床上躺着呢，眼睛还没睁开，就像做梦一样地喊道："给我端碗凉水来，快把老子渴死了。"

说罢，他下意识地翻一下身子，可两条腿被朱贵死死地压住，动弹不得。

又停了一会儿，刘火头焦躁地叫道："孩儿他娘，都啥时候了，还搂住大腿睡哩！快闪一边去。"

此时他的腿已经被朱贵压得又疼又麻。他使出浑身的力气把眼睛睁开，看自己正躺在路边的一棵大树下，压在自己腿上的人不是老婆，而是整天跑着给别人说媒的朱贵。

刘火头气得骂道："朱贵，你个兔崽子。今天我喝多了，你也喝多了？你把老子的腿都快要压断了，你喝怎些猫尿水子干啥哩？咋不喝死你哩？"

任凭刘火头再骂，朱贵还是睡得像一头死猪一样，一动不动。最后，还是几个走路的人帮忙，才把朱贵从他腿上挪了下去。

此时，刘火头觉得头依然晕得厉害，站了几次都没能站起来。很快，又糊里糊涂地靠着大树睡着了。

又停了好一阵儿，一个骑着自行车卖冰糕的小伙子热得汗流满面地来到他们面前。

小伙子看到树下躺着两个喝醉的人，顿时灵机一动。心里想着，这两个人喝醉了，大热天的，冰糕可是解酒的好东西，把他们唤醒，兴许还能卖给他们几块哩！

于是，小伙子把自行车停下，两条腿叉在自行车上，试探性地大声吆喝起来："谁买冰糕？凉甜的冰糕，要是不买，我马上就走了。"

刘火头和朱贵两个人听到吆喝声后像狗熊一样，眼睛还没睁开，就同时慢慢地翻滚着身子。二人口渴得直冒火，正求之不得哩！

刘火头结结巴巴地问道："多……多少钱一块？"

小伙子笑嘻嘻地说道："二分钱一块。"

"你卖得咋怎贵哩？能不能便宜点？我要得多。"朱贵说道。

小伙子说道："这都是随行就市，你们又不是不知道。"

小伙子定神一看，这才认出来，眼前的二位正是经常跑着给人家说媒的朱贵和刘庄大队的治保主任刘火头。他想，都是邻近村子的，既然他们要得多，就给他们便宜点吧，薄利多销嘛。

于是，小伙子问道："你们能要几块呀？要是买得多，就卖给你们一毛钱六块；买得少了，还是二分钱一块。"

朱贵把眼睛睁大仔细一看，原来身边的人是刘火头。他不假思索地说道："小伙子，咱们离得不远，都是十里八村的老熟人。就照你说的，一毛钱六块，给俺俩每人拿六块。"

小伙子高兴地把自行车停好，然后麻利地从箱子里拿出来十二块冰糕，给二人各自分了六块。

二人接过小伙子递过来的冰糕后，立刻狼吞虎咽地嘎嘣嘎嘣嚼了起来。

此时，二人渴得嗓子眼儿都冒烟了，哪还顾得上面子？两个人像运动员比赛一样，短短几分钟之内，就把各自手里的几块冰糕吃得一干二净。

这时，刘火头用手把嘴一抹，眯缝着眼睛对朱贵说道："真爽啊！"

此时，朱贵的醉意已减了七八分。他看着刘火头说道："刘主任，我刚才睁眼一看就是你，这冰糕钱我拿，只当我请客了。"

刘火头假装摸着口袋，说道："这不行，今天的冰糕钱我拿。"

实际上，刘火头上身就穿了一件背心，不要说装钱了，身上连一个口袋都找不到。他只是做做样子，虚晃一下。

朱贵也故意说道："这冰糕钱，我来拿。"

说着，朱贵就把手伸进身上仅有的一个口袋里，但是他的口袋里一分钱都没有。

朱贵在心里盘算着，不要说没钱，就是有钱也不能给刘火头垫上。我朱贵是干啥哩？我还想着整天吃大户哩！你刘火头算个什么东西，我朱贵还不清楚吗？你在刘庄大队能呼风唤雨，但在我面前没有一点球用，这钱还是各拿各哩。即使今天我把冰糕钱给你垫上，时间长了，你还是把我的好忘得一干二净，你永远是一条喂不熟的狗。

卖冰糕的小伙子客气地说道："大爷，把冰糕钱给我吧！我还要去别处转悠哩！"

二人在小伙子的催要下，几乎同时发出声音，说道："小伙子，今天口袋里没带钱，你先赊给俺们，晚一天碰到你了，就把钱还你。"

小伙子说道："赊给你们可以，但是你们喝这么多，到时候万一不认账，我去找谁要账啊？"

朱贵晕头晕脑地说道："这好说，你就以路边的这棵大树为证，不就是了？"

小伙子犹豫了一会儿，心里想着，让这棵大树做证，这不是刻舟求剑，耍着我玩哩吗？到时候即使他们承认吃我的冰糕了，但如果他们说只吃了一块，我能有什么办法呢？

刘火头迷糊着说道："小伙子，你放心，你可能也认识我，我是刘庄大队的。明天中午上俺家，到时我把钱给你。"

小伙子也没有再往下纠缠，本来高兴的笑脸像打蔫的苦瓜似的拉了下来，只得无奈地离去了。

朱贵把烟掏出来递到刘火头的手里，客气地说道："刘主任，把烟点上。"

刘火头眯缝着眼睛说道："朱贵，这烟又是谁家给哩？准是不掏钱的烟，要不你出手也不会这么大方。"

朱贵嘿嘿地笑着，自豪地说道："这可是嘴上的火，让你说着了。这两毛钱一盒的烟，我这平头百姓哪能吸得起？我自己要是掏钱买，最多买八分一盒哩就不错了，啥时候也不能和你刘主任比呀！这烟还是你们刘庄大队的刘海山送给我的，酒也是在他家喝的。他兄弟俩敬酒太实在了，我也不好意思推让，平时我酒量也不小，没想到今天被他俩灌多了。"

刘火头听到朱贵说是在刘海山家喝的酒，立马来了精神，睁大眼睛说道："朱贵，今天你是专一上他家喝酒的吗？"

朱贵唉了一声，说道："是刘海山的未婚妻，听说他犯了错误，把这门亲事儿退了。我在中间也没少弄劲儿，好话说了一箩筐，他老丈人王铁说什么也不愿意了。今天我是给刘海山退彩礼的，这事儿把我弄得里外不是人。你也知道，退亲的时候哪有喝酒的？他们非让我喝，刘海风说，以后还让我操个心，再给他兄弟找一个。"

刘火头说道："朱贵，我也不是说你哩！你这个人整天给别人说媒，看起来办的是一件件好事儿，结果是弄巧成拙。你往后说媒的时候，大脑也过滤一下，心里有点把握。为了吃喝，把眼一闭，把猫啊，狗啊，都能说成一家。今天你喝刘海山的酒，我敢打赌，王营大队的王铁连一碗凉水也不会给你端。你想想我说的话，就明白啥意思了吧！刘海山在俺们刘庄大队是个什么样的人，你是一点也不清楚，就他那骆驼蹄子还走猴路，想找好事儿哩！今天刘海山的酒你也喝了，烟也吸了，以后对他这样的人，你躲得越远越好。不然，把你朱贵的名声搞得臭名远扬。"

朱贵听着刘火头的话，这意思明摆着，刘火头恼恨刘海山，往后刘海山要是撞到刘火头的枪上下，那只有死路一条。他知道，刘火头可不是一盏省油的灯，在刘庄大队可以说是掷地有声。平时，那几个寡妇被他照顾得都不错，他凭着自己的权利，这么多年，在刘庄大队，很多人是敢怒而不敢言。

朱贵凭着自己在方圆十里八村说媒时的道听途说，以及对刘火头的了解，心里已经有了判断。再者，今天从刘火头说话的态度就不难看出，刘海山走到今天这一步，刘火头在背后肯定没少使横劲儿。

此时，在海山身上发生的那件事儿的真假，在朱贵的心里打了一个大大的问号。朱贵心想，如今事已至此，是真是假，只有等着时间去验证了。

刘火头和朱贵又说了好一阵子，二人的醉意也基本散去了。

朱贵打了一个哈欠，说道："刘主任，该回家了，我回家还要去生产队干活儿挣工分哩！"

刘火头说道："你慌个球呀！还没吸你两口烟哩，你又心疼了，耽误一下午也没事儿。"

朱贵笑着说道："刘主任，你见怪了，我啥时候也不能和你比呀！你天天不干活儿，队长也不敢扣你的工分，我算老几呀！今天再晚去一会儿，我的工分就没了，我得马上回去。"

说着，朱贵又从烟盒里掏出一支烟递到了刘火头手里。

刘火头笑着说道："这还差不多，晚一天，抽空到俺家喝酒去。"

"中，等有机会了，我一定去。"朱贵扶起自行车笑着说道。

朱贵没走多远，看着刘火头的背影，忍不住骂道："刘火头，你个老杂毛，不是个好鸟。让我到恁家喝酒，你也是恶狗戴礼帽——假装排场人。啥时候，老鹰也难叼住你的一撮毛，你要记住，多行不义必自毙……"

朱贵把彩礼退给海山以后，海山极力平复着自己的情绪。他坚信，不做亏心事，不怕鬼敲门。他虽然体会到了被打一顿的冤枉，但压根不知道赔偿和罚钱放电影的事儿，也不清楚这场电影已经让他名声扫地，更不了解刘火头和连爱英在背后都做了些什么。

海山虽然一句埋怨的话也没再说，但他心中所有的希望都化成了泡影。漫天的乌云像倒扣的黑锅，正向他慢慢地压来。

他平凡的人生不再宁静。正直、憨厚、善良的形象在刘庄大队老少爷们儿的心目中戛然而止，就像泼在地上的水无法收回，并且容不得他做任何的申辩。很多双眼睛在仇视他、指责他、躲避他。他变得像过街的老鼠，身上贴满了瘟疫的标签。

海风也深深地感到事情的严重性。他作为海山的大哥，当时自知理亏，为了息事宁人，不分青红皂白地把海山毒打了一顿。为了能把事情最小化，别人要求的所有事项，他都无条件接受。没想到却事与愿违，不该发生的事儿还是发生了。本来想着拿钱消灾，如今却演变成了不可逆转的灾难。

海风思索着，这放电影和罚钱的事儿，事先说好的，不对外讲，刘火头怎么一点信用也不讲呢？他虽然感到有些头疼，但也只能叹息地说道："唉！谁让自己的兄弟不争气呢！"

海风想着近来发生的一切，他看到自己的弟弟沦落到这步田地，而自己却无能为力，心中有说不出的苦楚，泪水又一次顺着脸颊流了下来。

连日的干旱终于过去，天空下起了大雨。刘庄大队的男女老少都躲在家里，盼望着天晴后再大干一番。

人们喜不自禁，很多人都在说："有钱难买五月旱，六月连阴吃饱饭。这是老天爷在发慈悲，让老百姓秋后有一个好收成，这是老天的恩赐。"

人们闲暇之余，谈论的话题依然绕不开海山。在议论中，像屎壳郎跟屁走的人占了大多数，同情海山的人寥寥无几。人们对海山的所作所为，大都给予无情的抨击。此时，海山已经被唾沫星子无情地包围了。

纸终究是包不住火的，随着演电影的事情在刘庄大队持续发酵，桂平也知道了此事。海风最担心的事情还是发生了，就像崩苞谷的压力锅一样，一下子炸开了花。

桂平抱着虎子，气势汹汹地从外边回到家里，咣当一声，一脚把门踹开了。

海风正在烧火做饭，听到响声后，急忙从厨房走了出来。他的心里猛地一惊，好像天要塌下来一样。因为他看到桂平阴沉着脸，正瞪着眼睛看着自己，嘴撅得似乎能拴住一头驴。

"你这是干啥哩？吓到虎子怎么办哪！有什么事儿，慢慢说呗。有啥过不去的事儿，惹你发这么大的脾气？"海风走上前去，和颜悦色地说道。

桂平气呼呼地往床上一坐，"嘿"了一声，说道："刘海风，你真是胆大包天，什么事儿都敢瞒着我，根本没把我当回事儿，你觉得做的事儿还怪妙呀？要想人不知，除非己莫为，小蠓虫飞过去还有影儿哩！今天，你给我说清楚，你拿的钱弄哪儿去了？你要是不给我说清楚，我就死给你看。"

本来海风就是桂平斗败的鸡，再者自己理亏，听她这么一吼，心跳得异常厉害，脑袋立马有些蒙了，心里顿时没了主意。这怎么办呢？这事儿怎么传到她的耳朵里了呢？

海风从口袋里掏出一支烟点上，使劲儿地抽了几口，定了定神，和气地说道："桂平，我能有什么事儿瞒着你呀？即使有事儿，不跟你商量一下，就是借给我几个胆，我也不敢自己做主呀！咱的钱是借给海山看腿了，你要是不信，就去问海昌。"

桂平说道："刘海风，大前天放电影的事儿你知道吗？快把人丢死了，年纪轻轻不学好，还去找寡妇哩！还说喝多了，摔着腿了，就是摔死，这样的人咱也不能借给他一分钱。往后看恁弟兄几个在刘庄大队，还怎么有脸出门见人！明天，你把借给海山的钱要回来，照你当初说的条件，少一分我也不愿意。咱和他断绝一切关系，你要是不听我的，我就把虎子往家一放，咱俩离婚，各找各哩！"

海风用手抚摸着自己的胸口，装作惊讶地说道："桂平，你是怎么知道的？我要是知道海山干这样的坏事儿，我非狠狠地揍他一顿不可。海山出这么大的事儿，我怎么没有听说呀！要是真的，可把咱老祖宗的脸给丢尽了。你放心，明天我就去问海山，他要是不跟我说实话，我就跟他没完。"

海风像敬神一样，总算是把桂平的情绪安抚了下来。他心想，这以后该怎么办呢？这钱的事儿，海山一点也不知道呀！该怎么跟海山解释呢？

海风苦思无策，因为他懂得，这年头，钱是硬头货，一分钱难倒英雄汉。

九

雨过天晴，火辣辣的太阳依旧从东方升起。地里的庄稼，绿油油地茁壮成长起来。全大队的劳动力都热情高涨地奔赴田间地头，为秋后能取得丰收而争先恐后地忙碌着。

傍晚，忙了一天的海山吃了晚饭，拿着一把扇子和一张草席，准备躺在家门口的大槐树下睡上一觉。

空气中依旧没有一丝风，坑塘里的青蛙被热得呱呱直叫，树上的知了也不甘示弱，似乎和青蛙打起了擂台。一时间，安静成了奢侈品。很多村民都来到了大街上，以求缓解闷热带来的压抑气息。

虽然海山不停地用扇子扇着，可汗水还是从毛孔里钻了出来。他躺在那里，汗水把整个身子都粘在了草席上。他望着天空，想着近时发生的一切。他安慰着自己，身正不怕影子斜，人在做，天在看。

这几天，海山身心疲惫，不一会儿，便不知不觉地睡着了。他刚睡着，就朦朦胧胧地感觉到一阵急促地脚步向自己走来。抬头一看，正是自己的大哥海风，于是他急忙坐起身来。

海风蹲下身子，急促的低声说道："海山，我给你说个事儿，你可要记住。等一会儿，恁嫂子要是问你找我借钱的事儿，你就说你借了。无论她怎么问你，你都别改口，千万别说漏嘴了。要不然她非把天戳个大窟窿不可。她要是问你见过我没，你就说不知道，别的什么也别说。"

说罢，海风就急忙离开了。

海山看着海风慌张的样子，断定大哥和大嫂又闹起来了。但是，这借钱的事儿又从何说起呢？他感到莫名其妙。平时大哥在家，一分钱都没有做过主。再者，他家本来就是有钱的时候少，没钱的时候多，就算有个三五十块钱，也肯定是在大嫂手里，每次钱只要到了大嫂手里，她立马就把钱串到肋骨上了，这次大哥是怎么把钱从大嫂手里拿走的呢？

海山知道大哥的为人，实心眼一个，但他认为大哥在钱的事情上不应该欺骗大嫂，他真的不理解大哥到底是怎么想的。

此时，海山一点睡意也没有了。他反复琢磨着海风的话，想着应对大嫂的计策，免得自己把话说错，再让大哥受气，闹得不得安宁。他不停地望着海风家的方向，等着大嫂的到来。

不知不觉，海山的眼睛已经望得有些酸涩了。正当他准备躺下的时候，隐隐约约地看到大嫂抱着虎子从远处匆匆忙忙地向这里走了过来。

海山见状，顺势躺在席上假装睡着。

这时，桂平使劲儿照着海山的屁股踢了一脚，牛声牛气地说道："海山！海山！你睡得还怪香哩！别睡到那一间里去了。"

海山心里一惊，说道："白天累一天了，哪有精力熬夜呢？"

桂平说道："恁大哥借给你的钱，你抓紧时间还给我。你说的，额外加十块钱的利息。从今往后，刘海风不是你的大哥，我也不是你的大嫂，咱们从此一刀两断。"

海山听着桂平无情无义的话，心里直纳闷，这话是从哪儿说起呢？他压住心里的怒火，想着大哥嘱咐的话，委婉地说道："大嫂，你放心，我借你的钱，我一定还你，一切都照你说的。我就是砸锅卖铁，一分钱也不会少给你。"

桂平说道："你不照我说的办还真不中哩！谁也不想穿新鞋踩你的臭屎。"

在月光下，海山仔细看了一眼桂平的神情。只见她那眼珠瞪得快要蹦出眼眶，放着光亮，嘴撅得像水壶嘴一样。

海山气得真想和桂平理论几句，可他想了又想，如果和她这样的女人一般见识，什么时候也弄不清谁是谁非。最后，还会给大哥找个大麻烦，万一她寻死觅活的，还真叫人一点办法都没有。

海山和气地说道："大嫂，你先回去吧！我想办法把钱还你。"

桂平也没再说什么，抱着虎子转身就要离开。突然，她猛地回过头来，对着海山使劲儿地"呸"了一声，唾沫星子一热一凉地刚好喷到了海山的脸上。

海山看着桂平像吃了枪药一样，对自己如此胡崩乱炸，心里瞬间压抑得欲哭无泪。想到以前，桂平虽是胡搅蛮缠，却没有像今天这样对待他。他思索着，大哥你到底把钱弄哪儿去了？让我给你背黑锅，让大嫂如此恨我。你们为了几十块钱，怎么会把我也带进去呢？我不想，也不敢蹚你们的浑水。

海山呆呆地望着天空，一根接一根地抽着烟。回想着这几天发生在自己身上的一桩桩、一件件，都事发突然且不尽如人意的事情，禁不住心烦意乱。他认为，有些事情根本没理由发生在自己身上。虽然这么多刺心的事儿摆在面前，但他仍极力劝说着自己，遇事儿千万不要冲动，等妈妈的身体完全康复了再说。

然而，往往越是不遂心愿的事情越是放不下。这几天，海山深深地感觉到，以往村里那些熟悉的面孔，如今变得像陌生人一样。大家都有意识地躲自己而去，那些以前爱和自己戏说调侃的大嫂，更是用异样的目光鄙视着自己。有时，到了真躲不过去的时候，海山主动去和别人打招呼，得到的仅仅是敷衍。

一包烟很快就被海山抽完了，烟头扔了一地。一个又一个问号出现在他的脑海，为什么最近不幸的事儿都赶到一块了？有些事儿真的忍一时就能平安无事吗？从大嫂对他无情无义的话语中，他觉得不是大哥让他说假话这么简单，肯定是大嫂从别处听到了什么。

海山越想越生气，大哥不分青红皂白打我一顿，我忍了。现在大嫂又来闹事儿，把我弄得里外不是人。现在，他只想见大哥一面，把钱的事儿问个清楚。

于是他站起身来，急匆匆地来到了海风家，刚走到院子门口，就听到大嫂刺耳地喊叫："刘海风，你抓紧把钱给刘海山要回来。从今往后，你要是再管刘海山的闲事儿，我要不把你变成一个单身汉，我就不是爹娘生的……"

海山隐隐约约听到海风小声说道："桂平，你发恁大火干啥？我照你说的去做不就是了？"

听到大哥与大嫂的对话，虽然天气很热，可海山心里却凉飕飕的，脑袋像钻进了苍蝇一样，不停地嗡嗡作响。此时，他担心自己的到来会火上浇油，于是停下了刚要迈门而入的步伐，默默地转身离开了。

接着，他又来到了家门前槐树下的草席上，有苦难言的感觉萦绕在心头。他想，今天就算了，明天见大哥一面，一定要问个明白。平心而论，自从大嫂嫁给大哥以后，自己作为兄弟，从没有做过一件对不起他们的事情。大哥到底在做什么？大嫂为什么恨我到如此地步呢？

他静静地躺在草席上，看着西去的月亮慢慢变得浑浊，许久才朦朦胧胧地进入了梦乡。

十

清晨的刘庄大队与往常没有两样，一切都笼罩在雾气里，好像把人们都罩在一个庞大的容器里，让人有一种快要窒息的感觉。露水伴随着雾气，仿佛下了一场蒙蒙细雨，把树叶和庄稼都滋润得湿淋淋的。

今天的太阳好像沉睡东海，不肯醒来。庄稼人都知道，"冬雾雪，夏雾热"，看来今天依旧是一个大热天。

刚吃过早饭，海风就来到海山家。海山看到海风满脸憔悴，眼角红肿，头发乱蓬蓬的，嘴上的胡须又稠又密，一夜不见好像换了一个人，沧桑了很多。于是他断定，昨天晚上，大哥肯定被大嫂唠叨了一夜，心里顿时产生了怜悯之情。

昨天晚上，桂平把海山说得一分钱不值，海山正要为此事向海风讨个说法，但他一看海风失魂落魄的神情，到嘴边的话又咽了回去。

海山从口袋里掏出一支烟递给海风，问道："大哥，你把家里的钱弄哪儿去了？让俺大嫂给你闹个不休，又这样恨我，这钱不会是丢了吧？我知道大哥你的为人，你不会赌博，更不会把钱送给别人。我看，你要是不把钱交给大嫂，她一定给你闹个没完。"

海风抬起头看看海山，心里好像吃了蜈蚣一样——百爪挠心。他想，这几十块钱不都是为了你吗？要不是恁二哥俺俩，你早在监狱里喝稀糊涂哩！

海风无奈地说道："今天，我想办法再借点钱，把这几十块钱的窟窿补上，恁嫂子以后就不会再闹事儿了。"

海风虽然受了这么大的委屈，但也没有对海山讲什么，更不敢讲出钱给刘火头放电影的事情。他认为，没有风是不会起浪的。好在事情已经过去了，就让它过去吧！

海山看着海风似有难言之隐的神情，爽快地说道："大哥，你别发愁了，前几天退的彩礼还在我手里，你先交给大嫂。你告诉她，长个破嘴，往后别到处胡说。把钱交给大嫂，你的日子就安宁了，她也不会再恨我了。"

说着，海山从屋里把钱拿了出来递到海风的手里。

海风的眼角顿时湿润了，说道："海山，这钱我不能拿，你还要指望这些钱娶媳妇哩！"

海山说道："大哥，你尽管拿着，还想那么多干啥哩！现在还没有到秋后，钱还没到手，你把这钱先交给大嫂，这事儿也就平息了。"

这时，桂平突然抱着虎子，披散着头发，红肿着眼睛，穿着一身邋遢的单衣，嘴里不停地嘟囔着，气势汹汹地向海山家里走来。周围的邻居们都端着碗，在自家门口吃饭，没有一个敢上前劝阻的。

桂平看到海风和海山后，什么面子也不顾，就像条疯狗一样吼开了："刘海山，今天你一定要把钱还给我，你找人家寡妇，借俺的钱跑路消灾，你不嫌丢人，我还嫌丢人哩！"

桂平这么一吼，海风顿时像无头的苍蝇一样，蒙圈了。他怎么也没想到，这几天好不容易才算把海山心中的怒火熄灭，此刻桂平又使劲儿地添了一堆柴，这下可怎么办呢？

海山站在那里，拿钱的手不停地颤抖着，一时说不出话来。

这时，海风缓过神来，急忙跑上前去，用手捂住桂平的嘴，不想让她继续往下说。但是，桂平哪里还顾得这些，她以为自己的男人在打她呢。

于是她不由分说，把虎子顺势往地上一扔，照着海风的脸就是一个响亮的耳光，大声骂道："你这个大浑蛋，不是人！刘海山做这样的事儿，你还护着他，你们一群王八蛋，都是些没血没肉的东西。"

桂平的一言一行，顿时让海山怒火中烧。他快步向前，把桂平和海风拉开，指着桂平的鼻子吼道："你给我把话说清楚，把刚才的话再给我说一遍，我找谁家的寡妇了？你不给我说清楚，我不会给你拉倒。"

此刻，海山的妈妈正站在一旁，急得直跺脚。本来这几天，她的身体稍有好转，可现在被桂平的话一激，整个人不禁觉得天旋地转，激动得喘着粗气，说不出话来。周围的邻居见状，急忙把她扶到了床上。

原本海山顾及妈妈的身体还有大哥的再三叮嘱，强忍着憋屈的心度过了这几天艰难的日子，没想到现在自己的伤疤又被桂平重重地撒了一把盐。

一瞬间，海山气得难以言表，脸色焦黄，脖子上的青筋暴起。这时，他扬起胳膊，把手里的钱一下子摔在了桂平脸上。

接着，他只身跑到厨房，握着菜刀冲了出来，对着门框砰砰、啪啪地用力拍了几下。这个时候，海山还是理智的，他是有心在吓唬桂平。他清楚，无风不起浪，桂平之所以这样说，这件事儿的背后肯定有猫腻。

这时，刘清德眼疾手快，将海山手里的菜刀夺了过来。

桂平看着眼睛冒着怒气的海山，一时竟慌了神。她停住骂声，捡起钱快步离开了。此时，海风也没了主意，最后在邻居们的劝说下，也离开了。

海山指着远去的桂平吼道："你听谁说的？乱拿屎盆子往我头上倒！今天你不给我说清楚，你真是不想活了。"

刘清德拽住海山的胳膊，不停地劝说道："海山，你先别生气，给恁叔个面子，有话慢慢说，事情总有弄明白的时候。你千万不能脑子一热，什么后果都不顾了，为这事儿，你要是把恁嫂子砍死了，还要偿命哩！你那吃奶的小侄儿谁来养？你在刘庄大队的为人，谁都清楚，邻居爷们儿心里都有杆秤。脚正不怕鞋歪。恁叔我的脾气，你应该知道。你听我的没错，这事儿会水落石出的。要是撞到南墙上还不拐弯，你只有死路一条。到时候，你那床上躺的老娘该咋办？"

说起刘清德，在刘庄大队他算是个明白人，板儿（耿直）脾气，为人处世光明磊落。本村的红白喜事，他都会到场帮忙，办事儿从不拖泥带水。在是非面前，总是一竿子插到底，从不在背后东家长西家短。他认为的真理只要摆到桌面上，几头牛都拉不回来。在刘庄大队，很多人都对他怀有敬畏之心。只要提起刘清德，无人不伸大拇指。

刘清德曾几次拒绝了刘庄大队官场的位置。他不愿做刘庄大队的父母官，他怕自己性格太直，无意中得罪自己村的爷们儿，倒不如做一个平头百姓，潇洒自在。

海山听着刘清德的话，缓缓地说道："清德叔，我听你的。我根本不知道我大嫂说的钱是咋回事儿，我咋会不生气呢？"

一时间，海山拿刀的事儿像一阵风似的传开了，刘火头更是第一时间得到了消息。

此时，刘火头正在家里吃饭。这时，他的老婆张四妞端着碗，从外边慌慌张张地跑回家里，结结巴巴地说道："不……不好了，刘海山掂刀砍他嫂子哩，要不是被几个人拽住，刘海山就把桂平砍成肉酱。刘海山还说，等有件事儿弄清楚了，非砍他全家不可。也不知道谁到底把他怎么了。"

刘火头听张四妞这么一说，心里猛地打了一个寒战。他感到事情已经闹大了，将来有一天，如果这件事儿真的被抖搂出来，不要说是刘海山，就是搁在任何人头上也不会放过自己。刘火头越想越觉得不妙，霎时感觉胸闷难耐，呼吸声变得异常粗重。突然，他整个身子慢慢地从板凳上滑落在地，顷刻间不省人事。

张四妞见状，急忙喊人把刘火头抬到屋里，第一时间去请刘半仙来给刘火头看病。张四妞和家里的人被惊得哭声一片，一下子乱成了一锅粥。

世上没有不透风的墙，海山和桂平大闹一场的事情很快也传到了连爱英的耳朵里。

连爱英自从拿到海风给的钱以后，心里就没踏实过一天，白天在地里干活儿的时候，心里总是恍恍惚惚的。特别是到了晚上，把灯熄灭后，屋里一片漆黑，她总觉得有人拿着刀在自己的床前来回晃悠。这几天，她都是在心惊肉跳中度过的，时常被噩梦惊醒。很快，整个人就瘦了一圈。

有时，连爱英在远处看到海山低着头，无精打采的样子，心里不免一阵阵发凉，觉得良心过意不去。她安慰自己，时间长了，应该就会没事儿了。

可她没想到，被逼急的刘海山竟然拿着刀差点把自己的大嫂砍死。连爱英越想越害怕，她觉得刘海山是绝对不会放过自己的。本来想在刘庄大队依靠刘火头的势力过个安稳日子，这回偏偏又惹了一个大麻烦。往后，她在刘庄大队恐怕是难有立足之地了。

由于当初被刘火头威逼善诱，一脚踏进了这坑浑水，如今想讨个心安简直是痴人说梦。

连爱英想到这些，心里乱糟糟的，一点主意也没有了。情急之下，她首先想到的是，找刘火头求救，看他有什么解决的办法。

连爱英把没吃完的半碗饭随手一放，接着就提心吊胆地赶到刘火头家。她刚一进门，就看到刘半仙正在给刘火头把脉。张四妞看到连爱英到来，连正眼都没瞧她，脸色像霜打的茄子，瞬间变得乌黑，没有一点正色。

张四妞早就听说刘火头和连爱英之间勾勾搭搭，只是迫于刘火头的脾气还有其他原因，她睁一只眼闭一只眼，很多难言之隐都埋在了心里。

张四妞带着哭腔问道："刘医生，火头得的是啥病呀？刚才吃饭还好好的，咋说有病就有病了呢？我看他的嘴有点歪，还淌口水。我叫他，他也不会说话。我用手拽他的胳膊，他浑身好像没骨头一样。"

刘半仙停了一会儿，说道："你不要害怕。火头得的是半身不遂，是血压高引起的。幸亏没有摔倒，要不他这一辈子就躺在床上了。我先给他输两瓶水，观察一下，不行的话，就转到大医院里去治疗。"

张四妞哀求道："刘医生，你可要多费点心哪！火头要是有个三长两短，俺们这一家老的少的可怎么过呀！"

刘半仙一边忙着给刘火头扎针一边安慰着张四妞："你不要急，再急也没用。这个时候，千万要冷静，等输了水以后再说。"

连爱英在一旁站了一会儿，一句话也没说，很快就转身离开了。

今天，刘海山在刘庄大队拿刀砍他大嫂的事儿，影响力不亚于当年美国投放到日本的原子弹，瞬间在刘庄大队炸翻了天。无论男女老少，大家三五成群，都在有声有色地议论着。很多人说，刘海山已经疯了，得了神经病，早晚有一天会出大事儿，往后见了刘海山，躲得越远越好。有人还说，往后出门要结伴而行，不能单独行事。

人们由前一段时间对海山的鄙视变成了如今的恐惧，有的人甚至觉得海山就是杀人的魔鬼。

当天晚上，很多妇女都早早地躲在家里，不敢出门乘凉。把门闩上得结结实实，生怕灾难降临到自己的头上。

连爱英更是胆战心惊，整个人好像是一只受惊的兔子，惶惶不可终日。她的眼睛每时每刻都在扫视着周围的一切，生怕海山突然出现在自己面前，把自己砍翻在地。到了晚上，她在门上顶了一根又一根的木棍。即便如此，她躺在床上，却怎么也睡不着，两只眼睛熬得又疼又胀，嘴唇上起了一层水疱。

连爱英越想越怕，虽然自己早就感到后悔，可事到如今，后悔也没什么用了。刘火头这一得病，以后肯定是靠不住了。为免夜长梦多，倒不如走为上策，立刻离开刘庄，躲得远远的。只有这样，才能过上安稳日子。

连爱英想到做到，她猛的一下从床上坐了起来。简单地把衣服、被子往拉车上一装，把孩子往车上一放，不顾满脸的汗水，像做贼一样，蹑手蹑脚地拉着车子离开了刘庄。

自从和桂平闹过一场以后，海山感到心里被泰山压住了一般。他笃定大哥有事儿瞒着自己，于是他暗下决心，事情不搞清楚决不罢休，在全村人都在场的时候，给大家说个明白，自己是清白的，不是个大孬种。否则活在世上，还能是个人吗？

十一

第二天中午，刘庄大队大街上的尘土被太阳晒得滚烫。人们端着饭碗，聚在门前的大树下，一边吃饭一边闲谈。闷热的中午，即使是坐在树荫下，豆大的汗珠依然不停地顺着脊背往下滚。

为了能凉快一点，大老爷们儿大都穿着大裤衩，露着黑黝黝的脊背。有些人吃罢饭，把饭碗放在一边，任由苍蝇嗡嗡地在碗沿儿上自由地吮吸着。

刘清德吃罢饭，随手把面条碗往地上一丢，快步走到大树旁，把嘴对着大树，左一摆，右一摆，顷刻间把粘在嘴唇上的面糊糙得一干二净。

几个在一起吃饭的妇女看到刘清德的如此举动，笑着说道："刘清德，你就不怕老树皮把你的嘴磨岔了？"

刘清德嘿嘿地笑着说道："少说话，狗嘴里吐不出象牙。这样省劲儿，干净利索。你们想学，我还不教给你们哩！这一手是绝招儿。"

这时，海山低着头，匆匆忙忙地走了过来。几个人马上停止了说笑，他们担心自己的笑声会引起海山的反感。

刘清德看到海山，客气地问道："海山，你吃罢吗？干啥去哩？"

海山抬头一看是刘清德，说道："清德叔，我去俺大哥家一趟，找他有点事儿。"

当刘清德在和海山说话的时候，周围几个人很快就离开了。

海山一边和刘清德搭着话，一边不停地往前走着。刘清德看到海山绷着脸，蓬乱着头发，对自己说话心不在焉，他断定海山对昨天早上发生的事情不会善罢甘休，而且还会进一步扩大，后果将不堪设想。

于时，刘清德就急忙叫住海山说道："海山，你先别急。你过来，我有话对你说。"

海山停下脚步，抬头一看，大树下就刘清德一个人。海山说道："清德叔，等我把事儿给大哥说一下，我再陪你说话，我气得心都是疼的。"

刘清德说道："海山，你先过来休息一会儿，咱爷俩儿说几句话，你再去。"

海山听到刘清德不停地叫着自己，出于礼貌和尊重，他这才勉强地走到刘清德面前。

刘清德掏出一支烟递到海山手里，说道："海山，恁叔我啥时候骗过你？无论啥时候，天塌有地撑着哩！树再大，没有锯不倒的。问题再大，没有解决不了的，有的是办法。遇到事儿，要多动动脑筋，盲目出了差错，后悔就晚了。平时你爱去俺家和喜旺玩，我要不是看到你和喜旺恁弟兄两个关系好，我才不管你的事儿哩！你也知道，管闲事儿，落不是。我有那力气，还不如歇会儿哩！"

海山听着刘清德的话，情绪慢慢地稳定下来，说道："清德叔，我听你的。但是，这事儿还是要弄清楚。"

"这事儿必须搞清楚，一定要知道麻虾打哪头放屁。但是你要慢慢来，千万不能冲动。你听我的话，先回家吧！现在你老娘还在床上躺着哩，别叫她喊你时看不到你。"刘清德接着说道。

海山认为刘清德说的话有些道理，心中思量之后，便扭头回家了。

晚饭后，劳累了一天的刘庄人很快就进入了甜蜜的梦乡。然而，住在村里十字路口的刘清德家还亮着灯。

老婆王春妮已经催了刘清德好几次，让他赶快休息，但刘清德此时睡意全无，坐在床边不停地抽着烟。他反复想着近几天发生在海山身上的事情，心中感到莫名蹊跷。

刘清德想着今天中午自己对海山说的话，心里念叨着，自己虽是没啥大的本事，但要是插手管这件事儿，那就要管好，管到底，不能让海山再做出傻事儿。

他觉得这些事儿发生在海山身上真是太不可思议了。海山和儿子喜旺是最要好的朋友，从小光腚一起长大。在他心里，海山决不会做这种事儿。

为防止海山和桂平闹到不可收拾的地步，刘清德决定当一个和事佬，亲自去找海风问个明白，把事情的来龙去脉搞清楚。

刘清德站起身来，对王春妮说道："我去海风家一趟，马上就回来。"

王春妮安慰道："你说话悠着点，可不能把话说得太直。万一伤了别人的心，将来弄不好会有人恨你。最后落得个推磨挨磨棍，操心不落好的结局。"

刘清德听着王春妮的话，连连点头，说道："我知道你说的是好意，但海山经常来咱家和喜旺玩，我了解他。我不是在做坏良心的事儿，他兄弟俩不会恨我的。你也知道，他兄弟几个都是实在人。"

说罢，刘清德就走出了家门。拴在门口的小狗，高兴地摇着尾巴，"汪汪"地叫了几声，目送着主人远去。

很快，刘清德就来到了海风家。海风家里还亮着灯，虎子正在哭闹。他走到门口，用手摇晃了几下栅栏门。

海风听到响声，慌忙从屋里走了出来，问道："谁呀？"

刘清德回答说："海风，是我。我睡不着，想找你说说话。"

海风慌忙把栅栏门打开，把刘清德让进屋里，又递上一支烟。

刘清德到屋里一看，桌子上还放着一碗快要变味的面条，馍筐里还有几个裂了缝的黑锅饼。又看到海风哭丧着脸，整个人无精打采的。刘清德想着，看来两口子还在为海山这事儿生气哩！

刘清德问道："海风，天这么热，面条是不能过夜的。要是明天再吃，是要得病哩！"

海风唉声叹气地说道："自从给海山吵嘴以后，桂平就气得躺床上了，别说吃饭了，连一口水都没喝。虎子也没有吃，正饿得哭哩！我怎么劝，她都不听，我看这日子没法过了。"

说着，海风像个小孩子一样，呜呜地哭了起来。

看着眼前的海风被近时发生的事情弄得焦头烂额，无路可走，一时间，刘清德的心里也不是滋味。

刘清德说道："海风，恁两口子这样生气也不是个办法呀！桂平不吃饭，虎子怎么能顶得住呢！遇到事儿别老窝在心里，把事情摆到桌面上。我就不信，你刘海风会做出什么见不得人的事儿。我就是找你问一下，你借给海山钱的事儿。"

海风说道："清德叔，这事儿不好说，一言难尽哪！"

刘清德说道："海风，我就不信这个邪，这事儿比砍头还难办吗？你也知道咱两家的关系，我和恁爹是干兄弟，恁家近时发生的事情，我也搞不清楚。我不想让恁兄弟们反目成仇，我想用我这张老脸把恁兄弟几个的关系调和一下。以后和和睦睦，不让外人看笑话。你知道恁叔的脾气，我一定会一碗水端平。你要是相信我，就把话给我说明白，我会尽最大努力帮你们把问题解决好的。"

停了片刻，刘清德接着说道："桂平，你也给恁叔我这张老脸留个面子，把饭吃了，有什么事儿先放一边，不要毁了孩子。今天咱们打开窗户说亮话，海山到底去找连爱英没有？海风，你把钱到底弄哪儿去了？这事儿还要从头说起。刨树刨根，处理问题要找原因。"

海风抬起头看了一眼刘清德，心中既感激又矛盾，可还是不愿把一些话说出来。他认为海山这事儿不是个小事儿，刘清德是个平头百姓，而刘火头可不是个省油的灯。

刘清德看着海风说道:"海风,我跟你说,现在你憋在心里不说,要是海山再给你闹起来,你会后悔的,到时一切都晚了。今天中午,要不是我拦着,海山又给你闹罢了。"

刘清德的话又一次触动了海风的心弦,海风终于下定了决心。他咬了咬嘴唇,说道:"清德叔,你说得对!我也不想那么多了,现在我就把事情从头至尾给你说明白。"

接着,海风把那天在大队部打海山,与刘火头和连爱英签署罚款协议以及放电影的决定,后来又怎么说假话从桂平手里要到钱都和盘说了出来。他又告知刘清德,最后的处理结果,海山到现在都不知道。

海风说着回忆着,委屈得大声哭了起来。

刘清德听完,心里觉得十分震惊,急忙问道:"当时你们打海山的时候,为什么不问海山一句话呢?你们为什么完全听刘火头他们几个人的一面之词呢?"

海风说道:"当时,我想着他们都把海山抓到大队部了,心里哪还想那么多?为了不把事情闹大,堵住那几个人的嘴,情急之下,就把海山苦打了一顿。当时只想着这件事儿赶快过去就算了,没想到会出现今天这样的局面。早知如此,当初海山要是被弄到派出所,也比现在强得多。他要是知道放电影和罚款的事儿,早就闹起来了。"

刘清德琢磨着,说道:"当时你们打海山,连一点说话的机会都没给他,你们做的事儿合乎道理吗?你想一想,就是杀人犯,还要有人证、物证哩!你看你们干的事儿,能夹生到什么地步?好在没有闹出人命,要不然现在就乱套了。"

刘清德抽了一口烟,继续说道:"海风,我问你,以前海山晚上正睡觉的时候,突然从床上起来,跑到别的地方睡着了,然后睡了一会儿又回到屋里继续睡,到了第二天,问他的时候,他压根就不知道。有这个现象吗?"

海风被刘清德这么一问,心里猛地恍然大悟,拍了一下大腿,惊讶地说道:"清德叔,我想起来了,海山以前就有这个毛病,不止一次出现这种情况了,不影响吃喝,也不影响干活儿。平时,身体没什么毛病。现在年龄大了,也该娶媳妇了。他这个毛病,俺们一家人都藏在心里,始终没对外人讲过,俺们也不知道海山犯的是啥毛病。"

刘清德唉声叹气地说道:"旁观者清,当局者迷呀!就在海山和桂平闹罢以后,我想了很多。我突然想起了刘半仙以前到俺家给恁婶子看病时说的一件事儿,当时我也没留心。现在突然想起来,觉得海山这事儿有点蹊跷,还得从那天晚上说起。"

十二

当初刘半仙给王春妮看病时说的话又清晰地浮现在刘清德的脑海里。

刘半仙说："就在那一天的夜晚。月奶奶（月亮）已退去，村里一片漆黑。我正和咱大队的一个社员，背着药箱，拿着电灯从海山家门口路过。当俺们走到十字路口一棵歪桐树下的时候，发现一个黑影靠在树旁。我心想，深更半夜的，谁还在这里呢？我咳嗽了一声，那人没有一点反应。从他的鼾声里，我们还以为是咱村谁喝醉了酒呢。我觉得，既然喝多了在这里睡，还不如把他叫醒或者把他送回家。结果走上前一看，竟然是海山，于是就用手拍了拍海山的肩膀。可我连叫了几声，海山都没有一点反应。突然，海山猛地站起来，快步顺着大路，在黑暗中又回到他家门前的那棵大槐树下，躺在席上接着睡了。"

刘半仙在后边紧跟着，又喊了几声，海山依旧没有什么反应。刘半仙感到非常奇怪，走上前去用电灯照着海山，使劲儿地连摇带叫。海山这才迷迷糊糊地揉着眼睛，长长地打了一个哈欠。

"半仙叔，这个时候你叫我干啥？我睡得正香哩！"海山诧异地说道。

刘半仙说道："海山，你刚才干啥去了？"

海山说道："半仙叔，你没看见吗？我哪儿也没去，正做梦哩！"

刘半仙看海山又躺下睡着了，也没再说什么，背着药箱向前走去。

提起刘半仙，他家在当地是有名的中医世家，他继承了祖辈中医理论的精华，又融合了西医临床和创新，在方圆几十里，名声在外，医德高尚。在众人的心目中，有不错的口碑和声望。

经刘半仙诊断后的病人，基本上都能得到很好的治疗，极少出现误诊。他在中医的把脉方面更有独到的见解。平时，他很少用听诊器，连温度计也很少用。这么多年，人们大都亲切地称呼他为刘半仙。

刘半仙一边走一边琢磨着，从刚才看到海山的情况得知，海山是得了一种罕见的病——"夜游症"。这种病治愈难度很大，一般情况下很难发现。出现这种症状的人，到第二天醒来的时候，大脑什么也不记得了。平时不影响吃喝，对身体也没有大的危害。像海山这样的夜游症，平时在刘庄生活还好说。最怕是哪一天出门在外，万一出现那种情况，晚上被人家误认为是小偷或者怀疑干其他什么坏事儿，那可要倒霉了。

就这样，刘半仙无意中把当时碰到的海山的情况像讲故事一样，有声有色地对刘清德两口子讲了一遍。而刘清德把刘半仙说的这件事儿又给海风和桂平从头到尾叙述了一遍。

刘清德看到近来海山身上发生的事儿，想到那天晚上刘半仙给王春妮看病时说过的话，又根据平时刘火头和海山的私人恩怨，再加上刘火头的性格和平时海山的脾气以及海风的说辞，刘清德综合判断，海山挨打、被罚款、被罚放电影等一系列动作，好像是被人设计好的一样。多种迹象表明，这里面肯定有玄机。

刘清德觉得疑点重重，这事儿怎么被刘火头处理得这么顺理成章呢？刘火头是个什么东西，老少爷们儿都知道。难道这次海山是出现了夜游症，无意之中跑到寡妇家门前睡着了？说海山晚上敲寡妇的门，那是绝对不能相信的。如果海山真有这事儿，刘火头怎么处理也都不为过。要是没有这事儿，他们干出这样的缺德事儿，将来把海山逼急了，海山不掂刀劈了他们才怪哩！兔子急了还咬人哩！

刘清德说道："海风，我想好了，我想给海山讨个公道。如果不这样做，海山这一辈子是剃头的拍巴掌——真的要完蛋了，这可不是闹着玩哩！明天早上，我就去找海山详细了解一下当时的情况。"

这时，桂平从床上起身，用手指着海风的头说道："我看你这么多天，脸色就不对劲儿，每次跟我说话都吞吞吐吐。海山出了这么大的事儿，你也不跟我说一声，你真是脑子里进水了。今天要不是看在清德叔的面子上，我让你以后磕头都找不到庙门。"

任凭桂平怎么说道，海风也没有反驳一句，他心里在想，自己作为海山的大哥，平心而论，自认为对兄弟已经是做到掏心掏肺了，没想到最后落得里外不是人。不过这些跟兄弟近来悲惨的遭遇相比，又算得了什么呢？

刘清德劝说道："桂平，算了吧！海风和海山毕竟是亲兄弟，他要是不管海山，别人还会说他的不是呢。今天晚上，啥也不说了，等我见到海山以后再说。"

说着，刘清德就站起身来准备离开。

这时，海山突然把门推开，站在了堂屋门口，着实让几个人吃了一惊。

桂平结结巴巴地用手指着海山，吓得说不出话来，她以为海山又来闹事儿哩！

海风也乱了分寸，指着海山大声说道："海山，你可不敢胡来，你这个时候过来想干什么？"

这时，刘清德急忙走上前去，站在门口中间大声吼道："我看你们谁敢动手，谁也不能胡来，有事儿可以坐下来慢慢地解决。"

海山站在门口气得用手指着海风，说道："大哥，俺大嫂整天唠叨你是有原因的。刚才你说的话，我在门外全听清楚了，你这样做可把我害惨了。以后在刘庄大队，谁还看我是个人哪？你咋不早说哩？"

海山气得连"嘿"了几声，继续说道："我真没想到啊！事情原来是这样，恁兄弟真是冤死啊！别人说的话你就相信，我说的话你咋就不相信呢？你咋没动一下脑子哩？"

海风听着海山的指责，无奈地说道："兄弟，恁哥还不是为了你好吗！我以为咱一个平头百姓，犯了那么大的错误，万一把你送到派出所，坐几年监狱，那后果不更惨吗？我当时吓得哪敢想那么多，他们说私了，我也就同意了。"

海山越想越生气，他一刻也不愿再等了，就是拼命也要找连爱英和刘火头讨个公道。就是死，也要死个明白。

刘清德说道："海山，你什么也不要说了，既然你没有做这事儿，咱明天早上就去找连爱英和刘火头，当面把话说清楚。恁叔我一定给你帮忙，把事情弄个明白。这真是欺人太甚，不想叫人活了。"

海山说道："清德叔，我等不到明天，现在我就去找连爱英。我的肺都快气炸了，我绝对不会给她拉倒。"

海山说罢，扭身快步离开了，直奔连爱英家而去。

刘清德和海风怕海山在恼羞成怒的情况下，一时冲动再惹出大麻烦，于是两个人急忙跟了过去。

海山来到连爱英家一看，堂屋的门半掩着。海山叫道："连爱英，你给我出来！"

一连叫了几声，堂屋里一点动静也没有。

不耐烦的海山走上前去，多天的怨气像火山喷发一样，终于找到了突破口。他一脚把门踹开，用电灯往屋里一照。别说找人了，堂屋里干干净净，什么都没有了。

这时，刘清德和海风也赶了过来。三个人都感到莫名其妙，连爱英上哪儿去了呢？怎么没有听说呢？

这时，连爱英的邻居刘涛听到家里的狗叫，急忙从屋里走了出来，蹑手蹑脚地扒在墙头上，想探个究竟。他以为有人偷东西呢，仔细一听，原来是海山和刘清德几个人的声音。刘涛惊慌的心才算平静下来，然后他假装咳嗽了两声，有意向几个人打招呼。

说起刘涛，也是个实在人，从小到大，不爱惹是生非，为人处世都靠得住。初中没上完就辍学了，在生产队是出了名的壮劳力。这么多年，在刘庄人的心目中，有着很不错的口碑。

刘涛家和连爱英家一墙之隔。以前，连爱英的男人在世的时候，他们两家和睦相处。自从连爱英的丈夫死后，连爱英家有困难的时候，刘涛还多次给她帮忙。

时间久了，寡妇门前是非多，很多闲言碎语慢慢地传到了刘涛老婆的耳朵里。这些闲言碎语在他老婆心中像刺一样，让她寝食难安。她更担心这些传言成为事实，于是就不分青红皂白地让刘涛和连爱英断绝一切往来。甚至到了晚上，即使有事儿也不让刘涛出门，整天像尾巴一样，跟在刘涛的屁股后边。

这样一来，连爱英也对刘涛慢慢地疏远了。最后，为这事儿，两个女人闹得差一点没有打起来。后来在刘火头的调解下，两家隔墙相望，从此不相往来。

人们常说："山里怕的是老虎，平原怕的是没脸。"

连爱英也不甘示弱，自从刘火头帮她把事情处理好以后，她的人生观也开始慢慢地发生了变化，她不再像以前那样唯唯诺诺，在刘庄人面前，不再低声下气地求人帮忙，平时总是昂着头、挺着胸。这些姿态似乎在告诉世人，我不是以前的我了。

连爱英暗暗发誓，不讲黑猫、狸猫，逮住老鼠就是好猫。遇到困难，有人帮忙解决，这才是目的。你们不管我，自会有人管我。有时在很多人面前，还会说上几句风凉话。连爱英怕失去刘火头这个靠山，为了讨好刘火头，她使出了浑身解数，把平时自己舍不得吃的东西都留给了刘火头，最终以身相许。她的所作所为，在刘庄大队，说什么的都有，有人同情，有人谴责。

刘火头利用自己手中的权力，对连爱英关心备至，让队长给连爱英派最轻的活儿，很多人都敢怒不敢言。两个人用如胶似漆来形容也不为过。

作为连爱英的邻居，刘涛夫妻二人对他们的风流韵事自然是了如指掌。起初，刘火头每次来找连爱英，刘涛养的狗和那几只鹅都第一时间叫上几声。后来，刘火头来的次数多了，几只鹅听熟了刘火头的脚步声，就慢慢地停止惊叫了。

刚开始，刘涛还偷偷扒在墙头上往连爱英家看上一眼。后来，时间长了，刘涛也就见怪不怪了。可是，刘涛清楚地记得，就在海山出事儿的那个晚上，十一点多的时候，自己家里的几只鹅突然叫了两声。刘涛当时就断定，有生人来了。

当时，刘涛轻轻地把堂屋门打开，一只手拿着铁锹，一只手拿着手电走到院墙旁，踮起脚，趁着月光向外边望去。眼前的场景让他吃了一惊，他看到连爱英家门口左边有一个黑影靠在墙根，不时传出沉闷的鼾声。

刘涛感到非常奇怪，这三更半夜的是谁跑到连爱英家门口睡觉呢？他还以为刘火头是在哪儿喝猫尿喝多了，来找连爱英时睡着了呢。

当时，刘涛也没敢用电灯照一下，他认为只要不是偷东西的贼就好。可当他正想转身回屋睡觉的时候，连爱英家堂屋的门打开了。刘涛隐隐约约地看到，刘火头和连爱英蹑手蹑脚地从屋里走了出来。

这一切都被刘涛看在眼里，记在心上。至于把海山带到大队部以后的事儿，刘涛还是从别人的话语中得知的。他始终把那天晚上自己看到的事儿憋在肚子里，一个字也没对外人讲，就连自己的老婆也不例外。

刘涛心想，从古至今，这种男女偷情的事儿，万一遇到了，躲得越远越好。令他不能理解的是，海山为什么会在连爱英家门口睡觉呢？真令人不可思议。事情没有搞清楚之前，他也不敢妄言，只有做一个旁观者，任由事态随意发展。每当他想起这件事儿，脑海中就会浮现一句话："坏良心就不得好，要想人不知，除非己莫为。"

可让刘涛没有想到的是，短短几天，海山竟然落得个如此下场。他整天替海山感到惋惜，觉得海山实在是太冤枉了。

十三

此时，刘涛扒在墙头上，看到海山照着连爱英的堂屋门又使劲儿踹了两脚。咣当的响声把房上的土坷垃都震了下来。

海山骂道："连爱英，你个骚娘们儿！你自己不要脸，把老子害死了。要是找到你，我非劈了你不可。"

海山气得像疯了一样，狠狠地对着连爱英的门又踹了两脚，汗水顺着脊背滚淌下来。

海山接着大声吼道:"连爱英,你跑得了和尚跑不了庙。"

眼看着一时找不到连爱英,海山怒气冲冲地嚷着要去找刘火头讨个说法。

刘清德看海山正在气头上,担心闹出人命,便急忙上前拽住海山的胳膊。这时,刘涛也从自家的院子里,隔着院墙跳了过来。在几个人的劝说下,海山才算稍微平息下来。

"清德叔,走,到俺家歇一会儿,有啥事儿明天再说。"刘涛说道。

就这样,几个人连推带拽地把海山劝到了刘涛家里。

刘涛把烟拿出来,给每人让了一支。刘涛的老婆也从床上爬了起来,忙乎着给几个人倒水。

接着,刘涛随手把门带上,小声说道:"咱几个都不是外人,平时我和清德叔的关系就不分你我,和亲爷们儿差不多。我办事儿虽是没有清德叔老练,可是认的理也是一样地直。就在海山出事儿的那天晚上,开始我知道,后来刘火头怎么处理,我就不清楚了。到现在,我都还感到疑惑哩。"

然后,刘涛又把海山出事儿那天晚上,自己看到的前前后后给几个人说了一遍。刘清德也把以前刘半仙说的海山在大树下睡觉事儿讲了一遍。

刘涛说道:"连爱英听说海山拿刀要砍桂平,就趁晚上人熟睡的时候把东西拉走了。她肯定知道,早晚有一天,海山也不会放过她。昨天早晨,刘火头也是听到海山和桂平吵架以后才突然得的病。当时半仙叔背着药箱从刘火头家出来的时候,俺俩还打了个招呼。他说刘火头得了急病,现在还处于昏迷状态,正在输水。半仙叔经过连爱英家门口时,还有意用眼神给我暗示了一下,当时我还不明白。晚上我才明白过来,意思是连爱英知道刘火头得了病,在刘庄,她已经失去了靠山,这才偷偷摸摸地离开了。"

海山一听,内心如翻江倒海一般,浑身发抖,十分后悔没有第一时间来找连爱英。接着,他照自己的脸上使劲儿地甩了两个耳光。

这时,他猛地站起来,说道:"我去找刘火头。"

几个人又一次拦住了他。刘清德劝说道:"海山,你可不要冲动啊!刘火头病得这么重,你就是找到他,也什么都得不到。刘火头的老婆本来就受了打击,万一她再得病,到时你跳进黄河都洗不清了。依我看,今天这个事儿,你就是再生气也不要说了,等刘火头好了再说。你好好想想,这不是闹着玩哩!将来他们像疯狗一样,反过来咬你一口,你冤死也找不到地方说理去。本来我是有心想帮你找他们两个当面讨个公道,没想到,连爱英偷跑了,刘火头又得了重病,眼时这事儿还真没了头绪。"

此时,几个人都在大口大口地抽着烟,整个堂屋都被烟雾笼罩了起来。

几个人在昏暗的灯光下显得萎靡不振，眼神里透着空洞和迷茫。

海山反复思索着几个人说的话，脸上显露出无限的惆怅和绝望。满腔的熊熊怒火被这不争的事实无情地压在心底，慢慢退化成火苗，直至熄灭，最后变成死灰。

他想，有些事儿还真是无法抗拒，这究竟是为什么，老天为什么偏要跟我过不去？

此时，海山有一种摔头找不到硬地的感觉，唉声叹气地说道："清德叔，你们说的道理我懂，你们为了我没少费心，只有你们理解我。你们只要知道我不是个孬种，我就满足了，就是走到阴曹地府也踏实了。时间不早了，明天还要干活儿挣工分，该回家休息了。大哥，你也回去吧！给俺嫂子赔个不是，我知道你不容易，一切都是为了我好。你给我垫的钱，我给你，人家退的彩礼钱还有一部分在那儿放着哩！"

海山把话说完，强打起精神，离开了刘涛家。手中的手电没有打开，他赌气似的迎着夜色向家里走去。

对于连爱英突然离开刘庄，很多人都清楚，这不是偶然，只是早一天晚一天罢了。纸包不住火，她一看到刘火头突发急病，又想起愤怒后的海山，不祥的预感犹如一阵刺骨的寒潮向自己袭来，她的心彻底凉了。她明白，海山手里的那把刀不是在砍向他的大嫂，而是在向她挥舞。

对于刘火头一天比一天恶化的病情，医术高超的刘半仙此时却感到束手无策。

用刘半仙私下的话来说，刘火头病至如此严重，与他平时的所作所为密不可分，伤害他人来达到自己的目的，自己的心底也会留下创伤，时间久了就会通过病的形式显现出来。

"火头的病，我治疗几天了也不见好转。你们还是到大医院去，找专家仔细检查一下。别耽误了，我已经尽力了。"刘半仙无奈地对张四妞劝说道。

张四妞听罢，急忙找人把刘火头送进了大医院，检查结果很快就出来了。

医生说："检查结果是颅内出血，已无有效救治措施，治愈的可能性几乎为零，而且花费不少，搞不好人财两空。"

张四妞听着医生的话，顿时哭得像个泪人。她苦苦哀求医生，无论如何也要治一下，心里想着，万一奇迹发生在刘火头身上呢？

在医院住了几天后，钱很快花了个精光，张四妞的脸也瘦了一圈。而刘火头的病不但没有好转，反而进一步恶化了。

最后，医院下达了病危通知书，他们不得不离开了医院。回到家的当天夜里，刘火头就在极度的痛苦和纠结中彻底咽了气。

对于刘火头的突然病逝，刘庄大队的很多人都不以为意。在刘火头下葬的那一天，前来吊唁烧纸的人寥寥无几。

张四妞体会到了树倒猢狲散的感觉，心中不禁感慨万千。她没有想到，刘火头在刘庄大队当了这么多年的治保主任，竟然这么不得人心。今天丧葬的时候，远没有一个普通社员逝世的时候吊唁的人多。

张四妞看着眼前的一切，心里越发觉得凄凉和悲伤。此刻，在她心里，刘庄大队的很多人都没有人情味，是一些短把镰。她在心里骂道，人走茶凉，都是一群忘恩负义的人。

她坐在离灵棚不远的地方，两只手抓住脚脖，前仰后合地干号着。她的眼中已经没有了泪水，从刘火头得病到死，从早到晚，她都是以泪洗面，泪水早就流干了。

这时，几个亲戚朋友走到张四妞身边，劝她不要过于悲伤。劝了好一阵儿，张四妞才止住了哭声。至于自己的男人为什么得这样的病，她不清楚。她总以为老天对自己不公平，在捉弄自己。

张四妞作为一个地地道道的农村妇女，斗大的字识不了几个。和刘火头一起生活了这么多年，劳累一直伴随着她，家里的大事儿、小事儿都是刘火头一人说了算。她那绝望、悲伤的哭声让在场的人无不为之动容。

一天的时间很快就过去了，刘火头也算是入土为安，走完了自己的一生。可他给海山及其家人留下的创伤，是永远都无法弥补的。

从那天晚上离开刘涛家以后，海山在找不到连爱英的情况下，一直强压着心头的怒火，在苦等刘火头的消息。他始终坚持一个心愿，就是等刘火头病好以后，一定当着刘庄爷们儿们的面把事情抖落清楚。如果刘火头不讲理，就是拼命，也要还自己一个清白。

在刘火头住院的这几天，海山没睡过一夜安稳觉，白天饭也吃不下，从早到晚不停地抽着烟，夹烟的手指渐渐发黄。曾经明亮的双眼变得浑浊，没有一点光亮。蓬乱的头发长长地压在头顶，苍白的脸更是没有朝气。蹒跚的脚步像极了刚出医院的病人，无精打采，整个人也日渐消瘦了。

令海山没料到的是，刘火头竟然在这么短的时间内去世了。他真心不愿刘火头死去，因为那样的话，他的心愿也随即化作空谈。

虽然对刘火头恨得咬牙切齿，但海山并不恼恨刘火头的家人。他清楚，刘火头平时在刘庄霸道惯了，在家里也是唯我独尊，对待自己老婆像拉屎唤狗一样。刘火头稍有不顺，鼻子一哼，眼睛一瞪，张四妞就像一条夹着尾巴的狗，忍气吞声，屁都不敢放一个。自从刘火头和连爱英有一腿以后，张四妞的日子更是雪上加霜。在刘火头心里，张四妞早已成了一个多余的人。可事情发展到现在，张四妞依然像一条忠实的狗，不离不弃地向主人献着忠心。

海山觉得，张四妞和自己一样，也是可怜之人。自己即使再冤，也绝不伤及无辜之人，坚决不做良心上过不去的事情。

谁也没想到，短短几天竟有这般变化，刘火头与连爱英，死的死，走的走。周围的笑声依旧肆无忌惮，孤零零的海山铆足了劲儿，却发现自己一拳打在了棉花上，没有任何回响。眼看着就要真相大白，没想到竟出现这样的情况，他愈发感到地灰意冷了。

虽然这件事儿已经过去了，但它仍如巨石一般，无情地堵在海山的胸口，让承受煎熬的他有一种生不如死的感觉。

十四

秋收来了，刘庄大队的社员们都在忙着收割地里的庄稼。

在全大队干部和社员的共同努力下，人们不辞劳苦、起早贪黑，为的是能早日把地里的玉米，棉花、大豆、红薯等收割完毕。虽说经历了夏季的大旱，如今却依然能获得这么大的丰收。看来今年的生活有了坚强的保障，男女老少的脸上都露出了丰收的喜悦。

田间地头，人们知足地谈论着老天爷带来的恩赐。

刘喜旺是海山最要好的朋友，他们从小光着腚一起长大。在队长刘起的吩咐下，海山和喜旺一起套着队里的马车去地里拉玉米棒子。

说起喜旺，他小学毕业以后就拿起了鞭杆，赶起了牲口。这是他从小梦寐以求的事情。

每次他从电影里看到那些威风凛凛的骑着战马的解放军驰骋在战场上歼灭敌人时，内心就激动得跃跃欲试。他幻想着，将来自己长大了，如果能像他们一样，那该多好啊！

好多次，喜旺在梦里喊着"驾驾、吁吁"，不停地在床上踢蹬着。

幼年时，海山、喜旺、建成几个人在一起玩耍的时候，每人都兴奋地说起过自己的梦想。

"我如果不上学了，就回生产队当个把式。到时我赶着牲口，甩起响鞭，让外人看着多美气。"喜旺的脸上露出得意的微笑，眉飞色舞地说道。

海山说："好者好，恶者恶，好把鹌鹑不逮兔，将来我要到生产队当个机器手。"

建成接过话茬说："我想当一个农业技术员，将来摇耧种麦，样样精通，做一个名副其实的老庄稼金（汉）。咱们各干其事，这叫百花齐放。"

果不其然，几个人小时候的美丽憧憬都变成了现实。

自从海山出事儿以后，喜旺和建成都看在眼里，急在心上。他们都为海山捏了一把汗，想为海山打抱不平、两肋插刀。他们始终认为，刘火头欺人太甚，海山落到今天这个地步实在是冤枉，这件事儿搁在任何人头上都不会不了了之。

这么多天，他们看到海山一天比一天消瘦，郁郁寡欢。两个人心里也不得劲儿，多次给海山出主意说，就是刘火头死了，也要把他家搞得鸡犬不宁，向刘庄大队的爷们儿们证明一下，刘海山不是个无赖，是一个堂堂正正的男子汉。

每次听到二人这么说，海山就毫不客气地说道："兄弟，我虽和刘火头是一笔，不能写两个刘，但我也绝对不会和刘火头这样的小人画上等号。我要是做事儿，就是当面锣、对面鼓。你们知道我的脾气，我坚持认为，一人做事一人担，这次算我倒霉。我也没想到，两个肩膀扛一个头，平时在刘庄牛气哄哄的，怎么突然得了这种病。还没等我给他把道理讲清楚，他就死了。我认为他的家人是无辜的，也是受害者。如果刘火头还活着，我要不和他论个高低，拼他死我活，我就是个鳖孙王八蛋！"

海山说着话，激动得焦黄瘦弱的脸上青筋暴起，直通到脖子上，不停地颤抖着。

停了一会儿，喜旺心疼地劝道："海山哥，你说得也是。从今儿起，这事儿就算过去了。"

海山无奈地说道："事到如今，刘火头已经死了，算了。"

喜旺和建成看到海山在受到这么大委屈的时候，依然坚持自己的原则，两个人既生气又惋惜。二人一致认为，这件事儿又一次验证了，海山就是一根直棍从喉管里通到屁股眼的人。

自从他们和海山说过话以后，海山已经几天没有去地里干活儿了。喜旺怕海山再闷出病来，因此一大早便来到了海山家。

海山屋里的门半掩着，海山的妈妈正在厨屋做饭。喜旺和海山的妈妈打过招呼后便来到屋里叫道："海山哥，海山哥，该起来了。"

海山听到是喜旺的声音，慢慢地翻身答应着："喜旺，有事儿吗？"

喜旺走到海山的床前，说道："海山哥，你病了吗？不能总这么躺着呀！"

海山从床上坐了起来，说道："喜旺，我没病，放心吧！"

喜旺说道："海山哥，你要是没病，就跟我一起帮车去吧。今天队长让我套着牲口去拉玉米棒，帮车这活儿还自由一些。咱俩还能说说话，解解闷，也不耽误挣工分。今年的收成还算不错，到分粮食的时候，没有工分可不行，生活还是要过哩！"

在喜旺的再三劝说下，海山终于穿上衣服，勉强吃了个锅饼。

这时，海山的妈妈看着日益消瘦的海山，心疼的泪水顺着布满皱纹的脸颊淌了下来。她苦口婆心地劝海山多吃一点，又嘱咐喜旺在干活儿的时候照顾一下海山，以免挨队长的批评。

海山和喜旺来到牲口院时，饲养员已经把喂饱的牲口牵到了屋外的棚子下。饲养员叮嘱道："喜旺，今天赶牲口可要留点心。农活儿忙了，这几匹牲口，我都给它们加了大料，它们有使不完的劲儿。要记住：人有钱怪，马有膘怪，要好好调训它们。"

喜旺看着站在太阳下毛光发亮的几匹牲口，不由自主地拿起扫帚帮它们清理着毛发。两匹大青马还有一匹灰黄的辕骡昂起头发出"咴咴"的叫声，不停地摇着头，用前蹄扒着地，瞪着眼睛望着喜旺。

喜旺有意把海山的话匣子打开，于是说道："海山哥，你看这几个伙伴儿咋样？我这么长时间没有使唤它们了，这一见面，它们还真想我了，你看它们还给我打招呼哩！听长辈人说，这骡马有灵性，是记恩的。很多人常说，羊马比君子，牛驴都一般。"

海山接过话茬，说道："兄弟，你说得是。现在有些人连猪狗都不如，怎么能和这几匹骡马相提并论呢！"

喜旺说道："海山哥，你说得还真不假。我和这几匹牲口在一起这么长时间，确实领悟了一些道理。如今我拿在手里的鞭子只是做做样子，高兴的时候甩几声响鞭。有时候，它们即使没领会我的意思，我也不舍得抽它们一鞭。"

说话间，喜旺拿起铜铃和护脖，一顿熟练的操作，很快就把马车套好了。

海山和喜旺坐在马车上，清脆的铃声伴随着马蹄"嗒嗒"的响声，马车不紧不慢地行驶在刘庄大队田野的大道上。

海山垂着头，很多社员都有意无意地看向他。今天，对于海山来参加劳动，他们感到不可思议。即使是村里那些出了名的"信息员"，看到海山也是好奇心满满。很快，本来各自劳作的人又三五成群地聚在了一起。

桂平看到海山以后，用轻蔑的眼神斜视着。本来就不对称的脸形变得更加不忍直视了，弄得画家都无从下笔。

紧接着，她使劲儿地吐了一口唾沫。唾沫出口前的那一声"哈"，把喜旺驾着的几匹牲口惊得四蹄狂奔。

喜旺看到这个情景顿时又急又气，急忙喝住牲口，继续往前走去。他心想，像这样不可理喻的女人，还是尽量忍一下，躲得越远越好。但是，不跟她起正面冲突，暗地里也要气她一下。

此时，海山也惊得抬起了头。他扭身扫视了一下四周，看到那些曾经熟悉的面孔，霎时变得像黑暗中无形的魔鬼，龇牙咧嘴，千姿百态。

刹那间，海山的脑袋像炸了一样，眼睛直冒金花。他强打精神，用力抓捏着自己的头，感觉自己掉进了无底的深渊，有种天崩地裂的感觉。

喜旺吆喝着牲口继续赶路。他看着海山，既怕海山一时冲动，惹出是非，又担心海山的精神和身体支撑不了。

于是他安慰道："海山哥，你要想开点，过去的事儿就让它过去吧！别再纠结了。不做亏心事儿，不怕鬼敲门。往后，让那些爱嚼舌头的人去说吧！"

说着，喜旺掏出一支烟递到海山手里，啪的一声把火机打开，用手挡住风，把烟点上。

喜旺大声说道："海山哥，打打气，站起来，咱一辈子当不了英雄，也不能当狗熊。你站我身后，扶着我的肩膀，我就不信这个邪了。现在咱刘庄有些一辈子也没干过人事儿的人也变成了人，鬼都会说人话了。像屎壳郎跟屁走的人，多得数不过来。裤子还没提起来就成好人了，自己一身白毛羽，说别人是妖精。"

这时，喜旺把海山拉了起来，把手指放在嘴里，连吹几声响亮的口哨，又用力甩了几下噼里啪啦的响鞭，大声吆喝着："驾！驾！驾！"

几匹牲口听到喜旺的口号后，齐刷刷地奔跑起来。

喜旺敞开粗犷的声音唱起了自己改编的《青松岭》插曲："小鞭嘞一甩，啪啪地响，哎嘿，哎嘿哟，赶着马车出了庄，哎哎嘿哟，一条大道向前方，哎嘿哟……"

这时，叮当叮当的铃声和嗒的马蹄声，还有噼啪的响鞭声与喜旺没有调门的歌声交织在一起，在田野空旷的大道上，汇成了一首独特的交响曲。

海山被喜旺这突如其来的行为搞得不知所措，他用力抓住喜旺的胳膊，任其发泄呐喊。

马车过后，大道上随即扬起了漫天尘土，瞬间淹没了被他们甩在身后的人群，堵住了一些想骂人的嘴，蒙住了少许本来就看不清是非的眼睛。

马车很快来到玉米地。建成胳肢窝里夹着笔记本和几个社员正在地头看着他们两个。

喜旺笑着说道："刚才我唱的歌咋样？"

刘起和几个社员七言八语地说道："你唱的歌不错，要是在晚上，夜深人静的时候，鬼魂听到都起鸡皮疙瘩。要是将来恁老婆听到你的歌声，我敢打赌，恁老婆肯定吓得钻床底下了。"

喜旺笑着说道："要是照你们说得这么优秀，我还得继续努力哩！万一有一天我成了歌唱家，我给你们使劲儿唱，免费听！"

掰玉米就在几个人的谈笑声中开始了。海山这么多天压抑的心情慢慢地有所放松，但脸上的苦笑依旧没有遮掩住。

对于海山的现状，喜旺和建成不想当一个旁观者。他们不想看到海山在无望中沉沦，更不希望海山不明不白地抱憾生活。为此，他们想尽一切办法，想尽快抽出插在海山心底的那一把无形的慢慢放血的箭，以让海山早日恢复以往的神采。

十五

晌午的空气闷热难耐，掰玉米棒的社员们都在马不停蹄地忙碌着。喜旺赶着马车，带着海山把一车又一车的玉米棒拉到了晒场。

到了晌午，几十亩玉米棒终于掰完了，只有少量倒在地上的玉米棒没有拉完。刘起抬头看看太阳，高兴地说道："晌午了，今天大家都没少出力，一上午就把几十亩地的玉米棒掰完了，远远超出了我的计划。今天下午，女的全部到晒场剥玉米皮，男的砍玉米秆。喜旺和海山你们几个还继续拉玉米棒。今天中午，建成再找一个人留在地里看着，防止有人偷，其余的全部下晌（工）。"

刘起擦了一下脸上的汗，嬉笑着说道："妇女抓紧回家给孩子喂奶，大家都看看，老张嫂子的奶水把衣服都浸透了。你们谁想吃，就吃一口吧！"

好几个女人还没等刘起把话说完，也不顾自己的疲劳，就像饿狼一样一起向他扑来。她们连撕带拽，把刘起掀翻在地，弄了个四肢朝天，头也被一个女人死死地摁住。

刘起躺在地上，张着嘴，喘着粗气，哀求道："我不敢了，我不敢了，饶了我吧！我再也不敢了。"

在他的再三哀求下，这群女人才终于善罢甘休。

刘起摇摇晃晃地站起身来，一个屁也没敢放，只是下意识地指着这群女人，无助的言行和滑稽的表情促使她们肆无忌惮地仰天大笑。

就在一群人乱作一团的时候，建成看到海山低着头，独自一人远远地蹲在一旁。

建成说道："海山哥，中午你就别回家了，陪我一起看玉米吧。"

海山听到建成叫他后，慢慢地抬起头。就在他抬起头的那一刻，他看到很多人的眼光像探照灯一样，向自己扫射了过来。

顿时，海山感到脸上火辣辣地烫，心里怦怦地跳个不停。如果可以，他真想找个地缝儿钻进去。此时，他最后悔的事儿，就是和喜旺一起来到这里。

这时，刘起喘过气来，催促大家抓紧时间回家，不能耽误下午上工。就这样，很多人才把视线从海山身上移去了。

忙活了一上午的社员们都陆陆续续地向家里走去，各自肩膀上都扛着一捆青草。因为很多人家都养着猪羊，在下工回家时拔草，是很多人必须做的一件事情。他们三个一伙、五个一群，匆忙地走在田野间的大路上，重重的脚步踩在柔软细碎的尘土里，被激起的尘土很快沾满了每个人的脚面。

人群很快散去了。为了让海山开心，建成故意惊讶地说道："海山哥，你猜现在我心里是怎么想的？"

海山抬起头，无精打采地说道："我怎么知道你在想什么？我又没钻进你心里去看。"

建成说道："你想一下，秋天你喜欢做什么？以前咱们每年到了这个时候，就搞很多次，我快给你说明白了。"

海山皱了一下眉头，又用手挠着自己的头，仔细想了一下，说道："去河里摸鲫鱼，用火烤着吃。"

"不是，快猜对了。"建成笑着说道。

说着，海山慢慢来了精神。他接着说道："我想起来了，烧红薯，烧玉米棒。"

建成高兴地说道："海山哥，还是你的记性好。今天中午，我就是让你陪着我，趁中午地里没人，咱俩还烧红薯，烧玉米棒。你挖坑，我去刨红薯，再去河滩里捡点柴火，很快就能水到渠成。"

建成说着，口水不知不觉流出了几滴，正好滴在海山的光脚面上。

这时，海山笑着说道："兄弟，你别急，等会儿让你吃个饱。"

建成看着海山终于露出了笑容，激动得差点没蹦起来。这么多天，他终于看到海山脸上露出了一丝笑容。

挖这个红薯坑是有讲究的，进口和出口都是照风的走向设计的。今天刮的是东南风，进口就朝东南方向，出口就朝西北方向，这样烧火时有利于火势的旺盛，还能防止被烟熏得睁不开眼睛。海山当然懂得这个道理，烧红薯的坑很快就被他挖好了。

建成把红薯和玉米棒抱在怀里，高兴地走了过来，说道："海山哥，你先把红薯、玉米棒摆好，我再把柴火抱过来，马上开始烧。"

一切准备就绪。建成说道："海山哥，你歇会儿，我来烧。"

柴火被点燃了，腾起的烟雾往西北方向飘去。汗水、烟灰、尘土交织在一起，把建成弄得浑身都是，头上、脸上、脊背上分不出横竖道，只有说话时露出两排洁白的牙齿。

海山看到建成这副模样，禁不住笑着说道："兄弟，你慢一点，慌什么？你的脸抹得全是灰，马上都认不出你了。"

建成抬起头，看着海山做了一个鬼脸，说道："海山哥，为了吃，这就叫奋不顾身。"

大约过了半个小时，红薯已经烧有六成熟了。二人随即把这些红薯都放在火坑，再把烧热的火坑用脚踩塌，闷上半个小时，香喷喷的红薯就可以吃到嘴里了。

这些烧红薯的方法是祖辈们传流下来的，也是大自然的馈赠，二人对此是轻车熟路。

建成看海山的心情慢慢地放松下来，脸上紧皱的眉头有些舒展，内心像完成一项使命一样，瞬间充实了很多。这么多天，他每天都在为海山捏一把汗。

二人不约而同地来到了河边，清清的河水慢悠悠地流淌着，一群小鱼无拘无束地游荡着。

建成挽起裤腿走进河里，弯下腰，三下五除二洗了一番，然后用手捧起河水喝了一口。

这时，海山有意逗建成一下，急忙说道："建成，你不要喝，你忘了，前年刘四就是在这里拉的屎。"

听海山这么一说，建成忽然想起那天刘四拉屎的情景。于是他一连吐了几口，差点没把胃吐出来，两眼泪花直流。

海山急忙解释道："建成，我逗你玩呢。这事儿过去好长时间了，他拉的屎早就被水冲得无影无踪了。"

建成看着站在河里的海山也能和自己开一句玩笑，心里顿时缓了一口气，因为这正是他想要看到的结果。

建成笑着说道："海山哥，你怎么突然想起刘四了呢？"

海山叹了口气，说道："今天上午干活儿的时候，我看到了刘四的坟头，又想起了那些往事儿。说实话，我这辈子活得还没有刘四有意义，总觉得活得太窝囊了。刘四虽然没力气，枯瘦如柴，但他总是乐呵呵的。"

建成说道："海山哥，我可以很自信地告诉你一句话，就你这样的性格，这样的块头，包括你的人品，哪一样不比刘四强？你只要振作起来，开始新的人生，一切都会慢慢地变好。如果你还想不开，就好好想一下刘四，还有咱村里那些有头有脸的人，死了以后什么也不是。刚开始几年还能看到一个坟头，若干年后，就什么也没有了。最后都会被大自然吞没，化为灰烬。"

海山说道："建成，你说的我能理解，但我心里这道坎儿难过啊。"

建成恳切地说道："海山哥，你说得也是，自己问心无愧就了。邻居爷们儿心里有杆秤，谁是谁非自有评说。人这一辈子说是漫长，其实也很短暂。现在发生了这样的事儿，你依然能忍辱负重，坚持自己的秉性，不伤害无辜的人，确实已经做到仁至义尽了。刚开始，我和喜旺对你的想法都不赞同，现在我终于想明白了，你的胸怀不是一般人可以比的。但是，你既然有这样的胸怀，也更要有走出困惑的勇气。不要再死气沉沉，跟自己过不去了。"

说罢，二人使劲儿地捧着河水往脸上甩了几把。顷刻间，脸上的灰尘和汗水顺着河流慢慢地漂走了。

建成看海山郁闷的情绪有些放松了，于是继续劝说道："海山哥，你不会忘记清德叔给咱说过的话吧？他曾经让咱们细心观察那被土坷垃压住的麦苗儿，现在想想，他说得还真有道理哩！那么幼小的麦苗儿，在土坷垃的压制下，毅然倔强地弯曲着身子把头从土坷垃下面钻出来。当有一天，雨水把土坷垃冲烂了以后，它身上的营养物质也就慢慢地被压弯的麦苗儿吸收，最后结的麦穗不但大而且籽粒饱满。现在，你不也是和那被压住的麦苗儿一样吗？如果你也能像麦苗儿一样，不畏屈辱，挺起腰杆，最后一定是人生赢家。你好好想一下，如果有一天，你的人生有起色了，你还应该感谢曾经欺负和鄙视你的人呢。他们就是那一块土坷垃，正逼着你走向美好的人生。"

海山默默地点点头，他看着眼前碧波荡漾的河水，想起了曾经的往事和快乐的时光，心中顿时百感交集。

接着，他轻叹了一声，说道："时间过得真快啊，那时候真是开心，要是一直开心下去就好了。"

建成看着海山，笑着说道："海山哥，走吧！咱们去吃红薯，什么事儿都别往心里放了。你看刘四活着的时候，与世无争，每天都乐悠悠的，死后除了剩个土坷堆，还剩个啥？"

海山说道："兄弟，你们都这样劝我，我懂。但是老天爷给我披了这张人皮，我这样活着，还不如披张驴皮哩！我也知道，死要面子活受罪，但心不由己呀！"

建成说道："海山哥，啥也别想了。先把红薯和玉米棒吃了再说，天塌了有地驮着呢，任何事儿都能顶过去。"

海山闻到香喷喷的红薯，感到肚子里确实有点饿了。这么多天闷在家里，躺在床上，就是喝口水也难以下肚。如今在喜旺和建成的劝说下，心情好了些许。

建成笑着说道："海山哥，你看！刘四在看我们哩！走，咱俩把这红薯、玉米棒给刘四送点过去，也让他饱餐一顿。"

二人来到刘四的坟前，把红薯和玉米棒剥好，放在了两片桐树叶子上，又在地上画了一个半圆，点上三支烟。

建成说道："刘四，我和海山哥给你送吃的来了，吃饱了就到河里喝点水，河水干净着呢，你拉的屎早就漂得没影儿了。"

建成叫海山来到刘四的坟前是有意开导海山，以消融海山那颗凝固、衰亡的心，让他明白，人活一辈子，应该好好地过好每一天。否则死了之后，一切都是枉然。

此时，海山的心不知不觉静了下来，刘四曾经开朗、乐观的形象又清晰地浮现在他的脑海里。他想，也许真的应该好好捋一捋自己的生活了。他在心里祈祷，但愿从今天起，发生在自己身上难以叙说的事儿，是第一次也是最后一次，愿老天睁开眼睛，去验证那些善恶吧！

然而，一切真的能如海山所想吗？那些看热闹不怕事儿大的人，他们心里头又是怎么想的呢？

十六

　　傍晚，秋风微凉、皎洁的月亮点缀在刘庄的上空。

　　劳累了一天的社员们趁着月光三三两两地盘坐在一起，饶有兴趣地谈论着以前和近时发生的事儿。有人还在交头接耳，让人看到，不禁觉得有些神秘。今天，人们看到这几天没有出门的海山，都感到十分好奇。

　　驻足静听，话题依旧是对海山的议论和猜测，可以说是众说纷纭。然而，现在更多的感慨则是替海山鸣不平。

　　在大街上，反应最强烈的当属刘火头的邻居刘福。他吃罢饭，习惯性地把碗放在面前的地面上，气愤地对身边蹲着的几个邻居说道："今天，我看见海山坐着喜旺赶的马车出来干活儿，脸瘦得像猴子一样。这事儿弄得这么窝囊，咋还有脸出门哩！把八辈儿先人的脸都丢尽了。说起来，刘海山的脾气直，认死理。没想到别人把屎都拉到锅里了，也没有放个屁。这事儿即使放在老实死鳖人的头上也不会拉倒。海山也不知道怎么想的，就这样不了了之了，真是窝囊死。往后，海山肯定是光杆司令一个，白活一辈子。你们看我刘福的眼能看瞎不？这么大的事儿，能是大闺女的屁股，摸着玩哩？"

　　刘福的老婆急忙拍拍他的胳膊，小声说道："老头子，你就不会小声点。晚上这么静，你注意点，万一说话扫着谁了，不知道影儿哩就把人得罪了，你气那么狠有什么用呢？海山不比你的脾气直吗？他又不傻，他咋想的谁也不知道，你就等着看结果吧！"

　　"唉，"刘福长长地叹了一口气，说道，"真是理不顺，气坏旁人哪！"

　　几个村民接过话茬，小声说道："刘福，你别气了，实际上俺们几个也和你的感觉一样，刚才嫂子说得对着哩！这事儿，海山不吭声，谁也没办法，别替苦人担忧了。吃自己的饭，操别人的心，气出病了划不来。累一天了，说点高兴的事儿吧！从古至今，哪个庙里没有冤死的鬼呢？"

　　刘福嘴里是不说了，但是心里依旧堵得厉害。突然，他站起身来，使劲儿地照地上跺了一脚，之后便转身离开了。

　　今天中午，桂平从地里干活儿刚到家就把上午在路上碰到喜旺和海山时的情景添油加醋地给海风哭哭啼啼地说了一遍，说喜旺和海山没一个好东西，作践自己，看自己不算个人。于是闹着非要海风去把两个人熊上一顿，向自己赔个不是。

海风了解桂平的脾气,他知道桂平不是省油的灯。听桂平抱怨之时,海风心里已经有了判断。只要桂平不先找事儿,喜旺和海山决不会像她说的那样无理。海山心里已经够痛苦的了,这个时候要是不分青红皂白地去找海山,再说些漫无边际的话,这不是在海山流血的伤口上撒盐吗?

海风看到桂平这个样子,安慰道:"你别生气了,我抽空去问一下情况,如果真是照你说的那样,我一定熊他们两个一顿,让他们向你赔个不是。"

然而,海风并没有把这事儿放在心上,他敷衍地说了之后便拿起锅饼啃了起来。因为吃过饭,下午还要挣工分呢。

桂平气得连午饭也没做。虎子和往常一样,还是去海山家吃饭。桂平总是认为,虎子到海山家吃饭,吃的是虎子奶奶的粮食,和海山没有关系,总而言之,就是两个字——"该吃"。

平时虎子来家里吃饭,海山从来不介意。他认为虎子是自己的亲侄儿,不是外人,自己怎么能和嫂子一般见识呢?

桂平看到海风吃得狼吞虎咽,于是把泪水一擦,也吃了起来。她虽是生气,可也得垫饱肚子,因为队长马上就要打铃上班了,上工是不能耽误的。

今年的收成好,如果耽误了挣工分,到时候是要少分粮食的,桂平哪能允许有这样的损失?她心想,等到晚上再想想办法,这口气是不能咽下去的,一定要让他们知道,和我较劲儿,看最后吃亏的是谁。

傍晚,忙了一下午的桂平气呼呼地回到家里,她的表情和中午大不相同,假惺惺的泪水已经没有了。

她一边吃饭一边不停地骂骂咧咧:"万奶奶,我这一辈子真是倒了血霉了。当时也不知道咋瞎了眼,烂了鼻子,找了你这样一个肉头瓜鸡的货,整天吃里爬外,连自己的老婆都不放在心里。阎王爷也不知道咋迷糊了,给你披张人皮。"

平时,海风知道桂平不好惹,自己不是她的对手。为了虎子,为了这个家,让她骂几句出口气也就算了。再者,他也是顾及面子,怕邻居们听见吵架声,让人家看笑话。

可海风没想到,今天晚上,桂平竟然变本加厉地骂个不停。本来中午就没吃饱,又干了一下午活儿,肚子饿得咕咕直叫。桂平不绝的叫骂声让海风七窍生烟,忍无可忍。他也不知道从哪里来的勇气,忽的一声吼道:"万奶奶,你还有完没完?真是不想让我活了。我就算是一只兔子,被逼急了也是会咬人的。"

桂平被海风这么一吼，还真的有些蒙圈了。她也不再骂了，忽地站了起来，鞋也没顾上穿，啪啪啪光着脚丫子朝门外走去。嘴里嘟囔着，"万奶奶，我先放你刘海风一马。等我把事情办好了，再和你算账，我就不信治不好你的哮喘病。"

气急了的海风不顾一切地怼了一句："万奶奶，你治好我的哮喘病，治不好我的牛皮癣。"

桂平已经走了很远了，海风依旧隐隐约约听到桂平说："我非要让你这歪嘴子驴卖不上价钱——吃嘴上的亏。"

一天之内经历了几次争吵，此时海风不知是吃饱了还是气饱了，胸口胀疼，憋了一肚子疙瘩。

月光下，他一边揉着肚子一边抽着烟。他慢慢地走到鸡窝旁，把鸡窝堵上，又看了看羊，一切都安然无恙。海风清楚，就是再气也不敢粗心大意，鸡下的蛋是留给虎子吃的，而羊是家里的经济支柱。

跟往常比起来，今天晚上少做了一件事儿，就是不用刷锅了。因为中午和晚上都在吵架，根本就没有开火。

海风倚靠在院子里的一棵榆树上，呆呆地望着天空，嘴里吞吐着烟雾，唉声叹气地说道："我这辈子是啥命哩！咋娶了个这样一个女人哩！这以后还怎么过呢？"

海风反复琢磨着这些无解的难题。他越想越看不起自己，一辈子碰到这样的女人，真是一点办法也没有。就是头驴，碰见这样的女人也得憋死，最后还是推磨挨磨棍，出力不讨好。

这时，刘清德从门外走了进来。

刘清德假装咳嗽了两声，问道："海风在家吗？"

海风听到刘清德的声音，急忙回答说："是清德叔啊！来坐一会儿。"

刘清德开门见山地说道："海风，你又和桂平生气了吗？"

"今天，桂平找一天事儿了，我气得一点办法都没有。"海风回答道。

刘清德说道："没有打架吧？刚才我在大街上看到桂平光着脚，气冲冲的，嘴里还骂骂咧咧的。我想着肯定是你们两个生气了，桂平不会想不开吧？"

海风说道："我又没碰她一根指头，你还不知道她什么脾气呀！我不惹她，整天还驴上天、马刨地地吼哩！她这样的人，啥时候都不会想不开。她一不会喝药，二不会上吊，我可知道她是什么样的人。"

刘清德说道："海风，别气了。你别跟她一般见识，还是去找找她吧。为了虎子，千万别打她。"

刘清德离开后，海风并没有出门，而是朦朦胧胧地倒在床上睡着了。桂平从家里出来后，趁着月光马不停蹄地来到海昌家里。

刚走到门口，海昌家的黄狗就呼的一下，汪汪汪地从狗窝里窜了出来，着实让桂平惊了一跳。

桂平定了定神，呵斥道："大黄，你干啥？连我都不认识了？你就算看不清我，我身上的亲人气儿也能闻得到啊！你可别越长越昏哪！"

这时，海昌的老婆香云听到大黄的叫声后急忙从堂屋走了出来，一边呵斥大黄一边说道："大嫂，是你呀！你吃饭了吗？我正好在吃饭哩！你也吃点吧！"

大黄悻悻地躲在一旁，嘴里不停地发出"呜呜"的声音。

"要说吃了也算吃了，要说没吃也没吃。"桂平没好气地说道。

说着，桂平就来到了院子里。香云听着桂平的话虽感到有些莫名其妙却也没有多问。她给桂平搬了一个木墩子，让她坐下吃饭。

月光下，桂平的脚丫子格外显眼。她还没有坐下，从脚上散发出的臭狗屎气就扑面而来。

这时，海昌的儿子胖墩一只手捂着鼻子一只手指着桂平说道："大娘身上臭，大娘身上臭，有狗屎气！"

桂平不耐烦地说道："你这小孩儿，瞎叫唤啥？我身上哪里来的狗屎气？你这么小就嫌弃我了？你们这些姓刘的，从小就养成这样的怪脾气，没大没小哩！"

平时不爱与人争是非的香云，听到桂平蛮横无理地呵斥胖墩，也有点气不过。于是她说道："你自己仔细闻一闻就知道是不是胖墩亏说你了。"

桂平打着哑谜说道："香云，你也闻到了？我咋没感觉呢？"

香云心里想着，你真是个老滑脚，屁大点事儿都不愿承认。几十岁的人了，还不如俺胖墩呢。香云就是再老实也知道，桂平是放屁打侧脚——遮丑哩！

香云说道："刚才你没来的时候就没有狗屎气，你的脚肯定踩上狗屎了。你要是不信，就用手摸摸你的脚。"

桂平也觉得有些不好意思，似笑非笑地说道："我想起来了，刚才来的时候，走路有点慌，没有看清。当时感觉脚下一滑，可能是那个时候踩上狗屎了。真气人！也不知道是谁家的狗拉的屎，让我倒霉踩一脚。"

说着，桂平走到柴垛旁，捡起几片玉米皮敷衍了事地擦了几下。

香云说道："大嫂，你脚上的臭狗屎就是再擦也擦不干净。你去井里压点水好好洗洗吧！"

此时胖墩被桂平吼过之后，抽泣着躺在香云的怀里睡着了。香云看到桂平到家里来，一点好感也没有。自从香云嫁到刘庄以来，她就不想和桂平掺和在一起，心里总是有一种好鞋不踩臭屎的感觉。可每次他们弟兄几个有事儿需要商量的时候，她想躲却又躲不开。

最近海山出了这档子事儿以后，海昌整天耷拉着脑袋，闷闷不乐，很多话憋在心里，见人就觉得低三分。可为了这个家，他觍着脸依旧到田里挣工分。

香云是个善解人意的女人，她坚信嫁鸡随鸡，嫁狗随狗。她看到海昌整天无精打采，自是十分担心，怕他心里的结解不开，万一得了病再把身体搞垮了。

香云每天从地里回来就把饭提前做好，为的是让海昌一到家就能吃口热乎的。而今天晚上，没有把海昌等回来却把桂平等来了。可想而知，这顿饭被她搅得连一点味道也没了。

香云心想，桂平这个时候来，准没有好事儿，自己就是再憋屈也要喜在面前。因为她了解桂平的为人，心中不愿得罪桂平。

这时，桂平已经把脚洗好了，大声咋呼道："我的脚洗好了，鞋咋没了？准是大黄叼走了，这大黄咋这么昏哩！"

香云被桂平说的话搞得哭笑不得，大声说道："你就会胡说！你好好想想，你来时穿鞋了吗？你要是穿着鞋，脚还会踩上狗屎吗？"

桂平听香云这么一说，急忙说道："唉！我连急带气，糊涂了，脑子不管用了！"说罢，没脸没皮地哈哈笑了起来。

香云拿桂平也没有办法，只是心里想着，你整天昏得能和俺的大黄相提并论吗？

桂平往木墩上一坐，就迫不及待地说了起来。她把今天上午碰到喜旺和海山赶着马车的事儿向香云从头至尾说了一遍。至于喜旺为什么会那样做，却一字不提。

最后，她怕香云不相信，还发誓赌咒说："我要是说一句假话，我就是个吃屎的狗，就不是爹娘生的，是从大山里蹦出来的。"

正说着，海昌从地里回来了。他下了工以后和几个社员一起去给羊割了点草，因此回家比起往常晚了一会儿。

海昌背着草篮子还没有走到家门口就听到了桂平咋呼的声音。他小心地把草篮子放在门外想听个明白，生怕桂平带来什么不好的消息。

今天，海昌看到海山去地里干活儿，心里有一种说不出的感觉。想想这么多天发生在海山身上的事儿，他内心就没有平静过。现在想起来，还倒抽凉气。后悔自己当时没长脑子，不分青红皂白和大哥一起把兄弟苦打了一顿，兄弟气得差点大病一场。要是一病不起，这辈子到死都对不起兄弟。当初没想到，就是这一顿打，把刘庄爷们儿的眼睛也打花了。最后，很多人反而看不出真假了。

当时，海昌看到海山耷拉着头和喜旺一起坐在马车上时，泪水不停地在眼中打转，一颗悬着的心总算落了下来，心里既高兴又心酸，自言自语地说道："兄弟，你终于从家里走出来了，怨大哥、二哥对不住你。你就是再恨我们，我们也不会怨你，都怨恁俩哥没长脑子。"

这时，海昌隐约听香云说道："大嫂，你说话小点声。你的唾沫星子把我的脚面都喷湿了，脸上也是的。你慢慢说，让邻居听见了多不好，像吵架一样。"

桂平听到香云在制止自己，不但不收敛反而提高了嗓门，"哼"了一声，说道："香云，不是我说你哩！刘海山把咱几个人的脸丢得还不够狠哪？顾虑那么多有啥用呢？人家背后早就把咱们的脊梁骨都捣烂了，早就捂不住了。今天我就是给你商量一下，往后跟刘海山坚决一刀两断，各人的路各人走，各人买马各人骑。他就是打光棍的料，那是他自找的，和咱们没关系，别把咱两家也染臭了。"

桂平吐了一口唾沫，接着说道："明天，把咱婆子一分三开，把那几只羊估一下价钱，一分三份，咱婆子以后也不能给刘海山做饭。我就不信这个邪了，还治不了他？他自己直肠子驴，还恼恨咱两家，你说咱亏不亏？往后让他和刘喜旺过一家去。"

桂平的嘴像机关枪一样，上气不接下气的，滔滔不绝的咋呼声让香云的耳朵里堵得直发烧。香云不要说插话了，就是连反应的机会都没有。

桂平说了一阵儿，说话的声音终于低了下来。她向香云问道："弟妹，你看我说的中不中？"

香云无奈地说道："等海昌回来了，我和他商量一下。这么大的事儿，我做不了主，我可没有你有能耐。你在家里，什么事儿都是你说了算。"

桂平听着香云的话，直截了当地说道："这事儿还有啥好想的？这不是眼睫毛上的虮子——明摆着哩吗？我早就想过了，只有和刘海山断绝一切关系才是最明智的选择，别的什么方法都是错误的。"

海昌还没等桂平把话说完，就从门外走了进来，气得连一声嫂子也没叫，说道："我看你是吃饱撑着了，能想出这样的歪点子，你还嫌这个家乱得不够狠哪？你要是真没事儿了，赶快回家脱光肚睡去吧！这事儿你说了不算，没有商量的余地。"

桂平看到海昌突然出现在自己的面前，说出这样干净利索的话，气得从木墩上站了起来说道："海昌，这话可是你说的。我都是为了你好，你还一点情也不领，反而责怪起我来了，你真是狗咬吕洞宾——不识好人心哪！"

海昌听着桂平的话，也没再说什么。他心里明白，和桂平这样的人说话，不能给她好脸，有时候越解释越说不清。要不就像那石头春里捣榆树皮一样，越捣越黏，最后黏得甩不掉。

海昌把草篮子拿到院子里，给羊拿了一些草，然后把手一洗，端起饭碗大口吃了起来。

桂平唠叨了几句后，发现没人搭理自己，顿时觉得有些不好意思。于是，气得光着脚丫子离开了。

临出门的时候，还不忘甩了一句："万奶奶，弟兄几个真不愧是一个窑匠看火烧的实心砖、变形的琉璃头，一个也上不了墙。"

海昌被桂平的话激得浑身颤抖，气得大吼一声："你别走，看我不把你的嘴扇歪！"

香云急忙拉住海昌的胳膊，劝说道："算了，别和她较真了，有那力气还不如暖肚子哩！"

十七

劳累了一天的海山回到家里，脸也没有洗就躺在床上睡着了。毕竟躺了这么多天，今天是头一天干活儿，日益虚弱的身体实在是顶不住了，好在今天的心情比以前有所好转。

今天晚上，海山的妈妈依旧给海山做的擀面条。她看到海山出门干活儿了，心情犹如从连日的阴雨绵绵一下子变得晴空万里，还亲自把一碗面条给海山端了过来。

她把面条放到桌子上，慈祥地看着已经睡熟的海山。她既想让海山多睡一会儿，又想让海山起来把面条填进肚里。犹豫再三，她决定把海山唤醒。

海山的妈妈小心翼翼地用手拍拍海山，生怕惊丢了海山的魂似的，小声说道："山儿，山儿，你醒醒！我知道今天你干活儿累了，但是不吃饭怎么行呢？你起来先把这碗面条吃了再睡。"

海山听到妈妈的声音，蒙胧地睁开双眼，慢慢地从床上坐起来，说道："妈，你怎么还把面条给我端过来了？你这么大年纪了，还让你端着吃，下次不要这样了。"

海山的妈妈说道："赶紧吃吧，一会儿凉了。"

这时，喜旺和建成来到了海山家。他们拿着两瓶酒，一袋焦花生还有一瓶鱼肉罐头。两个人还没进门就大声地喊上了："海山哥，海山哥，你睡了吗？"

海山听到喜旺和建成的声音，急忙回答道："过来吧！我正吃饭哩！"

说着，二人一起来到了屋里。

喜旺说道："海山哥，咱兄弟几个好长时间没坐在一起喝酒了。今天喝点酒给你冲冲身上的霉气。往后你还要振作起来，让那些爱看笑话和背后说闲话的人都像闷鳖一样，无屁可放，让他们都见鬼去吧！"

建成把酒分别倒进三只碗里，说道："来！今天我们为了海山哥以后再不受小人陷害，把碗里的酒干了。"

三个人站起身来把碗举过头顶，咣当一声碰在一起，之后喝干了碗中的酒。然后不约而同地做了一个把碗倒扣的姿势，这才把碗放在桌子上。

建成又把酒倒好，说道："海山哥，今天咱们慢慢喝。喝酒不能太急了，这段时间你的身体不太好，怕你受不了。"

喜旺说道："今天咱们一边说话一边喝酒，重新找回从前的日子。"

就这样，几个人喝着酒，谈论着现在，回忆着过去，畅想着未来。

不知不觉，时间很快过去了。此时月亮已走过头顶，恋恋不舍地向西方而去。刘庄的大街上安静了下来，那些调侃的爷们儿已各自回家休息了。

桂平从海昌家里出来之后，转悠了一段时间，来到了海山家门口。她蹑手蹑脚地走到海山家门口的一棵大槐树旁，身子贴在树上，侧耳细听，听到了海山和喜旺几个人的喝酒谈话声。

只听见喜旺说道："海山哥，今天上午要不是看在咱海风哥你们兄弟几个人的面子上，就桂平那熊样儿，我要不用皮鞭抽她几鞭，我就不姓刘。我抽罢她，她想上哪儿告就上哪儿告，她的嘴整天就没有个把门哩！走到哪里都胡球说。往后，她的脾气要是不改，我只要再抓住她的把柄，我一定好好地修理她一顿。如果她娘家人来找事儿，我就和咱刘庄的爷们儿一起把他们打个半死，看他们谁还敢来。我非要问她娘家，咋养出这样一个闺女？她就没想一想，外边的人看你的笑话还有情可原，你平时对她不薄，她作为你的大嫂，不但不同情自己的兄弟，还面对面地怼上了。再说了，虎子长这么大，没少在恁家吃饭。我以前听长辈说，白眼狼怎么狠，怎么无情无义，现在，我真是见识了。"

海山听完喜旺说的话，停了一会儿，说道："来，兄弟，慢慢喝。"

喜旺端起酒说道："海山哥，你的事儿就是我的事儿，路遥知马力，日久见人心。"

说罢，三个人端起酒碗喝了个精光。

海山说道："兄弟，我一人做事儿一人担。大哥、二哥打了我一顿，我不恨他们。我差点没气毁，就是因为没有机会和刘火头在刘庄爷儿们面前把事情说清楚。如果刘火头不死，连爱英不走，我绝对不会跟他们拉倒。他要是在爷儿们面前再给我要不讲理，我绝对不会跟他们客气！"

海山停顿了一下，唉声叹气地说道："我自认倒霉，至于背后有人说，我应该去找刘火头的家人说事儿，我永远是不会这样做的。从今天开始，这事儿就不再提了，让老天看去吧！至于大嫂这样的人，为了大哥和虎子能有一个完整的家，我也不再说什么。她生成的骨头，长成的肉。就她的性格，如果不改一下，吃亏的时候在后头哩！"

桂平把身子贴在树上，把海山他们几个说的话听得是一清二楚。她本来是想把和海山一刀两断的想法挑明，没想到今天晚上，喜旺和建成他们几个在一起喝酒。

桂平可不傻，俗话说，光棍不吃眼前亏。来到刘庄这么多年，她知道喜旺几个人的脾气。如果是白天，她还敢跟他们理论几句。可这晚上，看到他们光着脊背在灯光下喝酒的情景，就是他们说的话再难听，自己心里再憋屈，她也不敢直接走过去。

桂平怕他们几个喝多了，万一两句话说不好，甩来几个耳光，到时想找个劝架的都找不到。想到这里，桂平不知是浑身发冷还是害怕，身子不自觉地哆嗦起来。停了一会儿，她便光着脚丫子慢慢地离开了。

桂平一边走一边想着刚才几个人说的话，在心里愤愤地骂道："你们几个剃头的不打割脚的———一水子货。往后，我明里不惹你们，暗地也要搞臭你们，你们敢捣我的马蜂窝，不把你们蜇得鼻青脸肿，我就对不起你们。"

秋天的田野到处是一片丰收的景象，玉米棒把硕大的一个晒场堆得满满的。地里的红薯正在刨，花生、大豆也正在抢收。

刘庄大队的社员们都在你追我赶地忙碌着。人们有一个共同的愿望，就是快收、抢收，达到颗粒归仓。田间地头已没有那么多闲言碎语，以往议论的焦点也被眼前丰收的情景冲淡了。

前年，天公不作美，雨水不均，收的粮食少。今年好不容易碰到一个大丰收，起午更、打黄昏、即使再累也要把粮食收进仓库。每家都盼望着能多分一些粮食，到时一家老小不至于挨饿。

这么多天过去了，海山烦闷的心情也慢慢舒展了，但是他依旧很少和别人说东道西，这几天一直和喜旺一起帮马车。喜旺始终照顾着他，并且从心里开导他，为的是让他尽早从痛苦的阴影中走出来，融入村民中，重新开始新的生活。

这几天，喜旺只要赶着马车出了村庄，就扬起鞭，噼里啪啦地甩上几鞭。一高兴还会唱上一段，可每一段都没有唱完整过。对于自己唱的对错或者别人的调侃，他都不以为意。他想着，只要心里舒坦、得劲儿就中，顺便也能把海山的心情调动起来。

一段《青松岭》插曲就这样被喜旺鬼哭狼嚎般唱了出来，这一唱不打紧，马儿被惊得跑得更欢快了。马车往回走的时候，他又唱了《李双双》里刘志德偷驴磨面那一段，结果不是走调就是忘词。

村里有几个爱开玩笑的大嫂听到喜旺的歌声，免不了笑着说他几句："喜旺，你唱得还没有驴叫得好听哩！"

喜旺也不甘示弱，嘿嘿笑着说道："我唱得虽然不好听，但只要一唱，准把你们的驴嘴笑歪。"

这些女人听到后哪能善罢甘休？随即捡起土坷垃奔跑着向喜旺投去。

桂平每次听到喜旺唱歌，都以为喜旺是在有意捉弄自己，本来就窝火的心像火山一样暗暗涌动，仿佛随即就会凶猛地喷发。

微风习习，阳光依然明媚。它洒在刘庄大队的晒场上，洒在人们的身上，映照着人们丰收后幸福的脸庞。

社员们不停地忙活着，嘴里调侃着那些摸不着边际的裤裆传和不能上纲上线的话。逗乐粗俗的男人们和女人们在把对方骂得没有词语还击的时候就开始动起手来。

几个人一窝蜂地按住对方，即便对方在苦苦哀求，也强行把剥光了的玉米棒塞进他的裤裆里。然后得意地号叫着欢呼起来，那得意的形态难以言表。

这个时候，无论是男人或者女人都害怕一个人单打独斗。即使是一个强壮的男人，如果被几个女人抓住了，他也难逃裤裆里被塞玉米棒的厄运。

这些习以为常的恶作剧给人们带来了无尽的快乐，消除了很多疲劳和烦恼，一代一代无所顾忌地传承着。它在很多男人和女人的心目中，似乎是不可缺少的纯天然的精神食粮。

这么多天，人们都在忙碌地抢收抢种，那些爱来回游走的"天下知"们终于停下了他们探听的脚步，曾经能一夜之间传遍十里八村的一件件传奇新闻变得少了很多。

近来，那些上了年纪的老庄稼金（汉）嘴里在不停地唠叨着，季节不等人，天短了，夜长了。太阳慢慢地要懒了，起得早，睡得晚，要穿夹衣了。天凉了，天丝被已经罩在田里了，老天是在告诉我们，该种麦子了。

春夏秋冬，人们都在这种祖祖辈辈的口头相传中墨守成规，生生不息地生长在无私奉献的黄土地上。人们已经习惯，抢收抢种就是一场战争，决不能耽误时机，因为这直接和之后的生活质量息息相关。

这么多天，刘起更是起早贪黑地操劳着。他带领大家早出晚归，忙个不停。平时活儿少时，他也爱嘻哈一阵子。而现在，很多事情都装在他的心里，哪儿还有时间和心情去说笑呢？

刘起最近一直在纠结中度过，他既怕老天爷下雨又怕老天爷不下雨。如果老天爷下雨，到手的粮食可能就会霉烂。到时候忙了一年的社员分不到粮食，全家老小吃不饱饭，那自己这顿骂是跑不掉了。甚至，背后有些人能把自己躺在坟里的老祖宗都骂得辗转反侧，不能长眠。可是，如果老天爷不下雨，那样对种小麦将非常不利，容易缺苗断垄，影响来年的产量。

老农都知道，麦怕胎里旱，人怕老来贫。于是乎，刘起每天天不亮就来到十字大街的铃下，当当当地使劲儿敲铃。

敲罢铃后，刘起蹲在树旁等着全队社员的到来，随手熟练地卷了一支烟津津有味地抽着。紧接着，一连串的咳嗽声在铃声响后又一次打破了黎明前的沉寂。

这时，社员们听到铃声后都抓紧穿上衣服，脸也没顾上洗，揉着惺忪的睡眼就向铃声的方向集结。

突然，刘庄大队的一名社员刘铁领发出"哎哟"一声尖叫，骂道："这是什么东西？大早起把老子的脚指头都快碰掉了。"

说罢，他一下子蹲在了地上，用手抱住脚，接着不停地叫喊着："哎哟，疼死我了。"

几个人听到铁领的叫声后，立刻围了上来。有人还开玩笑说："你走路没长眼吗？那么宽的路你不走，非要往疙瘩上碰。这就是你平时爱光脚，不爱穿鞋的下场。"

刘铁领说道："你们别看笑话了，我的脚钻心地疼，不知道脚指头掉了没有。"

有人把火机打开一照，只见铁领的脚正往下滴血。细心的人在他的身旁找到了一块烂锅铁片。

有一个人说道："就是这块锅铁碰的铁领的脚。"

接着，他们又在路边的不远处发现了很多锅铁片。看到这个场景，几个人都沉默了，心里都好奇地猜测着。

刘铁领骂着："是哪个龟孙把锅铁扔路上了？让老子倒霉。"

这时，刘起也走了过来，说道："铁领，起来吧！去找刘半仙包扎一下。如果你还能干活儿，就去晒场里坐着剥玉米皮吧，等脚好了再干别的。"

接着，刘起把众人的任务都派了一遍，大家随即都各干其事去了。

十八

很快，东方已露出鱼肚白的光亮。

张四妞穿着还没有顾上洗的黑色带襟夹袄去厨屋准备做饭。说是厨屋，也就是个草棚子而已，门是用粗细不均的木棍捆绑的，平时仅仅能拦个鸡鸭。用土垛的院墙早已被雨水冲得参差不齐，一点防范的功能都不存在了。

张四妞刚到厨屋就傻了眼。平时做饭用的铁锅已不见踪影，只见锅盖被扔在一边。

霎时，一种不祥的预感在她的脑海里盘旋。然而，她并没有慌神，觉得顺着这个灰印肯定能找到偷锅贼。

于是，她便顺着散落的锅底黑灰印找了过去。心里暗自发誓，只要找到他，一定让他丢人搭家伙，绝不给他留面子。

"恁这些没血没肉的东西，竟然偷俺们孤儿寡母的锅，这不是把人往死里整吗？"张四妞小声骂道。

当张四妞认为快要找到偷锅贼的时候，路边的一片片烂锅铁映入眼帘。她随即弯下腰，捡起一块锅铁仔细看了一下，很快断定这个烂锅就是自己家的，心中刚升起的希望立刻化作了泡影。

于是，张四妞悲惨地放声大哭起来。然而，她只是大声地哭，一句也没敢骂。她清楚，在十里八村，摔锅的事儿不是个例。摔锅的人是有心让她丢人，如果你敢骂，万一激怒了摔锅的人，那你以后更没有好果子吃。他会变本加厉地折磨你，让你防不胜防，终日不得安宁。

张四妞往地上一蹲，哭声一阵高过一阵，听起来似乎比刘火头去世的时候还要凄惨。嘴里不停地说叨着："恁为啥摔俺的锅？恁即使对俺老头子当官时有意见，那也是他的事儿。现在他人都已经死了，恁还想怎么样呢？还让俺孤儿寡母活吗？"

这时，在家做饭的人听到张四妞的哭声后很快围了过来，想一探究竟。有人劝她不要难过，让她去找民兵营营长刘树根反映一下情况。还有人劝她去公社派出所报案调查一下，把摔锅的人找出来，该拘留的拘留，该判刑的判刑。一时间，出什么主意的都有。而张四妞的哭声依旧没有停歇的意思。

一个早晨就这样过去了。此时，一大早去干活儿的人都从地里赶回家吃饭了。看到张四妞在哭，大家才知道，原来碰到刘铁领脚的锅铁片竟然是别人摔的张四妞家的锅。

很多人小声议论起来，有的说这锅摔得好，有的说不应该摔。至于是谁摔的，却没有一个提名道姓的。

这时，海山低着头从地里下工回家，他一步也没停，甚至都没看一眼就回家吃饭去了。他走远后，很多人的眼睛不自觉地向他的背影聚焦过来，似乎他的身上写满了"凶手"二字。

人群中有人小声嘀咕着："就刘火头捉弄海山那事儿，搁在任何人的头上都不会罢休。不要说是摔锅，就是拼命都不为过。"

有的还说："海山平时脾气直、认死理，没想到也是个兔子胆，遇到这种事儿还狠不下手，仅仅只是摔了一口锅。真是牵着不走，打着倒退的货。王金环给他把彩礼退了回来，真是活该，往后谁家有闺女，送到尼姑庵也不能嫁给他。"

这时，刘树根走了过来，说道："老少爷们儿都回去吧！这没啥好看的，吃罢饭还要下地干活儿哩！"

接着，他对张四妞劝道："四妞，你先回家吧！有机会给你调查一下，等调查清楚了，再给你回信儿。"

大家都心知肚明，对于摔锅这件事儿，刘树根也没什么办法解决，派出所更不会派人调查。他那样说，无非是安抚一下张四妞而已。

劳累了一早上的海山回到了家里。此时妈妈已经把饭做好，这是海山觉得最温馨的时刻，有妈妈的陪伴是最幸福的。

妈妈挪动着小脚，把红薯和锅饼还有凉拌的大葱、生萝卜菜端到了小桌上。

海山笑着劝说道："妈，你往后别这样给我端了。你也老了，万一摔倒了，我连个热乎的饭都吃不上了。"

"山儿呀！你的孝心，妈知道，你还没成家哩！将来你结了婚，有人给你做饭，我就不给你端了。"妈妈和蔼地回答着。

海山听着妈妈温馨的话语，看着妈妈驼背的身影和那满头如霜的发絮，心里酸酸的，眼泪不停地在眼眶里打转。

他在心里说道："老娘啊！你真的老了。恁山儿兴许这辈子也找不到媳妇了。可能到你闭上眼睛的那一天，都见不到我的媳妇了，我不孝呀！"

海山嚼着锅饼，想着张四妞守着烂锅痛哭时的悲惨情景，怜悯之情油然而生。他面无表情地思索着，心里却是五味杂陈。一者，刘火头已经死了，张四妞如今到了这步田地，究竟是谁这么缺德，竟然把孤儿寡母吃饭的锅给摔了？二者，村里人会不会怀疑这件事儿是我刘海山做的呢？

原本这几天通过和村里爷们儿们的接触，心情才刚刚有些宽松。可如今发生了这样的事儿，海山的情绪又一次不言而喻地跌入了谷底。

吃过早饭，海山便拿着农具去田里了。他走在路上，明显地感觉到，走在自己前边的人加快了步伐，身后的人却慢了下来。一种令人窒息的压抑向他笼罩过来。

他定了定神，安慰着自己，无论何时都不要跟自己过不去。过去的事情就让它过去吧，何必想那么多呢？

然而从古至今，无论是普通人或者精明人，都会相信一句无从考证却颠扑不破的话，那就是："杀人放火，必有因果。"

很多人认为此事跟海山脱不了干系。于是，这件事儿被安鼻子带眼睛地传开了。它再一次把海山推向了舆论的风口浪尖，孤家寡人的境地又重现了。

有的人甚至打赌说："张四妞的锅要不是海山摔的，我就不姓刘，你们想一想，谁没冤没仇的会干这种缺德事儿呢？"

平日里，一些爱嚼舌头的女人更是三个一堆、五个一伙，嘴里冒着白沫，添枝加叶、争先恐后地嘀咕着。

有人甚至还预言说："你们都别急，热闹的时候还在后边哩！搞不好有一天，张四妞还主动去找海山合锅哩！到时海山不用费太大劲儿，老婆有了，也当上爹了，这是多美的事儿呀！这次海山摔张四妞的锅，是敲山震虎，让她看哩！"

看热闹的人往往不怕事儿大，就怕事情消停下来。

就这样，刘庄大队的多数人好像成了编故事的能手。他们利用"肉喇叭"这种得天独厚的传播方式和速度"一展才华"，把有形的说成无形的，无形的说成有形的，在黑与白之间来回交换着。

于是，摔锅的事儿就像发射出的核武器一样，瞬间扩散到四面八方，并且越来越"精彩"，越来越扑朔迷离。

总而言之，谁也说不清是真是假，都是说者有心，听者也愿意相信。很多人认为，按照无风不起浪这个逻辑来推断，摔锅的事儿非海山莫属。

可想而知，此时海山已是百口莫辩，又一次被包围在唾沫星子的汪洋大海之中。

让人们没想到的是，就在桂平准备找海山挑明以后要一刀两断的那天晚上，她气得蹑手蹑脚地回到家里时已经是半夜了。当时，她光着脚丫子看到海风正倚靠在院子里的一棵树上醋睡，怀里抱着睡着了的虎子。

桂平走上前去，轻轻地把虎子抱起来回到屋里。她躺在床上，望着窗外的夜空，怎么也睡不着。想起自己嫁给海风，不禁心中烦闷，总觉得自己不划算，当时也不知道为什么就答应了这门婚事儿。原先想着，既然结婚了，又添了虎子，就这么过吧。可这么几年过下来，她认为海风不但没有改变自己的性格，反而越来越死物头。

桂平本来就是苍蝇不打鼻尖过的好胜脾气，她原本要和海山一刀两断，没想到却事与愿违。更让她气愤的是，自己的男人竟然用这样的态度对待自己，海昌和海山也没有把自己当回事儿，喜旺和建成更是跟在屁股后边较劲儿。

她越想越睡不着，觉得自己此刻是世界上受压迫最深的人。她在心里暗暗发誓，你们真要把我这只猫逼成一只老虎呀！往后，咱们在刘庄，骑驴看唱本——走着瞧，看谁笑到最后。

夜已经很深了，刘庄一片寂静，连一声狗叫都听不到。桂平绞尽脑汁地思索着，慢慢地在煎熬中睡着了。

突然，在睡梦中，她大声地笑着喊道："有了！有了！"

这时，海风起来撒尿，正好听到桂平大叫的声音，吓得顿时心里一惊。他急忙拿着电灯，顺手拿了一个铁叉快步冲进屋里，大声吼道："谁？想干什么？"

"你干什么？大惊小怪的，连一会儿安稳觉也不让睡。"桂平迷迷糊糊地说道。

海风用电灯把床下和门后及所有能藏人的地方都照了个遍，却什么都没有发现。他这才反应过来，原来桂平是在说梦话。

于是，海风从屋里走了出来，默默地点上一支烟，抽了起来。

桂平被海风打扰之后再也睡不着了。晚饭后的林林总总让她越想越气，她心中像过筛子一样过了一遍，最后在绝望中得出了一个结论，那就是，除了自己，没有一个好东西。身边的人没一个可信的，所有的人都在捉弄自己，疏远自己。还好，"功夫不负有心人"，自己思考了一天，终于想出了一个"万全之策"。

就在晚上，桂平终于决定把自己心中所想付诸实践。她趁着海风熟睡的时候，轻轻地从床上爬起来，神不知鬼不觉地顺着墙根溜到了张四妞家。

还没等张四妞家的狗叫唤，桂平就把早已准备好的锅饼扔给了它。

说时迟，那时快，桂平急忙从厨屋把锅拿起来到了村里的大街上，猛的一下，使出全身的力气把锅摔了个粉碎，然后迅速地离开了。黑夜中，只听见身后传来一连串的狗叫声。

桂平躲在远处停了好久也没有发现有人路过，这才安心地回家了。她回到家里，摸索着躺在床上，按住自己的胸口，生怕自己心跳的声音太大，把海风给惊醒了。

此刻，劳累了一天的海风早已鼾睡。桂平看海风没有一点反应，这才慢慢地平静下来。她脑子里像放电影一样把刚才的事儿想了一遍，心中不禁赞叹自己，做事儿着实干净利索，别人就是再有想法，也不会怀疑到她的头上。她极力安慰着自己，这事不怨我，都是你们逼我的。你们叫我不舒坦，我也让你们不好受，让你们马蜂蜇住球——干疼没法说。

想到这里，桂平把虎子搂在怀里，紧贴着自己的胸脯。许久，才朦朦胧胧地进入了梦乡。

一大早，桂平听见生产队上工的铃声后，就急忙穿上衣服来到了大街上，若无其事地来探个究竟。离很远，她就听到了张四妞在鬼哭狼嚎地叫喊。

起初，她的心里还有一丝同情。但看着那摔烂的铁锅撒满一地，这仅有的同情顿时被得意所代替。她观察了一会儿，把嘴一撇，吐了一口唾沫，轻蔑地"哼"了一声，自言自语地说道："没有一个好东西，你们狗咬狗去吧！"

吃过早饭，桂平像往常一样来到了晒场上。她很少说话，专注地倾听着老少爷们儿议论张四妞家的锅被摔一事。

也许是做贼心虚，桂平有些感觉到人们在谈论时好像有意识地躲着自己。

实际上，人们还真没有把摔锅的事儿和她联系在一起。

日子一天天过去了，这件事儿也慢慢地平息了下来。虽然没有真正的结果，可是海山在什么都不知情的情况下成了村里面被重点怀疑的对象。而张四妞也只有吃哑巴亏，把这个苦果咽在肚里，慢慢地煎熬着。

这段时间，桂平一直在焦急地等待着"好戏开场"。原本她想，摔锅这个事儿定会像一把火一样燃烧起来，让张四妞和海山狠狠地闹上一场。可到头来却发现，自己费尽心力却没能达到预期的目的，心中自是失落、不甘。

十九

时间过得很快，地里的庄稼已收割完毕。该交的公粮也交了，该分的粮食也分了，生产队该留的也放进了仓库，麦子也种上了。人们都流露出丰收后清闲的喜悦。

全公社破例放了一天的假，让辛苦劳累了这么多天的社员们有机会去集镇上买点东西，放松一下心情。放假的这一天，人们吃过早饭后就从四面八方像潮水般涌向集镇。

一些妇女挎着竹篮，里边放着自家鸡下的蛋，再去集镇上买二斤红糖放在一起，走一趟亲戚，去看一看自己的爹娘。然而，这个时候也是传播稀奇怪事的最好时机。

桂平早早地吃过饭，把嘴一抹，对海风说道："海风，今天生产队放假，我到集镇上买点东西去虎子的姥爷家一趟。你今晌午带着虎子去恁妈家吃饭，不用等我了。"

海风抬头看了一眼桂平，她的穿着打扮和平常略有不同，上身穿着方格褂子，下身穿着一条黑色裤子，头顶着一条紫色印红花的头巾，脚上穿着一双圆口的布鞋。

结婚几年了，平时生活虽然拮据，可单从外表上来看，桂平出门时的打扮让外人看上去还是很得体的，看不出一点瑕疵。

海风听着桂平的话，说道："你自己去呀？咋不把虎子也带去呀？我也好长时间没见虎子的姥爷了。他们二老都那么大年龄了，今天是个机会，咱们一起去吧，我也顺便去瞧瞧他们。"

桂平想都没想，就不假思索地回答道："你们两个都不用去，又不是过年哩！你去有啥用？跟打玉米叶时跟个狗差不多——尽受热。"

本来海风是好心好意，可听到的却是桂平这样的回答，他气得"哼"了一声，说道："今天你别回来了，像你这一号的人，简直不可理喻，狗不使人敬的货。"

桂平听着海风的埋怨，她挎着竹篮，头也不回，不依不饶地说道："就你那熊样儿，要不是为了虎子，我早就和你离婚了。我敢保证，要是离婚，你百分之一百二的光棍一个。你吃几个馍，喝几碗汤，我还不清楚？往后，我的事儿，你少掺和，带着你走亲戚，我还嫌丢人哩！"

海风生气地说道："万奶奶，这一辈子找着你这一号的，真是倒血霉了。"

海风和桂平像往常一样，只要一说话就吵开了。好比那破尿罐子一样，根本不能见阴天，只要见了阴天就满是骚气。

海风心里想着，生气归生气，就是个破尿罐子也不敢打破呀！万一打破了，恐怕连个这样的也没有了。

桂平潇洒地摔门而去，留下憋了一肚子气的海风蹲在门槛上。他点上一支烟，看了一眼躺在床上熟睡的虎子，心里安慰着自己，说道："万奶奶，我看你能把天日塌不。"

今天的太阳懒洋洋的，像没有睡醒一样，很晚才穿过云层露出它那张灰蒙蒙的脸。它时隐时现的，好像与人们捉迷藏一样，让人琢磨不透。

桂平挎着竹篮像一股风似的向集镇上走去。她望着去集镇的南北大路上熙熙攘攘的人群，有拉车的，有骑自行车的，仿佛蚂蚁行雨一般，好不热闹。人们穿着花样各异的衣服聚集到一起，笑逐颜开地互相打着招呼。

由于桂平与海风吵了几句，心里的憋屈还没消散，所以此刻只想图个清静。她看到路上这么多人，顿时感到更加不顺心了。于是，她改变了主意，决定绕到村后边，走平时很少有人走的那条安静的小路赶往集镇。

她清楚，小路比大路清静，也比大路更近。可是从小路去集镇要经过一个坎坷不平的凹沟。想起以前庄稼没有收割的时候，这条小路就让人觉得非常阴森、恐怖。

平时，村民们走这条小路，大都结伴而行。如果到了晚上，即使是一个男子汉走在这黑漆漆的小路上，听到呼啦啦的树叶声或者玉米叶子的响声，也会惊得身上起鸡皮疙瘩，头发支棱起来。

因为当年剿匪反霸的时候，被枪毙的两个无恶不作的土匪就埋在离这条小路不远的地方。再后来，又埋了两个上吊的年轻媳妇。

虽然桂平仅仅是听过这些事儿的传说，可如今场光地净了，当她清楚地看到几个坟头高高地露在地面上时，心脏不禁怦怦直跳。

桂平紧紧地挎着竹篮，一边深一脚浅一脚地向前走着，一边时不时地回头望去。

这时，她似乎看见那几个坟头在眼前晃动，感觉有人从坟头里爬了出来。她勉强壮起胆，使劲儿地"哈"了一声，照着那几个坟头的方向吐了一口唾沫，然后大声骂道："你们这些不要脸的阴魂野鬼，到了阴间还不守规矩，整天在这儿吓唬人！老娘不怕你们，你们再敢吓唬我，我一定把你们的骨头挖出来捣碎，装到炮眼里，把你们打到天上去。"

桂平一边骂一边盯着那几个坟头。这时，她的脚一下子踢在了一块半截砖上，疼得她把竹篮一扔，抱住脚咧着嘴，"哎哟"地叫唤着，蹲在地上好一会儿才站起身来。

她回过头来看看那几个坟头，魂不守舍地纠结着，难道这里真的闹鬼？都说鬼神怕强人，我平时什么也没怕过，今天这是怎么了。我的脚竟然在这个地方踢到了砖头上，真是太奇怪了。

她越想越玄乎，也顾不上脚指头的疼痛了，挎着竹篮加快了赶往集镇的脚步。

即便来到人声鼎沸的集镇之后，桂平依旧浑身紧绷，满脸通红，喘着热气。她把头巾取下来擦一擦脸，心里才慢慢地平静下来。她来到商店买了二包红糖、一斤饼干后，便匆匆忙忙地准备离开集镇。她不想在集镇上停留，更不愿见到亲戚、熟人。因为她心里正盘算着一个不可告人的秘密。

桂平挎着用毛巾盖好的竹篮走出商店，来到了东西大街上。此时大街上人山人海，眼看着有要把整个大街挤爆的势头。在这种情况下，要是等着这么多人退去再走，恐怕要等到下午了。

桂平哪有这闲工夫，她顺其自然地挤进了庞大的人流之中。可这一进去就身不由己了，就在她自顾不暇的时候，刚买的两包红糖，已经被第三只手偷走了一包。

等她气喘吁吁地从人群中冲出十字大街的时候，脸上终于露出了胜利的喜悦，心中暗自庆幸，终于从人群中挤出来了。而此时她对于丢失一包红糖的事儿依旧毫不知情。

桂平仰起脸看看太阳。以往的经验告诉她，现在大概是十点。她快步走出集镇的东西大街，拐了个弯又一直向东走去。

这时，刘起迎面走了过来。桂平心想，怎么会这么巧，就这一会儿还能碰到村里的熟人？

刘起嬉皮笑脸地问道："桂平，你去恁娘家咋往东走哩？恁娘家不是在集镇的西北陈庄吗？我咋没听说恁东庄有亲戚呀？"

桂平支支吾吾地说道："集镇上人太多，往西过不去，我从这边绕过去。刘队长，你干啥去？"

桂平急中生智地反问了一句。

刘起也没在意，笑着说道："俺家里那口子这两天感冒了，不能出门。我也是趁着生产队放假来买点东西替家里那口子拜老丈人去。"

桂平笑着说道："刘队长，你真是狗嘴里吐不出象牙。你说去瞧一眼孩子他姥爷也比说拜老丈人好听呀！"

刘起说道："只要有闺女，还能怕媒婿儿叫老丈人？不是家了，我还不叫哩！"

桂平说道："你想得臭美，看你还怪有能耐哩！你在这里说话嘴硬，真到了恁孩子他姥爷面前，你连个屁也不敢放，你就在这儿吹吧。"

桂平和刘起说了几句玩笑话后就各自离开了。

桂平心里想着，嘴里自言自语地骂道："万奶奶，真晦气！也不知道怎么这么巧，碰见刘起个王八蛋，差点误了大事儿。"

桂平扭过头，看着刘起已走得无影无踪，这才把心放下。为了防止别人认出自己，她把头巾往下拉了又拉，只是微微露出眼睛。

很快，桂平就挎着竹篮离开了集镇。大概走了有四五里，又拐个弯，向北走了一里多才停下来。她用手把头巾解开，往周围仔细看了一下，确认这就是杨庄。

杨庄村头的路边坐了几个五六十岁正在聊天的农村妇女。这都半晌午了，干巴的糊涂碗还没顾上拿回家清洗。从她们几个人说话的神情就不难看出，几个人都是嘴里夹不住热屁的人，翻嘴老婆无出其右。

这时，桂平看准机会凑了过去。她把竹篮放在地上，找了个靠墙根的空间坐了下来。

"大娘，你们几个咋不去到集镇上转转呀？"桂平笑着说道。

几个女人上下打量了一下桂平，看她的打扮应该是上娘家走亲戚哩！于是热情地回答道："俺们既不买也不卖，去集镇上还不如在家歇着哩！"

"大娘，你们说得也是。在集镇上，转一上午够累的。"桂平客气地说道。

几个人没说几句话就彼此打开了话匣子。桂平接着问道："你们这里是杨庄吗？"

几个女人异口同声地说道："这就是杨庄，听你的话音，你离这里不近哪！"

桂平说道:"我离你们杨庄有二十里呢。我以前没有走过这里,对杨庄不熟悉。今天也是无意路过,歇歇脚。"

桂平确定这是杨庄无误后,于是决定彻底地把话讲出来。

"你们知道刘庄吗?你们听说没有?最近刘庄可是发生了一件稀奇事儿。"桂平说道。

几个人一听是稀奇事儿,激动得脸色都变了,不约而同地把脖子伸得像发了疯的鹅一样,眼睛顿时发出了亮光。

其中两个妇女还顺手把缠在头上的毛巾扯下来,又把压在耳朵上的头发绺到一边,生怕错过了什么重大新闻。

几个人为了离桂平更近一点,都探着身子,只有半个屁股挨着地面,差点没有趴到桂平的膝盖上。

"大妹子,你快说说,刘庄到底发生了什么稀奇事儿?"她们急促地问道。

桂平刚要说话,突然,噗的一声响,其中一个女人放了一个屁。

顿时,在场的几个人气不打一处来,大声吼道:"刚才是谁放的屁?也不夹住点,连个招呼也不打,没一点规矩,看把你急得屁都出来了。"

其中一个女人回答说:"你们听错了,刚才是往前一挪,裤子绷线了,不是放的屁。"

几个人都用一只手捂住鼻子,另一只手在脸前不停地来回扇着,嘴里挤出一句话:"这不是屁是啥?还是红薯味儿哩!还非要说是裤子绷线了。放个屁都不敢承认,看你往后还能有啥出息。"

话音刚落,在场的人都笑了起来。

桂平有些不好意思说道:"我还没说哩!看把你们急的。都不用慌,我慢慢给你们讲。"

桂平看着几个女人平静了下来,故意压低声音说道:"我跟你们说,我今天说的事儿,你们可不能到处胡乱说,说不好了要出人命哩!今后要是出了人命,派出所查到你们,你们可要吃不了兜着走。"

几个女人一听桂平说得这么玄乎,好奇心变得更加强烈了,于是都不由自主地把身子又往前倾斜了一下。

桂平看看四周,心里想着,把话说完就赶快离开这个是非之地。今天把话说给这几个女人就等于通知了一个广播电台,那效果肯定是杠杠的。想到这里,桂平高兴得差点笑出声来。

桂平说道:"你们可能不知道,刘庄基本上是一窝姓刘的。他们自己吃锅里,瞅锅里。前一段时间,为了争一个寡妇,半夜里把刘庄大队原来治保主任家的锅给偷摔了。现在，方圆好几里的人都知道了。谁也没想到，竟然是两个年轻小伙子干的，一个叫刘海山，一个叫刘喜旺，他们两个为了一个寡妇娘们儿，竟然做出这样的事儿。这事儿要是传到他媳妇的娘家，谁家的闺女也不会嫁给他们两个。"

接着，桂平又假装严肃地嘱咐几个人千万别胡说，然后就挎着竹篮迅速离开了杨庄。

桂平高兴地自言自语地说道："刘喜旺、刘海山，就你们两个二百五，胎毛还没退净哩！还敢给我较劲儿，有你们服气的时候。"

几个女人看着桂平远去的背影很快就嘀咕了起来。

说起杨庄，喜旺的未婚妻杨秀花的家就在这个村里。今天，桂平来到这里，就是有意要拆散喜旺这门亲事儿。她虽是没有用刀枪棍棒和喜旺起正面冲突，而如今她这样做，喜旺是做梦也想不到的。

果不其然，到了中午吃饭的时候，桂平说的事儿就沸沸扬扬地在杨庄传开了，而感受最灵敏的就是杨秀花一家。

说起杨秀花一家，杨庄的人无一不竖大拇指。杨秀花的父亲是兄弟四个。父亲是杨庄大队德高望重的种地能手；大伯是生产队队长，也是脸朝外的人，为人耿直豪爽，老几辈子都不爱惹是生非。

秀花的妈妈温柔贤惠，是杨庄出了名的贤内助，秀花姊妹几个就是在这样的环境熏陶下长大成人的。

秀花从小继承了父母的基因，不但出落得亭亭玉立，而且家里、地里的活儿都做得有模有样，什么事儿都可以独当一面。很多人都说，谁家要是娶到秀花这个闺女，那真是积了八辈子阴德。

就这样，很多人托亲戚找朋友来给秀花提亲，可是秀花都没有看上。她和喜旺定亲正是印证了那句俗语，"有心赏花花不开，无心插柳柳成荫"。

那一天，喜旺骑着自行车去他姨家帮忙，无意中碰到了秀花。秀花几年前就见过喜旺，对喜旺印象很深。没想到这次遇到时，喜旺已经是一个一米七八的壮硕、精神小伙。

就在喜旺和秀花两个人对视的那一瞬间，秀花羞红着脸很快躲到了一边。

从那以后，秀花更是把喜旺记在了心里，暗暗发誓，喜旺就是她未来找对象的标准。而喜旺见到秀花之后，心中直痒痒，用一见钟情来形容一点都不为过。

过了一段时间，到了春节，喜旺去他姨家走亲戚，当时就有意向他姨透露了自己的心思。于是，喜旺的姨就抱着试试的想法向秀花把话挑明了。

起初，秀花还假装推辞。过了几天，她和喜旺见了面后便爽快地答应了下来。言语间，娇羞一笑，像极了盛开的水红色月季花。

从此以后，秀花好像找到了自己的白马王子一般，家里没人的时候，还不时哼上几句《天仙配》，那幸福的神态真是溢于言表。甜蜜的爱意像烈火一样在她的心中无形地燃烧，整天巴星望月，焦急地等待着喜旺来娶自己的那一天。

就在中午，秀花和往常一样，早已把面条做好。正当一家人其乐融融地端起饭碗准备吃饭的时候，秀花的二婶子慌里慌张地从门外闯了过来。一家人看到二婶子这么慌张，都感到莫名其妙，不约而同地把碗放在了桌子上。一家人屏住呼吸，气氛好似乌云遮住太阳一样，惊得没说一句话。

秀花的二婶子喘着粗气，急促地说道："二……二哥，不好了，出大事儿了。"

秀花的父亲听弟妹这么一说，脸色唰的一下拉了下来，死气沉沉的。秀花的妈妈哆哆嗦嗦地问道："弟妹，出……出啥事儿了？你快说呀！"

秀花的二婶子咽了一口唾沫，说道："刚才，我听说秀花找的那个女婿出事儿了。他和他村里的一个人，为了一个寡妇，闹得不可开交。晚上把寡妇的锅也摔了，派出所正抓人哩！这回可把咱姓杨的人的脸丢完了。秀花咋找了个这样的人家哩！我看还不晚，要是秀花过了门，可就彻底没办法了。咱们抓紧去找喜旺家姨，把这门亲事儿退了。"

秀花的二婶子的一番话，像晴天一声霹雳，差一点没把秀花家的房顶震塌下来。一家人的心好像被针扎了一样，脑袋胀得感到整个屋子都在摇摇欲坠了。

听二婶这么一说，秀花伤心地趴在床上呜呜地哭了起来。突如其来的变故让她一下子跌到了万丈深渊，一朵含苞待放的花蕾瞬间被突如其来的冰霜打焉了。

秀花的父亲气得牙齿咬得咯咯直响，他端起桌子上的一碗面条使劲儿摔出了门外。

院子里的小狗好像明白了主人的心意，瞪着眼睛蹲在一边，没敢上前吃上一口。秀花的妈妈则倚靠在门框上，揉着眼睛没再说一句话。

秀花的父亲此刻面目铁青，愤怒地说道："啥东西，我去找喜旺家姨。就这畜牲不如的东西也给俺秀花介绍，当时就是信她一句话，把这门亲事儿定了下来，她这不是拿屎盆子往俺姓杨的头上倒吗？今天我不能和她算拉倒。"

此时，秀花心里还是抱着一线希望，她不愿相信这一切都是真的。于是，她从床上起身，擦去眼泪，拉着父亲的胳膊，劝说道："爹，你先别生气。先让俺妈抽个空去俺表姑家托人打听一下，看看这事儿是不是真的，万一是谣言哩，一冲动还不把人得罪了吗？"

秀花的父亲觉得秀花说得有些道理。他点上一支烟，用力抽了几口，安慰着自己，这事儿也不急于一时，抓紧时间，打听清楚以后再做决断。

二十

初冬的夜晚已是凉意浓浓。

近来，海山通过与身边人的接触，沉闷的心慢慢地变得舒展了许多。一者，喜旺和建成自然是功不可没。二者，海山坚信，不做亏心事，不怕鬼敲门。他劝说自己，一切顺其自然吧，以往的烦恼都让它过去吧！

他不愿再想那么多了。因为每想一次，就像是在滴血的伤口上撒一把盐，留给自身的只是无尽的伤痛。

生产队放假的前一天晚上，海山胡乱地吃过晚饭后就把近时都没有洗过的脚丫子用水泡了个精光。随后一身轻松地坐在堂屋门前，从口袋里抽出一支烟点上，对妈妈说道："妈，明天你就不要起那么早了。明天全公社各大队的社员都放假，大家都可以睡个懒觉了。"

妈妈听着海山的话，亲切地说道："我知道了。海山，看你这段时间也累瘦了，早点睡吧！把那脏衣服放在那儿，我来洗。"

"妈，你早点歇着吧，我自己洗。"海山回答道。

海山洗完衣服后，起身向屋里走去，很快就迷迷糊糊地睡着了。

他一觉醒来，已是上午的十点多钟。他把衣服穿好，伸了个懒腰，就从院子里走到大门口。此刻，刘庄的大街上有了一年中难得的寂静。不用问，都趁放假这一天去镇上赶集去了。很多人即使不买不卖也到集镇上凑个热闹，放松一下心情，这都在情理之中。

海山走进厨屋把妈妈早上做好的锅饼和一碗红薯汤一口气吃了个精光。然后就用前天晚上浸泡的草木灰把衣服揉洗干净，晾晒在院子里拴在树上的麻绳上。

忙完后，海山看着妈妈忙碌的身影，心中感到十分酸楚。为了把他们姊妹几个拉扯大，妈妈的身体已大不如前。现在，妈妈是他唯一的依靠。他以为，只要妈妈在，他才有个真正温暖的家。他不想也不愿看到妈妈如弓的背再无尽地弯下去，更不愿看到妈妈两鬓斑白的发絮时而遮住她那浑浊的双眼。所以，只要一有空，他就尽量帮妈妈做些家务。

很快，到晌午了。海山把面条做好后，一只手揉着被烟熏得直流泪的眼睛，一只手端着碗放在妈妈的面前，说道："妈，赶快吃吧！"

妈妈不情愿地说道："你不要给我端了，妈的身体还硬朗着哩。等到有一天，你娶媳妇了，妈要是能吃到儿媳妇做的饭就好了。那时我就是断了这口气，也放心了。"

"妈，别想那么多了，你没听说过吗？光汉条子儿孝顺。"海山故作镇定地哄劝着。

妈妈接过海山端来的面条，一边吃着，一边说着："这话可不能当真哩！那是骗人哩！"

海山仔细端详着妈妈，禁不住在心里自言自语地说道："老妈呀！你真的老了。你儿子不傻，我这一辈子打着灯笼恐怕也找不到媳妇了。指望你儿媳妇给你端一碗面条这么小的心愿，恐怕也实现不了了。"

接着，海山转身从厨房端出一碗面条坐在院里的石墩上。还没吃上一口，他就看到虎子耷拉着小脸，眼里噙着泪花，站在了他的面前。

海山心疼地问道："虎子，怎么了？有什么事儿给叔说一声。"

虎子被海山这么一问，心里委屈得哇的一声大哭起来。然后，抽泣着说道："我饿了。"

"恁妈没在家吗？"海山关切地问道。

虎子回答道："俺妈赶集买东西去俺姥家了，她不让我去，临走的时候还和俺爹吵了一架，俺妈凶得很。"

"您爹在家怎么不做饭呢？"海山继续问道。

虎子说道："我想吃面条哩！俺爹擀得不好，他烧的红薯汤。"

海山说道："别哭了，你来得正好。我擀的面条，你吃吧！"

虎子止住了哭声，揉了一下眼睛，趴在石墩上津津有味地大口吃了起来。

于是乎，海山不得不拿两个锅饼放在锅底里烤一下，准备就这样简单地把中午这顿饭给打发了。

此时，海山看到虎子来家里吃饭，心里不但不因为与大哥、大嫂之间的恩怨而烦恼，反而感到亲切、快乐。在他心里，虎子来家里吃顿饭是再平常不过的事儿，谁让自己和虎子的爹是亲兄弟呢？谁让自己是他小叔呢？即使对大哥、大嫂有些意见，可虎子是天真无邪的。

　　海山从灶里拿出沾满黑灰的锅饼用力拍打着。然后，他又拿了一个蒜头坐在虎子的面前。二话不说，张开嘴巴，对着锅饼嘎嘣一口，锅饼上立刻留下了一口深深的带着牙印的豁子。有几粒黑色的饼渣无意中崩进了虎子的面条碗里。

　　海山目光温和地看着虎子。一大口面条把他的小嘴巴撑得圆圆的，眼睛睁得又圆又大，汗珠顺着脸颊往下淌个不停，头发也被汗水粘在了额头上。

　　海山看着虎子狼吞虎咽的样子，开心地问道："虎子，叔擀的面条好吃吗？"

　　虎子也顾不上说话，只是一个劲儿地"嗯嗯"地点头，脸上露出开心的笑容。没有一根烟的工夫，就把一碗面条吃了个精光。然后，他用手抚摸着滚圆的肚子，走到院里的一棵树旁，把沾满面糊的小嘴对着树皮来回地糙了几下。

　　接着，他天真地说道："叔，你擀的面条真好吃，俺妈擀的面条不是咸就是甜。俺爹和俺妈一吃饭就吵架，我也不敢说，怕俺妈打我。"

　　海山对虎子说道："你如果想吃叔擀的面条，明天还来，中吗？"

　　"叔，中，明天你做好饭一定等我。"虎子高兴地回答道。

　　海山说道："虎子，明天中午，叔一定给你擀面条，让你吃个够。"

　　虎子高兴地做了个鬼脸，一溜烟儿似的跑开了。

　　海山站在门口，望着虎子像猴子一样活蹦乱跳的背影，欣慰地笑了。可他又感觉到，此时有些话像气囊一样堵在胸口，无法言语。

　　突然，他使出浑身的力气，啪啪啪，用脚狠狠地踹向长在门口的大槐树。被震掉的黄叶慢慢地飘落下来，撒在了地面上，飘到了他的头上、身上。他仰起脸，闭上眼睛，张开嘴巴，一片飘落的树叶刚好落在了他的嘴里。他慢慢睁开眼睛，死死地咬住这一片黄叶，用力地嚼着，转身向院子里走去。

　　中午，赶集的人从集镇上陆续回到家里。人们不约而同地聚在一起，谈论着集镇上的所见所闻。有些人讲起话来，唾沫星子能喷到几米以外，甚至喷到对方的脸上都没有丝毫尴尬。用一句话来说就是，"喷者劲儿大，听者有心"，已达到了忘我的境界，真是一次难得的吹牛盛宴。

　　这时，喜旺吃过午饭，悠闲地向海山家走来。

　　他的脚还没有迈进海山家，就大声地喊上了："海山哥，吃罢饭吗？"

　　海山听到喜旺的叫声，从屋里走了出来。说道："我刚吃罢，有啥事吗？"

　　喜旺说道："海山哥，我跟你商量个事儿。趁今天队里不上工，咱俩下午去东边河里捕鱼去吧。晚上弄个下酒菜，解解馋。"

　　海山说道："现在河里的鱼不好逮，弄不好会白忙活。"

喜旺说道："咱这不是在家里没事儿吗？能逮几条是几条。如果逮得少了，晚上多加点水不就是了吗？在家也没什么意思，除了闷得慌。海山哥，走吧！今天咱们肯定满载而归。"

这个时候，喜旺来找海山捕鱼，实则有意让海山出来散散心。而海山也是心知肚明，他清楚，其实喜旺并不喜欢捕鱼。

海山也不再推托，说道："那好吧！不管中不中，只管试试吧！"

喜旺一听，高兴地说道："海山哥，走，把咱大爷的撒网和鱼篓拿过来。我看今天还真能行，绝对不会放空的。"

不一会儿，喜旺把撒网往肩上一甩，海山提着鱼篓就出发了。后边还跟着一群叽叽喳喳，光着屁股的孩子们。

二人担心这群孩子到河边会发生意外，于是劝说他们回家，可没有一个听话的。最后，二人拿这群孩子没有一点办法。眼前的场景，让外人看着，这哪里是捕鱼，分明跟打狼差不多。河里就是有鱼，也早被这群孩子吓跑了。

很快，一群人浩浩荡荡地来到了村东头的河边。河岸边静悄悄的，只见得远处有几只野鸭在河里无拘无束地嬉戏着。一簇簇头上长有绒毛的黄色芦苇挺拔地生长在浅水区，等待着人们的收割。

说起芦苇，那可是人们生活中很多日用品不可或缺的原料。祖辈们传下来的与芦苇有关的手艺可真不少。芦秆可以编草鞋，让人们度过数九寒天；苇秆可以编席、盖房子；等等。每个人看到芦苇就像宝贝一样，这种观念一代一代地传承着。

喜旺和海山在河边找了好几个地方，终于找到了一个有利的地形。二人心照不宣地让这群孩子站在河边，并用脚画出了一条横线以示界线，告知他们，任何人都不准说话，不准越过这条横线。许诺的条件是，如果逮到鱼，最少一人一条，听指挥者给两条，不听指挥者，一条不给。

这个条件对这群调皮爱动的孩子还真管用。现场顿时鸦雀无声，孩子们都规规矩矩地站在那里。每个人都用黑而亮的眼睛无声地注视着，心里祈祷着能捕到更多的鱼来分给自己。

海山和喜旺暗地里递了个眼神，又看看这群天真的孩子，差点没笑出声来。这个方法也是他们小时候，大爷捕鱼时惯用的伎俩，没想到效果实在显著。可是，那时候大爷捕鱼的技术好，分鱼的承诺每次都兑现了。而他们两个捕鱼的技术可跟大爷没法相比。

二人对今天是否能捕到鱼还真没有一点把握。即便如此，这个时候就是装也要正经一点，可不敢笑出声，如果一笑那可就乱套了。到时候失去孩子们的信任，他们连呼带吼的定要把鱼吓跑了，最后恐怕连条虾米都捉不到了。

喜旺学着大爷撒网的样子，把撒网慢慢地抖开，有条不紊地把撒网掂起来，网纲套在手脖上。然后使出全身的力气，前后来回地甩了几下才把网撒出去。

由于用力过猛，撒网差一点没把喜旺带到河里去。网上的铅坠互相缠在一起，本来网撒开后应该是个圆形的，可如今却撒了一个带角的长方形。

岸上的孩子们见状，都捂着小嘴忍不住笑了，可谁都没敢笑出声来。

喜旺把网拉上岸来又重新撒了几次，结果都和第一次大同小异。喜旺觉得有点不好意思，扭过头来看了一眼这群孩子，发现他们个个都做着鬼脸。

其中一个孩子坦诚地喊道："喜旺叔，你只会撒个长角子，就不会撒个圆包子。"

扑哧一声，喜旺忍不住大笑起来，嘴里骂道："妈的，都给我滚蛋，你们这些货蛋子，非要把老子气晕不可。"

这时，海山也忍不住笑了起来。岸上的孩子们更是像疯了一样，吼叫着："都快来看，喜旺叔撒了个长角子。"

喜旺只是哈哈地笑着，也没再搭理他们。然后，他掏出一支烟递给海山，说道："海山哥，这撒网捕鱼还真是个技术活儿，有力气也用不上，还是你试试吧！我真的拿不严。"

"兄弟，我也不比你强哪儿去。"海山说道。

喜旺说道："你肯定比我强多了。"

海山从喜旺手里接过撒网，认真地把撒网拿在手里。他又回头看了一眼，发现那群顽皮的孩子都安静了下来，认真地期待着他撒网的结果。

海山往前走了几步，找了个得势的地方，使劲儿地把网撒了出去。这一网虽是没撒圆，可也比喜旺撒得圆多了。

海山慢慢地抖着网纲，稳住劲儿，把网拉出了水面。这次还真不错，逮住了两个小泥鳅。岸上的孩子们又一次欢呼起来："逮住了，逮住了。"

又一连撒了好几网，都收获不大，不是空网就是一两条小草鱼或是一条小鲫鱼。海山这时已累得满头大汗，胳臂也有些酸疼。

时间过得真快，太阳已悄悄西去。海山说道："喜旺，今天就到这儿吧！咱们撒网的技术不行，离咱大爷差得远了。要是他来，肯定能逮上几斤。"

"本来今天在家闷得慌，只要开心，捕多少鱼都无所谓。"喜旺笑着说道。

于是，二人提着网和鱼篓从河里来到岸上。孩子们早就等得不耐烦了，都挤着身子伸着脑袋想看个究竟。

喜旺从鱼篓里掏出一条泥鳅，一本正经地说道："都不要挤，先每人一条。恁喜旺叔说话还是算数哩！你们都去捡两片桐叶来包鱼。"

接着，喜旺故意压低声音，有些神乎其神地小声说道："谁要是想让恁妈给变个弟弟，就把这个泥鳅拿回去。要是想让恁妈给你变个妹妹，就要个鲫鱼。回去了给恁妈说好，让她晚上放到锅里煮，别用盐只用醋。千万让恁妈自己吃，别让恁爹吃。只要恁妈把这泥鳅、鲫鱼吃了，过一夜，你们想要弟弟就有弟弟，想要妹妹就有妹妹，这办法灵得很。你们可记住了，可不要说是我说的。谁要是说是我说的，那这个事儿就不灵了。"

孩子们都瞪着眼睛，天真地听着喜旺海阔天空地讲着。每个人都用两只胖乎乎的小手捧着桐叶，有要泥鳅的，有要鲫鱼的，还有两样都要的。很快，孩子们兴奋地捧着"战利品"，一窝蜂地向家里跑去。

海山忍不住笑着说道："喜旺，你真是个孩子王啊！你这样跟他们说，万一明天咱这些嫂子知道是你说的，准把你的裤子扒下来，把你捆个老头看瓜，到时候你就笑不出来了，你忘了那群母老虎的厉害了吗？"

"这不是逗着这群小孩玩吗？这群小孩太好玩了，我看到他们就想起以前的我们。一晃这么多年过去，无忧无虑的童年再也回不去了。"喜旺笑着回答道。

海山叹息了一声，说道："是啊，时间过得真快。二十年后的今天，咱们再坐在这个河岸边，可能已是物是人非了。"

这时，喜旺掏出一支烟递到海山手里，说道："海山哥，我再不想看你整天沉闷的样子了，真想让你开心起来，哪怕稍微笑一声，心里都会舒坦很多。我知道你的苦衷，事情会慢慢过去的。等到结了婚，我一定让恁弟妹帮忙，给你说个媳妇，我就不信这个邪了。"

海山接着说道："兄弟，恁哥什么都明白。我理解你的心意，就是心里有点别扭，也怪我性格太直了，脾气又偏。我也想改，可一时半会儿也改不掉，以后慢慢再说吧！你也别为我累心了。"

"走吧，海山哥。时候不早了，一会儿到俺家，咱俩弄二两。"喜旺说道。

说罢，二人拿着渔网和鱼篓有说有笑地向喜旺家走去。

这时，他们离很远就看到喜旺家门口停了几辆自行车。二人见状，不知不觉加快了脚步。

二十一

他们两个刚到门口，喜旺就看到自己的大姨和姨夫还有几个不认识的女人在院子里谈论着什么。海山看到喜旺家里来了客人，以为有什么要事相商，于是和喜旺打了个招呼后便离开了。

喜旺笑着说道："姨，姨夫，你们别站在院里，到屋里歇一下。"

喜旺的大姨迫不及待地走到喜旺面前，毫不客气地问道："喜旺，你咋还有心思高兴哩？做事儿不动一点脑子，往后可咋办哪？"

听到她这么说，喜旺仿佛瞬间被一桶冷水从头浇到脚跟。整个人被搞得头皮发麻，脸上白一阵红一阵的，心里一片茫然，一下子没有回过神来。

在他的印象里，大姨对他就像对待自己的儿子一样。可今天大姨怎么会说出这样的话呢？到底发生了什么，让大姨如此生气呢？刹那间，喜旺心中充满了问号。

在场的刘清德两口子听到这句话，也是丈二和尚——摸不着头脑，怔怔地看着她。

喜旺眨了眨眼睛，快速稳住了自己的情绪，安慰道："姨，您千万别着急。我不太明白您的意思，有什么话，您慢慢说。"

喜旺的大姨依旧拉着脸，她看着喜旺，长长地叹了一口气，说道："我没什么好说的，不用我说，你自己心里最清楚。现在，你就是想捂也捂不住了，你的这桩婚事儿，黄了！秀花已经和你提出分手了，你送的彩礼也不用想着要了，你自己看着办吧！你把恁姨这张老脸也丢尽了。我要知道你是这号人，我都不认你这个外甥。"

王春妮在一旁听着大姐对儿子劈头盖脑地像打机关枪似的训话，自己却连招架的机会都没有，心中愈发忐忑不安了。她知道大姐的性格，泼辣大方，平常说话嗓门儿就高。

左邻右舍的老少爷们儿听到王春妮家高一声低一声，像吵架一样，于是都跟猴子似的在院墙外边踮起脚，来回地伸着脖子朝里张望，嘴里叽叽喳喳地说个不停。而这一幕被王春妮看在眼里，急在心上。

王春妮为了顾及面子，慌忙把大姐拽到屋里，急促地说道："大姐，你先消消气。这事儿是从何说起呢？我跟恁妹夫俺俩从来没听说过喜旺近时干过啥坏事儿呀！你也知道，喜旺从小到大没有偷拿拐骗过，恁妹夫的驴脾气你更是清楚。平时，他对喜旺管教得很严，喜旺从小看到他就像老鼠见到猫一样。喜旺要是敢对他说一句假话，恁妹夫非痛打他一顿不可，谁都劝不了。这几年喜旺长大了，哪些事儿该做，哪些事儿不该做，他心里也有数了。我听你说的话，咋有些犯糊涂哩！"

王春妮一边说着一边安慰着火气十足的大姐。她的眼里噙着泪花，心里既担心又委屈，整个人已到了崩溃的边缘。

自从喜旺和秀花订婚以后，刘清德只要想起杨秀花这个准儿媳就合不拢嘴，有时甚至做梦都能高兴得笑醒。

有一天半夜，刘清德打着鼾睡得正香的时候，猛地一下伸出胳膊，用手把睡在一旁的王春妮的脸抓破了皮。

当时，王春妮气得把煤油灯点着，可叫了几声愣是没把他唤醒。她照着刘清德的脊背扇了两巴掌，这才把刘清德从梦中唤醒了过来。

王春妮气呼呼地说道："老头子，你装睡咋装恁像？你恼我恼得还不轻哩，做梦还打我哩！看，把我的脸都抓流血了，我还跟你过个啥意思？还不如死了算了。这么多年，我哪一点做得对不住你了？你竟然这样狠心！"

说罢，王春妮呜呜地哭了起来。

刘清德听到老婆这么说，急忙坐起身来。他揉了揉眼睛，发现王春妮的脸上果然在流血。于是慌忙从床上爬起来拿了条毛巾，又端来一盆清水放在王春妮面前。

刘清德自知理亏，他一边细心地帮老婆清洗脸上的鲜血，一边内疚地解释道："旺儿他妈，你可千万别生气。你想一想，咱俩过这么多年，好得像一个人一样，我咋会对你狠心哩？要是对你不好，我不是成神经蛋了吗？年轻的时候，我还不忍心打你哩！我穷的时候，你没有嫌弃过我，现在都大半辈子了，孩子都拉扯大了，我更不会打你。你可是俺老刘家的有功之臣啊！你在我心里比俺姓刘的老祖宗还高贵哩！你要是不信，我敢给你打赌咒，我心里要是恨你，我姓刘的就是鳖孙王八蛋，这样你该相信了吧！"

说罢，刘清德照着自己的脸上狠狠地扇了两个耳光。

王春妮终究还是心软，半夜里看着跟自己过了这么多年的男人在自己面前这般失态，心里不禁泛起了怜悯之情。

她抽泣地说道："那你刚才为啥把我的脸抓流血了，这是啥意思？"

刘清德来回地挠着头，吞吞吐吐地说道："不瞒你说，我刚才梦见过年哩，你煮好的饺子，咱儿媳妇秀花把一大碗热气腾腾的饺子递给我。我慌着用手去接饺子碗，没想到用力过猛，抓住你的脸了，你看这事儿弄的。"

霎时，王春妮被刘清德讲的这样的荒唐事儿弄得是哭笑不得。她在心里来回想了一下，两口子在被窝里发生的事儿怎能好意思对外人讲呢？只有选择忍气吞声了。如果这事儿让刘庄的人知道了，不知道能传多少代。要是被别有用心的人知道了，也许就永远成了茶余饭后的笑谈。

最后，两口子互相尴尬地看了一眼，这事儿算是勉强平息了。

刘清德平时性情豪爽，为人处世光明磊落，在刘庄大队和方圆十里八村是出了名的直肠子。今天家里突然冒出了这样的古怪事儿，搞得他像热锅上的蚂蚁一样，慌了阵脚。肚子里的气儿死死地堵在胸口，不禁头昏脑涨。一切言语似乎都被卡在了喉咙里，整张脸死气沉沉，一点血气也没有了。

刘清德定了定神，掏出一支烟客气地递给老条，又给来的几个女人每人倒了一碗茶，抱歉地说道："你们今天大老远来到俺家，我也不知道给你们说什么好，俺是庄稼人，没见过世面，也没什么大本事。但是你们今天来退这门亲事儿，我不知道从何说起。如今是新时代，婚姻自由的政策大家都懂，况且强扭的瓜不甜。既然你们说退婚的事儿，现在彩礼的事儿先不说，总得跟我们讲清楚为什么退亲吧。这门亲事儿，说媒的是喜旺的大姨，都不是外人，不是一刀剁断的亲戚，这事儿可不能瞎说呀！"

秀花的四婶子站在一旁绷着脸，毫不客气地说道："以前是亲戚，往后就不是亲戚了，不退彩礼肯定是有原因的。你家喜旺犯了事儿，俺家秀花跟你们丢不起这个人，俺秀花气得差一点没喝药。恁姓刘的养出这样的儿子，还怪有理呀！不但彩礼不会退给恁，今天，你们还要赔秀花青春费哩！"

这时，一同来的两个女人听到秀花的四婶子这么一说，顿时来了劲儿，变得像疯狗咬架一样，用手指着，对刘清德发起了攻击："首先，你们孩子犯了事儿，和别人一起争一个寡妇，被派出所拘留了。你不但不承认，还蛮横不讲理。咱们先把亲戚放一边，俺们是来退亲的，讲理的，走到天边也找不到恁姓刘的这一家人。"

不一会儿，两个女人的嘴角就冒起了白沫，眼睛瞪得像马泡蛋子一样，脸上的肌肉看不出横竖道来。说话时激动得不能自已，胸前的两个奶子像两只不安分守己的野兔，在衣服里来回蹿动。

接着，二人又激动地说道："如果没钱，就把这两只羊牵走。"

刘清德看这两个女人的态势就明白，她们在杨庄村也不是省油的灯。刘庄大队不缺这样的女人，你要是跟这样的女人摆事实、讲道理，那真是嘴上抹石灰——白说，比对牛弹琴还难受。真是应验了古人传下来的那句话，人没脸树没皮——百法难治。对这样的女人，你是一点办法也没有，就是摔头都找不到硬地。

眼看场面就要失控，刘德清心里掂量着，对付她们只有软抵硬抗，避其锋芒，等这两个女人疯得没劲儿了再说。

说起这两个女人，她们在杨庄村和秀花的四婶子是邻居。平时杨庄大队的人都知道，她们几个人在一起，倒在一个锅里煮，都不会坏汤汁，都是一路的货色。

今天她们来到喜旺家，正是"派上了用场"，这种退亲的场合还就非她们这样的人不可。可以说，对于处理这样的问题，她们是打败天下无敌手。

在她们心里，秀花绝对是在理的一方。喜旺自己犯了事儿，就应该自认倒霉。不但彩礼不能退，而且要赔秀花青春费。不要说在刘庄大队，就是在月球上，不赔钱也说不过去。说句不好听的，就算秀花今天没理，她们也会有歪理去反驳。至少，这个彩礼是别想全部退还了。

喜旺看到这几个女人竟然对父亲如此无礼，于是从屋里冲了出来，大声喝道："你们到底想干什么？别欺人太甚！"

刘清德见状，快步跑到喜旺面前，大声说道："你小子给我闭嘴，天塌下来有我顶着哩！身正不怕影子斜，我非得弄个明白。"

刚才，刘清德就从这几个女人的话语里听出这事儿有些蹊跷。但他为了这个准儿媳，仍然希望这件事儿还有缓和的余地，所以他努力地压着心里的怒火。

刘清德心里思索着，如果双方闹腾起来，让刘庄的人看笑话不说，而且还解决不了问题。再者说了，自己的老条和秀花还是一个村的，将来弄不好还变成仇人呢。如果冲动了，那后果就不堪设想了。

几个女人听到喜旺这么一吼，还真的给镇住了。虽说她们平时天不怕地不怕，可有时候还真的怕这些村里的"愣头青"。

瞬间，院子里变得安静了许多。

此时，刘庄大队的男女老少听到她们刚才的吵闹声，纷纷蜂拥着向院子里挤去。有的是看热闹的，有的是为喜旺家打抱不平的。

这时，刘庄大队的民兵营营长刘树根怕事情闹大，喊着刘起一块过来了。二人拨开人群，来到喜旺家的院子里，一直走到众人的面前。

刘树根干咳了两声，使劲儿地把唾沫吐在了一边。由于口气过猛，涨得满脸的胡须像刺猬遇到了天敌一样，竖立在泛红的腮帮上。浓黑的眉毛镶在两个炯炯有神的大眼睛上边，粗壮的腰板让外人看着，还真认不出是哪个庙里的大神来此巡游，是二大爷贵姓了。

刘树根绷着脸，扫视了一下在场的人，用沙哑的声音说道："我这人不会说客套话，就给你们杨庄来的几位客人直说算了。我行不改名坐不改姓，我祖辈都姓刘，我叫刘树根，人送外号狗不理，是个大老粗，粗得连自己的名字都不认识。我是刘庄大队的民兵营营长，治保主任前段时间不在了，要不这事儿也轮不到我来处理。别看我这个人脾气有点二，但是就是讲理。要是俺亲爹给俺不讲理，也得靠边稍息。"

杨庄的几个女人一看刘庄大队的民兵营营长如此块头，又长得一副抵命脸，心思顿时变得有点动摇。今天在刘庄，不是以前去别的大队闹事儿，刘喜旺家不是孤门独户，在刘庄的为人处世肯定是不错的。如果这样闹下去，肯定丢人搭家伙，什么利益也得不到。还不如停下来想好再说，光棍不吃眼前亏，三思而后行。

其中一个女人拉了一下秀花四婶子的手，凑到她的耳边，小声说道："嫂子，我看今天势头不好啊！今天不是咱想得那么简单。你看刘庄大队这么多人像窝狗一样，他们要是一窝都扑上来，咱们顶不住啊。今天还碰巧赶上刘庄大队放假，村里的人都在家里。我看刘庄的人还没到齐，如果这个民兵营营长在大喇叭上一吆喝，等会儿人都来了，不要说打咱们，就是连推带拽也能把咱们拖出刘庄。咱杨庄离这儿又这么远，就算家里人知道咱吃亏了，赶过来也晚了，到时候可就闹大发了。我看这事儿要不先不说，等哪一天他们都下地干活儿了，咱们再神不知鬼不觉地把他这两只羊牵走，谅他也不敢去咱杨庄牵羊。他们要是敢来杨庄一步，咱们就对他以小偷罪论处，非把他们的腿打断不可。到那时，他们就算浑身长的都是嘴也告不赢。嫂子，你千万要掂量一下，识时务者为俊杰，这可是在人家这一亩三分地啊！"

秀花的四婶子听到那个女人这么说，心里霎时没了底气。几个人都不再说话，而是面面相觑，刚才威风凛凛的形象已不复存在。

一度混乱的场面很快被控制下来。刘树根心里清楚，杨庄的这几个女人已经退却，就是给她们几个胆子，她们也不敢肆无忌惮地闹下去了。

但是刘树根不了解喜旺家爷俩有什么想法。如果不问清楚来龙去脉，万一把事情搞砸了就不好收场了。

想到这里，刘树根把喜旺父子俩叫到一边，对刘清德问道："清德哥，今天这到底是咋回事儿啊？"

刘清德委屈地说道："我也不知道问题出在哪儿！怎么也没想到，马上就要把媳妇娶到家了，中间竟然会出现这样的乱子。真是猫咬水泡——空欢喜一场，这人是丢大了。你看，为了娶媳妇，这头猪也养大了，这下肯定是白忙活了，竟让老少爷们儿看笑话。兄弟，你费点心，看是否有回旋的余地，恁哥我今天拜托你了，只要事儿成，恁哥我感激不尽！"

喜旺在一旁气呼呼地说道："树根叔，这门亲事儿不论成与不成，都得把事儿搞清楚。这个黑锅，恁孩子可背不起，我丢不起咱姓刘的人。如果不把事情弄清楚，我对他们杨庄的这几个人不客气！"

刘树根安慰道："清德哥，咱们先这样说。我心里有底了，我尽力吧！"

刘清德听到刘树根这么说，心里慢慢地平静了许多。他为了挽回儿子的这门亲事儿，一直把怒火深深地压在心底。这要是搁在平时，就他那暴脾气，不要说给她们几个说软话，就连自己家的门，她们都休想踏进半步。

刘树根的到来，让刘清德在黑暗中看到了一线曙光。他和刘树根从小光着腚长大，刘树根吃几个馍喝几碗汤，他都了如指掌。别看刘树根长得有些莽撞，可心里机灵，遇事儿有两把刷子，说起话来一套一套的。只要能达到目的，他能使出一百套不重样的法子来，让对方防不胜防，甘拜下风。

实际上，刘树根自己也不清楚，在遇到事情的时候怎么会有那么多突发奇想，这一点让他很是自信。要不就光看他这外表，不要说现在是儿女一大家子，恐怕连个老婆也找不到。他自己也认为，这是上天故意给他堵了一扇门，却打开了一扇窗。

使刘树根终身不能忘记的是在他十几岁时发生的一件事儿。那天，有一个赶路的外乡人路过刘庄村，当时刘树根正和刘清德等一些同龄人在玩耍。

外乡人停下脚步，看了他们一会儿，对刘树根说道："你这孩子长大了可不得了，要是生在军阀混战的年代，准能当个师旅团长。将来你好好学习，能求个一官半职的。"

直到如今，刘树根依然对那个外乡人的话记忆犹新。虽说自己没有遇到什么大的好运，但内心也知足了，好歹自己现在是刘庄大队的民兵营营长，服务着全村的人。

每当他想到这里，心中都不禁有一种沾沾自喜的感觉。现在，正值刘清德家突遭变故，刘树根对于这场风波的平息是胸有成竹。

这时，刘树根快步走到杨庄村的那几个女人面前，面带微笑，客气地说道："今天，杨庄村的几位客人来到刘庄大队，无论心情好坏，还是出于什么样的目的，俺们都表示欢迎，咱们还是有缘分的。就算是你们非要退掉这门婚事儿，俺们在场的人也想了解一下，为什么会到今天这个地步？这年头，都婚姻自由了，不像旧社会那么多规矩，非要嫁鸡随鸡嫁狗随狗。只要出了问题，俺们就会尽力解决。先人早就说过了，人活着就是解决问题的，世上没有解决不了的问题，没有刨不倒的大树。大家都消消气，喝碗茶，把今天退婚的来龙去脉讲清楚，免得大家误会，伤了和气，要是那样就太不值了。"

刘树根干咳了两声，接着说道："我想大家都不愿看到那样的结局。如果你们实话实说并且合情合理，在刘庄大队谁要敢说个'不'字，我刘树根就跟他过不去。我要是骗你们杨庄的人，你们吐我一脸唾沫，我连擦都不擦。"

秀花的四婶子被这突如其来的变故搞得不知所措，她们几个人来的时候可谓是雄赳赳气昂昂。本以为凭着几个久经沙场、永不言败的老搭档，不费吹灰之力就能把事儿摆平了。现在，几个人才反应过来，自己把刘庄的人评估得太低了。

此刻她们不但没达到预先的目的，而且被搞得灰头土脸。自己的炮没点燃，只好无奈地听别人的炮响了。事已至此，几个人觉得，也没什么好办法，只好硬着头皮顶上了。

秀花的四婶子用手碰了一下身旁的女人，小心翼翼地说道："这事儿，恁俩比我清楚，说话办事儿也比我利索，你就把事情一五一十地同刘庄的老少爷们儿讲出来算了。本来咱们是出于好心，还想给刘喜旺一家人留点面子，怕影响他们的名声，尽量不让外人知道，哑口无声地赔秀花一些青春费就算了，没想到他们还嫌事情闹得不够大，既然他们姓刘的不顾脸面，那咱们还顾及这些有什么用？说句自信的话，光脚的还怕穿鞋的吗？无论啥年头，都是有剩男没剩女，秀花不出三天就能找到婆家。这事儿要是黄了，他们就是后悔得烧香磕头请神仙帮忙也找不到庙门儿。"

秀花的四婶子一口气说了一大堆后，才停了下来。

其中一个女人早已憋得不耐烦了，心里想着，你既然叫说，我还客气啥哩，还有什么好怕的？

于是，她用手擦了一下嘴，干咳了两声，清了一下喉咙，说道："那我就直说了。今天上午，在俺们杨庄，当时俺们几个人在一起吃饭。这时，来了一个年轻的女人，还挎着个竹篮子，给俺们说刘喜旺和刘海山……"

就这样，她一口气从头到尾，一字不落地讲了出来。然后又用手指着站在身边的女人，继续说道："恁要是不信，当时她也在场，秀花的婶子请俺们来，就是让俺们做个证人。怕你们误会，要不讲理。果然，你们的态度不出所料。我已经把事情的前前后后都给你们讲清楚了，你们也是明白人，听着说话都是一套一套的。你们也换位思考一下，要是你们刘庄大队的姑娘，找了个这样的女婿，你们可愿意？我看哪，就你们这态度，到别的村，敢把天戳个大窟窿，看哪个是省油的灯？眼时，俺们只是给你们摆摆理，你们就想翻脸，好像俺们没事儿找事儿。你们好好想一下，谁愿意整天掂着抓钩找死老鼠吃？就是整天在家闲着给狗挠蛋，也不到这儿来呀！"

这个女人像讲故事一样，绘声绘色且粗鲁地把想说的话都讲了出来。这时，嘴角上的白沫像石磨磨出的豆沫一样，顺着嘴角流了下来，而她自己似乎全然不知。

现场的刘庄人听了这个女人说的话后，大都义愤填膺，纷纷站出来为喜旺和海山鸣不平，甚至破口大骂："到底是哪个恶毒的女人跑到杨庄去栽赃、陷害喜旺和海山？简直胡说八道！"

但是那个女人是谁，在哪里，人们无从知道。就是再恼恨也仅仅是骂上两句，出一口心里的怨气，别的都束手无策。

喜旺听到这个情况后，更是憋了一肚子火。他一个箭步走到那个女人跟前，拽住她的胳膊，非要和她一起去找出那个造谣生事者。

喜旺说着："要是找到这个女人，非劈了她不可。"

此时，院子里乱哄哄的，高一声低一声，再次变得喧闹起来。

王春妮倚在堂屋的门框上，急得眼角直泛泪花，嘴里数叨着："那个女人真不是东西，拿屎盆子往俺头上倒，咋恁坏良心？阎王爷肯定罚她头上长疮，脚底板流脓，不得好死。"

一根烟只用几口的工夫就被刘树根抽完了。他正搅动着脑子分析问题，以求尽快想出对策，看如何能把这盘即将走死的棋盘活。

他反复思量着，自己每说一句话都要像拿起的一枚棋子，落地有声、环环相扣、步步为营。这盘棋，只要她们不一步将死，就会有办法对付她们。更何况，杨庄使的是瞎眼炮和瘸腿马。如果能帮喜旺把秀花娶回来，要求什么条件，都不是事儿。

这时，刘树根摆手示意大家安静下来。他对着秀花的四婶子还有和她一起来的几个女人说道："刚才，我认真地听了你们讲的前因后果。我觉得你们这些所有从杨庄来的客人并没有无事生非，不存在故意找碴，更没有什么坏心思。这是我发自肺腑的一句话。请你们相信我，事到如今，我作为刘庄大队的民兵营营长，在其他事情上我没权力打包票，但就在你们说的这件事儿上，我敢对天发誓，我会对他们负责，更对你们负责。这事儿纯粹是无中生有，是闲扯淡。我本来不想骂人，但那个造谣的女人真不是个东西。"

刘树根抽了一口烟，继续说道："你们要是怀疑我说的话，我就带着大家一起去公社派出所问个清楚。如果照你们说的，情况属实，喜旺送给秀花的彩礼，你们一分也不用退，再让喜旺赔秀花青春费一百元。你们好好想一下，下一步怎么走。"

秀花的四婶子听着刘树根的话，为了稳妥起见，怕节外生枝，她随口说道："这样吧，老刘，你说的话，俺们也不是不信。咱们还是照你说的，去派出所一趟，这样更踏实一些。"

刘树根心里想，看来这事儿还有缓和的余地。只要经过派出所核实，一切就都明白了。

"时间也不早了，咱们现在就去派出所，免得大家还心存疑虑。"刘树根说道。

二十二

这时，桂平回来了。

刚才在回来的路上，她一边合计着去杨庄发出的信息能否达到预期的目的，一边在心里念叨着被人偷走的那包糖。她埋怨自己走路太过匆忙，以致小偷把糖偷走的时候，自己竟浑然不知。

此时，她刚好路过喜旺家，看到喜旺家院里聚集了很多人。她走近人群一瞧，顿时有些喜不自禁，笑得牙齿像标兵一样，齐刷刷地露了出来。

她在心里自言自语地骂道："万奶奶，要的就是这种效果。丢包糖都是小事儿，今天去杨庄算没白跑。我看你刘海山和刘喜旺以后赶着马车碰到我还唱不唱？咱们走着瞧，只要得罪了我，不要说娶媳妇，我让你们这辈子连个女人的骚气儿都闻不上。"

这时，海风在人群中看到得意的桂平后，心里瞬间变得焦躁起来。桂平的笑容让海风觉得非常尴尬，甚至有一种想要呕吐的感觉。

本来，海风来到喜旺家是有意来帮喜旺解围的。他想着，即使帮不上什么忙，帮个人场也是应该的。而此时他觉得离桂平越远越好，免得再生闲气，让人看不起。

想到这里，海风悄无声息地挤出人群，快步离开了。他怎么也不会想到，在桂平扬扬得意的面容之下，却掩盖了一个令人不齿的秘密。

桂平挎着竹篮子，像厕所里的蛆虫一样，若无其事地在人群里来回地游动着。如今的局面正是她想要的结果。她觉得自己就是一个幽灵，神出鬼没，来也匆匆去也匆匆。眼前这些人就是一群疯癫的傻子，都被自己玩弄于股掌之中。

刚开始到喜旺家的时候，她还有些顾及，想着遮掩一下自己。看了一会儿之后，她觉得自己不会露出什么破绽，于是就肆无忌惮地像看戏一样，找了个得势的地方，看看最后能闹出什么样的结果来。

这时，院子里的一众"出席者"骑着自行车就要赶往派出所。在场的老少爷们儿也慢慢散去了。

而桂平却不死心，想看最后一眼。她心里自信地想，这一没办酒席，二没打结婚证，这些上不了纲又上不了线的事儿，就是到派出所也不会找出解决问题的办法，最后还是像踢皮球一样踢得远远的。农村这种事儿多了去了，人家派出所整天正事儿还忙不完哩！哪有时间管你们这些闲扯淡的事儿。就你们这样一闹，只有退婚一条路，洒在地上的水已经收不起来了，破碎的镜子哪有重圆的道理。

桂平冷笑了一声，自言自语地小声说道："你们这群信球、憨狗，等羊蛋去吧！"

人生中有些事情就是这么奇特，什么时候都不可得意忘形。正所谓，"踏破铁鞋无觅处，得来全不费工夫"。

这时，其中一个女人好像发现了新大陆一样，大声尖叫起来："就是她！"

说着，她一个箭步冲上前去，顺手抓住了桂平的竹篮子。桂平被这突如其来的一幕吓得脸色霎时变得焦黄。

然而桂平急中生智，振作了一下精神，反问道："你们是什么意思？你们可要想清楚，这不是恁杨庄。你们凭什么诬赖我，觉得我好欺负是吧？谁要敢动我一指头，就别想走出俺刘庄。"

桂平这么一吼，犹如一个下马威，几个女人果然被震住了，拽着竹篮子的手不由自主地松开了。

这时，又有一个女人走上前来，仔细打量了一下桂平，又认真看了一眼那个竹篮子，上面用红漆写的"刘记"还在脑海里记忆犹新。

随后，她呵斥道："你还想狡辩哪！你躺到灵柩里——吃干饼还嘴硬哩！看我不把你的嘴撕烂。"

桂平的心理防线彻底坍塌了，心一下子提到了嗓子眼儿。她清楚，事已败露，大祸既将降临。霎时，像一只丧家犬一样拼命地挣脱。

然而在众目睽睽的怒火之下，她怎能跑得了？在场的人好不容易找出了始作俑者，逃跑简直比登天还难。

喜旺气得正摔头找不到硬地哩！本来他看到桂平就气不打一处来，想一想这个女人，平时就拉屎拉井里——作得不浅了，如今你这个搅家不闲的女人又做出这样的龌龊事儿，看今天怎么收拾你。

桂平没跑几步就被喜旺抓住了胳膊。她像一只没骨头的老母鸡，顺势躺在了地上。

她知道喜旺的脾气，今天这顿打恐怕是挨定了。于是她苦苦地哀求道："兄弟，嫂子错了，我以后再也不敢了。"

喜旺哪里还顾得这些，啪啪照桂平的脸上重重打了两巴掌，鲜血立刻从鼻孔里涌了出来。

刘树根看到喜旺出手这么狠，怕弄出个好歹来，到时候不好收场，于是跑步上前使劲儿地抱住喜旺的胳膊，说道："喜旺，消消气，打几下算了，可不能出手太重了，全村人都知道她是啥人。这样的女人不光咱刘庄有，哪庄都不缺。天下这么大，啥人都有。林子大了，各种鸟的叫声还不一样呢。"

喜旺气喘吁吁地骂道："臭娘们儿，今天不是看在树根叔的面上，我非要把你的嘴打肿。往后别说你跑出去说别人的坏话了，就是吃饭都张不开嘴。这次让你捡个便宜，下次不会有这样的机会了。"

桂平的脸被喜旺打得是火燎般地热，刚开始她哭的声音还没那么大。当看到刘树根救自己逃过一劫时，她却披头散发地躺在地上，两只鞋甩在了一旁，浑身像老母猪打泥一样，哭着大吼起来："刘喜旺，你坏良心，你的心咋恁狠哪，我是杀恁的人了还是抢恁的东西了？你竟然打我。"

喜旺知道，这样的女人是绝对不能惯着的，她就好比那弹簧，你软她就硬，你硬她就软。这次即使治不了她的臭毛病也得让她知晓我的厉害。但是不能再打了，树根叔说的是对的，再怎么生气也要给海风哥留个面子。

这时，喜旺灵机一动，故意使劲儿用脚往地上跺了一下，嘴里大吼一声："万奶奶，你是真不讲理了，都别拉我。我拿刀去，我要不把你这个龟孙给劈了，我就不姓刘。"

桂平听喜旺这么一吼，顺势翻身从地上爬了起来，瞬间止住了哭声。她知道自己理亏，再这样闹腾，万一喜旺把自己劈死了，多不值啊！

在场的人看到桂平这般模样都哭笑不得。杨庄来的几个女人对喜旺有了新的认识，刚才的紧张气氛慢慢地消失了。

刘树根此时已经明白了事情的来龙去脉。为了使矛盾不再升级，给双方都有个台阶下，同时尽了自己作为和事佬的责任，于是他亲自从喜旺家厨房的水缸里舀了半盆水，端到桂平的面前，安慰着说道："侄媳妇儿，你把脸洗洗，让外人看到多不好，只要认识到自己的错误并改正了，就算结束了。怎叔我知道你平时的为人，你肯定是脑子一热犯糊涂了，才做出这样的傻事儿。往后遇事儿多想一下后果，这样的事情就不会发生了，也不能再发生了。"

桂平抽泣着，磨磨蹭蹭地把脸洗了一下。很快，鲜血把半盆清水都染红了。现在她疼在脸上，委屈在心里。然而她心里不是在悔恨自己的卑鄙，而是把怨恨归于丈夫的无能和海山的过错。

此时，桂平没有别的选择，只得灰溜溜地向家里走去。

今天的事情就这样结束了。从杨庄来的一行人此时心里有很多说不出的话，每个人脸上都呈现出难以想象的尴尬。

刘树根看看天色，委婉地说道："天不早了，我就不挽留大家了。事情已经弄明白了，什么话都不用解释了，代我向秀花的父母问个好。晚一天，我带着喜旺亲自登门拜访，有什么事情，咱们见面再说。"

今天下午，海山和喜旺捕鱼回来分开后，回到家就蒙头盖脑地睡着了。这么长时间，虽然心中觉得压抑，可他明白，喜旺和建成在想各种办法让自己开心，费尽心思让自己更快地从阴影中走出来。

下午捕鱼，虽没捕到多少鱼，可是却好久没这么开心过了。他一觉醒来，猛然想起今天和喜旺、建成约好喝酒的事儿。

想到这里，他急忙下床，炒了一盘白萝卜，拌了一盘凉白菜，又去到代销点买了两瓶酒。一切准备就绪，他左等右等，白萝卜都已经凉了，却还是不见喜旺和建成到来。

海山想着，是不是他们把喝酒的事给忘了。于是他没有多想就往喜旺家走去，顺便叫上建成。还没走到喜旺家，趁着月光，海山就看到喜旺在家门口徘徊。

海山干咳了一声，说道："喜旺，这么晚了，你咋在这儿转悠哩？你忘了今天和建成咱们几个约好喝酒的事儿了？我把菜和酒都准备好了，你们把我等急了。"

喜旺停了一会儿，嘴里"唉"了一声，说道："海山哥，今天不喝了，改天再喝吧！"

听到喜旺这么说，海山也没多想，随口说道："菜和酒都弄好了，怎么不喝了？你在这儿等我一会儿，我去把建成喊过来。"

说罢，海山径直向建成家走去。没承想，海山还没到建成家就和他碰了个正面。

海山说道："今天吃过中午饭，我和喜旺去捕了一会儿鱼，没捕多少，都分给那帮小孩儿了。喜旺说今天生产队没干活儿，闲得慌，晚上一起喝点酒，解解闷。"

建成知道，海山还不清楚今天下午在喜旺家发生的事儿。他思量着，这件事儿要是让海山知道了，他准会大气一场。海山不能再受打击了，要不这件事儿又会像一把尖刀一样捅向他那本已受伤的心。

"海山哥，今天晚上就不喝了，改天再喝吧！有的是机会。"建成回答道。

海山说道："那可不行，我把酒菜都弄好了，你怎么和喜旺说的一样呢？本来说得好好的，怎么说不喝就不喝了？你们这是咋了？我怎么弄不明白哩！"

建成解释着说道："海山哥，你想哪儿去了，你还不放心我们哪！恁兄弟在你面前还能有啥别的想法？"

海山接着说道："我真是奇了怪了，大晚上的，你们又没啥事儿，喝个酒咋还扭扭捏捏的？"

二人就这样走着说着来到了喜旺面前。海山说道："喜旺，别转悠了，走！有啥事儿用酒一压就没事儿了。"

就这样，海山热情地把喜旺和建成让到了酒桌上。

他把酒瓶打开，说道："今天找你们喝酒，本来约得好好的，你们非要晚一天。今天晚上喝着多舒服啊！现在，这个白萝卜菜都放凉了。来，慢慢喝，品品酒味儿！"

喜旺抬头看了海山一眼，觉得还没到嘴边的酒是又苦又涩。他在心里自言自语地说道："海山哥呀！要是让你知道今天的事儿，别说品品酒味儿了，恐怕你气得连水都喝不下去。"

人们常说酒兴、酒兴，这是爱喝酒的人心中的共鸣。每逢在喝酒的时候，只要心情舒畅，端起酒杯就像饮牛饮骡一般，讲起话来也滔滔不绝。

以往在酒桌上爱讲话的喜旺，到海山家喝酒的时候总是喧宾夺主，今天却以沉默寡言代替了。

刚开始，海山并没有觉得喜旺与以往有什么不同，以至于他把碗中的酒喝完的时候，才发现喜旺碗里的酒还剩了一大半。

于是，海山诧异地问道："兄弟，你今天是咋了？怎么这点小酒都喝不完了？我发现你脸色不太对啊！是身体不舒服还是什么事儿把你的心压住了？"

喜旺抬起头强打起精神，说道："海山哥，你别胡想。恁兄弟这一会儿是思想在开小差。来！把这碗里剩的酒喝起，咱们一醉方休。"

说罢，喜旺皱着眉头端起酒碗，仰起脖子咕咚咕咚喝了下去。

霎时，入口的酒似焦热的岩浆一般，慢慢地滑过胸腔，堆积在肚子里燃烧着、翻滚着。此刻，这种液体带给他的感觉跟以前相比可以说是大相径庭。

刚放下酒碗，喜旺就急忙离开酒桌，甩开门对着墙根就是一阵呕吐。脑袋像一个秤砣一样深深地低垂着，颤抖着的身体紧紧地靠着墙面。

海山见状，急忙从屋里端来一碗凉水让喜旺漱口，然后和建成一起把喜旺慢慢地扶到屋里。

"兄弟，你是不是病了？你平时喝酒不这样啊！今天是怎么了？头疼吗?"海山关心地问道。

喜旺心想，有些话还真不能憋在心里，纸包不住火，既然事情已经发生了，还不如说出来算了。

建成知道喜旺的心病，对喜旺说道："喜旺，你心里有话就给海山哥说出来吧。你如果不说，憋在心里能受得了吗？海山哥又不是外人，有话就直说吧！"

海山也在一旁示意喜旺把话说出来。于是乎，喜旺终于打开话匣子，一口气把今天在家里发生的事儿对海山讲了一遍。

他接着说道："我自责自己当时没看海风大哥及你们弟兄几个人的面子打了桂平两巴掌。当时我气得失去理智，现在我心里非常纠结，想起虎子和海风哥，心里更是难以释怀。我怎么也没想到，桂平在背后使坏心。我真同情海风哥，他这么实在一个人，竟然找了个这样的女人，往后大哥就是被气死，都没什么办法帮上忙。"

听喜旺这么一说，海山安慰道："兄弟，你想那么多干啥？说心里话，我还嫌你打她打得轻呢，没想到她祸害俺们兄弟还不够，还去祸害你。她这个人，我根本没法用语言来形容她，她是光着身子骑老虎——泼皮胆大不要脸。我知道大哥人老实，拿她没办法。再一个，怕虎子没娘。我要不是顾虑这些，早就不惯着她了。"

海山端起酒碗，接着说道："她去杨庄干的事儿，是个人都做不出来。你今天打得正好，她以后看到你，肯定会收敛一些。要是我打她一顿，她能把俺姓老祖先骂得不得安宁。我对她这个人是既恨又怕，惹不起还躲不起。她就像牛皮癣一样，无法根治。来！兄弟，把这酒端起，避避邪气。"

说着，几个人端起碗咣当一碰，随后把碗中酒喝了个精光。

"海山哥，我气得轻了也不会打她。她就好比那尿罐子，一见阴天准骚气，啥办法都没有。往后见到她，我能躲多远就躲多远，尽量好鞋不踩她的臭屎。"喜旺说道。

建成说道："今天这事儿就算过去了，越说越生气。喜旺哥，晚一天抽空去杨庄见恁老丈人和秀花一面，好好解释一下，让他们别再听风就是雨。我看今天来的那几个女人都不是省油的灯。谁也想不到，人在家中坐，祸从天上降。来，咱们接着喝。"

喜旺说道："我是不能再喝了，晚一天咱们再喝吧。"

几个人都没再端起酒碗，抽了几支烟，胡侃了一阵便离开了酒桌。

夜晚的风凉飕飕的，月亮无精打采地挂在昏暗的天空，时隐时现。

喜旺和建成离开之后，海山半躺在床上翻来覆去，心里胡乱地想着。倒霉的事儿还没过去，烦心的事儿就接着来了。别人怎么看自己，这是自己不能左右的。而现在自己的亲嫂子不但不体谅，而且不择手段地造谣生事儿。即使揍她一顿也在情理之中，可万一她扬长而去，可怜的虎子恐怕连个这种品德的娘也没有了，而大哥连一个整天骂他的女人都找不到了。

海山心想，再生气也忍了吧！难怪老人们总说，娶媳妇如安神，娶妻娶德不娶色呢。像桂平这样的女人，我就是终身打光棍也不会娶的。

海山抽着烟，过去、近时发生的事儿不停地在脑海里碰撞。他安慰着自己，一切顺其自然吧，虽说未来的希望十分渺茫，可做人依旧要保持堂堂正正，就是去阎王爷哪儿做个小鬼，也要清清白白。

他隔着窗棂向外望去。夜已很深，月亮已偏过了堂屋门。凉丝丝的夜风顺着窗口一阵阵飘向他的床。他打了一个寒战，下意识地把身子缩进被窝，许久才迷迷糊糊地睡着了。

桂平在下午挨打之后，挎着竹篮子怒气冲冲地回到了家里。她一进门就看到海风正在院子里拾掇东西。

于是顺手把竹篮子猛地摔到海风的面前，骂道："万奶奶，我这辈子命真苦。在家受男人的气，在外边还要挨打，受外人的气。找个这样的死鳖男人，什么时候才能熬出头啊！"

接着，她哭着来到堂屋躺在了床上，用被子蒙住头，嘴里不停地抱怨着。

海风闻声，心中猛地一颤，急忙从外边走进屋里，问道："你这是咋回事儿呀？谁欺负你了？"

桂平哭着说道："喜旺打我，恁弟兄几个连个屁都不敢放一声。你们就会吃锅里，拉锅里。"

"喜旺为啥打你呢？"海风接着问道。

桂平说道："在刘庄大队，看谁能看恁兄弟几个算个人。这次你要不给我出这口气，我就死给你看。等着俺娘家人来了，看能会给你拉倒不能！"

听到桂平只说事儿而不说原因,海风断定其中必有蹊跷。因为他清楚,平时喜旺的父亲和自己的父亲关系不错,喜旺和海山又如亲兄弟一般。就论平时的关系,喜旺不看僧面也会看佛面,气得轻了也不会打她。

海风无奈地坐在门槛上,从口袋里掏出一支烟,心里思量着。今天肯定是老婆的问题,因为就老婆这性格,再加上那张不把门的破老鸹嘴,早晚会闹出事儿来。这次让她有个教训也好,将来若不收敛,兴许还会闹出人命哩!自己喂的狗咬人不咬人,自己最清楚,这事儿还用问别人吗?现在只有先等一会儿,等她静下来后再说吧。

天色渐渐地暗了下来。桂平看海风无动于衷,气得从床上爬了起来,从馍篮里拿了个馍递给虎子,然后自己也吃了一个,把剩余的一下子倒在狗窝里,说道:"我怎么也没想到,这辈子遇到你这样一个没用的男人。今天晚上,你连馍也不能吃,这馍还不如喂狗哩!狗吃饱了还能看家哩!"

"喜旺为啥打你,你怎么不说,你还有脸吃馍哩!"海风平静地说道。

桂平张大嘴巴咬了一口馍,说道:"气死你,这是我挣的粮食做的馍,我就应该吃。"

海风被气得头脑发胀,别说不让吃了,就算是让吃,哪里还能吃得下呢?气儿都把肚子装满了。

家里的空气让海风觉得快要窒息了。于是他从家里走了出来,仔细想一想,跟这样的女人一起生活,现在就能一眼望到头了。

此刻,海风已经到了崩溃的边缘。

二十三

夜色中的刘庄沉浸在酣睡之中,一切都是静悄悄的。

海风抽着烟,独自一人来到了大街上。他穿着一件破棉袄,脑袋缩在了衣领里。

今天晚上,他已经记不清是第几次来到海山家门口。第一次来到海山家门口,看着海山和喜旺他们在喝酒说话,他没好意思进门。第二次他又转过来,看到几个人还没有散场。再后来,堂屋的灯已经熄灭,他依旧没有迈过那扇栅栏门。

此时,海风想了很多,他把自己这一生中得到的、失去的,像电影一样在心中放映了一遍，突然觉得自己活在世上已失去意义。他认为，自己虽在兄弟面前是个大哥，却没能给他们带来什么。他很愧疚，觉得亏欠他们，更亏欠父母。想想自己长这么大，做过的事儿太多不尽如人意。以前总认为，做事儿只要实实在在，不亏自己的良心，不奢求大富大贵，只求一家人开开心心就知足了。没想到，如今这些想法也成了奢侈。

一整天了，海风在早上、中午吃了两个半饱。一直到现在，晚饭都没混到嘴里。原本想着，老婆走亲戚回来后就该消停了，没想到又整出这样的事。

夜深了，海风又一次转悠到海山家门口，他想给妈妈说最后一句话。他觉得对不起海山，不敢再面对海山对自己失望的眼神。

每次他走到海山家门口时，海山家的小狗——小黑就一声不响地跑到门口，把嘴伸到木栅栏外边，亲热地对他闻了又闻。

这一次，海风蹲下身子，摸着小黑的头，流着眼泪说道："小黑呀！天都这么黑了，你咋还知道是我呢？你知道现在我心里多难受吗？我憋屈得很哪！我每天回到家，老婆还没你见到我亲哩！今天晚上，我是来跟你告别的哩！往后，你永远都见不到我了。"

小黑听着海风的话，一反常态地嘴里发出呜呜的怪叫声，两只前爪使劲儿地抓着木栅栏，两只眼睛射出亮光，像是听懂了什么。

这时，海风揉了揉眼睛，好像有一条黑影在大街上闪过。他不禁心里一惊，打了个寒战。然而很快，他转念一想，现在我都是将死之人了，死，我都不怕，还怕啥呢？

想到这里，他精神一振，径直朝那个出现黑影的方向走去。

然而他走近一看，却什么也没有。于是自言自语地说道："这不对呀！刚才小黑也突然不寻常啊！明明看到一条黑影，怎么什么都没有呢？"

海风安慰着自己，这没什么好怕的，你还能把我吃了不成吗？话虽如此，可是刚才那一幕让他禁不住胡思乱想起来。因为他从小就听老一辈说过，人要是说过想死或者寻短见、自咒的话语，一旦被小鬼们听到，报到阎王爷那里，即使过后不想死了，小鬼们也会整天缠着你去阎王爷那里报功领赏。

起初，海风对这些话是从来不信的。他心里只有一个信念，只要不做亏心事，走遍天下都不怕。就算是阎王爷，那也得讲理呀！要是阎王爷单凭小鬼们一说就定生死，那天下人不是早就没有活路了吗？

可今天晚上，深更半夜的，大街上哪里来的黑影呢？他感到有些不可思议，这个闪现的黑影不会是长辈们常说的阎王爷派来跟踪自己的小鬼吧？自己虽是说过一些自弃的话，难不成真的应验了？

海风点上一支烟，使劲儿地抽了两口，唉声叹气地说道："也罢，但愿老一辈常说的话是真的吧！"

黑夜里，海风用打火机照亮了黑影刚才出现的地方。

他惊得忍不住"啊"了一声，摸了一下自己的脑门，想起明天是父亲去世十多年的祭日，这里正是父亲突发中风时躺倒的地方。难道是父亲想回家来看看我们？听人说，狗的眼睛在夜晚是有灵光的，刚才小黑不叫也不咬，难道它认得父亲吗？

想到这里，他靠着路边的草垛慢慢地蹲了下来。

此刻，他思绪万千，想起了父亲临终时的嘱托，又想起这个家一步一步走到今天有太多的辛酸，泪水又一次顺着眼角流淌下来。

自从父亲突然病倒后，家里的天就塌了，所有的生计都落在了妈妈一个人肩上。大姐是姊妹几个中最懂事儿，也是最能吃苦的一个。为了给父亲治病，减轻家里的负担，她刚读完小学就辍学了，早早地参加了生产队的劳动。她用稚嫩的肩膀和妈妈一起起早贪黑地支撑着这个家。即便如此，可还是维持不了全家最基本的开销，更谈不上拿钱为父亲治病了。

当时，父亲躺在床上，看在眼里，急在心上，病情不但没有好转反而日趋恶化，一条硬汉很快就瘦得皮包骨头。

父亲在临终前，嘴里流着口水，眼角淌着泪，吃力地用手比画着。那种对这个家放心不下的神情，至今历历在目。

由于家庭的变故，大姐变得越来越坚忍。当时家里姊妹伙的多，干活儿的少，大姐毫无私心地用自己的青春去拼一家人的未来。在生产队干活儿，如果家里没有一个男劳力，是没法和别的人家比的。同样是干一天的活儿，女劳力也会比男劳力少记工分。而大姐为了能和男劳力得到一样的工分，不惜用自己柔弱的身体去外地挖河、修路。即便是用拉车去百里以外的煤矿上拉煤，也从来没有退缩过。

刘庄人无不对大姐伸出大拇指，称呼她为"穆桂英"。说她这么要强的女孩子，打着灯笼都不好找呢。谁能有福气娶回家，上辈子肯定烧高香了。

大姐就是再委屈、再辛苦，在外人面前也从没掉过一滴眼泪。而海风看到大姐一个人站在门后偷偷流泪的那一次，正是大姐去矿上拉煤回来的一天晚上。她没有哭出声音，看到海风走过来，赶紧把眼泪擦拭干净，故作镇定，笑着看着海风。

海风问道："姐，你怎么哭了，谁欺负你了？"

大姐结巴着说道："没……没有，我没哭。刚才是喉咙痒，呛出了眼泪，我好着呢。"

那天中午吃饭的时候，海风在床下翻找东西，无意中看到大姐这趟拉煤时穿的一双布鞋，鞋子上磨出了一个大洞。海风用手抠了一下，发现鞋上面的泥土里竟然有黑色的血迹。

于是，海风把鞋子轻轻地抱在怀里，眼角含着泪，伤心地走到大姐的面前说："姐，让我看看你的脚。"

大姐虽然再三推辞，可海风弯下腰毅然用手把大姐的脚搬起。他看到大姐的脚仍血流不止，于是哭着说道："姐，你为什么要骗我？"

当时，海风和妈妈还有弟弟们站在一旁抽泣着。而这个时候，大姐不但没有落泪，脸上反而露出一丝暖暖的笑容，拍拍他的肩膀，安慰着说道："弟弟，你不要难过，等你长大了，就可以帮姐姐分担一些了。"

一晃几年过去了，大姐也到了谈婚论嫁的年龄，可前来说媒的人都被她婉言谢绝了。

后来，海风从外人口中得知了大姐的良苦用心。原来她是想等海风长大了娶了媳妇，自己再嫁人。因为家里穷，如果可以，大姐甚至情愿牺牲自己给海风换一个媳妇，以完成自己在父亲临终时对父亲许下的承诺。

好在最后在亲戚朋友的撮合下，海风和桂平结婚了。在他们结婚一年后，大姐才开始考虑自己的终身大事。

在大姐出嫁那天，她和家人挨个儿拥抱。家里的东西，她什么也没带走，更没有化妆，流着眼泪离开了这个贫困的家。

那天的场景，直到现在，海风依然刻骨铭心。他记得当时大姐的眼角已经爬上了鱼尾纹，头上还飘着几根花白的头发。

离开时，大姐语重心长地对弟弟们说："像咱们这样的家庭，我没什么奢求，只要娘家人有饭吃，兄弟娶上媳妇，我就知足了。"

然而随着时间的推移，大姐的无私并没有换得桂平的认可。就在有一年过春节的时候，大姐的婆家因为入不敷出导致她回娘家走亲戚的时候拿的礼物略少。为此事，桂平不分青红皂白地把大姐吼了一顿。

就这样，大姐回家之后气得大病了一场。从那以后，她来娘家的次数也少了。她知道自己已经没有能力再护着这个家了，一切都顺其自然吧！

以前家里只为吃穿闹心，如今兄弟几个渐渐长大，多多少少能挣点工分，日子算是慢慢地安稳下来。可自从桂平来到家里，家里就再没有了往日的宁静。

对此，海风每次都是忍字当头，他怕家丑外扬，因为家里还有弟弟没有成家。如果因此耽误了弟弟的终身大事，那就无法对九泉之下的父亲做出交代。况且，大姐在出嫁时嘱咐的话语还时常在耳边响起。

海风倚靠在草垛旁，静静地回忆着这个家这些年一路走来所经历的风风雨雨。此时，父亲临终时的嘱托像一把锤子一样，一下一下，敲打在他的心上。

一瞬间，他犹如醍醐灌顶。是啊，海山还没成家，妈妈已年过古稀，虎子尚未成年。如果自己就这样一走了之，自己又怎么尽到做大哥的责任呢？妈妈岂不是要白发人送黑发人吗？虎子的命运不是跟自己小时候一样了吗？

想到这里，海风伸伸懒腰，长长地出了一口气。他做出了一个决定，即使再不顺心，前方的路再坎坷，也要勇敢地活下去，身上的担子决不能轻易甩去。他仰起头望向深邃的天空，整个人仿佛有了涅槃重生的感觉。

冰冷的黎明，启明星慢慢升起。此时，人们依旧沉浸在舒适的梦境中，大街上静悄悄的。

海风打起精神，拍了拍粘在身上的柴草，在黑暗中摸索着向村东头的小河边走去。他不再想什么，只想一个人待一会儿。他坐在桥头，忘记了饥饿，专注地听着河里哗哗的水声，望着东方，平静地等待着。

很快，红日从东方慢慢露出它那暖洋洋的笑脸。温暖的阳光把海风那沉重、冰冷的心融化了，他那呆滞的眼神也变得坚定起来。

他站起身，大步流星般地向家走去。

二十四

光阴荏苒，斗转星移。一眨眼，几年过去了。

又是一个春天来临了，生活的车轮还在继续悄无声息地向前奔跑着。虎子有了一个妹妹，海风如今已经是两个孩子的父亲了。

自从那次桂平挑拨离间的举动被揭露后，喜旺和秀花的感情又重归于好。虽然经历了些许波折，但在两个人坚定而耐心的努力之后，终于在春节期间选了一个良辰吉日，圆满地举办了婚礼，开始了新的人生。

然而海山此时依然是光棍一条，不知不觉，他已三十出头，可他的直性子却没有一点改变，而且有过之而无不及。

家里分到责任田后不久，海山的妈妈就离开了人世。妈妈入土为安后的当天晚上，海山把大哥、大嫂、二哥、二嫂都叫到家里。

海山说道："大哥、大嫂，二哥、二嫂，为了咱们兄弟之间能打消疑虑，免得再生闲气，我是家里最小的，我就直说了。咱们之间说话就要扛着竹竿进城门——直来直去。谁有话就说出来，别憋在心里，把咱妈留下的家业分掉吧。"

停了一会儿，几个人都没开口。海山继续说道："既然你们都不说，我就把话说明好了。咱妈在世的时候，你们都有心让妈给我做饭，我永远会记住你们的好。现在，妈已经不在了，妈的责任田，咱弟兄三人，一人一份，明天找会计测量一下，画出边界。咱妈活着的时候，她喂的几只羊，你们两家随便牵，牵剩下的是我的。囤里的几袋粮食也分了，家里没什么钱，银行里更没存一分。只要是咱妈留下的家产，你们尽管说。现在我是一个人，啥事情我自己说了算，你们也别不好意思，亲兄弟一定要明算账。"

海山把话说完，海风和海昌都低着头，沉默了好长一段时间。他们心里在想，妈妈已经不在了，就剩兄弟一个人了，已经够可怜了，而且他还没成家哩！这哪里是在分家，这不是在要兄弟的命吗？妈妈看病的钱，还有办丧事的钱，兄弟还欠着别人的账哩！而这些，兄弟却只字未提。想到这里，海风和海昌的心都要碎了。

"咱妈已经不在了，这家没啥可分的了，你以后还要过日子，一辈子还长着哩！"海风说道。

海山说道："大哥、大嫂，二哥、二嫂，什么话也不用说了，你们今天把羊牵走，把粮食也弄回去。外财不富命穷人，这些东西是你们应该得到的。咱妈是咱兄弟几个人的妈，这家业不管是多是少，都是咱妈留下的。我给你们分了，心里还好受些。将来我用钱的时候，你们再帮我也不迟啊！"

香云听到海山的话后，什么也没说，拉着桂平离开了。

大嫂和二嫂心里是怎么想的，海山是了如指掌。这么多年，大哥在家里的屈辱生活使他想起来都头皮发麻。他不想看到大哥、大嫂为此事再大动干戈，更不想为此事影响兄弟们之间的感情。在海山心里，兄弟一场就是缘分，钱财在亲情面前又能值多少呢？桥归桥，路归路，他认为把家里的东西分给大哥、二哥，这样才心安理得。

海风擦着眼泪，恳切地说道："兄弟，你这样做，是不是脑子出了问题啊？我和恁二哥不会再要你家里的一点东西，恁哥心里不忍哪。"

海山劝说道："大哥、二哥，大嫂和二嫂都走了，咱们兄弟三人更要打开天窗说亮话。恁兄弟我就这样了，我不想再看到你们家里伤和气了。你们要是理解我的心意，就照我说的去做。哥，你们要记住，人是活的，财是死的，咱们的血脉是相通的。无论什么时候，打断骨头还连着筋哩！"

海山看到大哥、二哥再三推让，说道："这个事儿，你们就听我的吧！现在，你们就把羊牵走，粮食也弄走。明天把地也分了，越快越好，这样我心里就踏实了。"

海风和海昌听海山说得这么坚决，于是不得不照海山的心意去做。几个人走到羊圈旁，看到一只老山羊正在给两只小羊羔喂奶，另一只羊怀着大肚子卧在一边。

海山说道："你们把羊都牵走，那两只小羊羔，有一只算我的。我近时不在家，先帮我养几天。等我回来了，我再牵回来。"

"唉！好吧。海昌，你就随便牵吧，我没意见。"海风说道。

海昌指着那只怀着孕的老山羊，说道："大哥，我就牵这只吧！虎子还上学，你把带羊羔的牵回去，喂一段时间就可以卖钱了，也能挡个急用。"

海风和海昌坚决不要粮食，可海山依然坚决要分。最后，二人拗不过海山，每个人一只手牵着羊，一个肩膀扛着粮食回家了。

海风和海昌离开之后，整个院子空荡荡的。海山一个人坐在堂屋门槛上，他抽出一支烟点上，望着阴冷的天空，心中有一种说不出的滋味。

他明白，从今天起，自己成了这个家唯一的主人。从此感受不到妈妈呵护的温暖，看不到妈妈戴着老花镜给自己缝补衣衫的身影，吃不到妈妈给自己留在锅里的饭菜，更听不到妈妈那声亲切的呼唤："山儿，吃饭哩。"

想到这里，海山的泪水像断了线的珠子滚落下来。他长长地叹了一口气，说道："唉！看不到了，永远也看不到了！"

小黑似乎感受到了主人的心思，一改往日的淘气，静静地依偎在主人的脚面上。

第二天下午，海山把家里、地里都安排停当后，便抽空和喜旺、建成碰了个面。他想让他们帮忙参考一下自己的想法。

海山说道："我想跟你们商量个事儿，我打算去学木工手艺。如今，土地已分到各家各户，空闲时间多了。我就一亩多地，闲时整天在家闷得慌。人们的生活一天比一天好，平时建房子以及人家嫁闺女时的嫁妆等等，都离不开这个手艺。我想着，学会了之后还能挣点钱呢。"

听海山这么一说，喜旺和建成都非常支持。喜旺说道："海山哥，你这个想法不错，将来学会了，别人修房盖屋时去帮个忙，人家还高看呢。如果去外村干活儿，说不定还能找个媳妇哩！我看木工这个手艺也不错。我家有牲口，你不在家时，你那一亩多地，犁地、打场，我给你包了，你可一定要学精啊！"

海山说道："那是一定的。俺妈在世的时候，身体不好，我也脱不开身，所以搁在心里对谁也没说。我有个表亲戚，他的邻居万师傅是个老木工，手下有好几个徒弟。以前我上俺老表家玩时，跟万师傅见过几次面。俺老表跟他打过招呼了，我有空了就可以跟他去学。他收徒弟有个规矩，跟他学三年，不给工资，工具是他的，主家管饭。我早就想好了，他只要能把我教会，啥条件我都愿意。"

"海山哥，你准备啥时候走啊？"建成问道。

海山回答道："我准备明天就去。"

喜旺说道："海山哥，你就放心去吧！家里、地里，我给你照看着。我每天给小黑弄点吃的。"

海山说道："那我就放心了，当初我就对小黑放心不下。我不在家了，你有空就勤看着点，别让其他狗欺负它。谁都知道，狗仗人势啊！"

"海山哥，你准备去哪儿投师傅啊？"喜旺问道。

海山回答道："霍家集，离咱这儿有几十里地吧。"

喜旺说道："我知道这个地方，晚一天没事儿了，俺俩一定去找你玩。"

"中，你们有空一定要去。"海山说道。

早晨，太阳慢慢地从东方升起，和煦的春风温柔地吹在脸上，使人感到非常惬意。被春风吹过的田野，焕发着一片生机。

吃过早饭，海山把行李放在自行车的后架上。他注视着院子，内心纵然有千言万语，却不知从何说起。原本他想和唯一挂念的小黑道个别，可小黑此时不知跑哪儿玩去了。想来也无碍，因为一切都安排好了，喜旺会照看好它的。

于是，海山便骑上自行车出门了，这是他第一次长时间离开家。他编织着自己的梦想，将来把手艺学成了，多挣点钱。把两间土墩房扒掉，盖三间青砖白灰的瓦房。以后，如果有缘，再找个媳妇。

他骑着自行车，奔驰在乡村的土路上。由于春天干旱少雨，自行车经过的地方都弥漫着漫天尘土，把路上的行人裹在其中，瞬间遮住了视线。然而海山并没有意识到这一点，依旧飞快地赶路。

路上一些上了年纪的老人喘着粗气，用手揉着眼睛，不时地骂骂咧咧："奶奶的，你们骑恁快干啥哩！慌得像投胎一样。"

然而急着赶路的人，又有谁顾及这些呢？有的人反而会沾沾自喜，别有用心之人甚至会把尘土荡得更高。

路过村庄时，一群顽皮的孩子大声地吆喝着："小洋车，跑得快，崩罢里带崩外带。"

有人听到后，有时也会骂上一句："谁家没爹没娘的孩子在这儿撒野哩？"

其实，在布满尘土的路上骑自行车并不是一件轻松的事儿。顺风骑还好一些，顶风骑是要费大力气的。当人们骑着自行车走过厚厚的浮土时，好像水冲着流沙一样，浮土随之就把车印淹没掉了。要是骑自行车的人能骑上十公里以上，肯定是腰疼腿酸，屁股蛋子发烧，比干一天农活儿还累，往床上一躺，一沾枕头就能睡着。

海山毕竟年轻，身体素质好，没到晌午就来到了霍家集。

霍家集是个小集市，当地人习惯地称呼它为露水集。说是集市，其实就是一个大的村庄，时间久了，慢慢就形成了一个小集市。前来赶集的人都是方圆十里八村的。集市上大都交易农产品，也有少许摆摊卖一些家常日用品，大中商品在霍家集是买不到的。人们为了不耽误干农活儿，往往一大早就来到集市，因此集市在上午的十点左右基本就结束了。

海山骑着自行车在大街上转了一圈，很快便找到了万师傅做工的人家。

隔着低矮的院墙，海山看到万师傅正拿着三角尺和铅笔来回比画着。海山高兴地同万师傅打了声招呼。万师傅看到大汗淋漓的海山，放下手中的家伙就迎了上去，两个正在刨木头的师兄也热情地招呼他坐下来休息。

海山心里瞬间热乎乎的，激动地说道："谢谢师傅，谢谢师兄。"

"海山，你先休息一会儿，把脸洗洗。快晌午了，主家快把饭做好了，一会儿就开饭。"万师傅说道。

海山听着万师傅温暖的话语，有一种似曾相识的感觉。这种感觉是亲切的、久违的，像失散许久的儿子回到了父亲的面前，一股暖流霎时贯穿了全身。

"当！当！当！"清脆的马蹄钟声响起。主家叫道："万师傅，晌午了，吃饭哩！"

万师傅被让到饭桌的正位，师兄们也依次坐下。

万师傅一边吃着饭一边提醒海山："海山，你今天刚来，有些事儿，我得给你说一下。你要记住，做师傅要有规矩，没有规矩不成方圆。咱们踩百家门，吃百家饭，要想做一个好师傅，一定要嘴稳、手稳。咱们是伺候人的，人有穷富，物有贵贱。如果有人请咱们给他做活儿，咱们只要答应了，就要给人家做好。咱们吃这碗饭，无论到谁家做活儿，都要一视同仁。做师傅千万不要对外人说，谁家招待得好，谁家招待得不好，这是大忌，也事关做师傅的品德。吃饭的时候，不讲饭菜孬好、味道咸甜，都不能挑剔，能吃饱就行。这都是体力活儿，饭可得吃饱。人们常说，人官肚子不官。"

听着万师傅的话，海山认真地点了点头。

万师傅认真地说道："锯、刨、凿、砍、锛，这些基本功是做木工必须熟练掌握的，只要这些基本功学会了，以后就能熟能生巧，巧能生精。往后再下一定的功夫，就差不多了。至于你将来想做什么样式的家具，再慢慢地去学、去看、去做。平时，眼睛看灵活一点，不要太呆板，活儿就是活的。长到老，学到老，只要不怕吃苦，基本功学扎实，往后就是眼里见识。师傅领进门，修行在个人哪！"

中午的饭菜还真不错，两荤、两素，每个人一碗面条，白馒头随便吃。海山感到非常知足，平时在家，很长时间还不能吃上一顿肉呢。即便是吃白馍，也只能在农忙时吃上几天。看着这么好的饭菜，他反而有些拘束了。

吃过午饭，万师傅就安排海山从基本功——截木头做起。

万师傅说道："海山，你不要慌，把尺子量准确，不能截短了。千万记住，'长木匠，短铁匠'。这句话要像个咒语一样，时常念叨着，才能不出差错。"

万师傅怕海山听不懂，又苦口婆心地解释了一遍。

他对海山说道："长木匠就是木匠师傅截木头的时候要留稍长一点，如果截短了木头是接不上的。短铁匠就是截铁杠的时候要稍截短一点，放到火炉上烧热后，经过锤打就加长了，有挽救的余地。"

海山细细地琢磨着，真是隔行如隔山哪，要是不操心，还真学不会哩！

整个下午，海山按照万师傅的吩咐，拿着锯不停地练习着，汗水不停地顺着发梢滴落下来。

两个师兄有时也来到他身边，指点一下拿锯的正确架势。他们对海山说道："锯木头不像淘大粪，一定不能急。锯木头看似是个粗糙活儿，实则是个技术活儿，没有一段时间的磨炼是不行的，要学会稳中有快。现在你刚开始，有力使不上。推锯的时候，稍微抬高一点。拉回来的时候，稍微摁住一点。只要掌握住这个诀窍，以后慢慢熟练就中了。"

整个下午很快就过去了。晚上吃饭的时候，主家热情地把酒拎了过来。

万师傅说道："海山，这肉菜你们几个吃了吧，不能再放了，明天恐怕要坏掉了。要是能喝酒的话，你就别谦让，解解乏。刚开始，胳膊手腕肯定都是酸疼的，这就叫基本功。越不会越别扭，越吃力就越累。谁都是这样过来的，只要不怕吃苦，一定能学会。我一看你就是个利索人，我喜欢你这样的性格。既然选择这门手艺，就要认真地学好、学精。不能到时候一瓶水不满，半瓶水摇晃。要记住，艺不压身。学会了一门手艺，平时可以不用，可不定啥时候过贱年还能吃顿饱饭。将来学好了，给人家帮忙做件家具，人家可记你一辈子的好。"

海山"嗯嗯"地点着头，说道："谢谢师傅的指点。"

今天，海山确实感到有些累了，可是一个新的环境让他压抑的心放松了许多。他不愿再去想那些缠绕在心中多年的不快，他相信，这是他走出困惑，重新迈向人生的第一步，只要努力，以后一定会好起来的。

二十五

黎明前的月亮慢慢地被太阳的光辉所淹没，新的一天开始了。今天的气温跟前两天比起来，略微上升了。

由于昨天一天都没见到小黑的踪影，于是一大早，喜旺就来到海山家看看小黑昨天晚上有没有回来。还没走到海山家门口，他就喊上了："小黑，小黑！"

然而回应他的只是空旷的寂静。接着，他又走进院子里扫视了一周，却依旧没有看见小黑的影子，只是闻到昨天给小黑端的面条发出的阵阵酸臭味。

接着，喜旺又在大街上找了几圈，仍旧没有什么收获，心中自是十分着急。于是他急忙去找建成来帮忙，两个人朝着不同的方向在村子里展开了地毯式的寻找。他们走过大街，穿过小巷，逢人便问。口袋里还装了几包烟，见了人就客气地递上一支。村子里所有早起在家的人，他们几乎都问了一遍。可是最后大家给出的消息如出一辙，都说没有见过小黑。有几个小孩即便说出了小黑的信息，可也是前天见过的，再问就没了下文。

两个人紧赶慢赶，连早饭都没顾上吃，早已是大汗淋漓。

建成说道："喜旺哥，你等一下，我去村广播室的大喇叭上吆喝一下，或许能有收获。"

喜旺说道："中，你试试吧！别空手套白狼。你就说，谁要是能提供小黑的消息，咱就备酒请客。说的时候要着重强调一下，这样肯定更有效果，说不定一会儿就会有人来送信儿哩！"

建成说道："你说得对，但愿如此吧！我让村里的播音员把声音放大一点，听到的人越多越好！"

小黑丢失的信息播出后，喜旺就在海山家门口等着消息。可是快等到晌午了，也没有等到一个前来送信的人。有的甚至还调侃道，就一只小鳖孙狗，哪里值得费这么大的劲儿哩？还谁来送信就备酒请客，有酒不如自己喝哩！村里养的狗那么多，随便找只小狗，用不了一年就养大了。有这扯淡工夫，还不如到田里薅草哩！

然而喜旺认为，说这些话的人就是饱汉子不知饿汉子饥，骑马的不知道步行哩。他们不理解一个孤独之人心中的痛楚。村子里的狗是多，再养一只很容易。但是这只小黑才是海山心爱的，最有感情的，因为它陪着海山度过了那段最孤独、最黑暗的时光。

此时，喜旺想起海山把小黑托付给自己时的情景，心中不禁愧疚万分。在别人心里，丢了一只小狗或许不以为意，但是喜旺懂得小黑的存在对于海山意味着什么。再者，这也是海山对自己的信任。如今小黑找不到了，自己曾经答应照顾小黑的承诺岂不成了一纸空文吗？喜旺知道，小黑即使找不到，海山也不会怪罪自己。可越是如此，他心中愈发觉得愧对兄弟之间的感情。

喜旺无奈地对建成说道："咱们先回去吃饭吧！我看小黑是难找到了。今天下午我骑自行车去霍家集一趟给海山送个信儿。这事儿弄得多不好意思，海山哥刚走两天，小黑就丢了。"

"喜旺哥，你下午就去吗？"建成问道。

喜旺回答道："嗯，我吃罢午饭就去。给海山哥送个信儿，我心里还舒服些。"

说罢，二人就各自回家去了。

不知不觉，海山在霍家集已经度过两个夜晚了。早晨，他从床上坐起来，伸了个懒腰。睡了一夜后，酸疼的胳膊轻松多了。来霍家集这两天，虽说身体有点累，可心情好多了。最起码一天三顿饭能吃上现成的，并且主家每顿饭都调理得有滋有味，晚上还能喝个小酒，比在家种田强多了。

这两天，海山感到非常知足。此时他只有一个念头，不管多累也要把手艺学到手，更要把主家的活儿做好。只有这样，才能对得起主家的热情招待，也不亏自己的良心。

洗漱之后，海山把屋里的工具都拿到了外边。这是学徒每天必做的事情，也是师傅锻炼徒弟养成勤快习惯的常用办法。实际上，这对海山来说是小菜一碟。这么多年，他已经养成了早起的习惯。因为在他很小的时候，每天早上就到路边用箅子箅树叶来烧锅做饭，剩余的树叶囤起来，当作几只羊过冬的食料。

海山印象最深的就是妈妈总爱唠叨的一句话："冻闲人，饿懒人，夏天的草，冬天的宝。"

因此，还没等师傅和师兄起床，他就把一切工具都拿到位了。

突然，"汪汪汪"，一连串狗叫声对着主家的大门不停地响了起来。主家的大门比海山家的栅栏门强不到哪儿去，只是钉的木棍稠一些。别说是一只狗，就是一只猫也不能从缝隙中钻过来。

海山抬头看去，一张狗嘴正伸进栅栏门里不停地叫唤着。海山以为是栅栏夹住了狗的嘴巴，于是有意识地走过去，想帮狗把嘴移开。同时，他手中还握了一根棍子，防止狗咬向自己。

然而他还没有走到狗的身旁，那张狗嘴就缩了回去。然后在栅栏外边依然不停地叫唤着，同时用爪子扒住栅栏门，整个身子都立了起来。

海山走到跟前一看，顿时睁大了眼睛，整个人都怔住了。心想，这不是在做梦吧！他揉了一下眼睛，又仔细地看了又看，嘴里说道："小黑！咋是你呀？"

海山急忙把门打开。小黑瘸着一只后腿一下子扑到海山的怀里，用头使劲儿地拱着海山的身子。

海山用手来回地抚摸着小黑的头，看着小黑后腿的伤痕还有流在身上的血迹，心中顿时百感交集。看到小黑一大早跑这么远来找自己，这个平时在生活中遇到那么多困难但很少流泪的男子汉再也忍不住了，他变得像个小孩子一样，泪水顺着眼角淌到脸颊，最后滴在了小黑的身上。此时，小黑也仰起头看着海山，眼角闪着泪花。

这时，万师傅和师兄还有主家都围了过来。

"海山，这是咋回事儿呀？"万师傅关心地问道。

海山说道："这只狗是我养的。我来的时候把它托付给了我的一个好兄弟，没想到它跑这么远来找我了。你们看，它的腿还有伤哩！肯定是在来的路上不是被人打的就是被别的狗咬的。小黑仁义得很，我在家时，我走到哪儿，它跟到哪儿。现在我出远门了，它怎么跑到这儿来找着我了？"

在场的人听到海山这么说，觉得小黑有情有义的同时都感到不可思议。

海山叹了一口气，说道："我心里想着，俺妈不在了，就不会有谁再想着我了。没想到，小黑还惦记着我哩！真是猫狗识恩人哪！"

主家见状，急忙从卫生室买来一瓶碘酒，又取来一块布给小黑包扎了。

然后，又端来一碗糊涂还有一个馍放在小黑面前。小黑看到海山的示意以后，饿了很久的它终于狼吞虎咽地大吃起来。

海山看着小黑吃饭的样子，心中暗自感慨，小黑这一路从家走来，没丢了命就是万幸了。

中午，喜旺垂头丧气地回到家里。此时秀花已经把饭做好了，她亲自把饭端到喜旺面前，把筷子递到了喜旺的手里。

喜旺一边吃饭一边看着秀花，不好意思地说道："秀花，咋又把饭给我端过来了？往后可不要这样了，我年纪轻轻，好胳膊好腿的，可不能养成在家当大爷的坏毛病。如果吃饭还要让你端过来，我是要遭罪哩！"

秀花站在那里纹丝未动。她看着喜旺，心疼地说道："喜旺，抓紧吃吧！你为了找海山哥的小黑，连早饭都还没吃哩！我心里在想，你对朋友还这样讲信用哩！如今我已经是你的人了，我只要有心对你好，你也肯定会对我好。我了解你，你是一个有血有肉的人。"

喜旺笑着说道："秀花，咱们两个走到一起真是缘分。古人说，英雄配美女。今天可是莽汉配美女，弯刀对着瓢切菜。"

喜旺吃了一口饭，接着说道："秀花，我发自内心地给你说一句。我的人生观点是，一个人要对朋友忠诚、实在，将心比心，这是以前江湖上的义。朋友需要帮忙的时候，不一定是拔刀相助或者赴汤蹈火，最能看出品德的反而是在微不足道的小事儿上。如果在朋友面前连屁大的事儿都不能信守承诺的话，那这样的人永远不能深交，也成不了大事儿。即便回到家里，对身边最亲近的人，不但要讲亲情而且要讲义气。承诺即使不能一言九鼎也要尽心尽力，做到问心无愧。这样才能拿得起放得下，这个家才能和睦相处，蒸蒸日上，越过越幸福。"

听着喜旺说的话，秀花不停地点点头，脸上露出幸福的微笑，心里暖暖的。

吃过午饭，喜旺就匆忙骑着自行车出发了。

二十六

正值午饭后的时光，忙了一上午的庄稼人大都窝在家中小憩，大路上基本碰不到一个行人。

此时，喜旺骑着自行车前进在布满尘土的沙路上，由于路上行人稀少，因此不至于承受尘土弥漫的痛苦。一路上，他耳后生风，身后留下了一条清晰的车辙印。很快，自行车座就把他的屁股磨得火烧一般地疼，腿也变得发酸无力，中午吃的饭已消耗殆尽。

于是，喜旺把自行车停下，两条腿斜叉在自行车横杠上，靠在路边的一棵大树旁喘着粗气。他用手擦了一下脸上的汗水，点了一支烟，气喘吁吁地说道："本来路就不好，尘土还这么深。老天真该下雨了，近时要是能下一场透雨该多好啊！"

喜旺抽着烟，心里不自觉地发起了牢骚。小黑呀小黑！你到底跑哪儿去了？你不会被别人吃到肚子里了吧？但愿不是这样。你这次可把我害苦了，晚一天你回来了，我非让海山哥好好教训你一顿不可。

一支烟很快就燃烧到了烟蒂。喜旺擦掉脸上的汗水后，继续向霍家集赶去。

路边一排粗壮的桐树映入眼帘，地里嫩绿的麦苗一望无际，在微风的吹动下碧波荡漾。人们总说："庄稼活儿，不用学，人家咋做咱咋做。"

村民的地里种的大都是麦棉套，时间不等人，勤快的人家已经开始拾掇着土地了。

喜旺清楚，今天跟海山哥见过面后，明天也得到地里忙活了。一路上，脸上的汗水时不时地砸向地面，被汗水光顾的尘土瞬间冒起了烟儿。

终于，喜旺来到了霍家集。他顺着大街一路打听，很快便来到了海山做工的地方。隔着栅栏门，他看到海山几个人正干得热火朝天。

他站在门口，对着海山叫了起来："海山哥，海山哥。"

海山抬头一看，心里猛地一惊，喜旺怎么跑来了？他急忙放下手中的活计，向门口跑了过去。他把喜旺让到院子里，说道："兄弟，吃饭了吗？要是没吃饭，我给主家打个招呼，给你做点饭。"

喜旺惭愧地说道："海山哥，我吃过了，我今天来是特意给你送个信儿，小黑丢了。从昨天出去到现在都没见它的影儿，我估计是被坏人吃掉了。这事儿弄得真不得劲儿，你把小黑交给我还没两天就找不到了。你托付恁兄弟这点小事儿，我都没做好。"

海山看着喜旺挥汗如雨、气喘吁吁的样子，说道："原来是为这事儿，害你跑这么远。小黑没丢，它今天早早地就跑过来了，我把它关在主家的牲口屋了。它腿上有伤，晚一天伤好了，我把它送回去，再不能让它乱跑了。"

听海山这么一说，喜旺悬着的心总算落了下来。他急忙把牲口屋打开，看到小黑正静静地躺在草窝里。他走到小黑面前，蹲下身子，用手轻轻抚摸着小黑。疲惫而又带伤的小黑一动不动，只是用眼睛看着他。

喜旺心疼地说道："小黑，你可把我害苦了，我找你累得，腿现在还抽筋哩！"

这时，主家客气地把一碗茶递到喜旺手里。院子里的几个人都围了过来。

海山对几个人解释道："他是我的一个好兄弟。我从家里来的时候，把小黑托付给他，让他照看一下。因为我把小黑从小养大，不舍得送人。没想到，小黑竟然跑这么远的路找到我，我心里既感动又觉得不可思议。"

喜旺说道："前天你走罢，中午我去看它时，它还在家呢。我想着，晚上它要是饿了肯定会去俺家找吃的，因为你平时经常带着它去俺家玩。果然到了晚上，它就在我家门口东张西望。我就拿馍给它吃，可它没有吃，扭头就走了，我又跑到恁家把馍送过去，后来又给它端了碗面条，昨天一天我都没见它……"

喜旺像讲故事一样，把这两天发生在小黑身上的事儿都叙述了一遍。他怎么也没想到，小黑竟然跑到这里来了。

海山听着喜旺的话，感激地说道："兄弟，辛苦你了。没想到小黑让你这么费心，我真得好好教训它一顿。"

喜旺笑着说道："海山哥，这话不能再说了。你不是经常说嘛！狗是有灵魂的。你想一想，小黑要是没有灵魂的话，它今天怎么会跑到霍家集来找你呢？要不是小黑，我就是想你，今天也不会跑这么远来找你说话呀！今天咱们能见面，还是小黑的功劳呢。"

万师傅在一旁说道："我今天看到发生在你们身上的事儿，又听到恁兄弟两个说的话，又一次验证了，我收下海山这个徒弟，没有看走眼。我快六十了，这木工活儿，本来已经干不动了，我有心把自己的手艺传给有德行的人，这样能多为别人做点事儿，也能给自己积点德。你们还年轻，很多事情没经历过，有些事儿确实不是迷信。一个人只要心地善良，知恩图报，就是遇到再大的困难，也能化险为夷。"

万师傅抽着烟，继续说道："我给你们解释一下，你们就会明白。你们知道小黑到恁兄弟家转一圈就走是为什么吗？为什么说狗是有灵性呢？小黑去他家，实际上不是为了吃饭，而是在找你。它去了没吃馍，又转悠了大半天，恁兄弟给它舀的面条它也没吃。因为小黑心里想你但找不到你，所以连饭也吃不下。这就是狗的忠心、德行。这就是从古至今，很多人养狗不忍心卖，更不忍心杀的原因。子不嫌母丑，狗不嫌家贫。为什么这句话能流传这么多年，那是有道理的。你平时对小黑好，它就像小孩离不开大人一样，一旦看不到你，心就崩溃了。昨天恁兄弟给它端的饭，给它几次它都不吃。为什么今天一见到你就吃得那么欢了？因为它找到你了，心里不孤独了，也就感到饿了。"

在场的人听到万师傅这么说，都认真地点了点头。

万师傅接着说道："你们应该听说过一句俗语，'阴阳东西仿主家'。这句话是话糙理不糙。你养的动物、植物都与你这个主人的灵魂大同小异。你恶它就恶，你善它就善。像今天这种情况，小黑冒着生命危险来找海山，路程这么远，有谁能够解释明白呢？海山的兄弟又费这大劲儿，甚至耽误农活儿来给海山送信儿，从这就能看出来海山的德行。我虽不会看相，但我敢大胆地说一句话，海山，凭你的心肠，你将来肯定不会差。"

在场的人都为万师傅说的话叫好。

海山说道："谢谢师傅的讲解，我明白了很多做人的道理，也有自信了。"

待几个人把话说完，喜旺对海山说："海山哥，你们继续忙吧！我就不耽误你们了。知道小黑在这儿，我就放心了。还有这么远的路，我得赶紧回去。"

海山说道："那就不留你了，晚一天小黑好了，我再把它送回去。我在别人家做活儿，带着小黑还要吃人家的饭，我觉得不好意思。还是把小黑交给你，心里踏实些。其他咱们也不多说了，你路上要小心，悠着点骑。"

喜旺说道："海山哥，你放心吧！你多保重，晚一天再见。"

说罢，喜旺便骑上自行车离开了。

这时，主家来到海山面前，劝说道："小师傅，我刚才听你说，晚一天要把小黑送回家？你不要多想，只管干活儿学手艺。小黑是你的知心朋友，你带着小黑在我家吃个十天半月的，我决不介意。你如果把小黑送回去交给恁兄弟，到时你还是不放心。再说了，还不少给恁兄弟添麻烦。"

海山笑着说道："大叔，谢谢你。哪有带着狗给别人做活儿的，一个人干活儿，两张嘴吃饭，到哪里也找不到和我一样的。"

"小师傅，世上稀奇事儿多着哩！这事儿就在你身上先发生一回吧！"主家笑着说道。

听到主家这么说，海山的心瞬间犹如春风拂过。他开心地说道："大叔，你是个心地善良的人，多谢了。"

主家笑着用手指了一下万师傅，对海山说道："小师傅，万师傅可是个老江湖，他走的桥比我过的门槛都多。他不但手艺好，而且社会阅历更是一流。

你既然投万师傅，可要用心去学，机不可失，时不再来。"

"谢谢大叔的提醒。"海山认真地回答道。

二十七

时间一天一天地过去了，万师傅带领着几个徒弟已经转战了几个家庭。

对于海山来说，这个春天是他近几年里度过的最愉快的春天。师傅讲的话，他都牢记在心。他在万师傅的指导下，从拉锯截木头、下料到刨子的使用及凿孔的技巧做起，慢慢地从一个什么都不懂的门外汉，渐渐地掌握了工具的使用方法和做工的路数。

经过这段时间的磨炼，海山的胳膊、脊背已不再觉得酸疼，肌肉结实得像石块一样，手掌磨出了厚厚的茧。

这段时间，他的心情舒畅多了。加上主家调理的饭菜油而不腻，晚上还有小酒侍候，如今，他像变了一个人，脸上的阴气早已散去，整个人是虎背熊腰、容光焕发。胳膊一伸，拳头一握，骨节发出咯吱咯吱的响声，好像是习武之人。

再者，他本来就是急性子，又不惜力，干起活儿来不说顶两个笨人，也顶一个半。带裹结的槐木料子在他的刨子下，只听到刺啦刺啦儿的响声，在很短的时间内就被刨得平平整整，有角有棱。那又黏又硬的老榆树木料也不在话下，在他的刨子下，木屑像葱皮儿一样，一层一层地从刨口里窜了出来。凿起孔来，稳、准、狠，前凿后垦，越垦越深。啪啪啪的打凿声，听起来干脆、响亮。

万师傅通过和海山一个春天的接触，对海山的为人有了进一步的感触。他认为海山是一个不可多得的徒弟，直脾气，说话不掖不藏，不拘小节，心地善良，还重情重义。

转眼之间，布谷鸟熟悉的叫声又时不时地在枝头响起，似乎在告诉人们，该收麦了。

吃过晚饭，万师傅把海山约到村外，从口袋里掏出十张十元钱轻轻地递到海山手里，并提醒他不要声张。海山自然是坚决推辞，因为他早就知道，在学徒期间是不会发工钱的。工具是师傅提供的，吃喝是主家提供的。两个人来回地推了几次，海山依然坚决不接。

万师傅见状，小声地对海山说道："海山，这钱你一定要收下，不然你往后就别认我这个师傅了，我也不认你这个徒弟，这是我的一点心意。"

终于，海山在无奈的情况下把钱接过来并装进了口袋里。

海山掏出一支烟，递到万师傅的手里，恭恭敬敬地点上，感激地说道："师傅，真谢谢您，我太不好意思了。"

万师傅说道："海山，你啥也不要说了，这事儿你知我知，天知地知。眼时你正是处于困难的时候，这钱虽不多，可也能顶上用，一分钱也能难倒英雄汉哪。恁老表介绍你跟我学徒的时候，我就对你有一些了解。你的情况，我都清楚。虽说这些年没少吃亏，但凭你这性格、德行，我相信你总会时来运转的。你刚来的时候，我就对你说过，我这大半辈子，侍候了很多人家。从小背着工具跟着父亲走江湖，见了形形色色的人，经验一天一天地积累，人的心底啥样儿，我一看就能看个八九不离十。你这样的人，往后遇事儿要留心观察一下，在人生的道路上才不至于吃大亏。要记住，人心隔肚皮，虎心隔毛羽，知人知面不知心。世上懂你的人没几个，就是懂你了，帮你的人也不好碰。"

海山感激地说道："师傅，您说的话，我会牢记在心。我就怕，我这直脾气上来了，做事儿容易冲动。"

万师傅说道："你说得也是，往后遇到事情的时候多想一下，尽量避免不该发生的事儿。以后成了家，心里有挂念了，也许就会好一些了。你年龄也不小了，有些事儿，你自己做决定吧！"

停了一会儿，万师傅继续说道："海山，你跟着我也学了一个春天了，一天比一天长进。我把常用的几种家具的做法给你讲一下，这是多年以前长辈师傅们总结的经验，即使有一些改动，也跑不出这个框框。堂屋大厅里摆放的方桌，高二尺六，吃大肉，二尺七，吃东西；桌面一米见方。结婚用的大床，尺寸就不离七，床高一尺七，床宽三尺七，长度五尺七；其他特殊的例外。家里盖房子时的堂屋门，宽是三尺三，又过花轿又过官，高度不能超过五尺八。凳子不好做，每一条腿和撑棍都是有斜度的。以后我再慢慢教给你，就是一下子教给你，你也记不住。你只要学得快，我就教得快。有时也不是死记硬背的，活儿都是活的，活人不能被尿憋死。你自己要掌握方法，懂得随机应变。社会在进步，人的想法也在进步。生活会越过越好，家具也在变着花样儿。"

海山又递给万师傅一支烟，说道："师傅，我记着了。您这么大年纪了，做了一天的活儿，累了吧，咱们早点回去睡吧！您对我的情义，我永远不会忘记。明天吃过早饭，我就要回家收麦子了，收完麦子，我会抓紧回来的。"

清静的夜晚，师徒二人趁着皎洁的月光漫步在乡间小路上，小黑在他们身边欢乐地蹦跳着。一阵微风吹过，小麦的清香扑鼻而来，令人沉醉。

回到屋里，海山躺在床上想着刚才发生的一切，久久不能入睡。师傅的慈祥像一道温暖的光，照进了他柔软的心坎。他好久不曾有这种感觉了。

本来海山正为回家收麦没钱而发愁哩！他想给几个侄子、侄女买点好吃的，无论以前大嫂对自己怎么样，孩子们永远是天真无邪的。再买点酒和变蛋，回家备个酒摊，把喜旺和建成叫到一起聚聚。兄弟们好久没在一起了，好好喝上一次。

海山想着过去、现在、将来，一时间，不受控制的泪水顺着他的脸颊不知不觉流到了枕头上。许久，他才迷迷糊糊地进入了梦乡。

一觉醒来，金灿灿的阳光铺满了整个大地，今天又是一个大热天。

吃过早饭，海山找了一块板子绑在自行车的后架上。这是为小黑特意准备的，自从那次小黑的腿受伤后，走路就一颠一颠的。从霍家集到刘庄，这么远的路程，小黑是肯定赶不上的。如果顺利的话，到不了晌午，他们就能赶到集镇上，到时顺便买点东西就可以回家了。

告别众人后，海山趁着早晨些许的凉爽便匆匆上路了。一路上还算顺利，十点左右的时候，他就来到了集镇上。

今天赶集的人很多，大街上比肩接踵，嘈杂声此起彼伏。走路时，一不小心就能踩到前人的脚后跟。人群中有戴草帽的，有光着脊背的。灼热的阳光照在黑黝黝的脊背上，映照出亮光，汗珠从头上、脸上流到身上再一直流淌到短裤的腰带上。

年轻的女人们也没能躲过这蒸笼般的空气，汗水浸透了整个上衣，身材一览无遗。孩子们更是热得直叫唤，小嘴嘟囔着。但这并不能对喧嚣的集镇造成什么影响，讨价还价的声音依旧不绝于耳。

海山把自行车推到一个僻静处锁好，对小黑说道："小黑，你可不能乱跑，我把东西买好就回来。"

说罢，他便挤进人群。还没走多远，不远处的一个身影就让他眼前一亮。他扒开人群，挤了过去，用手拍了一下这人的脊背，高兴地叫道："清德叔，我看着就像你，你咋不戴个草帽哩？太阳把你的背晒得快要起疱了，天这么热，你还背这么多东西。"

刘清德先是一愣，随之笑着说道："咋是海山这孩子呀！我看你吃胖了啊。"

接着，又笑着骂了一句："你还能不知道老子的身子骨啊！这天还能算热？我长这么大岁数，背上从来没晒起过疱。一到夏天啥都省了，衣服不用穿，帽子也不用戴，穿个裤头就行了。"

接着，刘清德又把脚伸给海山看，说道："鞋钱也省了，等一会儿，赶罢集回家了，往河里一蹦，洗个澡，一切完事儿。"

海山笑着说道："清德叔，我看你这几年自从土地承包到户，你的小肉算盘是越打越仔细呀！走，咱爷俩儿到那屋檐下歇一会儿。"

随后，海山快步买了两块冰糕，把其中一块递给了刘清德。

刘清德说道："你买这干啥？我又不是小孩子，净浪费钱。"

"清德叔，天这么热，恁孩子给你买一块冰糕还不应该呀！这两块冰糕才五分钱。"海山说道。

刘清德说道："一斤麦还换不了几块冰糕呢，省了钱，还不如买几两化肥哩！"

海山笑着说道："清德叔，以前粮食不够吃，你还没算这么细。如今粮食够吃了，你咋变得仔细了？"

"我说的话是实话嘛！恁年轻人不懂，以后你们会明白的。"刘清德笑着说道。

海山问道："清德叔，你今天来集镇上都买的啥东西呀？"

刘清德回答道："今天买的东西可不少，油、盐、酱、醋、啤酒、变蛋，再把坏了的农具家伙修理一下。我来时拉的有车子，把恁婶子也拉过来了。她在集东头看车子哩！这是收麦前最后一次赶集了，麦子收不完就没时间赶集了。你买的东西要是拿不完，就放到拉车上，我回去给你拉着。"

"清德叔，明年你要是需要杨叉、木锨、筢子、镰把的话，就不用花钱买了。到时候我把木工手艺学会了，给你做几个新的。"海山说道。

刘清德笑着说道："我专等着那一天哩！"

海山说道："清德叔，你就放心吧！恁孩子说话算数。"

刘清德说道："咱们在这儿就不多说了，集上太热，有话回家再说，机会多着哩！"

"清德叔，那你先忙吧，我买点东西就回去。"海山回答道。

海山在集镇上逛了一圈，眨眼间已是汗流浃背。他买了一顶草帽，两把镰，几件啤酒和几瓶白酒还有变蛋，又给几个侄子、侄女买了点零食以及一些日用品。他把这些东西放在自行车上绑好，慢慢地推着自行车走出了集镇。这么多东西放到自行车上，小黑自然是不能再坐了。就连海山自己骑着自行车也禁不住摇摇晃晃起来，如遇到路上的坑坑洼洼，几件酒随时都有被碰碎的危险。顿时，海山有一种一筹莫展的感觉。

此时，刘清德已把所需品购买完毕，拉车上装了很多乱七八糟的东西。

这时，嘴里正啃着烧饼的王春妮一眼就看到了海山，于是笑着向海山打招呼："海山，海山，恁叔怕你买的东西带不完，俺俩在这儿等着你哩！"

海山一看是王春妮，笑着说道："婶子，是你呀！刚才我跟俺清德叔碰过面了。我正发愁东西不好带哩！"

于是，海山也不再推辞了，他把自行车上的东西卸了一部分放在了拉车上。说话间，海山拿出一瓶啤酒就要打开递给刘清德，而刘清德则坚决推辞。

王春妮拉着海山的手，从上到下端详着，嘴里不停地说着："海山，你出去这几个月吃胖了啊，看着真精神，要是在外边，还真不敢认你哩！"

海山笑着说道："婶子，让你一夸，恁孩子我是一点毛病也没有了。要照你说的，我也不至于到现在还是一个人吃饱，全家不饿了。"

王春妮说道："海山，你放心，你一定能找个媳妇。你啥情况，我还能不清楚？"

海山笑着说道："有俺婶子这话，我心里就踏实多了。"

刘清德笑着说道："海山，你骑着自行车先回去吧，在家里等我。来的时候我拉着恁婶子，回去的时候该恁婶子拉着我了。刚才我还给她买了一个烧饼垫了肚子，她不拉我让谁拉？"

王春妮慌忙坐在了拉车上，笑着说道："我跟你过了这么多年，就今天破天荒地给我买了一个烧饼，你还嫌亏哩！今天你不把我拉回去，我还真不回去了。你看这么多赶集的老头，我只要向他们打个手势，别说买个烧饼，就是夹牛肉也得排成队，一个嫌亏的都没有。我跟着人家老头一走，还让你坐在地上哭鼻子。就你浑身黑不溜秋的，还整天拿劲儿哩！"

海山在一旁推着自行车笑着说道："清德叔，我看你还是拉着俺婶子吧！你拉着俺婶子还保险一些。"

王春妮笑着说道："听见了吧！海山早看透了，你想明白了，就该偷笑了。"

刘清德"嘿嘿"地笑着说道："海山，你先走吧！你放心，恁婶子还得我拉着。要是别人拉，我心里还真起毛哩！"

海山说道："清德叔！婶子！那我就先走了。你们不要急，慢慢走，到家后咱们再说话。"

说罢，海山把小黑放在自行车后座的板子上，高兴地向家里赶去。一路上，每当他遇到村里的人，都会客气地递上一支烟，唠上几句家常。

刚到家门口，小黑便一改常态，直接从自行车上跳了下来，尾巴摇摆着，用头来回地拱着栅栏门。

海山刚把门打开，小黑就迫不及待地跑到自己的窝里闻了又闻。接着，它像一个好久没回家的小孩子一样，欢快地跑遍了院子里的各个角落。

海山走进院子里，默默地扫视着四周，一种强烈的孤独感在心底不停地升腾。那棵麦黄杏的果实已挂满枝头，不久就会成熟。院子中央，一串串的葡萄沉甸甸地挂在棚子上。推开厨房门，眼前又是一番景象，散落的灰尘把整个锅台都笼罩起来了。来到堂屋门口，门上的锁已锈迹斑斑。蜘蛛网一层一层，杂乱无序地覆盖在了窗棂上。

海山紧紧地攥着钥匙，曾经的往事清晰地萦绕在心头，泪水不知不觉迷住了眼睛。一时间，各种感触交织在了一起。要是妈妈在的话，怎么会是这样呢？这就是我昼思夜想的家吗？妈，儿子好想您啊！到死也没让您看到儿子找个媳妇，儿子知道您心不甘呀！

停了一会儿，海山平复了自己的情绪后，准备把门打开，可生锈的锁怎么也拧不动。他从厨房里把煤油瓶拿了过来，把油浸在锁上后，总算是把锁打开了。

在海山开锁的同时，小黑在下面伸着头，顺着门缝往里看。当门打开的一瞬间，小黑就迫不及待地窜进了屋里，从里屋麦囤的后边快速叼出一只老鼠放到了海山的面前。

海山心里一惊，飞快地伸出脚把老鼠踩死了。这一脚太重了，把老鼠的头都踩扁了。

海山笑着说道："小黑，你真中，一到家就除了一害。都说狗逮耗子——多管闲事，你今天办的可是正事儿。以后继续努力，一会儿赏你一个变蛋吃。"

海山在堂屋里望了一圈，只见蜘蛛网遍地都是，地面上长满了黑色的霉菌，一股霉味儿和老鼠的尿骚味儿在堂屋弥漫着。他急忙用手捂住口鼻，不敢再深吸一口气。

桌子被厚厚的灰尘蒙住了，上面是一幅老鼠用爪子抓出来的杂乱无章的画。屋角的土一堆一堆的，都是老鼠打洞时刨出来的。抬头向墙上看去，父母的相片已被蜘蛛网罩得模糊不清了。待擦拭干净相片以后，他往里屋走去，床上的老鼠屎大大小小、密密麻麻。由于长时间没住人，屋里已成了老鼠的根据地。

海山打开柜子一看，还算不错，柜子没被老鼠咬破，里边的衣物安然无恙。再往里走，由于麦囤顶上压了一层砖，囤里的麦子也没被老鼠糟蹋，但是上边的几块砖却被老鼠啃得深一块浅一块的。如果时间再久一点，恐怕就被老鼠啃透了。观察下来，整个屋里可以说是狼狈不堪，龌龊极了。

过了一会儿，他感到头有点闷，于是从屋里退了出来，扶着墙，来回几次深呼吸后才感到稍有好转。

眼前的场景让海山心中五味杂陈，难以言表。他慢慢地坐在院子里的石凳上，掏出一支烟，静静地抽了起来。

这时，热得汗流浃背的刘清德拉着王春妮从集镇上赶了回来。车子还没停稳，刘清德就大声喊着："海山，海山，东西拉回来了，过来拿下来吧。"

海山急忙从院子里走了出来，笑着说道："清德叔，你走路还真不慢哩，这么快就赶回来了。来，先坐在石墩上休息一会儿，凉快凉快。"

刘清德顺手把车子拉到院子里后，径直向堂屋走去。他伸头一看，顿时感到一阵恶心，于是急忙转身退了出来，对海山说道："海山，你中午先到俺家吃饭，你这屋里乱七八糟的，先把门打开，透透气儿。吃罢饭从俺家回来时带点热灰消消毒，把屋里好好清理一下。被子也拿出来晒晒。你那锅、碗、瓢、勺放锅里煮一下再用。走吧！先让屋里透着气儿，到俺家坐一会儿，让恁婶子做点好吃的。"

这时，王春妮就要把海山买的啤酒、变蛋和其他的东西往下搬。海山见状，急忙制止道："婶子，东西都不要卸了。你看俺家眼时这个样子，坐没地方坐，站没地方站。本来我买的酒就是跟喜旺和建成俺们几个喝的。今天我也不客气了，就去恁家吃饭吧。"

王春妮谦让着说道："海山，你看，恁叔买的也有酒，够你们喝的。"

海山说道："婶子，你们买的酒改日再喝，今天就喝我买的。"

说着，海山就跟着刘清德回家了。

二十八

中午的太阳喷着火舌，烘烤着大地，大地被燎得热气腾腾，人们好像处于封闭的蒸笼里，憋闷得快要喘不过气来了。

这时，喜旺和建成赶着牲口，拉着石磙从地里回来了。离很远，他就看见小黑在家门口的一棵大树下卧着。

喜旺惊奇地说道："建成，你看小黑在那儿卧着哩！可能海山哥在俺家呢。"

石磙吱呀吱呀发出的响声吸引了小黑的目光。它听到响声后急忙抬起头，摇着尾巴欢快地跑到喜旺面前，亲切地闻着他的脚丫子。

这时，海山从院子里走了出来。

喜旺高兴地说道："海山哥，我一看到小黑就知道，准是你回来了。"

海山从口袋里掏出烟，给他们各自递上一支，说道："来，快点！把牲口牵到棚子下，这天太热了，别把牲口热坏了。"

说话间，几个人把牲口安顿好后便来到了堂屋。海山把早已用凉水冰好的啤酒给每人都打开了一瓶。

建成高兴地说道："海山哥，这啤酒喝着真爽啊！刚才我在地里碾场的时候就渴了。"

海山说道："兄弟，尽情喝吧！我就知道兄弟好这一口。"

几个人一口气各自喝了两瓶。此时，刘清德正忙着烧锅，秀花炒着菜，叮叮，当当之间，几样热菜、凉菜很快就端了上来。一盘黄瓜拌变蛋，一盘烧土豆，一盘西红柿炒鸡蛋，又开了一盒牛肉罐头。

这时，刘清德把脸一洗，啪啪啪地光着脚丫子走了过来，坐在了堂屋中间正朝南的位置。

他"嘿嘿"地笑着说道："今天老家伙又坐到这个正位上了。看来这个正位非我莫属了，好长时间没坐这个位置了，今天再感受一下。"

海山笑着说道："清德叔，只要是咱爷们儿几个一起喝酒，这个位置永远都是你的。可是坐这个位置是要多喝哩！"

说罢，海山把一瓶啤酒打开递到了刘清德手里。

刘清德接了过来，毫不犹豫地仰起脖子咕咚咕咚喝了几口，笑着说道："恁几个可不能定这样的规矩，你们是有心要着恁叔玩哩！恁叔老了，日落西山了，心有余而力不足了。就像那笨鸭子，用嘴呱呱还行，就是上不去架了，只有耍嘴皮子的份儿了。"

几个人边吃边喝边聊，从堂屋里时不时地传来欢声笑语，一片其乐融融。

喜旺对海山说道："海山哥，你没回来时我就想好了。我今年把麦场又扩大了一些，你那一亩多麦不值得弄个场了。俺家有头牛，还有头驴。到时咱两家共用一个场，先收你的麦子，你的收完后再收俺的。今天上午，我已经把场碾光亮了，专等着你回来收麦哩！"

海山客气地说道："兄弟，你啥心都替恁哥操着哩！我这就少麻烦多了。碾个打麦场可是个麻烦活儿，少不了耙平、洒水。别看我的麦子不多，要不是你，我还真发愁哩！老话说得好，打四两生铁也得把炉子烧热哩。"

刘清德说道："海山，你回来得正是时候，我看这麦子再有两天就熟了。今天下午，让喜旺和建成帮你把屋子打扫一下，歇两天就可以开始收麦了。"

海山端起酒瓶说道："来，咱爷几个把这瓶酒干了。"

过了一会儿，王春妮走了过来，劝说道："海山，你们中午千万别喝多了。下午，恁几个还要去你家打扫屋子哩！等没事儿了再喝。"

建成说道："婶子，你说得是，俺们这就不喝了。"

中午，桂平在地里干完活儿后回到家里。刚一脚门里一脚门外，就对海风嚷上了："海风，我听说海山回来了，现在吃得又白又胖。人家说海山长变了，像换了一个人。还说海山在集镇上买了很多东西，光啤酒就买了一拉车。听说买的这些东西，都让刘清德拉回家了。你抽空抓紧去海山家一趟，看他给咱买的啥东西。即使不给咱买东西，也肯定会给你点钱。不管咋说，咱和海山是亲兄弟，怎么着也比跟喜旺近哪！"

海风没说一句话，只是任凭桂平在旁边不停地唠叨着。他心里想，只要兄弟长胖了就好。长辈曾经说过，出门在外，无论赚钱不赚钱，只要混个肚子圆，发财不发财，只要人回来。

至于其他的，海风从来没有想过。他只愿海山能把手艺学成，以后娶个媳妇。这才是他心中最大的愿望。

桂平看海风没有一点反应，于是用手使劲儿地照着海风的脊背打了一巴掌。结果，桂平这一巴掌不但没有达到自己想要的效果，反而把自己的手震得又疼又麻，嘴里"哎哟哎哟"地直叫唤。

桂平又提高嗓门儿说道："海风，你真是个老榆木疙瘩。我刚才给你说的话，你一点也没听见吗？马上收麦子了，你去和海山见一面，他肯定会给你一些啤酒、变蛋啥的，咱也能省点钱。我说的话你不听，过了这个村就没这个店了，到时有你后悔的时候。"

为了避免无休止的争执，尽早打消桂平的私心杂念，于是海风不以为然地说道："你这都是听别人胡说。现在海山还是个学徒，你打听一下，在学徒期间，哪个师傅会给徒弟一分钱？从古至今，你想学手艺，就要帮师傅挣几年工钱，这都是不成文的规矩。就这还是托老表的面子，要不然人家师傅还不接收哩！你认为挣钱是吹糖人哩！就算吹糖人容易，你还得先把糖稀熬到位哩！"

桂平说道："几个人都给我捎信儿说，亲眼看到刘清德把海山买的东西拉回家了。你还咬着屎橛子打提溜——真是个死眼子。这么多年，我说的话你就没听过，结果你没有办过一件排场事儿。无论咋说，海山是恁亲兄弟哩！平时就是有过节，打断骨头还连着筋哩！你听我的没错，现在就去喜旺家把啤酒掂回来两件儿。就是分，他也得分给咱两件儿！"

听着桂平的唠叨，海山觉得胸口直发闷。他太了解桂平了，从来是屎壳郎跟屁走，听风就是雨，啥时候都改变不了。

他心想，海山是个直脾气、重义气的人，好久没回家了，买几件啤酒掂到喜旺家喝是再正常不过的事儿了，但海山买一拉车东西拉到喜旺家是绝对不可能的。因为就算师傅打破天规给他俩钱，数目也绝对不多。再者，就喜旺的性格来说，他也不会接受。退一万步讲，海山即使有钱买酒，他送给谁是他自己的权利，那是因为感情合得来。你现在眼红海山买啤酒送给别人，当初你为何把兄弟几个的感情搅得支离破碎呢？今天你还有脸提海山送啤酒的事儿，你咋不摸一下自己的良心想想，兄弟这么大年龄，还没娶媳妇哩！以后的生活该怎么办呢？你真是阎王爷不嫌鬼瘦啊！

桂平见海风仍无动于衷，于是骂骂咧咧地说道："万奶奶，你真是个牵着不走打着倒退的货，跟你过着真没劲儿。"

于是乎，她转身走进里屋，对虎子说道："虎子，我听说恁海山叔回来了。他买了好多东西。你去找恁叔，让他给你分点。他要是不给，你就给他闹。他要是敢吵你，你就回来叫我。赶快去吧！"

虎子一听是叔叔回来了，顷刻间像打了鸡血一样，一口气跑到了海山家。可到了以后，只有堂屋的门敞开着，连海山的影子都没有见着，更不用说买的东西了。他连叫了几声，都没人答应。最后，他连厕所都没有放过，可依旧没有见到海山。

刹那间，虎子像泄了气的皮球一样，非常失落，于是就站在院子里抹起了眼泪。由于天气炎热，汗水和泪水交织在一起，满脸脏兮兮的，浑身像水洗一样，分不清横竖道。他哭着回到家里，小手揉着眼睛，满脸涨得通红。

桂平看到虎子这般模样，心疼得急忙把虎子抱到堂屋。然后端来一盆清水，用毛巾给他擦洗了一下，又拿起扇子不停地扇着。

桂平生气地问道："虎子，恁海山叔什么也没给你吗？是不是等一会儿给咱送来？"

"你骗人，俺海山叔根本就没回来，家里连个人影儿都没有。"虎子说道。

听虎子这么一说，桂平立马蒙圈了。她心想，这不对呀！刚才我在回家的路上碰见的几个人都是这样说的。一个人胡侃也就算了，难道几个人说的都是假哩吗？不中，我得亲自看看去。

桂平对虎子说道："虎子，你在家等我，我去看看是不是恁海山叔回来了。"

听到桂平这么说，海风心里实在是忍不住了。他怕桂平到海山家，眼皮子一耷拉，像那睁不开眼睛的岔鼻子母牛一样，不分青红皂白把什么东西都往家拿。

海风心想，万一如此，这可如何是好？村里的爷们儿们就是没当面说，背后恐怕也要戳脊梁骨。再说了，和海山把家都分清楚了，如今是车走车路，马走马路。你这个女人咋能不顾脸面，这样去做呢？你的脸皮该有多厚啊？咋就不能看到海山有一点好哩？

海风劝说道："你干啥去？海山肯定没回来。要是回来了，虎子去了能找不到吗？难道你去了，海山就在家等着你呀？你先别去了，等吃罢饭了再去也不晚，牛吃不了日头。"

然而桂平哪里能听得进海风的劝说。本来在她心里，海风说的话就像屁一样，一分钱的价值都没有。更何况，此时海山的啤酒、变蛋正像鱼钩一样牢牢地钩住了她的心。

这时，桂平慌得鞋也没穿，光着脚啪嗒啪嗒就冲出了门外。路上被晒得滚烫的尘土把她的两只脚丫子烫得生疼。一时间，她像受惊的兔子逃跑一样，不停地来回蹦跳着。

她来到海山家门口，踮起脚像贼一样朝院子里望去。桂平原以为海山买的东西就放在堂屋里呢！一个顺手牵羊的计划在她的脑海里瞬间形成，然而她到屋里找了一圈，却没有一点收获。

于是她急忙走出堂屋，自言自语地说："海山肯定是回来了。要是没回来，这门咋开着哩？买的东西肯定是拉喜旺家去了。"

很快，桂平就垂头丧气地回到家里，对着海风唠叨着："万奶奶，害我白跑一趟。都是些没血没肉、吃里爬外、六亲不认的东西。就这不知好歹的货，他不打光棍才怪哩！"

接着，她往板凳上一坐，两只脚来回地糙着，垂头丧气地继续说道："这天也不知道咋这么热，把老娘的脚烫得生疼。"

此时，海风正在厨房里做饭。两只眼睛被烟熏得热泪直流，头上、脊背上落满了灰尘。

二十九

海山在喜旺家吃过午饭后，刘清德就把锅底的热灰掏出来放在盆子里，然后装到了拉车上，拉车上还有海山在镇上买的东西。几个人一起把拉车拉到海山家后，海山把给几个侄子、侄女买的东西放在了院子里的石板上。

接着，几个人便按照刘清德的嘱咐忙活开了。他们戴着草帽，用毛巾捂着嘴巴，把屋里的东西搬到了院子里。然后用扫帚把屋里的蜘蛛网打扫干净，用碎砖头把老鼠洞堵上，最后又撒了一遍热灰。一顿忙碌过后，几个人浑身都脏兮兮的，像是刚从土坑里爬出来一样。

海山激动地说道："多亏两个兄弟帮忙，看这屋里脏的，要是我自己整，一下午也搞不好。"

喜旺说道："海山哥，什么都不要说了。咱们兄弟从小光腚一起长大，你的事儿就是俺俩的事儿。这点活儿根本不值一提，你心里要是没有兄弟，也不会叫俺俩来了。"

海山用手抹去脸上的汗水，笑着说道："兄弟，我这几个月不在家，心里时常想着，家里还有两个兄弟在等着我。"

建成笑着说道："海山哥，俺俩也盼你能早一天回来呢。"

傍晚，闷热的空气把人们裹入其中。上了年纪的老人从早到晚述说着，天气到了，该收麦了，明天还是一个大热天。有风有日，风日相融，麦熟一晌也就不见怪了。

通过一下午的整理，堂屋里已经焕然一新。海山走进屋里，又有了往日的感觉。然而，孤独是不可避免的。

他看到石板上给虎子他们几个买的零食依旧放在那里，心里很不是滋味。他很想把东西给他们送去，顺便见大哥、二哥一面，毕竟几个月没见面了，血浓于水的亲情是改变不了的。可是他又不愿迈开脚步，因为实在不想与桂平照面。

也许是今天一直马不停歇的缘故，海山感到有些累了。接着，他坐在石板上发起呆来，手指间的烟头慢慢滑落在了地上。

今天下午，桂平也没闲着，像狗急得过不去河一样，一下午就来了海山家两次。

她第一次来的时候，扒在墙头外边偷偷地往院子里看，刚好看到海山他们几个正忙活着打扫卫生。她没敢走进院子，看了一眼便急忙离开了。第二次亦是如此。

临走的时候，她还骂了喜旺和建成几句，"海山一回家，都像狗一样来闻腥腥了；海山要是坐监回来了，恁哪个龟孙也不会来。"

下午，海风没有出门。因为马上要收麦子了，他提前把镰刀磨了一下，把叉把、扫帚及所有收麦能用上的农具都放在了一起。又把木棍绑到拉车上，加宽、加长，以达到多装麦秸的目的。

桂平铁青着脸，气呼呼地对海风说道："万奶奶，现在的人真是鸽子眼，谁家的房高就往谁家飞。刚才我上海山家去了两趟，喜旺和建成都在那儿。天快黑了，还没走哩！给海山献殷勤哩！什么时候都是这样，人巴结有钱的，狗咬挎篮哩！看他俩比咱跟海山还亲哩！"

桂平说着话，唾沫星子喷得海风浑身都是。

海风用手擦擦脸，说道："你说话离我远一点，我能听见！看你的唾沫星子喷得我脸上、背上都是。"

桂平一听，顿时来了劲儿，对着海风吼了起来："刘海风，我说的能是假话吗？多有道理呀！我给你反复解释，你还是狗屁不通。给你说话和对牛弹琴差不多。唉！你的脾气要是不改一下，不把我气死也得气个半死。晚上我再去海山家一趟。我非要问他刘海风是谁，我是谁。他如果不给我讲清楚，看我不把他的房戳个大窟窿。"

海风清楚，这是桂平的最后通牒，他怕桂平脾气上来了又要惹是生非，于是压低声音和气地说道："桂平，你就不要去了。我亲自去海山家问一下情况，中吧？"

听到海风这么说，桂平奔丧一样的脸立马变了颜色，浪气地笑着对海风说道："海风，你终于迷过来了，我不还是为咱家好吗？世上的人哪有见财不要的？海山他一个光汉条子要那么多钱干啥？他把钱给咱了，咱还能说他个好，咱的钱也省下了。将来咱积攒点钱，还要给虎子盖房娶媳妇哩！"

说话间，桂平从屋里拿了把扇子给海风扇了起来，又拿了条湿毛巾，把海风脸上、脊背上的汗擦了个干净。嘴里不停地说道："你这一辈子，除了我心疼你，看能指望哪个人来侍候你。"

海风被桂平的话搞得心烦意乱。他心想，这一辈子找个这样的女人，真是啥球招也用不上。

刚吃了晚饭，桂平就迫不及待地催着海风去海山家一趟。她说道："快去快回，无论想什么办法，也要把东西拿回来，我在家等你。"

于是，海风不得不硬着头皮出门了。他刚走出家门，桂平就像一只捕羊的狼，蹑手蹑脚地跟了上去。

海风慢悠悠地来到了海山家门口。他用手把栅栏门推开，叫道："海山，海山！"

海山听到大哥的呼喊后，立刻迎了上去。

"大哥，你来了，赶紧坐这儿歇一会儿。"海山高兴地说道。

说着，海山掏出一支烟递到海风的手里。

兄弟两个嘘寒问暖后，海山说道："大哥，这是我给虎子他们兄妹俩买的饼干还有水果糖，你给他们捎回去。我也没有给你买啥东西，我知道你手里也没有钱，我给你十块钱，你留着买烟抽吧。这事儿不要对任何人说，俺嫂子如果知道了，会想办法给你挤走的。"

海风说道："海山，我一分也不要，把这饼干和水果糖捎回去就行了。你一定要把木工活儿学好，多攒点钱，将来碰到媒茬了找个媳妇，用钱的地方多着哩！只要你在外边没事儿，我就放心了。"

海山执意把这十块钱交给海风，海风则坚决不肯收。就在弟兄俩推让的时候，桂平在门外边早已等得不耐烦了。

她瞄准机会，呼的一下蹿了出来，把钱抓到了手里，笑着说道："海风，海山给你的钱，你咋会不要哩？你要是不接住这钱，海山还生气哩！明天我拿着这钱，给你买啤酒去。该收麦子了，我再破八毛钱买一条大沙河。这是咱海山兄弟的心意，我替你收下了。"

海风气得"唉"了一声，也没再说什么。

海山却笑着说道："大哥，你看！无论啥事儿，还是俺大嫂想得开，办事儿干净利索，这是我给你的钱，你还推让啥哩？"

桂平笑着说道："我的脾气还是咱兄弟海山把握得准，有些事情，该客气的客气，不该客气的就不能太过分了。要不是跟海山是亲兄弟，他能给咱钱吗？要是别人给咱钱，我是绝对不会要的。就咱这兄弟关系，你还谦虚个啥？你就是六个指头挠痒——多那一道子。"

听着桂平的话，海风在一旁板着脸一句话也没有说。

桂平亲热地问道："海山，你晚上吃饭了吗？今天下午我一听说你回来了，就赶紧让恁哥来叫你吃饭哩！怕你刚回来，锅、碗、瓢、勺脏得没法做饭。我知道你好面子，不好意思去俺家，所以我就来叫你了。到现在，饭还在锅里盖着哩！"

海山说道："我吃过了，你们先回去吧！别让虎子他们两个在家等急了。"

海风越听桂平说的话越不是滋味。他在心里骂道："你个龟孙王八蛋，说这么没良心的话，嘴一点没抽筋，心里也不打战，阎王爷咋给你披了一张人皮？"

没等桂平把话说完，海风叹息了一声后便转身离开了。

桂平临走的时候又掂了一件啤酒。她觉得目的已经达到，于是笑着说道："海山，明天不想做饭了，就去俺家吃。"

说罢，就趁着夜色匆忙离开了。

海山琢磨着桂平的话，心里觉得既好笑又生气。他心想，这样的人，啥时候也不会脱胎换骨，除非狗吃了日头。说起话来，半句话也不会掉到地上，而做的事儿还不如吃屎的狗呢。

过了一会儿，海山拿着饼干和水果糖准备去海昌家一趟。恰在此时，海昌和香云过来了，香云手里还提了几个馒头。

"海山，海山！"海昌在门口喊道。

海山听到是二哥的声音，急忙从院子里走了出来，说道："二哥、二嫂，是你们呀！我正准备上恁家看看哩，还没等我去，你们就过来了。"

香云高兴地说道："今天下午听说你回来了。刚才我把馍蒸好了，给你拿过来几个。你刚回来，做饭不方便。"

海山说道："二嫂，我吃罢饭了。你带两个孩子不容易，忙罢地里还要忙家里，蒸馍也不少麻烦。你把馍拿回去，明天我自己可以蒸。"

香云说道："那可不中，明天早上可还要吃饭哩！"

海山说道："二嫂，那我就不客气了。我也没有给你们买什么东西，就给两个孩子买了几袋饼干还有水果糖。刚才咱大哥、大嫂也来了，我给虎子他们兄妹俩也买了。我再给你十块钱，你抽空到集镇上买些吃的，该收麦子了，活儿太重，补一下身子。"

香云一听，急忙说道："海山，这钱，我们不能要。你还没有娶媳妇哩，一个人这样过下去可不中，你千万要把钱攒起来，不要像狗撕羊皮一样，要不等到用钱的时候咋办呀！俺可不要你的钱。你的心意，恁二哥俺俩记着哩！"

海山笑着说道："二嫂，你不要想太多了。钱是人挣的，这点小钱不打紧，你就拿着吧！等将来你们的日子过好了再还恁兄弟，中吧？"

香云在海山的再三劝说下才把十块钱装进口袋里。她想起昨天，孩子感冒发烧在刘半仙那儿欠的药账还没有还哩！这年头，粮食是够吃了，可家里需要钱的时候还得挖东墙补西墙。本来分家时，家底就不厚实，加上两个孩子又小，头疼发烧是难免的，想有余钱可不是一件容易的事情。

海昌问道："海山，你收了麦子怎么打晒呀？要不就拉到我的场里算了。我有一头驴，堂六叔家也有一头驴，俺俩已经商量好了，准备共用一个晒场。晒场就在俺家河东地头，那里地势高，收麦时即使遇见大雨，也不至于把麦子泡水里。"

海山说道："二哥，你不用管我了，我用清德叔家的场。眼时，你的孩子小，劳力不凑手。你和堂六叔在一起也好，他家劳力多。你们两家的地都十多亩了，就两头驴碾场，我怕它们受不了。再说，就咱大嫂的脾气，恐怕还要找咱大哥的闲事儿，说咱兄弟两个拧到一起办她难看。咱们还是不掺和的好，到时万一再让别人说三道四就不好看了。"

海昌觉得海山说的话有些道理，也就不再说什么了。

听到海昌说和堂六叔一起收麦子的事儿后，海山又从口袋里掏出十块钱，说道："二哥，你把这十块钱拿着，对谁也不要讲。我想，你给堂六叔在一起收麦子，要沾人家不少光。现在你没有钱，用这钱到集镇上多买些啤酒、变蛋，中午闲的时候给堂六叔拿过去，补一下人情。恁两家就是再合得来，人家帮你，你总不能全耍嘴皮子吧！"

这时，香云说道："海山，这钱，我们是不能再要了，你辛辛苦苦挣的钱，俺花着心里不好受，你赶紧收起来吧！"

海山说道："二嫂，这钱你先拿着，算我借给你们的，将来恁有钱了再说。现在，这钱放在手里，闲着也是闲着，你们急着用钱，我心里会好受吗？"

在海山的再三劝说下，香云终于接下了钱，只是手心里不停地浸着汗水，把两张十块钱紧紧地粘在了一起。

她哽咽着说道："海山，恁二嫂有钱了一定还你。你也忙了一天了，早点睡吧！"

海山笑着说道："二嫂，恁兄弟给你的钱，记的可是驴打滚账啊。今天你给我拿的馍，我吃到肚子里，过不了几个时辰就变成粪了，那可是啥也没有了。"

海山的一句话一下子把香云逗乐了。她扑哧笑了一声，说道："海山，那你拉粪的时候可别忘了拉俺家地里，下一年多打点粮食，这几个馍的利息就赚过来了。"

海山笑着说道："二嫂，你算的账还真的精明哩！比咱村里的大会计还会算哩！我敢肯定，你这小算盘一拨拉，还真有发财的那一天呢。"

几个人说了一会儿话后，海昌和香云便高兴地离开了。

三十

这几天，布谷鸟的号角一直没有停歇过，一大早就在村里的大榆树上不停地喊开了："各家各户，割麦垛垛……"

很多上了年纪的庄稼汉被布谷鸟的号角催得睡意全无。人们摩拳擦掌，一点也不敢怠慢，准备大干一场抢收抢种的三夏大忙之战。人们担心天不遂人愿，万一刮起一场大风或者遇到连阴天，后果将不堪设想。因此无论男女老少，只要能拿起镰刀，都要"奔赴战场"，以抢收这来之不易的果实。这可是庄稼人一年的口粮，就是拼上性命也要把麦子收到囤里，做到颗粒归仓。

刘清德天不亮就把驴和牛喂饱了。之后，他又来到厨屋帮王春妮烧锅做饭。眼看饭已做好，喜旺和秀花两口子还没有起床。

于是，刘清德急促地说道："我去叫喜旺吃饭。"

王春妮说道："你慌啥哩？走路尿泡——心里急。天还没亮呢，割麦也看不见哪！年轻人瞌睡瘾大，让他们多睡一会儿吧！能和你一样打鸣鸡儿？"

刘清德说道："你看天到什么时候了？啥时候都是早起三光，晚起三慌。早早地吃了饭，等到天亮了，好稳当收麦子。"

说着，刘清德就坐在灶板上等待天亮的那一刻。他抽了两根烟后，天仍没有亮，他的心里顿时犯起了嘀咕，这天怎么还不亮哩？内心的疑虑驱使着他来到了堂屋，用手电照了一下闹钟，原来还不到四点呢。

他对王春妮说道："今天是鸟也叫，鸡也叫，把我搞糊涂了，起了个晕午更，心思表也弄乱球了。"

王春妮笑着说道："这么多年，你啥时清楚过？你还怨鸟呀鸡呀！自己本来就是个糊涂蛋，放屁打侧脚——还遮丑哩！一高兴，就摸不到堂屋南山了。"

刘清德笑着说道："照你说的，我不是成傻子了？我问你，咱俩结婚那一天，我一高兴，咋没把你送给咱村里的二货呀？"

王春妮嘴一撇，"哼"了一声，说道："谁知道你当时咋没把我送给二货哩？你要是把我送给二货了，我敢保证，你这一辈子准是光棍一根。你整天还美气得不得了哩!"

刘清德突然装作严肃地对着王春妮的耳朵小声说道:"别吭声,你听!儿媳妇起来了。"

王春妮仔细一听,却什么声音都没有听到。

一刹那,刘清德已经冲出了门,高兴地说道:"我到海山家去一趟,别让他睡过头了,今天把他的一亩多麦子割完再说。"

王春妮这才反应过来,原来是刘清德逗她玩呢!

王春妮说道:"你到海山家后,屁股别像柳木桩子一样,扎根了。快去快回,一会儿糊涂都皱皮儿了。"

"中,中!马上就回来。"刘清德边跑边答应道。

刘清德来到海山家时,海山已经起来了,正在院子里刷牙。

刘清德说道:"海山,你别做饭了,这几天到俺家吃。咱两家在一起收麦,让恁婶子做饭,咱们齐心协力把麦子收完就妥了。"

海山说道:"清德叔,这可不中,今天是收俺的麦子,我还要去恁家吃饭,哪里都没这个道理呀!俺二嫂给我拿的馍还没吃完哩!"

刘清德说道:"咱们在一起吃饭有啥不中哩?你别不好意思。你那一亩多麦子,凭你这力气,就是用棍子捶,也能把麦子捶下来。俺家虽是有牲口,可俺家的地多。你不要以为是沾俺家的光,这个麦季下来,你可不少给俺们出力哩!今儿早上别馏馍了,把馍端俺家,就算吃你自己的,这中了吧?咱能在一起收麦,那就是合得来。至于吃亏占便宜,谁也不会说什么。听恁叔的没错,恁婶子早就把饭做好了,就等着你哩!"

海山说道:"那中吧!"

刘清德胸有成竹地说道:"吃罢饭,咱们就抓紧时间割麦,割到半晌,我就套着驴车开始拉。今天上午,咱几个抓紧点,把麦子割完,全部拉到晒场里,下午就用石磙碾。如果顺溜了,就你那一亩多地的麦子,说不定今儿一天就结束了,明天就可以割俺家的了。今年咱们在一起收麦,就凭你和喜旺两个硬劳力,咱们啥困难都不用怕。就是打的麦子再多,还是当咸豆子叼它。"

就在这时,刘庄村村主任刘树根用嘶哑的声音在广播上吆喝了起来。他先干咳了两声,村委办公室院子里一棵大树树梢上绑着的大喇叭顿时发出吱吱、啦啦的尖叫声,像牙齿咀嚼沙粒的声音,使人听后浑身起鸡皮疙瘩。

刘树根吆喝道:"喂!喂!喂!各位村民请注意,接镇政府通知,在收麦期间一定要加强防火安全。每家每户务必在自家的晒场上置放盛水的工具,严禁烟火。即使晒场在河边的，也要提前放两桶水，做好应急准备，防患于未然。如有失误，造成严重后果的，将严肃处理。我特别警告那些整天吸烟，好称'一根火'的村民，你们更应该注意。收麦期间，天干物燥。这几天吸烟时忍着点，要真是憋不住想吸，就跳到河里去吸。要是不听劝阻，万一失火，那可是火烧连营。就你那小命儿，顶不了几个钱，最后把全村爷们儿都害惨了。到时候，我代表村委带着受害的村民，把你一捆，打你个半死，再把你往火堆里一扔，去个球！"

刘树根咳嗽了几声，继续讲道："今天早上，我代表刘庄村委会给大家郑重声明。麦季是我们每一家保证全年口粮和交爱国粮最关键的时刻，要求每一个人，坚决不能有半点疏忽。大家千万记住了，今天我讲的话立即生效，咱们是司务长打他爹——公事公办，绝不能徇私情。你们不要当成耳旁风，左耳朵听，右耳朵扔，天老大，你老二。只要收麦期间，你敢弄出问题，到时你就是哭，我都让你找不到棺材。"

此时，天刚蒙蒙亮，可海山和喜旺几个人已吃过早饭了。

刘清德套着驴车拉着王春妮、秀花走在前头，农具家伙装了满满的一车。刘清德兴高采烈地往车上一坐，扬起小鞭，吆喝着小黑驴就出发了。

喜旺、海山说说笑笑地套着牛拉着石磙跟在后边。二人攒足了劲儿，准备大干一场，计划着今天一定要把海山的一亩多地收打结束，来一个开门红。

此时，刘庄村的村民也在同一时间出发了。大家把自家的牲口喂饱以后，就在大门外套着车子，装着农具家伙。整个村子里的大街上，好像是上前线打仗，整装待发时一般，一片生龙活虎、热血沸腾的景象。

人们的说话声、爽朗的笑声、"哞哞"的牛叫声、"啊呃、啊呃"的驴叫声、马儿的"唳唳"声及夹杂着各种农具家伙的碰撞声，刹那间汇聚在一起，打破了刘庄村以往早晨时的沉寂。大队人马争先恐后、浩浩荡荡地向着村外的麦田出发了。牲畜们似乎也被人们高昂的情绪感染了，一些牲口甚至在排便时，也没有停止它那沉稳有力的步伐。一坨坨冒着热气儿的粪便，重重地砸向了脚下厚厚的尘土。

刘清德赶着驴车正高兴地往前走着，当他们走到张二家门口的时候，张二的驴车正好堵在了大街上。

张二平时在村里爱说爱笑。在刘庄村这个刘姓村民占绝大多数的村子里，他俨然一服快乐的调味剂。

离很远，张二就看到刘清德赶着驴车过来了。两头叫驴刚凑到一起就像疯了一样，同时发出了"啊呃、啊呃"的叫声。

刘清德坐在驴车上大声喊道："张二，你咋不抓紧收麦呀？还把车堵在路上，招揽生意呀？"

张二笑着说道："我的叫驴在等它的男朋友哩！你看刚一见面，就亲热起来了。现在打也打不开，搞同性恋哩！"

刘清德笑着说道："张二，看你那头驴在笑哩！舌头伸那么长，带个贱样儿，你咋会养出这样一头驴哩？"

张二笑着说道："刘清德，我一听你说话就知道你是个外行。你没听说过吗？驴根本就不会笑，是人浪笑，猫浪叫，驴浪呱嗒嘴，狗浪跑断腿。这头驴张着嘴是在跟你对暗号哩！你要是把鞭杆递给它，它还会坐在车上当把式哩！"

王春妮坐在后边对着刘清德的胳膊推了一下，示意他和张二说话时留点神，因为此时儿媳妇也在场，别说乱套了。

刘清德哪里顾得上王春妮的提醒，"嘿嘿"地笑着说道："张二，你老婆哩？"

这时，张二的老婆提着裤子从厕所里急匆匆地走了出来，笑着说道："找恁姐有事儿吗？我给你倒酒去了。"

张二说道："万奶奶，赶紧走吧！你是老牛上套，不是拉就是尿，没看人家都慌着收麦哩！你就不知道急，咋还有空给他倒酒哩？给他倒杯茶就够意思了。"

刘清德笑着说道："我看你的裤子咋还在地上拉着哩！"

张二的老婆笑嘻嘻地说道："万奶奶，这哪里是裤子？是早上做饭时穿的围裙。几头驴都在叫唤哩，我怕再咬起架来，慌得也忘了解下来了。"

张二笑着说道："叫驴不叫，给钱不要。"

说话间，张二的老婆往驴车上一坐，得意地朝前走了。

这时，王春妮笑着说道："看张二恁俩能得还不轻哩！刚才你们被狗咬一口都不知道。"

刘清德不服气地说道："我坐在驴车上好好的，要是被狗咬一口还能不知道？你这是说的哪里话呀？像没睡醒一样。"

王春妮说道："刚才你没听见张二的老婆说的吗？几头叫驴都在叫唤哩！那不就包括你们两个吗？我给你解释着，你还清醒不过来哩！你真是个糊涂蛋。"

刘清德一听，猛地回过神来，笑着说道："这个臭娘们儿！你别说，她骂人还真有一套哩！晚一天麦子收完了，我得好好修理她一顿，看她还敢转着圈儿骂人不？"

王春妮回答道："你别整天屙屎攥个拳头——使点子狂劲儿，还不如把劲儿用来收麦子哩！"

在场的人听着王春妮的话，都笑了起来。

刘清德和众村民各自赶着自家的牲口走在村外的大道上。有心的人还在马脖子上佩戴了一个铜铃，清脆的铃声像一曲美妙的音符不时地演奏在村外的田野上，一路上增添了无比欢快的气氛。

平时，刘清德一听到铜铃的响声，心里就直痒痒，总想着买一匹红马或者一头黑骡子。他一直认为，铜铃戴在驴脖子上是小马拉大车，不配套、不神气。

他家里也有一个铜铃，是喜旺在生产队赶马车时有意留下的。然而生产队分开时，他们家抓阄，却连一匹快牲口都没抓到，所以家里的那个铜铃也就一直闲置了。

起初，家里很穷，刘清德只有省着钱从河北买了一头驴。过了两年，家里慢慢地变得宽裕了，他又买了一头牛，而那个铜铃依旧纹丝不动地挂在墙上。

每当刘清德听到别人家的牲口戴着的铜铃叮当叮当响的时候，他就回到家里，不由自主地把铜铃从墙上摘下来，用布细细地擦拭一下，然后心不甘情不愿地放回原处。

这时，刘清德对王春妮说道："将来有一天，我准备把咱家这头毛驴卖了，再添些钱，买一匹红马。到时我也把铜铃挂在马脖子上，除了干活儿以外，闲时赶个集、上个店、走趟亲戚套着咱的红马，让你坐在上边。到人多的地方也风光风光，美气美气。"

王春妮说道："你别跟我吹牛皮了，我能坐在你赶的小毛驴车上，你只要不说亏，我就知足了。"

刘清德"嘿嘿"地笑着，胸有成竹地说道："你放心，牛皮不是吹哩！火车不是推哩！泰山不是垒哩！咱这日子过得肯定一年比一年好，说不定哪一天，我还能带着你坐着火车游走游走哩！"

秀花坐在驴车上，笑着听刘清德和王春妮之间的对话，偶然也接上一句："爹，你说话可要算数呀！不过这一天最好是早一点来，将来等俺妈老了，你再领着她去坐火车，到时她要是连火车都上不去，你还得背着俺妈哩！"

刘清德笑着说道："秀花，你放心，等不到恁妈老了。今天晚上下工回家，我就可以让恁妈坐上火车。她要是怕晕车不想坐，我就让她躺在火车上，让恁妈好好的过个火车瘾。"

秀花听到刘清德这么一说，顿时感到莫名其妙，嘴里问道："爹，你说的是真的吗？"

刘清德一本正经地说道："我说话还能有假？把咱堂屋那张武汉长江大桥上跑火车的画揭下来，再往床上一铺。恁妈就是想坐，我也不能让她坐。为了防止她晕车，我让她躺到火车上。别说是去北京，就是上南京，看能走到不？"

王春妮忍不住扑哧笑了一声，说道："我一听你说今天晚上就能让我坐上火车，心里正高兴哩！没想到放了一个闲屁。"

这时，驴车上响起了爽朗的笑声。笑声把清脆的铃声甩得很远很远，消失在遥远的天边。

人的一生，痛苦往往是因为心被捆绑，幸福往往是因为心被释放。

三十一

海山和喜旺一起，一个人牵着牛，一个人握着鞭子在牛后面跟着。

喜旺说道："海山哥，你看这牛，脾气是老实，干活儿、犁地样样都行，就是太慢了。我给俺爹说了几次，想把这头牛卖了，可他就是不愿意。他说，牛虽然慢一点，但还有那头驴助力，把地里的活儿干好就中了。他还说，这头牛还年轻着哩，才六个牙（指牲口年龄），每年还能生一个牛犊儿，又不爱生病。俺爹也提过，以后把这两头牲口都卖了，换一匹马或者骡子，但现在家里不宽裕，这事儿也就搁下了。"

海山说道："俺清德叔说得也是。今年秀花还要生孩子，到时候数九天请客，还要花不少钱呢，弄不好得两年的地收入。晚一天我也想想办法，多多少少帮你点钱，先把这个事儿扛过去。"

喜旺说道："那可不中，我知道你没啥闲钱。你就是有钱，我也不用。你攒点钱，留着找媳妇用。这一辈子，咋说也不能是一个单身汉哪。要不将来老了，床前床后连个侍候的人都没有。再说了，农村干活儿必须有劳力啊，没有下辈儿人是不行的。"

"我也想找，但就我现在这个状况，急也没用啊，等碰到机会再说吧。"海山回答道。

两个人走着说着。喜旺拿着鞭子轻轻地摇着，嘴里吆喝着："驾，驾！"

牛迈着稳健的步子，拉着石磙，吱呀吱呀地往前走着，嘴里不时地发出"哞哞"的叫声。

许久，他们才赶到场里。二人把牛套卸下来，然后把喘着粗气的牛拴在地头的一棵大树上。

海山说道："老牛呀！你今天上午的任务完成了，好好歇一歇吧。下午还有苦差事儿等着你哩！"

牛好像听懂了海山的意思，"哞哞"地叫着，很快卧在了地上，用嘴衔起身边的青草，咀嚼起来。

此时，刘清德已经把两垄麦子割了很远。他光着脊背，放着亮光。脖子上搭着一条变了颜色的灰毛巾，下身穿一件大裤头。脚上穿了一双开了花的破布鞋。脸上、脊背上的汗珠不停地流淌着。

海山劝说道："清德叔，你不要慌，悠着点，今年有喜旺俺弟兄俩哩！"

刘清德说道："海山，你放心，恁叔的身体硬朗着哩！现在太阳还没有出来，趁着天凉快，咱们赶早不赶晚。要不晌午天热了，人太受罪。早上要是抓紧了，能顶半天干的活儿呢。"

王春妮和秀花也拿着镰刀刺啦刺啦地割着。海山和喜旺每人把了三垄，他们弯下腰，一口气割到了地头。接着，又帮王春妮和秀花把两垄麦子割完。

此时，太阳已经升起，海山一亩多地的麦子很快被几个人割了一多半。

海山高兴地说道："清德叔，咱们歇一会儿，喝瓶汽水。我看就我这一亩多地的麦子，到不了晌午就割完了。真是人多力量大呀！要是我自己，连割带碾得好几天。"

刘清德接过汽水，嘎嘣一声把瓶盖咬开，一口气喝了个精光。他打着饱嗝，长长地舒了一口气，说道："这汽水喝到肚里真爽啊！你们抓紧时间喝，半晌儿就能把麦子割完了，到时就可以套着驴车往晒场里拉了。"

王春妮对秀花说道："秀花，你身体笨重，歇着吧！恁海山哥家的麦子，就我们几个也割不到晌午。"

刘清德头也没有抬，一边磨着镰，一边接过话茬，说道："你没听说过吗？墒沟里跑的牛犊儿，磨道里跑的驴驹儿。"

刘清德一句话把秀花的脸说得像一块红布贴在了上面。她没有说话，情不自禁地低下了头。

王春妮气得照着刘清德的脊背打了一巴掌，说道："你这死老头子，啥话你都接，可怕话掉到地上了。也不睁眼看一圈儿，都谁在跟前哩！"

刘清德"嘿嘿"地笑着说道:"现在改革开放了,言论自由了,啥事儿都不能像老封建时候了。什么话都掖着、藏着,憋得连一个响屁都不敢放,这样就好呀?"

海山和喜旺在一旁看着刘清德那得意的笑迷眼儿,也忍不住笑了起来。

王春妮笑着说道:"老头子,快点磨,把镰磨快点,别再把心分岔了,就会说一些前天的话。"

海山明知故问地说道:"婶子,你刚才说的话,我咋没听懂啊?"

王春妮说道:"就是说,恁叔说的是剩话。不论在哪儿,说这种话的人不是半吊子就是二百五,要不就是缺吨煤。"

王春妮还没把话说完,几个人就笑了起来。秀花也憋不住劲儿地笑了,她心想,俺老公爹、老公婆两个人都是大醋坛子。嫁到这样的家庭,虽是不富裕,但全家都是喜笑颜开的,这种生活还真有些苦中作乐呢。

时间过得很快,眨眼间已近十点钟。此时,海山地里的麦子已收割完毕。

"秀花,你先回家歇着吧!俺们把麦子拉到场里再回去。"刘清德说道。

说罢,刘清德快步走到地头,赶着驴车,拿着大叉就要装麦子。

"清德叔,叫俺婶子也回去吧!她也够累了,咱们三个人就中了。你在车上踩,我和喜旺往车上装。"海山说道。

刘清德说道:"那可不中,这活儿少一个人也不行。咱们三个人拉麦子,恁婶子还要在后边拾呢。这一遍要弄干净,这么大的麦穗儿可不能丢到地里。"

然而,秀花还是执意不走。她想着,看能帮着干点什么。

这时,王春妮走了过来,笑着劝说道:"秀花,你走吧!一家人别觉得不好意思。等孩子生下来,到时有你忙哩!"

秀花说道:"妈,我没事儿!我这么年轻,老的少的都在地里忙着呢,我怎么能回家歇着哩!"

王春妮说道:"听话,乖!别想那么多了,有俺们几个哩!就我这身子骨,割起麦子来,咱村还真找不出几个能和我比的呢,赶快回去吧!"

说罢,秀花这才慢悠悠地向家里走去。

海山和喜旺铲起麦子来,气势犹如猛虎下山一样,健壮的肌肉突起,动作干净利索,一堆堆麦秸像膨化的棉絮一样被铲在了车上。几个人顾不得嘴角咸咸的汗水,拉了一车又一车。

刘清德站在麦车上,偶尔还吆喝道:"蚕老一时,麦熟一晌。紧打庄稼,消停买卖,见籽不顾苗儿。这些话都是祖辈人多年来总结的经验,庄稼人等了一年就是盼着这几天哩。万一老天爷发脾气，连刮带下，弄不好一家一年的口粮就被刮没了，那跟把命刮没了差不多。这几天就是再累也要把麦子收到囤里，一粒都不能抛撒（丢掉）！"

海山看到刘清德的腿已被麦秸扎出了血，脸上、身上的麦锈把整个人涂得只剩下一双眼睛，只有鼻子下方的两个黑洞眼儿在喘着气。手里握着的又把不停地滴着黑色的汗水。

海山心疼地说道："清德叔，拉了这一车，歇一会儿吧，喝瓶汽水喘口气儿，看你热得都没个人样儿了。"

刘清德张开嘴巴，两排洁白的牙齿在肮脏的脸上闪着亮光。

他笑着说道："你们年轻人不懂啊，关键时候可不能掉链子。一步跟不上，步步打急慌。再坚持一会儿就拉完了，等拉完了再歇息。让恁婶子先回去烧锅。"

这时，海山拿来一瓶汽水递到刘清德的手里。刘清德把汽水一口气喝完，一刻也没舍得停歇。

十二点半的时候，地里的麦子终于全部运到了晒场，火辣辣的阳光正炙烤着忙碌的田野。海山和喜旺跳到河里洗掉了浑身的疲惫，一上午的劳作总算画上了句号。

刘清德说道："海山，中午我就不回去吃饭了，免得来回折腾，耽误事儿，恁俩从家来的时候把凉面条给我捎过来。趁这一会儿有空，我把牲口牵到河滩里啃会儿草，上河里喝点水，早上来的时候就把牲口吃的大料带过来了。这几天，人和牲口都辛苦点，麦季很快就过去了。"

伴随着身后的尘土飞扬，海山和喜旺很快就回到了家里。

秀花笑着说道："天这么热，你们这么快就拉完了啊，我以为还早着哩！面条擀好了，还没煮哩！"

"往后还要加油干哩！去年添了一张嘴，今年又要添一张，都向我要着吃哩！"喜旺笑着说道。

秀花也笑着说道："你明白就好，过不了两年，再给你添一张嘴，你就好好干吧！"

一眨眼的工夫，海山和喜旺就各自扒拉了两碗凉面条。接着，每人又喝了一瓶啤酒。

海山高兴地说道："今天弟妹擀的面条可真不赖。"

喜旺吃罢饭，就急忙提着盛有面条的罐子给刘清德送去了。

海山则找了个借口说要回家一趟，他让喜旺一人先行。他心想，清德叔一家子都来帮自己收麦子，并且自己吃饭还能吃现成的，若不做点什么，心里还真过意不去。

三十二

于是，他来不及多想，回到家后就骑上自行车飞快地去代销点买了一些啤酒和变蛋。他把啤酒绑在自行车的后座上，行驶在崎岖不平的土路上，啤酒瓶顿时发出叮当的碰撞声。但海山此时哪里还顾得上这些，只是稳重地骑着自行车，目视前方，一个劲儿地蹬着脚踏。

当他赶到晒场的时候，刘清德正蹲在树下大快朵颐地享受着面条。热气在微风的吹动下把树下的空气搅得没有一丝凉意。一时间，刘清德黑亮的肚皮上水淋淋的，喷涌而出的汗水漫过肚皮上的褶皱向着他的腰带奔流而去。

海山走上前去，说道："清德叔，我给你带的啤酒还有变蛋。累一上午了，多吃点。"

刘清德见状，说道："海山，你买这些东西干啥哩？前天喝罢就算了。你挣那俩钱儿，哪能受得了这样花？过日子遇到的事儿比树叶还稠哩，囤底儿省不如囤口省，你要学会算细账哩！再说了，晚一天你还得给恁叔出力呢，以后可不能这样了。"

海山说道："清德叔，你说的话，我明白。你和俺婶子都这么大岁数了，秀花的身体还这样。你们全家都来帮我收麦子，帮了我的大忙。我买点这，又算个啥呢？我要是整天枕着算盘，拨拉着没良心账，啥时候也过不得发。钱，我是不多，但我有个好身体，收完麦子后还可以去挣。今天你就别给恁孩子省了，该吃吃，该喝喝，别往心里去。"

说着，海山快速地用牙齿嘎嘣一下把啤酒瓶盖打开了。然后又剥了几个变蛋放在刘清德面前。

"好了，好了，别搞那么多。"刘清德说道。

刘清德抬头看看太阳，说道："海山，你抓紧再回家一趟，把你的豆种和俺家那个两条腿的耧带过来，把恁婶子也叫来。我和喜旺把牲口套上先碾着。等你回来后，我赶着牲口碾麦子，恁几个趁这个时间把豆子种上。"

海山迟疑了一下，说道："清德叔，播豆种是不是晚一天？你和俺婶子都这么累了。"

刘清德说道："啥叫抢收抢种，这就是！天这么热，刚收割的麦地墒情好。如果收麦后再等上一两天，太阳一晒，风一刮，地很快就干了。今天把豆子种上，三四天就出来了。我敢保证，这豆苗儿能出个八九不离十。听我的没错，抓紧时间种豆子。"

海山心里琢磨着，清德叔说的话还真是经验之谈。别看清德叔平时说话嘻嘻哈哈，到关键时候，还真有两把刷子哩！看来姜还是老的辣呀！

午后，似火的太阳挂在天空，整个大地像一口即将烧滚的热锅，似乎能听到空气中刺啦刺啦的响声。路边的小草晒得像宰割的羔羊一样，耷拉着头，趴在了地上。

这时，刘清德把两个牲口牵到了晒场。喜旺从树荫下走了出来，说道："爹，天这么热，等一会儿再碾吧，你看人家都没碾哩！"

刘清德说道："看人家干啥！这年头，谁想咋干谁咋干，你看这麦秸晒得像锅里烤的芝麻一样。再过一会儿，太阳扭过身，麦秸就要受潮了。这驴、牛拉着石磙碾场，你要是不把时间安排好，碾到花谢了也碾不好。要不说是打铁的看火候，咱老百姓种庄稼不看火候也不中哪。现在麦秸焦脆，碾的时间短，效果又好，人和牲口都少折腾。你想一想，看哪个合得来。我说的话你要记住，往后，我一年不如一年，等到你当一家之主的时候，你要是吊儿郎当，能有饭吃吗？"

喜旺也不再说什么，急忙帮刘清德把牲口套好。

刘清德说道："喜旺，你拿个大叉把麦秸先用力拍打一下，免得牛、驴拉着石磙吃力。啥时候都是人爱物壮，即使对这些畜生也要有爱心。它们虽不会说话，可也是很聪明哩。你对它们好，它们干活儿的时候就卖力。"

刘清德把一根长绳的一头拴在牛的缰绳上，另一头拴在自己的腰上。他手里拿着鞭子，肩上搭着一条湿毛巾。牲口拉着石磙吱呀吱呀地作响，一圈接着一圈，不停地转着。

刘清德虽然拿着鞭子，但他始终没有舍得打一下，只是嘴里不停地吆喝着。他心里明白，天这么热，人都受不了，何况浑身长毛的牲口呢。

汗水在阳光的照射下像晶莹透亮的珍珠断了线一样，顺着刘清德那黑而亮的脊背滚落下来。

很快，驴身上渗出的汗水把皮毛都浸透了，顺着肚皮往下滴。牛虽是不出汗，但也吐着舌头，喘着粗气，嘴角流着白沫。

刘清德对喜旺说道："去河里提一桶水来，让它们喝点水。"

很快，喜旺就把水提了过来。这一幕刚好被刚刚赶来的海山看在了眼里。

刘清德说道："来，我先喝一口。"

海山见状，急忙拿着啤酒走上前来，说道："清德叔，你还是喝啤酒吧！"

刘清德说道："河里的水好着哩！等一会儿把场碾好了，再喝啤酒吧。"

海山看着刘清德直挺挺地站在烈日下，一种难为情的滋味顿时涌上心头，他说道："清德叔，我来赶牲口吧！豆子播不完就不播了。"

刘清德说道："我没事儿！你赶牲口没我有经验，碾场放磙是要有技术哩！一圈要紧挨一圈，不能错位。要不然，麦子是碾不好的。只要牛、驴能顶住，恁叔还是没问题的。你们喝点水后还继续播豆种，咱各干其事。等你们把豆种播好了，我也把麦子碾好了，这一会儿可不是享受的时候。"

海山的眼角变得湿润了，因为刘清德的一言一行让他感受到了父亲在世时的温暖。他心想，无论父母有多大本事，只要能给自己操个心，那该多好啊！以前总想着，自从父母去世后，这辈子再也不会有人为自己操心了。没想到清德叔不但没有看低自己这个单身汉，而且在像父亲一样照顾自己。

海山转身快步回到喜旺他们几个面前，说道："婶子，你和秀花歇一会儿吧！我和喜旺两个人就可以了。我拉楼，让喜旺扶着。"

王春妮说道："那可不中，麦地这么结实，你自己一个人怎么能拉得动？还是咱几个一块拉为好。"

秀花说道："海山哥，咱们三个拉着楼还吃力哩！你不要不好意思，还是人多力量大。"

海山说道："这么大热天，你们一家老的少的都来给我干活儿，我心里真的受不了。"

喜旺说道："海山哥，你可不要再想那么多了。俺们今天帮你把麦子收完，明天你还要给俺帮忙哩！咱们还是抓紧时间把豆种播好了再说，一会儿还要起场（挑麦秸）哩！"

时间慢慢地过去了，灼人的太阳已经开始西下。

这时，刘清德把牲口喝住，蹲下身子，扒开麦秸看了一眼，高兴地说道："麦子碾好了！"

接着，他把牲口牵到河滩的荒草地，自言自语地说道："恁俩也好好歇歇吧！我抽支烟，一会儿还要忙活一阵子哩！明天咱们就不抓这么紧了。"

与此同时，豆种也播种完毕。海山掂着啤酒，拿着变蛋，来到刘清德面前，说道："清德叔，给，喝啤酒。"

说话间，他又把变蛋剥开，递到刘清德手里。

刘清德连粘在变蛋上的石灰都没擦干净就一口吞掉了一个，又一口气把一瓶啤酒干掉了一半。他嘴里打着饱嗝，笑着说道："海山，你也累了吧！说实话，今天咱们都累了，但是累得值啊！豆子也种上了。等一会儿把麦秸也垛起来，有风了再把麦子扬干净。我提前都计划好了，一天把你的活儿干结束，你看恁叔是吹牛的吗？"

海山高兴地说道："清德叔，你真行！恁孩子啥时候也不敢说俺叔吹牛呀！"

刘清德笑着说道："海山，你也多吃点，咱们也像牲口吃大料一样，垫一下肚子，一会儿还要大干一场哩！吃饱喝饱才能顶摔打哩！"

稍微休息了一会儿后，刘清德喊道："喜旺，别坐了，赶紧叫恁妈过来起场，我看树叶在晃哩！今天一定要把恁海山哥的麦子装到麻袋里拉回家，明天就省大劲儿了。"

于是，几个人在刘清德的指挥下又热火朝天地忙碌起来。一眨眼的工夫，晒场上的麦秸就被垛在了一起。麦籽儿和麦糠混杂在一起，顺着风向堆成了一个不规则的长方形。

刘清德高兴地说道："海山、喜旺，恁俩一个人拿小叉扬麦糠，一个人拿木锨扬麦籽儿，我来扫麦鱼子。干活儿千万别毛躁，要稳中有快，趁着风力赶快把麦籽儿扬出来。老天开眼哪！恁海山哥还怪有福哩。没想到，傍晚又来了一阵风。"

"清德叔，这可不是我有福，还是俺叔领导有方。"海山笑着说道。

刘清德得意地说道："也算是吧！这么多年，只要俺家有啥事儿，要是听恁婶子的话，总是岔七岔八的，恁婶子还总是倒油瓶不扶（不服）。今天你们都亲眼看到了，我一指挥，海山的麦子一天就搞定了，让恁婶子不服，光尿裤子。"

王春妮嘴一撇，气得"哼"了一声，说道："全是吹牛，扒住屁股上树——自己抽自己。要不是这几个人使劲儿干，就你一个人，再吹牛你也干不完。"

海山有意调逗着说道："婶子，你可不能再说了，你看俺叔的脸有点红了。"

王春妮说道："恁叔要是脸红，除非公鸡能下蛋。那张脸比城墙还厚，用抓钩锛，都锛不出个白印儿。"

"你回家吧！别在这儿气我了。"刘清德笑着说道。

王春妮笑着说道："秀花，走！咱娘儿俩回家做好吃哩去。"

风不停地吹着。海山和喜旺虽然扬麦子的技术不高，但在刘清德的指导下，看起来还真是像模像样儿。

很快，他们就把麦籽儿扬了出来。金黄而又饱满的麦籽晶莹剔透，像小山一样堆放在场里，空气中飘着淡淡的清香。

海山看着丰收的果实，心里有说不出的高兴。他思索着，除了交公粮，自己也够吃了。因为自己一年也没在家待上几天，到时把麦子多卖点，省得被老鼠糟蹋了。

几个人不敢耽误，三下五除二就把麦子装到了麻袋里，足足满满的四麻袋。

刘清德随手捏了几粒麦籽儿放在嘴里，津津有味地嚼着，一副满足而又幸福的表情。他说道："海山，你这一亩半地打得还不少哩！一亩地合四五百斤，比去年增产了。还不错，一年比一年打得多。"

忙碌之间，天色慢慢地暗淡下来。劳累了一天的人们陆陆续续地赶着牲口，又会聚在回家的大道上。

海山说道："清德叔，天黑了，你也累了一天了，我来赶驴车吧！"

刘清德说道："还是我来赶吧！你就在后边看着就中了。别看这毛驴没骡子有力，可脾气犟得很。一到天黑，它也慌着回家哩！这个时间都下晌了，万一它横冲直撞，碰到别人的车就麻烦了。"

此时，海风和桂平也赶着牛车从地里往家里赶。当经过海山的地头时，她惊讶地发现，海山的麦子已收得干干净净，甚至连豆子都种上了。

桂平说道："海风，别走哩！我下去看看海山割着咱家的麦子没有。"

海风说道："你是走路摸摸屁股——小心过头了。那麦地边儿好好的，他怎么会割咱家的麦子哩？"

桂平说道："他万一割着咱家的麦子了咋弄？我要是像你一样，天天一点球心也不操，咱这个家啥时候能过好呢？"

海风没有答话，只好把牛车停了下来。他清楚，要是不让桂平下去看一眼，死了她那份心，他准会唠叨个没完。

桂平到地里转了一圈，回到车上后贴着海风的耳朵，小声说道："海风，我看海山的麦子已经割完了，豆子也种上了。你给海山打个招呼，让他给咱帮帮忙。他年纪轻轻的，干起活儿来能顶咱两个。这回咱可有救了，我也不用发愁了。真是请人不如等人，没想到海山一天就把麦子割完了。我敢保证，明天不用你叫，海山也会来给咱帮忙，真是天助我也。"

桂平拍着海风的肩膀，越说越兴奋，差点没蹦起来，扬扬得意之间显现出掌控一切的自信。

听桂平这么一说，海风一声也没哼。只是心里想着，你平时气海山的时候忘了吗？你啥时候有好事儿想过海山呢？就你这过路拆桥的货，谁会帮你的忙呢？自己短把儿镰，就看四指远，咋还有脸胡思乱想哩？

刘清德赶着驴车很快就把麦子拉到了海山家。这时，忙了一天的建成骑着自行车赶来了。

"兄弟，你来得正是时候。来！搭把手。"海山说道。

一眨眼，几个人就麻利地把几麻袋麦子抬屋里了。海山把烟拿出来，给每个人让了一支。

刘清德使劲儿地抽了一口，笑着说道："今儿个一天也没吸几根烟，差一点没憋出病。"

海山顺手把一包烟递到刘清德手里，故意挑逗地说道："清德叔，烟你拿着，在俺家歇一会儿，多抽几根。免得俺婶子看到你抽烟后再唠叨你。"

刘清德"哼"了一声，说道："老子什么时候怕过恁婶子？我不是吹牛哩！我叫她头朝西，她就不敢头朝东。你们这些小子还看恁叔的笑话哩！在家里说话，恁叔永远是老大，不信试试看！"

谁承想，赶来的王春妮刚好在身后听了个正着。她快步走上前去，两只手稳稳地拧住了刘清德的两只耳朵，嘴里说道："我看你还试不试，你吹牛也不打草稿了，到什么地方都敢吹，母牛你吹死，你又吹忙牛。"

刹那间，刘清德刚才的得意劲儿变得无影无踪。他苦苦哀求道："我是给两个孩子说话哩！谁想到你咋过来了。好了！好了！别拧了。咱家你是老大，中吧？"

站在一旁的海山和建成霎时被逗得前仰后合，都急忙替刘清德求情。

海山笑着说道："婶子，饶了俺叔这一次吧！俺叔这次吹牛没睁眼。他要是看到你，就没这个胆儿了。"

王春妮把手松开，笑着说道："今天要不是恁两个求情，我非要把恁叔的耳朵拧下来当下酒菜不可。海山、建成，走！都到俺家吃饭去。今天晚上炒了几个菜，白天累了一天，晚上喝点酒解解乏。再陪着恁叔吹一会儿，别让恁叔吹牛的本领失传了。"

刘清德用手揉着耳朵，"嘿嘿"笑着说道："恁婶子这一提醒，我还真得留个心眼哩！你看人家练武的都有独门绝技。三百六十行，行行出状元。咱姓刘的也得找个偏门儿整整，要不就在吹牛上多下点功夫，将来一代一代往下传，没准也能光宗耀祖哩。"

几个人调侃着、笑着，欢快的吵闹声打破了海山家以往傍晚时的宁静。

三十三

月亮还没有退去黎明前的亮光。布谷鸟依然和昨天一样，用它那洪亮、清脆的声音不停地催促着："各家各户，割麦垛垛……"

为了不耽误收麦子，人们早早地就开始生火做饭，村子里时不时传来鸡鸣、狗叫声。此时是各家厨房里的风箱最繁忙的时刻，有的人家恨不得把风箱都拉散架了。一时间，各家的烟囱口不约而同地升起了袅袅炊烟，繁忙而又充实的一天拉开了帷幕。

刘清德不像昨天一样，起了个晕五更。日月催人老，岁数不饶人。毕竟年龄大了，精力一年不如一年，昨天的辛劳让他觉得有点累了。王春妮把饭做好后，他才翻身从床上坐起来，浑身禁不住酸痛乏力。

这时，海山赶来了。他伸头往牲口屋里一看，刘清德正来回地用手揉捏着腰。

海山说道："清德叔，你今儿个歇一天吧！明儿再干。"

刘清德回答道："那可不中，这麦忙天可不敢耽误，活动一下就没事儿了。过几天把麦子割完了再歇息。昨天割你的麦子，时间抓得有点紧。当时考虑着抢收抢种，怕耽误事儿。今儿个收俺家的麦子就不一样了，俺家种的是麦棉套，只要把麦子收了就中了，不用急着种。割的麦子多了，场里还放不下哩。就是想快也快不到哪儿去，不累那么狠了，我这腰也就没事儿了。"

吃过早饭，刘清德和昨天一样，套着驴车，拉着王春妮和秀花还有农具家伙，热热闹闹地出发了。喜旺牵着牛，海山在后边吆喝着。

今天一大早，人们匆忙的身影依旧。走在路上，似乎连打招呼的时间都没有。全村人都争先恐后，各尽所能。在赶往麦地的大道上，时不时地能看到一两个老人挎着破旧的篮子在忙着捡起牲畜的粪便。在农家人心目中，"种地不上粪，等于瞎胡混"，这些牲口粪可是大自然恩赐的上等肥料，农家人甚至把它看得比命还金贵。

时间一天一天过去了，村里没收的麦子已所剩无几。此时海风家的麦子还没收完，自从桂平看到海山的麦子收完后，她就等着海山来帮忙。然而她每天在地头看了无数遍，也没有看到海山的身影，焦急的眼神好像发出了绿光。

几天过去了，海山依然没有出现。此时，桂平再也忍不下去了，心里的鬼主意像火一样，越烧越旺。

这时，正割着麦子的桂平突然"哎哟"尖叫了一声，眼里浸着泪花对海风说道："海风，我没法干了，肚子疼得厉害。"

海风一边割着麦子一边回答说："你怎么了？不碍事儿吧？这大忙天，刘半仙也不会在卫生室待着。一会儿回家吃饭的时候，我拉着你去刘半仙那儿看看，打一针，包点药。"

桂平捂着肚子，半弯着腰，从麦地里走了出来，躺在地头的杨树下。她在树下躺了一会儿，心里思索着，这样终究也不是办法，还是要想个什么方法把海山叫过来帮忙才行。

这时，桂平捂着肚子，对虎子说道："虎子，你快去给恁海山叔说一声，就说我病了，在地头躺着哩！说病得厉害，疼得说话也没力气了。千万把恁海山叔叫过来。"

虎子听桂平这么一说，于是着急忙慌地跑到喜旺家的晒场。一路跑过来，虎子累得是气喘吁吁，上气不接下气，稚嫩的小脸憋得通红。汗水和泪水交织在一起，顺着小脸往下淌。他刚一看到海山，就"哇"的一声哭了起来。

海山急忙放下手中的叉，跑到虎子的面前，轻轻地摸着虎子的肩膀，急促地问道："虎子，你这是咋了？先别哭，慢慢说。"

刘清德一家人见状，也赶快围了过来，问个究竟。

虎子哭着说道："俺妈正割麦哩！突然病了。现在还在地上躺着哩！她让我叫你到俺场里去一趟。"

刘清德说道："海山，你快点去！不行了，叫喜旺跟你一起去。场里还有俺几个哩！你先去看看啥情况！"

海山说道："我自己去就可以了！"

说罢，海山急忙骑上自行车带着虎子来到了海风的晒场。桂平看到海山过来了，时不时地用余光扫视着，嘴里呻吟着，装作病得很厉害的样子。

海山走到桂平跟前，问道："你这是咋了？走！赶紧找半仙叔看看去。"

桂平装腔作势地说道："恁哥说刘半仙不会在家，可能在地里割麦哩！等一会儿，看看是啥情况，真不行了再去，这大忙天，能不耽误就不耽误。"

海山说道："忍着可不中，啥活儿也没看病重要，咋能拖着不治哩？"

这时，海风拿着镰从地里走了出来，说道："海山，你这么忙，你咋知道恁嫂子病了？"

海山回答道："刚才虎子给我说的。大哥，俺嫂子疼得这么厉害，你咋还有心割麦哩？你就不会先找半仙叔给她看一下？万一耽误了，你后悔都来不及了，人命关天哪！这麦子不要也得要人哪，我先到半仙叔地里给他说一声。你套上牲口把俺嫂子拉到他的卫生室，越快越好。"

说着，海山就要骑上自行车去找刘半仙。

这时，桂平从地上坐了起来，说道："海山，你先别去，刘半仙可能还忙着哩！你再等一会儿，尽量别给人家找麻烦。"

在桂平的再三劝阻下，海山只好把自行车放回原处，然后对海风说道："那先让俺嫂子歇一会儿，再观察一下，要是没有好转，再去找半仙叔。我先帮你把麦子拉到场里，一个人往车子上装可不中。"

海风说道："也好，今天你给我帮个忙，这一场麦子还能碾好哩！这活儿一会儿也不敢耽误。恁嫂子病了，往床上一躺，还真麻烦了！"

过了一会儿，桂平歇过瘾了，看到海山已被套牢，自己的目的已然达到。于是乎，她终于憋不住劲儿了，

她站起身来，哭丧着脸说道："海山，现在我肚里没有刚才疼得厉害了。我可不能一直躺在这儿，能干多少是多少。恁两个先拉着，我还去慢慢割。"

海山说道："你不能干就别干了，歇着吧！"

桂平说道："刚才，我可能是窝住气儿了，要是干着活儿，可能还好一点，你就放心吧！"

就这样，海山匆匆忙忙，一刻也不停歇地帮海风干了大半天，把地里割倒的麦子都拉到了场里碾好，打扫停当。

日落西山后，海山拖着疲惫的身子骑着自行车准备回家。他心里没多想什么，只要桂平的身体没大毛病就好，自己出点力不算什么。

临走的时候，海风说道："海山，你今天晚上到俺家吃饭！"

海山说道："我就不去了。我回家随便弄点就中了，你们不要做我的饭了。"

桂平看着今天收麦的进展，心中禁不住对自己竖起了大拇指。她似乎忘了自己尚在"病中"，嬉皮笑脸地走到海山面前，说道："海山，今天要不是你来帮忙，恁大哥俺俩到天明也干不完。终究还是亲兄弟，遇到困难才能看出谁近谁远。你先回去休息一会儿，等把饭做好了，我去叫你。明天你要是再来给俺帮一天忙，就基本麦罢了。"

海山没再说什么，骑着自行车离开了。他太清楚了，大嫂从来是光敲梆子——不卖油，宁舍千句话，不舍一文钱。要是等着她叫吃饭，那简直是白日做梦！今天过来帮忙，不都是看在大哥和两个孩子的份儿上吗？

趁着夜色，海山骑着自行车来到水塘洗完澡后才回到家里。他坐下来，点上一支烟。对于晚饭，他还真有些发愁。做馍太麻烦，索性擀点面条凑合吃一顿算了。

当他正拿着盆子和面的时候，喜旺从门口走了过来，说道："海山哥，你还做饭干啥哩！刚才我就来一趟了，你没在家。我也不知道你啥时候回来。我想着你即使给恁嫂子帮忙，也不会上她家吃饭，去俺家又觉得不好意思。别想恁些，走！上俺家吃去！秀花做好饭等着你哩！"

海风和桂平两口子赶着牛车回到家里后，桂平又磨蹭了很长时间才开始做饭。

海风说道："咱该做饭了，这都啥时候了，两个孩子没吃饭就睡着了。做好后还要叫海山吃饭哩！他给咱干了大半天，一个人回家做饭又不方便。等会儿把他喊过来，一块吃。"

桂平说道："做饭急啥哩！海山知道我身体有病。这么晚了，你就是叫他，他也不会来，肯定早躺下睡了。"

"这大忙天，你不管找谁帮忙，也应该管一顿饭哪。"海风说道。

桂平死皮赖脸地说道："我今天不是病了吗！海山给咱帮忙，就是不吃饭，他也不会往心里去，有特殊事儿了才能分出亲近哩！他啥时候也不会跟你一样，小心眼，想不开，一头撞到阎王爷蛋上——死不拐弯。海山吃一顿饭就显得亲了？不吃饭就显得远了？真是死物头，不可理喻。"

海风被桂平说得是一无是处，连招架的机会都没有，只是唉声叹气，心怦怦直跳。

海风家做好饭已经是晚上十一点多了。他知道，今天晚上这么晚才做饭，是桂平有意躲避海山来吃饭哩！而今天，桂平装病找海山来帮忙收麦的伎俩，稀里糊涂的海风一点也没察觉。

这时，海风把饭给桂平端了过来。桂平笑着说道："这还差不多，往后这种精神要继续发扬。"

桂平只顾自己得意地说着话。海风则吃着饭，一句话也没吭。

桂平接着说道："海风，我给你商量个事儿，明天吃罢早饭，你去跟海山打个招呼，让他再给咱帮帮忙，明天麦子就能割完了。你只要去叫海山，刘清德心里就是再委屈，也不好意思拦着，毕竟你是海山的大哥哩！"

海风说道："你咋还想着要海山帮忙干活儿哩！今天就来帮罢忙了，人家喜旺几天以前就帮海山把麦子割完了，海山要是不给喜旺帮忙，你觉得合适吗？再说了，海山连一个牲口毛都没有，都是用喜旺家的牲口碾的麦子。咱又没有帮海山一点忙，你就不怕村里的爷们儿在背后捣咱的脊梁骨吗？"

桂平生气地说道："我一句话也没亏说你，'信球日死驴，还说驴该死'。你的脑子是天冷时被冻成块儿了吧！啥时候也不会融化。我对你说，你找海山的时候，什么话也不用说，更不用解释。你就说我的病还没好，昨天夜里又厉害了，差一点没了。你这样说，海山肯定来，刘清德也没什么话可说。"

海风气得"哼"了一声，说道："我看你现在肚子不是不疼了嘛！今天晚上，你也没少吃呀！咱俩明天慢慢干，晚一天干完又能咋的？你就别想着海山帮忙了。啥时候也不能全是程咬金的斧子——往一个方向砍。缺德的事儿是绝对不能做的。"

桂平听着海风的话，气得把筷子往桌子上一摔，说道："咋了？你还嫌我吃得多哩！你这会儿给我讲了一大堆没用的道理，死蛤蟆你能说活，活蛤蟆你能说死，就是一点也不往正事上说。你一辈子啥球事儿也干不成，还气得像吹猪的一样，就是不服气。要是像这样被你一气，我正睡到半夜，肚子再疼起来，难道就不可能发生吗？我可不是小看你刘海风哩！你啥时候也难当上领导，就咱这一家的事儿，交给你去处理，肯定让你弄成八股子又一样，不信你试试。"

海风被桂平劈头盖脑地熊了一阵子，无奈地说道："你肚子要是再疼了，我明天就去叫海山来帮忙吧。要是没事儿了，我就不去叫了。"

桂平说道："这不也是个办法吗？啥时候活人都不能被尿憋死吧？办法都是被逼出来的，你觉得我想叫你去找海山帮忙啊？这不是没办法的办法嘛！谁不怕欠别人的人情哩？"

吃罢饭，海风收拾停当，已经是晚上十二点了。海风对桂平说道："你睡吧！我去地里看场去，别丢了东西。"

桂平说道："今儿晚上，你就不用去了，白天打的麦子都拉回来了，就那几样农具，谁也不会拿。你就在家里睡吧！明天早上，早点吃饭，抓紧把剩下的麦子割完。"

这几天，桂平虽是每天都去地里割麦，可每一天都是出勤不出力，算计着怎么偷懒才不至于把自己累得腰酸腿疼，心中始终惦记着海山的力气哩！她自以为，海山一定会来帮忙的。

桂平睡了一觉，早早地就醒来了。她蹑手蹑脚地从床上下来，打开门一看，天已经快亮了，并且清楚地听到邻居拉风箱的声音。她急忙回屋，躺在床上，碰了一下正在熟睡的海风，便在床上哼哼唧唧，装着肚子又疼起来了。

海风一听，急忙从床上爬起来，问道："肚子又疼了吗？"

桂平咧着嘴，说道："半夜就疼两次了，没舍得打扰你。你也累了几天了，我也心疼你，想让你多睡会儿。天快亮了，这一阵儿疼又上来了，等会儿你做点饭吃，赶紧去地里割麦。我昨天还听人说，近时几天还有雨哩！今儿个咱们还要抓紧把麦子割完哩！"

海风紧张地说道："我现在就拉着你去刘半仙那儿瞧瞧！"

桂平说道："咱先别去哩！你先做饭，等一会儿看看情况再说。今儿个是一点时间也不能耽误了。我就是忍着，也要把麦子割完。万一天下雨了，连阴几天，小麦生芽儿了咋办？到时交公粮，粮库也不要，自己也不管吃。弄不好，咱几口子一年的口粮还有问题哩！"

听桂平这么一说，海风脑子里一下子蒙了。心想，这咋弄啊！万一今天麦子割不完，被雨淋了那可就没办法了。

于是，海风抓紧时间把饭做好，简单地吃了几口，就急忙去找海山了。此时海山正在喜旺家吃早饭，原计划是今天把喜旺家最后一场麦秸垛在一起就算结束了。

海风来到喜旺家，慌慌张张地把桂平说的昨晚犯病的来龙去脉给几个人讲了一遍。

刘清德见状，干脆利索地说道："海山，今天你还去给恁哥帮忙，把他的麦子割完。万一老天下雨把麦子淋坏了，几口人一年吃啥？真不行了，让喜旺也抽时间去给恁哥帮一下忙。"

海山说道："清德叔，我一个人去就中，净给你们添麻烦。"

刘清德说道："这没事儿，谁一辈子不遇上几回困难哩！人得病是不分时候的。海山，你赶紧去给恁哥帮忙去。吃饭的时候，你还过来，我让恁婶子还给你留着饭。"

事已至此，海山只好去给海风又帮了一天的忙。忙到天黑，总算把麦子弄完了，可以说是场光地净。

桂平向地里望去，激动得像换了一个人，说话的声音也变了调儿。平时说话像打兔子枪一样，都带着火药味儿，唾沫星子像子弹一样从口中喷出，飕飕地带着响声。而今天说话时的情绪，委婉得似阳春三月吹开桃花的风，吹在脸上，舒坦在心里。

桂平笑着说道："海山，今天你可帮大忙了。明天老天爷就是下雨，俺也不怕了。有困难的时候，还是自家兄弟能帮大忙，指望谁也不中。晚一天，这茬活儿忙结束了，我给你做双鞋。你干木工活儿要锛的时候，软溜还安全。你先回去洗洗，我回去给你杀鸡吃。"

海山听着桂平的话，心里想着，这明摆着又是扎花枪，不等到猴笑，也得等到驴年马月了。

海山说道："我有鞋，大姐以前给我做的一双鞋还在那儿放着哩！你整天也忙，就不要做了。天这么晚了，恁几口吃吧！不用等我了，我回家还有点事儿。"

三十四

充实的日子总是过得很快。一眨眼，麦季不知不觉就过去了。

此时，海山的豆子已经长出十字叶状。刘清德有时也抽空到海山的地里转上一圈，瞅上一眼，对海山讲一些管理大豆的经验。

他对海山说："要记住！稀谷子，稠麦。麦子不能过稀，豆子不能过稠，这豆苗儿出得就不错。有钱买种，无钱买苗儿。麦茬豆苗儿不好弄，天干了，土壤缺水分，豆子不出苗儿。遇到下雨了，土死死地压在豆子上，更不好出苗儿。这么多年，种豆子是很多老庄稼金都头疼的事儿。"

海山拿着烟，恭恭敬敬地递到刘清德手里，客气地说道："清德叔，今年我的豆子长这么好，还不都是你的功劳吗？"

"这哪是我的功劳？还是你有福气，老天保佑着你哩！"刘清德回答道。

海山说道："你看！那几家种豆子的，都没我的豆苗儿出得好。今年，恁家没种豆子，到过年的时候，咱两家用我的豆子加工个大豆腐，过一个得劲儿年！"

"这么说，今年可以大胆多吃两口了，过一下豆腐瘾。"刘清德笑着说道。

海山说道："清德叔，别看你平时说话嘻嘻哈哈，自从土地承包到各家各户，你种庄稼还真有一套哩！"

刘清德笑着说道："你无论咋评价恁叔，我给你做事儿都是真心的。明天，我用牛拉着土犁子，把麦茬儿翻一下。把小草也盖住了，也能把豆根儿培一下，又能晒地，还能防止刮风时把豆棵刮歪了，也省时你费劲儿锄地了。把这活儿干完，你就可以去做木工活儿了。往后，这豆子地打药或者其他的活儿，我给你打理着。你好好学，家里的事儿，你就放心好了。等收豆子时，你再回来就中。"

海山说道："清德叔，我怎么谢谢你哩！我这个光汉条，你还能看得起我。"

刘清德说道："人活一辈子，长着哩！以前都说，三十年河东，三十年河西。现在变化快得很，是三年河东，三年河西。一切都在变，谁也不要看不起谁。你这孩子啥脾气我知道，旁人怎么评价你，你都不要往心里去，自己问心无愧就好。无论什么年头，人在人下能成人，树在树下不成林。别看现在你是一个单身汉，只要努力争气，要脸面，说不定老祖宗传流下的话会在你身上验证哩！小枣树，倒发芽儿，将来一发一扑拉儿（很多棵）。"

"清德叔，你说的是啥意思啊？我咋没听懂啊。"海山好奇地问道。

刘清德解释道："意思是说，别看你现在是一个人。照我说的去做，将来找个媳妇，生的孩子多得像羊一样，一群一群的。"

海山瞬间被刘清德的话逗乐了，笑着说道："清德叔，恁孩子谢谢你的吉言，将来如果能有照你说的这一天，我给你掂好酒。"

刘清德笑着说道："海山，你说话可要算数哩！张口为愿，许神，神等着；许人，人等着。等着有一天，你的愿望实现了，恁叔是真要喝你掂的好酒哩！"

海山高兴地说道："清德叔，你放心！我吐的唾沫是不会舔起来的。今天，咱俩说的话，以自己的良心为凭。"

时间过得很快。海山抽出一天的时间把麦子晒干，留了二三百斤装进囤里。然后把公粮、农业税交齐，剩余的卖了议价粮。

家里的事情都打理好后，他对喜旺说道："我把卖的粮食钱先领了回来，交的公粮票据给村会计，又把农业税钱交了。我明天就要走了，等收豆子的时候再回来。"

吃过早饭。海山依旧把板子绑在自行车的后座上，带着小黑就离开了家门。

由于昨天下了一场透雨，早晨的空气格外凉爽。今天的路上已没有尘土，只是车辙印里还留有一些污浊的泥水。

这次，海山的心里不像第一次离开家时那样酸楚，变得开朗多了。随着时间的推移和事物的变迁，原先伤痛的情感慢慢地淡化了。他认为，只要自己把这门手艺学好，将来凭借自己的努力，生活过得肯定一天比一天强，这是他最大的愿望。一切从头再来吧，他有这份自信。

海山骑着自行车走到刘庄村的大街上。意料之中，大街上如约而至地坐着那几个被誉为"晒干碗边子"的，不计报酬的"肉喇叭"传播者。那群老娘们儿是村里出了名的"天下知""万事通"。

她们很闲，闲到每天坐在大街上。她们很忙，忙到连刷碗的时间都没有。

以前，海山对这几个女人是又恨又怕，总是躲着她们，可有时还真就躲也躲不掉。不单是海山，村里的很大一部分人，只要看见她们，也是笑脸相迎，得罪不起。

她们坐在一起，眼睛像雷达一样，不停地搜寻着路上的每一个目标，来进行分析、评判。最后，发布的信息像瘟疫一样，向四面八方扩散。无论什么稀奇事儿，或者不值得一提的陈谷子烂芝麻的小事儿，只要被她们的"触角"捕捉到，一天的时间不到，方圆十里的村庄基本上都能传遍。传得是神乎其神，摸不到边际。

然而今天，海山一改往常。他昂头挺胸地走到她们面前，大大方方地跟她们打了声招呼，然后泰然自若地骑着自行车离开了。

海山想，怕她们在背后议论，她们就不议论了吗？她们的议论会因为你怕或者不怕而停止吗？自己长这么大，没做过一件亏心事儿。如今过得只剩一个光汉条，她们即使在背后说些什么，自己还能差到什么地步呢？就应当理直气壮地从她们面前走过。让这些人使劲儿说去吧！生活已经这样了，以后只会是蒸蒸日上。

大概走了一半的路程，海山停了下来。他站在路边，深深地吸了一口气，清凉的空气一瞬间直达肺腑，让他感到神清气爽。放眼望去，村民们繁忙的身影立刻映入眼帘。有的在补庄稼苗儿，有的在往棉苗儿上施化肥等。大家都趁这次透墒，全神贯注地摆弄着自己的庄稼。田野上，一片绿油油的生命正在茁壮成长。

稍息片刻后，海山骑着自行车继续踏上了奔往霍家集的征程，身旁的绿树一棵一棵地被抛到身后。

终于，经过一路的骑行，海山到达了目的地。刚到门口，他就热情地同做活儿的主家打起了招呼。

正在家里忙活着的女主人看到海山的到来，赶忙放下手中的伙计，客气地把烟、茶递了过来。

女主人热情地说道："刘师傅，先歇一会儿！万师傅昨天就捎信儿说，你们的麦子已经收完了，今天就来做活儿。他说，今年你们接的活儿多，大都是陪嫁闺女的嫁妆，要抓紧做，怕耽误别人的事儿。我今天早早地就把馍蒸好了，专等着你们过来哩！菜、肉、烟、酒都给你们准备好了。"

海山客气地说道："婶子，不要太麻烦了。俺们也是庄稼人，知道你们办事儿不容易。师傅也说过，好坏都没什么要求，吃饱就中了。"

这时，万师傅也骑着自行车赶来了。

万师傅对海山说道："海山，今天自力他们两个还来不了。家里的地多，还没忙完呢。今年找咱做活儿的人多。本来不想接了，可都是托亲戚朋友说的，也不好意思推托。不行了，到时咱们几个人分开做，自力他们两个也能独立了。你的基本功也差不多了，咱两个在一起做。关键的时候，他两个要是搞不懂了，我再去给他们指导一下。咱们几个随时可以来回调换，这样既不耽误活儿，还能提高你们几个独立做工的能力，学得更快也更扎实。这年头，一切都在发生变化。教徒弟不像以前了，不用非要学三年，谁聪明，谁有能力，就上手快。我希望你再努力一把，多用点心，尽量能早点儿独立！"

海山感激地说道："师傅，您放心！您说的话，我记住哩！"

这时，从外边走过来一老一少两个女人。年长的有六十岁左右，中等身材，头发已有些花白，饱经风霜的脸上布满了皱纹，看起来略显憔悴。

跟在她身后的年轻女青年，二十多岁的年纪，中等以上身材，高高的鼻梁，两只明亮的大眼睛镶嵌在圆胖、红润的脸颊上，闪现着青春、朝气的魅力。乌黑的头发披在肩上，看上去像是刚洗过，还没有干透。上身穿的是和《朝阳沟》里王银环的褂子一样颜色的方格衬衫，下身穿一件青色的确良裤子，脚上穿一双黑色圆方口带布带的，上边各绣了一只彩色蝴蝶的蓝色布鞋。美中不足的是，走路有点跛。

此时，年轻的女青年嘟囔着嘴，郁郁寡欢地站在年长的女人身后，但依然掩饰不住她那脸上泛起的红润。

万师傅从这两个女人的长相就能断定，二人是母女无疑，并且肯定是来找他做嫁妆哩！因为很多人都是这样，先来看看别人做的啥样式，顺便判断木工师傅手艺的高低。然后，再确定自己做家具的时间和件数。至于价钱，基本都是随行就市，倒没多少差别。

万师傅客气地说道："那儿有板凳，坐下休息一会儿。桌子上有茶。要是会抽烟，桌子上有。"

年长的女人笑着说道："万师傅，你忙！别耽误你干活儿。俺不会抽烟，随便站一会儿，看看你们做的是啥样式。"

这时，正在做饭的女主人听到说话声后，急忙从厨房里走了出来，笑着说道："老王嫂儿，咋是秋燕恁娘俩呀！啥风把恁娘俩刮到俺家哩！真是稀客呀！"

高青兰笑着说道："不就是这一段割麦太忙，没顾上来，你觉得时间长了。往后，有空了就来得勤了。"

女主人说道："老王嫂儿，你到堂屋里看看我给俺闺女做的嫁妆。有大衣柜、大方桌、写字台，还有两把椅子，这硬料全部是用俺家那棵大槐树做的。我准备再买一辆自行车和一台缝纫机。就是多花点钱，也要让闺女出嫁时有面子，可不能叫闺女委屈了。"

高青兰把女儿秋燕支到一边，有些不好意思地对女主人说道："俺秋燕出嫁时可没法跟恁闺女比。俺儿媳妇整天隔三岔五，比鸡骂狗的，说鸡不下蛋，狗不看家。眼看着，家里就要闹成一锅粥了。秋燕到现在都不太满意她这门亲事儿。我劝了她多少次，咱自己身体有毛病。有时你看上人家，人家万一看不上你呢，就别想那么高了！东庄这个孩子，虽不能赶集上店，做不了买卖，可人还算老实。啥事多操点心，过一辈子就算了！前年男方家来商量事儿，就没让他们来。去年还是没让他们来。这事儿一直拖到现在，确实没法再拖了。秋燕提起这桩婚事儿就流泪，我跟他爹看到秋燕这个样子，心里也不好受。秋燕也不小了，我们做父母的也没什么办法，真难哪！"

女主人听着高青兰的话，宽慰地说道："老王嫂儿，凡事想开点，顺其自然吧。没准哪一天，还有想不到的好事儿发生呢。天快晌午了，我不能再陪你们说话了，还要给师傅们做饭哩！"

高青兰注视着红色的大衣柜，上边还装了一块耀眼明光的穿衣镜。她把大衣柜的门打开，看了个遍，又用手轻轻地摸了一下桌子和写字台。

高青兰说道："万师傅的手艺还真不瓢（不赖）哩！这嫁妆结实耐用还赶时髦，怪不得找万师傅做嫁妆的这么多。"

接着，她从堂屋里走了出来，对万师傅说道："万师傅，俺家也要请你做家具哩！你们什么时候能到俺家去呀？"

万师傅迟疑了一下，说道："今年估计是没时间了。不出意外的话，俺们接的活儿就忙到过年了。你们也知道，咱这地方，嫁闺女还都是赶春节的多。要不你们再找别的师傅吧，别耽误了你们的事儿。"

高青兰哀求着说道："万师傅，我们做的嫁妆不多。你麻烦一下，看能否抽个时间给俺做，我多给你点工钱。俺家的情况特殊，事儿办得急。求求你！万师傅，你开开恩，帮帮俺，把俺的困难给解决了吧！"

高青兰站在那里，急得眼泪差一点掉下来。万师傅看着她这般模样，心中立刻就明白了七八分。他在外闯荡这么多年，这样的主家，他遇到过，但是不多。

万师傅唉声叹气地说道："你们遇到难处时来找我，我同情你们。但是，你们也应该理解我的难处。我接了别人的活儿，是不能随便退掉的，这一家的活儿马上就结束了。要不这样，等我这几个徒弟都到齐了，我给他们吩咐一下。先去一个人到你们家把料子弄齐，俺们分开来做。到关键的时候，俺们都去。这样，每一家都不那么紧了，也不至于其他人家不高兴。"

高青兰激动地说道："万师傅，谢谢你了！我今儿个就开始准备，等着你们。不会耽误事儿。"

话音刚落，秋燕便拽着母亲的胳膊匆匆离开了。

她们走后，万师傅琢磨着下一步的计划。他对海山说道："海山，刚才你也看到了，要不是看她娘儿俩有难处，这活儿是不能再接了。我是出于同情，才勉强接下的，到时候做不完的话，咱们就辛苦点。晚上加个班，也要把她们家的做好。我想，这两天自力他们两个来了，让他俩去另外一家。咱俩去刚才来的母女这一家，到时我给你把料子配好，再把用料的大小、长度、尺寸给你说一下。你用点心，记住它。眼时，你的基本功掌握得差不多了。往后，各种家具的用料都要牢记。你也知道，农村做家具的，有穷有富。有的木料准备得多，有的准备得少。做师傅，要想出一些办法，帮助穷苦人家多做一件家具。别的我也不多说了。有些事儿，你自己多品品！"

海山仔细地琢磨着师傅的话。他想，师傅的言外之意既浅显又深刻，做事儿之前要先学会做人。人做好了，才能把事儿做好。

三十五

过了几天，秋燕的父亲王有轩来接万师傅和海山去家里做活儿。进门一看，需要的所有木料都已经摆放在院子里。海山和万师傅没顾上休息就忙活起来了。

万师傅拿着一把尺子和一个墨斗，墨斗里插了一支铅笔。二人粗略计算了一下，这些木料只够做一个大衣柜，两把椅子，一个三斗桌，剩余的木板勉强还能再做一个储物箱。

万师傅对王有轩说道："老王，趁这个机会，你再找点木料给闺女做一个吃饭用的小方桌吧，以后生活中少不了啊。"

王有轩说道："就准备这么多了，家里确实一点木料也没有了，屋里的木料是给儿子盖房用的。"

万师傅到屋里一看，顿时吃了一惊，里面放了很多木料，别说是做一个小方桌，就是盖三间房都用不完。

万师傅说道："你们盖房子不是还没确定吗？到时要是不够，晚一天有机会了还可以再买嘛。如果俺们把这几件嫁妆做好后一走，恁就是想做也没机会了。"

王有轩哭丧着脸，小声说道："万师傅，你是不知道俺家的情况。就这几件嫁妆，还不知道咋给俺秋燕做的哩！"

接着，他用手指了一下里屋，摇摇头，说道："唉！没法说！"

此时，行走江湖多年的万师傅已经明白，老王家肯定有一个搅家不闲的儿媳妇。这样的儿媳妇，他见得多了，到哪个村子里，两桌也待不完。

万师傅无奈地叹息了一声，自言自语地说道："唉！谁家要是娶上这样的媳妇，真是能把头气炸。"

由于王有轩家做的家具不多，第二天，万师傅把需要注意的事项给海山安排停当后，就到另一家做活儿去了。

海山吃过午饭，没顾上休息，就开始忙活起来。王有轩两口子都上地干活儿去了，只有秋燕一个人在家做饭。

两天接触下来，本来快快不乐的秋燕，也会在海山需要用什么东西时帮着寻找一下。闲下来时，她就坐在板凳上织毛衣，有时纳鞋底，或者呆滞地看着海山忙这忙那。

在海山拿起墨斗打线的时候，秋燕看着他一个人打线的动作，心里觉得有些别扭。有几次，她都想走上前去，伸手给海山帮忙拉住线头。实际上，墨线的头上都有一个九十度的弯钉拴在上面。那是特意为木工师傅一个人打墨线时设计的。

秋燕终于开口了："刘师傅，我看你自己打墨线时，老觉得别扭。如果不行，你就让我给你帮个忙。"

海山头也没抬，只是自己拿着墨斗继续打线，说道："谢谢你，一个人用班母打墨线是常有的事儿。要是打墨线的时候，身旁没有人，你找谁帮忙哩！"

秋燕一听，好奇地问道："刘师傅，你手里拿的不是个墨斗吗？怎么说是个班母呢？我听着你们这些师傅说话有点蒙，这还有什么讲究吗？你们是不想让外行人听懂你们的暗语吧？"

海山笑着解释道："至于木工师傅有什么暗语，师傅也没怎么说过。如今跟以前不一样了，改革开放了，那老一套也用得少了。"

然而，秋燕还是想问个明白。这明摆着就是个墨斗，为什么要说是班母呢？

海山抬头一看，秋燕那两只水灵灵的大眼睛正像带着颜色的光柱似的注视着他。他急忙低下头，瞬间感觉脸上有些发烧，心里像敲鼓一样，咚咚地跳个不停。他一句话也没有回答，只是打线时变得手忙脚乱了起来。

这时，秋燕走到海山跟前，主动帮忙从墨斗里拉出墨线。海山只是低着头，红着脸，连一句谢谢的话也没有说出口。

海山越是说不出班母的来历，秋燕心里就越急着想知道。

她拉着墨线，急促地问道："刘师傅，这班母的名字到底是怎么来的？这你还保密啊？"

海山停了一下，长出了一口气，咳嗽了一声，结巴地说道："听……听师傅说，班母是为了纪念木工的创始人鲁班和他母亲而起的名字。因为鲁班平时做活儿都是自己一个人，他的母亲时常帮他拉墨线。后来，师傅们为了纪念这对母子，就把墨斗改叫班母了。"

秋燕听海山这么一解释，当即"哦"了一声，说道："原来是这么回事儿。"

秋燕帮海山把墨线打好后，海山把打好墨线的板子架在两个大板凳上，紧接着就开始锯了起来。

很快，汗水顺着海山的脸颊流了下来。他那两只有力的胳膊依然不停地拉着锯，胳膊上的肌肉高低起伏，锯出来的木屑不停地像沙粒一样往下流去。

这时，秋燕端来了一盆凉水，里边还泡着一条崭新的花毛巾。

她看着海山说道："刘师傅，你慌啥哩？看把你热的，洗洗脸，喘口气再干吧。我看这木工也是个出力活儿，要是没力气，还真不行哩。"

海山把锯放下，走到脸盆前，简单洗了几下。他没敢用那条新毛巾擦脸，而是站在那里，直接甩掉了手上的水珠。

接着，他客气地说道："木工就是力气活儿，如果身体有一点毛病，就干不了。"

海山捏了一下自己满是肌肉的胳膊，说道："干这活儿也能锻炼身体哩！这半年拉锯、推刨子、凿孔下来，人吃胖了，身上的肉也变结实了。回家干农活儿，觉得有使不完的劲儿。"

秋燕认真地看着海山，说道："刘师傅，你咋不用毛巾擦擦脸哪？看你的胳膊上，全是水。"

海山不好意思地说道："这是你的新毛巾，我怕身上出的臭汗把你的新毛巾弄脏了。这胳膊一甩，晾一会儿就干了。"

秋燕笑着说道："刘师傅，干活儿哪有不出汗的？你还说新毛巾、旧毛巾，怎么还讲究这么多？脏了我用肥皂一洗就没事儿了，你太客气了。"

听秋燕这么一说，海山情不自禁地傻傻一笑。他点点头，慢慢地从水盆里捞出毛巾，把脸和胳膊擦了个干净。

"刘师傅，那桌儿上有烟，还有凉茶。"秋燕说道。

海山说道："我平时很少抽烟。等会儿，下工没事儿了再抽。现在正干活儿哩，不能耽误正事儿。养成了烟不离嘴的坏习惯可不好，将来想改都改不掉。多花钱不说，对身体也没啥好处。"

秋燕一边纳着鞋底，一边和海山说着话："刘师傅，我看你干活儿时出手利索，听你说话也不是个糊涂人，办事儿肯定也不会拖泥带水。你闲时出门挣钱，你媳妇在家带孩子，种几亩地。你家的小日子过得不会差哩！凭你这身体，农忙时回家干活儿，比起笨手笨脚的男人，不说一个顶两个，也能顶一个半。大嫂这辈子找着你这样的，还怪有福气哩。"

海山停了一会儿，说道："唉！你说得不全对。不瞒你说，我是一个人吃饱，全家不饿，就一个人。只有小黑整天和我做个伴儿，上哪儿会有媳妇、孩子呀！"

听海山这么一说，秋燕立刻感到非常吃惊，心中充满了不可思议。她瞪大眼睛，看了一下海山，心中不由自主地想着，他身体这么强壮，这么好的块头，一眼就能看出是一个能立家，挑得起担子的人。怎么会没有媳妇呢？这怎么能使人相信呢？肯定是逗着自己玩哩！

秋燕笑着说道："刘师傅，你说的话，我怎么会相信哩？就你眼时的状况，要是连个媳妇都没找到，不是睁着眼睛说瞎话吗？你是把别人都当傻子，耍着玩哩！"

这时，海山把锯停了下来，郑重其事地说道："你不相信，我能理解。可我还真没有说一句假话。你要是不信，可以打听一下。"

海山的话盘旋在秋燕的脑海里，让她觉得难以置信，不过她没再多问。她看看表，已经是下午五点钟。于是她站起身来，开始准备晚饭。

傍晚，忙碌的一天就这样结束了，月亮早早地就照亮了宁静的村庄。

晚饭，秋燕做了四个菜。一个青椒炒鸡蛋，一个凉拌黄瓜变蛋，一盒鱼肉罐头，一个烧豆角，还有一瓶酒。

海山刚把工具拾掇进屋里，秋燕的爹妈就从地里回来了。她的哥哥王国斌、嫂子素枝还有侄儿小宝都回来了。

堂屋的餐桌上，王有轩和儿子王国斌正陪着海山喝酒。几个人刚端了一杯，还没有说上话。一不注意，小宝就用他那黑乎乎的小手把四个盘子的菜抓了个遍，桌子上顿时一片狼藉。

王有轩劝说道："秋燕，你先把小宝抱一边，你看他把桌子上的菜抓得乱七八糟。给他拿个碗，他想吃什么，就给他夹点。咱一家人没事儿，这儿还有刘师傅哩！人家累一天了，别搅和得吃不饱饭。"

秋燕把菜弄好后，抱着小宝正准备出去。然而，小宝突然又哭又闹地躺在地上，怎么哄都无济于事。

这时，素枝听到小宝的哭声，急忙从院子里走了过来，不分青红皂白就大声吼了起来："你们大人是人，他小孩就不是人哪？好吃的菜，大人还想吃哩！小孩就不想吃吗？上哪儿都没见过你们这样一家人。"

王国斌站起来，劝道："素枝，你吼啥哩？小宝也吃不了多少。他胡抓乱挠的，就不怕师傅笑话吗？咱不能不讲一点规矩啊！"

素枝说道："大人讲规矩就中了。他一个小孩，能知道讲啥规矩呀！你们这一家老少，啥时候讲过规矩？就不能见个穿裤子人，把这些穷规矩拿出来用在我的孩子身上，你们心里就不凉吗？"

说着，素枝顺手把小宝从秋燕手里拉了过去，然后随手把秋燕递过来的菜碗一下子摔出很远，吼道："要不是你，会有这事儿吗？你要是在娘家住到老，还能支天哩！"

自从素枝嫁过来这几年，家里就没有清静过。今天的场景，对于王家人来说，早已是司空见惯。王国斌更是一点办法都没有，他从一开始的据理力争变成了如今的忍气吞声。

秋燕默默地站在那里，苦涩的泪水忍不住流了下来。她揉着眼睛，心里暗暗发誓，今年一定要离开娘家，就是嫁到婆家瘦死，也不在这儿受气了。

秋燕心里，谁也不恨，只是怨自己命苦，小时候腿上得了急症。她常想，即使长了一个清醒的脑子，又有什么用呢？还不如像个傻子一样活着，反而开开心心、无忧无虑。

王有轩尴尬地劝海山不要见怪，继续喝酒。海山想，今天这个情形，哪里还有心情喝酒呢？自己的大嫂就够厉害了，没想到，秋燕的大嫂有过之而无不及。好在秋燕是个女孩子，还能找个人家嫁出去。要是个男孩子，再不能干重活儿，恐怕还不如我哩！

想到这里，海山顿时升起了对秋燕的怜悯之情，同病相怜的滋味萦绕在心头。然而他却无能为力。同是天涯沦落人，他能做的，就是尽最大努力，用心把秋燕的嫁妆做好。

海山懂得王有轩的难处。他把酒杯里的酒喝起，客气地说道："老王叔，今天一盅酒也不再喝了。你的情，我领了。请把馍端过来，咱吃馍吧！"

王有轩伸头看了一下堂屋外边，说道："刘师傅，你累一天了，还没有喝着酒哩！来，再喝一杯解解乏。"

"老王叔，不要再让了！平时我喝酒就不中，今儿个是真不喝了。"海山说道。

晚饭过后，王有轩领着海山去万师傅休息的地方。他趁着月光，从口袋里掏出两包烟递给海山。

海山客气地说道："老王叔，我没有烟瘾。你留着自己吸吧，我不要。"

王有轩很直接地说道："这烟是我特意买的，你就拿着吧！这是我的心意。晚上，你们抽吧。"

海山坚决推辞道："老王叔，你不要再让了！"

见海山这般坚决，王有轩只好把烟装进口袋里，客气地说道："刘师傅，今天晚上，俺家闹腾得也没让你吃饱饭，你可不要往心里去。平时，儿媳妇这样也习惯了。她的脾气就那样儿，俺们一家都让着她。等晚一天秋燕出嫁了，可能会好些。为了免生气，我和恁婶子准备搬到地里去住，家里啥东西也不要，在地里搭个草屋，离她们远点。俺老两口混一天少两晌儿，能有碗饭吃，少生气，就知足了。"

海山说道："老王叔，我看你也够实在的，你说的话我能理解，家家有本难念的经啊。"

两个人边走边说，很快就来到了万师傅休息的地方。

王有轩把烟掏出来让了一圈后，随手把烟放了在身旁的桌子上，不好意思地说道："万师傅，我给你们说件事儿，我也不嫌丑了。今天刘师傅在我家忙了一天，晚饭也没吃好。我向你们赔个不是，千万别往心里去，求你们一定把俺闺女的嫁妆做好。"

接着，王有轩把事情的前因后果一口气向万师傅说了个明明白白。

万师傅客气地说道："老王，你不要多虑。这么多年，像你们这样的家庭，我也碰到过，我知道你的难处，只要恁主家不赶我们走，我们就会把恁闺女的嫁妆做好。我以为是海山有什么不好哩！"

万师傅抽了一口烟，接着说道："老王，我可以这样说，我姓万的收了那么多徒弟，基本上脾气都很稳当。像海山，他投靠我时，我是打听了很多人后才收下的。说句不好听的话，我收他做徒弟，比给我的闺女找女婿还操心哩！海山跟着我几个月了，能干，脾气直，心眼好。我这辈子，踩百家门，吃百家饭，啥人都见过。我看过的人，十有八九都没错过，你就放心吧！明天，还让海山过去，晚一天我也过去，肯定把秋燕的嫁妆做得既结实又好看。"

听了万师傅的话，王有轩感激地两手抱拳，说道："万师傅，有你这些话，我就放心了。时间不早了，你们也累一天了，早点休息吧！我就不打扰了。"

第二天早上，海山又来到秋燕家。

一进门，他就看到秋燕正在做饭。只是憔悴的脸上没有一丝笑容，一双眼睛又红又肿。海山一看就明白，昨天晚上，秋燕不但没有吃饭，而且没少流泪。当秋燕看到海山的时候，急忙把脸扭到了一边。接着，快步向厨房走去。

这时，海山也扭过身去，开始忙活起来。他想着昨天发生的事儿，如果一个女孩子没有善良、忍耐的性格，眼睛就不会哭得如此红肿。她忍受着人格的侮辱，连一句话也没有反驳。可见她的心是多么得强大，又是多么得疼痛。

此刻，海山的心仿佛被撕裂了。他觉得秋燕就像一只在寒风中躲在别人屋檐下的小鸟，承受着孤独、饥饿，在冷风中瑟瑟发抖，无依无靠。他多么想伸出自己的双手，把她捧起来，揣在怀里，暖一暖，抚平她的伤痛。

他还觉得，秋燕就像一朵生长在冰天雪地里，含苞待放的梅花，与风雪为伍，在风雨中煎熬。

他在心里真诚地祈祷，愿这朵梅花，有那么一天，开得鲜艳、无瑕。

三十六

吃过早饭，秋燕的家里和昨天一样，就剩下海山和她两个人，其他人都上地里干活儿了。

然而，秋燕却不像昨天下午那样，坐在板凳上纳鞋底。她躺在里屋的床上，用湿毛巾蘸点盐水，敷着她那又涩又酸的眼睛。

她不想让海山看到自己这副模样。这么多年，她逆来顺受着命运与生活的不公，不愿把内心深处的柔软轻易示人，习惯了自己去慢慢消化。

今天，海山准备用刨子刨板子缝。刨平后，再用胶粘桐木板子。这个活儿的前提是，务必把刨刃磨得非常锋利，不能有一点瑕疵。

海山在院子里瞅了一圈，也没有找到磨刀石。于是在无奈的情况下，他走到堂屋门口，轻轻地敲了一下门。

秋燕听到敲门声后，急忙坐起身来，问道："刘师傅，有事儿吗？"

海山不好意思地说道："你帮我把磨刀石找一找，我把刨刃磨一下。"

不一会儿，秋燕低着头从里屋走了出来，把磨刀石递给了海山。

海山说道："谢谢你，你歇着吧。有事儿我再叫你。"

海山接过磨刀石后就开始磨刨刃。当他把刨刃磨好，用手摸刨刃是否锋利的时候，一不小心，手被刨刃割了一个口子。只听见他"哎呀"一声，刨刃就掉在了地上。他急忙用另一只手捏住划破的手指，可是鲜血依旧顺着指缝儿往下滴。

秋燕听到声音后急忙从里屋跑了出来。当她看到海山滴血的手时，毫不犹豫地从口袋里掏出自己的红手绢，来给海山包扎伤口。

当海山看到秋燕掏出的是一条崭新的方方正正的红手绢时，突然把手缩了回来，说道："秋燕，这条手绢是新的，浪费了，我的手没事儿。找一块破布，撕一块火柴盒上的纸皮儿，粘一下就没事儿了。"

秋燕慌忙把手绢抖开，两只手拉住海山的手，心疼地说道："刘师傅，你的手流这么多血，咋还顾及我的手绢哩！走！我带你去卫生室包扎一下，打一针破伤风。"

海山说道："我没事儿，整天干活儿，碰伤手是常有的事儿，每次都没有包过。等一会儿血就不流了，过不了几天就好了，就不去卫生室了。"

秋燕用手绢把海山的手缠好后，抬头一看，一瞬间，双目交汇，两个人同时出现在了对方清澈的眼睛里，脸蛋儿火辣辣地热。

秋燕慌忙低下头，红着脸，拉着自己的衣角，说道："刘师傅，我以为你哭了呢。"

海山微笑着说道："这点小事儿就哭鼻子，还算个男人吗？男儿有泪不轻弹哪。只是可惜了这么好的手绢，我一定送你一条新的。"

秋燕劝说道："不用客气！要不还是去卫生室瞧瞧吧！"

海山说道："我没事儿！师傅安排的活儿紧。一忙起来，说不定，手还好得快呢。"

说罢，海山忍着疼痛又继续忙碌起来。这一切，都被秋燕看在了眼里。

一眨眼，到了下午，海山把所有的板子缝都刨完了。他稍微休息了一会儿，就开始搓粘板子的麻绳。他又一次不得不找秋燕来帮忙。

海山笑着说道："秋燕，我还要请你帮一下忙，搓几十根麻绳。你给我帮忙，到时候我给师傅说一声，少要你们一些工钱。"

秋燕笑着说道："刘师傅，你不要提帮忙的事儿，工钱俺一分也不会少给。你只要把家具做好就可以了。我这不是给你帮忙，是为自己帮忙哩。"

浅蓝色的天空，万里无云。两个人一边搓着麻绳，一边谈天说地。院子里的那棵石榴树生怕打扰了他们的兴致，静静地为他们撑起一方阴凉。这一刻，秋燕所有的烦恼都随着风儿飘走了。

他们从家常谈到人生，述说着过往，憧憬着未来。时而开心一笑，时而又唉声叹气。一时间，他们忘记了周围的一切，仿佛来到了一个只有他们两个人的世界。

秋燕问道："刘师傅，你就这样甘心自己过一辈子吗？"

海山露出无奈的神情，说道："俺家姊妹伙儿的多，父亲走得早，家里比较穷。我虽然只是初中毕业，但是浅显易懂的道理，我还是明白的。不像有些人，活了一辈子都没活明白。用咱老百姓说的一句话就是，吃屎不知道香臭，狗屁不通的人。其实，我不想评价任何人，更没有资格评价别人的对错，因为我自己都没有做好。但我实在是看不惯那些整天耍心眼儿，搬弄是非的人。我也想改变自己的现状，但我有个底线，像恁嫂子，还有俺嫂子这样的女人，我就是再穷，打一辈子光棍儿，也不会找她们这一号的。"

秋燕接着问道："刘师傅，那你心里想找一个什么样的女人呢？"

海山说道："我想找的，不讲外表，只要通情达理，不胡搅蛮缠，一般就中。我不需要她有太大本事，能打理一家人的吃穿就行，也不想让她出多大力。我总以为，男人是挑水桶，女人是积水缸。这年头，改革开放了，男人在外边挣钱，女人照应着家。只要女人在家，就永远有男人的避风港。两口子在一起要将心比心，不但要讲感情也要讲义气。这样，将来双方都不会做一些心凉的事儿。"

他们说着话，不知不觉就把几十根麻绳搓好了。紧接着，二人又一起粘板子。

海山对秋燕说道："你扶着这两根木棍儿，我把板子放好后再刷胶水。"

海山把麻绳放在板子下边，说道："秋燕，粘板子时，两个人要齐心协力，不能心不在焉。如果一个人岔心，这板子就粘不结实了。粘板子和搓麻绳一样，要两个人才行。"

说着，海山抬起头看了一眼秋燕。他发现秋燕正面带微笑地看着自己，心里猛一激动，刚粘好的板子，呼啦一声散落在地，板子上刷的胶水粘满了泥土。

秋燕笑着说道:"刘师傅,你在想什么呀?你不是说粘板子的时候不能岔心吗?这事儿可不能怨我呀!"

海山挠挠头,尴尬地说道:"我没有岔心哪!是你岔心了吧!你要没岔心,为什么会笑呢?"

霎时,秋燕发出了"咯咯"的笑声,说道:"刘师傅,将来要是你媳妇跟你在一起干活儿,出现了差错,你会不会发脾气骂她呀?"

海山笑着说道:"将来如果我能娶上媳妇,肯定把她当宝一样照顾,怎么舍得骂她呢?因为她是个明白人,自己就已经责备自己了,根本没有骂她的理由啊。说实话,我从来不看好那些整天耍大男子主义的人。女人是一朵花,需要男人用心去呵护。这样,这个家才能蒸蒸日上。"

秋燕琢磨着海山的话,心里觉得,海山正是自己要找的那个白马王子,除了年龄比自己大几岁,其他没有一点挑剔的。话说回来,他年龄大些,经过的事儿多,思想会更成熟,办事儿也会更稳妥。家里虽是穷点,但只要不怕吃苦,肯努力,将来即使不很富有,在村里也能过得一般以上。

就我这现状,嫁给海山这样的穷单身汉也不怕。将来有一天,我们过得富裕了,回头看看我们一起经历风雨走来的坎坷路程,不但是美好的记忆,更是我们之间永远剪不断的感情纽带。我要是嫁给一个自己不喜欢的人,恐怕会是永远的遗憾。是的,不能再犹豫了,勇敢一次吧。我和海山现在都是单身,何不跟随自己的心走呢?

想到这里,秋燕心里的天平极度倾斜了。然而,她转念一想,心仿佛被针扎了一下。自己这样腿有残疾的人,海山会愿意吗?她暗暗下定决心,只要海山愿意,他就是再穷,自己也没意见。就是穷到饿死,自己也心甘情愿。

突然,呼啦一声,板子又一次五零四散。

这时,秋燕像做梦一样,"哎呀"一声,不好意思地说道:"刘师傅,这回不怨你,是我在开小差儿。"

海山笑着说道:"没事儿,这一回没粘好,咱们再来一回。绝对不会有第三回了。"

秋燕说道:"刘师傅,像这样,你心里就不烦吗?"

海山说道:"你要是不给我帮忙,我连这些活儿也干不成,应该知足常乐才是。"

海山说的话,让秋燕有一种如沐春风的感觉。她祈祷着,愿心中所想,能尽快变成现实。

"秋燕,我知道你刚才在想什么。"海山笑着说道。

秋燕心里一惊，眼神霎时变得闪躲，急促地说道："你……你怎么会知道我在想什么？你就是孙悟空，我不说，你也不会知道。"

海山说道："你肯定是在想昨天晚上的事儿。天马上要黑了，今天晚上做饭的时候，就别麻烦了，不要炒一盘一盘的了。就煮上一锅菜，每人舀上一碗，小宝也没法捣乱了，免得再生闲气。"

秋燕客气地说道："刘师傅，那可不中！你累了一天了。让你吃不好饭，我心里也不好受呀！今天俺嫂子还能和昨天一样吗？"

海山说道："秋燕，你就听我的吧！我绝对不会在意的。我昨天一见到你，就看出你是个懂事儿的女孩子。碰到恁嫂子这样的人，谁也没有办法，你惹不起她。唯一的办法就是，我抓紧时间把你的嫁妆做好，你早早离开这个家。"

接着，海山唉声叹气地说道："谁要是娶到你这样的女孩子，想过不好都难，那个男人才是真有福哩！我，我是没那个福气。"

秋燕听着海山的话，顿时感到又惊又喜，同时又难以置信，耳朵好像失灵了一般。海山怎么会说出这样的话呢？难道他心里对我有什么想法吗？

于是，她试探性地问道："刘师傅，刚才你说什么？我没听清。你再说一遍，我，我，是什么意思？"

海山看着秋燕吃惊的眼神，停顿了一下，红着脸说道："秋燕，我……我就给你直说了吧，你可不要见怪！我是说，我这辈子都没那个福气找到你这样的女孩子。可能再遇见你，得等到下辈子了。"

听着海山的话，秋燕立刻感到有一股电流，一下子触及心灵深处。她的手又情不自禁地松开了，几块板子又一次散落在地。

这时，秋燕激动地一把抓住海山的手，心脏咚咚地跳个不停，有种快要跳出胸腔的感觉。

海山也抓住了秋燕那双软绵绵、热乎乎的双手。一瞬间，他觉得抓住了自己生命中的全部。

这时，秋燕急忙把手缩了回来。海山的手上很快显出了几道红印，慢慢地浸出血迹。

秋燕又一次仰起脸看着海山，那含情脉脉的眼神让人如痴如醉。圆胖的脸颊在晚霞的映照下，泛起粉红色的亮光，像一朵盛开的玫瑰花，散发着诱人的芳香。

突然，小黑跑到他们面前，"汪汪"地叫了几声。不知是在为他们打气，还是以为他们在打架，特意跑过来劝阻。

二人心照不宣，都羞涩地笑了。定了定神后，都没有抬头，只是默契地捡起地上散落的板子。

待板子粘好后，秋燕微笑着说道："刘师傅，我去做饭了，就照你说的做。万一不好吃，你可不要怪我。"

三十七

今晚的月亮格外明亮，就是坐在月光下看书，也没人说你是装的。海山吃过晚饭，就高兴地带着小黑准备出门。

王有轩把海山送到门外，客气地说道："刘师傅，我送送你！"

海山也客气地说道："老王叔，不用送了。你早点休息吧，明儿个见！"

此时，秋燕也站在门口目送着海山远去，直到看不见海山的身影。她虽然一句话也没说，可心里却是甜甜的。

把一切收拾停当后，秋燕拿了一把椅子坐在院里的那棵石榴树下，一只手托着下巴，仰望着星空。心里想着，怪不得今天的月亮这么圆，原来今天是农历的六月十六。十五的月亮，十六圆嘛！

今天发生的种种，让秋燕重新燃起了对美好生活的期望。她咬着嘴唇想着，只要海山愿意，我绝对没有意见。拼一次吧，放弃以前的唯唯诺诺，为自己的心活一次。这是人生中最关键的抉择，如果此时意志稍显脆弱，以后再后悔也无济于事了。即使将来不遂人愿，那也是自己心中所选。

这时，高青兰也搬个板凳坐在了秋燕身边。

高青兰对秋燕说道："秋燕，妈给你说个事儿。你婆家那边听说给你做嫁妆，托媒人捎信儿说，等嫁妆做好了，就来商量结婚的事儿了。妈也不想半晌不夜地给你办事儿，想搁到春节。咱家的情况，你也清楚。素枝的脾气上来了，咱这一家都惹不起她，你也跟着受委屈。时间长了，恁嫂子要是给恁哥闹起离婚来，可咋办哪？前天恁嫂子骂骂咧咧的，把你气得眼睛也哭肿了。做妈的心疼啊！只怪恁爹妈没本事，护不了你。"

高青兰叹了一口气，抽泣着继续劝说道："妈知道你不喜欢东庄那个孩子，妈支持你。这几年，我也一直在打听着，想找个让你满意的人。可事到如今，也没有碰到。唉，这就是命啊！秋燕，你就认了吧！年纪大了，哪有不嫁人的？嫁过去好好过日子，也比在家里拖着，受气强啊！"

秋燕说道："妈，我知道你也很难。你听我说，这几天先不要让东庄来人，等我想好了再说。我听你的，结婚可以提前，我认自己的命。以后，即使在婆家受欺负，我也不会来娘家门上说一声。再穷，也不会来娘家要一粒粮食。"

停了一会儿，秋燕接着说道："妈，你去睡吧！别再为我累心了。"

夜深了，秋燕起身回到屋里，躺在了床上。她辗转反侧，久久不能入睡，反复琢磨着。

最后，她下定决心，抱着一线希望，放下自己的面子，做最坏的打算。等明天海山来的时候，把心里话向他讲清楚。即便这事儿传出去，外人说自己贱，自己也认了。如果海山不同意，自己也决不后悔。如今时代不同了，决不能像以前的人那样，憋死都不说一句话。

趁着月光，海山带着小黑回到了休息的地方。

"海山，秋燕家的活儿干得怎么样了？"万师傅问道。

海山回答道："今天下午已经把板子粘好了。明天把硬料刨好后，您把孔画一下，我再凿孔。"

万师傅说道："那你干得可不慢哩。做活儿时，尽量用尺子多量一遍，不要出差错。小心没大差，粘板子的活儿可不是一个人能干的。"

海山抓了抓头发，笑着说道："是秋燕帮忙粘的。别看秋燕的腿有点毛病，她啥活儿都能干，做的饭也好吃，脾气也温柔，一说三笑。昨天，她嫂子骂她，她一声都没吭，两只眼都哭肿了。我觉得俺嫂子不是个省油的灯，没想到，秋燕的嫂子更是个母老虎。"

万师傅接着说道："秋燕这闺女长的就是旺夫相，谁能娶到她，老坟里可真冒青烟儿了。她要是找个狗屁不通的人，整天鸡毛狗不是的，那这辈子就窝囊死了。"

海山笑着说道："人家秋燕马上就要出嫁了，我这辈子是不用再想了，我可没那个福气。我穷得叮当响儿，除了老鼠整天惦记着我那几袋粮食，哪会有人愿意跟着我哩！"

万师傅开玩笑地说道："这可不一定，不要认为自己小三（排行老三）一辈子没马骑，永远是个倒霉蛋儿。人只要心地善良，为人正直，有时，好运自会送上门，偷着乐的事儿多了。"

说着，万师傅把烟掏出来，递给几个徒弟。当海山伸手去接的时候，原本不想让几个人看到自己被红手绢包住的手，但还是没能逃过几个人的眼睛。

万师傅吃惊地问道："海山，你的手咋用红手绢包住了？是不是碰着了？"

海山笑着说道："今儿上午磨刨刃的时候，一不小心把手割破了。秋燕从口袋里把手绢掏出来，给我把手缠住了。"

这时，两个师兄探着身子，调侃道："师弟，你是有意把手割破的吧！心里肯定想着这条红手绢哩！秋燕的香气儿还在上边哩，不信你闻一下。你要多包几天，就是手好了也别扔，留个纪念。"

海山把手指放在嘴边，"嘘"了一声，小声说道："可不敢胡说，别让外人听见了。"

万师傅也急忙制止道："说话注意点，隔墙有耳。出门做师傅要嘴稳、手稳！"

通过几个月的接触，万师傅对海山的性格有了进一步的了解。他早有心给海山找个媳妇，他觉得，这也是师傅应该操心的事儿。

然而他想，找媳妇可不是一件容易的事。因为海山的年龄也不小了，不说其他的，就这一条，在十里八村就会增加一些难度。女方没有一点毛病的，人家应该不会同意。有点毛病的，还怕海山看不上。像秋燕这样的，腿有点毛病的人，即便海山愿意，可人家马上要结婚了。看来只有多留意，等以后碰上媒茬儿了再说吧。

海山静静地躺在床上，想着这两天在秋燕家发生的所有。他忍不住用手抚摸着那条红手绢，又拿起来放到鼻子下深深地闻了一下。师兄说的是真的，红手绢上的味道依然存在，那是和秋燕在一起干活儿时的味道。

海山情不自禁地咽了几口唾沫，才慢慢地把心平静下来。他又用手摸了一下自己的手面，被秋燕抓的指印处依旧有些发热。

当时他多么想把秋燕抱在怀里。然而他知道，自己不能这么做，那可是在秋燕的家里，万一被别人看见，就把秋燕这辈子给毁了。可从秋燕脸上的表情和说话的语气里，他感觉到了秋燕对自己的好感。那种感觉像早晨的雨露、阳光，滋润、温暖着他那颗忐忑的心。

海山想着刚才师傅说过的话，如果谁能把秋燕娶到家，真是有福了。师傅说的话是不是在给自己暗示呢？我对秋燕的好感，秋燕能否感受得到呢？我如果对秋燕把话说明，万一秋燕不愿意呢？

过了一会儿，海山安慰着自己，别瞎想了，还是睡吧！看明天有什么新的变化吧！总不能野地里烤火——一个方向热吧，明天还要干活儿呢。

第二天，海山和昨天一样，早早地就来到秋燕家里。刚一进门，正好看到秋燕端着馍筐从堂屋里向厨屋走去。

她看到海山，笑着说道："刘师傅，这么早就过来了，我还没做饭哩！"

海山笑着说道："做饭慌什么，又不是赶时间搭火车哩！出来干活儿，在谁家时间长了，人就混熟了，和一家人一样。一顿饭不吃，照样干活儿。"

秋燕笑着说道："刘师傅，瞧你说的。越是一家人越要吃饱哩！不吃饭还去干活儿，一家人肯定会心疼你，还要给你做好吃的哩！"

说话间，海山已经把工具从屋里拿了出来。实际上，海山说一家人，是有意在试探秋燕对自己的态度。

吃过早饭，家里依旧只剩海山和秋燕两个人。秋燕纳着鞋底，来到海山的面前，问道："刘师傅，你的手还疼吗？真不好意思。"

海山有些激动地说道："你……你说的是哪只手呀？"

秋燕也没有回答，直接走上前去，抓起海山那只被她抓破的手看了又看。此时，她的脸色已不像昨天那样羞红。

停了一会儿，秋燕鼓起勇气说道："刘师傅，我想问你一句话。你心里对我有什么看法？你心里要是真的有我，你就直说。今天，我也不讲什么面子了，我心里有你。"

海山一听，激动地"啊"了一声，郑重其事地说道："秋燕，你千万考虑好，这可是终身大事儿。你这样说，那我就把心掏出来让你看看！"

此时，海山像是触了电一般，浑身热血沸腾。短短几天的接触，一个陌生的女孩竟然愿意把她的一辈子交给自己。他在心里感叹着，多天真、多单纯的女孩啊！她把一辈子都赌在我的身上，我一定要护她到老。

想到这里，海山再也按捺不住内心迸发的情感。他随手拿起斧子，就要把手指头砍掉一个，以示诚心。

秋燕见状，又急又喜。她急忙抓住海山的手，说道："你只要有这个心就中了。"

海山严肃地说道："秋燕，说句心里话，我一来到你们家，你就在我心里留下了很好的印象。可是我不敢说，也不敢多想。我年龄大了，怕伤了你的自尊心。今天你这么一说，我真不知道说什么好。"

秋燕又一次紧紧地抓住海山的手，脸贴在了海山的手臂上。这手臂，让她觉得很安全，很温暖。这一刻，她像是一只漂泊在海上的孤舟，终于找到了停泊的港湾。

突然，素枝从外边火急火燎地回到家里。她还没有走到门口，就传来了她骂小宝的声音："你个小鳖孙儿，一会儿渴了，一会儿饿了，非要把老娘作死不中。"

海山和秋燕听到素枝的声音后，两个人的脸色立刻吓得苍白，同时把手松开了。

　　情急之下，秋燕急忙拿起鞋底继续纳着。慌忙之间，手指被扎出了血，可她一点也没有感到疼痛。

　　海山也急忙拿起斧子敲打着，以示忙碌。

　　素枝从屋里拿了一块馍，又提了一瓶水。临走的时候，阴阳怪气地说道："鸡子不下蛋是不下蛋，就是下个蛋也被狗吃了。"

　　说着，随手使劲儿地咣当一声把门甩上了，差点儿没把门甩到门框外边，震得门头上的土坷垃直往下掉。

　　秋燕听到素枝骑上自行车的声音后，蹑手蹑脚地走到门口想看个究竟。确定素枝带着小宝已走远，她才捂住自己的胸口，瘫坐在椅子上。

　　等了好一会儿，秋燕才说出一句话来："我的妈耶！差点没把我吓死，现在心还乱跳哩！要是让俺嫂子知道了，她不把俺老祖宗骂翻身才怪哩！"

　　海山走到秋燕跟前，蹲下身子，小声说道："我的心也吓得咚咚直跳，恁嫂子比俺嫂子厉害多了。平时俺嫂子再厉害，也不敢在我面前骂。秋燕，你先平静一下，别想那么多了。"

　　秋燕想想眼前这个家，哪还有一点留恋的地方？看来只有把心一横，豁出去了。三十六计——走为上策。

　　于是她对海山说道："海山，你也看到俺家的情况了，我一会儿也不想在这个家待了。这两天俺妈对我说，东庄要来俺家商量结婚的事儿，让我去打结婚证哩，你看这事儿咋处理？"

　　海山说道："你心里咋想的？我依你的想法，你说咋办就咋办！"

　　秋燕说道："我想和你一起走，走得越远越好，永远离开这个家。"

　　听秋燕这么说，海山觉得异常感动。这种感动，他从没拥有过。

　　他注视着眼前这个傻傻的女孩，温柔地说道："秋燕，你不是在说傻话吧？你走了，还有恁多妈哩！"

　　秋燕说道："走的时候，先不告诉他们，等过一段时间再跟他们说。"

　　海山说道："你不要急，让我考虑一下，这可不是小事儿，要三思而后行啊。"

　　停了一会儿，海山用手拍了拍自己的脑门，小声地对着秋燕的耳朵说了几句话。

　　随后，秋燕点点头，说道："照你说的也中，这样更稳妥一些。"

三十八

忙活了一天，海山又回到休息的地方。他把万师傅叫到门外，找了个僻静的地方，把秋燕和他商量的计划向万师傅讲了个清清楚楚。

万师傅迟疑了一下，说道："这个事儿说难也难，说容易也容易。依我对秋燕他爹的判断，她爹是个认死理儿、好面子的人。他们家已经推了东庄两年了，到了这个关口，王家人是不会同意秋燕和你在一起的。可话又说回来，只要秋燕愿意嫁给你，这事儿就好说。海山，你应该懂我的意思。秋燕那闺女为了你，可是冒了天下之大不韪啊。你可要好好珍惜，千万别干坏良心的事儿啊。时间久了，王家人也许就会接受你了。明天我去秋燕家摸摸底儿，还是谨慎为好，达到万无一失。"

第二天，万师傅早早地带着徒弟们一同来到秋燕家里，目的就是尽快把这几件嫁妆做好，让秋燕和海山早一日离开霍家集。这样做，一是不能给秋燕的父母留下个烂摊子，二是免得家里起疑心，短时间内不会怀疑到海山头上。至于做好的嫁妆，秋燕肯定是不用想了。

万师傅几个人刚到门口，王有轩就急忙迎了上去。

万师傅说道："老王，今天俺几个都过来了。听说恁家要提前办事儿，俺就把那一家的活儿先放下了。先抓紧把秋燕的嫁妆做好，怕耽误你们办事儿。"

王有轩客气地说道："真是谢谢万师傅了，这样抬举我。"

万师傅说道："老王，客气啥？谁急先顾谁嘛！"秋燕站在一旁什么也没说，她知道万师傅几个人的用意。

为了玉成此事，几个人忙活了几天，终于把嫁妆做好了。

万师傅通过这几天和秋燕的接触，更加认可秋燕的品格，他认为秋燕真是难得的贤妻良母。他想，海山和秋燕在一起，凭着二人齐心协力，几年的光景，就会把日子过得像模像样。真是应了那句话，踏破铁鞋无觅处，得来全不费工夫。没想到，海山跟着我当徒弟，竟收获了人生中最贵重的宝藏。男人找女人，可不是找摆在堂屋里的花瓶哩。过日子，有一个好的品行实属难得。

吃过晚饭，万师傅几个人把工具收拾好后就离开了秋燕家。

本来万师傅一高兴，不打算要工钱了，然而海山说道："师傅，我和秋燕的关系还没有公开，千万别露出马脚了，工钱还是收着吧。"

两天后，海山把小黑和自己的行李提前送回了家。当天晚上，他拿着手电，骑着自行车赶到了他和秋燕约好的霍家集东边不远的一棵大树下。

与此同时，秋燕也趁着一家人睡熟之际，把平时换洗的几件衣服神不知鬼不觉地简单打了个软包，小心翼翼地背在肩上，然后便走出了院子。

感到一切安然无恙后，她双膝跪地，眼含热泪，对着家门重重地磕了几个头，嘴里说道："爹！妈！二老多保重，女儿不孝，对不起！"

刹那间，她好像一只拼上性命冲破牢笼的小鸟，用力抖动着被捆绑已久的翅膀，冲向自由浩瀚的蓝天。

海山看到秋燕用手电发出的信号之后，急忙从那一棵大树下的庄稼地里钻了出来。他把秋燕紧紧地拥在怀里，轻轻地抚摸着她的秀发。

随后，秋燕坐上海山的自行车，离开了霍家集。此刻，夜深人静，只是听到远远的身后传来一阵阵狗的叫声。

海山带着秋燕大概走了五里地时，仔细听了一下，一切平静如常，于是就把自行车停在了路边。

秋燕急促地说道："海山，咋不走了？要是有人追来了，就走不掉了。"

海山说道："没事儿的，你放心。"说罢，他用电灯晃了三下。

这时，喜旺和建成急忙拖着自行车从路边的玉米地里钻了出来。

喜旺看着气喘吁吁的海山，小声说道："海山哥，我来带着俺嫂子。建成，你走在后边，观察着动静。"

就这样，几个人一口气骑了十多里路才敢停下来。此时，半个月亮悄然从天边升起，路上已些许清晰了。

海山说道："兄弟，歇会儿吧！他们就是追，也追不到这儿了。"

喜旺热得浑身像洗过澡一样，小声地笑着说道："海山哥，你和俺嫂子千万别忘了请俺俩喝喜酒呀！"

"兄弟，你放心，就是我忘了，恁嫂子也不会忘的。"海山笑着说道。

秋燕不好意思地说道："现在可不能叫嫂子，俺俩还没有结婚哩！"

建成笑着说道："说得也是，还没压钢印儿哩！"

一时间，秋燕被建成这句话说蒙了。她诧异地问道："海山，咱们就离几十里地，我怎么都听不懂了？他说的是啥意思呀？"

还没有等海山开口，喜旺就抢过话茬，说道："就是还没交税哩！"

喜旺说的话更让秋燕莫名其妙。秋燕问道："你们说话，一个比一个奇怪，俺们又不是做生意哩！怎么还用交税呢？"

海山笑着解释道："他们的意思就是咱俩还没打结婚证哩！打结婚证的时候不是要向民政所交钱吗？还有，结婚证上的印章是压的钢印儿，拿到手上就合法了。"

秋燕笑着说道："恁俩说话还绕啥圈子哩？一句话就能说明白，没有打结婚证不合法就是了。"

喜旺笑着说道："赶紧走吧！时候不早了，回到家就安全了。"

建成说道："只要跟着海山哥，比打结婚证还保险哩。喜旺哥，是吧？"

几个人调侃着，很快就回到了刘庄。他们没有去海山家，而是直接把秋燕带到了喜旺家。这是他们经过周密的商量后才做出的决定，主要是为了预防秋燕的家人找到这里，先把秋燕安置在喜旺家一段时间，躲过这个风头再说。

回到喜旺家时，王春妮和刘清德还没有睡觉，心里正挂念着哩！大晚上的，生怕几个人到霍家集后出现差错。万一突发变故，被人抓住打一顿，可就坏大事儿了。

王春妮早已把自己睡的大床给秋燕铺得干干净净，她和刘清德搬到牲口屋去睡了。

王春妮说道："秋燕，你来到这儿，就是到家了，千万不要拘束。海山和喜旺如同亲兄弟，你在俺家先住着，等没事儿了再说。我家要是来人问你，你就说是山东那边来走亲戚哩！说我是恁表姨哩！其他啥也不用说。这几天，我尽量不在家里，免得有串门子哩！在俺家安全得很。我看你这闺女真的好眼力，找到海山，你可真有福了！你别看他现在有点穷，只要恁俩好好干，好日子还在后边哩！将来在咱刘庄，一般人还真比不上恁哩！"

秋燕不好意思地说道："婶子，谢谢你！就照你说的吧！往后还要请你多指教哩！"

王春妮说道："秋燕，你放心，有什么困难就给我打个招呼。恁婶子我啥时候也不会做缩头乌龟，不但帮忙还要帮到底。"

秋燕感激地说道："谢谢你！婶子！"

这时，海山拍着秋燕的肩膀，内疚地说道："秋燕，你安心在这里住着，千万别急。我会常来看你的。这几天，我还得操点心，万一霍家集来人找到这里，我好有个心理准备。别担心，有我呢。你先睡吧！我也该回去了。"

第二天早上，王有轩打开门从屋里出来时，发现门下边放着一个醒目的纸包。

王有轩心里猛地一惊，一脸疑惑。他急忙把高青兰叫到门口，小心翼翼地说道："燕儿她娘，你看看这是啥？"

高青兰把纸包拿起来，轻轻地用手捏了捏，又掂量掂量后说道："打开看看包的是啥东西。"

高青兰说着，慢慢地把纸包打开了，里边包的是一沓五块钱一张的人民币。他们把钱数了一遍，正好是一百二十元。里边还夹着一张写满字的信件。

高青兰揉揉眼睛，把老花镜戴上后，仔细地看了起来。

爹妈：

你们好！

女儿不孝，惹二老生气了。我想了很长时间，最后在无奈的情况下，才做出这样让二老最痛心的选择。

自从初中毕业以后，因为腿的缘故，没能继续上学，我认这份儿命。现在又遇到了一个不想嫁的男人，心里实在委屈。我想了很多，这次一定不能向命运低头，不能这样窝囊地活一辈子。

你们也看到了家里的环境，嫂子整天谩骂，我真的忍不下去了。二老为了我，整天忍辱负重。每次看到你们偷偷流泪，女儿的心就像刀扎一样疼痛。

我知道，一切都是女儿造成的。我不想再看到你们这样生活着，只有用这最不孝的方式来减少你们的痛苦。

请你们不要挂念我，也请你们原谅我。现在，世道这么好，这么开放，我不想连累你们，还有身边所有的亲人。

请二老放心，我决不会去寻短见，只是想用自己的想法和能力来证明一下。我虽是一个腿有残疾的人，但并不比一般人差。以后，我要用事实来告诉那些戴着有色眼镜的人。请求二老，我走了以后，不要找我，更不要去报警。

最后，给二老说明一下，这钱是退给东庄的彩礼钱。这都是我算好的，你们要一分不少地送还给人家。不要因为彩礼钱，让人家骂骂咧咧，作践恁女儿。

我走了以后，二老千万要保重身体。等有一天，女儿会带着幸福来看你们。哀求二老原谅女儿的不孝和自私！

> 不孝的女儿，秋燕
>
> 一九八六年，农历六月二十四

高青兰读着信，泪水顿时夺眶而出。她怎么也没想到，突如其来的变故竟然从天而降。

王有轩一边哭，一边颤抖着嘴唇劝说着："不要哭，先想办法，商量一下再说。"

高青兰不但没有停止哭泣，反而声音越来越大。只一会儿，声音就有些沙哑了。顷刻间，两口子悲痛的神情难以言表，原本压抑的心情变得更加沉重了。

国斌和素枝听到王有轩老两口的哭声后都感到莫名其妙，于是急忙从床上爬了起来。素枝把国斌拉到一边，然后不动声色地站在门后，想探个究竟。

王有轩说道："燕儿她娘，别哭了。秋燕已经走了，咱俩就是哭上三天，把眼哭瞎，也解决不了问题。等会儿，把国斌叫起来商量一下，看这事儿咋弄。你先把钱装起来吧。"

高青兰在王有轩的劝说下，才慢慢停住了哭声，默默地抽泣着。

这时，国斌甩开素枝的手，快步走了过来。他从高青兰手中接过信后读了一遍，随手把信撕了个粉碎。

很快，素枝整了整衣角，也跟了过来。她生气地说道："恁两口子还装模作样地哭啥哩！像奔丧一样，几个人演的双簧还不错哩！这年头，恁还指使着自己的闺女玩失踪哩！别看恁闺女长那个样儿，心长得还不小哩。找这家不行，那家不中。恁两口子有本事，再继续给她找呀，合适的男人多哩！自己也得配得上人家啊。恁把婚事儿推了一年又一年，如今嫁妆做好了，闺女倒没影儿了。这下可好了，达到你们的目的了。一辈子都不知道啥叫没脸没皮。"

"你说的都是啥话哩！等把事情弄清楚再说。"国斌劝说道。

素枝说道："我这一辈子，怎么也没想到，会找到你们这一家糊涂蛋。这一次，要不把恁姓王的八辈儿先人的脸都丢尽了才怪哩！挖江、挖海都挖不到恁这一家。"

听素枝怎么一说，王有轩老两口吓得连抽泣的声音也没有了。老两口委屈得像小孩一样，低着头，一句话也没敢说。

说罢，素枝"哼"了一声，离开了。

国斌说道："爹，秋燕走的时候，连个招呼都没给你们打吗？"

王有轩哭丧着脸说道："她啥也没说。这几年，自从和东庄定了这门亲事儿，她就一直不高兴，拖了一年又一年。嫁妆做好了，她又没影儿了。这回可把咱姓王的人丢尽了。"

国斌问道："这事儿该咋弄啊？"

王有轩说道："这事儿要好好想一下。从恁妹写的信来看，她不可能投井，也不会跳河。她既然强调不让报警，我想她肯定有自己的去处。先找亲戚朋友打听一下吧，你没事儿了也到周围转一转，我觉得，恁妹一时半会儿不会走绝路。毕竟她也读过几年书，平时很懂事儿，应该不会想不开。"

国斌说道："爹，就照你说的办吧！如果过几天再没有消息，咱们再报警。"

老两口注视着儿子离开了。想起这几年，女儿在这个家受的委屈，泪水又一次涌了出来。

冷静之后，他们宽慰着自己，王家人的脸面还是小事儿，女儿只要好好活着，比啥都强。如果女儿心里憋屈一辈子，还不如这样走了的好。如果女儿一时想不开，有个三长两短，两口子发誓，一定也不在这世上混日子了。

三十九

一大早，王有轩老两口连干馍都没啃上一口，就迫不及待地去秋燕的同学家和亲戚家打听消息去了。结果得到的答案大同小异，只要有秋燕的消息，就尽早给他们送信儿。他们在外奔波了一天，傍晚才连急带累，拖着疲惫的身体回到家里。

刚一脚门里一脚门外，就看到秋燕的媒人和东庄男方家的人已在家里等候。烟头扔得满地都是，屋里像烧锅一样，烟雾缭绕。几个人看到他们从外边回来了，都探着身子，目不转睛地望着他们。

这时，媒婆第一个从屋里迎面小跑了过来。虽然已看不出她的脸色，可从她说话的声音里就能判断出，绝好看不到哪儿去。

媒婆直截了当地说道："老王，你们打听到秋燕的消息了吗？本来这事儿商量得好好哩，嫁妆也做好了，专等着办事儿哩。我不知道恁买个炮没捻儿——咋响（想）哩！躲得了初一也躲不了十五！跑得了和尚，还有庙在哩！"

王有轩站在那里，看着屋里又出来好几个人，一时竟不知所措，心里想着，这些人的消息咋恁灵通哩！真是好事儿不出门，坏事儿谣千里。

他心里本来就够堵的了，加上今天连一口饭都没吃上。听媒婆这么一说，更是有苦难言，浑身打战，真想找个地缝儿一下子钻进去。

他抖动着嘴唇，结结巴巴地说道："我……我……我！"

媒婆的嘴像切豆腐的刀子一样，露着锋利的光。还没等王有轩说出一句完整的话，就劈头盖脸地嚷嚷开了："老王，我今儿个看到你这架势，又听你说话的态度，就知道你做事儿理亏。不然说话的时候为什么结结巴巴的？秋燕结不结婚无所谓，但是要有退亲的理由。男方等了你家秋燕这么多年，马上都等到胡白了。人家每次低声下气地拿着礼物来商量事儿，你们总是今年推明年，明年推后年，一直推到现在。现在，你们又想了个这样的窝囊主意。马上要结婚了，又黄了。你想想，这事儿搁谁头上，谁能忍？老王，你说话办事儿要讲点良心，你也不想想，恁姓王的老少爷们儿的脸往哪儿搁？"

高青兰生怕邻居爷们儿前来看笑话，于是急忙把几个人都劝到了屋里。

王有轩见状，也缓过神来。他从屋里拿出一包烟让了一圈，客气地说道："我理解恁的心情。恁也别再说这些难听的话。发生这样的事儿，我比恁还急嘞。我今儿一天都没吃饭，打听了那么多人都没一点消息。秋燕去哪儿了，我也不清楚。我知道你们都生气，但是这新社会，新时代，年轻人的事情，当爹的也管不了。不光我，就是搁到恁任何人头上，能有啥办法？如果找不到秋燕，彩礼我会一分不少地退给你们，这中了吧！"

说着，王有轩的嘴唇颤抖着更加厉害了。他缓缓地蹲在地上，一只手摸着自己的额头，泪眼婆娑地低下了头。

这时，素枝从门外回到家里，气冲冲地用手指着媒婆吼道："你到底想弄啥嘞？我刚才在门外就听到你这媒婆说话了。我实在是听不下去了，你是程咬金的板斧——一边砍。俺一家子急得没一点办法，还没给恁要人哩！恁还胡搅蛮缠找上门来闹事儿哩！我先给你们说清楚，秋燕要是找不回来，别说退彩礼了，你们还要赔秋燕青春费哩！你们要是不讲理，我有的是办法，啥时候都是光脚的不怕穿鞋的。恁不识字也摸摸招牌，俺家不是谁想撒野就能撒野的。都给我出去！这不是秋燕的家，她是死是活跟俺没关系。"

媒婆本来把劲儿鼓得足足的，没想到今天碰到了素枝这样在霍家集说歪理出了名的人。平时能说会道的她，被素枝这么劈头盖脑地一吼，一时间，还真的就束手无策了，于是尴尬地从院子里走了出来

媒婆此时像一个下软蛋的老母鸡，没了起初的锐气。停了一会儿，她为了给自己找个台阶下，急中生智地和起了稀泥。

媒婆走到素枝面前，和气地说道："她嫂子，你别生气，刚才我说话确实

有不恰当的地方，你可别往心里去。我也看到了，恁把秋燕的嫁妆都做好了。秋燕不在家，也不知道秋燕咋想的。等秋燕回来了，有机会坐下来再商量。如果秋燕不愿意，就把彩礼退给人家，将来有合适的人家，我再给她找一个。"

素枝说道："秋燕咋想的我不管。往后，恁不要大惊小怪地来俺家闹事儿，要是再来一回，就别怪我不客气。恁有本事找到秋燕，就是把她抢走，我也不管。这个家是我的，不是秋燕的。"

媒婆和男方家来的几个人听到素枝这么一说，心里依然抱着一线希望，尽量不把事情闹得太僵。因为秋燕目前是什么情况，大家尚不清楚。最后，即使不能把秋燕娶回家，把彩礼收回来也好。

媒婆临走的时候，客气地对王有轩说道："老王，你先别急，明天还继续找。俺这边也派几个人出去找一下。秋燕不会想不开的，绝对不会有事儿。"

说着，几个人推着自行车离开了。随后，王有轩老两口连饭也没有吃，只喝了几口水便躺在了床上。

老两口怎么也睡不着，心里挂念着，女儿今天晚上是在哪里过夜呢？但愿女儿能如信上所写，只是出了趟远门而已。宁隔千里远，不隔一层板哪！

这时，王有轩让高青兰把秋燕留的钱拿出来再看看，千万不能让小偷偷走了。接着，高青兰翻了好一阵儿，才把钱从破衣服里揪了出来。

王有轩盘算着，这几天就把东庄的彩礼一分不少地退回去。事已至此，尽量把坏名声的影响降到最低，不能让别人作践自己的女儿。

借着灯光，王有轩把钱来回颠倒了几次，认真地反复数了好几遍。忽然，他眼前一亮，好像发现了新大陆一样。一张少了一个角的纸币上，用复写笔写的"王"字让他倍感熟悉。

他目不转睛地盯着这张纸币，心想，这张钱咋这么眼熟呢？看着像是自己昨天给万师傅工钱里的其中一张。

王有轩特意把这张纸币抽出来递给了高青兰，小声说道："燕儿她娘，你想过没？秋燕哪儿来的钱呢？我敢肯定，这张钱肯定是前天给万师傅的那张。这是我交公粮的时候，粮库赵会计给我的，绝对没错儿。我当时还不愿意要呢，赵会计说这张钱没事儿，上面就写一个字儿，到集镇上照样买东西。当时我没再说啥，就装进口袋里了。真奇了怪了，这张钱怎么会转到秋燕手里呢？"

高青兰拿着这张少角的纸币看了又看，也断定这张钱就是前天付给万师傅工钱里的其中一张。

之后，老两口满腹疑团，躺在床上更睡不着了。

此时，国斌和素枝哪里有心思睡觉。素枝说道："我问你几遍，你也没有给我回答个所以然。早上你撕的那封信上写的啥？今儿晚上你要不给我说清楚，我不会和你拉倒。恁一家啥事儿都对我藏着掖着。你要是有野心，咱马上就离婚。如果你不想离婚，我马上就走，到不了天亮，俺娘家就会来给你要人。你好好想想，家里只要出了事儿，最后还不是我顶着？要不是我吆喝一阵子，媒婆领的几个人不把恁姓王的鳖窝捣塌才怪哩！全是秋燕这个扫帚星惹的祸。"

国斌哭丧着脸坐在一边，他不愿看到素枝再这样闹腾下去。但是想了一天，也没有想出什么办法来向素枝交代。

在素枝的再三追问下，国斌无奈地说道："秋燕写的信，大概意思就是，她要把东庄的这门亲事儿退了。如果不退，永远都不回家。"

素枝把头伸到国斌的面前，瞪着眼睛说道："你抬头！让我看看你的脸。我只要一看，就知道你说的是假话还是真话。"

还没有等国斌抬起头，素枝就不耐烦地用手拽住他的耳朵，盯着他的脸。

"你这是干啥哩？轻点！我一句假话也没说。"国斌说道。

说着，国斌又用手比了个圆，暗示着，谁要是说半句假话，谁就是个大王八。

素枝说道："赌咒不灵，放屁不疼。今天早上我听见恁爹对恁妈说，秋燕把退还东庄的彩礼钱也给恁妈了。这么重要的事儿，你咋没说呢？现在，钱都在恁妈手里。你对恁爹说一声，把这个钱交给我，秋燕退婚的事儿交给我来处理。我敢保证，什么问题都能解决，不会出现一丁点差错。如果不把钱交给我，往后东庄再来咱家闹事儿，咱俩谁也不能管。人家把天给恁爹捅个大窟窿，让恁爹缝也没法缝，补也没法补。到时候再来求咱们帮忙，就是一步一磕头，两步一作揖，咱也不能搭理他。"

素枝白了国斌一眼，接着说道："你也看见了，媒婆和东庄那几个人，我一开口，谁还敢放个屁？他们要不讲理，我不但有两把刷子，还有一把抹子哩！在咱霍家集的一亩三分地上，东庄闹事儿的人就是再多，我一个人也能把他们灭了！"

国斌明白素枝的意思，目的只有一个，就是想要那一百多块钱。至于秋燕是死是活，她根本不会往心里去。想想素枝的秉性，平时自己在她面前，是也不是，不是更不是。如今，秋燕搞出这么大的事儿，已经不光是东庄来闹事儿的问题了。只要素枝一起哄，这个家顷刻间就会像战乱中的国家一样，内乱外患，那就离崩盘不远了。

国斌思来想去，还是决定顺着素枝的意思，反正到时东庄来人，挨骂的是她，这也是没办法的办法。即便外人说些不三不四的话，起码这个家不会受到致命的摧残，还能保持完整。

素枝焦急地说道："王国斌，你想好了吗？恁妈手里的钱咋处理？"

国斌回答道："你别问我了，我说了也白说，你想咋弄你咋弄。这事儿我管不了，你自己看着办吧！"

素枝说道："你要想让我管，咱俩就去找恁妈把钱要过来，省得夜长梦多。你先把话给他们挑明了，如果不照我说的去做，不用等到明天，今天晚上就让他俩卷铺盖走人。要是东庄再来人闹事儿，让我跟着丢人，我可不认！"

最后，国斌在素枝的要挟下，不得不硬着头皮来到王有轩老两口面前，把素枝的想法说了个明白。

王有轩听国斌一说，虽有些不情愿，可再三考虑后，也不得不做出让步，心不甘情不愿地把钱掏了出来，颤抖着交给了素枝。只是，他留了个心眼儿，早已把那一张带有"王"字的纸币藏在了一边。

王有轩无声无息地用泪水洗刷着自己那张枯瘦的脸，冰冷的心抽搐得更加厉害了。

四十

人在绝望的时候，哪怕只看到一丝希望的亮光，也许都会把它当作起死回生的启明星。

夜，已经很深了。稀疏的星星挂在遥远的天边，在深邃的夜色中，眨着它那昏昏欲睡的双眼。即便在这种盛夏的夜晚，一阵风吹来，也能感觉到一丝凉意。

王有轩老两口坐在床上，从枕头下悄悄地摸出那张写有"王"字的纸币，对着灯光仔细地看了又看，反复地琢磨着。这一切究竟是为什么？这张纸币怎么会跑到秋燕手里？这里边肯定有猫腻儿。

老两口翻来覆去地想着，慢慢地，心里开始有些怀疑海山。秋燕会不会一气之下跟着做木工的刘海山走了？

这是他们不愿看到的结果。毕竟在农村，这事儿是祖祖辈辈最忌讳的，也是最不光彩的。要是谁家的闺女出了这样的事儿，亲戚、邻居不但在背后戳你的脊梁骨，而且唾沫星子就能把你淹没了。到那时，你就像得了传染病一样，周围的人都对你避而远之。

王有轩祈祷着，但愿秋燕不会这样。他一直自信着，自己的女儿温柔、善良，自尊心很强，绝不是疯癫的女孩子。可是从女儿这封信里，却看不出任何有用的线索。今天找了一天，连一点消息都没有，明天又该去哪个地方找哩？

老两口苦思冥想，度日如年，依旧没整明白，这张写有"王"字的纸币为什么会跑到自己家里。

王有轩走到窗前，掏出一支烟点上，一脸愁容地踱来踱去。他决定明天早上先去万师傅那儿打探一下，看看海山是否还在那里。

过了许久，王有轩躺在床上，酸涩的眼睛怎么也合不上。高青兰刚一睡着，便在抽泣中惊醒，两只眼睛呆呆地望着房顶。今天晚上对于老两口来说，又是一个忧心忡忡的不眠之夜。

天刚蒙蒙亮，王有轩就来到了万师傅做活儿的人家。

他仔细看了一下万师傅周围，强打着精神说道："万师傅，早啊！"

其实，万师傅早就看到王有轩在门口转悠。他的心里咚咚地跳个不停，生怕王有轩发现了什么。听到王有轩没有发火后，心里才算踏实下来。

万师傅笑着说道："老王，起这么早啊，有事儿吗？要是哪一件嫁妆看着有不舒服的地方，我可以来给你修整一下，达到你满意为止。要是嫌嫁妆少，我可以抽空再给你做几件，这都不是事儿。"

王有轩摇摇头，结巴地说道："我……我没事儿。"

当他扫视了一圈也没有看到海山时，心里开始有些相信昨天晚上自己的判断了。

王有轩急中生智，委婉地说道："万师傅，刘师傅咋没在这儿做活儿呀？"

万师傅一时间没想到王有轩问海山的意图。他觉得，既然海山已经没影儿了，生米做成了熟饭，你老王就是有神本事也白搭了。

万师傅故意不以为意地说道："海山把恁家的活儿做完就回家了。他家里有事儿，事情办好就过来了。"

王有轩装着像没事儿一样，只是"哦"了一声，说道："万师傅，我想求你个事儿，也不好意思张嘴。大清早哩！说出来不好。"

万师傅笑着说道："老王，你有啥困难尽管说。只要是我能办到的，我一定帮你。"

"我想找你借点钱，挡一下急。三天以后，我准时还你。"王有轩客气地说道。

万师傅一听，顿时傻眼了，他没想到王有轩会整这么一出。于是，他不好意思地说道："老王，真对不起，我口袋里没钱了。你前天给我的工钱，海山回家的时候，我都给他了。"

王有轩说道："万师傅，你不要客气，我再到别家去借。"

说罢，王有轩便快步离开了。万师傅此时仍然没猜测到王有轩开口借钱的目的。他一直注视着王有轩离去的背影，直到他离开了视线。

那背影虽然勇往直前，但在早晨冷清的大街上，看起来却是异常孤独、落寞。一瞬间，万师傅的脸被这背影刺得滚烫，他理解王有轩的苦衷，因为他自己也是一位父亲。

万师傅叹了一口气，自言自语地说道："老王，对不起了。"

王有轩回到家时，高青兰正准备做饭。他小声说道："燕儿她娘，我看这事儿，怕鬼就有鬼呀！我刚才去找万师傅时，海山已经回家了。我故意向他借钱，他说我给他的工钱全部让海山拿回家办事儿了，果然不出咱们所料，海山在咱家干活儿的时候，秋燕八成看上他了。现在我觉得，只要找到海山，就能找到秋燕。你想想，是不是有这个可能？"

高青兰听王有轩这么一说，好像抓住了救命稻草一般，紧绷的神经立马放松了下来。她擦了一下还在流泪的眼睛，激动地趴在王有轩的肚皮上咬了一口。

当她把嘴松开后，两排黑红的牙印儿深深地留在了王有轩的肚皮上，差一点儿没浸出血来。

然而，王有轩却没有感到一丝疼痛，因为此时女儿的去向正占据着他的内心。他闭着眼睛，心里默念着，不管女儿和谁在一起，只要开心活着就中。如果女儿真跟海山走了，或许也是一个不错的选择。什么名声、尊严，什么应不应该，什么丢人现眼，还他娘的想恁多干啥哩！

高青兰缓过神来，用手抚摸着王有轩的肚皮，心疼地说道："我不是在做梦吧？刚才我是不是神经了？怎么照着你的肚皮咬了一口？"

王有轩激动得流下了泪，说道："咬就咬吧！你咬一口，我心里也清醒点。这真是人到有路，虎到有山，天意呀。人哪！还是好人好。"

停顿了一下，王有轩继续说道："燕儿她娘，快点做饭。昨天到现在，咱俩还没吃一顿饭哩！我推测出这个情况，心里一高兴，肚里有点饿了。只要能找到咱秋燕，咋着都中。"

　　老两口简单地吃了一顿饭。王有轩对国斌说道："国斌，今儿个你哪儿也别去，把家看好。千万不要让东庄来的人在咱家闹腾，我和恁妈俺俩还去找恁妹去。"

　　说罢，老两口就带着一线希望，风尘仆仆地出发了。

　　秋燕自从前天晚上逃到喜旺家以后，没有跨出大门一步，生怕走漏了风声。

　　海山回到家后，白天没敢在家里待着。他都是在地里转悠，看看自己种的豆子，饭点时才来到喜旺家吃顿饭。他想，即使让村里人看到，也是再平常不过的事儿，因为大家都知道他和喜旺的关系。至于秋燕在喜旺家的缘由，除了他们几个当事人知道，其他人一概不知。

　　自从麦子收完以后，喜旺一家老小就把秀花当个宝一样，在家伺候着。然而当家里人都去地里干活儿时，秀花只能挺着大肚子在屋里和院子之间往返着，无聊地打发时光。如今，秋燕的出现给她带来了同龄人之间的欢乐。

　　两个人的性格大同小异。因此，只一天的工夫，彼此之间的生疏感已不复存在，很快就到了无话不说的地步。她们从少女时代聊到成年后的嫁夫生子，又从彼此家庭聊到自己的爱好和希望，而后更着重地聊到自己的心上人。

　　秀花说道："秋燕，不瞒你说，自从我嫁到这个家，喜旺就对我很好。一开始，我觉得他脾气不好，还有些不习惯。后来时间长了，发现他说话、办事儿从不拖泥带水。喜旺的脾气就是扛着竹竿进城门——直来直去，不掖不藏。他这一家人的脾气都是一个样儿，在这个家生活，不累心。俺公爹、公婆在刘庄，人家都说他们是有名的直肠子驴。有时他们给别人说笑话，我在一旁也会忍不住笑几声。回到家里，你就是想生气都找不到理由。一家人的学问不大，说话虽有些粗鲁，但是从来不带脏字。家里虽是穷点，但都有一个好身体。我觉得，人活着不一定只讲富和穷，只要一家人在一起不生气，整天快快乐乐的，就是穷点，也是最大的幸福。你觉得呢？"

　　秋燕听着秀花的话，脸上露出了微笑，说道："秀花姐，我和你的观点基本相同，我在家生气生怕了。俺哥老实，俺嫂子来到俺家这么多年，一点不顺心就驴上天、马上地地开骂。俺们一家老少，谁也不敢吭一声。为了我，俺爹妈受了不少委屈。家里给我找了个东庄的对象，说是老实，实际上就是个二百五，我打心眼儿里不同意这门亲事儿。由于我个人身体原因，家里人一直劝我同意。看到爹妈整天愁眉苦脸，我也很难受。唉！"

　　说到这里，秋燕的眼睛湿润了。她接着说道："我不想在一个茄棵上吊死，越想越不甘心。我上过学，有自己的理想，真不想一辈子活得这么窝囊。东庄每次提起结婚的事儿，我都没松口。就这样拖了几年，直到碰到了海山。海山年龄大我几岁，但我不在乎。我也不考虑他为什么这么大年龄还没有娶上媳妇。他不嫌弃我，我心里有他，这就够了。就算穷点，只要争气，慢慢就会好的。"

秀花拍了拍秋燕的肩膀，长长地舒了一口气，说道："秋燕，你这样想，还真想对了。人生就是一场赌局，关键是你自己有没有强大的自信心。遇到这样的终身大事儿，身边的人再亲再近，他们的意见也只是作为参考。最后，千锤打锣，一锤定音，还得靠你自己。因为以后无论享福还是受罪，都是自己品味啊。"

秋燕点点头头，说道："秀花姐，真谢谢你。长这么大，我也没和任何人讲过这些话，更没有人提醒过我。从昨天晚上到现在，我心里最放心不下的就是俺爹俺妈，怕他们想不开。"

秀花安慰着说道："这事儿也不要太往心里去，二老心里不好受，那是在所难免的，但也不至于想不开。等到这个风头过去，你和海山哥结了婚就好了。"

接着，秀花用手摸了摸自己的肚子，说道："别看现在外人还会说几句闲话，等你和海山哥有了孩子，自然就没有那么多风言风语了。"

秋燕羞红了脸，笑着低下头，不好意思地说道："秀花姐，哪能像你说的这么简单啊？我能走到像你今天，那都是没影儿的事儿呢，结婚生孩子可不是吹糖人儿哩！"

秀花嫣然一笑，说道："秋燕，不怕你笑话。其实只要两口子都没病，怀孩子就像种地一样。只要种子饱满，不发霉变，不种在盐碱地上，到时候种瓜得瓜，种豆得豆。你看那些相爱的情侣，不知道影儿哩就把肚子弄大起来了。你们霍家集那么大，难道就没发生过这样的事儿吗？"

秋燕停了一会儿，抬起头看着秀花，说道："秀花姐，俺们霍家集还真有几个哩。当时，女方的娘家觉得丢人，抬不起头。而男方不但不觉得丢人，还高兴地整天说风凉话。都过几年了，娘家还不让闺女进门哩！"

秀花正儿八经地说道："秋燕，你不要压力太大了，一定要勇敢地走下去，开弓没有回头箭啊。海山哥的年龄也不小了，同龄人的小孩都好几岁了。每次他看到别人的孩子都会抱一抱，逗着玩一会儿。你们有了孩子以后，看到慢慢长大的孩子，心中留下的都是甜蜜的回忆。到那时，所有的烦恼都会慢慢淡化了。他回到家里，看到你和孩子在等着他，该有多高兴啊！"

秀花握着秋燕的手，接着说道："你是不知道，别看直脾气的男人说话理直气壮，真等回到家没有女人的陪伴时，精神反而容易崩溃。这种人平时看起来很坚强，可有时候，眼泪好像一分钱都不值。重情，是他们的共性。他们不像有些人，生就老奶奶的脾气，三脚踹不出一个屁来，办事儿拖泥带水。你要是找着这样的男人，准能把你磨死。只要女人有一颗温柔体贴的心，那些直性子男人就像那狗皮膏药一样，整天黏在你身上，揭都揭不掉。他不会变心，也不会有花花肠子，而是拼命地去守护一个家。"

秀花和秋燕谈了很多。秋燕深深地感受到，秀花给她说的每一句话都是实实在在的。

秋燕说道："秀花姐，往后我要是有什么困难，还要请你多多帮忙哩！我以前没有想过这些事儿。我觉得你说的话非常在理。有些事情，直接说出口可能显得不太好听，但都是肺腑之言。"

秀花笑着说道："秋燕，今天咱俩在这儿说的话不要对外人讲。我的想法也不一定全对，你只能作为参考。世上本没有救世主，把握火候的时候，还得靠自己啊！"

四十一

这时，刘清德心急火燎地回到家里，豆粒大的汗珠不由自主地顺着他那黑红的脸庞直往下滚。

还没跑到堂屋门口，他就急促地喊上了："秀花，你过来一下。恁妈让我给你说一声，操点心看看咱蒸馍的面，不要开酸了。"

秀花听到刘清德的叫声后，挺着大肚子一扭一扭地从堂屋里慢慢地走了出来。刘清德向秀花打了个手势，示意她来到没人的厨房。

秀花看到上气不接下气的刘清德，心中顿时一紧，一种不祥的预感直上眉梢。因为她从没见过，以往稳重的刘清德竟慌张成这副模样。

二人来到厨房后，刘清德急忙关上了门，说道："秀花，我刚才离很远就看见有一男一女踮着脚往恁海山哥家院里看哩！门口那棵大槐树上还靠着一辆自行车，他俩儿大概都六十岁。这两个人，我以前没见过。难道是秋燕的家人知道她在咱刘庄了吗？你千万别让秋燕出来，也不要让她知道这事儿。秋燕要是要解手，你就把尿罐子给她搋屋里。你可要记住了！我出去再看看什么情况，看看到底来了多少人！"

　　说罢，刘清德随手把喜旺的草帽戴在头上，又从搭衣绳上拽下一件破布衫儿披在肩上，然后光着脚丫子啪嗒啪嗒地走出了家门。接着，他点上一支烟，若无其事地在离海山家门口不远处来回转悠着。

　　刘清德盘算着，如果此时秋燕的家人碰巧撞见了秋燕，而后在村里大闹一场强行带走她，那可就前功尽弃了。再者，万一到时秋燕迫于压力，心里一乱，反埋怨海山的不是呢？这种情况虽说基本不会发生，可万一呢？到那时，海山可是欲哭无泪，猫咬鱼泡儿——瞎喜欢一场。岂不是"轻易不养汉，养汉又撞上了坷垃蛋儿"了？弄不好还要吃官司哩！小心驶得万年船啊！还是谨慎些为好。

　　正如刘清德所料，在海山家门口转悠的两个人不是外人，正是王有轩老两口。

　　今天，他们早早地吃过早饭，抱着渺茫的希望，一路打听着来到海山家。来到这里时，已经快晌午了。老两口骑着自行车着急忙慌，加上炎热的天气，到海山家门口时，汗水把上衣都浸透了。但他们想，只要能找到女儿，一切都是值得的。

　　王有轩两只手扒着墙头，踮起脚，卖力地向院子里张望着。然而映入眼帘的却是两间低矮的土屋和门上挂着的铁锁，还有院子里的杂物和少许的荒草。

　　由于心急，王有轩一不小心，把墙头上松动的土坷垃咚的一声扒到了地上。

　　正在窝里酣睡的小黑听到响声后，立刻机警地仰起头，起身快速跑到门口，在门缝儿处"汪汪汪"直叫。

　　王有轩见状，急忙松开扒墙头的手，站在墙外，一下也没敢再动。他担心狗的叫声会引来左邻右舍围观。

　　这时，刘清德急忙跑了过来。他怕万一小黑从门缝儿里钻出来咬伤他们两个。

　　刘清德走到海山家门口，随手把门打开并呵斥着小黑。他站在门口，打量着眼前的两个人。只见男的有一米六七，上身穿件短袖衫，下身穿一件大裤衩，花白的头发乱糟糟的。女的下身穿件黑裤子，上身穿一件褪了颜色的蓝布衫。

　　从二人焦急的神情里，刘清德已猜了个八九不离十。这两个人肯定和秋燕有特殊的关系，如果没猜错的话，他们正是秋燕的爹妈。

"嘿！老师儿！恁是哪儿的啊？找谁哩？"刘清德客气地打着招呼。

说罢，刘清德和颜悦色地递给王有轩一支烟。

王有轩客气地说道："我……我有。"

这时，小黑从院子里钻了出来。它一改刚才的龇牙咧嘴，欢快地拱着王有轩老两口的腿，舔着他们的脚趾。

王有轩缓过神来，说道："俺是霍家集的，海山是我几天前请到家里给俺闺女做嫁妆的木工师傅。今天想找他打听点事儿。"

刘清德说道："哦！怪不得小黑看见恁俩又蹦又跳。海山带着小黑还在恁家吃过饭哩！小黑仁义得很，还记着你们哩！"

王有轩客气地说道："老弟，你说得是。"

刘清德脑子一转，客气地说道："海山啥时候回来的，我还不知道哩！我也没有见过他。这样吧！要不恁先在这儿等一会儿，我去找找他，看他去哪儿了！"

王有轩说道："那谢谢你了，老弟。俺们就在这儿等他。"

话音刚落，刘清德就急急忙忙地朝地里赶。他知道，海山正和喜旺在地里转悠哩！要是海山冷不防地回到家，碰到秋燕的父母可咋办哪？这么快就找上门了，真叫人措手不及。

刘清德把破布衫儿披在肩上，一路小跑着向地里赶去。他一只手擦着脸上的汗水，一只手抓着草帽来回地扇着，嘴里忍不住唠叨起来："海山这孩子的点儿咋恁背哩？弄不好又要抓瞎。人要是倒霉，称四两大盐都要生蛆！这可咋办呢？弄不好还把事儿闹大哩！"

可他转念又想，只要秋燕没意见，做父母的也没啥办法，这种事儿多了去了。但事到如今，软抵硬抗显然不行，想出解决问题的办法才是上策。

刘清德一边赶路一边思索着。他宽慰着自己，这个时候千万不能乱了阵脚，你有你的千条计，我有我的老主意。嘴是两张皮，咋说咋是理！啥时候都是兵来将挡，水来土掩。最起码，秋燕不是我们掂着刀绑过来的。在刘庄这一亩三分地上，也不是你们霍家集说了算，大不了你们把秋燕带走就是了。

刘清德到地里时，脸上的汗水把头发都浸湿了。此时，海山和喜旺正靠在地头的大树上有说有笑。

"海山哥，晚一天你结婚的时候，要是我和建成对口抽一瓶，你和俺嫂子明年就能生一个带把儿的。"喜旺调侃道。

海山说道："兄弟，谢谢你的吉言。恁哥和秋燕这辈子也不会忘记你和建成的功劳。到结婚那天，让恁嫂子多敬你们几杯！"

刘清德满脸通红，喘着粗气来到树下，急促地说道："海山，恁俩咋还有心思在这儿逗着玩哩？先别提恁大劲儿喝酒哩！赶快想办法吧！秋燕的爹妈找上门来了。老两口正在恁家门口的大槐树下等你回去哩！"

海山和喜旺听到刘清德这么一说，两个人同时停住了笑声，唰的一下怔住了。像是偷了别人的东西一样，心里七上八下。

海山焦急地说道："这事儿本来天衣无缝，咋这么快就找上门了？这可咋办哪？"

一瞬间，两个人都没了主意。喜旺说道："别慌，别慌！冷静一下，想个办法。一定要沉住气，心不能乱了。"

刘清德把烟点燃，使劲儿抽了几口。突然，他一不留神，带火的烟头从指间滑落下来，正好落在了脚面上。

刘清德猛地跳起来把烟头甩掉，然后弯下腰，摸了摸脚面上被烧起的水疱，说道："万奶奶！我还以为是做梦哩！这一烧，还真把我烧醒了。我这辈子，大江大河都过去了，还能在小河沟里翻船吗？我回去和恁树根叔打个招呼，让他时刻准备着。要是霍家集的人来闹事儿，就在大喇叭上吆喝一声，把村里的爷们儿都召集过来。他们来文的，咱们就坐下来好好说。要是来武的，咱们奉陪到底。不把霍家集的人制得服服帖帖，丢人搭家伙儿，才怪哩！"

接着，刘清德叹了一口气，继续说道："不过话说回来，老两口看着也挺可怜的。"

喜旺说道："爹，就照你说的办。不过我觉得，这事儿不可能闹到这种地步，只要俺嫂子不愿意跟霍家集的人回去，不用动武的，这事儿就能搞定了，这都啥年代了？"

海山说道："对！真闹起来的话，秋燕会伤心的！"

几个人正你一言我一语地商量着对策，这时，刘树根骑着自行车从地里打药回来，刚好路过这里。他浑身上下，只穿了一件大裤头。身上湿淋淋的，黑红的脊背上背着一个打药桶。

自从实行联产承包责任制后，刘树根顺理成章地成了刘庄村的村主任。但他的脾气和为人，和当年没什么两样。虽说年龄大了一些，但说话办事儿还是闺女穿她娘的鞋——老样儿。他和刘清德的感情，依旧是石磙上点灯——老照场。两个人不分彼此，闲暇时，常聚在一起弄两口小酒。

刘清德看见刘树根过来了，于是离很远就打起了招呼。

刘清德叫道："兄弟，你过来。正好有点急事儿找你商量，真是请人不如等人哪！"

　　说着，刘清德随手就从烟盒里抽出一支烟递了过去。

　　刘树根把自行车放好，又把药桶从身上卸了下来，笑着说道："天快晌午了，恁爷几个还不回家，在这儿开家庭会议呀？"

　　几个人凑在一起后，刘清德小声说道："兄弟，俺几个正发愁哩！我想让你拿个主意，给海山这孩子帮个忙。我正想回家找你去哩，没想到正好碰见你。"

　　"海山出啥事儿了？只要不是杀人的事儿，我尽量想办法解决。"刘树根一脸疑惑地问道。

　　刘清德接过话茬，说道："兄弟，这事儿虽是没有杀人的事儿大，但也不是小事儿。前天海山在霍家集给老王家做木工活儿的时候，老王的闺女秋燕看上了咱海山，要嫁给海山。海山比她大几岁，她也不嫌弃。海山从霍家集回来的时候，秋燕心一横，背着父母，偷偷地跟着海山回来了，现在在俺家住着哩。那闺女的脾气、长相是没说的，就是有点跛脚。但是洗衣做饭，样样都是好手，地里的活儿也能干。她说以前家里给她找的那个人是咱们常说的信球，六成都没有。现在秋燕的爹妈突然找上门来，说是找海山打听点事儿。我看八成是他们已经知道了，你看这事儿咋弄？你整天在外边跑，还逢官，在咱村说话比较有分量，我看这事儿还非得你来处理不中。"

　　刘树根听刘清德说完，"嘿嘿"地笑了几声，说道："清德哥，听你一说，我心里特别高兴，海山还真不瓤哩！领了个大闺女回来。这么好的事儿让咱海山碰上了，打着灯笼都不好找啊！这年头，改革开放了，思想解放了。只要秋燕一心一意要嫁给海山，别说是秋燕她爹妈，任何人再厉害都算个球。霍家集的人来得再多，只要有我在，看他们哪个敢在咱刘庄放个闲屁。我说句大话，如果霍家集的人真的不讲理，要是他们囫囵着回去，我就对不起他们。"

　　刘树根抽了一口烟，继续说道："但话又说回来，只要海山能娶上媳妇，他们霍家集的人就是说几句不中听的话，咱也得多忍耐。尽量给足他们面子，千万不能把事情闹僵，给他们个台阶下。往后的路还长着哩！还要看秋燕的面子哩！"

　　几个人听了刘树根的话后，揪着的心才慢慢放松下来。海山说道："树根叔，天快晌午了，秋燕她爹妈还在俺家等着哩！老两口平时也没啥脾气，心底都不坏。让他们为闺女揪心，跑这么远，我心里还真过意不去。"

　　刘树根想了一会儿，说道："海山，我今天给你打开天窗说亮话。退一步讲，即使万一你没有娶到秋燕，你今儿个也应该去代销点买几盒罐头，几包好烟，再掂两瓶好酒，整几件啤酒。毕竟在他们家干过活儿，情义还在，当个朋友招待也不为过。看在秋燕的面子上，就更不用说了。你的脾气我知道，花点钱你也不会往心里去。不论啥时候，事儿是活的，遇事儿不能死眼子，感情都是慢慢培养的，由生到熟，由熟到透。人心都是肉长的，你对他好一次不行，就第二次，再难的关节也能打开。回家后，你就大大方方的，装作什么都不知道，先看看他老两口什么态度。到时你就哑巴进庙门——多磕头，少说话。三个臭皮匠，还赛过诸葛亮哩。"

刘树根摸了摸下巴，接着说道："你把建成也叫过来热闹热闹。你们年轻人说话时多动动脑子，少喝点酒，看眼色行事。我就不信，咱们老将、精兵有力配合，还对付不了他们老两口。我见的怪事儿多了，还就不信羊不吃麦苗儿。"

几个人都赞同地点点头。刘树根胸有成竹地说道："咱们快刀斩乱麻。走！这事儿就这么定了。"

四十二

中午，路面上的浮土被似火的烈日烤得滚烫滚烫的，泛着热腾腾的气浪。

王有轩老两口即使躲在槐树下，也没能避开迎面扑来的蒸笼似的热气。小黑则伸着舌头，喘着粗气，像个小孩子一样，卧在高青兰的身旁。

高青兰对王有轩说道："你看，这小黑就是仁义。它就跟着海山在咱家吃了几天饭而已，还记住咱哩！"

王有轩漫不经心地点点头，连脸上的汗水都无心去擦。只是目不转睛地盯着大街的尽头，望眼欲穿地盼着海山快点现身。

正当他们焦急万分的时候，海山和刘清德几个人的身影出现在视线之中。几个人把自行车放在树荫下，高兴地走到他们面前。

海山客气地说道："老王叔，天这么热，俺婶子恁俩咋有空到俺家来呀？真是意想不到。看把你们热的，赶紧回家喝碗水，洗洗脸。我整天不在家，刚才到豆子地里瞅了一眼。我准备把事儿办完后，就回霍家集做活儿去了。"

刘清德掏着烟，客气地说道："天这么热，让你们老两口在这儿等这么长时间，真是不好意思。有啥事儿，到屋里再说。"

王有轩说道："海山，我就不进去了，在这儿说几句话就回去了。"

刘清德笑着劝道："有事儿回家再说。怎好不容易来一回，连碗水都不喝，显得俺刘庄的爷们儿多不够情面呀！"

说着，就把老两口让进了屋里。

刘清德说着话，给海山递了个眼色。海山趁机溜出家门，骑上自行车飞快来到代销点。按照刘树根的意思，把罐头、酒、烟等等，一下子都拿了过来，摆在了桌子上。

王有轩客气地说道："海山，你买这么多东西干啥哩？说几句话，我和怎婶子还得赶紧回去哩。"

刘树根笑着劝说道："老兄，你这话说得太外气了。海山在怎家做了几天活儿，你们也算是熟人了。天都晌午了，在海山家吃顿饭，还能把海山吃穷了？说句不好听的，就是个要饭哩来到门前，不拿个馍也得端碗面条吧！这年头，又不缺吃少穿。怎就是在海山家住上个十天半月也没啥，别看海山就一个人，今年他打的粮食，再添一个人也够吃。无论啥时候，要饭要不穷，老鼠盗不穷。主人烦客，就过不得儿。"

先不说刘树根腮帮子上的胡子长得像张飞一样，肚子腆着瞅不见皮带，单凭说话时打雷似的声音，即使不瞪眼睛，也能把王有轩弄得六神无主。

王有轩说话，本来就有些不利索。再者，整天在家种地，没见过什么所谓的"世面"。来找海山之前，他准备了很多理由。然而刚想把憋在心里的几句话掏出来时，却被刘树根这个在农村官场上摸爬滚打多年的老油条的几句排场话给搅乱了。

一时间，王有轩心中纵有千言万语，竟不知从何说起了。他"我……我"了几声后，便哑火了。

刘树根看眼前的王有轩连一句话都说不囫囵，就断定王有轩是村里人眼中的那种"老实蛋儿"。他料想，像这样脾气的人，在生产队干活儿，根本用不着队长监督，不用费多少心思，就能轻松搞定。

刘树根说道："海山，把酒给怎老王叔倒上。就是天塌的事儿，咱也要先让怎老王叔吃好喝好再说。今天，怎老王叔可是稀客。你在他们家做活儿时，一家人对你不错。今天你也趁这个机会，报答一下怎老王叔。要记住，不走的路，还要走三遭哩！"

王有轩听着刘树根说的话，又看着眼前的情景，心事重重的他只是附和地点着头。看到老两口这副憔悴模样，在场的几个人心里都忍不住升起了怜悯之情。

刘树根瞅了一眼高青兰，那一双像被马蜂蜇过一样，红肿得分不开缝儿的眼睛格外引人注目，不知道流了多少思念女儿的泪水才变成这个样子。他心想，老两口是来找闺女哩！心中的伤感自不必说。这事儿无论发生在谁身上，都很难顶住这么大的压力。自己的闺女还没一点消息哩，哪有心思喝酒呢？真是可怜天下父母心哪。

刘树根安慰着说道："老王哥，你先别急。现在晌午了，正是吃饭的时候，咱们喝两杯。有啥事儿，咱们边喝边说。今天，海山听说你来了，让俺们来陪你说说话，你可不要见外。在刘庄，要是有啥困难需要俺爷几个帮忙，尽管开口。在座的没有外人，只要是海山的亲戚朋友，就算海山不在家，恁只要提一下海山的名字，俺们也会热情招待。"

这时，刘清德端起酒杯站了起来，客气地说道："老王哥，我给你介绍一下，我和树根是海山的叔哩！这两个是海山的兄弟。今天咱们第一次见面，俺爷几个敬老王哥和老王嫂一杯。"

此时，酒桌上的几个人都举起酒杯站了起来。

王有轩老两口见状，也急忙站了起来。还没等高青兰开口，王有轩就客气地说道："我……我不会喝酒，真不能喝。"

海山笑着劝道："老王叔，你咋这么客气哩！我还能不知道你会喝酒？来，咱几个少喝一点，意思意思。"

王有轩端着刘清德递过来的酒杯，犹豫地站在那里，不喝也不是，喝也不是。两只手不停地颤抖着，杯中酒无意间溢过杯沿儿，滴落在了桌子上。

王有轩心想，发生了这么闹心的事儿，急得肚子里直翻疙瘩，这酒怎么喝得进去呢？但自己又有什么高贵哩？别说是在刘庄这个人生地不熟的地方，就是在活了大半辈子的霍家集，还没人像今天这样，扛着面子来敬自己呢。

王有轩客气地说道："我今天到海山家来，几个爷们儿这样敬我，我真担待不起。我咋着也没想到，会在刘庄和你们爷几个坐一起喝酒，给你们添麻烦了。"

刘清德把喝干的酒杯倒扣下来，以示自己的诚意。接着，他客气地说道："老王，今天啥客套话都不用说了。你看我已经喝起了，俺爷几个都等着你哩！这杯酒，你要是不端起，俺几个都不好意思坐下。"

王有轩看几个人都注视着自己，只好不情愿地把杯中酒喝了下去。

接着，刘树根把筷子递到王有轩手里，说道："老王哥，尝尝这牛肉罐头，压压酒气，千万别客气。咱们一回生，二回熟，多个朋友多条路，朋友多了路好走。老王嫂，你不能喝酒，多吃菜！"

几个人吃着菜，聊着家常。这时，刘树根把酒端在手里站了起来，客气地说道："老王哥，恁兄弟也敬你一杯！"

说罢，就把一杯酒一口喝了个底朝天，也做了一个酒杯倒扣的手势。

王有轩站了起来，说道："老弟，我是真的不能再喝了，我酒量不中。"

刘树根说道："老王兄，这杯酒，你一定要喝起。你也知道咱们这方圆几十里的规矩，哪有只喝一杯酒的道理？啥事儿都是好事成双，一杯酒就好比是一条腿。往后，咱们弟兄总不能一条腿走路吧？"

这时，几个人同时举杯，一口气把第二杯酒喝了个精光。王有轩不便再说什么，只好皱着眉头把酒咽了下去。然后把酒杯拿在手里，再也不愿放在桌子上了。

王有轩咧着嘴，客气地说道："对不起，我是真不能再喝了。谢谢你们爷几个的热情招待。"

几个人看到王有轩这种状况，便不再相劝了，举止泰然地等待着他讲出此行的目的。

此时，王有轩两杯酒下肚，脑袋感到晕乎乎的。

本来他就已经两天没吃饱饭了，凭着那"几块钱"的信息，急急忙忙地骑着自行车带着老婆来找海山打探女儿的消息。几十里坑坑洼洼的土路，骑车的时间没有推车的时间长，一路的辛苦不言而喻。再加上老两口人生地不熟，一路打听着。所以，来到海山家时已是人困马乏、饥肠辘辘。

心力交瘁的老两口见海山对自己这么热情，一种发自心底的感激之情油然而生。他觉得，刘庄人跟他见到过的所有人相比，有着不一样的感觉。义气、热情、好客，在刘庄人身上体现得淋漓尽致。

此时，王有轩对海山增加了更多的亲切、惋惜感，心里想着，海山这孩子咋会是一个单身汉哩！他在心底默默地念叨着，但愿海山能早日找个媳妇，过上圆满的幸福生活。

这时，海山把从压井里压的凉水端到王有轩面前，亲切地说道："老王叔，你洗洗脸，降降温。"

这一举动让王有轩更加不能自已。他激动地说道："海山，可别忙活了，我没事儿。恁几个谁能喝就喝几杯。"

这一刻，王有轩对海山不再有什么顾虑，他觉得海山不是自己想象中的那么不信任。他想，事已至此，没必要再吞吞吐吐了。问一下海山，看能否得到一些有用的信息。

于是，王有轩打断酒桌上的七嘴八舌，说道："老刘，我和恁嫂子都吃好了。一喝酒，忘了说正事儿了。今天俺们来，就是想向海山打听一下俺闺女秋燕的事儿。"

接着，王有轩把秋燕的一些情况向众人说了一下，泪水又一次顺着他那布满皱纹的脸流了下来。

王有轩一边抽泣，一边说道："海山，我想问问你，在俺家做活儿的时候，秋燕给你说过啥事儿没有？自从你在俺家做活儿结束后，她就离家走了，还不让报警。走的时候留了一封信，让将东庄送的彩礼一定退回去。现在，我和恁婶子俺俩见不到秋燕，死的心都有了。如果再等两天，还找不到秋燕。俺俩商量好了，买两包老鼠药一吃，死了算了。我也没啥本事，连自己的闺女都照顾不好，心里有愧呀！"

王有轩抹了抹眼泪，继续说道："东庄那门亲事儿，秋燕始终都不满意。她怕我和恁婶子生气，什么话都不说。你也知道，她嫂子整天在家里找事儿。看到秋燕受委屈，我心里就像刀剜一样。这几天，我也想开了，只要秋燕好好活着，不论她想咋着，我都依着她。只要她心里满意，我就是死了，也能闭上眼了。"

说到这里，老两口难过得抱头痛哭起来。

海山看着眼前老实巴交的老两口想念女儿的痛苦场景，心中不禁隐隐作痛，颤抖得差点把手中的酒杯掉在桌子上。他觉得自己犯了一个不能饶恕的错误。

把秋燕带回来，他决不后悔。可这样的行为，对秋燕的爹妈来说，未免太过残忍。如果老两口见不到秋燕，一气之下寻了短见，那自己这一辈子，恐怕心里都得不到安宁。

一瞬间，海山的心快要崩溃了。他想把王有轩扶起来，把事情向他们和盘托出，然后恳求他们原谅。这一刻，他有太多的话想要向他们述说。

这时，刘树根轻轻地拉了一下海山的胳膊，给他使了个眼色，示意他不要激动，稳住情绪。

刘树根和刘清德相互递了个眼神。接着，刘树根说道："老王哥，大家都是同龄人，知道做父母的难处。像你家这事儿，搁谁头上，心里都不好受。儿女连心，这是人之常情啊。不过千万不要想不开，万一秋燕以后挣着钱了，想孝顺恁老两口，又看不到你们，这让秋燕心里多难受啊。为了秋燕，你和嫂子还得好好活着哩！你想想，是不是这么个理儿？"

刘树根看着束手无策的王有轩，心里思量着。你说只要秋燕没意见，你就没意见。我理解你的不容易，可单凭你红口白牙，叫俺们咋能相信你呢？

世上的事儿，不到最后，就难见分晓。万一恁俩见了秋燕后翻脸不认账，非要哭着闹着把秋燕带走，那俺们说啥都白搭球了。今天不想好对策，是不能告诉你的。对不住了！恁老两口就先委屈一下吧！

四十三

正当刘树根准备进一步打探王有轩内心的真正想法时，门口的大槐树下又增加了三辆自行车，伴随着停车的声音，院子里走来了两男一女。

走在前头的那个男人，五十岁出头，长眉毛，留有分头，身材匀称。上身穿着一件半截袖的白色衬衫，下身穿着一件西式裤头，脚上蹬了一双黑色的凉鞋。外表干净利索，看上去精神头十足。另外一男一女看起来跟庄稼人没什么两样，穿得朴素而实在，年龄也在五十岁上下。此时，三个人都被晒得脸色通红，衣服上存有被汗水浸湿的痕迹。

小黑见家里来人后，展现着满脸的不欢迎，站在院子里不顾一切地狂叫起来。酒桌上的几个人听到小黑的叫声后，急忙从堂屋里走了出来。

刚出堂屋门，刘树根就露出了他那招牌式的笑脸，说道："哟！田主任！田老弟！今天是哪股东风把你吹到俺刘庄了？来的时候也不打个招呼，让我也好有个准备，为你接风洗尘啊。"

田主任笑着说道："我怎敢劳树根哥的大驾呀？啥时候也不敢班门弄斧，和俺树根哥比高低啊。你是屁股上挂大锣——走到哪儿响到哪儿！"

说话间，刘树根就领着几个人进了堂屋。

说起田主任，大名田再福，田庄村人。他是田庄村的村主任，也是个爽快脾气。由于田庄与刘庄同属一个镇管辖，因此镇上开会时，刘树根与田再福经常碰面。一次在一个酒桌上，经别人介绍认识后，二人逐渐你来我往，彼此有了进一步的了解。他们常坐在一起，互相交流工作中的经验，或者谈起村里的奇闻趣事。时间久了，两个人便越来越熟悉了。

今天，田再福来刘庄是情理之中。因为他不是外人，而是秋燕的姨夫。随行的那个女人是秋燕的小姨，那个男人是秋燕的舅舅。几个人听说王有轩老两口来到刘庄，于是也马不停蹄地跟了过来。一路打听，终于赶到了这里。

海山急忙搬来了几个板凳让与三人。喜旺去了一趟代销点，对桌子上的"美味佳肴"及时进行了补充。

田再福刚坐下，就迫不及待地对王有轩说道："哥，你们先别哭哩！还要注意身体哩！打听到秋燕的消息没？"

"还没有哩，我来就是想找海山打听一下。"王有轩抽泣着说道。

这时，刘树根故意打断话头，说道："田老弟，你来得正好。再晚一会儿，你就掉到饭眼儿里了。来，先把这杯啤酒喝了，降降温，有话慢慢说。"

田再福说道："到树根哥这儿来，也就是到自己家了，我就不客气了！"

寒暄之后，刘树根就有心试探田再福几人。因为在秋燕的事儿上，他对王有轩有些顾忌，担心他因时制宜。而田再福几人作为王有轩的近亲，在这件事儿的处理上，都是重量级的人物，有很高的发言权。几个人的出现，使刘树根心中一些不敢向王有轩老两口挑明的话，变得不再难于启齿。

此时，刘树根的大脑像风火轮一样在飞速地运转。他想，毕竟田再福是村长，也算见过"世面"，看待一些问题应该不会人云亦云。对于秋燕的终身大事，于情于理，他都不会武断干涉，反而会支持秋燕自己的选择。

想到这里，刘树根愈发自信了。他在心里嘀咕着，别看农村的村主任，蚂蚁尿一泡——湿不深的学问。为人处世的能力，还真不是一般的糊涂蛋儿能比的。别的不讲，这么多年，俺老刘还真没轻易服过谁。

接着，刘树根说道："老王哥，今天你最亲的人都来了。我也是刚听你们说了一些秋燕的情况，秋燕是一个善良、有思想的姑娘。现在时代不同了，谁都有权利选择自己的生活。秋燕读过初中，腿上虽然有点小毛病，可心里没毛病啊！她走的时候还给你们写了封信，安慰你们不要生气。这就说明，她能理解你们的不容易。"

刘树根喘了口粗气，接着说道："如果你们不理解秋燕的苦衷，就算费劲儿把她找回去，依了你们的心愿，和东庄那个孩子把婚结了，说不定就把秋燕逼到绝路上了。你们这一辈子，不但是秋燕的恩人，也是耽误秋燕幸福的罪人。我刘树根好歹也是刘庄的村主任，整天东跑西颠的。这种事儿见到过，也听说过。我说话好认个死理儿，但是我说的话，一点沙粒也不会有。"

这时，田再福接过话茬，对王有轩说道："哥，你们也听到树根哥说的话了。树根哥是个高人哪！说的都是大实话。你好好想想，秋燕这辈子是享福还是受罪，取决于你和俺姐恁俩的态度。秋燕这么懂事儿，你们要尊重她的选择。万一她有个三长两短，恁俩就是抱着头朝墙上撞，也无济于事了。"

听田再福这么一说，刘树根心中暗喜，田老弟，你果然没让俺失望。

王有轩抬起头，愁眉不展地说道："兄弟，恁哥虽是老实，但不是傻子。你们说的话，我理解。光溜溜儿的话是好听，可就是不顶用。刘主任今天说的话虽直，但都是石头砸碾盘——石（实）打石（实）的。眼时，家里遇到这样的事儿，能碰到刘主任，也是够幸运了。我刚才也说了，只要找到秋燕，我绝对依着她，不让她有心理负担。她的事情，就让她自己做主吧。我要是再管，我……我就是吃屎的狗。我都后悔死了！"

刘树根看到王有轩在这么多人面前说得如此坚决，心里踏实了许多。为了稳住田再福让他迈入自己的"阵营"，于是他端起酒杯和田再福连碰了两杯，有意让田再福起到做证的作用。身为"久经沙场"的老油条，他认为，在这关键时刻，田再福的一言一行至关重要。

这时，秋燕的小姨说道："秋燕从小到大，遇见事儿都心里有数。姐，等秋燕找着了，俺哥怎俩可别再干预她的婚事儿了。看把孩子都弄成啥样了？儿孙自有儿孙福。一个小鸡带俩爪儿，谁也不会让自己饿死。"

刘树根听到秋燕的小姨这么说，就断定秋燕的小姨肯定不是一般的农村妇女，也是通情达理型的。他心想，说来也奇怪，一般直性子的男人，家里总能娶到这样明事理的女人。倒不是缘分的缘故，因为直性子的男人如果遇到的不是这样的女人，那这个家可能都不会存在。

田再福说道："树根哥，刚才你也听见恁弟妹说的了吧！她说的也是我的心里话，孩子长大了，自己也老了。老方子治不了新病，不能用老眼光看世界了，啥事儿都不能独断专行。如果倚老卖老，这个家永远都没有活力。"

听完田再福两口子这么一说，刘树根和刘清德使了个眼色，借故离开了酒桌，来到了院外的大槐树下。

刘树根说道："清德哥，要不这样吧！刚才你也听到了，他们几个人都表态了。我看，丑媳妇也别怕见婆子了，省得夜长梦多。咱们就来个当机立断！"

刘树根擦了一把脸上的汗水，继续说道："你回家再问问秋燕，看她到底是咋想的。如果她非海山不嫁，今天咱们就别再绕弯弯了。直接把秋燕叫过来，和她爹这几个人见上一面。如果拖的时间长了，万一秋燕改变主意了，可就鸡飞蛋打了。到那个时候，咱们就属于偷人抢人，跳进黄河都洗不清了。说不定，派出所还伸上一脚哩。"

刘清德说道："兄弟，你说得有理。是福不是祸，是祸躲不过。你先回去陪她姨夫再喝几杯，顺便和海山打个招呼，让他去俺家一趟。我现在就回去，向秋燕问清楚。咱们刨倒树掏老鸹——还是稳当着来。"

说罢，刘清德便转身回家了。很快，海山在后面跟了过来。刘清德刚进堂屋，就看到秋燕、王春妮、秀花几个人正在吃饭。

还没等几个人开口，刘清德就直截了当地说道："秋燕，恁叔给你说个事儿。你在俺家也住了两天了，现在，恁爹，恁妈，还有恁姨夫几个人，都在海山家喝酒哩！你的情况，我没跟他们说。恁叔是个粗人，说话不会拐弯抹角。我想再问你一下，你愿意嫁给海山不？这是你的终身大事儿，你自己说了算。你要是后悔，现在还不晚，今天就可以和他们几个一起回家，这事儿只当没发生过。你要是不后悔，咱就一块去向恁爹他们几个说明白。这是光明正大的事儿，要是掖着藏着，反而不好。"

王春妮语重心长地说道："秋燕，恁叔说话粗，但他说的都是心里话啊。"

突然，刘清德用拳头在自己的胸脯上咚咚咚地捶了几下，继续说道："秋燕，海山是我看着长大的。恁叔敢对天发誓，他的身体没有啥毛病，从不坑拿拐骗，板儿（直性子、有原则）得很。他没结过婚，是个青铜丝儿（处男）。"

酒精的刺激不仅使刘清德满脸通红，更推着他把心里的话一吐为快。他红着脸，继续说道："秋燕，这两天通过你的话音，我就知道你这闺女有品行。你和海山走到一起，想过不好都难。你别看海山现在住的是两间土墩房，我敢保证，过不了三个月，你们就能住上三间新瓦房。地里忙时，海山回来收打庄稼。闲的时候，出外做木工挣工资。往后，恁俩的日子过得要不翻跟头似的红火起来，我就不姓刘。恁叔可不是瞪着眼跟你瞎喷（吹牛、说大话）哩！我要是骗你，我就不是吃粮食长大的。当然，到这个时候了，还得你自己拿主意，恁叔该说得都说了。"

坐在一旁的秀花说道："秋燕，你这一路走来太不容易了，要好好把握自己的幸福啊。"

原本来到刘庄，是秋燕深思熟虑后做出的决定。可刘清德的话仍像重锤一样，一下一下敲在她的心里。此时，她看着站在眼前的刘清德，心中既感激又忐忑。感激的是，刘清德情真意切地对自己说出了肺腑之言。忐忑的是，虽然很想念爹妈，但也没料到他们这么快就找到了这里。如果见了他们，该怎么跟他们说呢？

然而，她转念又想，都到这个时候了，还想那么多干啥呢？老刘叔说的对，总不能一直藏着掖着吧，这一天总会到来的。

于是，她感激地说道："老刘叔，真谢谢你。我都想好了，要不也不会跟着海山来到这儿。只要海山没有其他的想法，这事儿就按你说的办吧。让爹妈整天担心我，我心里也不好受。"

听到秋燕这么说，海山激动地说道："秋燕，你放心。现在当着咱叔和咱婶子、秀花的面，我向你保证，以后我要是做对不起你的事儿，我就不是人，遭天打雷劈。"

刘清德郑重其事地说道："秋燕，你和海山都在我面前表了态，我心里也有底了。为了不让恁爹妈再揪心，咱们现在就和他们说清楚。今天，我就是你们的见证人。"

接着，在场的几个人便起身向海山家走去。走的时候并不匆忙，可堂屋门却忘了关了。

几个人还没走到海山家堂屋门口的时候，高青兰一眼就看见了秋燕。霎时，她激动得像疯了一样，慌忙站了起来，"哗啦"一声，差一点把桌子碰个底朝天。

高青兰从几个人的缝隙里不顾一切地挤到秋燕面前，在她的胳膊上轻轻地捶了几下，然后抱住她大哭起来。

秋燕喊了一声"妈"后，把头紧紧地靠在高青兰的肩膀上，心中积压的情绪顿时迸发而出。她虽然没有哭出声音，可泪水依旧像断了线的珠子一样滚落下来。俩人紧紧地相拥，像是跨越了半个世纪的久别重逢。

王有轩也如释重负地从屋里走了出来，哭着说道："你没事儿就好，恁妈俺俩快急死了。"

众人见状，把王有轩一家三口劝到了屋里。

等他们的情绪安定下来以后，刘树根说道："秋燕，你心里有啥话，当着大家的面说出来，别再憋心里了。该说的话说，该做的事儿做。年轻人不要缩手缩脚，中就中，不中就拉倒。只要不违背原则，他就是天王老子，你也用不着害怕。有什么想说的话就说出来吧。"

秋燕抹了一下脸上的泪水，缓缓地说道："爹，妈，女儿不孝，让你们伤心了。这两天，我又想起了小时候，咱们一家人在一起开开心心的场景，那时候真好啊！后来，我哥结婚了，我长大了，你们也老了。慢慢地，不知怎么的，家里的欢声笑语少了。这两年，看到你们为了我的婚事儿整天愁眉苦脸，我心里像针扎一样。有很多话，女儿都压在心里。因为我知道，你们已经够辛苦了，我不想再让你们因为我而伤心。以前我也会抱怨，为什么老天爷那么不公，让我的腿变成这个样子。但现在我想明白了，因为我发现，生活中还有很多美好的东西。我既然选择跟海山来到刘庄，就不会再有别的想法。往后，是坑是井，我都不会有一句怨言。"

接着，秋燕紧紧地拉着王有轩老两口的手说道："爹，妈，从小到大，女儿从来没有违背过你们的意愿。这一次，你们就相信女儿，让女儿自己做一回主吧！"

秋燕的话音刚落，还没等众人开口，刘树根就来了个就坡下驴。他直接问海山："海山，你也给在座的人说一下你的想法。"

海山认真地回答道："老王叔！婶！这次没经过你们的同意，就把秋燕带了回来，是我的不对，请你们原谅我。我恳求你们，同意我们在一起。今天当着所有在座的长辈的面，我想说，请你们放心，我会像珍惜自己的眼睛一样珍惜秋燕，虽然我不能给她很多钱，但是我会尽最大努力让她快乐。十年河东，十年河西。我相信，我一定能让秋燕过上好日子。"

这时，刘树根起身拿着烟让了一圈，然后对王有轩老两口说道："老王哥，嫂子，你们也听到秋燕和海山说的话了。你们有什么话，不要憋在心里。"

王有轩用手推了一下高青兰的胳膊，说道："你有啥话就说吧！"

高青兰揉了揉眼睛，说道："我没啥说的，只要秋燕高兴就中。"

王有轩看高青兰没什么意见，也随口说道："就依秋燕吧！"

此时，刘树根看到不费吹灰之力就大功告成了，心里顿时乐开了花，禁不住为自己拥有"运筹帷幄"的能力而感到信心满满。他在心里念叨着，如果放到战争年代，俺老刘至少也能统率五万人马。

这时，刘树根笑着对田再福几个人说道："我也不问你们几个了，你们都是明白人，肯定没意见，只有祝福的份儿了。有一句话也不知道是谁说的，可能是孔圣人说的，宁拆十座庙，不破一门婚。谁要是违背了这句伦理，是要犯咒身的。"

刘树根的意思很明白，是在暗示他们几个人，别把事儿搅黄了，有意见也请暂时保留。

精明的田再福当然明白，他伸出大拇指，笑着说道："树根哥，今天你的功劳不小啊。到时候让海山给你掂瓶好酒，好好敬你一杯。你既是军师，又是媒婆儿。"

刘树根笑着说道："田老弟，你过奖了。看透别说透，还是好朋友。我看你像是开茶馆哩，为了省炭钱，是哪壶不开提哪壶。要说功劳，今天在座的都有份儿。不过归根到底，还是海山和秋燕的缘分到了。"

一旁的刘清德心想，既然话都说到这个份儿上了，为了稳妥起见，不如来个趁热打铁，把彩礼先交给王有轩，把亲事儿定下来再说。

于是，刘清德对刘树根说道："兄弟，我看今天在座的都不是外人，要不就说一说彩礼吧。让老王哥先把彩礼钱带回去，晚一天，咱们带着礼物去霍家集认一下门，你看咋样？"

还没等刘树根和王有轩开口，秋燕就直接说道："前天我来的时候，海山已经把钱给俺爹了。"

王有轩不好意思地说道："哦，我还想着，你给哪儿弄的钱呢。钱被恁嫂子拿去了，就当作彩礼吧。"

秋燕气呼呼地说道："我看，有多少钱也不够俺嫂子要的。"

田再福说道："树根哥，就照秋燕的意思，晚一天再说吧。不讲咋说，只要秋燕平平安安就好。时候不早了，家里也忙，俺们几个就先回去了。"

见秋燕不肯跟着回去，王有轩几个人便依依不舍地离开了刘庄。

四十四

午后的刘庄，阳光斜射着大地，树木、房屋的影子被越拉越长。

正好赶上三伏天。为了躲避酷热的空气，去棉田打药的，玉米地除草的，或者干其他农活儿的庄稼人，大都在下午五点以后，等灼热的气浪退去后，才去地里忙活一阵儿。

王有轩几个人来海山家的事儿，很快就被一些村民知道了。好事者逢人便说，海山从外边领了一个大闺女回家。

刹那间，这则消息宛如一个晴天霹雳，在村子里炸开了。于是乎，村里的男女老少，甚至包括有些行动不方便的，都朝海山家蜂拥了过来。大家都十分好奇，迫切想一睹为快。看看光棍这么多年，家徒四壁的海山，到底领回来一个什么样的媳妇。

一些原本打算去地里干活儿的人也忘了需要拾掇的庄稼了。没活儿干的人更不用说，别的没有，有的是时间，岂能轻易错过这个"特大新闻"？一瞬间，海山的院子里像召开什么重大会议一样，被挤得水泄不通。院子里的荒草放弃了最后的抵抗，被大大小小的鞋子虐得体无完肤。

男人们大都光着黑脊背，踮着脚，伸着鹅一样的脖子，浑身挤得汗水直流。女人们也不甘落后，早已忘记了平时矜持的形象。

这时，一个被淹没在人群中的女人发出了尖叫声："你个王八羔子往老娘身上胡摸啥哩？爬远一点！想吃奶，等会儿我喂你。不让小儿子吃，也得让大儿子吃。"

几十岁的男人被损了一通后，似乎更兴奋了，依旧没脸没皮地向前挪着脚步，并肆无忌惮地笑着，牙齿呲得像蒜瓣儿一样。

海山也没闲着，热情地把买的烟让与众人。对于这种喜烟，人们自然是来者不拒。就连一些平日里不抽烟的女人，也笑着把烟接到手里。一时间，咳嗽声、调侃声、嬉骂声填满了整个院子。

本来就不结实的门框，随时都有被挤垮的危险。直到秋燕腼腆地从屋里走出来，才慢慢平息了刚才的盛况。

等院子里进进出出的人群消散的时候，天色已经暗淡下来。地面上留下了数不清的脚印和随处丢弃的烟头。直到这一刻，海山和秋燕才疲惫地坐了下来，长长地舒了一口气。

秋燕对海山说道："海山，今天晚上，咱俩就别去喜旺家吃饭了，这几天没少给他们添麻烦。今天见到俺爹妈，我的心也静下来了。我在想，好多事情都充满着无穷的变数，在有意或无意中发生着改变。"

海山说道："是啊！现在我感觉就像做梦一样。我怎么也不会想到，事情会变化得这么快。"

这时，喜旺骑着自行车过来了，说道："海山哥，嫂子，走！上俺家吃饭去，秀花把饭做好了。"

秋燕不好意思地说道："喜旺，先别慌着叫嫂子哩！我和恁哥还没正式结婚哩！"

喜旺笑着说道："嫂子，往后谁要敢叽叽歪歪，我不把他的驴嘴扇歪不算结局！看他还能不？"

秋燕瞬间被喜旺的一句话逗乐了，嘴里发出"咯咯"的笑声。

傍晚，闷热的空气逼得坑里的青蛙发出响亮的叫声。树上的知了以为青蛙在和自己叫板呢，于是也不服输地齐声反击。一瞬间，双方的骂阵进行得如火如荼。

吃过晚饭后，人们从家里走了出来。趁着微亮的夜色聚在一起，高一声、低一声地调侃着。走在刘庄的大街上，听到最多的就是海山把秋燕带回家的事情。

多数人在为海山能娶上媳妇而默默祝福着。说秋燕这么年轻，虽是腿有点小毛病，但身材、模样都不差。在刘庄这些媳妇中间，能和秋燕比的还真找不出几个。也有少部分人胡乱猜测着，说秋燕就是个骗子，是个放鹰的人。海山比秋燕大恁些，家里就两间土墩房，穷得吊蛋精光的。就凭他做木工挣的那点儿烧屁股钱儿，过不了几天，吃干抹净后就寡妇蹾脚——拍屁股走人了。

有的甚至把海山和秋燕能不能过到底，变得像赌球一样，冷嘲热讽地说道："只要他们两个能过一年，谁赌输，谁请一桌酒。"

一时间，侃什么话的都有。单论讲话的气势，可比树上的知了优秀多了。

不好事儿的人听到这些话后，只是小声说一句："吃饱撑着了，自己的心还操不完哩。有些人就爱咸吃萝卜——淡（蛋）操心。"

此时，海风和桂平也正和邻居凑在一起谈论着海山。其中一个邻居说道："海风，恁兄弟带回来的那个媳妇，长得还真不瓤哩！看外表不是个恶人，听着说话也是个明白人。海山还怪有本事哩。"

海风说道："老天开眼啊，让俺兄弟找个媳妇。要不他自己过一辈子可咋办哩？现在年轻有力气，一个人还中。往后老了就不行了，指望谁也不中。"

这时，桂平气得"哼"了一声，说道："海山带回来的媳妇就是长得再好，终究还是个瘸子。我觉得，就这个瘸子，也不一定和他过到底。他连自己都养不活，再养活个瘸子，不喝西北风才怪哩！你们要是不信，咱们就骑驴看唱本——走着瞧。"

几个邻居听到桂平的话，再也没有吭声。坐了一会儿后，便各自回家了。因为邻居们都知道桂平的秉性，你就是把身上的肉割给她，背过身，她照样败坏你。有那抬杠的闲工夫，还不如回家给狗挠蛋哩！

海风听到桂平说的话后，也懒得反驳了，只是在心里骂道："万奶奶，阎王爷咋给你披了一张人皮？邻居爷们儿还祝愿海山找了个媳妇哩！你作为他的嫂子，咋会说出这样的浑蛋话哩！你说海山人不中，干吗还要接他给的钱呢？"

由于已探知到女儿平安无事的消息，王有轩老两口的心情变得不再着急。一路上走走停停，很晚才回到家里。即便如此，王有轩依旧浑身臭汗，两条腿又酸又疼。回到家后，简单洗了个脸，便躺在了床上。

这时，高青兰拿了个馍和几瓣糖蒜儿，又倒了一碗开水端到王有轩的面前。王有轩心里虽然踏实了很多，可依旧没有胃口。最后，在高青兰的劝说下，才勉强把馍送进肚里。

他唉声叹气地说道："我真有点累了，想想这人活在世上真不容易，有时候还不如个小猫小狗哩！披张人皮还不如披张狗皮哩！"

高青兰宽慰道："别胡想了，安稳睡一觉吧！明天还不知道有啥事儿哩！只要阎王爷不要命，咱俩还慢慢晃儿，好死不如赖活着。咱们也学癞蛤蟆躲端午——躲过一会儿，少一会儿。"

王有轩说道："唉！我看像咱俩这样的人，活着没啥价值，死了没人想念。这辈子也就这样了，脸和屁股没啥区别了。有时候，要脸还不如要屁股哩！屁股整天装在裤裆里，是黑是白谁也看不见。脸就不一样了，整天露在外边，稍有变化就会一目了然。秋燕这事儿，毕竟没经媒婆说和。人家肯定会说，她跟别人跑了。这是不争的事实，想捂都捂不住。添油加醋的人多着哩！我在霍家集就是再不算个人物，但这张老脸也得顾忌一下呀！可现在呢，就是想要脸，也没啥东西遮了！我想了半天，唯一的办法就是，以后出门也不用抬头了。腰一弯，把脸装裤裆里去球了！"

高青兰说道："老头子，睡吧，还胡想啥哩？只要咱秋燕平平安安的就中，你那张老脸能值几个钱哩？别死要面子活受罪了，我看海山还不错哩！"

说话间，两口子不知不觉进入了梦乡。

第二天，天刚蒙蒙亮，素枝就砰砰砰地敲响了王有轩老两口的门。

"谁呀？我给你开门。"高青兰急忙招呼道。

素枝一声没吭，依旧使劲儿地敲着。

高青兰打开门一看，凶神恶煞的素枝立刻出现在眼前，吓得她连一句话也没敢说。

素枝气冲冲地说道："看看日头晒腚没？我要是不来，恁两口子还能睡到晌午哩！你们出去一天，还怪放心哩！秋燕肯定有消息了，要不今天你们就不会睡恁死。闺女闹出这么大的动静，咋还能睡得着哩？你们这俩人，我真不知咋说好了，简直不可理喻。"

王有轩听到声音后，急忙从床上爬起来，连鞋都没顾上穿，就揉着眼睛从里间走了出来，安抚着说道："素枝，你先别急，有啥事儿慢慢说。"

素枝绷着脸说道："昨天媒婆和东庄的人，一天来了好几趟。一直到天黑，他们才走。要不是我顶着，非要把囤里的麦和这一头驴弄走哩。我说了一大堆好话才把那些人劝走，现在喉咙还哑着哩！"

接着，素枝假装咳嗽了两声，还把舌头伸了一下出来，说道："你们都听见了吧！睡了一夜，喉咙还疼哩！你们好好想想，我这都是为了谁，还不是为了恁闺女吗？昨天，东庄的人差点没指到我脸上说赖话，现在脸还觉得发烧哩！我就想，人要是没脸，树要是没皮，那真是百法难治。闺女跟着人家跑没影儿了，还跟没事儿人似的。眼看着黄土都埋到脖子上了，咋就没活明白呢？"

王有轩老两口大清早地就被素枝数落了一阵子，心中自是烦闷异常。但王有轩只是安慰着自己，就让她说吧，反正都这样了。这张老脸还不值个饭钱呢，平时也没见她给自己留过面子，随她便吧！

看王有轩老两口没有任何反应，素枝继续说道："东庄肯定还会来人，恁俩哪儿也别去。秋燕的事儿，我不管了。东庄来人了，你们自己顶着！"

王有轩一听素枝说出这样的话，气得再也忍不住了，甩着手结结巴巴地说道："你……你……你咋不管了？昨天给你的彩礼钱，你要是退给人家，人家还会来闹吗？"

霎时，王有轩像戳了马蜂窝一样，一下子把素枝惹怒了。素枝拍着大腿，蹦着吼道："你咋还有脸想着你给我那俩钱儿哩？你刮大风吞炒面——咋张开嘴了？真是狗咬吕洞宾——不识好人心。这几天东庄来闹事儿，哪一次不是我替恁擦屁股？你养的闺女闹出这样丢人搭家伙的事儿，弄得我现在里外不是人。我看恁这一家人哪，就是煮一个锅里也不会坏汤汁儿。"

伴随着素枝的喋喋不休，王有轩老两口连门也不敢迈出一步，只是铁青着脸，呆若木鸡地站在那里。

王有轩说道："素枝，我……我刚才说错话了，你只当我啥也没说。如果东庄再来人，我想办法。"

素枝说道："东庄要是再来闹事儿，你就把他们拉到大街上人多的地方去闹，可别往家里领，我可丢不起这个人。"

王有轩家的吵闹声轻松地越过墙头向四周飘散，周围的邻居爷们儿很快凑上前来。大家都想来探个究竟，看看秋燕到底怎么样了。实际上，前来看笑话的邻居爷们儿还是少数。因为王有轩家几代人都没有强势过，在霍家集享有不错的口碑。

近时，王有轩家发生这样的事儿，大多数人还是表示同情和理解。很多人都说，既然秋燕对东庄这门亲事儿不满意，那就干脆把亲事儿退掉，反正现在生米还没煮成熟饭，何必将来别别扭扭地过日子呢？这样对男女双方都没有好处。但是如果退了这门亲事儿，就应该把彩礼全部还给人家。这是老少爷们儿心中信奉的不成文的规矩。谁要是不照这个规矩办事儿，即使司法所治不了你，你也逃脱不了世俗道德的惩罚。到那时，邻居爷们儿不但会对你敬而远之，还会在背后说三道四。

素枝吼了一阵子后，看到邻居爷们儿正站在院墙外边往里张望。她觉得脸面有些挂不住，气得"哼"了一声，走出了家门。

人群中知道内情的人说："秋燕临走的时候，已经把彩礼钱交给了老王，让他把彩礼钱务必还给东庄，但这些彩礼钱被素枝要走了，而素枝又死活不认账。现在，老两口就是哭晕在厕所里，也没一点球招。"

很快，围观的人们便不约而同地散去了。没有一个人来劝慰老两口，都只是束手无策地摇头叹息。不是邻居爷们儿不够意思，而是因为大家都清楚，这是王有轩的家务事儿，外人不好掺和。再者，素枝的形象已经深入人心，大家躲着还来不及呢。

因此，众人都心照不宣，谁也没有本事解决这个难题，自古清官还难断家务事儿哩！

四十五

王有轩越想越觉得活得窝囊，绝望的心一瞬间被逼到了悬崖的边缘。

他无奈地说道："燕儿她娘，我越想越觉得活着没意思，拿根麻绳往这梁上一挂，死了算了。我死了以后，你就找秋燕去吧，我看咱俩这辈子过不到底儿。本来这彩礼钱说得好好哩！没想到素枝改口不认账，真是没法活儿了。东庄要是来要彩礼钱，我上哪儿去弄哩？"

说着，王有轩就气喘吁吁地伸手去拉一旁的麻绳。

高青兰见状，急忙拉住王有轩的胳膊不停地摇晃着，哭着说道："你咋恁狠的心哪！你想得还怪舒坦哩，俩腿一蹬，啥事儿都不想管了！你让我上秋燕家，这不是胡闹嘛！你就没想一下，我一个老婆子咋活下去哩？你要死，咱俩一起死！"

王有轩流着泪看着自己的老婆，心中五味杂陈。想想自己年轻时憋气的时候，骂过她，打过她，而她依旧默默地守护着这个家。以前总想着把孩子养大，等儿子找个媳妇，闺女找个婆家后，就算完成任务了。没想到几十年过去了，老婆跟着自己，从一个姑娘家熬成了黄脸婆，却连一天福都没有享过。

王有轩绝望地说道："燕儿她娘，我真是活够了。我死了，正好让东庄的人出出气，他们就不会找你的麻烦了。你跟着秋燕，享福也好，受罪也罢，起码她不会像素枝那样整天吼你，更不会指桑骂槐地骂你。"

高青兰哭着说道："你啥也别说了，咱俩就用这根麻绳一起走算了。唉！孩子们大了，我一个人活着也是多余。你也不用劝我了！"

王有轩泪流满面地说道："这回是有去的路，没有回来的路。那咱们就一起走吧，路上还能做个伴儿。把你一个人丢下，我还真不放心。"

接着，老两口停止了哭泣，带着绝望的眼神开始行动起来。王有轩毫不迟疑，用手使劲儿地拉了拉绑好的两个绳套。一切准备就绪，老两口手拉着手，就要把绳套挂在脖子上。

就在这千钧一发的时刻，万师傅从门外走了进来。

说起万师傅，这两天，自从秋燕跟海山走后，他就一直对王有轩家的事儿关注着。一开始，他只是考虑着把秋燕收东庄的彩礼钱退还给人家，就万事大吉了。让他没想到的是，这彩礼钱竟然被秋燕的大嫂要走了。更让他百思不得其解的是，王有轩怎么会想着去海山家找秋燕呢？他是从哪里得到的线索呢？

万师傅心想，要想人不知，除非己莫为啊，小蠓虫飞过去还有影儿哩！

想到这里，万师傅还真有些揪心。毕竟事情闹到这一地步，自己也有不可推卸的责任。他不知道王有轩找到秋燕后会做何反应，因此十分担心王有轩把事情闹大，从而让自己名誉扫地。

其实，当王有轩在刘庄找到秋燕后，秋燕的一些话已让他恍然大悟。不过既然木已成舟，他对万师傅的恼恨也变得荡然无存了。何况当时老两口对海山的印象还是好的。因此，他也就放下了，权当万师傅是个局外人。

今天，王有轩家的吵闹声正激烈的时候，万师傅正处于围观的人群中间。看到王有轩被儿媳妇闹腾得束手无策，万师傅既内疚又担心。于是他多留了个心眼儿，想着等人群散去的时候，以一个老朋友的身份，来宽慰一下老两口的心，顺便也缓解自己内心的不安。

待人群散去以后，万师傅一进门就大声喊上了："老王，老王。"

王有轩听到有人叫他，拉绳套的手猛然松开了，整个人一下子从板凳上跌了下来。

他这一摔不打紧，板凳立刻失去了重心，另一头的高青兰也跟着摔在了地上。霎时，老两口被摔得"哎哟哎哟"直喊，谁也没能站立起来。

万师傅走到门口，也没能听到老王应声，只是听到老两口的叫喊声。他用手推了一下门，发现门被从里面顶得结结实实的。于是他急忙跑到窗棂前，透过窗棂看到老两口都躺在地上，梁上还垂着晃动的绳套。

万师傅立刻全明白了。他不顾一切地对着窗棂朝屋里大叫了两声："老王，老王！"

然后，他跑到门口，猛地一脚把门踹开，一个箭步冲进屋里，拉住王有轩的手，急促地说道："老王，恁俩是不是傻了？咋会想这拙门子事儿哩？就是因为东庄的彩礼钱，也不能这样呀！"

万师傅一边劝说着，一边把王有轩老两口扶了起来。

王有轩哭着说道："万师傅，你觉得我想死吗？我活不起呀！秋燕找到了不假，可这东庄的彩礼钱又被儿媳妇要走了。要钱的时候说得好好的，结果她把钱昧起来了。东庄的人要是知道秋燕又找了个人家，还不把彩礼退给他们，肯定不会善罢甘休。他们把这头驴牵走，把这几袋粮食拉走，我都不说啥。我就怕东庄来一大帮人，骂骂咧咧地作践俺秋燕。"

王有轩说着哭着，鼻涕、泪水一起蒙在脸上，像雨水洒在车窗的玻璃上，一股脑地往下流。

他接着说着："人活着，要的是一张脸皮呀！这事儿怨不得东庄的人，怨俺。人也没有，钱也没有，这事儿搁谁头上也不会忍哪！啥事儿都得讲个理啊。唉！我这辈子真是作孽呀！"

这时，万师傅端来一盆清水放到老两口的面前。

等老两口洗把脸后，他掏出一支烟递到王有轩手里，劝说道："老王，把烟点上，压压惊。你活这么大岁数了，有些事儿即使没见过，也应该听说过吧！打瞌睡当不了死。有些事儿，就是死了，也不会一了百了。人活着就是一口气儿。气儿人，气儿人，人没气儿了也就成了死人。你就是再没本事，也不能想着去死呀！你仔细想想、算算，一口棺材少说也得一百多块，两口就要二三百，恁俩总不能挤一个棺材里吧！再加上乱七八糟的丧葬费，到时候，不但人没了，钱也没了，最后还要落一个坏名声，赔了夫人又折兵。别人不会同情你，还要骂你死物球（一根筋）。你看你死得还有价值吗？"

王有轩抽了一口烟，唉声叹气地说道："我是嫌自己没能耐，整天这样没脸没皮地活着，还有啥意思，这样没气没囊的，还不如一条狗哩！"

万师傅继续劝说道："老王啊！我在你们家做了几天活儿，也大概了解你的一些脾气，恁两口子都是大好人哪，但就是心里不能盛事儿，一点小事儿就横心里了。只要秋燕开开心心的，其他都不是事儿。儿媳妇把东庄的彩礼钱要走，你也别再想着要了，将来不还是花在你孙子身上吗？你可以想办法去借，不就是一百多块钱吗？也不至于搭上恁俩的命吧！你们作为秋燕的父母，将来有一天，秋燕过好了，这借的彩礼钱就让秋燕来还。我敢和你打赌，就秋燕那闺女的脾气，包括海山，不但不会忘恩负义，还会加倍补偿你们哩！将来你们老了，就等着挽着胡子喝蜜吧。"

王有轩被万师傅的话逗得扑哧笑了一声，说道："万师傅，你说的比唱的还好听哩。哪会有恁得劲儿的事儿发生在我身上呢？我这辈子也没打算留胡子，更别说挽了。喝蜜我是不敢想，少喝点苦水就中了。"

看王有轩的状态渐渐好转，万师傅揪着的心也慢慢放松了。他心里想，只要恁老两口没发生意外就好，要不我心里怎么过意得去呢？话说回来了，我也没有做啥亏心事儿啊，反而成全了两个相爱的人。年轻人男婚女嫁，你情我愿。有机会促成这样的事儿，何乐而不为呢？即使面对东庄那家人，我也问心无愧。毕竟强扭的瓜不甜，敞亮地把彩礼钱退还给他们也就是了。我帮你老王找了一个好女婿，你应该感谢我才对哩。

万师傅说道："老王，你好好想想，秋燕嫁给海山是多好的事儿啊，你迷过来后就该偷笑了。别看我没钻到你心里看，你肯定合算着哩！就像拾麦打烧饼一样，可是一本万利的买卖。晒干也不丢斤秤，上哪儿找去呀！"

王有轩说道："万师傅，退还彩礼的钱还没着落哩！刚才你说的话，远水不挡近渴啊。我就是有心想着那一天，也得先把眼时顶过去啊。"

万师傅小声说道："老王，我给你说个事儿，对任何人都不要讲。今天我看在秋燕和海山的面子上，把东庄的彩礼钱给你垫上。这钱算我借给你的，我也不说不要。你啥时候有钱，就啥时候还。先把钱交给媒婆，向人家说两句好话，让她给东庄送去，这事儿就算结束了，也就不用再担心东庄来人闹事儿了。"

说着，万师傅就把钱从口袋里掏出来，递给了王有轩。

王有轩拿着钱，激动地说道："万师傅，俺两口子谢谢你了。要不是你过来，俺俩到不了晌午就臭了。"

万师傅笑着说道："老王，两口子拜年的话都别说了，往后想开点就是了，要不海山的好酒你可就喝不上喽。"

四十六

为了避免东庄的人再次到来，王有轩老两口连早饭也没心思吃了。

他们骑着辆自行车，行色匆匆地赶到了媒婆家，然后毕恭毕敬地把彩礼钱交给了她。媒婆接过钱，认真地数了两遍。钱虽然一分不少，可她那阴沉得像猪肝一样的脸色却始终没有变过。不用想就知道，这两天肯定被素枝的话伤得不轻。

昨天媒婆已经撂下狠话，如果秋燕不跟东庄的人照面，不把退婚的理由说清楚，这彩礼钱肯定要连本带利地算过来。王有轩如果敢不认，要不让他闺女在方圆几十里把人丢尽，在娘家住一辈子，我就不在说媒的道上混了。我说了这么多年媒，啥样儿的人家没碰到过？说媒三家好，过门两家亲，一点不好就骂媒人。恁以为我整天说媒是跑着玩哩？没利谁肯早起？推磨挨磨棍的憨货，早都栽干坑里完犊子了。我让恁整天把我当猴耍哩！把我惹毛了，看我是咋对付你们的。真是人没良心，球没肋骨，这话一点不假。

还没等媒婆发作，王有轩把早已准备好的五块钱悄悄地塞到媒婆手里。

这是他从别人那里学来的，这样做也是为了堵住媒婆的嘴，关键时候能替自己抵挡一下。他想，拿钱消灾吧，谁让自己理亏呢？但愿媒婆能把事情摆平，东庄的人不再来闹事儿。

媒婆见状，急忙把这五块钱装进了口袋里，生怕王有轩再要回去。

霎时，她高兴得眼睛眯成了一条缝儿，脸色也变得红润了，笑着说道："老王，那我就不客气了。恁和东庄这门亲事儿，从今天起就算了结了。等碰到有合适的媒茬，我再给秋燕找一个。现如今，年轻人眼光高，理想远大，退亲的事儿多了去了。你不要太在意，这也不是啥丢人的事儿。"

王有轩和媒婆说了几句客套话后，就急忙骑着自行车带着高青兰匆匆离开了。

这段时间，他总为女儿退婚的事儿感到理亏，平时不敢在人多的地方高声说话。此刻又唯恐媒婆改变主意，出尔反尔，更担心被东庄的人撞见，追上来纠缠不清。

老两口走了几十米后，扭头一看，媒婆还站在门口望着他们俩呢。于是，王有轩朝媒婆尴尬地招了招手，然后把浑身的力量都集中在了自行车的脚踏上。

刚骑到村外，突然，自行车的链条哗啦一声掉了下来。情急之下，王有轩也顾不得其他，推着自行车急促地对高青兰说道："快跟上，咱俩这回不走大路，走这条小斜路，别让她再追上来了。"

实际上，媒婆已经达到了目的，正在家里偷笑哩！

王有轩扶着车把，马不停蹄地走在前面。高青兰则推着自行车的尾座跟在后面，两个人一口气走了五六里。

这时，高青兰上气不接下气地说道："老……老头子，你别慌了，我实在走不动了，咱歇会儿吧！"

王有轩喘着粗气，看到高青兰脸上的汗水顺着头发直往下滴，于是，他停下脚步，用手在眼前打了个亮伞，回头仔细地望了又望，发现路上空荡荡的，不见一个行人。

霎时，王有轩像泄气的皮球一样，手一松，咣当一声把自行车扔到了路边的草丛里。自己也顺势瘫倒在那里，喘息了好一阵儿才缓过来，说道："我的妈耶！秋燕退婚的事儿总算结束了，东庄的人不会去霍家集找事儿了。他们要是再敢闹事儿，到时候咱就有理了，邻居爷们儿就会有人站出来替咱说话了。"

高青兰唉声叹气地说道："唉！别想那么多了，谁让咱秋燕的腿有毛病哩！哪家的父母不是半夜里起来嚼馍——喂（为）儿喂（为）女呀！"

停了一会儿，王有轩从地上爬起来。他咧着嘴，揉着自己的腿和膝盖，说道："这一阵儿跑得太快了，腿都抽筋了。"

王有轩一边说着，一边瘸着腿用力扶起自行车，然后把链条挂上。他对高青兰说道："我的腿疼得骑不了了。你就委屈一下，抓住后座，跟着走吧！"

此时，高青兰的腿疼得更是厉害。她站了几次，也没能站起来，只是"哎哟哎哟"直喊。

王有轩见状，急忙把自行车放好，颤着腿走到高青兰面前，然后弯下腰，使出全身的力气去扶高青兰。然而无论他怎么用力，也没能把高青兰拽起来。

王有轩嘟囔道："万奶奶，刚才掉链子，现在又腿疼哩，还疼这么狠，连一步也走不成了。人倒霉的时候，喝凉水都塞牙呀！"

王有轩蹲在路边的草丛里，无奈地埋怨着，额头上的汗珠往下滚个不停。他顺手摸出口袋里的烟，发现烟盒已被汗水浸湿。打开烟盒一看，还算不错，烟还能凑合着抽。

接着，他抽出一根放到嘴里，又从口袋里把火柴掏了出来。然而火柴可没那么幸运，已经全部被汗水浸湿，看来只有晾晒后才能点火了。于是他把火柴掏了出来，摆在自己的面前。火辣辣的阳光一点也不含糊，很快就把火柴晒得非常干燥。

王有轩把两根干燥的火柴放在一起，只一下便划着了。他像是看到了救命稻草一样，急忙用手捂住火苗，生怕被风带走了。待烟点燃后，他心急火燎地抽了几口，心里思量着，在这儿蹲下去也不是个办法呀！

这时，霍家集的一个女人正好路过这里，看到王有轩老两口后，停了下来。此时，王有轩老两口还没有认出她是哪个村子的。

路过的女人走上前去，客气地招呼道："有轩叔，婶子，你们老两口在这儿干啥哩？马上都晌午了。"

王有轩一听，急忙揉了揉眼睛，仔细地看了一眼，发现眼前的女人不是外人，原来是霍家集东头老张家的儿媳妇双琴。

接着，王有轩愁眉不展地说道："俺俩去东庄退彩礼去了，恁婶子不小心扭着腿了！在这儿歇一会儿，过一会儿腿不疼了再走。"

本来，王有轩不想把退彩礼的事儿对双琴说出来，怕传出去，让人在背后说闲话。然而他又一想，反正彩礼已经退给人家了，任别人怎么说也无所谓了。反而霍家集的爷们儿知道得越多越好，免得让人们误会，落下一个不给人家退彩礼的坏名声。

双琴说道："彩礼退了，秋燕的这场婚事儿就算结束了，恁老两口也省得揪心了。"

王有轩说道："是哩，只要东庄不再来闹事儿就算了。既然秋燕不愿意，就应该把彩礼钱退给人家。"

双琴说道："有轩叔，我看俺婶子疼得还不轻哩。我骑车技术不中，也没法带她。要不我先回去给国斌哥捎个信儿，用拉车把俺婶子拉回去吧。"

王有轩不好意思地说道："双琴，这事儿就别给国斌说了。你可能也听说了，为了退彩礼的事儿，今天早上俺儿媳妇还大闹了一场，还是不让他们来的好。"

双琴说道："有轩叔，你说的我懂。我回去还要给两个孩子做饭，他们还要上学，要不我自己就可以把俺婶子拉回去。这样吧，我回去看看小五有空没，让他来接你们吧。你放心，我只要到家，就会有人来接俺婶子。"

说罢，双琴就急忙骑上自行车回家了。到霍家集后，她直接来到了小五家，把去接高青兰的事儿简单说了一遍后，便回家做饭去了。

说起小五，他今年四十多岁。由于家贫，个子长得矮，办事儿、说话不经过大脑，以至于到现在还是独杆司令一个。但他却是热心肠，村里的爷们儿要是找他帮忙，只要有空，他总是有求必应。他生活很节俭，从不多花一分钱，能省则省。即使买盒烟，也得掐着指头算上好几遍。平时给别人帮忙，若别人请顿饭，自己连柴火都省了。因为这，村里的爷们儿没少调侃他。

霍家集的爷们儿都了解小五的性格，每次见到他，都会主动给他掏支烟。因为大家想着，他是一个大闲人，说不定哪天还需要他帮忙哩！慢慢地，小五就养成了不买烟的习惯。

对于双琴刚才说的事儿，小五毫不犹豫就应了下来。他心里想着，看来中午的柴火又省了。

双琴刚走，小五就拉着板车匆匆忙忙地出发了。此时，霍家集的爷们儿都从地里干活儿回来了。农具家伙还没有送回家，就开始在河里享受清凉。

当小五拉着车经过桥头的时候，河岸上的人看到他着急忙慌的样子，很远就打起了招呼："小五，中午这么热，拉着车子干啥去哩？"

小五一边赶路，一边回应着。然而，此时拉车在土路上震得咣当的声音，人们的嬉闹声，还有青蛙的叫声交织在一起，瞬间把他的声音淹没了。很多人都没听清小五到底说的是什么。

这时，有一个人又追问了一遍。只听到小五隐隐约约的声音："去东庄半路上接王有轩老婆哩！两口子退彩礼回来时，腿疼得不会走路了。"

听小五这么着急地一说，加上近时王有轩家的事儿在霍家集闹得沸沸扬扬的，立刻就有人断定，肯定是在王有轩退彩礼的时候，东庄的人心里有气，所以把他们的腿打断了。于是乎，几个人不由分说，就跟在了小五的后边。其中有人建议说，多去几个人，估计东庄的人肯定不少。万一打起来，人少是要吃亏的。

接着，就有人大吼了起来："快点！东庄的人把王有轩两口子的腿打断了。"

霎时，几十号人不分青红皂白，光着脊背，拿着农具家伙，撒开脚丫子追了上去。

有几个小孩子跑回村里，也驴唇不对马嘴地咋呼开了："快点吧！都去东庄打架去哩！王有轩被东庄的人打死了。"

这一刻，整个霍家集全乱套了。不管男女老少，能拿动家伙的都从家里跑了出来。瞬间大街上的尘土被惊得四处飞扬，呛得人们喘不过气来。路边的黄狗也不明所以地狂叫起来，像是在为人们呐喊助威。

霍家集的村干部听到王有轩两口子被打的消息后，也咽不下这口气，嘴里叼着烟，愤怒地跑了过来。他认为，这种挨打的事儿，别说是霍家集了，在哪一个村都得闹个天昏地暗，见个真章。

当霍家集的人跟着小五还没来到王有轩面前的时候，王有轩已经听到了嘈杂的叫喊声。情急之下，老两口也忘了辨别方向，还以为是东庄的人追来了。于是，王有轩急忙拽着高青兰往玉米地里拖。然而，他自己的腿还疼着呢，哪能拖得动呢？

这时，他急中生智，僵直地往地上一躺，两眼一闭，嘴角流着口水，装起死来。高青兰见状，也急忙照做起来。

很快，小五拉着车子咣当咣当地来到了王有轩的面前。看到王有轩这个状态，小五急忙喊道："老王叔，老王叔，你醒醒！我是小五，来拉你回家哩！"

王有轩听到小五的叫声，慢慢地睁开眼睛一看，才把悬着的心放了下来。

　　紧接着，霍家集的人们也赶了过来。看到王有轩两口子此时的模样，大家气愤地说道："走！上东庄给他们拼了。把人打成这样，简直没王法了，这不是欺负人吗？"

　　王有轩慌忙从地上爬了起来，制止道："各位老少爷们儿，大家误会了。东庄的人没有欺负俺们，也没有打俺们。俺老婆的腿是去媒婆家退彩礼回来时，不小心扭伤的。秋燕的婚事儿已经和东庄扯清了。"

　　霍家集的村干部听到是一场误会，也瞬间舒了一口气。毕竟谁也不想把事情闹大，如果两个村真闹起来，后果将不堪设想，对双方都没有好处。

　　村干部指挥着把高青兰抬到拉车上，小五在前面拉着。就这样，众人浩浩荡荡地返回了霍家集。

　　小五把高青兰拉回家时，自己已是汗流浃背。王有轩从屋里拿出一包烟，客气地递到小五的手里。小五知道王有轩家近来为了秋燕的事儿，一刻儿也没有消停过，家里肯定也没什么好吃的。他想了一下，还是走吧！这次就给王有轩省一顿吧！

　　王有轩也只是客气了一下，因为此时家里除了面粉，只有馍筐里发霉的两个剩馍。昨天晚上就没有吃饭，早上不但没吃饭还气了一场，整个人已是精疲力尽，别说做饭了，连说话的力气都没有了。好在秋燕退婚的事儿已经结束了，也算烧高香了。

　　王有轩看着小五，愧疚地说道："小五，辛苦你了！晚一天有机会，恁叔掂着酒去谢你。"

　　小五笑着说道："老王叔，都是自己爷们儿，客气啥哩。"

　　送走小五后，老两口瘸着腿回到屋里，顺势往床上一歪，长长地舒了一口气。王有轩少气无力地对高青兰说道："你也好好歇歇吧！一会儿我去做饭。"

　　这时，只听见素枝和国斌吵嚷着，来到了门口。

　　素枝一脚就把门踢开了，劈头盖脑地就冲着老两口埋怨上了："这回恁俩心里可舒坦了，大白天睡得还怪香哩！整天说瞎话也不脸红，口口声声说没钱。今天上午去媒婆家退彩礼，给哪儿弄的钱？既然有钱，干吗还让我给恁俩擦屁股？全天下都找不到恁俩这号哩，闹腾得霍家集鸡狗不得安宁。这回你们的目的达到了，往后享福了。"

　　国斌站在一旁没说一句话，只是任由素枝歇斯底里。

　　王有轩和气地说道："素枝，你消消气，别起急。"

　　素枝哪里能听得进去？继续说道："恁俩既然没把我当儿媳妇看，那我也不讲脸了。跟你们直说吧，限你们三天时间，搬出这个家。秋燕永远也不能进这个门，做好的嫁妆一件也不能拉走，从此一刀两断。恁俩不要脸，我还要脸哩！我跟你们丢不起这个人。"

王有轩不知道从哪儿来的勇气，生气地说道："你不让住家里，让俺俩住哪儿？"

素枝毫不客气地说道："我不管你们住哪儿，那是恁俩的事儿了，与我无关。恁两口子能耐那么大，闺女跟着别人跑了，这么大的事儿都能处理好，还能找不到个住的地方吗？真是自作自受，不作就不会死。"

王有轩听着素枝的最后通牒，又看了一眼呆若木鸡的儿子。此刻，他真想对着房顶大喊三声，吐出这么多年沉积在心底的苦水。但是他做不到。

他宽慰着自己，如果不同意素枝的要求，恐怕儿子立马就是个单身汉了。唉！只要儿子能勉勉强强地过成一家，把孙子养大，给俺姓王的留个上香火的人就中了，自己这把老骨头又算个啥呢？随她便吧！

王有轩无奈地说道："就照你说的吧！明天俺俩就搬出去。"

素枝毫不客气地说道："越快越好，免得我生气。"

说罢，素枝便转身离去了，留下一连串沉重的脚步声。

王有轩忍住胸口的疼痛，对高青兰说道："我去做饭，素枝的话你别往心里去。先吃饱再说，咱俩以后也得学着不要脸，没气没囊才能活时间长哩！明天一大早咱俩就用拉车把用的东西拉走。咱谁家也不住，就在咱责任田里用塑料布搭个棚子先住下来。等有机会，找几个人盖一间竖头屋，再打个压井。好死不如赖活着，混一天少两晌儿吧。"

高青兰听着王有轩的话，眼泪止不住地往下流。她悲戚地说道："事到如今，也只有自己安慰自己了。搬到地里住，起码比上吊强多了。"

四十七

傍晚，乡下无人的大街，只有稀疏的星星，在用它那微弱的亮光撑着即将沉寂的夜。

时光荏苒，秋燕来到刘庄已经有一段时间了。这段时间，在海山的强烈要求下，她一直住在刘清德家里。海山计划着，等把新房子建好之后再举办婚礼，因为他不想他们的新婚之夜在老房子里度过。一开始，秋燕坚决不肯。

她告诉海山，我看重的是你这个人，不在乎这些外在的东西。可海山告诉她，你不在乎，我才更在乎。

从秋燕跟他来的那一天起，海山就下定决心，一定要凭借自己的力量，给秋燕一个安稳的生活，不再让秋燕对以后的人生感到自卑。

白天，秋燕和海山一起吃饭，偶尔一起去田里转转。通过这段时间的接触，彼此之间也有了进一步的了解。

秋天的田野，大豆已经饱仓，雪白的棉花陆续开放。玉米棒子像啤酒瓶一样，结实地长在秸秆上。种种迹象表明，今年的丰收已成定局。

庄稼成熟前的这段时间是庄稼人难得的闲暇时光，大家都在耐心地等待着庄稼成熟的那一天。人们时不时地在自家的田间地头驻足，深情地注视着即将成熟的累累果实。那种让人安心的滋味儿，美妙极了。

海山已经不止一次带着秋燕来到自己的豆地了。秋燕高兴地说道："海山，你种的豆子长得还不错哩！"

海山笑着说道："今年的豆子长这么好，还是清德叔的功劳哩。要不是他操心，我可没那个本事把豆子种这么好。"

"等咱有钱了，一定要好好谢谢清德叔。"秋燕说道。

海山笑着说道："秋燕，有你这句话，我一定给咱清德叔掂瓶好酒。"

"今年再种麦子的时候，咱也种麦棉套。棉花是经济作物，比种豆子强多了。你有空出去做家具，我在家管理棉花。抽空喂两只羊，再买两头小猪。"秋燕兴奋地说道。

海山说道："我怕你的腿累着了，种棉花太麻烦，光打药这一项都不中。喂羊、喂猪也可辛苦。"

秋燕说道："你不要太顾虑我。我又不是吹的琉璃咯嘣，那么脆弱。我啥活儿都能干，如果家里有重活儿，找人捎个信儿，你可以随时回来。每天忙活着还充实些，免得我自己一个人在家没意思。"

海山说道："到时候再说吧！"

两个人边走边聊，开心地计划着以后的生活，仿佛一切美好都近在咫尺。不知不觉中，他们来到了河边，看到一个熟悉的身影正忙着在河滩割草。

海山离很远就喊上了："清德叔，歇一会儿吧！抽支烟，看把你热的。"

刘清德应着，然后放下手中的铲子，把手上的泥巴在裤子上来回抹了几下，接过了海山递过来的烟。

他指着绿豆笑着说道："秋燕，你看这一家河岸上种的是啥庄稼？"

秋燕知道，这是刘清德有意逗她玩哩！自己也是在农村长大的，怎么可能不认识地里的庄稼？

于是，她笑着说道："清德叔，我不知道那是啥，但那肯定不是绿豆。"

刘清德的两眼立刻眯成了一条缝儿，笑着说道："秋燕，你这不是气恁叔吗？"

秋燕笑着说道："清德叔，你知道我认识绿豆，为什么还要问我那是什么庄稼呢？"

刘清德笑着说道："我是有心替俺海山把一下关，考你一下。我当叔哩要不留个心眼，海山找个媳妇，万一下雨天都不知道往屋里跑，那可就麻烦了。"

刹那间，几个人不约而同地笑了起来。

停了一会儿，刘清德对海山说道："海山，我想给你说个事儿。我看你和秋燕的婚事儿不能再拖了。你那两间土墩房，也没修理的价值了。我看趁现在不太忙，你心里合计一下。在咱村多找些劳力，套着牲口去坑里拉些土。再租一台制砖机，去东乡请个烧砖的师傅，先把砖烧好。只要有了砖，瓦和木料都不是大问题，泥工、木工更不用担心。用不了几天，就可以把三间瓦房和一间厨屋搞定。"

刘清德抽了一口烟，接着说道："咱村不缺劳力，就你这为人，给谁打个招呼，也不会让你的话掉地上，更不会提钱的事儿。只要把烧砖师傅的工钱和煤钱准备好就中了。至于请人吃饭，烟酒是必不可少的。制砖的时候，让恁婶子和秋燕，还有建成家媳妇，三个人做饭就够了。俺家除了秀花，都能帮到底。力气对于咱们爷们儿来说，不是个事儿。这样算下来，就能省不少钱。"

刘清德的话，正合海山和秋燕的心意。

海山说道："清德叔，你说的事儿，这段时间我一直想着哩，但现在我手里钱不够啊。"

刘清德说道："我就知道你是发愁钱的问题。依我看，钱不是大问题。你想想办法，放下面子，找亲戚朋友借一借。我看今年肯定是个丰收年。俺家卖了棉花，除去秀花生孩子'数九天'请客用的钱外，还能给你准备点。你没听人家说吗？人到有路，虎到有山。钱是龟孙，没了再拼。"

刘清德说得正起劲儿时，脑袋突然卡了壳，有一句到嘴边的话突然想不起来了。他憋得满脸通红，结结巴巴地问道："秋燕，你们都上过学，有……有一句话说的是，留得青山烧柴火什么的，是怎么说的？"

秋燕笑着说道："是留得青山在，不怕没柴烧。"

刘清德笑着说道："我想说来着，一激动给忘了。"

王春妮看到他们几个人在一起又说又笑，于是在地里转了一圈后，蹑手蹑脚地来到刘清德的身后。

听到刘清德说话卡了壳，王春妮笑着说道："就你？学校的门朝哪儿都不知道，你还骑葫芦过河——拽大蛋哩！光听你说话一套一套哩！要是不知道你的底细，还以为你是个老校长哩！"

刘清德笑着说道："我说的话你不懂，你还不服气。你不服气，光尿裤子，有能耐就给我弄两句。我不是小看你哩，你连一句也说不出。我这辈子当你的老师，肯定没问题。"

王春妮嘴一撇，哼了一声，笑着说道："我看你能得还不轻哩！能哩也不长了。我这辈子就是当个大老粗，也不会找你这一号的老师。"

两口子调侃了几句后，几个人接着商量起制坯烧砖的种种事宜。

海山说道："清德叔，制坯烧砖可不是个小事儿啊。今天晚上，我再合计一下。"

刘清德说道："还有啥想的，你还磨叽个啥？海山，我听着这话，咋不像是从你嘴里说出来的？夜长梦多，只要有人，一切都不在话下，明天就开始行动，说干就干。如果天气顺的话，一个月后就能住上新瓦房。有风有日头的，这个机会千万不能错过。二八月勒马等路，制好的湿坯干得快。天时、地利、人和，都已具备。"

刘清德的话正好说到了秋燕的心坎里。她想，现在抓紧把房子盖好，以后大干一场，再把欠的账还一下也不迟。

秋燕笑着说道："海山，你就不要合计了。有咱清德叔做后盾，你还顾忌啥呢？咱们应该鼓足劲儿，争口气，先把房子盖起来。往后可不是一个人吃饱，全家不饿了。"

刘清德打趣地说道："海山，我看哪！往后这个家的掌柜的，就让给秋燕好了，你说话还没有秋燕干净朗脆哩！"

秋燕说道："海山，咱们就照清德叔的建议去做吧。晚上你就去找人，明天就开始拉土。"

刘清德说道："这事儿就算定了，明天就开始。我算了一下，一车土能制一百五十块坯，一百车就是一万五。一个牲口上午拉五车，下午拉五车，十个牲口就拉一百车。三间瓦房需要一万八千块，再加上一间厨屋四千块，就是两万两千块。找十五个牲口，一天就拉够了。装土的，卸土的，差不多要三十多个人。"

刘清德用手指聚精会神地盘算着，继续说道："海山，在咱刘庄，你不用费劲儿就能把人带牲口找够了。晌午熬大锅菜，粉条、豆腐、大肉。晚上铺上门板，凉菜、热菜一起上，辣酒、啤酒随便喝。咱这地方，老祖宗传流下来的传统多好啊！一家有事儿，四邻支援！明天一天把土拉好，后天抽水把土浸透，三天头上开始制坯。满打满算，这窑砖烧成也就二百多个工时。吃的粮食你别担心，缺多少我包了。装土让喜旺指挥，卸土让建成指挥。我套着驴车拉土，你跑外交，烟、酒、菜买齐。提前把制砖机租好，烧窑师傅定好。这样一算，烧砖盖房根本不是个事儿，眼一闭头一蒙就过去了。因为咱不缺劳力，啥时候都是一个好汉十个帮，远亲不如近邻。如果天顺当的话，最多两个月，恁俩就能住上新瓦房了。"

刘清德越说越起劲儿，唾沫星子像烟花一样漫天飞舞，仿佛房子在一夜之间就能平地而起。

他接着说道："晚一天，你们就大张旗鼓地把婚结了。到不了明年这个时候，海山就从一个人变成三个人了。几年以后，家里肯定像放羊一样，一群一群的。老鼠拉铁锨——大头在后边哩！喝喜酒的时候，百分之百少不了我。"

秋燕听刘清德这么一说，脸上立刻泛起了红晕。她一句话也没再说，只是低着头温婉地笑着。

这时，王春妮笑着说道："你别再往下说了，把海山烧砖的心操好就中了。至于秋燕以后生孩子，那就不是你操的心。要是想喝喜酒，让海山敬你。你也睁开眼看看，秋燕都不好意思了。"

刘清德说道："国家还有个五年计划哩！我也想替海山提个两年计划。我怕他们两个年轻，找不到目标。他们要是掉链子，我这个当叔哩也感到烧脸哪！"

海山笑着说道："清德叔，天快黑了，咱们该回去了。就照你说的办，绝对不往后推。"

接着，海山帮刘清德把草捆好，往自己肩膀上一撩，说道："清德叔，走吧！我给你带回家。"

刘清德也不再想什么，手里拿着铲子，跟着海山往滩外走去，嘴里还不停地嘱咐着海山，一定要抓紧时间。

此时，刘清德来时赶的驴还在河滩里，正等着主人带自己回家哩。它一看到主人离开河滩，就立刻仰起头，使劲儿地扯开喉咙，"啊呃啊呃"地叫了起来。

王春妮听到驴的叫声后，急忙说道："先别急着走哩！咱几个只顾说话了，把驴忘了。"

刘清德说道："万奶奶，不服老不中啊！我心里只想着恁婶子，没想到把驴忘了。"

王春妮说道："秋燕，你听见恁叔说的话了吗？听他说话对我是可亲，实际上是因为恁两个在这儿，他往自己脸上贴金哩！平时我在他心里，还不如这头驴哩！"

刘清德快步把驴牵出河滩，套上车后，笑着说道："秋燕，来！坐车上。你评评理，是恁婶子有用还是驴有用？我要是只跟恁婶子一条心，这驴拉着咱会不会有意见？心里就不嫌亏吗？话说回来，驴就是有意见，我也不会叫恁婶子拉。要是恁婶子拉着咱，我心里能不疼吗？就这，恁婶子还说我心里没有她哩。你看我冤枉不？我都没地儿说理去。"

王春妮笑着说道："你操点心把驴车赶好，媳妇在跟前，别说些种地不打粮食的话了。等会儿回家，我给你弄个凉拌黄瓜下酒。把驴喂饱点！明天帮海山拉土才是正理儿。"

四十八

傍晚，温柔的月光静悄悄地洒向大地，树叶也陪伴着月光温馨地洒在了大街上，洒在了村里清闲的男女老少的身上。他们三五成群地凑在一起，沐浴着月光带来的清凉，高兴地谈论着平日里的所见所闻和那些摸不着边际的传说。

海山回到家后，连晚饭也没顾上吃，就带着烟来到了村里的大街上。他转了一圈，很快便心想事成。无论去谁家，没有一个推辞的。大家都许诺着，人和牲口齐上阵，早一天帮他把房子建起来。只要没有特殊情况，一定帮到底。

吃饭时，海山兴奋地对秋燕说道："遇到事儿，还是自己爷们儿好啊！我怎么也没想到，我这么穷，还有这么多人抬举我。要不是清德叔和你给我提劲儿，我心里还真没底儿呢。明天，我去镇上批发部那儿把烟酒赊回来，再到屠户那儿把肉也赊回来，咱先一步一步进行着。"

秋燕担心地问道："海山，人家能赊给你吗？"

海山胸有成竹地说道："这你放心，镇上认识我的人多着哩！真不行了，我找朋友帮个忙，说一声就能搞定。以前你没来的时候，我从没想过盖新房。你一来，我的想法彻底改变了。往后，还真要大干一场哩！拼上命也要活出个人样儿来。"

秋燕点点头，说道："只要咱好好干，不会比别人差到哪里去。"

正说着，秋燕的神情突然变得暗淡下来，泪水情不自禁地夺眶而出。

细心的海山一眼便发现了，于是心疼地问道："秋燕，怎么了？"

"没什么，要是我爹妈知道盖新房，肯定会很高兴的。"秋燕轻声回答道。

海山说道："是啊，咱们以后一定要好好孝顺他们。"

饭后，二人手挽手来到了喜旺家。此时，刘清德一家正坐在院子里的石板周围谈天说地，石板上的碗筷还没有收起。

刚一进门，海山就把刚才找人拉土的事儿讲给了刘清德，想听听他的想法。刘清德一听，高兴地对海山说道："好兆头啊！一切按计划行动！"

第二天，前来帮忙的乡亲们早早地就赶着自家的牲口来到了海山家门口。一时间，海山家门口变得热闹非凡。马车、驴车、骡车、牛车等，让人眼花缭乱。

眼前的沸沸扬扬，让刘清德心潮澎湃。自从分队以后，他很少看到乡亲们像今天这样聚在一起。出发前，他像指挥千军万马一般，大声地对乡亲们强调道："大家都操好自己的心，把自家的牲口看紧点儿。这段时间，牲口闲得慌儿，爱发疯，千万注意安全。"

说罢，众人在刘清德的引领下，赶着牲口向着拉土的大坑浩浩荡荡地进发了。霎时，牲口的嘶喊声、铜铃的叮当声、人们的吆喝声、孩子们的嬉闹声等交织在一起，犹如一曲震撼人心的交响乐，让人禁不住热血沸腾、斗志昂扬。乡情、友情、亲情，在一瞬间展现得淋漓尽致。

大队人马到达目的地后，二话不说，便争先恐后地投入了战斗。一时间，装的装，拉的拉，一切都在紧张有序地进行。生龙活虎的身影比比皆是，一幅人欢马叫的画卷立刻呈现在眼前。

这时，海风和海昌也赶着牲口过来了。其实昨天晚上，海山并没有告知他们拉土的事情。这是他在深思熟虑后，做出的痛苦而又无奈的抉择。这段时间，他和以往一样，为了免生闲气，始终和大哥、二哥保持一定的距离。因为大嫂、二嫂的为人，不但他自己心里有杆秤，就连村里的乡亲们也是哑巴吃饺子——心中有数，只是不明说罢了。

没告知海风，也是多年的恩怨所致。他不愿看到大哥、大嫂之间，因为自己而再生嫌隙。而如果避开海风，只告知海昌，大嫂定会生事儿说，兄弟两个尿到一个壶里来欺负她自己。

他想，亲情往往就是这样经不起推敲和摔打。彼此拉开距离，或许也是维系亲情的一种选择吧。

海风和海昌心照不宣，都明白海山不向他们开口的苦衷。二人听说了此事之后，便自觉赶来帮忙了。

桂平得知是海山在拉土烧砖之后，第一时间就对着海风唠叨上了："海山刚找个跛脚媳妇才几天哪，就开始穷折腾哩！他这辈子，要不让他跑得快了撵上穷，跑得慢了穷撵上，才怪哩！你要是不服，咱就走着瞧！找你拉土，连个招呼都不打，整得自己像当官回来一样，势力还不小哩！也不知道牛啥哩！"

海风一边套着牲口，一边解释道："海山给我打过招呼了，你整天都想些啥呀？"

海风心想，兄弟走到这一步实属不易。如果秋燕给兄弟生个下辈人，那他老了就有人照顾了，这是多好的事儿啊！别人还给海山帮忙哩！我是他大哥呀！这个时候要是袖手旁观，心凉先不说，这脸往哪儿搁啊。

海昌套牲口的时候，对香云说道："今天我去给海山拉土去。"

香云一听，毫不犹豫地说道："你不要光顾着拉土，替海山多操心。海山找个媳妇不容易，咱没钱帮他，出力时可不能落下。明天我拾掇两袋粮食，磨两袋面给海山送过去。他找这么多人帮忙，粮食肯定不够吃，咱几口紧巴点就过去了。能帮多大忙就帮多大忙，这段时间，家里、地里的活儿，我先顶着。"

海昌扭过头看看香云，只是点点头，也没有说什么。

香云叹了一口气，继续说道："海昌，我说的话你可要记住了，咱可不能掉链子。海山这么大了，到现在才找到个媳妇，你和老大难道就没有责任吗？我看到海山，心里就发凉。要不是那次恁俩不分青红皂白打他一顿，他的孩子都该上学了。"

海昌点点头，说道："你放心吧！我记住哩！"

此时，刘清德赶着驴车，哼着小曲从坑里来到了路上。当他看到海风和海昌的身影时，高兴地说道："傻乖乖，恁俩也过来了。老家伙想着，这么大的事儿，就是不叫，恁俩也应该过来。恁要记住，海山是恁亲兄弟呀！猪蹄子煮一百滚，最后还是往里钩。别整天让枕头风吹乱套了，鹌鹑都分不出公母。"

海风和海昌当然清楚，刘清德是有意在刷洗（说叨）他们。二人红着脸，"嗯嗯"地点着头，说道："清德叔，你说的话，俺俩都记住哩！"

刘清德笑着说道："记住就好。恁俩操点心，近段时间，牲口歇的时间长了，狂劲儿大着哩！"

很快，经过几十号人的不懈努力，制坯场地上的土堆得像小山一样。

刘清德招呼大家稍事休息，抽支烟，喝碗水。他盘算着，晌午之前，每辆车拉五车，下午再拉五车，看来今天把土拉够是绝对没问题的。

过了一会儿，刘清德笑着说道："上午就到这儿吧。大家把牲口送回家歇一会儿，先喂上，然后到海山家吃饭。咱们爷们儿都知道，人官肚子不官。海山也忙，吃饭的时候，就别让海山再跑着去请了。准备得多，要不就浪费了。别觉得不好意思，咱把海山的忙帮了，吃顿饭是应该的。大家尽情地吃，尽情地喝。"

今天的午饭是凉面条肉浇头。还有一盆黄瓜拌变蛋，一盆豆皮拌牛杂，啤酒随便喝。在家里做饭的人有秋燕、王春妮还有建成的老婆。几个人轮流擀面条，忙得不亦乐乎。

吃饭时，人们用筷子把凉面条从大盆捞到碗里，泼上肉浇头，再浇上醋，然后用筷子胡乱一搅，就这样，一碗香飘四溢的凉拌面便成了。有的人还随手拿个蒜头就着，蒜头还没来得及剥皮就咬在了嘴里，接着便把碗放到嘴边，呼噜呼噜地喝了起来。有的人还找来一块砖头垫脚，人们三三两两地聚拢在一起，吃着调侃着。

几十号人忙了一上午，此时已是饥肠辘辘。要是用走多远来衡量吃完一碗面条的时效的话，恐怕还没走十五步就已经完事儿了。吃饭快的人把第一碗面条吃完时，一些人端着碗还没排上号哩！

此时，秋燕几个人在厨房里正不停地往锅里下着面条。低矮的厨房里早已是烟熏火燎，甚至连眼睛都睁不开了。

刘清德此时没去吃面条，而是在人群中来回走动着，招呼着大家，一定要吃饱喝好。在任何场所，他都没改自己爱开玩笑的习惯。

这时，他指着身边的几个人笑着说道："你们看看这几个人的吃相，连嚼都懒得嚼了，囫囵着就咽下去了。"

霎时，大家都笑了起来，有的甚至把口中的面条都喷了出来。

吃饭的时间过得很快，不到一个小时的工夫，大家就吃饱喝足了。几个人抚摸着肚皮，高兴地说道："今天吃的饭是有滋有味儿，面条真有嚼劲儿。这面条肯定是秋燕擀的，明天还得过来吃。"

秋燕站在厨房门口，用毛巾擦着脸上的汗水，笑着说道："这面条可不是我擀的，是婶子和建成媳妇擀的，我可没这个本事。"

等到大家都吃饱喝足后，刘清德才从盆里捞了一碗面条，用筷子来回地搅和着，笑着说道："秋燕，你也不要谦虚了。别看我一口没吃，我一看这面条就不是恁婶子擀的。恁婶子跟着我这么多年了，她吃几个馍喝几碗汤，我还能不把底儿？她擀的面条太硬，要是吃得猛了，能把鼻子打个疙瘩。"

接着，刘清德用筷子指着自己的鼻子对秋燕说道："你要是不信，看看我这个疙瘩，就是喝恁婶子擀的面条时打的。这面条不是你擀的，就是建成媳妇擀的，跟恁婶子沾不上边。"

王春妮笑着说道："你那老疙瘩是恁老祖先给你捏上的，你忘了吗？"

在场的人听到刘清德两口子说的话，又一次笑了起来。

建成媳妇笑着说道："清德叔，我发现你咋比以前胆子大了，你敢当着俺婶子的面说俺婶子的不是了？俺婶子给你擀的是打铁面条，那是给你亲，怕你吃不饱哩。"

刘清德笑着说道："我以前说恁婶子的时候，都是没人的时候，说的次数多了，她也没记性。现在在人多的地方说她，她的脸还不红哩！"

刘清德把面条挑起来，使劲儿吃了一大口后，接着说道："我的妈耶！这一口面条，我忘了嚼了，差一点没缠住喉咙管儿。"

王春妮笑着说道："谁让你多说话哩！吃着面条也没占住你的嘴。"

这时，海山也捞了一碗面条吃起来。他把盆子里没吃完的菜端到刘清德的面前，随手又打开一瓶啤酒，递给了他。

刘清德客气地制止道："海山，别再开了，这凉面条就让我吃饱了。"

海山说道："清德叔，客气啥哩，你当凉茶喝。"

刘清德问道："海山，咱们商量的事儿，你上午办得咋样了？"

海山说道："还算顺当，砖机后天就可以挪到这里。人家用手扶拖拉机拉着，两个制坯师傅也跟着过来。有电的时候用电，没电的时候就用机器。他们说，如果砖机不出故障，人手不缺，两万多块坯，两天时间就能搞定，绝对不会耽误事儿。"

海山扒拉了一口面条后，继续说道："还有，东乡的两个烧窑师傅正在集镇北边那个村忙着哩，到时先过来一个。如果赶不到种麦，就更好了。天气顺的话，一个月后就可以烧窑。我找了个熟人把定钱交给他们了，他们的手艺不错，我拿两块砖碰了一下，都是叮当响，烧的程度正好。至于拉煤的钱，我和几个朋友已经打过招呼了，说不让我发愁。建成也说了，给我准备点。

我算了算，估计也差不多了。到时候真不够了，就去信用社贷点款。"

刘清德喝着啤酒，高兴地说道："这我就放心了。海山，你尽量不要贷款，利息不少哩。我也给你准备点，最后实在不够再说吧。"

这时，刘清德拿起一把铁锨照着树根挖了一锨土，摸了一下自己被汗水浸透又晾干的裤头。接着，他又抬起头看了一眼树梢被风吹动的风向。然后他对海山说道："海山，我估计这段时间不会下大雨。你看这锨土，没一点潮气。我这裤头也干巴巴的，要是近段时间有雨，就是在晴天，也会黏糊糊地贴在身上。你再看看这风向，是西南风。东风下，西风晴，刮了南风下不成。这都是老祖宗传流下来的经验，灵验着哩！但现在科技发达了，咱们还是要相信科学。从今天起，每天都要听收音机，免得天气突变，弄个措手不及。制坯以前，为防止下雨，你去农资商店赊一大捆塑料薄膜，先不要打开使用。如果下雨用上了，就把钱给人家送去。要是用不上，还可以退给人家。去的时候，驴车上放一个破被子垫着，千万别磨烂了。"

秋燕听着刘清德的话，激动地说道："清德叔，还是你想得周到啊！就这事儿，我和海山还真想不到哩。"

刘清德说道："海山，听你说的，烧砖的事儿应该没啥大问题了。如果有啥事儿，咱几个再商量。该省的省，该花的钱一定要花，这回一定要一步到位。无论啥时候，人是活的，事儿也是活的。遇事儿时多想一想，这样以后才不会后悔。你们几个把杂摊子收拾一下吧，我回家看看小黑驴吃饱了没。"

说罢，刘清德便转身离开了。此时，汗珠顺着他那黑而发亮的脊背滚落下来，在火辣的阳光的照射下，宛如油锅里的热油在滋滋啦啦地跳动，快要燃烧起来，似乎散发着焦煳的味道。

而这一幕，深深地刻在了海山和秋燕的心里。

四十九

"过了七月节，夜寒白天热；过了八月节，中午一阵热。"这句气候谚语在豫东平原有着悠久的历史，它是祖辈们很多年前总结并传下来的。

农历七月底的中午，大地依旧没有退去一丝灼热。但是很多来帮忙拉土的乡亲，回家稍加休息后，依旧不约而同地赶着牲口来到了拉土的大坑。

来帮忙的乡亲们有一个共同的心愿。那就是，既然来帮忙，就尽力把事情做好，赶早不赶晚。一天能把土拉够，绝不拖到第二天。海山清楚，这是乡亲们诚挚的情意，不是金钱所能衡量的。

在阳光的照射下，乡亲们脊背上晶莹剔透的汗珠不停地滴落下来，牲口的嘴巴、鼻孔都喘着粗气。即便如此，大家依旧干劲儿十足。

此时，天色还早。刘清德擦掉脸上的汗水，仰起头看了一眼天空，然后对建成说道："建成，把烟拿过来，让大家歇一会儿，今天肯定能把土拉够。"

接着，刘清德让乡亲们把牲口赶到树下，又吩咐喜旺去河里提几桶水来。他想，天太热，活儿又重，免得把牲口累过头了。人爱物壮，牲口可是庄稼人的命根子。

不知不觉中，太阳慢慢落下了西山，繁忙的一天接近了尾声。乡亲们拉着最后一车土，享受着收工前惬意的凉风。

刘清德把最后一车土卸完后，站在土堆的最高处，享受着凉风，抚摸着肚皮说道："真舒坦哪！今天爷们儿们都辛苦了，只一天，土就拉够了。我还是那句话，先把牲口赶回家，抓紧时间回海山家吃饭，尝尝秋燕做的菜咋样儿。晚上凉快，咱爷们儿坐一起，好好喝一杯，解解乏，好好侃一会儿。照我说的，快去快回，都不要磨叽。"

整个下午，秋燕、王春妮还有建成媳妇一直在厨房忙活着。蒸馍、炒菜、炖肉、拌凉菜等，锅上锅下，一刻也不得闲。因为几十号人一起吃饭，需要三个门板才能坐得开，每个门板上最少要放三十多个盘子。这样下来，轻轻松松就要一百多盘菜。这顿饭做下来，几个人已是腰酸背痛，衣服湿了干，干了又湿。

虽然秋燕和海山还没有正式举行婚礼，但她在人们的心目中，已经成了这个家名副其实的主人。因此做菜的时候，王春妮和建成媳妇偶尔会征求一下她的意见。

当她们问了秋燕几次后，秋燕便直接把内心的想法说了出来："婶子，恁俩既然来帮忙，肯定都不是外人。你们就自己做主吧，我来这儿没几天，也不懂这里的规矩。我只有一个心愿，做菜的时候，千万不要以为海山没有钱，就想着去省。今天这么热，活儿又那么重。咱做菜的时候，咋实惠咋做。从小俺爹俺妈就教我，任让别人说干，也不能让别人说奸。乡亲们出力流汗，不能光用嘴说吃多好，一切都在盘子里，谁心里都有定盘星。路遥知马力，日久见人心。绝对不能让人在背后戳脊梁骨啊！"

王春妮笑着说道："秋燕，有你这句话，俺俩就明白了。你放心，今天爷们儿们来帮忙，不讲做的味道咋样儿，起码不会让爷们儿们说啥。"

秋燕笑着说道："婶子，你说得是。盖房子一辈子也没几次，眼时手头紧点不假，但也要让乡亲们吃好喝好。"

人们把牲口安顿好后，陆陆续续地来到了海山家。此刻，海山家的院子里人头攒动。院子里的那棵榆树上挂着一个大灯泡，照亮着人们的笑脸。院子中央的三个门板分散摆开，门板上的菜已经端齐。至于凳子，就用砖头来代替了。

刘清德清了清嗓子，说道："大家都坐吧，千万别客气，该吃吃，该喝喝。今天晚上，酒肉穿肠过，还是外甥打着灯笼——照舅（就）。把拉土时的劲头拿出来，不要一口酒还没有喝到肚里，嘴就咧到耳门子（脑子眼）上了。有的人在家时，媳妇让跪搓板，一个屁都不敢放，能把大床前边跪个坑。但是打起酒官司来，唾沫星子像子弹一样喷到菜盘子里，能把盘子打烂。"

刹那间，在场的人都大笑了起来，整个院子都沉浸在放松的气氛之中。接着，刘清德坐在了其中一个门板旁。建成和喜旺则分别坐在另外两个门板旁，当起了酒司令。

这时，海山端着酒说道："在没喝酒之前，我先敬在座的爷们儿们一碗酒，真心谢谢大家了。"

说罢，他仰起头，把碗里的酒喝了个精光。

紧接着，建成把酒倒在碗里，说道："今天晚上，在座的人都是一个被窝里放屁——没外人。我在清德叔的推荐下，当了一回酒司令。谁要是想当酒司令，我立马让位，但是得先把这半碗酒喝了。如果没人愿意当，那我给你们倒的酒要无条件喝起，不能打酒官司。"

建成端着酒碗在大家面前来回地晃了一下，继续说道："在座的都看见了，谁想当酒司令还不晚。要是等我把这碗里的酒喝下去了，再说有意见，那可是嘴上抹石灰——等于白说。咱都知道这喝酒的规矩，是咱刘庄老祖宗留下的，谁也不敢改。"

停顿了一下，建成看没有一个人说话，于是把碗里的酒一口气咽到了肚里。

建成把早已准备的两只碗同时倒好，一个碗正着转，一个碗倒着转。因为这样下酒速度快，一圈转下来，每个人能喝两碗酒，差不多就是六两下肚。只半小时的时间，第一圈就在众人的起哄中结束了。然而对于在座的每个人，这几两酒显然没能尽兴。

建成拿起筷子说道："各位兄弟、爷们儿，咱们的入场券都交过了，抓紧吃菜！门板上的菜不是让看哩！这牛肉、烧鸡、炒肉片，都是下酒的好菜，千万别客气。"

说罢，众人不约而同地拿起筷子，津津有味地吃了起来。有人说道："你别说，秋燕做的菜，口味还真不错哩！"

建成拿着烟让了一圈后，笑着说道："我这个酒司令，任期结束了。谁想当，我没意见。"

见没有人回话，于是他接着说道："要是没人当，那我还继续当。刚才喝两圈了，这次我少倒点，不超过二两。用二小赶驴的办法，两只碗都正着转。"

这一圈下来不打紧，个别人已经开始头晕目眩。在灯光的映射下，脊背上的汗珠看起来像钻石一样，红晕的脸庞显得酒兴十足。

怯战的人说："不能挨个儿喝，这样喝酒太猛了，要划拳凭本事才行。"

海山一听，于是转悠了过来，笑着说道："不想转着喝了，就划拳猜酒宝，还有老虎、杠子、鸡、虫，剪子、布、锤。只要想喝酒，办法多着哩。这菜吃不完，可没地儿搁，总不能让坏了吧！咱们多侃一会儿，慢慢喝，一夜长着哩！"

最后，大家一致认为，还是猜酒宝公平。因为这样全靠运气，十多个人轮流猜，还能满足自己的侥幸心理。谁猜对谁喝，先倒酒后猜，剩一滴，罚二两。在这种情况下，如果谁一连串喝上三次，定会成为在座的人调侃的对象。即使没喝晕，在座的人说出的话也能把你气晕。在酒桌上，如果是第一个被抬着出去的人，你就是再不服，也由不得你。因为你连自己都招架不了，哪里还能去反击别人呢？

如果这样一直猜下去的话，从第一个开始，就会慢慢地退出酒场。即使是最后坚守阵地的几个人，恐怕也是一个人走三个人的路了。然而，爱喝酒的人要的偏偏就是这种效果。

就这样，一场喝酒大战在众人的欢呼声中打响了。看这架势，不拼个二虎下山，天昏地暗，是不会鸣金收兵了。

在座的人都异口同声地推荐建成做第一个持宝人。这十多个人，就用十多个玉米籽代替，谁猜对数谁喝。头几圈还算公平，一个连喝两次的也没有。在座的人边吃边喝，现场气氛异常活跃。

然而，秋燕见状后，心中却有些忧虑，因为她既想让劳累了一天的乡亲们吃好喝好，又担心大家喝得酩酊大醉，身体遭罪。

于是乎，她朝海山招了招手，把海山拉到一边，轻声说道："海山，我不知道你们刘庄喝酒的规矩，不敢瞎说。我想着，今天乡亲们连人带牲口都为咱累一天了，你看是不是让大家先吃一阵子再喝啊？要不然，等会儿都喝醉了，菜就吃不进去了，还弄得肚子里翻江倒海的，那该多难受啊！"

海山一听，无奈地说道："我也是这样想的，可现在大家都在兴头上，此时一说，我怕有些爷们儿误会了咱们的良苦用心啊。"

听海山这么说，秋燕也不再说什么了，只有束手无策地站在那里，手心里都攥出汗来了。

这时，建成眼睛一扫，心中第一个躺着出去的目标出现了。他握着酒宝，指着身边的宝国说道："兄弟，这一圈的酒宝，弄不好就是你猜上了。"

宝国不服气地说道："那可不一定，想让我喝，得有那个本事才行。"

建成说道："你信不信？只要我拿着酒宝，我敢说，下一个酒一定是你喝。"

说起宝国，也是个实诚人，没啥心眼儿。喝酒时的酒品杠杠的（硬气），帮忙出力更是没说的。就是在说话的时候，爱钻个牛角尖。

听建成这么一说，宝国一下子来劲儿了。平时，他还舍不得放过每一次抬杠的机会呢，眼时正喝到兴头上，就更不会善罢甘休了。

于是，宝国大声说道："建成哥，如果我能猜中，我情愿喝两碗。"

建成故意说道："兄弟，你不要激动！你要是猜中了，哥不让你喝两碗，还是一碗。"

宝国说道："咱们两个是周瑜打黄盖——一个愿打，一个愿挨，我心甘情愿。"

几个人调侃劝道："宝国，你没喝多吧？你别逞能了，万一等会儿恁老婆来揪你，在座的爷们儿脸上挂不住。"

宝国激动地拍着胸脯说道："建成哥，在座的谁不知道，我就是喝多了，恁弟妹也不敢在我面前放一个屁。恁要是不信，今天就验证一下。"

建成说道："兄弟，你要是猜中了，就喝一碗吧！咋说也不能喝两碗。"

宝国倔强地说道："只要猜中了，我就喝两碗，我就不信这个邪。猜酒宝这玩意儿，我是久经沙场了。"

眼看宝国已经上钩，于是建成接着说道："兄弟，你说话可要算数呀！在座的都是咱们自己村的爷们儿，不能让大家看你的笑话呀！"

宝国胸有成竹地说道："君子一言，驷马难追。站着五尺高，躺着五尺长，不就这几两小酒嘛！对我这平时阴不透的坏来说，那是小菜一碟，还用上纲上线吗？来！别磨叽，开始出宝。"

建成装出一本正经的样子，两只手在胸前来回互换着，嘴巴像巫婆一样，不停地数叨着："天灵灵，地灵灵，这个酒宝我赢定。天罗罗，地罗罗，宝国兄弟肯定赢酒喝。"

接着，建成把两只手停了下来，笑着说道："来了，开始猜。"

宝国还没迷瞪过来，在座的十多个人都已经猜过了。

建成说道："宝国兄弟，你也不用猜了，我手里这个数就是你的，这可不好意思啊！"

宝国看建成手里的玉米籽正好是十三个，于是不得不端起碗把酒喝了下去。瞬间，他的大脑变得一片空白，嘴巴也不听使唤了。

其实，建成手指缝里还夹有玉米粒呢。这样做，是为了让自己进退自如。这是酒桌上常有的恶作剧，也是打晕鸡常用的会俩。已经喝得差不多的人，哪还有心思放在这些小细节上呢？

此时，其他两个门板上的人已经开始起身了。几个看热闹的人恋恋不舍地站在宝国的身后，怂恿他再猜一次，碰碰运气。

这时，宝国语无伦次地说道："我……我还……还猜。"说着，身子完全失去了控制，一下子歪倒在了地上。

几个人一看，急忙把他抬到了席上。秋燕又端来一碗凉开水，让他喝了下去。

今天晚上，宝国是第一个躺着离开酒桌的人。很快，他的鼾声便肆无忌惮地响了起来。

于是乎，建成得意地说道："谁不服可以上，先撂倒一个，然后再俘虏一个。"

没人再起哄了。只听见有人说道："算了吧！时间不早了，都喝得差不多了。"

刘清德一听，对海山说道："海山，你再给每个人倒一两酒，敬一下在座的爷们儿。明天晚上，咱们爷们儿继续喝。"

这时，秋燕走了过来，大大方方地说道："今天来帮忙的乡亲们都辛苦了，在座的人我也不知道怎么称呼，时间长了就熟悉了。大家来帮忙，真谢谢你们了。"

酒足饭饱的人们慢慢散去了。建成毛遂自荐，把宝国送回了家。待一切拾掇停当，秋燕才跟着王春妮回了家。

五十

时间一天一天地过去了。在刘清德的指导下，拉土、制坯、烧砖都在有条不紊地进行着。在这一个多月的时间里，老天没下过一滴雨，秋庄稼的收割非常顺利。村里的壮劳力一有闲暇，就来到海山家帮忙。可以说，天时、地利、人和，海山都已占尽。

这段时间，秋燕不止一次对王春妮和建成媳妇念叨，把盘子里的菜装满点，把大锅菜熬稠点，多浇些油。乡亲们来出力，即便吃不好也不会说什么，但心里会凉。可不能靠吸别人的血汗来养活自己，这样算计来的钱，永远也不受用。如果心里装着算盘，慢慢地，别人就不会和你共事儿了。人散财散，没有人气儿，就什么都没有了。

砖烧好后，很多人在茶余饭后议论着海山家的事情。通过这一个多月的接触，人们对秋燕有了进一步的了解。

有的人说："海山生性耿直，坑、拿、拐、骗，一项不占，找的媳妇又是少言寡语，即使说句话，也是有板有眼。做饭的时候，总怕来帮忙的人吃不好。海山的福气是秋燕带来的，别看她腿有点小毛病，可锅上锅下，说话做事儿，没啥说的。别看海山现在穷，以后谁也不知道西瓜皮掉井里——哪面朝上，哪面朝下。"

眨眼间，一个忙碌的秋季就这样过去了。地里的麦子已全部种上，玉米、大豆、花生也陆续售出了。由于今年棉花收成好，镇上棉麻收购站自然是优中选优，因此很多人家的棉花到现在还没有出手。于是人们不得不起早贪黑，早早地去棉麻站排队等候。因为乡统筹、村提留，还有种麦时赊欠的肥料等，都等着这笔用棉花换来的钱呢。大部分人家不得不这样，因为棉花是家里重要的经济来源。

喜旺想着尽快把棉花卖掉，给未出生的孩子准备请客喝酒的钱，剩余的则帮衬海山盖房子。由于天气慢慢转冷，后期的剥桃籽棉在冲击着市场，早期的棉花自然被棉麻站压级压价。对此，喜旺心急如焚。

为了能把棉花尽快卖掉，喜旺便和海山一起，骑着自行车来到棉麻站打听情况。一个下午转下来，结果看到的场景却是，要是不托亲靠友，别说卖上好价钱了，能否卖掉都成问题。搞不好，到时候还要扛着被子在棉麻站的大院里睡上一夜呢。这一夜可不是好熬的。

于是乎，二人便在棉麻站大门口等着喜旺一个朋友的弟弟——老六下班。喜旺心想，老六在棉麻站当保卫科科长，兴许在卖棉花这件事儿上能说句话。

老六一共兄弟六个，他的五哥跟喜旺是多年好友。老六一米八以上的个子，身材匀称，说话干净利索。对待朋友，有求必应。在方圆几十里，也是个有名气的人物。平时，棉麻站的很多人都尊称他为六哥，别看他的官职不大，但有着极强的威慑力。

老六走到门口，一眼就看到了喜旺和海山。老六单凭自己的直觉就知道，喜旺是来找自己卖棉花的。喜旺见老六出来了，立刻快步上前，客气地递上一支烟。

老六问道："旺哥，你拉的花车哩？"

喜旺说道："还没拉过来呢，我先来看一下情况。我看这几天卖棉花的还不少哩，没有你帮忙，恁哥我是难卖掉啊！我想求老弟帮一下忙。"

老六胸有成竹地说道："旺哥，你咋还说是求恁兄弟哩！你的事儿不就是我的事儿吗？往后给恁兄弟说话，把'求'字去掉，我听着心里别扭。"

喜旺笑着说道："这不是给老弟开个玩笑嘛！"

老六说道："别的事儿不好说，这事儿不算个事儿！"

说罢，老六从口袋里掏出一张纸条，然后在上面盖了一个红章，递给了喜旺。

喜旺一看，纸条上写的是：高桥镇棉麻站保卫科，一九八六年十月十六号。

喜旺说道："老弟，这样就行了吗？验级的、监垛的、过磅的、结算的，关卡多着哩！"

老六说道："旺哥，明天你无论什么时候拉着棉花来，都不用排队，直接从这个后门拉过来就行。没人找事儿就拉倒，要是有人找事儿，你就拿出纸条让他看看。有恁兄弟哩！你还怕啥？"

喜旺说道："老弟，走！咱几个去食堂喝酒去。"

老六说道："旺哥，我还有事儿，咱们改日再坐。你就照我说的办就是了。"

第二天，刘清德赶着驴车拉着棉花，喜旺和海山骑着自行车在后边跟着。很快，几个人就来到了棉麻站的后门。向两个门卫打过招呼后，顺利地进了棉麻站。其中一个门卫领着他们拐了几个弯，直接来到了过磅的地方。验级的、开票的都在那里。从过磅到上垛，整个过程也没用半个小时。

几个人高兴地走出棉麻站的大门，发现结算的窗口被围得水泄不通，窗枨上的人堆得像人山一样。有几个年轻人，拼命地拉着窗枨上的钢筋，才把票递了过去。

挤不到跟前的人，只能无奈地等待着，嘴里不干不净地骂骂咧咧："万奶奶，你们这些王八蛋，还讲一点良心不？排得好好的队，非要往前挤。"

然而这个时候，你就是再骂，还有谁顾及这些呢！

这时，喜旺和海山又来到财务室的后门，把票递过去后，很快地把钱领了出来。他笑着说道："海山哥，没想到今天这么顺利，真是朋友多了路好走。等有机会了，我带着你到老五家喝酒去，互相认识一下，将来能有个照应。"

把钱领出来后，喜旺对刘清德说道："爹，咱几个去食堂吃烩面去。"

刘清德说道："别去了，省点吧！等手里宽裕了再说吧！"

喜旺笑着说道："爹，走吧！你也破例一次，吃一回手递手的饭。现在还能吃能干，将来老了，就是有钱，你也吃不下去了。"

刘清德说道："还是算了吧！恁妈和秀花还有秋燕都在家等着哩！咱可不能在外边浪费呀！"

喜旺拍了一下口袋，高兴地说道："爹，刚才咱卖的棉花，差不多是最高价了，三包一三一，两包一二九，多卖一百多块呢。这钱跟拾的差不多，等会儿咱吃罢饭，买只烧鸡给她们几个捎回去解解馋。"

在喜旺的尽力劝说下，刘清德才心不甘情不愿地赶着驴车来到了食堂门口。他把驴拴在石墩上后，才慢腾腾地走进了食堂。猛一来到食堂，刘清德心里感到非常别扭。他觉得这里压根就不是自己这种人来的地方。以前穷怕了，心里总是想着，只要吃饱就自足了，哪敢有什么别的想法。人家开食堂是为了赚钱哩，没有利谁肯早起呢？侍候牛驴还攒堆粪哩！人家侍候你是为了啥？因此他认为，来食堂吃饭不仅是浪费，甚至是败家的行为。

刘清德对喜旺说道："喜旺，咱咋省咋吃，这一顿饭，歪好一吃就得几十斤麦，这不是咱老百姓享受的地方。"

喜旺给老板打了个招呼，要了一份大盘鸡，一盘凉拌薄豆腐，一瓶家乡大曲，三碗烩面。

很快，老板便把菜酒端了上来，然后客气地给每人递上一支烟，又吩咐他们慢慢喝，多歇会儿。

刘清德看到热气腾腾、香气扑鼻的大盘鸡后，忍不住咽了一口唾沫，说道："这大盘鸡闻着真香啊！"

海山拿起酒瓶倒了三杯酒放在桌子上。几个人没有和平时喝酒一样，一口闷掉，而是慢慢地品尝着，感受着从未有过的感觉。

刘清德说道："这大盘鸡的味道跟咱家做的鸡肉味道确实不一样，麻辣又烂糊，凉拌豆腐浇的香油还不少哩！"

海山笑着说道："清德叔，趁热多吃点，等会儿凉了就有腥味了。往后，生活会越过越好。将来有钱了，要时不时地来食堂调一下胃口。"

刘清德"嗯嗯"点着头，说道："食堂的味道是不赖，就是太花钱了，没啥特殊事儿还是尽量少进食堂。过日子，细账还是要算哩！钱是硬头货，急着用钱的时候要是没钱，能把人急死。"

海山和喜旺认真地听着刘清德苦口婆心的肺腑之言，谁也没有反驳。

刘清德喝着酒，心里盘算着。他对海山说道："海山，这砖已经烧好了，麦子也种上了。现在村里的人都闲下来了，俺卖的花钱你先用上，趁着天还没有上冻，抓紧找人把房子盖起来。你抽空给万师傅打个招呼，让你师兄几个人过来把窗户、门、梁檩都先做好。梁不需要太粗，叉手蹬住墙，麻秸能做梁。提提劲儿，几间房很快就盖起来了，这事儿不能再拖了。"

听着刘清德的话，海山不停地点点头。

刘清德继续说道："等把房子盖好了，俺们找几个人去秋燕娘家一趟，把你们的婚事儿办了。你有空去做木工活儿挣点钱，慢慢就可以把账还上了。我看秋燕真是个过日子的人，咱村这些老的少的娘们儿，能和秋燕比能耐的，还真没几个哩。"

海山客气地说道："清德叔，你说的话，我一定记住，就照你说的办。往后，我有钱了，请你到县城大饭店里好好撮一顿。"

刘清德笑着说道："我可没那口福。有恁兄弟俩陪着在食堂里吃饭，我就很知足了。以前我总以为，来食堂喝酒的人都是些当官拿工资的人。没想到，今天咱们爷三个坐到这里，也吃上了手递手的饭。我这一个大老粗，心里还真有点别扭哩。"

喜旺说道："都改革开放了，八仙过海，各显神通。往后有钱了，来食堂吃饭的机会多着哩！"

刘清德继续说道："海山，今天我把棉花卖了，就是有心帮你盖房哩！恁叔许诺你的话，是绝对不能落空的。就你这直性子的人，我是用心来和你共事儿的。中就是中，不中就是不中。不能只敲梆儿不卖油，玩花花肠子。我自己即使有困难，也会给你想办法。有钱帮钱场，没钱帮人场，一定帮到底。一个好汉十个帮，人怕的不是穷，怕的是没有德。"

刘清德的话让海山觉得温暖、踏实。海山心想，清德叔为自己付出了这么多，自己又能为他做点啥呢？

刘清德喝了一口酒，继续说道："就是两口子之间，也不要整天耍大男子主义。秋燕没有嫌弃你穷，冒着这么大的风险和你走到一起，你一定要像宝一样待她。如果遇到不顺心的事儿，不要对秋燕垮着脸。再困难的事儿，总有一天会过去。以后好过了，别还没几个烧腔眼子钱哩，就翘尾巴了。我只要知道了，你就是说得比鳖蛋还光，也不会赞成你。两个人过一家不容易，你和秋燕过日子就像刚摆上的一盘棋。无论什么时候，都不要象走日，马走田。海山，我也不再给你解释了，我说的话，你应该明白其中的道理。"

海山端起酒杯，恭敬地说道："清德叔，你放心，谢谢你对我的忠告。今天，喜旺兄弟也在场，你说的话，我永远铭记在心。至于以后我对你啥样儿，老天看着哩！"

几个人边吃边聊，酒足饭饱之后便离开了食堂。出了食堂门，喜旺又在烧鸡店里买了两只烧鸡。之后，几个人兴高采烈地踏上了回家的路。

五十一

初冬的傍晚，大地被一层薄薄的霜雪覆盖上了。人们已感受到凉气在身边打转，大街上变得异常清冷。

自从王有轩老两口搬到地里以后，很快就习惯了新的生活环境。这段时间是他们这几年来难得的清静时光，再也听不到素枝整天骂骂咧咧的声音。然而，平静的时光促使着他们对女儿的思念越来越浓。

此时，王有轩还没吃晚饭。他身着一件破棉袄，半蹲半坐地靠在地头的一棵桐树上，透过稠密的树叶望着夜空，想着这么多天发生的一切。

王有轩心神不定地对高清兰说道："燕儿她娘，我这几天眼皮不停地跳，感觉会有什么事儿发生。秋燕走了这么长时间，一点信儿都没有。我想她，又不想去见她，心里别扭得很。咱俩搬到地里这么长时间了，看起来是清静了，为啥心里老是踏实不下来呢？"

高青兰说道："我也说不好，不会出啥事儿了吧？"

王有轩说道："可能最近想事儿太多了吧。这麦苗快盘根了，地里的大葱、芹菜、白菜、萝卜还没卖完哩。天越来越冷，要是不抓紧卖，晚一天西北风一刮，就要下苦霜了。忙了一夏天，费了那么大的劲儿，怕是要白搭了。

咱俩这辈子活得就是比别人累，一天都没有消停过。”

接着，王有轩点上一支烟，唉声叹气地继续说道：“整天不愁这头愁那头，不生这气生那气，啥时候是个头哩！说不定哪天连气带累，就把我折腾得老叫驴打滚——跷蹄子了。为了秋燕这事儿，和儿媳妇闹得有家不能回，难道要和野兔做一辈子伴儿吗？”

高青兰劝说道：“你想这些事儿干啥哩？当一天和尚撞一天钟吧。明天还得抓紧去卖菜，把菜卖完了，先把万师傅的钱还了。就是哪一天死了，也不能做一个欠账鬼。”

王有轩说道：“就我骑个自行车带个挎篓，一趟最多带一百多斤。别说卖葱了，芹菜在入冬以前都卖不完，到时恐怕连育葱苗的地儿都没有。真要是这样，明年就要少卖一茬儿钱，损失就大了。”

高青兰说道：“我早就对你说，到咱集镇上去卖，你就是不听，偏要到几十里外的集镇上。来回就要大半天，又累又耽误时间。”

王有轩说道：“我不是不去咱集镇上卖，因为碰见的大部分都是熟人。我觉得脸没地方放，烧得慌！到远的集镇上卖，碰不见熟人，虽说累点，可心里舒坦。”

这时，万师傅趁着月光来到了王有轩的菜地。

自从王有轩搬到菜地以来，万师傅是第一次来到这里。一是白天忙，没时间找王有轩说话。二是王有轩也是早出晚归，整天忙得屁股不着地儿。

今天晚上，万师傅吃过晚饭后，没留在主家喝酒，而是去代销点买了瓶酒，然后往口袋里一装，直接就过来了。他来找王有轩，是有心探望一下，自从秋燕跟海山走后，老两口到底是啥状况。

离菜地很远，万师傅就咳嗽了几声。王有轩养的黄狗听到声音后，霎时不停地狂叫起来。

王有轩站了起来，问道：“谁呀？”

“是我，找你喷一会儿。”万师傅回答道。

王有轩一听是万师傅的声音，立刻说道：“是万师傅呀！你咋有空上我这儿来呀？赶紧屋里坐吧。”

王有轩住的是一间简易的竖头屋，屋山上留门，门朝南。屋里没摆放太多东西，一张床，还有一张没上油漆的小方桌，桌子上放着乱七八糟的杂物。一面墙上挂着零零散散、一团团的塑料袋。不用问，这些都是王有轩留的各种各样的菜种。老两口的衣物胡乱地堆在角落里的一根绳子上。进门左手边，用盖子盖着的一个铁面桶放在了一个树疙瘩上。

此时，小方桌上放着刚炒好的醋熘白菜。还没进屋，万师傅就闻到了白菜的香味。

王有轩说道："万师傅，屋里坐。你可别见外，俺们这儿简单，连个板凳也没有。"

说话间，王有轩把小方桌慢慢地拉到床边，然后招呼万师傅坐在了床上。

万师傅说道："我又不是啥几级干部，咱都是老百姓，这样坐一起说话还舒服些。"

说着，万师傅随手把烟和酒掏出来，放在了桌子上。

王有轩客气地说道："万师傅，你上我这儿来，还拿烟酒干啥哩？这屋里不断酒，往后再来，可别这么客气了。"

这时，高青兰拿来一盒鱼罐头放在了桌子上，说道："万师傅，恁老兄弟俩好长时间没一起说话了，多喝点。我就不陪你们了，芹菜还没捆完呢，明天早上还要去卖菜哩！"

两个人说着话，王有轩把酒倒进了两个碗里。万师傅说道："老王，秋燕最近还好吧？你心里有什么打算没有？"

王有轩咬了咬嘴唇，说道："我没啥想法，只要秋燕不受气，不埋怨我就中了。但外人说秋燕跟着海山偷跑了，这也是事实啊。我心里一时半会儿也很难放下，确实堵得慌。眼时，我是不会让秋燕他们到霍家集来的。可能，以后也不会，但我还是希望他们两个将来能越过越好，争口气，活出个人样儿来。"

提起秋燕，王有轩的泪水不由自主地顺着他那张榆树皮般的脸，弯弯曲曲地流淌下来。泪珠在煤油灯光的反射下，泛起微弱的亮光。

王有轩叹了一口气，继续说道："儿女连心哪！"

万师傅说道："可怜天下父母心哪！屎壳郎还夸它儿香，刺猬还夸它儿光哩！何况有血有肉的人呢？"

王有轩说道："我虽是不聪明，可也不糊涂。没想到，我这一辈子，亲眼看到了俺老王家祖坟里长了一棵刨不掉的弯腰树，让邻居爷们儿们在背后捣脊梁骨。"

万师傅劝说道："老王，现在都啥年头了，你咋还这么想哩？现如今，人们的思想开放了，不要用你那老眼光看世道了，老方子治不了新病了。这是秋燕的权利，谁也干涉不了。这个事儿，过一段时间自然就平息了。"

万师傅递给王有轩一支烟，继续说道："别看你现在心里难受，将来秋燕过好了，要是给你掂着酒，拿着烟，你还不让她进门了？她会拿着礼物去别人家吗？要是真去了别人家，你会愿意吗？恁秋燕在你身边过的日子，你不会忘吧？秋燕把眼睛哭肿的时候，你在一旁起了什么作用呢？依我说，你不但不能怨恨秋燕和海山，自己应该感到内疚才是。"

听到万师傅这么说，王有轩一声也没吭，只是大口地抽着烟，烟雾把眼睛都熏疼了。

万师傅接着说道："这事儿该翻篇了！你要打起精神来，别再把这些抹不过弯的事儿搁心里了。海山是我的徒弟，我心里有杆秤。我敢和你打赌，秋燕以后过的日子，绝对不会比别人差到哪儿去。等你老了，就该享福了！"

王有轩擦去眼角的泪花，说道："万师傅，谢谢你的吉言，希望有那一天吧！我知道俺秋燕是个争囊气的人，她理解她妈俺俩的心情！"

然后，王有轩端起酒碗说道："万师傅，来！喝酒！"

放下酒碗，王有轩继续说道："万师傅，我借你的钱，晚一天菜卖了再还你。现在天越来越冷，我担心再卖不及了，正为这事儿闹心哩！"

万师傅宽慰道："钱的事儿不要提了，等有了再说，我不会来找你要钱的。我在做活儿的时候，听霍家集的人说，你种的菜不错，但你就是不在霍家集卖。都知道你最近心里烦，有人想买你种的菜，人家也不好意思来。"

王有轩说道："不是我不卖给爷们儿们，而是没脸和爷们儿们碰面。真是有人来买我的菜，我肯定拣最鲜的，而且还比集镇上便宜。无论啥时候，爷们儿终究还是爷们儿，好狗还顾三村哩！"

万师傅说道："你看这样中不中？现在天冷了，菜都可以储存了。整个冬天，一大家人吃的菜不少哩，谁家都不会少买。你核算一下，把这几样菜定个价格，卖便宜点，起码不用整天出去跑了。既省力，又节省时间。把这些水包皮货处理了，你就心静了。你试着改变一下以前的观念，薄利多销嘛！"

王有轩听了之后，不停地点着头，像抓住了救命稻草一般，顿时有了精气神。

万师傅继续说道："今天晚上，我回去给主家放个话，就说你的菜开园了。我就不信，这么好的菜没人来买，说不定还不够卖哩！你没听说过吗？有货不愁贫，没货愁死人。只不过最近你心里烦，没想到罢了。明天你就不用出去卖了，早点吃饭，在菜园等着。要是没人来买，我给你拉走。靠我这张老脸，到俺村里挨家送，也能消化完了。"

王有轩端起酒碗，激动地说道："万师傅，有你这些话，我心里就有底儿了。"

这时，墙上的钟声嘀嗒嘀嗒地响起来，时针指向了十二点的位置。

万师傅说道："老王，时间不早了，我也该回去了，先按咱俩商量的试一下。有啥困难，你尽管说，别窝在心里。"

王有轩感激地说道："万师傅，你慢走，过两天我请你喝酒。"

五十二

夜，寂静而清冷。送走万师傅后，王有轩趁着皎洁的月光走在菜地的田垄上。

他弯下腰，摸了一下菜叶上冰冷的霜雪，心里想着，真是人不该死，有人救啊！没想到，万师傅在我困难的时候，又帮了一次忙。想起秋燕走时留的那张纸币，我当时就知道，秃子头上的虱子——明摆着哩，肯定是万师傅在背后使劲儿哩！一开始还想找万师傅理论一番，想不到如今却变成了感激。看来人也随着事情的变化而改变，不能脑子一热，一竿子探到底呀。

第二天，万师傅一大早就开始收拾工具。他对主家说道："恁的活儿先停几天，我有个徒弟盖房哩！请我们去帮几天忙，把木料整理一下。俺们这也是迫不得已，他的活儿不多，俺们快去快回。你放心，绝对不会耽误恁家的事儿，我都算着时间哩。"

听万师傅这么说，主家也不好再说什么，只好满口答应下来。

万师傅继续说道："临走前，我想求你帮个忙，赶着牲口拿几个蛇皮袋，去王有轩的菜地帮我买些菜。听说他种的菜不错，还比集镇上卖得便宜，去得晚了怕是要卖完了。你帮我多买点，要几百斤白菜，一百多斤芹菜，再买百把斤葱吧！我去徒弟家时，给他带上，就当是我的心意。"

万师傅看了主家一眼，故意说道："现在天冷了，菜坏不了，正是囤菜的好时候。他家的菜好，价格又便宜，过了这个村就没这个店了。冬天时间长着呢，一家人要吃不少菜。晚一天地里的菜卖完了，贵上一倍都不止。"

听万师傅这么一说，主家急忙对老婆说道："赶紧给我拿点钱，我去王有轩地里看看，去得晚了就卖完了。"

说罢，主家就套着牲口来到了王有轩的菜地。知道来意后，王有轩连饭也没顾上做，就开始忙活起来。几个人三下五除二，连装带称就搞定了。留钱的时候，王有轩又额外送了几棵大白菜当作人情。

当主家拉着满满的一车菜返回的时候，一路上逢人便夸，说王有轩卖的菜既便宜又水灵。于是乎，大家便一窝蜂地向着王有轩的菜地出发了。有拉车的，有骑着自行车带着挎篓的，有扛着扁担的。一路上叽叽喳喳，好不热闹。

眼前的情景让王有轩高兴得合不拢嘴。他一边称菜，一边喊道："都是自己爷们儿，想要啥菜就自己动手吧。赶整不赶零，多个一斤二斤不算账。这是我自己种的，不砸大本钱，就是下点力气。今天，爷们儿们来捧场，我赔赚都不往心里去，不会让爷们儿们吃亏。"

有的人称完菜后还主动当起了会计，热情地帮王有轩算起账来，表情看起来严肃、认真，俨然一副大掌柜模样儿。

一个早晨的工夫，地里的菜就被抢得一干二净，就连王有轩自己留着吃的那一部分也被抬上了秤。后到的人看到只剩下满地脚印的菜地，只得悻悻而归。

看着葫芦头里放的乱糟糟的钱，王有轩平日里那张拧巴的脸，瞬间像开水烫过的麻花一样，舒展开来。他站在那里，迎着初冬升起的温暖朝阳，露出了久违的笑容。

王有轩激动得对高青兰说道："没想到卖这么快，一下子卖这么多钱。多亏了万师傅，他真是个高人哪！一句话就把咱俩的心病治好了。一会儿吃过饭，我到集镇上买两袋化肥，再借两头牲口，抓紧把地犁耙好，明天就可以育葱苗儿了。"

高青兰说道："这不还是秋燕的面子嘛！万师傅跟咱非亲非故，要不是秋燕嫁给他徒弟，他也不会管咱的闲事儿。"

王有轩点点头，说道："你说得也是。"

万师傅吃过早饭，对自力小声说道："你提前到刘庄，别让海山亲自来。让海山找个人，套着牲口到你大师兄那个村南边的桥头接我，我让主家把我送到那里。这菜的事儿，谁也不要讲。"

自力心知肚明，知道万师傅是怕主家撞见海山，接着把这事儿传到王有轩的耳朵里。这样一来，王有轩难免会感到尴尬。

一路上，主家套着牲口拉着菜和工具走在前头，万师傅骑着自行车跟在后边。

有人看到车上的菜后，说道："俺们去的时候，啥菜都没有了。你们的消息还真灵通哩，到集镇上也买不到这么好的菜。"

听到王有轩的菜卖完了，万师傅心里瞬间踏实多了。从把钱交给海山，再送到秋燕手里那一刻起，他就一直惦记着老两口，怕他们迈不过这道坎，一直想找个机会帮他们解决一点困难。没想到昨天晚上和王有轩的一次见面，在对王有轩做出补偿的同时，也解救了自己的心。他想，也许这一切都是天意吧，要不怎么会有这种救赎的机会呢？

此刻，万师傅觉得浑身轻松，周围的一切，看起来是那么舒心。他笑着对主家说道："再稍微快点吧，别让他们等急了。到得早了，还能干半天活儿呢，到时可以早点回来哩！"

于是乎，主家赶着驴车，不停地吆喝着："驾！驾！"

其实，万师傅是有意把时间错开，因为他不想主家和刘庄来接的人碰面。他认为，稳妥起见，还是不张扬为好。省得到时传来传去，再出什么差错。

很快，二人就来到了约定的桥头。把菜和工具卸下来后，万师傅便吩咐主家先返回了。待主家走远后，他这才松了一口气，点上一支烟，安心地坐了下来。

一根烟的工夫，刘清德就赶着驴车过来了。

不用介绍，万师傅就判断出，肯定是刘庄的人来了。于是，他掏出烟走上前去，笑着说道："你是刘庄来的吧？"

刘清德急忙把驴车稳住，把鞭杆放在驴车上后，也把烟掏了出来。两个人推让了一下后，刘清德笑着说道："是哩！你是万师傅吧？"

"我就是。"万师傅客气地回答道。

待东西都装上车后，二人一路上没顾上说话，马不停蹄地回到了海山家。

万师傅刚一进门，秋燕就急忙放下手中的活计，快步迎了上来，然后把一碗茶递到了万师傅的手里。海山搬过来一张板凳，放在他的面前。

昨天，海山以前的旧房子就被扒掉了。此时地基已清理干净，泥工师傅早上就把新房的长宽定好了，正用气夯打着地基。十几个牲口正往里运着砖，院子里人来人往，忙得不可开交。

秋燕看到一车的新鲜蔬菜后，感激地说道："万师傅，你咋还想着给俺买这么多菜哩！这菜真鲜哪！"

万师傅说道："我想着，来帮忙的肯定不少，菜用得多。海山手头紧，又没有空。我也帮不上大忙，就顺手买点菜捎回来了。"

秋燕说道："海山，先把菜钱给万师傅，他给咱操心就够了。这么多菜，怎么也不能让万师傅垫钱哪！"

万师傅说道："秋燕，你不要客气了。我手里宽裕些，先帮恁渡过难关再说吧。"

说话间，万师傅就开始忙活了起来。他问道："海山，木料准备齐了吗？

要是不够，我再想办法。"

海山说道："师傅，砖、瓦、木料，都准备够了。今天你和师兄过来了，我就不用愁了。"

万师傅说道："只要啥都不缺，你这几间瓦房，最多三天就能盖好！"

海山说道："师傅，这段时间，真觉得像做梦一样。这么大的心愿，没想到这么快就实现了。多亏了你们这些长辈为我操心，要不我连想都不敢想。"

眨眼之间，海山的三间新瓦房和一间厨房像变魔术一样拔地而起，漂漂亮亮地展现在人们面前。

三间瓦房的屋脊上，还插着秀花亲手缝制的一对小红旗，在风的吹动下轻轻飘扬。两只烧制的鸽子，正相知相伴地卧在红旗下，深情地相互注视着，好像在窃窃私语。

秋燕看着那对鸽子，嘴角露出了甜甜的微笑，这段时间的劳累仿佛在顷刻之间消失了。她对海山说道："海山，你看！那对鸽子真幸福呀！咱们要是能像这对鸽子一样，永远不离不弃，该多好啊！"

海山一下子把秋燕搂在了怀里，轻声说道："秋燕，咱们的幸福日子才刚刚开始，就让这对鸽子见证咱们的未来吧！"

这时，刘清德从远处走了过来。看到两个人这副模样后，故意干咳了两声，低着头，假装什么也没看见。

海山听到刘清德的声音后，急忙把胳膊缩了回来。两个人的脸霎时红到了耳根。

刘清德笑着说道："秋燕，恁俩别不好意思。恁叔老了，眼花了，啥也看不清！"

秋燕缓过神来，笑着说道："清德叔，海山知道你过来了，有意试试你的眼到底花不花哩。"

刘清德笑着说道："我的眼确实不中了。说实话，刚才我在远处还以为是一个人哩。走到跟前揉揉眼仔细一看，一个人变成了两个人。"

说话间，王春妮也来到了跟前，说道："我看你不是眼力不中了，而是心发岔了。你再用心一看，一个人还变成三个人哩！"

刘清德笑着说道："海山，晚一天，恁叔配个老花镜来恁家喝喜酒。"

王春妮笑着说道："你千万操点心，别把眼镜配得对不上号，省得喝喜酒时，再看走了眼。你那酸溜溜的嘴又把不住门，出了问题，看你丢人不丢人。"

刘清德笑着说道："你别净说些摸不着调门的话，秋燕这脾气，根本不会让她叔等到眼花了，嘴张不开的那一天。我看你真是个傻家伙，都没睁开眼看看，现在都啥年代了，有几个年轻人还压住心走路的？这喜酒，就是我不急着喝，他俩也急了。哪有好事儿，初一不做，非要推到十五哩！"

王春妮说道："我发现你变得越来越像老脸糊（脸皮厚）了。"

刹那间，几个人都笑了起来。

刘清德走进屋里，环顾了四周后说道："海山，我看这屋里弄得差不多了，玻璃也装上了，就是潮气有点大。恁俩结婚的事儿不能再耽搁了，要是等到屋里全晾干，就等到过春节了。二十四拜都拜完了，就差最后一哆嗦了。先把结婚证领了，再举行婚礼，往后就可以正儿八经地过日子了。结了婚，以后啥事儿就有准头了。"

海山说道："清德叔，咋往秋燕的娘家去哩？秋燕的嫂子把老两口都撵到地里住去了。到现在，他们的气还没消哩！要是我和秋燕一起去，就她嫂子那母老虎脾气，万一一点情面都不留，你说该咋办呢？"

刘清德抽着烟，皱着眉头，用手来回地挠着头皮。停了一会儿，他说道："要不这样吧，恁俩先不要去。我和恁树根叔买上礼物先去一趟，直接去菜地和老两口见一面，把恁俩结婚的事儿商量一下。俺俩中午不在那儿吃饭，尽量长话短说，省得秋燕的嫂子撞见。再说了，如果真碰见了，她还能把俺俩吃了不成吗？世上谁不知道，从古到今，两军交战，就是刀快还不杀来使哩。"

"老刘叔，就照你说的试试吧！要是不中，你们就回来。"秋燕担心地说道。

刘清德说道："早晚都是要面对的，去看看再说吧。到时俺俩多想想办法，说点好话，不能让你这辈子没有娘家呀！"

五十三

一大早，薄雾蒙蒙，大地覆盖了一层薄霜。懒洋洋的太阳躲在云层里，久久不肯露出她那温暖的笑脸。闲暇的庄稼人抱着膀子，哈着热气，三五成群地聚集在十字大街上，云天雾地地胡侃着。远至宇宙世界，近至左邻右舍，上到国际新闻，下到家庭琐事，无不在胡侃的范围之内。只是是真是假，无人去考证罢了。

早饭后，刘清德和刘树根赶着驴车，带着海山、秋燕的希望和信任出发了。他们虽然没有穿新衣服，但也打扮得整洁、大方。二人上身都穿一件黑色的棉袄，下身穿一件蓝色的涤纶裤子。黑白相间的头发，拾掇得一丝不乱。脸上的胡须刮得干干净净，即使蚂蚁挂着拐杖也爬不上去。

就连那头小黑驴，刘清德都没忘了装扮一番。此刻，驴脖子上挂着明亮的铜铃，头上系着一根红布条，浑身的毛发看起来浓密柔润。

刘清德驾着驴车坐在左边，刘树根坐在右边。每当碰到路上的乡亲们，他们就会高兴地把提前准备好的烟掏出来，给每个人让上一支。

两个人不停地解释着："爷们儿们都点上，这是海山和秋燕的喜烟。你们要是客气，往后就没有机会了。"

有人开玩笑地说道："今天恁老兄弟俩少喝点，别一高兴，喝得不认识回来的路了。"

刘树根笑着说道："请爷们儿们放心，就清德哥俺俩的酒量，他们霍家集的人想把俺俩喝多，还真不容易哩。别的不敢说，在喝酒这方面，一辈子喝败天下无敌手。就算喝多了，丢人也不能丢到霍家集。"

就在两个人高兴地谈天说地时，驴车很快就走出刘庄，来到了集镇上。二人买了两箱酒、两条烟、几斤牛肉、几斤水果糖，还有十斤果子，几只烧鸡，然后往驴车上一放，就直奔霍家集而去。

小黑驴似乎被主人的情绪感染了，迈开四蹄，"嗒、嗒、嗒"地奔跑着。清脆的铃声不时地在耳边响起，红布条在风的吹动下高高飘扬。这一幕深深地吸引着行人的目光，成了路上一道独特的风景。

刘树根说道："清德哥，你咋还恁有心哩？驴头上还绑了一条红布。今天又不是娶媳妇，是商量事儿哩！红布条是不是绑得有点早啊？"

刘清德说道："老弟，你不明白我的心思。秋燕的娘家和别的人家不太一样。这条红布是暗示她嫂子，现在和结罢婚一样喜庆。咱们回到刘庄，就让海山和秋燕举行婚礼。咱们只来这一趟，万一她嫂子闹事儿，权当芝麻秆喂驴——吃不吃，让到她了。"

刘清德吐了一口唾沫，胸有成竹地继续说道："咱们回去时，拐到集镇上买一挂炮。晚一天，选个吉利的日子，我赶着驴车带着海山和秋燕在咱村转一圈。到时候，她嫂子连屁气儿都闻不上，啥球方儿没有。"

刘树根笑着说道："清德哥，真没看出来，你还有这一把刷子哩。"

很快，驴车就来到了霍家集的东头，这里是去王有轩菜地的必经之路。他们来到霍家集的东西大街上一看，上午赶集的人群已经散去，只有一些闲人三五成群地聚在一起，有打牌的，有吹牛打屁的。当驴车叮当叮当地经过的时候，人们都好奇地向他们看了过来。

一群正在大街上玩耍的孩子听到铃声后，发疯似的围了过来，大声喊道："快来看哪！娶媳妇的来了，驴头上还系着红布哩！"

接着，大人们也不由自主地凑了上来。大家都想图个热闹，沾一点喜气。眼看着，整条大路就要被堵上了。

于是，刘清德便顺其自然地让驴车停了下来。接着，他笑着把烟掏出来，客气地让了一圈，又毫不犹豫地把水果糖拿出来分与众人。因为这些水果糖本来就是给霍家集的乡亲们准备的。

刘树根笑着说道："俺俩是刘庄的，今天是去王有轩家走亲戚哩！"

没等刘树根往下介绍，人们看到驴车上的礼物后，就已经明白了七八分，眼前的两个人肯定是秋燕婆家的人。于是寒暄过后，人们就客气地把路让开了。

此时，王有轩老两口正在菜地忙活着。当他们看到不远处过来了一辆驴车时，立刻就知道，定是刘庄来人了，因为万师傅已经给他带过信儿了。

自从万师傅带过信儿后，老两口心中既不安又期盼。他们不愿看到刘庄来人，因为这段时间受够了周围的流言蜚语，不愿再揭起心中的伤疤。然而和这些相比，女儿的冷暖更是无时无刻不在牵动着他们的心。他们很想知道女儿的信息，哪怕一丝一毫都不愿放过。要不然王有轩一听说刘庄要来人，也不会早早地去镇上把牛肉和烧鸡买回来，等着招待客人了。

前天晚上，万师傅对王有轩说："秋燕很好。海山的两间土墩房已经扒掉了，盖上了三间新瓦房，还盖了一间新厨屋。"

老两口一听，顿时激动得像个孩子一样，"呜呜"地哭了起来。王有轩说道："万师傅，你说的是真的吗？海山就他一个人，一时半会儿，哪来这么多钱盖房啊？他不会走歪路了吧？"

万师傅笑着说道："老王啊！你想哪儿去了？你的心是不是长毛了？可别隔着门缝儿看扁人哪！你好好想一下，凭秋燕的眼光，海山会是走歪路的人吗？你不但看不懂海山，就连恁秋燕，你也没看明白，更怀疑海山的师傅，我的人品了。"

万师傅看了王有轩一眼，继续说道："我看哪！你的思想就像那生锈的螺丝钉一样，已经锈死了，用扳手都拧不动。你要不信，就带着秋燕她妈去一趟，看看海山那两间土墩还在不在。再看看那几间新瓦房，是谁在里边住着哩！穷没根，富没苗。从盘古开天地，有生灵的那一天起，穷和富就像白天和黑夜一样，轮流着转哩！老天是公平的，这不是谁能说了算的。"

眼看着驴车已经来到地头，王有轩把手里的农具放下，快步从地里走了出来，亲切地打着招呼。刘清德把驴车站稳后，笑着把礼物从驴车上卸了下来。

王有轩客气地说道："刘主任，你们好，万师傅前天就捎信儿说你们要过来。我就和秋燕她妈商量了，你们也忙，不想让你们再跑了。秋燕的婚事儿，我也不想搞太大的动静。"

刘树根说道："老王哥，过去的就让它过去吧！既然秋燕和海山没意见，旁人说啥都等于零，你不往心里去就是了。"

刘清德谦虚地说道："今天，俺俩准备这点薄礼，还真有些拿不出手。这彩礼钱请你收起来，虽然不多，可也是海山的心意。"

王有轩说道："这礼物，我不能收，钱更不能要。秋燕走的那一天，已经给过我钱了。我绝对不会让外人说我是老鳖一，拿闺女卖钱。唉！秋燕的婚事儿，霍家集不会去人。我也没陪送她一件嫁妆，有什么事儿，有恁兄弟俩操心，我就放心了。"

刘清德说道："老王哥，结婚可是一辈子的事儿，难道你连一句祝福的话都没有吗？如果结婚那一天，恁霍家集一个人也不去，俺们爷们儿的脸面也挂不住啊！"

王有轩说道："老弟，你们看着办吧！只要秋燕、海山他们两个没意见，我没啥说的。这事儿，就这样定了。"

停了一会儿，刘清德说道："老王哥，你既然把话说到这份儿上了，那俺们就明白了。恁先忙吧，俺们先回去了！"

王有轩见状，急忙对高青兰说道："抓紧做饭！这都晌午了，两个兄弟大老远来了，无论如何也不能空着肚子回去呀。"

在王有轩老两口的再三挽留下，刘清德和刘树根这才勉强留了下来。由于准备充分，很快，高青兰就把饭做好了。

王有轩客气地说道："两个兄弟，我也没啥好招待哩！你们可不要见外，将就着吃吧！秋燕在你们身边，往后有什么困难，还需要你们多帮忙。我说句不该说的，出门的闺女就像泼出去的水，不能收回来了。能管三尺门里，不能管三尺门外呀。"

王有轩咬了咬嘴唇，接着说道："秋燕还年轻，考虑问题不够成熟。我的水平也不高，有些地方没教育到，我也有责任。俺们离得远，往后见面的机会不多了。秋燕有什么做不好的地方，请你们多包涵。来！我代表秋燕她妈向两位兄弟敬杯酒。"

提起秋燕，王有轩端起酒杯的手不能自已地打着战，酒不停地往外滴，好像滴到了眼睛里，然后又顺着脸颊流了下来。

刘树根安慰道："老王哥，你放心，有恁两个兄弟在，谁要是敢不明不白地欺负秋燕，不说个小麻雀叨米，我就对他们不客气。海山和秋燕都不是糊涂人，我敢说，他俩别说打架了，连磨嘴的机会都不多。"

几杯酒下肚，刘树根劝说道："老王哥，我第一次在海山家和你喝酒的时候，一听你话音，就知道你是个实在人。兄弟劝你一句，你也不要太固执，秋燕结婚时你不去也就算了。以后，你一定得抽个时间，带着俺嫂子去看一看，住上个三五天。你没听人家说吗？自屎不臭，好面吃不够，毕竟血浓于水啊！"

王有轩说道："兄弟，你说的我明白，以后有机会再说吧！"

这时，素枝骑着一辆三轮自行车带着小宝，咣当咣当地来到了菜地。

今天上午，素枝正在家门口和几个邻居闲聊时，小宝嘴里咬着一块糖，高高兴兴地跑回了家，然后一下子扑到素枝怀里。做了个鬼脸后，他说道："妈，你看我吃的啥？"

素枝问道："你吃的不是糖吗？谁给你的？"

小宝说道："两个赶着驴车的人给的，路上的人都给了。大人给烟，小孩给糖。"

听小宝这么一说，素枝感到非常稀奇。她心想，到底是哪儿的人，怎么这么大方？天底下哪里有这么信球的货色，平白无故地把东西往外扔？

正当素枝感到莫名其妙的时候，国斌也从外边回来了。他对素枝说道："素枝，刚才我听说刘庄来人了。两个人赶着驴车，拉着礼物去南边菜地了。"

素枝问道："就两个人吗？王秋燕来了吗？你肯定吸上恁妹夫的喜烟了。"

国斌说道："你问恁清楚干啥？咱和老头已经扯清了，往后车走车路，马走马路。他们就是给我烟，我也不吸。"

接着，素枝眉飞色舞地说道："刘庄肯定是来送彩礼，商量事儿哩！拉的一定有好东西，我去看看都拉的啥好吃哩！"

国斌急忙制止道："刘庄来人，你慌啥哩？又不是给你拉的。我刚才给你说罢了，咱已经和老头扯清关系了。他就是给，咱也不能要。"

这个时候，素枝哪里听得进去呢？她跑到大门外转了一圈，然后踮起脚，扬起胳膊，用手打着亮伞，往南边菜地看了又看，心里急得像火烧一般。不一会儿，地面就被她踩得亮光光的。她盘算着，刘庄的人能赶着驴车过来，一定拉了不少东西。不中，我得看看去。

于是乎，她快步回到院子里，二话没说，就把三轮自行车推了出来，让小宝坐在上面。

国斌见状，急忙从屋里走了出来，劝说道："素枝，你就不要去了，刘庄的人还没走哩。你去拉东西，不怕人家笑话吗？"

素枝不耐烦地说道："屁大点的事儿，你还管着我？你就不想想，听你的话，没有一次不被动的。谁让王有轩是恁爹，王秋燕是恁妹妹哩！要不是这种关系，别说我去要，他们就是送到咱家，我也给他们扔出去。你看我是爱财的人吗？你照照镜子，仔细看看你那倒霉脸，像那猪肚子一样，看不清一点横竖道。往后，你少管我的闲事儿！"

听素枝这么一说，国斌也不再说什么，只是看着她那急匆匆的背影，长长地叹了一口气。

素枝火急火燎地来到菜地时，看到王有轩几个人正在喝酒，礼物在凉棚下放着。接着，她不由分说，果断抱起一箱酒，慌里慌张地放到了三轮车上。当她抱起第二箱酒的时候，高青兰正好端着馍从厨屋里走了出来。

眼前的一幕惊得高青兰差点把馍筐子扔在地上。她缓过神来后，结结巴巴地说道："素……素枝，你拿这酒干啥哩？咱不是已经扯清关系了吗？"

素枝理直气壮地说道："咱啥时候扯清关系了？我就该拿。"

高青兰说道："你都不让俺俩进这个家了，咋还整这一出哩？"

这时，王有轩几个人听到声音后，从小屋里走了出来。刘清德和刘树根都感到莫名其妙，这大白天哩，谁家的娘们儿这么大胆，敢来拿东西？而当他们看到王有轩养的那只黄狗没有一点反应，只是摇着尾巴跟在这个女人的身后时，立刻全明白了。他们呆呆地站在旁边，谁也没说一句话。

此时，王有轩气得脸红一阵白一阵，嘴巴张了又张，颤抖着一句话也说不出来。

眼看着素枝把第二箱酒也搬到了三轮车上，高青兰不知道从哪儿来的勇气，她把馍筐子往地上一甩，一个箭步冲上前去，抱住了酒箱。接着，两个人便撕拽起来。被甩掉的馍滚得遍地都是，黄狗叼了一个后跑一边去了。

王有轩看着眼前的情景，忍不住大吼一声："还有一点天理没有？"

这时，素枝和高青兰同时松开手，把酒放在了地上。

刘树根和刘清德看着眼前的局面，虽然觉得意不平，可也没敢多说什么，只是当个和事佬，在一旁好言相劝。他们清楚，即使素枝做得再过分，也只是他们王家的家务事儿。礼物已经送到王有轩家里了，别说被素枝拿走，就是张三、李四拿走，他们也无权干涉。

刘树根劝道："老王嫂，我看，你也别拦着了，就让媳妇带走吧！"

高青兰铁青着脸，气呼呼地说道："这酒是俺秋燕的，她和俺们已经扯清关系了，俺两口子是死是活，都和她不相干。"

素枝嬉皮笑脸地说道："现在刘庄的人也在这里，让人家评评理，看看你有多昏头。我问你，王国斌是谁？这三轮车上的小鳖孙是谁？"

听着素枝嘴里不干不净的话语，老两口气得连一句完整的话也说不出来了，只是"你你你"地用手指着素枝。

素枝不依不饶地说道："我问恁俩，恁要是有理，为啥吞吞吐吐地说不出话来了？还口口声声说我搬恁的酒了，这酒就是给俺送的，恁想独吞哪？看看咱霍家集，能找到几个和恁对色儿的两口子。"

刘树根劝说道："他媳妇，说话可不要骂人哪！让别人听见了，人家会笑话的。"

素枝说道："其实我是和他们说理呢，他们把我气迷糊了。真叫我气傻了，我把锅给他砸个大窟窿！"

说着，素枝就要去找砖头。刘清德见状，急忙上前拦住素枝，劝道："可不能这样，这酒你带走算了。怎么着也不能把锅砸了呀，他们还要过日子哩！"

刘树根对王有轩说道："老王哥，算了吧！就让她带走吧，吃亏占便宜也没到外边。这样闹下去不是个办法，你不看儿子的面子，也得看这个小孙子哩！"

王有轩赌气地对素枝说道："你都带走吧！"

此时，高青兰被劝到了一边。风似乎也在捉弄她，没经过她的允许，就吹起她那凌乱的头发，脸上的泪痕也随之露了出来。

这时，不再遭遇阻拦的素枝毫不客气地把礼物装上了三轮车。她把果子往地上的馍筐里倒上一些，说道："这果子，我拿走一半，这一半给恁留下。俺是三口人，恁是两口人。我这样分，恁不会再有意见吧。如果我不该拿走，你们就让王国斌改成李国斌！"

说罢，素枝头也不回地骑着三轮车得意地回家了，一路还伴随着自行车的铃声。

王有轩长长地叹了一口气，说道："唉！万奶奶，我也不知道，俺姓王的哪一辈子做屙血事儿了，老天罚我过这么不顺心的日子。"

刘树根和刘清德递了个眼色，然后对王有轩说道："老王哥，你消消气。

时间不早了，俺俩也该回去了。秋燕的事儿，你就放心吧！"

王有轩难为情地说道："对不住了，今天没让你们吃好，你们多体谅。这事儿千万别让秋燕知道了。跟她说，我和她妈都好着哩。有时间了，我再去看她。有恁兄弟俩操心，我就放心了。"

说罢，刘树根和刘清德就告别了王有轩，赶着驴车离开了霍家集。刚才发生的事儿让两个人心中五味杂陈，久久不能平静。

刘树根说道："清德哥，我看海山和秋燕结婚那一天，霍家集是不会来人了，这倒也省了不少麻烦。我想和海山商量一下，到结婚那一天，就不要做酒席了。熬个大锅菜，酒随便喝，这样还能给海山省不少钱哩。我觉得就海山现在的状况，大家应该都能理解，背后也不会说啥。"

刘树根抽了一口烟，继续说道："结婚前一天晚上，让建成把村里的大喇叭和三唱机搬到海山家先热闹着。第二天，你套着驴车，拉着海山、秋燕他们两个在咱村的大街上转上一圈，然后再举行结婚仪式。我觉得这样也美气着哩！"

刘清德说道："老弟，你的出发点是好的，我赞成。这样吧，咱回去和海山商量一下。毕竟结婚是一辈子的事儿，看看他有什么想法。"

刘树根点点头，说道："清德哥，你说得也是。这年头，年轻人和咱们的眼光不一样。"

伴随着清脆的铜铃声，二人很快便回到了海山家。

此时，海山家院里院外站了很多人。大家听说海山和秋燕要举办婚礼，于是都赶来瞧个热闹。院里的人一批接着一批，像走马灯似的，不停地出出进进。眼前的场景，比起秋燕刚来的时候有过之而无不及。

走进堂屋，正中间放着一张大方桌，桌子旁摆着几条长板凳。抬头一看，正中央贴着一张毛主席站在天安门城楼上的伟岸画像。大梁下面，挂着印有仙鹤图案的遮挡。崭新的大床上，铺了几条花被子，床头边摆放了一张不大不小的三兜桌。侧墙上贴有一张图，上面绘有一男一女，两个白白胖胖的福娃娃。问后得知，这张图是秀花有意买的。至于海山以前的破烂家具，此刻已不知去向。整个屋里，给人一种清新、亮堂、舒心的感觉。

刘清德还没把驴车站稳，乡亲们就围了过来，迫切想知道他俩去霍家集的收获。

刘树根笑着说道："别往前挤了，我又不是新媳妇。刚离开一天，老少爷们儿就不认识我了？车上啥也没有，去的时候拉着俺俩，回来的时候还是俺俩。大家不用急，等着喝海山和秋燕的喜酒吧！"

五十四

夜晚，明亮的星星点缀在刘庄村的上空，驱散了那令人窒息的茫茫黑夜。

吃过晚饭，刘清德和刘树根又来到了海山家。刘清德盼咐道："海山，结婚是一辈子的事儿，你也给恁大哥、二哥打个招呼吧。"

刘清德抽了一口烟，继续说道："我和恁树根叔在回来的路上商量了，请客吃饭的事儿，不知道你心里是咋想的，是不是简单一点，熬个大锅菜？因为霍家集不来人，其他的都是咱自己，还是别浪费的好，晚一天秋燕的爹妈来了再说。"

秋燕在一旁听着刘清德的话，默默地低下了头，泪水禁不住在眼眶里打转。这种结果，虽然她已经想了无数次，可一旦去面对它的时候，心中依然痛如刀绞。

海山说道："清德叔，树根叔，我明白你们的心思，想给我省点钱。你们的心意，我心领了。我想，这酒菜钱是绝不能省的，该咋买咋买，要让所有前来贺喜的亲朋好友吃好、喝好。我永远不会忘记那些曾经帮助过我，为我操心的人。趁俺们结婚的日子，我想发自内心地敬他们一杯酒。"

刘清德说道："结婚的时间就定在后天，阴历的十月二十六，你觉得咋样？"

海山说道："清德叔，就照树根叔恁俩商量的，我没意见。"

刘清德高兴地说道："明天上午，我带着厨师和恁树根叔到集镇上，把所有要用的东西都买齐。你在家带着建成、喜旺，明天早上就把桌子、板凳，盘子、碗全部拉过来。明天下午把大喇叭绑在树上先热闹着，结婚就要风风光光的。至于打结婚证，等事情过去之后，再去霍家集开证明，咱村的事儿先让恁树根叔扛着。"

一切安排妥当后，刘清德和刘树根便离开了。

吃过晚饭，桂平没好气地对海风说道："我听说海山近时就要结婚了，搞得动静还不小哩！头天晚上就准备把村里的大喇叭装他门前的大槐树上，全是高桌子低板凳，请的还是镇上最有名的厨师。这次，刘清德和刘树根的功劳可不小。"

桂平看海风没什么反应，于是随手推了海风一下，说道："海风，你听着没?"

海风说道:"你说吧!我听着哩!"

桂平继续说道:"海山和秋燕连结婚证都没有打,这和隔布袋买猫有啥区别?房子是盖好了,但欠了一屁股债。现在又是请厨师,又是办酒席,不把海山折腾得大衫改裤衩就不算结局。将来海山没钱了,要账的人不挤破他家的门,我就不姓陈。我就不信,秋燕能跟着海山这个穷光蛋过到底。"

桂平撇了撇嘴,接着说道:"海风,你用脑子想一想,咱村周围那几个光棍蛋子,找个野女人,有哪个过到底的?钱只要花完,你就是用绳子把她拴在裤袋上,只要有机会,最后还是寡妇跺脚——拍屁股走人。到了晚上,还是闺女穿她娘的鞋——老样儿。睡不着时搂大腿,做梦时搂床帮。"

海风听着桂平的话,气得"哼"了一声,说道:"照你说的,海山这辈子就不用结婚了?就打一辈子光棍了?你做嫂子哩,这些不提劲儿的话少说点也中,竟放一些没响声的屁,留点口德吧!"

桂平不甘示弱地说道:"刘海风,我听到你'哼'一声,就知道你不服,我知道我说的话不顺你的心。你支持海山结婚,是有意把海山往火坑里推哩。今天我说的话,总有一天会验证的。你是不见棺材不落泪,就不怕你扶杆子,不扶井绳。你啥时候看到海山哭的那一天,你就能憋住气儿,不再'哼'了。"

海风气得站起身来,躺在床上就要睡觉。桂平继续说道:"刘海风,我给你说,这次和你去给海山拉土那次可不一样。那次海山连个招呼都没打,你就去了,到现在我还生气哩!这次他要不亲自来请,别说给他送贺礼了,连一句祝福的话,我都不会说。没听人家说过吗?长兄为父,长嫂为母。不是咱们拿架子,这是道理,是他应该做的。"

海风不耐烦地说道:"等等再说吧,你也知道讲道理了。海山要是来了,你准备咋意思呀?"

桂平说道:"那我肯定不会空手,明天到集镇上破五六块钱给海山买个被单,这还不够意思吗?"

海风说道:"刚才你还说,长兄为父,长嫂为母哩!这几块钱的被单,薄得像命眼子一样(薄得很),能从正面看到背面人的鼻子眼。你拿着过去,不觉得烧脸吗?"

桂平振振有词地说道:"你懂个球!千里送鹅毛,礼轻情意重。有钱的帮钱场,没钱的帮人场。到海山结婚那一天,只要咱们几口人去了,海山和秋燕欢迎还来不及哩!我问你,啥叫桌好备、客难请?最起码,咱去的人多了凑个热闹，还辟邪气哩。吃桌时，你这个当大哥哩，还得坐上席哩！到时我也显摆显摆。"

海风听着桂平的话，心里想着，你真是光着身子赶大集——不要脸了。任舍千句话，不舍一文钱。我就是出去借，也要给海山送二十块钱。

这时，海山来到了海风家。他把结婚的事儿给海风两口子说了一遍，还说如果没有特殊情况，明天提前过去帮点忙。

桂平笑着说道："海山，我早就听说你近时要结婚，我和恁大哥已经商量好了，你就是不来叫，明天也得去恁家给你帮个忙。到了明年这个时候，你们肯定能添一个白胖小子，我抽空也可以给你们带一下。"

海山笑着说道："谢谢大嫂的吉言。"

从海风家出来以后，海山马不解鞍地来到了海昌家。香云二话没说，高兴地从抽屉里拿出二十元钱递给了海山。

海山客气地说道："二嫂，我不要。我烧砖的时候，你还送去两袋面哩。恁家也没钱，孩子头疼发热，随时都需要钱，你还是自己留着吧！"

香云说道："海山，你就拿着吧！结婚是一辈子的大事儿，一分钱难倒英雄汉。我作为二嫂，要是不给你拿贺礼，我和恁二哥还有脸见人吗？还能去喝你们的喜酒吗？你还是收下吧！"

见香云这么说，海山也不再说什么了。当他回到家时，刚一进门就看到秋燕正趴在桌子上抽泣。

于是，他快步走上前去，轻轻地把秋燕抱在怀里，心疼地说道："秋燕，别难过了，等有机会了，咱们去和霍家集的亲戚朋友见个面，让咱爹咱妈把心安下来。到时候，咱俩一起去给二老赔个不是。咱们唯一能报答他们的就是，怎样把日子过得好起来，让二老到咱家享几天清福。别想那么多了，相信我，我一定会让你过上好日子的。"

接着，海山把毛巾递到了秋燕的手里。秋燕说道："过去的事儿就让它过去吧，该来的总会来的。我没事儿，只是突然觉得有些难受。"

结婚头天晚上，建成、喜旺还有村里的几个小伙子都睡在了海山家里，为海山压床。这是很多年前传流下来的习俗，说是能辟邪纳祥。虽然真假无从考证，但它却是让人们安神的心灵寄托。

天不亮，建成就把三唱机打开了。他把音量调到最高，开始唱的是豫剧《抬花轿》里"周凤莲坐轿内喜气盈盈……"。抑扬顿挫的唱腔在刘庄村的上空回荡，像一把利剑削去了黎明前的黑暗和沉寂，正为海山和秋燕一生中最难忘的幸福时刻添砖加瓦。

接着，建成又播放了一曲又一曲流行歌曲。《路边的野花不要采》《在希望的田野上》《月亮代表我的心》等等。歌声时而余音绕梁，时而欢快激昂，把刘庄村的男女老少从睡梦中唤醒了。

这时，喜旺把一挂鞭炮点燃。瞬间，噼里啪啦的响声宣告了崭新一天的开始。有些人以为海山和秋燕的婚礼已经开始了，于是忍不住从床上爬起来，在海山家附近转悠着。

喜旺把早已准备好的喜烟、喜糖放在桌子上，热情地招呼众人。不久，灯光下便人头攒动，烟雾缭绕。人们似乎忘记了黎明时的寒冷，沉浸在海山和秋燕即将拜堂的欢乐氛围中。

很快，天就亮透了。秋燕从屋里出来了，她上身穿一件花棉袄，这是王春妮和秀花亲手缝制的，下身穿一条蓝色的棉裤，脚蹬一双黑色的，绣有鸳鸯图案的方口棉布鞋，乌黑的头发上扎了一条红手绢。白净的脸上露出两个浅浅的酒窝，一双水晶似的大眼睛温柔地扫视着前来贺喜的人。她站在堂屋门前打着招呼，端庄大方、温婉贤淑的形象让在场的人们觉得如沐春风。

今天，海山上身穿一件浅灰色的中山装，胸前的扣子上也系了一个和秋燕一模一样的红手绢。当初，秋燕正是用自己的红手绢细心地包起海山那被刨刀割破的手指。从此，爱情的种子便种在了他们的心中。这一幕，仿佛就在昨天。因此，他们心照不宣，在这个喜庆的日子里，就让这两条红手绢来见证他们坎坷的爱情之路。而这个幸福的秘密，只属于他们两个人。

海山下身穿着一条涤纶裤子，裤子熨得笔直。脚上穿的是大姐给他买的一双黑而发亮的皮鞋。清爽的短发，笔挺的鼻子和一双炯炯有神的眼睛，把他衬托得气宇轩昂。这一刻，从他身上重新焕发出已经失去多年的朝气和活力。

此时，秋燕和海山手拉手站在一起，含情脉脉地看着对方，脸上洋溢着来自心底的甜蜜。视线相撞的一瞬间，火花在心底绽放，发出亮光，散发着忘我的情愫。这一刻，不需要什么誓言，两个人已经把对方当作了自己的全部。

这时，刘清德赶着驴车，叮叮当当地走了过来。小黑驴头上绑了一朵用红布叠成的大红花，伸展的红布条耷拉在驴耳的上边，又扯到了驴鞍上。驴车上放着两床厚棉被，上面盖着一层红布。

刘清德的到来，一下子吸引了所有人的目光。人们不约而同地围了上来，欣赏着他那滑稽的创意。

今天，他上身穿一件新棉袄，腰里缠了一个红被单。下身穿一件黑棉裤，脚踩一双新棉鞋。脸上乐开了花，嘴里不停地吆喝着："大家让一下，我来了。"

小黑驴看见这么多人，也不时地发出"啊呃啊呃"的叫声。

刘清德笑着对小黑驴说道："黑驴呀！都说你平时想不开，爱发昏，今天让你接个好差事儿，我看你比我还高兴哩！你好好干，完成了任务，我好好犒劳犒劳你。"

此时，海风、桂平、香云、喜旺、建成等也围了过来。他们在刘清德的安排下，有条不紊地进行着结婚前的准备。

这时，刘树根高兴地说道："今天是海山和秋燕喜结良缘的好日子。首先，我代表海山和秋燕，向所有前来贺喜的亲戚朋友、老少爷们儿表示深深的感谢和敬意。大家都知道，他们两个走到一起不容易。因此，今天的婚礼要与众不同、圆满，留一个美好的纪念，让海山和秋燕他们两个人高高兴兴、风风光光，心里没有遗憾。"

话音刚落，院子里就响起了热烈的掌声和欢呼声。

伴随着众人的欢呼声，海山把秋燕抱上了驴车。秋燕坐在左边，海山坐在右边。刘清德赶着驴车，高兴地啪啪啪地甩着响鞭。

喜旺在驴车前边不停地放着鞭炮，众人围在驴车的左右，孩子们则兴奋得小脸通红。海山和秋燕坐在驴车上，不停地向路边的老少爷们儿招手示意。海风、建成、刘树根等，一边走一边散发着喜糖、喜烟。

就这样，一行人浩浩荡荡地踏上村里的大街。一时间，炮声、铃声、说笑声，还有大喇叭传来的歌声交织在一起，整个村庄都沉浸在欢天喜地的吉庆之中。

今天这样别出心裁的婚礼仪式，在刘庄村还是破天荒的一次。它在给乡亲们带来新鲜感的同时，又增添了别具一格的欢乐。能达到如此效果，刘清德和刘树根功不可没。此时，他们顺理成章地成了人们心目中的智多星。很多人发自内心地向他们伸出大拇指，赞叹之声不绝于耳。

海山和秋燕坐在驴车上，看到两位大叔此刻像两个老顽童一般，感激之情油然而生。此时，秋燕忘记了所有的烦恼和疲惫，开心地接受着人们的祝福。她想，过了今天，自己将正式成为海山的妻子。以后，两个人要相互温暖，去迎接新的岁月。

就这样，刘清德赶着驴车把刘庄村的几条大街都转了个遍。回到海山家时，刘清德和刘树根头上都冒着热气，脸上汗水直流。

然而，这并不耽误他们井然有序地安排着结婚仪式。第一项，鸣炮奏乐；

第二项，拜天地；第三项，拜高堂；第四项，夫妻对拜；第五项，入洞房。

"入洞房"这三个字的话音刚落，一群"热心人"就迫不及待地轰着海山和秋燕往里屋走。有的人的鞋子都被踩掉了，而自己竟浑然不知。刹那间，鞋子被好事者偷偷地捡起来，然后稳而准地砸进了小黑的窝里。

这时，王春妮急忙制止道："今天不能动手，秋燕有喜了。怹这一群货蛋子，都悠着点！"

于是乎，几个原本想浑水摸鱼的人故作正经地把手收了回来，退在一旁，心不甘情不愿地附和起来："都别乱了，秋燕已经有了，晚一天就要生了。"

听着这些话，秋燕和海山不但不介意，反而如释重负。因为要不是有人这么说，你就是喊天喊地，恐怕也难逃一些人的"热情"。

其实，有些人并不知道，自从秋燕来到刘庄，就一直住在刘清德家，她和海山哪有亲密的机会呢？这是他们深情纯洁的约定，是情真意切下做出的坚定选择，是携手奔赴白头的垫脚石。

结婚仪式在欢呼声中结束后，人们激动的心情慢慢地平静了下来。

五十五

中午，暖暖的阳光慈祥地抚摸着大地。

今天是入冬以来难得的好天气。此刻，前来祝贺的亲朋都聚集在院子里，有说有笑地等着喝喜酒。刘树根正指挥几个人忙着安置桌子、板凳。

院子的西南角，临时搭建的灶台火光冲天，高高的蒸笼里冒出的热气正一团一团地往上升。几张大案板上，整整齐齐地摆放着已经调制好的美味佳肴，让人垂涎欲滴。牛肉、牛肚、烧鸡、猪杂、芹菜、腐竹、银耳等等，可谓花样百出，都是人们公认的下酒好菜。几个厨师正忙着展示自己的绝技，连抽烟的时间都没有了。

在刘清德的示意下，海风、海昌、建成、喜旺等，不停地把菜端上酒桌。与此同时，刘树根热情地把在场的亲朋让上桌后，大声地嘱咐大家："今天都不是外边哩，大家都别见外，多动筷子，一定要吃饱喝好！"

刘树根扫视了一圈，院子里十多张桌子坐得刚刚好。于是，他笑着对刘清德说道："清德哥，今天咱俩合计得正好。都知道十月的天是巫婆脸，说变就变。没想到今天老天爷这么照顾，竟然晴得这么好，海山和秋燕真有福啊！

再加上这桌子上的菜，一点都不含糊。现在不仅海山和秋燕，就连咱两个管事儿的脸上也有光。"

今天，秋燕的娘家人一个也没有来。虽然有些遗憾，可也让刘树根和刘清德在礼节上省了些许讲究。待众人都入座后，他们心有灵犀地坐在了万师傅和海山师兄们的酒桌上。

刘树根笑着说道："万师傅，今天俺弟兄俩陪你。天还冷，路又远，你还亲自登门祝贺。我代表海山和秋燕敬你一杯！"

"这样吧，咱们都不是外人，大家一起端一杯吧。"万师傅端着酒笑着说道。

刘树根说道："万师傅，海山和秋燕能走到一起，你可是功德无量啊！他俩会永远记着你哩！"

刘清德接过话茬说道："万师傅，今天俺们能喝上这喜酒，都是你的功劳。你可要多喝点，不能谦虚啊。俺们大家喝多喝少，就看万师傅你的表现了。"

万师傅听这话音，就知道二人在有意将自己的军，于是笑着说道："人家常说，主不食，客不饮。俺们毕竟是从外村过来的，在恁刘庄的地盘上，你们是主人，俺们是客人。酒桌上，哪有客人先喝的道理？你们这两位老兄，可不能把喝酒的权利往外让啊。"

刘树根笑着说道："万师傅，你要说到这份儿上，那我就恭敬不如从命了。这样，在座的先端一杯顺顺喉咙，也算是交了入场券了。在正式喝酒之前，说啥都中。要是喝到酒兴的时候再有意见，我就要学包大人的铁面无私了。谁打破规矩，罚酒三杯！"

一杯酒下肚后，刘树根看没人说话，于是接着说道："既然都没啥说的，那咱就走几口吧！"

于是乎，刘树根拿出了他平时自创的"独门绝技"，美其名曰"刘氏闷倒驴"。他这一招已经辗转了太多的"战场"。谁家娶媳妇、生孩子、盖房子，或者别的什么酒场，只要请他去陪客，这一招多半会"闪亮登场"。

刘树根这么多年一路走来，从年轻时担任民兵营营长到如今的村主任，在当地也算是个有头有脸的人物。蹚过的酒场自然是多如牛毛，说他是酒桌上的不倒翁也恰如其分。总而言之，能把他喝醉的人还真不多见。即使偶尔喝醉了，那也多半是遭遇了别人轮番轰炸的车轮战术，或者当天已经喝过几场了。他的这些"光荣历史"，是刘庄人所共知的。

这时，刘树根把四个杯子一字排开并满上酒，一句话也没说，就干净利索得像小孩子吃奶一样，"咕咚咕咚"一口气喝了四杯。接下来，他给在座的人各自倒了三杯。眨眼间，第一圈酒就这样痛快地结束了。

刘树根招呼着大家吃了一阵，又吩咐喜旺给厨师敬上两包烟，上热菜。很快，辣椒炒肉片、红烧大肠等，都热气腾腾地端了上来。

就在大家大快朵颐之时，刘树根又一次把四杯酒倒满，笑着说道："今天高兴，我每一圈都比你们多喝一杯，一直喝到尽兴为止。"

万师傅听着刘树根的话，顿时也来劲儿了。他盘算着，你用这种办法喝酒，我看你是醉定了。你一圈多喝一两，三圈就多喝三两。我做了几十年木工，喝了不知几大缸了，想把我灌晕还真不容易。我这几个徒弟，对口抽一瓶都是小菜一碟。既然你敢说这话，不把你喝醉还真对不起你。酒逢知己千杯少，俺们就是冲着喝喜酒来的！是骡子是马，咱们拉出来遛遛。不到最后，还真不知道谁躺着出去哩！

接着，刘树根得意地把四杯酒喝起，随之做了个酒杯倒扣的姿势，以示真诚。万师傅见状，毫不犹豫地把三杯酒喝了下去，然后拿起酒杯往嘴巴里滴了又滴，直到一滴不剩为止。

万师傅所有的动作都是在告诉刘树根，你放心，既然你在酒桌上行得端做得正，我们师徒几人也不会做缩头乌龟。他心想，酒桌上也能看出一个人的真实人品，是否值得深交，一眼便知。

"擂台"依然在继续，推杯换盏之间，万师傅与刘树根有了一种惺惺相惜的感觉。不知不觉中，每个人的脸都像红苹果一般。

这时，酒过三巡，菜过五味，刘清德笑着说道："你们先喝着，我去瞅瞅，让咱们的火头军上柳叶肉，该让海山和秋燕给客人们敬酒了。"

万师傅知道这里的规矩，柳叶肉只要端到桌子上，新郎、新娘就要向前来贺喜的亲朋敬酒了。因为今天霍家集没有来人，海山和秋燕敬酒就快捷了许多。敬了一圈后，他们很快就来到了万师傅的酒桌前。

待秋燕和海山把酒杯斟满后，万师傅和刘树根不假思索地端起酒杯，碰得咣当一声，然后仰脖喝了下去。

秋燕敬第二杯的时候，比刚才那杯明显少了很多。她听说过刘树根在酒桌上的豪爽，也知道万师傅为人的仗义。她琢磨着，虽然二人的酒量，兴许在十里八村也找不到几个，可毕竟都是五六十岁的人了，岁月不饶人哪。

两个长辈为自己的婚事儿操了不少心，这份情，她自然记在心里。因此，她实在不忍心看到他们喝醉后那痛苦的表情。然而此刻若不让他们喝，恐怕会显得不太礼貌，弄不好会弄巧成拙。

思考再三后，秋燕笑着说道："树根叔，万师傅，我有句话不知道该讲不该讲。我和海山的事儿，你们二老没少替我们操心。因此，我想让你们先休息一会儿，当一次裁判。趁这个机会，我想和海山坐下来，陪着这几位师兄玩上一阵，不能让他们缺量了。他们几个人一班儿，俺们刚才没喝酒，就两个人一班儿。咱们一起热闹一下，你们看中不中？"

在座的人听秋燕这么一说，高兴地把他们让到座位上。自力笑着说道："你们这个时候来，虽然还没开始喝，但今天是特殊情况，也有情可原。我也不说你们是打晕鸡哩，我就想问一个问题，看你们是不是诚实，同时也验证一下我的水平。"

海山笑着说道："师兄，你咋会问这样的问题哩？和你在一起这么长时间，我觉得我也没做过让你疑惑的事儿啊！无论什么时候，我也不敢对师兄们三心二意啊。你就是让我堵枪眼儿，我也没二话。"

这时，酒桌上的人都向自力投去了好奇的目光。自力笑着说道："今天你们结婚，咋和别人结婚时穿戴不一样啊？"

"自力哥，哪不一样啊？"秋燕笑着说道。

自力回答道："人家结婚，我还没见过哪个新娘头上扎红手绢的，海山兄弟胸前也系了一条和你一模一样的红手绢。别人不是戴一朵大红花，就是系一块红布条。所以，我觉得挺有新意。"

刹那间，秋燕的脸红得像月季花一样。她没想到，师兄会在此时猛然提到这个问题。说实话吧，有点不好意思开口。不说实话吧，一时间还真想不出合理的借口。此时，海山也不知该作何回答，只是下意识地看了秋燕一眼。

停顿了片刻，秋燕大大方方地说道："自力哥，既然你想知道，那我就直说了。今天，俺们戴这两条一模一样的红手绢，是为了纪念那次为海山包扎伤口的时刻。那条红手绢让我们的心走近了。自力哥，这样你就不会觉得奇怪了吧。"

自力笑着说道："秋燕，你做得对，我还真的佩服你们的良苦用心。来！海山！咱们师兄弟几个一块喝了这一杯，祝你们永结同心，白头偕老。"

接着，海山和自力划起拳来，秋燕则在一旁为他们倒酒。

喜旺和海风几个人像走马灯一样，在各个桌子之间来回穿梭。三尖肉、四季丸子、全蒸鸡、焖鲤鱼等等，盘子叠盘子，都摆在了桌子上。人们相聚一堂，共同陶醉在这美好的一刻。院子里人声鼎沸，好不热闹。

此时，桂平正在奋不顾身地大吃大喝。她拿着筷子，一会儿站起，一会儿坐下。嘴被撑得又圆又大，舌头在嘴巴里翻不过身来，嘴角的油顺着下巴滴在了地上。

海风看到桂平这个吃相，于是给她使了个眼色，桂平哪顾忌这些，依旧是狼吞虎咽。接着，她直接伸手把菜端到自己面前，然后从口袋里掏出一个塑料袋，一下子把菜倒了进去。

海风走到跟前，小声说道："你也注意点形象，大家正吃着哩！看有谁像你这样？咋不讲一点规矩哩？就不怕别人笑话吗？"

桂平一听，把嘴里的菜使劲儿地咽到肚里，随手把嘴一抹，眼一瞪，说道："你啥意思？装啥大尾巴狼哩！今天就是请我们来吃喝哩！我们又不是白吃，做这么多菜不让吃，让喂狗哩？要是吃不完，倒掉多可惜呀！你真是狗逮耗子——多管闲事。我吃点菜，我就做错了？走！不吃了！"

随后，桂平提着塑料袋，带着孩子气呼呼地离开了。海风则蹲在一旁抽起了闷烟，他心想，海山本来就没钱，办酒席也是癞蛤蟆趴到鳌子上——硬撑哩！你怎么能像吃绝户饭一样，咋就不想想海山的困难哩！

时间慢慢地过去了，亲朋们陆续离开了，喧闹了一天的院子终于回归了宁静。

此刻，海风和海昌还没有离开。等所有的杂活儿都拾掇干净后，兄弟几个才一起安稳地坐了下来。

这时，秋燕拿过来一瓶酒放在桌子上。她想着，忙了一天了，让他们兄弟几个一起喝点酒，歇一会儿，说说话。

海风说道："这满瓶的酒就不要再开了，事儿办完了，剩余的烟酒还能退给人家，打开了就浪费了。"

秋燕笑着说道："大哥，可别这么说，你和二哥忙到现在还没有吃饭哩，这瓶酒就不要再给俺们省了。"

说话间，海昌从屋角拿起中午喝剩下的两个半瓶酒，说道："秋燕，这儿还有哩！足够俺们几个喝了。"

海山把酒倒上后说道："大哥，你还是把昨天晚上送的二十块钱拿走吧！我也把你的情况都给秋燕解释了，秋燕能理解。你和她国斌哥的处境差不多，俺嫂子给我送个被单，我就知足了。你又送来二十块钱，万一让俺嫂子知道了，她会和你拉倒吗？我知道你心里替我着急，但这样做，完全没这个必要。"

海风说道："海山，只要你不说，恁嫂子她啥时候也不会知道。我看见你这么难，只给你拿个薄被单，心里有愧呀！"

海山说道："大哥，不要想那么多了，你给我帮的忙已经不少了，我会慢

280

慢好起来的。至于欠人家的账，总有一天，我会还完的。往后，你千万不要再背着俺嫂子做这样的事儿了，恁俩不能再生气了。"

这时，秋燕走了过来，劝道："大哥，你就把钱收下吧！等哪一天俺们用钱了，再让海山去拿，你就别推辞了！"

听秋燕这么说，海山的嘴唇不停地颤抖着。他没再说什么，无奈地把钱装进了口袋里。

海风惭愧地说道："两位兄弟，恁哥我没脸说啊。咱爹走时把家里的担子交给了我，我虽是大哥，可心里一天也没踏实过。大姐出嫁后，二弟结婚，妈妈去世，三弟结婚。很多事儿，我都没尽到一个大哥应尽的职责。"

说到这里，泪水顺着海风的脸颊流了下来。他抽了一口烟，继续说道："都说长兄为父，我却连基本的兄弟情义都没有顾到。以前的事儿虽是过去了，但这么多年，这些事儿就像一块块大小不等的石头，压得我心疼啊！今天三弟结婚，走到这一步多不容易呀！竟然只送一个薄被单，我就是说得比鳖蛋还光，又有什么用呢？我对不住死去的爹妈，更对不住兄弟姊妹。"

海昌看到大哥如此难过，说道："大哥，你不要自责了。兄弟伙的，谁也不会怪你。俺们知道你的难言之隐，这都是命。就俺嫂子那脾气，搁谁头上也没招，你不要和她较真了。生成的骨头，长成的肉。她就像那朽木头一样，不可救药了。为了两个孩子，你就忍一下吧，往后不要顾虑那么多了。无论啥时候，你永远是俺们的大哥。"

秋燕在一旁听着他们的话，看着海风失落的神情，禁不住想起自己有相同遭遇的大哥国斌。想起国斌哥年轻时，也是家里的希望和骄傲，父母心中的定海神针。虽然算不上一表人才，却也早早地承担起家里的重任。然而自从国斌哥结婚后，脸上的笑容便慢慢散去了，整个人失去了以往的活力，变得少言寡语，家里和睦的气氛也不复存在了。一开始，大哥和嫂子三天一大吵，两天一小吵。久而久之，彻底没了争吵。国斌哥从此一蹶不振，嫂子也成了现在肆无忌惮的无恐状态。

秋燕心里想着，看来一个女人在一个家庭中是多么重要啊！自己虽不能与别人相提并论，但也有信心和海山一起，让这个家变得其乐融融、蒸蒸日上。贫穷的时候，就像驾着一艘空船冲进人生的大海，只要两个人同舟共济，抗过艰辛的岁月，定能满载而归地到达彼岸。到那时，再回过头来细细品味，心中该是多么欣慰呀！即使现在很富有，如果不劳而食，终会坐吃山空，就连深厚的感情恐怕也会随着岁月的流逝消耗殆尽。

对于秋燕和海山来说，今天是疲惫的一天，更是幸福的一天。前来闹喜的人，一直闹到深夜才离去。待家中平静下来后，二人很快就睡着了，所有的美好都被带进了梦境里。

一个人的想法不一样，结果就不一样。当你没有付出任何努力，只想着索取的时候，最后的结果注定是残酷的，也是不可逆转的。

五十六

天越来越冷，豫东平原迎来了入冬以来的第一场雪。白色的精灵在无风的天空中悠闲地飘着，飘到了人们的脸上，凉凉的。

很快，整个大地都白了起来，一切都变得安静了。踏在雪上，能听到微弱的沙沙声。刚踩下的脚印，很快就被源源不断的雪花填满了。

此时，庄稼人大都闲暇地猫在家里。人们祈祷着，老天爷，你最无私，使劲儿下吧，给小麦盖一床被子吧。等来年大丰收，一定蒸一大锅白蒸馍，敬你！

自从海山和秋燕结婚以来，家里好像俱乐部一般，无论白天还是晚上，来家里串门的人都络绎不绝。

有人问秋燕："你家整天来这么多人，闹腾得乱哄哄的，你就不烦吗？"

秋燕乐呵呵地说道："你们不吃俺的，不喝俺的，还给俺们带来快乐，我怎么会烦呢？整天热热闹闹还避邪气儿哩！说不定，你们还给俺们带来财气儿哩！人家不是说吗？有人气儿就有财气儿。"

人们被秋燕幽默的话语逗乐了，都说秋燕气量大，温柔善良，言谈举止就是和别的女人不一样。

晚上，人们都离去以后，海山对秋燕说道："秋燕，我心里在想，在家闲着也是闲着，我都耽误这么长时间了，明天我想找师兄做木工活儿去，挣点钱过年。眼时，我先不去霍家集。现在离春节还有一段时间，你在家好好休息一下，我就不陪你了。"

秋燕说道："其实，我心里不想让你去，咱两个在一起免得孤独。可是没钱也不中啊，咱还欠着别人的钱哩。我也在想，等你挣了钱，开春后买两头小猪。我在家喂着，等小猪长大了，留一头母猪扎下本钱，到秋后就能生一窝小猪。你没听人家说吗？养猪养母猪，娶媳妇娶大屁股。"

说到这里，秋燕不好意思地扑哧笑了一声，继续说道："再再买一只小羊羔。等明年，大猪生小猪，大羊生小羊，那时咱院子里肯定热闹。过不了两年就可以把欠的账还完了，弄不好还有剩余呢。如果咱们有了剩余，别人遇到事儿时，咱也借给他们，弥补一下人情，也算是给自己积点德。"

这时，海山高兴地把秋燕搂在了怀里，说道："咱不能光想着养猪养羊赚钱，不能让你累坏了。我还要把你养好，让你给我养人哩！你可是我一生中扎的最大的本钱，是我最大的希望。"

秋燕笑着说道："种瓜得瓜，种豆得豆。你扎的本钱大，收获就大，我不会让你赔本的。我要像那卡车一样，一个车头拉两个车厢，一胎给你生两个。以前你是一张嘴，一年不到，我让你一张嘴变成四张嘴，也省得计划生育罚款了。都给你要着吃的时候，你就该发愁了。"

海山笑着说道："秋燕，你放心！你就是一胎生两个，我也养得起，我有的是力气。只要有你在，就有阵地在。只要阵地在，家就在。咱俩没有相见的时候，我只有两间土墩房。一个人吃饱，全家不饿。自从你来后，土墩房很快就变成了瓦房。以前是破庙没神，现在是新庙新神。人常说，娶媳妇如安神，这都是你给我带来的福啊！"

海山越说越激动，把秋燕搂得越来越紧，继续说道："秋燕，明天雪停了，我就出发。这个冬天，你好好在家休息。我出去干一段时间，挣了工钱，到春节买些礼物，去霍家集看看咱爹咱妈。"

秋燕也高兴地说道："海山，你就放心走吧！去了安心做事儿，不用挂念我。我觉得咱俩在最穷的时候走到一起，心里还踏实些。"

海山说道："秋燕，你放心！无论我走到哪儿，你都是家里的积水缸，我是挑水桶。我会把出去挣的钱都交给你，现在我终于找到了家的感觉。"

两个人你一言我一语地编织着未来的蓝图，许久才进入甜蜜的梦乡。

下了几天的雪终于停了下来，人们一大早就起来清理着自家院子里和门前的积雪。海山早早地就把院子里的雪打扫干净了，因为他吃过早饭后就要出发了。

早饭后，秋燕把被子和海山换洗的衣服都装在蛇皮袋里，并嘱咐海山："千万要注意身体，啥时候想家了就回来，我在家等着哩！"

海山默默地点着头，把行李绑在自行车上后，就推着车走出了家门。秋燕一边嘱咐着，一边跟着他来到了门口。小黑也站在一旁，歪着脑袋，深情地望着海山。

海山一只手扶着自行车，一只手抚摸着小黑，笑着说道："小黑，我要出去了，你别再跟着了。现在秋燕是咱家的主人，她会让你吃饱喝好。你要听话，把咱家守好。以前，你和我相依为命，往后再不用东奔西跑了。"

小黑似乎听懂了海山的意思，摇着尾巴，对着海山"汪汪汪"地叫了几声。

海山对秋燕说道："秋燕，回去吧，照顾好自己。我挣钱回来，一定给你买一双厚棉鞋，再不让你冻脚了。"

秋燕揉了一下酸溜溜的眼睛，笑着说道："海山，你就放心走吧！"

此刻，海山心里想着，有个老婆多好啊！今天出门，才知道恋恋不舍是什么滋味。还没走几步，心里就盘算着回家的那一天呢。有人牵挂，真幸福啊！

当海山走到大街拐弯处时，忍不住扭过头来。他惊讶地看到，秋燕和小黑依旧站在寒冷的雪地里，秋燕正用手举过头顶，不停地向他挥舞着。一瞬间，他思绪万千，热泪不停地在眼眶里打转。于是，他停住了脚步，用手疯狂地示意着，外面冷，回家吧！

时间一天一天地过去了。第一场雪还没有完全融化，第二场雪又不停地下了好几天。

每一个夜晚，秋燕一个人躺在床上，心里总觉得空荡荡的。她觉得自己和海山像牛郎织女一样煎熬，盼望着相聚的那一天。每熬过一天，她就在心里深深地画上一道。

她记得清清楚楚，海山离家已经一个月零八天了。这期间，两个人已经托人捎了三次消息，相互述说着平安。海山捎信儿说，想多挣些钱，一天也不想耽误。最近师兄接的活儿多，人家在春节前着急用呢，晚一天把活儿干得差不多了就回来了。秋燕捎信儿说，自己一切都好，让海山安心，干活儿时要注意安全。

然而就在前几天，秋燕突然感觉身体有些不适，连续呕吐，饭也吃不下了。于是她急忙向秀花问个明白。

秀花笑着说道："秋燕，你应该是怀上了，和我以前的症状基本一样。往后你可要注意身体，冰天雪地的，不要摔倒了，买点可口的吃。不行让海山哥回来伺候你一段时间，到镇上医院检查一下。"

秋燕笑着说道："你这样一说，我就放心了。怀孕而已，哪有那么矫情？我只是没想到，这么快就要当妈妈了。"

其实这几天，秋燕就没有吃一顿饱饭。有时就是想换点口味，无奈家里已经没有钱了。她想，要是现在让海山回来，不但耽误挣钱，还多一个人发愁。钱是不能再借了，欠的账已经够多了。咬咬牙，总能挺过去的。没有苦中苦，哪有甜上甜呢？她安慰着自己，受着点吧！等将来好起来了就中了！

春节前，天气依旧十分寒冷。自从离开刘庄，海山一趟也没有回家。平日里，他忍受着思念秋燕的煎熬，一种度日如年的感觉萦绕在心头。晚上睡不着觉的时候，他安慰着自己，分开只是暂时的。多挣点钱，给秋燕买双鞋，再买件新衣服，穿得体面一些。今年如果能到霍家集走亲戚的话，一定多买些礼物，让霍家集的人看看，这个准姑爷脸上也有亮光，秋燕找的人不是一个窝囊废。

海山收工那天是腊月二十六，他拿到工钱后，立刻就把工钱装进了胸前内衣的口袋里。冰凉的人民币紧贴着胸脯，只一会儿的工夫，就暖得热乎乎的。

一切收拾停当，他高兴地骑着自行车向家里飞驰而去。在路上，他碰到了很多赶集的人。年关时，赶集的日子已经不像平常那样固定了。为了买年货，集镇上每天都是人山人海。即使在这样寒冷的天气，男女老少也都会穿上体面的衣服到集镇上逛上一圈。大街两旁，卖花的、卖鞭炮的、卖大肉的、卖干菜的、卖衣服的等等，各种各样的商品琳琅满目、应有尽有。这年头，物质不再那么匮乏，什么都可以买到。

海山在集镇上扫了一眼后，便决定回家了。他想给秋燕买件衣服，可又担心衣服的大小不合适。于是他决定回到家后，带着秋燕一起来转转。想到这里，他情不自禁地用手摸了摸口袋里的工钱，随后高兴地骑着自行车离开了集镇。

离很远，海山就看到秋燕站在家门口张望。小黑看到海山后，迫不及待地冲了过来，摇着尾巴，用爪子来回地挠着他的裤腿。

此时，海山脸上汗水直流。他推着自行车，喘着热气儿，很快就来到了家门口。秋燕伸手就要从海山手里接过自行车，然而海山笑着说道："秋燕，行李有点重，还是我自己来吧！"

进屋后，秋燕急忙拿了条毛巾递到海山手里。海山擦着汗，看看秋燕，又扫视了一下屋子，高兴地说道："这种感觉真亲切啊！想起我第一次离开家回来的时候，家里已经没了我的立足之地，简直成了老鼠的天堂，当时的心情是那么失落、无助。"

秋燕笑着说道："海山，你歇会儿吧！别再想那些不愉快的事儿了。只要有我在，别说是老鼠了，啥妖魔鬼怪也不敢来。"

不一会儿，秋燕就把一碗热气腾腾的面条端了过来。

海山说道："秋燕，往后就不要给我端了。咱两个肩膀一样高，你这样做，我要遭罪的。两口子一起生活，就是搁伙计，都不要摆架子，要用心才是。浇树浇根，交朋友交心，何况是两口子哩！"

秋燕说道："你整天在外边做活儿，我在家歇了这么多天，啥事儿也没做。给你端一碗面条，还不应该吗？你看你热得，头上还冒汗哩，我伺候你是应该的。我也是在养活我自己，把你伺候好了，你才能多挣钱，咱这个家才能过得舒坦。"

接着，秋燕又把腌好的绿蒜端了过来。

海山笑着说道："秋燕，这是谁给你的绿蒜？腌得这么好？"

秋燕说道："这是清德婶子给我的蒜，我买了一瓶醋，自己腌的。"

海山说道："原来你还有这一手啊，吃面条时就着绿蒜，味道好着哩！"

海山叹了一口气，继续说道："这些天没挣多少，俺们在那一家做坏了一件家具，他们不但不给工钱，还让俺们赔他们钱。这样下来，俺们师兄几个人白忙活了几天。"

说着，海山遗憾地把口袋里的钱掏出来一半递到了秋燕的手里。秋燕接过钱后，高兴地说道："还热乎着哩！"

她把钱放到鼻子上闻了一下，说道："海山，上面还有你的汗气儿哩！你挣得还不少哩！过年买东西就不用借钱了。"

秋燕说道："海山，你心里可要想开点，不要往心里去。常在河边走，哪有不湿鞋的？往后干活的时候，多操点心就是了。主家要求得严，你们的手艺也提高得快，也不见得是坏事儿。过了春节，挣钱的机会有的是。"

其实，海山是有意逗着秋燕玩哩！他没想到秋燕会这样知足，不以为意。随后，海山笑着把口袋里剩余的钱都掏了出来，说道："秋燕，没想到你这么坦荡。"

秋燕说道："海山，你要记住，我永远是相信你的，无论是真话还是假话。古人早就说过，嫁鸡随鸡，嫁狗随狗。无论什么样的女人，生活在哪一个阶层，都要像演员一样，演好自己的角色，做好自己分内的事儿。嫁给做官的当娘子；嫁给杀猪的翻肠子；嫁给打铁的烧炉子；嫁给唱戏的拉弦子；我嫁给你这个种地的，我就跟着你给地球刮胡子。夫唱妇随，齐心协力，才能把这个家过得有声有色。要是你心里没有我，就是整天把你拴在裤带上，像尾巴一样插在你的屁股上，又有什么用呢？现在咱虽然没钱，但我也不会把你当成挣钱的工具。啥时候也不能一口吃成个胖子，一切都是从零开始。"

海山笑着说道："秋燕，你说错了，咱们不是从零开始，是从零前边的负数开始。因为咱们还欠着别人的钱哩！把钱还完了，那才是从零开始。秋燕，你放心，你能不离不弃地跟着我这个吃住都是别人帮借的穷小子，我怎么会骗你呢？我要是骗你，我不就成一个彻头彻尾的大浑蛋了吗？"

秋燕笑着说道："抓紧吃吧，再不吃就凉了。"

海山说道："秋燕，我还没说完哩！快过年了，下午咱俩去集镇上转转，给你买双鞋，再买一件毛衣，一件裤子，你穿上也美气美气。"

秋燕说道："这钱不能买衣服，要攒起来。买点年货就行了，我想等开春后买两头小猪，明年把账还一下。这可是咱们的本钱哪，还是省着点花。"

正说着话，秋燕突然干呕了几声，霎时，脸色一片焦黄。海山见状，急忙把碗放下，站了起来。他抚摸着秋燕的肩膀，惊慌失措地说道："秋燕，你这是咋了？生病了吧？你先躺床上，我去找半仙叔给你看看。"

秋燕捂着胸脯说道："我没事儿，这几天好多了。我前天给秀花说了，她跟我说，我是怀孕了，这是正常反应。过一段时间就会慢慢消失了。"

海山一听，差点跳起来。他激动地说道："秋燕，你说的是真的吗？你不会骗我吧？我一看到你，就觉得你瘦了。我只顾吃饭了，也忘了问你了。"

秋燕说道："看把你激动的。多一口人多一张嘴，就要增加一份负担，你不怕吗？"

海山笑着说道："我高兴还来不及哩！秋燕，往后你就不要干活儿了，好好养身子，做饭洗衣有我哩！"

秋燕说道："怀孕有啥大惊小怪哩？普天下的女人都是这样过来的，又不是我自己，哪有恁娇气？这轻来轻去的活儿，我还是能干哩！"

海山说道："秋燕，你听我的，我先把碗刷了，等会儿我带你到集镇上赶个晚集，把年货买回来。"

秋燕说道："海山，你自己去吧！我不想去了，你把碗放这儿，我来刷。一个大男人整天围着锅台转，那样不好。如果你整天这样做，也会把我养成懒惰的坏毛病。你在外面累了一个冬天了，回到家应该放松一下。我在家整天没事儿做，给你做做饭，心里还好受些。我把你养好了，这个家才能过得幸福哩。"

说着，秋燕便把海山手里的碗要了回来。一时间，海山也不知说什么好了，只是束手无策地站在那里看着秋燕忙活着。

五十七

午饭后，刘清德甩着响鞭，赶着驴车拉着王春妮来到了海山家门口。当噼里啪啦的声音传来时，海山和秋燕还没走出家门，就知道是刘清德赶着驴车过来了。

王春妮叫道："秋燕，走，坐俺的驴车赶个晚集去。再不去，就留年这边了。"

秋燕笑着说道："婶子，我不想去，让海山和你们一块去吧！"

海山拉着秋燕的手说道："秋燕，走吧！正好也是个机会，趁清德叔的驴车，我也不用骑车带你了。"

刘清德"嘿嘿"地笑着说道："秋燕，赶紧过来吧！我是有意叫你哩！自从你来到刘庄，你一趟也没去过集镇哩。海山也回来了，到集镇上，让海山给你买一件新衣服。等春节去霍家集走亲戚，也让海山有点面子。"

秋燕笑着说道："清德叔，你咋不给俺婶子买新衣服呀？"

刘清德笑着说道："你放心，今天我一定给恁婶子买一件。你是不知道，我领着恁婶子往商店、自由市场里跑好几趟了，把腿都跑抽筋了，也没找到合适哩！你看恁婶子的身材，越来越不讲究，像那带夹的三节屎壳郎一样，集镇上都找不到她这号哩。我就是有钱也花不出去，俺俩无论到哪个摊位上看衣服，老板都是离很远就把俺俩支走了，怕恁婶子影响他的生意。我这一辈子咋恁瞎眼哩，弄帖狗皮膏药粘身上了。这一粘就是一辈子，你说我冤不冤？"

王春妮不依不饶地笑着说道："你自己老鳖一不承认，还说我的毛病哩！我年轻的时候，长这个样儿吗？当时要和我见面的人打听我时，都问村花家在哪儿住哩。你不会忘了吧？那时候你托媒人去俺家提亲，去了多少趟，我也记不清了，每次磨叽到半夜还不走哩。那地上的烟头子，用扫帚扫一下，能扫半篮子。一开始，第一个媒人去了，我不愿意。后来你又托一个媒人，说你得了相思病，非我不娶，要是我不愿意，你就准备上吊、喝药哩。我听媒人一忽悠，心一软，就答应了。到结婚请客时才知道，原来说媒的那两人，一个是恁大姨夫，一个是恁二姨夫，怪不得跟恁一心。"

王春妮有鼻子有眼地讲着年轻时的往事儿，仿佛一下子回到了几十年前的时光。刘清德在一旁笑着挠起了头，听得津津有味。

秋燕笑着说道："清德叔，现在你嫌俺婶子了，那你当时还托恁两个姨夫轮流去求婚，这不都是你自找的吗？"

刘清德笑着说道："傻媳妇，你咋信恁婶子的话哩？她说的一点影儿也没有。恁婶子是吃芦苇拉席片——现编哩！在编圈骂恁叔哩！她给恁说，俺两个姨夫上她家提亲。你打听一下，我连一个姨夫也没有。还说自己是村花，她美气得不得了哩！你们看看她现在的模样儿，不是恁叔有个菩萨心肠，怕她在娘家住成老闺女，别说就她这狗尾巴花，就是玫瑰花，也早打蔫了。如今她不但不领情，还把我忘了。我要是和她一般见识，早就让她屎壳郎搬家——滚她的臭蛋了。"

王春妮笑着说道："你别熊能了！小心小黑驴踢你一脚！秋燕，赶紧坐车走吧，去买年货去。"

秋燕笑着说道："中，我也到集镇上玩玩去。"

就这样，几个人一块说说笑笑地出发了。秋燕说道："婶子，我看俺叔恁俩也不是很富有，但过得就是很快乐。"

王春妮笑着说道："人活着不是才富有只有开心，只要两口子诚心诚意，就是穷点也会开心。人要是整天开开心心的，干啥都有劲儿，日子总会好起来的。一旦生气，就要得病了，看病就要花钱。最后，人财两空的大有人在。开心是一天，不开心也是一天，为啥还要生闷气呢？"

王春妮看了秋燕一眼，继续说道："秋燕，我给你说的都是大实话，穷也要穷个快乐。你看恁叔俺俩，别的不说，就是身体倍儿棒，吃嘛嘛香，吃嘛嘛甜。俺俩要不开两句玩笑，心里还真痒痒哩。两口子在一起，最不应该的就是，一点不开心就挂在脸上，恨在心里。就算生点气，到了晚上，往床上一躺，什么事儿都没有了，夫妻哪有隔夜仇啊！无论什么时候，女人都要看得起自己的男人，男人也不能对自己的女人骂骂咧咧。谁也不能把对方当成出气筒，得饶人处且饶人。"

秋燕和海山听着王春妮的话，不停地点着头，心里琢磨着，没想到清德叔两口子平时说话没边没沿的，今天猛然听婶子这么一说，还真藏着大智慧哩！怪不得秀花整天那么开心，就是想生气也找不到理由啊。

眼时正是寒冬腊月，驴蹄噔噔噔地踏在被冻得硬邦邦的路面上。此时，秋燕心里有说不出的喜悦。因为长这么大，她很少到集镇上逛上一逛。看着路上提着年货的行人，她觉得周围的一切都是那么新鲜。

一时间，她忘记了寒冷，忘记了曾经的苦涩。她盘算着，年货置办完以后，给海山买一件新衣服，过年的时候也体面一回。而自己不常出门，买不买新衣服也无所谓。

很快，几个人就来到了集镇上，刘清德把驴车赶到集镇边上一个亲戚的院子里。因为临近春节，大街上赶集的人比肩接踵，驴车根本过不去。即便是单枪匹马，行走起来也相当困难。不过这种场景对于"三只手"们来说，显然不算坏事儿。因为他们正好趁着人多，想多搞几单生意呢。

刘清德说道："海山，你和秋燕一起转转吧。恁婶子俺俩一块去，这样不耽误时间。你们不用慌，东西买齐了，还到这儿集合，不见不散。"

此刻，海山像个保镖一样，拉着秋燕的手走在喧嚣的大街上。他下意识地避开拥挤的人群，生怕秋燕出现一丁点闪失。

海山说道："秋燕，过年哩！咱们第一次去霍家集走亲戚，你连一件新衣服都没有，街坊邻居笑话不说，爹妈看了也会担心的。人靠衣裳马靠鞍，咱就是少吃点肉，也要买一件新衣服。肚子里吃什么，别人看不见。可衣服是人的脸面，它不光保暖，很多时候就是让人看的。人活在世上，还是需要点面子的。偶尔装一回大尾巴狼，也未必不可，有头发谁愿意装秃子哩！"

秋燕说道："海山，你说的我懂。可人要面子活受罪啊，咱还欠着别人的钱呢。我穿上新衣服，就是人家不说，我心里也不踏实。"

海山说道："秋燕，咱借的钱，你别放在心上。借给我钱的都是知根知底的，他们都知道我的脾气，不会找我要账，也不会在背后说三道四。明年挣钱了，慢慢还就是了。"

在海山的再三劝说下，秋燕终于同意给自己买了一双棉鞋，又买了一件红颜色带有图案的外套。当她要海山也买一件时，海山坚决推辞说，自己做木工活儿的，就是新衣服肯定也穿不干净，晚一天再说吧。

他们转悠了一圈，买了对联儿、鞭炮，割了几斤猪肉，又给大哥、二哥的几个孩子买了鞭炮还有水果糖。海山还特意多买了白酒，他计划着，给刘清德和刘树根每人送去两瓶。他想，就是手头再紧，也要孝敬这两位老叔。不但现在，以后每年都应该这样。无论到什么时候，人都不能忘本。

秋燕说道："海山，难得你有这个心。咱自己即使不吃不喝，我也支持你这样做。人要是没血没肉的，总是欠着人情账，永远都过不好。"

快出集镇的时候，海山打算去买几样下酒菜。他准备晚上把几个兄弟请过来说说话。这么长时间没见了，刚好趁着过年的机会，一起喝上几杯。

秋燕说道："海山，买下酒菜就买些实惠的，都是自己人，不要光看着好看。"

海山轻轻地拍着秋燕的肩膀，笑着说道："秋燕，咱俩想到一块了。兄弟朋友共事儿也是一样，实实在在最好。谁都有遇到事儿的时候，到时能伸出一只手，或者说一句安慰的话，也就足够了。"

接着，海山把牛肉、羊杂、烧鸡等买了回来。此时，在两个人踊跃发言的探讨之下，年货的置办已到了尾声。

海山用两个蛇皮袋把买好的东西往里一装，然后对秋燕说道："秋燕，咱回去吧！别让清德叔他们等急了。"

秋燕说道："来，我背一袋。"

海山笑着说道："那可不行，我又不是拿不动，要不你要我干啥哩？你还怀着孕呢，照顾好自己就行了。再说了，你就是没怀孕，只要有我在，也不能让你背呀。"

说罢，海山一只手背起两个蛇皮袋，一只手搂着秋燕的肩膀向约定的地方走去。秋燕开心地跟在他的身边，然后一只手偷偷地托着蛇皮袋的底部，生怕被他发现了似的。

五十八

这段时间，王有轩老两口每天睁开双眼，看到的只是白茫茫一片。由于天寒地冻，他们很少能和邻居爷们儿见上一面，平时连个聊天的人都找不到。表面上看是清静了，但心中却愈发孤独了。

老两口想着，马上过年了，是不是让女儿和女婿来霍家集认认门呢？虽然心里还怕别人揭过去的伤疤，可女儿出走的事儿毕竟过了这么长时间了，早就不像以前那么敏感了。再说了，女儿已经结婚了，总不能等到抱外孙那一天再来吧！

话虽如此，可这件事儿仍然是让老两口左右为难的一块心病。他们日思夜想，最终也没能拿定个主意。村子里此起彼伏的鞭炮声，让他们对女儿的思念越来越浓。

一想起女儿结婚时，霍家集没一个人到场，甚至出嫁时连一根针线都没带上，老两口心中就像被虫子钻满了一般，眼睛不由得酸溜溜的。有时，他们也会试着安慰自己，女儿在自己身边受委屈时，自己不也是无可奈何吗？不管怎么说，女儿的生活终于走上正轨了，这样的结局也不错。虽然自己现在没能力帮女儿做点什么，但也不会成为女儿的负担。至于女儿以后是享福还是受罪，就要看她自己的命了。

几天前，万师傅在收工的前一天晚上，又禁不住来到了王有轩的菜地，二人坐在一起喝了几杯。

在喝酒时，万师傅劝说王有轩："不要把事情弄得太僵，这都啥年代了，别再用老思想看问题了。要随年吃饭，随年穿衣，跟着时代走。恁老两口在霍家集想闺女，秋燕在刘庄想爹妈。心里的痛只有自己知道，再亲再近，谁也不会替你们受着。心病纠结得时间长了，会得大病哩！到那时，可真是花钱买罪受了。要知道，羁人损财，羁牲口损力。再说了，你那女婿不错，你们应该高兴才对哩。"

海山回家后的第二天下午，就和秋燕一起去了秋燕的小姨家，把准备去霍家集走亲戚的事儿同她讲了一遍。对于此事，秋燕的小姨和姨夫表示非常赞同。

秋燕伤心地对小姨说道："小姨，如果俺爹同意俺俩去霍家集走亲戚的话，俺俩把东西都带着，别让他再另外买了。这么多天没见他们，也不知道他们怎么样了。我很想他们，可又担心俺爹转不过弯来。"

随后，秋燕的小姨一刻也不敢耽搁，马不停蹄地来到了王有轩的菜地。本来她还想着怎么去做通王有轩的思想工作，可她刚说上两句，王有轩就立刻答应了。

王有轩心想，做一个决定，好像并没有想象中那么难。听秋燕的小姨一说，老两口心里终于踏实了，所有的烦恼都烟消云散，专等着初二那一天的到来。

大年初一晚上，海山来到喜旺家，对喜旺说道："喜旺，我想让你赶着驴车跟我一块去霍家集走趟亲戚。头一次认亲，我心里有点不踏实，总觉得自己理亏。你跟我一起去吧，还能给我壮个胆。万一遇到什么事儿，也能帮我出个主意。"

秀花高兴地说道："喜旺，跟海山哥一起去吧。你操点心，海山哥是头一次到霍家集。你说话要谨慎些，不要像三杆枪打兔子——没个准头。本来是帮忙哩，别到时候再帮个倒忙，收不了场。"

喜旺"嘿嘿"一笑，云淡风轻地说道："秀花，你别挂心了。到那儿以后，俺俩见风使舵。要是秋燕的嫂子敢不三不四说些什么，大不了赶着驴车，连人带礼物原路返回。"

海山笑着说道："秀花，你放心吧！俺弟兄俩在一起，就是再难办的事儿，也难不倒俺俩。"

大年初二这一天终于到了。秋燕穿上了海山给她买的新衣服、新鞋子，把特意给王有轩老两口蒸的大白馍放到竹篮里，又把早就给小宝备好的压岁钱装进了口袋里。她和海山计划着，再到集镇上去买些礼物。

这时，喜旺赶着驴车来到了海山家门口。海山随手抱了一条被子放在驴车上，然后让秋燕坐在上面。

出发前，刘清德吩咐道："今天虽是个高兴的日子，但驴脖子上不能挂铃铛，到霍家集更不能甩响鞭，把动静搞小一点，直接从村南边到王有轩的菜地。"

因为上次去霍家集商量事儿，刘清德被素枝闹腾得头昏脑涨，现在心里还憋屈着哩！如果素枝再上演上次的闹剧，他担心喜旺年轻气盛，控制不住自己。万一闹腾起来，就不单单是让别人看笑话那么简单了。显然，刘清德这样安排，也是自己深思熟虑后的决定。

刘清德最后嘱咐道："喜旺，海山，恁俩见了秋燕的爹妈后，如果没啥事儿，就快去快回，免得夜长梦多。碰到秋燕的大嫂，不要和她一般见识。她只要不骂人，说的话再不中听，也要忍一下，尽量好鞋不踩她的臭屎。"

海山说道："清德叔，你放心，俺俩记住了。"

初二这天，走亲戚的人特别多。整条乡间大路都被骑自行车的、赶车的、步行的等等，塞得满满的。人们都穿着新衣服，看起来喜气洋洋。拿的礼物差不多都是白蒸馍、圆包子、果子等等。

家庭条件好的人家一看便知，大都是那些端着公家饭碗的人。他们脚蹬着明晃晃的皮鞋，身上的衣服有角有棱。说话时品着雅调，文绉绉的。讲起故事来，可谓是天南地北、云天雾地。他们是人们公认的"天下知"，口袋里常常装着几包带过滤嘴的香烟，来彰显自己的身份。让烟时的动作，往往也别具一格。先打开烟盒的底盖，用手指轻轻地往外一弹，美其名曰，讲究卫生。

相反，庄稼人是不会顾忌这些的。即便你手上沾有油灰，只要随手把烟大大方方地掏出来，人们也会抬举你。否则就会有人当着你的面说，别要花架子，把烟扔过来，我替你让。在人们眼中，这是逢年过节，姑爷去老丈人家时必须注意的细节。

几个人一路上说说笑笑，很快就来到了集镇上。海山买了两箱白酒，几斤牛肉，两只烧鸡，一块猪肉和一些下酒菜等。

喜旺对海山说道："海山哥，今天和平时不一样啊。你是第一次去霍家集走亲戚，咱们虽然穷，但也别让霍家集的爷们儿看不起，在背后说你奸。要不买两条带过滤嘴的烟吧，故意走在人多的地方，见了人就让一下。谁脸上也没刻着穷富，有时候该装也得装，关键时候装一回也不见得是坏事儿。再说了，咱买烟的钱又不是偷人家的。用烟堵住他们的嘴，省得一些人狗眼看人低。"

海山笑着说道："你说得也是，喊你一块来真是对着哩。"

喜旺继续说道："海山哥，你也知道，每个村都有几个不是人的人，整天啥事儿没有，就喜欢在背后叽叽歪歪。但是这些人，往往还真的得罪不起。有时候，一根烟的利益就能起到不可估量的作用。他们只要吸上你的烟，马上就说你好。怕有鬼就越有鬼，你要是躲着走，他们就是骂你还不解恨哩！更有添油加醋的，说你一身扒墓旋。"

秋燕觉得喜旺说的话也有几分道理。她想，不管怎么说，自己毕竟是私自离家的，早已站在了舆论的风口浪尖。虽然自己在霍家集从没干过什么损人利己的事儿，但今天和海山是第一次来娘家走亲戚，还是要顾及一些口碑的。即便不为自己，也要替爹妈想一下。

秋燕对海山说道："海山，就照喜旺说的做吧，买两条好点的烟。到霍家集时，也和爷们儿们打个招呼，说几句客套话，说不定能化解他们对咱们的误解呢。"

素枝几天前就打探到王有轩已经允许海山和秋燕上门认亲了，然而她并不清楚海山和秋燕具体的上门时间。

她合计着，只要允许海山来认亲，初二这天肯定是个不二的选择，并且动静不会太大，更不会找亲戚朋友来作陪，很可能是走走过场而已。但有一点可以确定，海山和秋燕第一次来，肯定会拿不少礼物。这个千载难逢的好机会，绝对不能错过。不说见面分一半吧，肯定也不会少给。还有，要是给小宝的压岁钱少的话，我不在大街上吆喝他们两口子是尖头杵子才怪哩！

于是乎，素枝就这样数星望月，整天急得像狗过不得河一样，念叨着初二这一天赶快到来。

初二一大早，素枝就拿着馍夹菜来到了村外，一边啃着，一边朝王有轩的菜地望了又望。

国斌说道："素枝，时间不早了，咱也该走亲戚了，不能再磨叽了。他们就是来，也不一定是今天哪。"

素枝不耐烦地说道："你慌啥哩！再等一会儿。"

"功夫不负有心人"，经过焦急的等待后，素枝终于看到了自己梦寐以求的"宝藏"。

此时，喜旺正赶着驴车带着秋燕走在霍家集的大街上。海山则跟在后边热情地给路边的爷们儿们让着烟。很多人在心里不由自主地为海山竖起了大拇指赞美说，这人走起路来四平八稳，看着就有一把力气。言谈举止稳稳当当，穿衣打扮也不是花里胡哨的，肯定是个当家立事的主。能拿这烟，就说明他不是个老鳖一。秋燕真有福气啊，找了个这么好的小伙！

秋燕高兴地向霍家集的爷们儿们打着招呼。熟悉的面孔，温暖的话语，亲切的问候，都围绕在身边。这种场景让人倍感熟悉，但又好像是梦境一般。这一刻，秋燕仿佛回到了从前，眼眸里不停地闪着泪花。

周围的赞叹声不绝于耳，海山和秋燕悬着的心总算着陆了。没想到，今天竟然如此风平浪静。原先想着，人们见到他们之后，也许会躲得远远的，甚至一些破嘴娘们儿，会说些不三不四的话。

告别路边的人群后，几个人便向王有轩的菜地走去。此时，王有轩老两口正站在地头仰首眺望。离很远，他们就看到一辆驴车朝这里走了过来。

王有轩揉了揉眼睛，看了又看。虽然看不清驴车上有几个人，可车把上套着的那头小黑驴却是记忆深刻，正是上次刘庄来人时套的那头。

于是乎，王有轩当场断定，这辆驴车肯定是拉着秋燕来走亲戚哩。想到这里，他急忙对高青兰说道："快把茶倒上，多放点糖，秋燕来了。"

在王有轩老两口望眼欲穿的期盼下，驴车终于来到了跟前。王有轩看着秋燕，心中的千言万语似乎在一瞬间都忘记了，只是呆呆地站在那里。

这么长时间没见，眼前的父母又消瘦了许多，连走路也明显不如以前了。秋燕再也忍不住，泪水顷刻间夺眶而出。她还没从驴车上下来，就轻声哽咽道："爹，妈，恁俩还好吗？"

当听到秋燕和海山同时叫了一声"爹"的时候，王有轩觉得像做梦一样，甚至不敢相信自己的耳朵。他接过海山递过来的烟，两只手不停地颤抖着，嘴巴只是机械地发出"哎，哎"。

秋燕下车后，挽着高青兰的胳膊，用手绢轻轻地擦着高青兰脸上的泪水。高青兰哭着说道："秋燕，你可来了，恁爹俺俩快想死你了。妈对不住你，你结婚，连一分钱的嫁妆也没有陪送，妈内心有愧呀！"

秋燕说道："妈，你千万别这么说，都是我不孝，让你们伤心了。"

高青兰抚摸着女儿的头发说道："秋燕，只要你过得平安就好。"

王有轩说道："燕儿她娘，你先做饭吧。做秋燕爱吃的肉片炒海带，多切点肉，别弄咸了。"

秋燕对王有轩说道："爹，我和你商量个事儿。等饭做好了，我想把俺哥也叫过来，在一起吃顿饭，说说话儿。"

想起素枝在刘庄人面前闹的那一场，王有轩到现在还心有余悸。他说道："别叫恁哥来了，他可能走亲戚去了。即使在家，恁嫂子也不一定叫他来。就算是来了，万一哪一句话说错了，恁嫂子再闹腾起来咋办？我是有点怕了，还是不叫他了吧。"

秋燕劝道："爹，过去的就让它过去吧，以后我和俺哥见面的机会越来越少了，今天刚好是个机会嘛。"

高青兰也有心想让国斌和秋燕见上一面，因为她也好久没看到自己的孙子了。虽然有时候，儿媳令自己很生气，可消了气之后，就会情不自禁地念叨起来。和普天下的母亲一样，她也是"好面吃不够，儿女亲不够"。毕竟是自己身上掉下的肉，恼皮不恼瓤呀。

高青兰听见秋燕要去叫国斌吃饭，于是高兴地说道："叫恁哥来也中，把小宝也带来。"

王有轩也没再说什么，只是不停地抽着烟。很快，高青兰就把饭做好了。凉菜、热菜加起来，满满地摆了一桌。

秋燕刚要出门，就在这时，素枝骑着三轮车带着国斌还有小宝过来了。

今天上午，当素枝看到秋燕乘坐的驴车时，提到嗓子眼儿的心总算放了下来。她对国斌说道："国斌，今天刘海山来霍家集认亲来了，咱改天再去走亲戚。他俩第一次来，拿的礼物肯定不少，还会给小宝压岁钱哩。"

为这事儿，两口子还抬了几句杠。国斌认为，如今一家人弄到这样不愉快的地步，妹妹就是拿的东西再多，跟自己又有什么关系呢？素枝上一次从菜地带酒回家时，国斌就气得一言不发。

国斌说道："秋燕结婚，不但嫁妆没拉走，而且霍家集没去一个人。现在别说是要秋燕带来的礼物了，就是光见面都觉得烧脸。"

素枝不但不听，反而振振有词地说道："王国斌，你就是个不识时务的犟球货。你就是不喝秋燕的酒，不吃她拿的东西，外人也不相信。说到底，你还是刘海山的大舅子，您爹还是刘海山的老丈人。"

国斌心想，你这个人哪，只想着秋燕拿的礼物了，咋就不想想自己以前对秋燕的态度呢？站着说话不腰疼，根本就不知道脸是肉长的。

然而，他也只是在心里发发牢骚罢了。要是坚持与素枝据理力争，爹妈现在就不会和野兔做邻居了，也不至于让亲戚朋友在背后戳脊梁骨，自己连个人场都不能站。

见国斌站在院子里一动不动，素枝不耐烦地说道："你还磨叽啥哩？听我的没错。咱去看看秋燕都拿的啥，一会儿带点回来。晚一天咱走亲戚时拿着，既省钱又有面子。这厮屎的拔茅针——一举两得的事儿，去哪儿也找不到。咱几口都过去，看怹妈做的啥好吃的，也解解馋，自己还能省一顿。小细账都不会算，你啥时候能过好哩？"

国斌生气地说道："我不去，你自己去吧！"

素枝一听，立刻大声吼道："你敢！这么好的事儿，你还拿劲儿哩！我看你的脑子真是被驴踢得发昏了。我整天苦口婆心，像教学生一样教你，你是一点都没开窍。我不都是为了这个家吗？你还嫌我不够累啊？"

听素枝这么一吼，国斌也没再说什么，心想，去就去吧！要不素枝又会闹得不可开交。

这时，秋燕仰着笑脸，客气地说道："嫂子，你来啦。咱妈把饭做好了，她让我去叫怹几口过来吃饭哩！"

素枝笑着说道："秋燕，怹哥俺俩就知道你今天会来。这不，俺俩连亲戚都没走，专等着你哩！这么长时间没见你了，有时候做梦还想你哩！好几次说梦话，还叫你的名字哩！你要是不信，问问怹哥是真是假。"

国斌心里本来就不舒服，听素枝这么一说，他撇了撇嘴说道："你说的都是真的，啥时候也不会说一句假话。别人不知道，秋燕还不知道吗！这事儿就不用问我了。"

国斌的话外之音，秋燕自然是心领神会。她接着说道："我知道俺嫂子的心情，她的脾气，什么时候都不会变。她要是不想我，还有谁想我呢？"

正说着，秋燕从口袋里掏出五块钱递给了小宝。此时，素枝看海山无动于衷，于是就琢磨着，看看用什么办法，让海山也掏出五块钱来。

实际上，海山和秋燕在来之前，就已经把这次的花销算了个大概。依照他们当前的状况，给小宝五块钱的压岁钱已经不是小数目了。和其他人家相比，起码也是中上等。然而，谁会嫌钱烫手呢？更何况素枝这样的人呢？

此时，秋燕已经感觉到素枝的脸色有点不对了。至于接下来会有什么事情发生，她心里也是个未知数。不过，与以往不同的是，即使再遭受委屈，也不会像以前那样默默地哭红双眼，因为此时身边有了一个可以依靠的人。

五十九

王有轩看到国斌一家几口都过来了，拧巴的心情顿时舒展了不少。毕竟一窝老鼠不嫌骚，血浓于水的亲情，哪能说断就断呢？

国斌面带微笑，热情地给喜旺和海山倒酒。酒桌上的气氛还算融洽，没有显露出一丝过去情感上留下的创伤。今天，一家人能坐在一起吃顿团圆饭也算是天意，这是王有轩老两口做梦都想看到的场景。作为长辈，谁愿意整天和自己的儿媳闹得鸡犬不宁呢？

素枝在酒桌上，得意地有说有笑。吃饭时，像母猪吞食一样，嘴里不时地发出"吧嗒吧嗒"的声音，不停地打着饱嗝。上好的胃口，让人自愧不如。

从上桌到吃撑，她连一声爹妈都没有叫。然而，王有轩老两口对此并不在意，甚至高兴还来不及呢。他们想着，大过年哩，好歹一家人都凑齐了，素枝来陪着吃顿饭就不错了，也许以后会少生气的。不管咋说，从桌面上来看，已经向和好的方向迈出了坚实的一步。

素枝看喝酒快要结束了，于是她又倒了三杯酒，嬉皮笑脸地对小宝说道："小宝，把这几杯酒给恁姑父端过去，没准儿还给你压岁钱哩！"

小宝一听，于是慌里慌张地端起酒杯递到海山的手里，酒洒得到处都是。

海山把酒杯接了过来，放到桌子上后，笑着说道："小宝，恁姑父酒量不行啊，我已经喝得不少了。"

秋燕一听就知道，这是嫂子又想点子要钱哩。还没等海山说完，她就接过话茬，笑着说道："小宝乖，姑姑刚才已经把压岁钱给你了，你咋这么快就忘了？"

素枝笑着说道："哪有娘家侄儿给姑父敬酒，不给压岁钱哩？"

海山笑着说道："嫂子说的是。"

然而，此时海山口袋里连一分钱都没有。还没等他把手摸进口袋，秋燕就掏出五块钱递给了小宝，缓解了他的尴尬。

接着，小宝高兴地拿着秋燕给他的五块钱，跑到素枝的怀里撒起娇来，说道："姑姑真好，又给了我五块钱。"

这时，素枝继续说道："小宝，去给恁姑再倒一杯，秋燕可是恁亲姑哩！说不定恁姑还能再给你五块呢。"

接着，小宝端着酒，嘻嘻哈哈地来到秋燕面前。秋燕很清楚，口袋里的钱已经不多了。可她转念一想，反正一年就这一次，不跟她计较了，省得素枝再说些不三不四的话，惹得父母跟着伤心。

于是乎，秋燕就把口袋里的钱都掏了出来递给小宝。结果一看，只有三块钱。

素枝在一旁皮笑肉不笑地说道："秋燕，小宝给你端酒，也不能给个三块钱哪！就两块钱，你也看眼里了？"

秋燕客气地说道："嫂子，我一分钱也没有了，不信你看一下。"

说着，秋燕就要把自己的口袋翻出来，以示真诚。

国斌劝道："算了，秋燕已经给得不少了，意思一下就行了。"

素枝不满意地说道："小宝给秋燕敬酒，也不能给个三块钱的傻子钱哪，总要给个吉利的整数钱吧！"

国斌说道："什么叫傻子钱？还能人钱哩！话不都是从人嘴里说出来的吗？嘴是两张皮，咋说咋是，你干吗还接那三块钱？"

素枝一听，脸色唰的一下拉了下来，说道："你咋能这样说话哩？外人不了解我还有情可原，你要是不了解我，我不就变成一个大浑蛋了吗？现在不是两块钱的问题，我讲的是个理，弄得跟我想要秋燕的钱一样。我这是为他们着想，啥叫舍得？你不舍，啥时候能得？今年她给小宝钱，明年你要是得外甥了，我也会出钱的，这是礼尚往来。说句不好听的，跟驴啃痒差不多，我啃她一口，她啃我一口。"

这时，国斌不耐烦地说道："我还不知道你啥脾气？一头猪从你的嘴里说出来都能上树。"

这一句话刚说出口，就像捅了马蜂窝一样。素枝生气地说道："我说的是假话吗？你一点都迷不过来。我是为秋燕好，提醒她往后别抠唆。就这小气样儿，鸡蛋壳里发面——就不会有大发子。要不是咱这种关系，我才不会提醒她呢，她应该感谢我才对哩！你真是狗咬吕洞宾——不识好人心！"

几个人被素枝的歪理邪说搞得哭笑不得，没有一点办法。海山在一旁，脸红一阵白一阵的。此刻，他真想找个地缝儿钻进去。今天来的时候，本来准备得好好的，没想到还是落了个不愉快的下场。

秋燕知道素枝是个不饶人的人，如果再这样闹腾下去，只会徒增烦恼。于是她笑着说道："嫂子，你不要往心里去，我知道你是为我好。"

说着，秋燕向王有轩要了两块钱，然后递到了素枝的手里。素枝毫不犹豫地接了过去，顿时变得喜笑颜开。

王有轩老两口在一旁气得一点招也没有，看来家庭和睦的希望又一次破灭了。

过了一会儿，素枝把秋燕买的一大半礼物往三轮车上一装，得意地说道："秋燕，我先回去了。往后有啥困难，给嫂子打个招呼。我帮不上钱场，也要帮个人场。"

就这样，在众目睽睽之下，素枝头也不回地离开了。

这一切，喜旺都默默地看在眼里。他听刘清德提起过，如果秋燕的嫂子和海山的大嫂炖在一起的话，根本不会坏汤汁。今天一见面，果然"名不虚传"，也是个爬灰头念经——说人话不办人事儿的东西。他想，这样的亲戚，以后还是少来往的好，省得给自己添堵。

王有轩蹲在一旁，一口接一口地抽着烟。高青兰则铁青着脸，看起来比吊孝还痛苦。

秋燕说道："爹、妈，恁俩也别生气了。恁俩要是气死了，她还高兴哩！狗改不了吃屎，为她生气不值当。"

王有轩长叹了一口气，说道："明年初二，恁俩就不要再来了，既花钱又生气。"

海山安慰道："爹，这可不中，你们都那么大年纪了。你消消气，为她生气不值当。"

王有轩气呼呼地说道："生成那昏狗，啥时候都喂不熟。你们要记住，有话说给知人，有饭舍给饥人。往后，离这样的人越远越好。"

秋燕说道："爹，妈，恁俩要保重身体。等我和海山好起来了，恁俩就去刘庄住一段时间，散散心。"

在回刘庄的路上，海山说道："秋燕，今天咱们一起来霍家集，对二老也算有了交代，我想他们也放心了。以后怎么样，就要靠咱们自己了。"

秋燕没有说话，只是情不自禁地靠在海山的肩头，与他十指相扣。周围的一切似乎都不存在了，只剩下他们两个人。

此时，秋燕感慨万千。这一刻，自己已经成为霍家集真正的过客，再也不会因为嫂子的谩骂而噤若寒蝉。就像那飞出笼子的小鸟，来到刘庄重新筑巢。即便羽毛被雨水浇透，却依然积极向上，因为身边多了一颗温暖的心。如果可以，一定要把父母接到身边，日夜守候。等若干年后，父母去世后，兄弟姊妹东西南北各自飞，所有的恩怨都会随风而逝。到那时，霍家集就会彻底地变成记忆。偶尔想起它时，也许会浅浅一笑，也许会心如止水。

如果一个人刚从风雨中走来，哪怕是短暂的平静，也许就是生命中动力的延续。即使再冲向更猛烈的雷电，也会坚信，平静还会到来。

六十

　　春节后的刘庄，仿佛听到了春天走来的脚步声。过了元宵节，从西南方吹过来的暖风，吹走了前些日子的寒冷，河面上的冰开始融化了。

　　一些上了年纪的老人，正靠着墙根悠闲地享受着暖阳。未进学堂的孩子们在无拘无束地玩耍着，有的还在麦地放起了风筝，裤腿上粘了一层层厚厚的泥土。

　　田野里处处都是忙碌的身影，有施化肥的，有翻晒棉花地的，有给小麦一喷三防的，冷清的田野一时间变得生机盎然。

　　海山和秋燕也照着原先商议的计划行动起来，两个人用一天的时间就把猪圈围栏打造完毕，又简单地用塑料布搭了个顶棚。猪圈里放了一个石槽，地面上铺了几块以前废弃的石板。由于手中不太宽裕，他们决定先凑合着用，以后再重新修整。

　　本来海山不打算养猪了，生怕正怀着孕的秋燕有一点闪失。然而秋燕对海山说道："海山，你不要犹豫了，咱还欠着别人钱哩。家里的地也不多，不搞点副业怎么行呢？到时候再添了孩子，用钱的地方多着哩！你只要把猪和羊买回来，我就能把它们养好。平时你再挣一些工钱，顺利的话，今年就能把账还得差不多了。到时候把猪粪拉到地里，不但能多打粮食，还能省化肥钱呢。"

　　海山笑着说道："秋燕，你说的我能理解。我是怕你身体顶不住，等孩子长个几岁了，再忙这些吧。"

　　秋燕说道："海山，不能再往后推了。我在家闲着没事儿，容易胡思乱想，弄不好还得病哩，忙起来还舒服些。再说了，这也是一种锻炼，将来生的孩子也健壮。"

　　海山无奈地说道："秋燕，就依你吧。但你要答应我，千万把身体照顾好。我尽量抽空多回来看看。"

　　秋燕说道："你不用挂念我，自己照顾好身体。明天你去集镇上买两头小猪，再买一只小羊，我在家等着。"

　　其实，秋燕早就无意间从香云口中得知了海山分家时，大哥把羊牵走的事情，只是她从没提起过此事。一开始，秋燕就想，这是自己和海山结婚以前的事情了，只要海山不提，自己永远不会过问，免得让海山难为情。因为她知道，这些陈芝麻烂谷子的事儿，跟明白人还能说上几句，要是碰到糊涂蛋，根本理不清楚。万一再胡搅蛮缠起来，不把自己气出病来才怪哩，而且恐怕连个替自己呐喊的人都找不到。因为谁也不想参与别人的家务事儿，搞得自己一身骚。

明摆着，桂平要是真有心把那只羊还给海山，一开始就可以把羊钱送与海山。她也知道，海山那时正急着用钱呢。

第二天一大早，海山和喜旺就骑着自行车带着挎篓来到了集镇上。

喜旺笑着对海山说道："海山哥，培养母猪和找媳妇有点类似，也要看猪的脾气是不是温柔，看体质、外表、毛色等等。如果买的时候不操心，即使把猪养大了，也是枉费心机。"

海山说道："你说的是，只要看中了，多掏点钱也中。"

二人在市场转了一圈，最后选定了两头长白大耳的小猪和一只小山羊，接着就快马加鞭地离开了集镇。回到家后，他们第一时间就把两头小猪放到了猪圈里，小山羊拴在了那棵枣树上。

小猪刚来到新的环境，不停地在猪圈里哼唧着。小山羊更是扯开嗓子，"咩咩"地叫个不停，院子里立刻就变得热闹起来。

这时，秋燕急忙拿来从麦棉套里清理出来的麦苗儿递到小山羊的嘴边。而小山羊却连闻都没闻一下，只是缩着身子拽着缰绳，使劲儿地往后退。

小黑见状，不明所以地在小猪和小羊之间来回奔跑，不停地发出"汪汪汪"的叫声。

秋燕说道："小黑，你不要叫了，这是咱刚从集镇上买回来的。往后，它们就不走了，你要好好地保护它们。它们也是这个家的一员，你可要记住了。"

话音刚落，小黑就立刻停止了叫声。它歪着脑袋，摇着尾巴，似乎领会了主人的意思，一动不动地卧在一旁。

这时，秋燕又来到小羊身边。她用手轻轻地抚摸着它的头，轻声说道："可不要叫了，我知道你是在想恁妈哩，时间长了就好了，我也是这么过来的。你来到俺家，算是有福了，我是养着你哩。要是被别人买走，弄不好命就没了。给你弄的麦苗儿，吃吧！"

秋燕一边抚摸着小羊，一边轻声安慰着。说来也奇怪，小羊的叫声竟然由高到低，慢慢地停了下来。

喜旺好奇地说道："嫂子，你念的是啥魔咒呀？小羊这么快就不叫了。"

秋燕笑着说道："我哪会念什么魔咒哩，只是和它沟通一下，人有人言，兽有兽语。它们是有灵性的，你只要用心对它，它会感谢你的。晚一天，我就不用牵着它了。我走到哪儿，它就会跟到哪儿。"

"嫂子，你还真有两把刷子哩！以后还要让秀花向你好好学习哩！"喜旺笑着说道。

秋燕笑着说道："不是一家子，我还不教哩！要是想学，还要请客哩！"

海山笑着说道："喜旺，就凭咱兄弟俩的关系，只要秀花想学，学费全免，一直到教会为止。"

几个人说笑间，上午很快就过去了。

这两天，海山把化肥施了一遍，又把田里的草薅得干干净净。为了不让秋燕累心，他把猪、羊所需的麸皮、玉米等食料准备得十分充分。

一切稳妥之后，海山对秋燕说道："秋燕，我准备明天就去找师兄做活儿了。你在家千万要注意身体，遇到什么做不了的活儿，就先放下，等我回来或者找个人帮一下忙，可不能逞强。"

秋燕笑着说道："你放心吧！我会照顾好自己的。等到你回来收麦的时候，家里肯定大变样儿，猪、羊都长大了。"

海山笑着说道："你也变了，肚子肯定变大了。"

霎时，秋燕的脸红得像一朵鲜艳的玫瑰花。她低着头说道："如果不变大，你还不高兴哩！"

海山看着秋燕，脸上露出了甜甜的微笑。接着，他用自己那铁臂般的胳膊紧紧地抱住了秋燕的肩膀，沉浸在无限的幸福之中。

海山把家里的一切安排停当后，就依依不舍地离开了家，又去做木工活儿了。

时间如梭，转眼之间，海山离开家已经一个多月了。昨天，他抽空回到家里，只待了一个晚上，就匆匆离开了。他是给秋燕送钱的，因为他和师兄已经做好了两家的活儿，并且主家把工钱给得都很顺利。

这段时间，秋燕过得也很充实。两头小猪在她的精心照料下，足足长了几十斤。秋燕看在眼里，喜在心里。偶尔，她还会跳到猪圈里给它们挠痒痒。

这样一来二去，只要秋燕往猪圈里一跳，它们就高兴地围在她的身旁。有时不小心用脚碰到了它们，它们还以为是给挠痒痒呢，随即就卧在地上，嘴里哼哼唧唧地发出舒坦的呻吟声。

对此，秋燕心里非常高兴。因为只有跟小猪不再生疏，等小猪长大后生猪娃的时候才便于照顾，减少意外的损伤。

那只小山羊也比来的时候强壮多了，并且调皮得不行，冬天里长的黄灰色的羊毛已经基本退掉，秋燕时不时地用海山改制的破锯条给它清理羊毛。因此，小山羊身上亮光光的。

每天下午，她都会带着小山羊去河边吃草，小黑也跟在左右。刚开始，秋燕担心小山羊会糟蹋地里的庄稼。所以，每当它要啃庄稼时，秋燕就招呼小黑上前制止。经过几次调教，小黑很快就理解了秋燕的意思。从此以后，在小黑的监督下，小山羊不再敢为所欲为，秋燕因此省去了不少麻烦。

现在，秋燕的身体一天比一天笨重，肚子也越来越大。只要一忙活，呼吸时就感到不太顺畅，再加上腿本来就不很利索，因此做起事儿来，一天比一天吃力了。但她却对此不以为意，她相信，终究会有见到彩虹的那一天。

自从秀花生了孩子以后，刘清德就吩咐说，不能让秀花下地干活儿了，现在和生产队那时候不一样了。王春妮也认同刘清德的建议，因为孙子是一家人的希望，秀花只要把孩子带好，已经是大功一件。

因此，秀花便成了秋燕家里的常客。每天吃罢饭，她就推着带轮子的小木床，带着孩子，像学生上学一样，准时准点地来到秋燕家。

来到刘庄这两年，每当看到那些坐在大街上晒干糊涂碗的"天下知"，还有那些胡搅蛮缠的快嘴娘们儿，秀花能躲则躲。真要是躲不开，也只是机械地笑脸相迎，不想多做逗留。当秋燕来到刘庄之后，秀花终于找到了知己，二人常常在一起谈天说地。

这段时间，秀花向秋燕讲了一些自己怀孕时的状况，细心地给秋燕做出提醒。如果去集镇上买东西，也会把秋燕所需的日用品捎带回来。两个人整日喜笑颜开，相伴了一天又一天。

当孩子睡着的时候，秀花也会帮秋燕给未出生的宝宝做上几件衣服。她对秋燕说："无论单衣还是棉衣，都要早点准备，免得用的时候措手不及。"

秋燕把这些信息都捎给了海山，让海山不要挂念她，并叮嘱他，出门在外不容易，一定要照顾好自己。

就这样，几个月的时间一晃就过去了。此时，两头小猪已经长成了将近二百斤的大块头。麦收后不久，秋燕的身子变得愈发笨重，胎气把下肢都冲得瘀肿了。

然而，她却给海山捎信儿说，玉米已经种上了，家里一切都好，等到快生的时候，你再回来吧。

六十一

这天，秋燕还是和往常一样端着食料喂猪。就在她端着食料往食槽里倒时，脚底突然一滑，身子瞬间失去了重心，扑通一声摔倒在地。顷刻间，鲜血浸透了裤子，流在了地上。

只见她喘着粗气，捂着肚子在地上无助地翻动着，汗水很快就顺着她那张蜡黄的脸淌了下来。只一会儿，她便昏了过去。

小黑见状，急忙跑了过来。它围着秋燕转了几圈后飞快地向门外跑去。

这时，秀花推着小木床正朝着秋燕家走来。当她看到小黑一反常态地朝自己疯叫时，一种不祥的预感袭面而来。于是，她急忙加快了脚步。

秀花一进门，顿时被眼前的一幕惊呆了。她飞快地跑到秋燕的身旁，急促地喊道："秋燕，秋燕，你醒醒！你这是咋了？"

见得不到任何回应，秀花来不及多想，甚至忘了身边的孩子，拼命地跑到了刘半仙的卫生室，上气不接下气地说道："半仙叔，不……不好了，秋燕昏过去了，在院子里躺着哩！"

刘半仙一听，急忙拿起听诊器，又把几服药装在了药箱里，然后对他的女儿凤莲说道："凤莲，你也过去，秋燕可能要生了。"

凤莲这次从县医院妇产科请假回来，是给刘半仙过六十大寿的。听秀花这么一说，她和刘半仙一刻也不敢耽误，急忙骑上自行车狂奔到了秋燕身旁。

秀花在一旁不停地喊着秋燕的名字，几个邻居也赶了过来，都为秋燕捏着一把汗。刘半仙把药箱往地上一放，把了一下秋燕的脉搏，又吩咐凤莲把药水输上。父女俩使出浑身解数，忙活了好一阵子后，秋燕才慢慢有了知觉。

这时，刘半仙吩咐几个人把秋燕抬到了床上。接下来还算顺利，孩子很快生了下来。凤莲把孩子擦洗干净后，用秀花提前准备好的小棉被把小孩包好，然后轻轻地放在了秋燕的身旁。

孩子响亮的哭声拽扯着秋燕的心，她的泪水忍不住夺眶而出，在场的人无不为之动容。

刘半仙又把了一下秋燕的脉搏，激动地说道："秋燕，你的命真大呀！今天这么巧，恁凤莲姐正好回来了。要不然，接生孩子这个事儿，我还真拿不严。"

秋燕用微弱的声音说道："半仙叔，谢谢你和凤莲姐救了俺娘俩儿的命。"

凤莲对秋燕说道:"你身体有点弱,营养跟不上。让海山给你买些鸡蛋、红糖,补补身体,要不然,身体恢复得慢。坐月子时得了病是最不容易好的,庄稼人没个好身体是不行的。你没事儿了,我就先回去了。有事儿叫我一声,我这两天不上班,随时可以过来。"

送走凤莲后,秀花看秋燕家一个鸡蛋也没有,于是急忙回家把自家的鸡蛋和红糖拿了过来,给秋燕做了一碗糊涂鸡蛋汤。

她对喜旺说道:"赶紧把海山哥叫回来吧,说话的时候不要急,别激着他的心了。"

秋燕生孩子的事儿很快就传遍了整个刘庄,很多人为秋燕娘俩儿捡回一条命感到庆幸。人们议论着,要不是碰到秀花、刘半仙和凤莲,海山就是哭塌天也没用,海山和秋燕还是人品好,平时没干啥亏心事儿,要不然不会有这样的结果。

香云赶来时,秋燕睡得正香。她没敢打扰秋燕,而是急忙回到家,用盆子把平时攒的鸡蛋全部端了过来。这些鸡蛋,她攒了很久。平时一个也舍不得吃,原本计划着挎到集镇上换些钱买点日用品。

这时,海山从外边回来了。他刚一进院子就喊上了:"秋燕,秋燕,我回来了。"

香云说道:"秋燕正睡觉哩,你小点声。"

海山轻轻地走进里屋,来到床前。看着秋燕那张憔悴的脸,他的眼睛湿润了。他慢慢地弯下腰来,用手温柔地理了理秋燕额头上的长发,轻声说道:"秋燕,你怎么这么傻啊?"

喜旺拍了一下海山的肩膀,示意他来到院子里。接着,把上午发生的事儿一五一十地讲给了海山。

海山听着喜旺的话,想象着当时的情景,背后不停地冒凉气,惊得连大气都不敢出,泪水默默地流了下来。

这时,他用拳头重重地捶着自己的胸脯,惭愧地说道:"都怨我!都怨我!我咋变得钱比人还重要哩!"

喜旺劝说道:"海山哥,别愧疚了,都过去了。你现在唯一要做的,就是想方设法把她娘俩儿照顾好。"

香云说道:"海山,喜旺说得对。你不要难过了,等一会儿,你再给秋燕做一顿饭,让她每天多吃几顿,多打几个鸡蛋,要软和点,放点红糖,我抽空就会过来的。"

这时,秋燕醒了。她看到海山正坐在床边望着自己,于是抖动着干涩的嘴唇，嘶哑地说道："海山，我没事儿。我给孩子起了一个小名，叫狗蛋儿。我和狗蛋儿都好着哩！就是有点饿了，你给我做点吃的吧。"

海山眼里浸着泪水，握着秋燕的手，哽咽着说道："我以为你不会睁开眼睛了，我好害怕呀！"

秋燕用微弱的声音说道："海山，看你说的话，咋恁笨呢？咱俩结婚时就发过誓，一定要白头偕老，现在还没一年哩！老天爷怎么舍得让我死呢？你别胡思乱想了，去做饭吧！我也轻松一回，你可要给我端过来。"

海山说道："秋燕，你咋还有心说这话哩？差点没把我吓死。"

接着，他看了一眼襁褓中的孩子，继续说道："睡得还怪香哩！把你妈累成这个样子，你好像没事儿人一样。"

海山很快就把鸡蛋汤做好了，然后端到秋燕面前，拿起勺子一口一口地喂给她吃。

这时，秀花来给狗蛋儿喂换肠奶。此时，秋燕的精气神比上午强多了，她对秀花说道："秀花姐，给你添这么大的麻烦。"

秀花说道："狗蛋儿是提前出生的，随身奶还没下来，可不能把他饿着了。你不要往心里去，操心把身体养好就是了。"

接着，秀花看了看海山给秋燕做的糊涂鸡蛋汤，忍不住夸奖道："海山哥，你做得还真不错哩！"

海山笑着说道："这是刚才二嫂教我的。"

这时，凤莲又一次来到了海山家。秋燕笑着说道："凤莲姐，谢谢你。"

凤莲说道："都是自己人，有啥好谢的？"

接着，凤莲把照顾婴儿的常识认真地给秋燕讲了一遍。她看了海山一眼后，说道："海山，你也太大意了，这可是人命关天的事儿。小生不如大养，在月子里，你可要操点心。秋燕的身体弱，将来得了病不好治。今天早上这种情况，想想都吓人。你没听说过吗？生孩子就是走了一趟鬼门关，生与死只隔了一张纸，这可不是危言耸听。我一知道你这么多天不在家，真想照你脸上抽两巴掌。"

海山把头伸了过来，愧疚地说道："凤莲姐，你不要生气了。来吧！你就抽恁兄弟两巴掌出口气吧。"

凤莲看着海山像个小孩子一样，扑哧一声笑了出来。她了解海山的为人，知道海山走到今天是多么不容易。

凤莲笑着说道："海山，我说的是气话，嫌你太不精心。真打你两巴掌，秋燕还心疼哩！"

秋燕笑着说道："凤莲姐，你打吧！让他长些记性。"

今天这件事儿发生以后，王春妮基本没离开过，心疼得直掉眼泪。她想，万一秋燕有个三长两短，那可咋办呢？要是海山的妈妈还在世的话，该有多好啊！

她嘱咐海山："可不能忘了恁半仙叔和恁凤莲姐啊！"

说话间，桂平嬉皮笑脸地走了过来，刚一进门就咋呼道："秋燕啥样了？听说生孩子了。真不巧，俺家的鸡蛋刚吃完。过几天，我拿些过来，给秋燕好好补补。"

海山回答道："嫂子，你来啦。"

接着，桂平来到秋燕床前，笑着说道："秋燕，我听说你生孩子的时候，一下子吓晕了，你咋恁胆小哩！该生的时候，你一使劲儿，像屙堆屎一样，小孩就生下来了。女人生孩子是自然规律，你还搞出那么大动静，把半仙叔和凤莲姐也请来了。听说要不是他俩来得及时，你吓得差点断了气。这以后，你还敢生孩子吗？"

王春妮一听，对秀花说道："秀花，走，回家！我咋闻到屋里有驴粪气儿，别熏着孩子了。"

秀花自然是心领神会，急忙跟着王春妮离开了。

秋燕听着桂平说的这些摸不着边际的话，头疼得快要裂开了。她心想，这哪是来看望的，不就是来看笑话的吗？虽然此时连说话的力气都没有了，可你要是不接她的话，她只要走出门，就会把你宣扬得一无是处。唉！罢了，跟她随便说上几句，把她打发走算了。

秋燕说道："大嫂，我生孩子可没你说的恁容易。在生孩子这方面，我没你有经验，还要向大嫂学习哩。"

桂平根本没察觉到秋燕的情绪，依旧哈哈地笑着。笑声像一根钢针，扎进秋燕的耳朵里，让秋燕觉得疼痛难忍，一句也不想再说了。

这时，凤莲说道："桂平，你先在外边休息一会儿，让秋燕静一下。她刚生了孩子，身体弱，连说话的力气都没有了。"

桂平从里间出来，看到秀花和王春妮已经离去后，一点也没觉得不好意思。自从喜旺打了她那一顿后，王春妮从没和她说一句话。要不是看在海山兄弟几个人的面子上，王春妮不知道和她吵多少次了。有一次，桂平想和王春妮套近乎。王春妮依旧没有搭理她，最后让桂平自己讨了个没趣。

凤莲笑着说道："桂平，听说恁现在过得也可以了。"

桂平笑着说道："也算差不多，粮食是够吃了。"

凤莲笑着说道:"家里存款不少吧?"

桂平说道:"不多。"

凤莲说道:"你恁能干,往后日子会过得越来越好哩。"

桂平说道:"谢谢凤莲姐的吉言,等有机会了,你上俺家,我给你做好吃的。"

凤莲知道,桂平是三抓钩镑不出一点白印的人,上她家吃顿饭,跟要她的命差不多。和这样的人说得多了,简直是浪费口舌。还是早点带她离开的好,免得耽误秋燕休息。

于是乎,凤莲故意说道:"走吧!现在就去,免得以后你再忘了。今天可是老鳖一碰到热粘皮了,我可是真到恁家吃饭哩!"

说着,二人就转身离开了。海山明白凤莲的良苦用心,其实他心里早就不耐烦了。

海山怕秋燕生气,于是安慰道:"秋燕,刚才大嫂的话,你别往心里去。往后,咱们过自己的日子。她无论出于什么目的,使坏也好,看笑话也罢,只要咱俩齐心协力,再大的困难都能顶过去。"

秋燕说道:"我懂,咱和她较劲儿划不来,毕竟亲兄弟一场,还是看远一点。有时听她说话,确实很生气,但还是尽量忍着。我不会诅咒她,更不会在大庭广众之下和她论个高低。以后,自己的路自己走。地在人种,事在人为。"

海山说道:"秋燕,有你这些话,我就放心了。"

晚上,海山把饭做好后,端到秋燕的面前。

秋燕对海山说道:"海山,我看到狗蛋儿,就想起俺爹妈了。等我身体壮实了,我想去看看他们。今天的事儿,千万别让他们知道了,免得让他们挂念。"

海山说道:"秋燕,你是体会了把狗蛋儿带到这个世界上的艰辛后,才想起他们的。老一辈人常说,不生儿养女,不知道报娘恩;不当家立事,不知柴米贵。为了狗蛋儿,你差点把命都搭上了。"

海山叹了一口气,继续说道:"唉!父母养育咱也是如此,多不容易呀!秋燕,你不要难过了。等咱过好了,把他们接过来,让他们也享享清福。"

秋燕说道:"到时候再说吧!"

海山说道:"秋燕,我想把这两头猪卖了,不再让你受累了。现在添了狗蛋儿,以后吃喝拉撒睡、头疼发热啥的,我怕你身体受不了。"

秋燕说道:"海山,你咋会这样想哩!人活一辈子,哪有那么多顺心的事儿呀？做啥事儿都得付出代价啊。这猪马上就可以配种了，如果顺当，到春节就能下崽了。一窝小猪养成后的价钱，少说也比你辛辛苦苦干两个月挣钱。你把猪卖了，我是清闲了，但欠账的滋味不好受啊！"

海山说道："秋燕，我是想着，把这两头猪卖了还一部分账，你也不用再累心了。"

秋燕说道："海山，话是这样说，但仔细一想就觉得不对了。这可是咱的老本啊，要是把猪卖了，明年比今年还困难哩。咱还欠着别人的钱呢，万一人家遇到困难了，急等着用钱呢？人家就是不登门要，咱能过得了自己心里这一关吗？"

秋燕舒了一口气，继续说道："海山，你不要担心我。咱们现在不是享福的时候，年轻时有点难是正常的。我说一句狠话，就今天这事儿，要是我不在了，你就不活了？欠别人的钱咋办？欠别人的情咋办？总不能欠着人家的钱去阎王爷那儿报到吧？认识你这么长时间，你遇到困难从没退缩过，就这一点小事儿，咋变成稀屎包了？"

海山说道："我这不是为你好吗？今天，你万一那个了，我过着还有啥意思？"

秋燕笑着说道："看你都想的啥？我不是好好的吗？你放心，我的命大着哩！"

海山摸了摸秋燕的头，说道："就依你吧。你睡会儿吧，要是饿了，给我说一声，我给你做饭。我听说，一个婆娘生了孩子以后，饭量能赛过两个秃头和尚。你要是饿了，可不要忍着。往后，你是一张嘴吃饭，两个腚拉屎。"

海山无意中的一句话瞬间把秋燕逗笑了。他把秋燕和孩子安顿好以后，很快就朦朦胧胧地睡着了。今天，他太累了，差一点，心就碎裂了。

月光透过微薄的窗帘照进屋内，久久不肯离去。它照亮了深沉的黑夜，让人觉得神怡心醉。

六十二

灯笼似的圆月高高地镶嵌在天空中。晚饭后，王有轩老两口趁着月光捆起了韭菜，因为明天一大早要去集镇上售卖。

捆韭菜是个粗中有细的活儿，要保证每一捆韭菜的重量都差不多。卖菜这么长时间，王有轩很有自己的一套。他都是按照当前的行情捆的，如果是八分钱一斤，就做成二斤一捆的规格。卖的时候，按一毛五一捆，这样就会节省很多找零的时间。

对于捆韭菜来说，老两口早已是轻车熟路。只需两只手把韭菜一卡，根本不用称重，就知道不会低于两斤。

王有轩总爱说一句话，菜是水货，见不得太阳。每一捆都多一点，省得别人把韭菜拿回家后，因斤两不够再找麻烦。因此，每次卖菜，他总比别人快得多。

这时，高青兰对王有轩说道："秋燕她爹，我想明天到秋燕家去一趟。今儿一天我心里就觉得不对劲儿，眼皮从上午一直跳到现在。刚才割韭菜的时候，又把手割流血了，还打了几个喷嚏。是不是秋燕出啥事儿了？"

王有轩漫不经心地说道："你整天疑神疑鬼的，胡想啥呢？秋燕上个月不是刚捎信儿说一切都好吗？"

高青兰说道："秋燕在初二来的时候，我问过她，那个时候就有喜了。什么时候生，我不太清楚。你也知道，秋燕爱面子，腿又不方便，肯定是想着等生了孩子以后再来。今天，我老是觉得秋燕在叫我。大白天哩，也不会是做梦啊！"

王有轩看高青兰言之凿凿，自己似乎也听到了女儿的声音。无意中，他抬起头向远处望去，几个坟头在月光的映照下清晰可见。

王有轩心中一惊，头发不自觉地竖立起来，心一下子提到了嗓子眼儿。他把手中的韭菜放下，掏出一支烟点上，使劲儿地抽了几口，心里想着，秋燕不会有事儿吧！听老婆这么一说，心里咋有些发毛呢？

接着，王有轩说道："这样吧！明天早上，我把韭菜带到集镇上卖便宜点。卖完了，我骑着车带着你，咱俩去秋燕家看看。我觉得秋燕和海山不会生气，秋燕从不骂人，又怀着孕，海山也不会动手打她，应该没啥事儿。"

说话间，老两口对秋燕的挂念愈发强烈了。

明月依旧挂在天空，点亮着寂寞的大地。偶尔，远处又传来几声清晰的狗叫。高青兰躺到床上，怎么也睡不着。她一会儿躺下，一会儿坐起，心中犹如波涛汹涌，伴随着电闪雷鸣。这一夜，王有轩亦是如此。

黎明前的夜色还没有散去，王有轩就对高青兰说道："燕儿她娘，你没睡好，我也没睡好。咱也别躺了，把菜装挎篓里吧。我把菜带到集镇上，只要有人问，多少钱都卖。要不是怕韭菜坏了可惜，我现在就带你去秋燕家，到时候你把屋里的钱都拿着。"

高青兰说道："我看哪，你就在咱霍家集卖算了，别跑那么远了，还节省时间。"

王有轩说道："今天咱霍家集不逢集，人少，我怕卖不掉。"

高青兰说道："你就不会想个办法，便宜点，就当送人情了？你也学万师傅，就算不赚钱，也是咱霍家集的爷们儿们吃了。别想了，就这样定了。"

说着，王有轩就骑着自行车带着韭菜来到了霍家集的大街上。此时，大街上一个人也没有。他把自行车靠在电线杆上，抽着烟在大街上徘徊，焦急地等待着前来买韭菜的人。

高青兰简单做好饭后，把床下罐子里的钱都拿了出来。她仔细地数了几遍，一共有一百多块。虽然不是很多，但也是老两口平时辛辛苦苦从牙缝里挤出来的。

这么久以来，老两口一直有一个心病，久久不能释怀。那就是女儿出嫁时，他们没有准备一分钱的嫁妆。于是乎，他们每天都想着，等攒了钱，一定弥补一下对女儿的亏欠。

高青兰把钱装进秋燕上学时背过的旧书包里，然后小心翼翼地放在枕头下，坐卧不安地等着王有轩回家。

天刚蒙蒙亮，庄稼人就扛着农具陆陆续续地从家里走了出来。

看到王有轩后，有人笑着打起了招呼："老王，今天又不逢集，咋来这么早哩？想让爷们儿们吃你的便宜菜呀？"

王有轩笑着说道："算你说准了，给钱就卖。二斤一捆，只多不少，一捆一毛五。"

说话间，人们果真围了上来。看着嫩绿的韭菜，很多人没有迟疑，随手拿了一捆便回家了。因为人们清楚王有轩薄利多销的卖菜风格，更知道集镇上韭菜的价格。因此，韭菜很快就被抢购一空。

回到菜地后，王有轩胡乱扒了几口饭，就心急火燎地骑上自行车带着高青兰出发了。二人刚走了二里地左右，只听哗啦一声，自行车的链条掉了。

对此，王有轩并没在意。他把链条装上以后，继续赶路。结果还没骑上一百米，突然砰的一声，自行车的里外胎崩了一个大洞。

顷刻间，王有轩变得心烦意乱，胸闷难忍，好像被一只无形的手摁在地上，动弹不得。

他在心里念叨着："刚才是掉链子，现在轮胎也放炮了，平时带二百斤的菜都没出过毛病。这到底是咋回事儿哩？真是奇了怪了。"

事已至此，王有轩只有无奈地推着瘪气的自行车向菜地走去。他垂头丧气地往地里一看，不远处的一座孤坟映入眼帘，坟茔里是一位几年前因生孩子大出血而死的年轻媳妇，去世的时候和秋燕差不多大。此时，坟茔上面已长满了荒草。每逢祭日，她的父母都会来坟上烧纸，总是哭到沙哑才不舍地离去。

那痛入骨髓的哭声，让霍家集的很多人都泪流满面。然而，去年只有她父亲一人前来，后来才听说她妈妈得了抑郁症也离开了人世。她父亲也因此一夜白头，甚至连走路都不利索了。去年，她父亲来烧纸的时候，王有轩还和他聊了几句。

这些凄惨的场景像演电影一样，一幕幕地重现在王有轩的脑海里。这一刻，他觉得自己仿佛就是那位父亲，熟悉的镜头就要在自己身上重演。刹那间，王有轩觉得脑袋发蒙，两条腿像灌了铅似的，再也抬不动脚步了。自行车被他随手摔到地上，整个人一下子蹲在了地上。

高青兰以为王有轩是在为自行车怄气，于是劝说道："你急啥哩？到村里再借一辆不就行了？真不中，咱俩就走着去。"

王有轩没敢把心中所想告知高青兰，他怕老婆无法承受。于是强装镇定地点着头，擦着脸上的汗水说道："你让我歇一会儿，想想办法。"

王有轩安慰着自己，我绝不会遇到这样的倒霉事儿，俺秋燕那么善良，老天不会把大难降临到她的身上，不会的，绝对不会的。

停了一会儿，他的情绪慢慢地稳定下来。然后站起身，拍了拍身上的尘土，推着车返回了菜地。接着，他到村子里借了一辆自行车，载着高青兰重新踏上了征程。

为了能尽快见到女儿，王有轩使出平时卖菜时骑自行车的最好本领。他一路飞驰，把路上的行人一个一个甩在身后。他盼望着自行车不要罢工，能体会到他的心情。

很快，王有轩的上衣衣领就被汗水浸透了。他喘着粗气安慰着高青兰："你千万坐稳当，抓紧了。"

坑洼不平的土路把后座上的高青兰颠得"哎哟"直叫，两条腿变得又酸又麻。淡黄色的尘土牢牢地粘在老两口的身上，连嘴角都没有放过。

路上的行人看着风驰电掣的王有轩，都觉得不可思议。有人忍不住嘟囔着："恁大年纪了，骑个熊车愣头愣脑的，慌着投胎去哩？不是二百五也是个缺吨煤的货。"

然而，王有轩哪里还顾得上这些。他已经达到了人车合一的境界，自行车在他的操控下，像一只出笼的猎豹，一路向前。

很快，二人便来到了离刘庄不远的集镇上。高青兰说道："秋燕她爹，你别慌走哩！我到商店给秋燕买一朵花去，她从小就喜欢。过年的时候，忘了给她买了。今天买一朵补上，再给她买点水果糖。"

听高青兰这么一说，王有轩便把自行车停在了花店门口。高青兰从自行车下来后，两条腿是麻得站都站不稳了。她扶着自行车缓了一会儿后，才一颠一颠地来到商店的柜台。

王有轩用衣袖擦着汗水，扭转着头，扫视着大街上的行人。这一刻，他多么希望能捕捉到海山和秋燕的身影。

花店老板娘对高青兰说道："大娘，你要买什么花，给谁买的？"

"给俺闺女买的。"高青兰回答道。

老板娘看了她一眼，心里想着，这人一副庄稼人的打扮，不像是赶时髦的人，应该不会舍得买贵的花。

于是便敷衍了事地说道："大娘，这百合花好看，就是价钱有点贵。我看你还不如省点钱买个烧饼哩！"

高青兰说道："我也不知道啥花好，只知道价钱贵的应该不会差。只要俺闺女喜欢就中，价钱贵点，我不在乎。"

老板娘问道："恁闺女多大了？"

高青兰说道："俺闺女二十多岁，我几个月没见她了。她从小就喜欢花，从她出生，每逢过年的时候，我就给她买一朵。今年她出嫁了，我忘给她买了。今天我去看她，想买一朵给她带去。"

老板娘说道："大娘，我没想到，你这当妈的这么有心。看来，闺女在妈妈眼里永远也长不大呀！你太让我感动了。这朵百合花，我打折卖给你。另外，我再送你一朵兰花，算是我的心意吧。"

"谢谢你。"高青兰激动地说道。

老板娘注视着高青兰远去的背影，深情地说道："她女儿真幸福。唉！我再也收不到妈妈的花了。"

高青兰把包装好的花挂在车把上后，又去隔壁商店买了一些水果糖，然后对王有轩说道："你骑慢点，别把花碰坏了，马上就到了。如果秋燕看到给她买的花和水果糖，一定很高兴。"

老两口到达刘庄后，在海山家门口走了两个来回，也没敢直接踏进院子里。因为他们印象深处的那两间又矮又破的土墩房已经无影无踪，映入眼帘的是另外一种景象。三间新瓦房和一间新厨房遥相呼应、错落有致。透过栅栏门可以看到，院子里打扫得干干净净，透着一片生机。

这时，他们忽然看到，门口那棵大槐树依旧苍劲有力地长在那里。老两口这才松了一口气，激动地说道："是变了，都变了。"

王有轩让高青兰把门打开，迫不及待地推着车向院子里走去。小黑听到响声后，不顾一切地叫了起来。当它认出是王有轩老两口后，摇着尾巴，高兴地拱着他们的裤腿。

海山听到小黑的叫声后，急忙从屋里跑了出来。他刚一出门，便迎了上去。短暂的惊讶后，他急忙从王有轩手里接过自行车，亲切地叫着爹妈。

见秋燕没跟着出来，老两口脸上依旧挂着没有散去的惆怅。

王有轩急切地问道："海山，秋燕哩？"

海山说道："秋燕正睡觉哩！"

王有轩一听，心中一紧，不假思索地说道："这大白天，好好的人咋会睡觉哩？"

高青兰则眼里浸着泪花，还没走进堂屋就喊上了："秋燕，秋燕。"

她喊了几声后，秋燕才慢慢地从睡梦中醒来。老两口来到床前，再也忍不住了，霎时像小孩子一样哭了起来。

秋燕见状，感到既高兴又茫然。她慢慢坐了起来，说道："爹、妈，你们咋来了？哭啥哩？"

高青兰止住哭声，用手抚摸着秋燕的头发，不停地说道："秋燕，只要你没事儿就好，没事儿就好。"

王有轩拉着秋燕的手，说道："恁妈俺俩见到你，心里也就踏实了。我就知道你不会那么狠心，撇下俺俩不管哩！"

秋燕看着眼前的爹妈，一时间，丈二和尚——摸不着头脑。她笑着说道："爹，妈，你们咋这么快就知道我添孩子了？昨天晚上，我想你们想得半夜没睡着。霍家集离刘庄这么远，我也没时间给你们报个平安，没想到恁俩跑这么远来看我。"

高青兰一脸惊讶地说道："秋燕，生孩子这么大的事儿，你连招呼也不打，万一有个三长两短，可咋办呢？"

老两口看到女儿平安无事后，饱经风霜的脸上才显露出安宁的神情。接着，他们你一言我一语地把这两天心里的种种碰撞都讲了出来。

对于昨天发生的情况，秋燕只字未提。高青兰的预感，她更是无从解释。她心想，这也许是亲人间特有的心灵感应吧。

这时，高青兰把花递到秋燕手里，慈祥地说道："秋燕，这是我给你买的花。过年的时候，忘了给你买了，今天给你补上。"

妈妈的话语像一股暖流，顷刻间流遍全身。秋燕接过花后闻了又闻，激动地说道："妈，你还买花干啥哩？我已经长大了。你也老了，以后，你应该想着自己才对。"

高青兰又剥了一块水果糖，说道："秋燕，来，把嘴张开，这是你从小最爱吃的。"

老两口深情地看着女儿，直到女儿把糖吃到嘴里后，才露出了幸福的微笑。

接着，王有轩又从书包里把钱掏出来递到秋燕手里，说道："秋燕，这是恁妈俺俩给你攒的钱，我知道你现在手头紧。等俺俩再攒了钱，还给你拿过来。"

秋燕说道："爹，我不要，你们弄点钱不容易。花你们的钱，我心里不好受，你们自己留着吧，家里有钱。"

王有轩说道："这钱搁在我手里用不上，给你们挡个急用吧。你出嫁的时候，我一分钱的东西也没陪送。一想起这事儿，就觉得愧疚，你就收下吧！这也是爹对你的补偿，你不要有其他的想法。"

秋燕说道："爹，你不用挂念我们。你以前不是经常说吗？好汉不吃分家饭，好女不穿嫁妆衣。"

在二人的推让之间，王有轩的情绪变得激动起来，他说道："秋燕，这钱就算是我借给你的，你先替我保管着，到时候连本带利给我。总比放在菜园里，让老鼠拉跑了强吧！"

于是乎，秋燕勉为其难地把钱接了过来。她当然能理解父亲的心情，因为此时，她自己也是一位母亲了。

此刻，海山正忙着做午饭。王有轩抽着烟在院子里转悠着，抬头看看三间新瓦房，又看看圈里养着的两头猪，心里想着自己的小外孙，不自觉地哼起了小曲儿。他着实没想到，还没一年的工夫，变化竟然这么大。

他想，真是人不可貌相，海水不可斗量，女儿果然没有看走眼。照这样下去，用不了几年，女儿就有好日子过了。

六十三

炎热的夏天即将过去。这段日子里，除了给狗蛋儿喂奶，海山什么也不让秋燕做。洗衣、做饭、喂猪、放羊，都是自己操持。总而言之就一个字，忙。

秋燕有了一段难得的清闲时光。她在海山的精心照料下，身体得到了快速恢复，走起路来轻松多了。白嫩红润的脸庞，把人衬托得更加温柔。丰满的身材，彰显着少妇的雅致。举手投足之间，魅力无限。

虽是海山每天忙里忙外，但他却没有感到一丝的不快，反而沉醉在从未有过的舒畅之中。因为以往的种种遭遇，让他更加懂得珍惜。

自从妈妈去世后，家里就剩下自己一个单身汉。如今，庭院里再不是以往的死气沉沉。自己不但住上了新瓦房，还有了贤惠的妻子和可爱的儿子。他觉得眼前的幸福就像做梦一样，跟之前相比，用天翻地覆来形容也不为过。他知道，这一切都是秋燕带来的。

晚饭后，秋燕坐在门槛上喂狗蛋儿吃奶，海山则抽着烟，坐在一旁守候。无边的天际，满天繁星点缀在深邃的夜空，看起来璀璨夺目。微风吹拂在身上，像花猫舔脊背一样，痒滋滋的。

海山说道："秋燕，明天我准备卖一头猪，先还点账。把那头不挑食、奶头多的猪留着。这次，你就听我的吧。"

秋燕说道："好吧，趁你在家，想卖就卖吧！"

海山说道："秋燕，我如果出去做活儿了，家里就剩你一个人，你能顾得来吗？"

秋燕说道："没问题，咱俩都辛苦点吧！现在不是清闲的时候，把账还完了再说。"

深秋时，海山把地里的玉米收完，又把麦子种好后，就恋恋不舍地离开了家。

出门前，他再三嘱咐："秋燕，你千万注意身体。真忙不过来，等我回来了，把这头备孕的母猪也卖了。人的精力是有限的，有时候心有余而力不足。"

秋燕说道："海山，你放心吧，我能照顾好自己。春节前，你再挣点钱。到时候，猪生了猪崽，羊生了羊羔，咱们又可以还不少账。等账还完了，咱也买一台缝纫机。"

海山高兴地说道："秋燕，你说的一定能实现。"

海山离开家后，每天起早贪黑地忙碌着。为了挣钱还账，养家糊口，他没喊过一声累。每次主家结了工钱后，他都抽空及时地把钱送回家。

秋燕在家同样忙得不可开交。她舍不得狗蛋儿哭，狗蛋儿醒的时候，就一只胳膊抱着狗蛋儿，一只手忙活着。赶到喂猪的时候，一趟不行，就跑两趟。

此时，母猪和山羊都怀了崽，肚子一天比一天大起来。眼看着希望越来越近，一有空，秋燕就抱着狗蛋儿站在猪圈旁，观察里面的动静，生怕有什么闪失。

小黑好像比以前更有责任心了。它整天寸步不离地围在秋燕身旁，等待着秋燕的号令，像一个忠诚的卫士，时刻观察着院子里的风吹草动。

院子里的生机勃勃让秋燕喜上眉梢。有山靠山，没山独担。她坚信，只要自己和海山同心同德，所有的困难都不在话下。她祈祷着，愿以后的生活像芝麻开花一样，节节高。

人们常说，快乐是时间的润滑剂。这段时间，秋燕和海山各自每天都过得都很充实，时光也悄悄地在指缝间流淌着。几个月大的狗蛋儿时不时地发出"咯咯"的笑声，白嫩肥胖的脸庞上，镶嵌着一双明亮的大眼睛，看起来冰雪聪明。

不久，母猪顺利地产下了第一窝猪崽，一共十三头。白天，小猪崽们吃过奶后，一窝蜂地从猪圈跑到院子里。有时追逐打闹，有时卧成一堆。还有两只小羊羔，整天像猴精一样上蹿下跳。稍不留神，屋里的大床上和厨屋的锅台上就会留下它们的足印，甚至还会留下尿骚味儿。

为此，秋燕也会时不时地吼上几声。为了防止它们再往屋子里钻，她绑了两根麻鞭，一根放在堂屋门口，一根放在厨屋门口。其实麻鞭仅仅是一种震慑，秋燕从没舍得打它们。

时间久了，小猪崽们似乎摸清了秋燕的脾气，变得愈发无法无天了。到喂食的时候，它们就像小孩子拾炮仗一样，使劲儿地往前挤，一个比一个叫得欢。顿时，院子里像是打擂台一样，好不热闹。

海山回到家时，看到这个情景，既生气又好笑。他对秋燕说道："秋燕，你咋不把它们先赶一边哩？把食料拌好了，再让它们过来。"

秋燕说道："我才不打它们哩！要是把它们打生气了，它们都不过来吃了，那样就影响长肉了。让它们高高兴兴的，长得还快哩！"

海山笑着说道："不行了，把它们都圈起来。你看这院子里被它们拱得坑坑洼洼、乱七八糟的，没一点平整的地方。"

秋燕笑着说道："喂猪就是这个样子。把大猪圈起来，小猪随便跑。院子里有土，空气新鲜，这样不容易得病。它们整天像运动员一样奔跑，就会长得壮，毛色也好。以后卖的时候，价格肯定高。"

这时，两只小羊羔趁着二人说话的时机把堂屋门拱开了。当海山反应过来时，它们正在大床上撒尿哩！

于是乎，海山随手拿起麻鞭照它们身上抽了下去。这时，秋燕跑过来，把海山手里的麻鞭夺了过去，说道："你还真打呀！你咋不把门关好呢？咋会是它们的错呢？"

海山挠了挠头，心里想着，也是啊！万一把它们吓得不进食了，岂不还是家里的损失？

就这样，院子里就像音乐大厅一般。猪、羊、鸡、狗的叫声交织在一起，组成了一首天然的交响乐。时而高山流水，时而气势磅礴。偶尔，树上的小鸟也不甘寂寞，像乐队指挥一样，忘乎所以地叫个不停。

海山在家忙了几天后，又要出门了。临走时，秋燕对海山说道："海山，你去半个月左右，抽空回来一趟吧。到时候就可以卖小猪了，看能卖多少钱，把账再还一部分。"

海山高兴地说道："没问题。"

海山走后，秋燕依旧从早忙到晚，很快，脸上便瘦了一大圈。然而她总是在想，这些又算得了什么呢？经历过的人才懂得珍惜来之不易的幸福，如果没受过苦，又怎能感知幸福呢？

六十四

正当秋燕沉浸在对未来的憧憬之中时，一场突如其来的变故犹如五雷轰顶，打破了她所有的计划。

这天中午，她和往常一样，把哄睡后的狗蛋儿放在小木床上后，就急忙牵着羊来到了村东头的大坑边。接着，她把羊拴在了一棵树上，又嘱托其他放羊的人，让他们帮忙照看一下，自己回家把狗蛋儿推过来。

然而，当她还没走到家门口的时候，就听见小黑狂躁般的吼叫声，一起传来的还有狗蛋儿刺耳的尖叫声。

秋燕一听，立刻觉得大事不妙，于是急忙紧跑了几步。隔着栅栏门，她看到小黑正拼命地和老母猪撕咬着。狗蛋儿则躺在地上哇哇大声，裤子都被鲜血染红了。

秋燕见状，顿时吓得两腿发软，脑袋发蒙，一下子蹲在了地上，嘴里哭喊着：“快来人哪！快来人哪！”

周围的人们听到秋燕的叫喊声后，都跑了过来。此时，喜旺正扛着锄头走在大街上，他听到声音后，更是跑得飞快。

说时迟那时快，喜旺举起锄头，照着老母猪的脊骨一下子打了下去，锄把瞬间被震成了两段。老母猪这才停止和小黑撕咬，暴躁地往猪圈里跑去。此时，秋燕由于急火攻心，昏了过去。

这时，喜旺用一只手掐住狗蛋儿正在流血的腿，一只手拉起衬衫的一角，然后用牙齿从衬衫上撕下来一块布条缠在了狗蛋儿的腿上。他像疯了一样，抱着狗蛋儿向刘半仙的卫生室跑去。

刘半仙仔细看了一下伤口，说道：“喜旺，我先给狗蛋儿打一针破伤风，简单包扎一下。你骑着车带着我，我抱着狗蛋儿，咱们抓紧时间到镇卫生院，找个专业的外科大夫来处理。”

说罢，喜旺便骑着自行车带着刘半仙向镇医院飞驰而去。

此时，秋燕家的院子里已站满了人。秀花几个人连喊带叫，总算把秋燕唤醒了。刚一睁眼，秋燕就哭着喊道：“狗蛋儿哩？我的狗蛋儿哩？”

秀花安慰道：“秋燕，你别急，狗蛋儿没事儿。他在半仙叔家，一会儿就回来了。”

这时，桂平装腔作势地说道：“秋燕，你可要顶住呀！狗蛋儿已经这样了。大家都知道，做娘的心疼儿子，狗蛋儿可不能没有你呀！谁让你怎心强哩？腿本来就不好使，还忙这么多事儿。我早就说过你，人不要太贪心，一口吃不成个胖子。现在好了，这回该清醒了吧！人哪！逞强可不能过了头，有多少好胳膊好腿的也没像你这样。人家常说，一斗谷子一斗满，多一点就往外溅，没个鹰嘴儿就别吃那磨眼里的食儿。”

这话猛一听没什么毛病，可仔细一品，意思就全变了。在场的人听到桂平这么说，心里都不由自主地想骂她几句。你这人真是捡起来扔掉——不是个东西，嗑一个头放俩屁——行善没有作恶多。这哪是安慰秋燕的？你这葫芦里卖的啥药，别人就听不出来吗？就是怕秋燕过好了。

此时，喜旺已经带着刘半仙来到了镇卫生院。外科王大夫凭借多年的经验，用手轻轻地摸了一下狗蛋儿的腿，长长地舒了一口气，说道：“这孩子万幸，没伤到骨头。我给他重新包扎一下，再输两瓶水。多亏你们来得及时，小孩失血不多。回去后再给他输几天水，照顾一段时间，就没大碍了。有什么情况，你们再来找我。”

等秋燕的情绪稍微稳定后，刘清德赶着驴车拉着她也赶到了镇卫生院。

秋燕看着躺在病床上的狗蛋儿，心疼得泪流满面。她亲了一下狗蛋儿的脸，抚摸着狗蛋儿的额头，不停地说道："狗蛋儿，都是妈妈不好，妈妈对不住你，让你受这么大的罪。"

待两瓶水输完以后，秋燕便抱着安睡的狗蛋儿，坐在驴车上回家了。

海山被建成叫回家后，他看着狗蛋儿满是绷带的腿，心疼得双手直打战。更是让他捶胸顿足的是，眼前的秋燕，正红着眼睛木呆地坐在那里，散乱的头发贴在脸上。

此时，院子里的血迹和小黑身上粘着的血泥巴，依然触目惊心。海山想象着当时的情景，心里既怕又恨，顿时怒火中烧。他在心里骂着，我不打死你，难解心头之恨，你就是一头金猪，我也不会放过你。

这一刻，海山把所有的愤怒都聚集在院子里的一根木棍上。他捡起木棍，飞快地朝猪圈跑去，使劲儿地照母猪的身上打了下去。

霎时，母猪被打得嗷嗷直叫，猪崽们也吓得挤成一团。

这时，秋燕急忙制止道："海山，别打了，打几下出口气就算了，事情已经发生了，还不如想办法把猪圈弄牢固点呢，你看小猪吓得都没地儿躲了。"

海山气喘吁吁地说道："打死它，我也不会心疼！"

建成劝道："海山哥，算了吧！你要是把它打死，到时候卖不上价，损失的还是你。你心里不要想不开，要不明天到集镇上找个买猪的，处理了就是了。"

第二天，海山就来到集镇上找到一个买家，把母猪和小猪崽们卖了个精光。接着，他把猪圈也拆掉了，发誓以后再不养猪了。

如今，计划许久的希望在一瞬间化为泡影。家里又没有别的出路，一家三口只有靠着少许的责任田和海山的工资。一年到头，恐难有剩余。再者，眼时狗蛋儿尚小，身边离不开人。因此，自从猪卖了以后，秋燕虽然看起来轻松了许多，可心里却没有平静下来，反而觉得压力更大了，越想越觉得心有余而力不足。

短短半年左右的时间，秋燕身上就接连发生了这种种差点要命的事情。因此，她难免会成为人们茶余饭后议论的话题。以前，她把猪养大的时候，得红眼病的不在少数。很多人说她如何有能耐，是个女中豪杰。如今，说风凉话的人更是不胜枚举。很多人说，秋燕没福气，是个吃干汉子手，就应该永远欠着别人的账，过着低人一等的日子。

近来，最让秋燕想不通的就是桂平。自从家里出事儿以后，桂平每次见到她时，总像个万事通一样，好话坏话一套一套的，每次都把她闹得耳朵直抽筋。然而秋燕从来都是一笑而过，因为她不想把精力浪费在这些无谓的争执上。

她想着近来发生的事儿，心中直冒凉气，忍不住问了自己很多个为什么。难道这就是自己的命吗？为什么倒霉事儿都让自己摊上呢？难道真是别人说的，"跑得快了撵上穷，跑得慢了穷撵上吗"？自己辛辛苦苦的努力，到头来竟是这样的结果，这公平吗？

海山在家陪伴了秋燕一段时间后，又出门了。秀花还是和以前一样，基本上每天都来秋燕家。她安慰着秋燕，把心里的杂事儿先放下，等狗蛋儿长大了再说。

随着时间的流逝，秋燕的心慢慢平静下来。她陪伴着狗蛋儿，度过了一个又一个春秋。狗蛋儿在秋燕的照料下，健康快乐地成长着，很快就到了上学的年龄。海山给狗蛋儿起了一个学名，叫刘战强。

几年前，秋燕又生了一个女儿，叫刘娅文。海山还是和以前一样，农忙结束后，都在外边做木工。工资虽然不多，但就像流动的血液一样，源源不断地往家里输送着。家里的经济虽然没有大的起色，可一家人在一起其乐融融，这让秋燕感到很知足。在两个人的共同努力下，以前欠的账已经全部还完了，家里还添了一台缝纫机。

虽然家里很少买新衣服，可秋燕每次都把两个孩子打扮得干干净净，十分得体。孩子们走出家门时，不少人都连连赞叹，说秋燕不但心灵手巧，把两个孩子也教得知书达理。

海山每次从外头回家，每当爷们儿们找他帮忙时，他总是有求必应。并且这么多年，从来没要过爷们儿们一分钱的工钱，甚至连一包烟都不曾装进兜里。只是白天忙了一天后，晚上一般会小酌两杯。

随着两个孩子一天天长大，家里的开支也越来越大。仅靠海山做木工的工资，时常会捉襟见肘。因此，海山和秋燕也经常商量着，看能否有什么办法，来解决家里的燃眉之急。

有一天，海山带着工具和行李突然回到家里。秋燕见状，瞬间感到莫名其妙，心里想着，麦子已经种上了，家里没什么事儿了，海山怎么突然这个时候回来哩？

这时，海山把行李和工具卸下来后，高兴地说道："秋燕，告诉你个好消息。自力哥的一个老表今天找他说，不让俺几个在家做木工了。他经常全国各地跑，说在外边干一年，比在家干两年挣的还多哩，活儿也不累。大城市的老板，大包小包全是钱。只要给人家好好干，一分也不少给。如果再加几天班，到领工资的时候，让你数钱数到手软。老板要是看你干活儿差不多，隔三岔五的，还请你去酒店吃一顿手递手的饭哩。那小日子过的，神仙还眼气哩！"

秋燕听着海山云天雾地的话语，不自觉地停下了正在和面的手，说道："海山，你说的这些，我咋觉得就像扁嘴子听打雷一样，搞不懂哩。老板的钱再多，也是人家的，说的钱就像从天上掉下来似的。你要记住，无论啥时候，挣钱都不像吹糖人儿一样容易。我看你还是好好琢磨一下，天越来越冷了，大冬天哩，干活儿都伸不开手，肯定遭罪。我看还是等过了年，暖和了再说吧，你又没出过远门，没啥经验，人生地不熟的，打车恐怕都找不到地方。"

海山笑着说道："秋燕，这个机会不好碰，要不是我和自力哥是师兄弟，他老表还不让我去哩！人往高处走，水往凹处流，趁着这个机会多挣点钱。今年过年时，咱几口都买一件新衣服，再给战强他姥爷、姥姥买一身，咱高高兴兴地过个大肥年。"

秋燕说道："海山，我听你说的，心里就不踏实。你出远门，我还是不放心。"

海山说道："秋燕，你放心。咱在家还从不惹事儿哩，在外边，别人也不会欺负咱。就凭我这力气，我只要给老板好好干，哪有不给钱的道理？这年头，碰见要不讲理的，我还真不服输。过了这个村没这个店，平时有啥事儿，咱俩都可以商量。今天这事儿，你就听我的吧。"

这么多年，秋燕深知海山认死理的脾气，只要认准的事儿，就是十头牛也拉不回来。她想，海山这次出远门，跟的是自力哥的老表，应该不会出什么差错。如果去了不中，大不了赔个来回的路费，最起码能开开眼界，就当掏钱买见识了。

秋燕说道："海山，那你准备啥时候走啊？"

海山说道："没啥特殊情况，俺们明天就走。八点以前在集镇上碰面，搭去省城的长途客车。"

傍晚，秋燕给海山准备了一条厚被子和几件换洗的衣服，又把做好的新鞋一并装进了蛇皮袋里。接着，她做了几个大油馍，煮了十几个鸡蛋，又额外打包了一大瓶咸菜。

秋燕说道："海山，你要是吃腻那里的饭了，就吃点咸菜换换口味儿。如果干不了的话，就当去散散心，这油馍和鸡蛋也能撑上两三天。"

海山笑着说道："秋燕，你放心。别人能干，我也能干。师兄俺几个在一块，就是上山抓老虎，我也敢去。我就是想多挣点钱，让咱家过得宽裕一些。"

六十五

风肆无忌惮地刮个不停，天色渐渐地被由薄到厚的云层笼罩起来，云层变得越来越低。冬日的风吹在身上，有一种阴冷的感觉。

晚饭后，海山和秋燕一直说到深夜。对于海山第一次出远门，秋燕心里是喜忧参半。她高兴的是，海山能挣更多的钱来补贴家用。担忧的是，现在天越来越冷，出门打工不是坐办公室，挣的都是苦力钱，肯定要遭不少罪。

然而，她转念又想，世上哪有免费的午餐呢？幸好海山秉性耿直，做事儿不偷奸耍滑，老板应该也不会为难他的。因为无论何时，都是人心换人心，八两换半斤。她祈祷着，但愿海山能一切顺利，平平安安回家。

天刚蒙蒙亮，秋燕就起床给海山做早饭。她推开门一看，然后对海山说道："海山，你看这鬼天气，说变就变。外边还刮着风，冷飕飕的。不中今天你就别去了，等天好了再去。出去打工，早一天晚一天也没啥妨碍。"

海山从屋里走出来，抬头望向天空，说道："那可不中，别说刮风了，就是下雪也要去。这事儿是自力哥他老表和老板约好的，咱要守信用。别犹豫了，吃罢饭，你把我送到集镇汽车站。"

吃过早饭后，海山把蛇皮袋绑在自行车后座一边，秋燕怀里抱着一个帆布包，坐在自行车的后座上。伴随着冷风，二人马不停蹄地来到了集镇汽车站。海山向秋燕嘱咐了几句后，就让她骑着自行车回家了。只一会儿，自力和他老表几个人也赶来了。

海山带着憧憬和希望，踏上了赶往大城市的征程。一棵棵树木，一座座村庄，接二连三地消失在视线之中。海山目不转睛地望着窗外，喜悦的心情难以言表。在他的心中，大城市不光有宽广的马路，更有宽广的平台。

以前他就听村里人眉飞色舞地说，大城市的街道上，那些小鳖盖车里坐着的都是有头有脸的大人物。到了晚上，勾肩搭背的俊男靓女们成双成对，穿着靓丽的衣服，喷着浓浓的香水，时不时地发出阵阵浪笑。

海山心想，灯红酒绿的大城市虽然美好，但这一切都需要钱哪。自己到了以后，一定要好好干。等挣了钱，就带着秋燕和两个孩子去大城市玩个痛快，再到大饭店里饱餐一顿，享受一下天南地北的美味佳肴。

想到这里，海山的心沸腾了，嘴角露出了自信的微笑，仿佛心中的愿望很快就能成为现实。

经过几个小时的行驶，汽车终于在路边的一个烩面馆门口停了下来。海山几个人从客车上下来后，随手把行李搁在了饭馆门口。

自力的老表催冰川，上宽下窄的脸上带着微笑，两只眼睛眯成了一条缝儿。他用手理了一下自己的头发，然后从口袋里掏出一包大前门香烟，给每人递上一支，客气地说道："老表，你们先别急。等咱吃了饭，老板会派人来接。"

海山揉了揉眼睛，看了一眼四周。宽广的马路两旁，两行郁郁葱葱的杨树直冲云霄。远远望去，一群高低不平的土坡遮挡了他的视线。

不远处，有几个乡下人拉着车子，在土堆旁装着干柴，看情形已经装满了。可是，海山并没有发现周围的村庄，更没有看到想象中的高楼大厦。其实，眼前荒凉的痕迹是早已被拆迁的村庄留下的。

只一会儿，站在饭馆外边的海山就感觉浑身的热气已经散尽，手指有些打战。于是，他便走进了饭馆，饭馆内没有别的顾客，显得冷冷清清。

催冰川选了一张大方桌，招呼他们坐了下来。饭馆的老板娘笑着和催冰川打着招呼："老弟，今天这么冷，想吃啥尽管点。"

催冰川笑着说道："先上两荤两素，再掂两瓶家乡大曲，让兄弟们暖暖身子，吃饱喝好不想家。"

从催冰川和老板娘的话中就不难看出，他肯定是这家饭馆的老顾客。

很快，老板娘就把菜和酒摆在了桌子上。催冰川把酒打开，给每个人倒了一杯，说道："咱几个和亲兄弟差不多，往后在一起，无论啥事儿，都互相照应着。在家千日好，出门一时难。今天有点冷，弟兄们也都饿了，咱们吃着喝着，都别客气。"

在催冰川的劝说下，几个人把酒端了起来。催冰川继续说道："这酒菜钱，都是老板报销，只要咱到工地好好干，不要滑头，一分钱的工钱也不会少。你们虽然不认识我，但都知道俺老表自力的脾气，三代不出姥家门。我和自力的脾气差不多，请兄弟们放心，你们只要干到春节，每个人挣的钱都能把口袋装得满满的，到时候你们就偷着乐吧……"

在酒精的作用下，催冰川讲起话来手舞足蹈，忘乎所以，一下子把唾沫星子喷到了坐在对面的自力的脸上。

自力也是个板儿（直）脾气，和万师傅一起做活儿的这么些年，他早已养成了一言一行都守规矩的好习惯。催冰川的言行举止让自力觉得心里十分别扭，于是他就想提醒催冰川稍作收敛，可又怕失他的脸面。

刚开始，自力还忍着，只是用眼睛提示他。而催冰川此时像个齐天大圣，上天入地，无所不能。无论是从天南到地北，还是从东海到西藏，都能云里雾里地侃侃而谈。看这架势，如果有一个挺着肚子的女人从他眼前走过，他一眼就能知道怀孕几个月了，怀的是男是女。

自力终于忍无可忍，说道："老表，你先少说几句，让兄弟们吃好再说。等春节把活儿干了，工钱拿到手了，我破两天的工资请你的客。现在正吃饭哩，说多了没用，事实胜于雄辩。"

催冰川听到自力的话后，也觉得不好意思，笑着点了点头。最后，催冰川又给每一个人要了一碗烩面，做到酒足饭饱。

饭后不久，一辆面包车停在了饭馆的门口。伴随着面包车的鸣笛声，车上下来了一位年轻小伙，一米七五以上的个子，一百八十斤左右，长长的头发，后面还扎了一个马尾。

接着，海山几个人从饭馆里走了出来。催冰川没有直接走上前去，只是在一旁打量着这个年轻人。

年轻人笑着走了过来，顺手从口袋里掏出一包烟，给每个人让了一支，客气地说道："是彭老板让我来接你们的，刚才我在车上，就看见冰川哥在这儿哩。"

催冰川一听，感到有些诧异，随口接了一句顺杆儿爬的话："兄弟，还是你好眼力。恁哥我把兄弟给忘了，你别见怪。"

这时，年轻人把火机打着，恭恭敬敬地帮催冰川把烟点上，笑着说道："俺哥贵人多忘事儿呀！你忘了吗？那天在夜总会，彭老板右边坐的就是我。那次你也喝多了，还是我把你送到宾馆住了一夜。"

催冰川用手拍了一下额头，笑着说道："哦！想起来啦！看恁哥这记性，竟然把小兄弟忘了。"

年轻人问道："冰川哥，你们吃好了吗？"

"刚吃罢，都吃好了。"催冰川笑着说道。

年轻人笑着说道："人是铁，饭是钢。给！这是彭老板让我给你捎的饭钱。"

说着，年轻人随手就从口袋里掏出一百块钱递给了催冰川。

催冰川故作姿态地让了一下后，就接过钱去结账了。接着，海山几个人把行李都装到车上。顿时，面包车被塞得严严实实，坐在里边有种快要窒息的感觉。

催冰川和年轻人坐在前排聊得热火朝天，二人一根接一根地抽着烟，面包车里很快就变得烟雾缭绕，如同仙境一般。

狭小的空间内，自力被熏得上气不接下气。于是他对催冰川说道："老表，离干活儿的地方还有多远哪？要是时间长了，先停下休息一会儿，快叫人憋死了。"

年轻人说道："弟兄们不要急，再坚持几分钟，马上就到。"

很快，面包车就在一个院子里停了下来。几个人刚踏出车门，还没拿上行李，自力就蹲在一旁吐了起来。

催冰川见状，急忙领着他们来到了一个洗手池旁。几个人感受着冰冷的水流，浑身忍不住直哆嗦。

海山仔细看了一下眼前的情景，周围一片荒凉。虽然与心里所想有些落差，但一切都是新鲜的。院子左边，两排两层坐北朝南的彩钢瓦房子鳞次栉比地排列着，看起来井然有序。每一层的每一间房门上都挂有字牌，第一层，木工一号、木工二号，木工三号。紧挨着的是钢筋工一号，钢筋工二号等，以此类推。瓦工一号、瓦工二号等都在第二层，每个房间住八个人。

院子右边也是坐北朝南的彩钢瓦房子，门上也挂着字牌，上面写着"总经理办公室、副总经理办公室、财务室、调度室等"。

院子中央种着少许冬青树，冬青树旁边还立着一根旗杆。整个院子看起来，倒也算是干干净净。不知道是不是天冷的缘故，院子里很少有人走动。

大门口左边，用铁链子拴着一条健壮的大狼狗，正虎视眈眈地扫视着周围的一切。大门口上方，蓝底白字，清晰、工整地写着"中国第一建筑总公司，中原第一分公司项目部"。

大门口右边的值班室里，隔着玻璃就能看到，一个光头大叔模样的人，正无拘无束地歪在椅子上打瞌睡。

催冰川对海山几个人说道："走！你们几个带着行李去木工二号房间。看谁躺上铺，谁躺下铺。这间房子没外人，啥事儿好商量。"

海山把行李放在一边，然后把铺盖展平。他试着躺了一下，觉得还凑合，就是床板有点硬。他想，这都不是事儿。要是在夏天，直接躺木板上就睡了。起码这房子不漏雨，比自己以前住的土墩房强多了。想起以前自己住的房子，要是碰上连阴天，外边下大雨，屋里下小雨。因为这，自己不知道头疼了多少次。如今是打工挣钱，不是来旅游哩，有个躺的地方就不错了。这大冷天，要是有花不完的钱，谁还出来受这份罪哩？唉，想恁些不切实际的有什么用呢？再苦再累，能把钱带回家就中。只要全家人一起过个愉快的春节，什么都值了。

第二天，海山一觉醒来，已经是五点多钟。他推开门一看，天还没有亮。刮了一夜的西北风终于停了下来，可是气温却比昨天降了不少。

此时，饭堂的师傅已经把饭做好了。早饭有馍、大米稀饭，还有腌制的白萝卜干。与其说是一锅大米稀饭，不如说是一锅浑水更贴切。稀饭随便喝，锅里边放两个大勺子，看起来倒是诚意满满。然而无论你怎么去舀，只要能把米舀到碗里，那你舀米的技术就可以去申请吉尼斯世界纪录了。

笼里的馍冒着热气，看起来还不错。很多人用筷子，像冰糖葫芦一样，把馍串上好几个。有的人则更省劲儿，随手把粘在一起的馍往怀里一揣，然后左手端一碗稀饭，右手夹一筷子咸菜。由于天冷，很多人取了饭后，便回到自己的房间去吃了。

海山几个人来到饭堂时，里面的人已经很少了。做饭的师傅没好气地说道："我看恁几个是新来的，就不再说啥了。明天恁几个早点起床，五点就来打饭。要是再等到这个时候，饭可就没有了。别怪我没提前告诉恁几个，这不是恁家，这是工地。王八还有个鳖规矩哩！"

听到饭堂的师傅这么说，海山心里有点拧巴。心想，这人说话咋还带把儿哩？于是，他拿好馍后，就想提醒饭堂的师傅，以后说话的时候注意点。

自力看势头不对，便推了海山一下，小声说道："先别理他，以后再说。"

海山气得"哼"了一声，心里骂道："妈的，老子刚来，你就想欺负人哪！"

早饭后，施工队长很快就把别的工人安排到各自的岗位。接着，他把安全帽发给了海山几个人。

队长大声说道："今天，几个兄弟第一天上班，咱们彼此还不熟悉，我简单做一下自我介绍。我姓史，叫史有利，是施工队长。往后，兄弟们叫我史队长就好了。有什么事儿，可以直接找我。来！大家都往灯光下边站站，咱们互相认识一下。"

海山和自力走上前去，端详了一下眼前的史队长。史有利个子不高，体形匀称，皮肤黝黑，身子有点向右倾斜。只从长相上，倒看不出有什么过人之处。

史有利接着说道："往后，咱们在这里干活儿，要遵守工地上的规章制度。如果干活儿时耍滑头，扣工资是必不可少的。要是偷工地上的东西，一旦被发现，工钱就不用想了，弄不好还要坐牢。咱们都是明白人，都几十岁了，有些话，我也不用多说。总而言之一句话，在这儿干活儿，只要规规矩矩、踏踏实实，工钱绝对没有问题。"

史有利干咳了两声，继续说道："如果有人胡搅蛮缠，天老大你老二，我先丑话说在前头，那你们可是想错了，要明白鸡蛋和石头碰的下场，自己平时吃几个馍喝几碗汤，自己最清楚。工钱在老板手里，要是吊儿郎当，我行我素，最后吃亏的肯定是你们。你们想想，老板要是没两把刷子，能敢包这么大的工程？今天，我就说到这儿，有啥疑问抽空再找我详谈。现在马上到施工现场，抓紧时间干活儿。"

海山几个人对史有利讲的话感到不以为然。几个人心想，你讲也好，不讲也罢，偷拿拐骗的事儿，我们是绝对不会干的。老板的钱再多，也是老板的。我们只要把活儿给你干好，你把许诺的工钱给我们，咱们就谁也不欠谁。谁都知道，天下没有白拿的饭碗，我们就认这个理儿。

接着，史有利把海山几个人带到了施工现场。眼前是一幢已经盖了六层的楼房，上边有十几号人正砰砰、啪啪地钉着钉子，塔吊也在不停地往上边吊着模板和木方子。

这时，史有利对海山和自力说道："你们刚来，即使在家的时候手艺再好，也要熟悉一段时间。这位是杨班长，恁俩就和他一班儿，他们几个要是没干过木工活儿，就给你们做小工。我不在时，有什么事儿，给杨班长说一声，一切听他安排！"

说罢，史有利便转身离开了。

六十六

杨班长五十多岁，一米七左右的个子，微胖的身材，一嘴浓密的胡须。安全帽把头发重重地压在他的衣领上，满是油腻的衣领像理发师傅用来磨剃头刀子的布条一样，明晃晃的。戴着的手套，只剩下手面处是完整的。裂着血口的十根手指全部露在外边，像乌龟的头一样，又硬又黑。

他身穿一套劳动布衣服，袖口烂得像是崩碎的鞭炮皮儿。从裤腿上的窟窿处，能清晰地看到里面穿着的灰色毛裤。口袋上的烂布条挂在一边，随风摇摆。脚上踩着的一双新布鞋异常显眼，看起来做工还不错。单从他的穿戴就不难看出，他在工地上肯定不是一天两天了。

杨班长缩着脖子，站在冷风里，鼻孔里不停地向外喷着一股一股的热气，胡须上沾满了晶莹的水珠，这些水珠又在喷出的热气的作用下，洒落在地上。

这时，杨班长走到海山和自力的面前，笑着说道："两位师傅，贵姓啊?"

海山客气地说道："我免贵姓刘，他免贵姓吴。"

杨班长说道："刘师傅，吴师傅，往后咱们在一起干活儿，要互相照顾。我比恁俩大几岁，你们叫我老杨就好了。"

正说着，老杨用手背使劲儿地抹了一下胡须上的水珠，尴尬地说道："天太冷了，把鼻子都冻流水了。"

海山和自力看着老杨这一举动，差一点笑了出来。老杨接着说道："我看恁俩这块头，还怪结实哩，在家做木工肯定是个好手。支模板不需要多高的技术，照图纸做就行了。这里都是标准房间，像恁俩这木工高手，用不了几天就熟悉了。这活儿粗中有细，只要多留点心，比做家具容易多了。一回生，二回熟嘛!"

二人听老杨的话音，就觉得他不像个拖泥带水的人。海山说道："老杨，听你的口音，咱离得不远哪!"

老杨说道："俺家在豫东的一个镇上，这几个师傅是西乡的，都是实在人。"

海山笑着说道："老杨，咱正好是老乡啊!往后还要你多照顾哩!等歇班儿了，咱几个老乡一起喝二两。"

老杨爽快地回答道："没问题，我做东。"

整个上午，海山和自力都在老杨的带领下支模板。老杨耐心地把一间房的整体面积，大梁的长度、高度、宽度，五零线的用处，橡胶顶和一厘米半模板的厚度，都给他们讲得一清二楚。

都说把戏隔张纸，一点就破，这话说得一点不假。海山和自力在家时就是顶呱呱的木工，如今又加上老杨的细致指导，他们很快就明白了支模板的路数。至于钉钉子、裁模板、加固等，样样不在话下。

老杨站在外架上，认真地说道："恁俩千万注意安全，这么高的楼，一旦失手，可不是开玩笑的。轻则伤筋动骨，重则要人的命。如果人没了，老婆孩子就都成人家的了。别人像买牲口一样，整个一套（一起）弄走，到时候你连个烧纸的人都不会有，我说的可是大实话。在外墙支模板，就是干慢一点，也不能出一点差错，小心没有过火的。"

整个上午就这样充实地过去了。此时，海山和自力已是饥肠辘辘，二人肚里都咕噜咕噜直叫。

这时，耳边传来了史有利吹的哨子声。海山想着，手里还剩几个钉子没有钉好，等钉完后再去吃饭也不迟。

　　然而老杨催促道："快点，下班了，别钉了。把工具带回去，晚了就没饭了。"

　　海山和自力还没缓过神来，老杨就拿着工具，一溜烟儿地顺着楼梯下楼了。他们放眼望去，别的工人也正浩浩荡荡地往楼下冲。

　　海山心想，吃饭慌啥哩？难道真像老杨说的那样，晚了就没饭了？我就不信，干了几个小时，还能没饭吃？

　　于是，海山和自力把工具拾掇好后，才慢慢地从楼上走了下来。

　　二人还没走到一楼，就听到史有利大声吆喝着："妈的，个别人是越来越不像话，上班时像拖拉机，下班时像坐飞机，干活儿时像个瘟鸡。再这样下去，看我怎么收拾你，我有的是办法。"

　　说罢，史有利沉着一张奔丧的脸，两只胳膊背在身后，扭头向屋里走去。

　　这个时候，工人们为了能早一刻填饱肚子，哪还顾得上这些？大家都当史有利不存在一样，从他身旁飞奔而过。至于他说的话，自然没一个人放在心上。

　　当海山和自力走下楼梯，还没把工具送到宿舍的时候，很多人连手都没顾上洗，就用筷子串几个馍，端着半碗土豆丝回到了屋里。

　　海山看了看自己满是油污和铁锈的手，心里想着，就是再急，也要把手洗干净再吃饭哪！于是，他拿着饭碗来到水管旁，简单冲洗后才来到食堂窗口，然后把碗递了过去。

　　盛饭的师傅一边用勺子叮叮当当地刮着盆子，一边不耐烦地嘟囔着："再给恁几个重申一遍，在这儿吃饭，不要老想着像在家里那样，当老祖宗敬着你们，这儿可没那个规矩。下次再来晚了，可别怪我没提醒恁。"

　　说着，盛菜的师傅把半碗萝卜干递了出来，说道："菜没有了，就剩这些了，将就着吃吧！要不是我特意留着，恁几个连这也吃不到嘴里。"

　　话音刚落，盛饭的师傅就毫不迟疑地把卖饭的窗口关上了。

　　海山看着眼前的半碗萝卜干，心里忍不住有点发酸，不由自主地骂道："干了大半天，几个人就弄这点萝卜干。我真想把这萝卜干泼到饭堂门上去，这和催冰川说的完全是两码事儿。"

　　抱怨过后，他把这半碗萝卜干递到了自力手里，说道："我不爱吃萝卜干，恁几个吃吧。我来的时候带的有咸菜。"

　　自力心知肚明，他知道海山是看着菜少，才故意这么说的。下午，海山几个人听到史有利的哨子声后，又拿着工具上楼了。

　　老杨说道："今天中午，你们打到菜了吗？往后留点心，只要听见史队长的哨子一响，就抓紧时间下去，把饭打回来再说。以后，时间长了就习惯了。"

海山说道："谢谢你，老杨。"

接着，老杨小声说道："都小心点，史队长在远处偷看哩！你们该干啥还干啥，装作没看见他。你们刚来，有些情况还不熟悉。史队长的权力大着哩！开工钱的时候，老板就听他一句话。他可是实权派，得罪不起。"

海山心想，我刘海山长这么大，无论在什么地方干活儿，从没耍过滑头，更不会当面一套背后一套，别人能干多少，我肯定不会少干。你史队长要是觉得我没能力挣你们的钱，我可以随时走人。

过了一会儿，史有利歪着身子顺着楼梯走了上来，一直来到海山面前，静静地看了一会儿。

临走时，他对老杨说道："老杨，天越来越冷，你们这几天抓紧点。昨天老板说要赶工期，可能晚上要加班。要是再赶时间，就要包工了，你心里有个思想准备。"

说罢，史有利便去往别处转悠了。

老杨说道："刚才你们听到史队长说的话了吧！他整天就摸着肚皮想孬点子。晚一天要是下雪了，干活儿的速度肯定慢一点。他担心干天工时，老板赚钱少。如果是包工，他就不用太操心，交给你个图纸就完事儿了。到时，你做得慢或者出了问题，他可以直接洗脱责任。要是手艺差，你就是干得再累，也不会比现在的天工挣钱。但也不要怕，我看恁俩干活利索，用不了几天，恁俩肯定中。要是包工，咱几个绝对不会比别人干得少，到时候多操点心就是了。"

忙碌的下午很快就结束了，史有利的哨子声又一次响了起来。老杨看了一下手表后，骂道："这个王八蛋，又晚下班十分钟。走！咱们赶快下去。"

海山和自力按照老杨的吩咐，回宿舍后随手把工具放在了地上，手都没顾上洗，就端着碗跑向了饭堂。

此时，饭堂的窗口前已经排起了长龙。工人们吵闹的声音和筷子敲碗的声音融合在一起，好不热闹。

有人大声喊道："快点，老子快饿死了。"

今天晚上还算不错，每个人至少分到了一勺大白菜。海山用筷子把几个馍串在一起，然后放在碗里的白菜上，对自力说道："自力哥，你先把我的碗端屋里，我去买瓶酒。"

说罢，海山便快步来到小卖部，拿了一瓶家乡大曲。当他查了老板娘找的零钱后，才知道这瓶酒比平时贵了三毛钱。

他以为是老板娘算错了，于是忍不住问道："老板娘，这酒咋比别的地方多要三毛钱哩？"

老板娘正悠闲地嗑着瓜子，头也没抬，没好气地说道："我一直卖的就是这个价钱，你要是嫌贵就别喝。我开车带这么远，不赚钱，你让我喝西北风呀？"

海山知道，这荒郊野外的，恐怕再也找不到别的卖酒的了。可老板娘的话语，让他越想越不是个滋味儿。于是，他把酒装进口袋之后，忍不住甩了一句："别看你这个卖酒的，说话还怪厉害哩。"

老板娘毫不犹豫地说道："我的脾气就这样，有本事你别上这儿来。"

这时，老杨正好走过来，拍了拍海山的肩膀，小声说道："少说两句吧！心里不好受，下次就别来买了。你没想想，在这儿开小卖部的都是谁的人？"

说着，老杨给海山递了个眼神，示意他离开。混迹工地多年的老杨很清楚，在工地上，认理是行不通的，要是讲理就去找司机，他们论里（理）。

回到宿舍后，海山把来时带的咸菜和几个人没吃完的鸡蛋都拿了出来，不好意思地说道："老杨，今天弄得太简单了，而且连个桌子、板凳都没有。"

老杨说道："别急，我那屋有的是板凳，就是没桌子。不过也没事儿，咱们做木工活儿的，手到擒来！"

于是乎，自力跟着老杨把板凳搬了过来。老杨又找来一块板子，用锯把板子简单裁了一下后，单凭眼力，三下五除二就钉出了一张简易的餐桌。

老杨用手晃了一下后，笑着说道："来！把菜放桌子上，咱们手里从不缺饭桌。"

接着，几个人便把吃的摆在了桌子上。

海山摸了一下刚钉好的餐桌，立刻伸出了大拇指，说道："老杨，还是你厉害。"

这时，老杨又回到自己屋里拿来了一袋花生米和一瓶家乡大曲，笑着说道："今天，我怎么也没想到，能和几位老乡坐一起喝酒。"

他把酒倒碗里后，接着说道："咱们出门在外，不像在家里，什么都是现成的。今天没有酒杯，就用这个碗喝吧。每一次都倒在这个碗底圆圈的位置，大概有一两多。"

海山说道："老杨，这儿数你年纪大，既是大哥，又是老乡，俺们都听你的。这杯酒，你应该先喝。"

老杨笑着说道："中，那我就不客气了。"

说罢，老杨端起碗，一口气喝了下去，然后拿着空碗在几个人面前晃了一圈。

海山笑着说道："老杨真爽快，不愧是老乡哩。"

接着，老杨把酒重新倒进碗里，说道："你们看着，和我倒的一样多，一根发丝也不会错。"

就这样，几个人很快就走了一圈。老杨拿起筷子说道："来！各位兄弟，尝尝这花生米，看看是不是和咱老家的一个味儿。"

吃了几口后，老杨继续说道："今天喝点酒，大家别嫌我絮叨。你们第一次出门打工，凡事要留个心眼儿，尽量别惹事儿，能忍则忍。如果真有人故意找事儿，咱也不怕事儿，工人们来自山南海北，啥脾气的人都有。不像在自己老家，低头不见抬头见，一般都会留个面子。在工地上，有些事儿不是咱们想的那么简单，什么想不到的事儿都会发生。吵架、打架是常有的事儿，弄不好还闹出人命哩。"

自力说道："老杨，听你的，俺们谦让着就是了。"

转眼之间，海山和自力来到工地已半月有余。他们做工的速度一天比一天快，质量更是没的说。无论是包工还是天工，他们都能游刃有余，很快就得到了工友们的高度赞扬。对此，史有利也发自内心地感慨，没想到催冰川带来的这两个师傅，还真有一手哩。

海山和自力暗下决心，一定要把工作保质保量完成。手被冻得出现裂口时，就随手用胶布一缠。时间长了，两只手没有一点完好的地方，锤把和模板上时常沾着血迹。但他们从不把挨冻和受累挂在嘴边，反而干劲儿十足。因为尽可能多挣点工钱，才是他们最大的愿望。得益于老杨的提醒，每天下班后，他们都认真地记录着自己的工时、天数，免得以后算账时出现差错。

夜晚的工地，寂静而阴冷。只有那分布在塔吊顶端四个方位的探照灯，在不辞辛苦地照亮着工地上的每一个角落。劳累了一天的工人们早已进入甜蜜的梦乡，偶尔听到宿舍的楼梯上，传来有人去厕所时发出的噔噔噔的脚步声。

去厕所的人不停地嘟囔着："咋恁冷哩，非把人冻死不可。"

紧接着，十有八九会传来咣当一下的甩门声。这时，有人蒙蒙眬眬地说道："就不能轻一点？怕夹住尾巴了还是咋的？闹得连个安稳觉都睡不成。"

出去解手的人钻进被窝后，偶尔还会忍不住还击道："天恁冷，谁撒罢尿，还站在外边数星星哩！"

在晚上，这样的对话时有发生。时间长了，也就见怪不怪了。

今天后半夜时，海山也披着棉袄去厕所解手。当他刚走到楼梯拐弯处时，只听见哗啦一声，有人站在二楼往下撒起尿来。不早不晚，一股热气腾腾的尿水，劈头盖脸地浇在了海山的头上，流到了他的脖子里。

海山顿时怒火中烧，大声吼道："没长眼吗？没一点熊教养！走到厕所，能冻死你个王八蛋了？"

撒尿的人听海山这么一吼，依旧我行我素，不停地尿着，并理直气壮地说道："那么多人站楼梯上撒尿，你咋不管哪？我一尿，你就厉害了，你认为你是谁呀！"

海山心想，你连一句道歉的话都不说就算了，竟然还强词夺理，世上还真有这样的无赖，我非要看看你到底长啥样儿不可。

接着，他随手用棉袄把头上的尿水擦了一下，吼道："有种，你给我下来。"

撒尿的人听到海山这么一说，连想都没想，竟然咚咚咚地从楼上走了下来，不服气地说道："哟呵！看把你厉害的！我看你能把我怎么样，我又不是故意的，你走路为啥没往上瞅一眼，尿你头上也不能怪我呀！"

海山说道："我长这么大，还没见过你这号的熊人哩！"

说罢，就一拳打了下去，三拳两脚就把那人打翻在地。

这时，工人们听到声音后，都披着衣服从屋里跑了出来，急忙把他们拉开了。撒尿的人挨打以后，便大声喊他的老乡们一起来修理海山。

自力几个人见状，各自拿着钢管跑了过来，说道："海山，咱们跟他们拼了。见过不讲理的，没见过恁不讲理的。尿人家头上，你还有理了，这不是欺负人吗？"

海山把棉袄甩在一边，露出了明晃晃的脊背。他拿着钢管站在灯光下，骂道："过来！我看哪个王八蛋敢上，我要不把你们的头打烂，我就不姓刘。"

说时迟那时快，工地上的几个保安和史有利赶了过来。在他们的劝说下，这场打斗才得以幸免。

史有利简单问了一下情况后，大声喊道："这事儿就算结束了。如果谁再闹事儿，工资一分没有，报警让派出所的人来处理。明天还要干活儿，都回屋睡觉去，有问题明天再说。"

第二天，海山依旧和往常一样，天不亮就起来了。他简单吃了饭后，就在宿舍等着史有利来找自己处理问题。对于昨天晚上发生的事儿，无论责任在谁，结果都不是他愿意看到的。他的目的仅仅是想用自己的力气和手艺，挣钱养家糊口。他与这些人本来就素不相识，更谈不上冤仇。

静下心后，海山心想，好在当时没用钢管打人，否则后果将不堪设想。如果自己真被抓进监狱，秋燕该有多失望啊！事已至此，实在干不下去的话，就把行李一背，算账走人也就是了。

这时，老杨推门走了进来，说道："海山，走吧，干活儿去。刚才史队长把我和催冰川叫了过去。他对俺俩说，让你继续干活儿。昨天那个家伙是史队长的老表，史队长也批评他了，这事儿就算过了。他没啥大碍，只是腿上破了点皮儿。"

海山说道："唉！那个家伙的素质真是太差了。他当时要是能给我赔个不是，我也不会动手打他。整天起早贪黑地干活儿，累得连话都不想说了，哪还有劲儿打架哩？"

自从打架以后，海山说话变得格外谨慎，因为他不想自己身上再发生一些不愉快的事情。对待一些人，他选择敬而远之。来到工地这么长时间，他深深地感受到，工地并不是自己想象的那么简单。这里的人来自四面八方，脾气各异，素质修养更是参差不齐。一些人稍有不适，就像吃了枪药一样，随时都有可能变成定时炸弹。他想不明白，有些人肚里虽然没什么荤腥，整天累得像狗一样，为什么在欺负别人的时候，力气变得如此之大呢？

六十七

今年冬天的第一场雪早已融化，房檐上坠着长长的冰挂，大地被冻得硬邦邦的。光秃秃的树枝上，一群麻雀正叽叽喳喳地叫个不停，为萧条的数九寒天带来了一丝生机。很多庄稼人都猫在家里，清闲地度过一天又一天。

傍晚，秋燕高兴地陪着两个孩子吃着晚饭。

战强仰起头，天真地说道："妈妈，俺爹啥时候回来呀？天这么冷，他怎么还不回来呀？我想俺爹了。俺爹说，过年的时候给我买摔炮儿哩。"

娅文也在一旁欢快地说道："咱爹也许我了，他说挣了钱给我买新衣服，还买花子哩。"

秋燕笑着说道："抓紧吃饭！等恁爹回来了，咱们一起去集镇上买新衣服、买炮、买花子。"

两个孩子听到秋燕的话后，顿时高兴得手舞足蹈。秋燕看着两个孩子，嘴角露出了幸福的微笑。

收拾妥当后，秋燕一个人静静地坐在堂屋发呆。这时，她似乎听到了海山的脚步声。然而当她把门打开后，却连海山的影子都没看到。

接着，她心不甘情不愿地把门关上，在心里说道："原来是一场幻觉。"

近来，不知为何，村里很多人对海山议论开了。有人说，海山这次发大财了，比以前做木工多挣好几倍的钱，活儿也不累，吃的油水还大，现在比在家时重了十多斤。

还有人说，海山和老板的关系搞得好，走到哪儿都有小车接送，和电影上的差不多。去大饭店喝酒，比咱去镇上赶集还随便哩。好酒喝着，好烟抽着，还有美女陪着，过的真是神仙般的日子。

就这样，一来二去，传得是越来越玄乎。竟然还有人信誓旦旦地说，海山回来后准备和秋燕离婚哩！老板给海山配了个女秘书，还是个大学生。谁都知道，人有了钱，心就变了。像秋燕这样的泥巴腿子，别说是海山，搁谁都会甩掉的。有白蒸馍，谁还吃黑窝窝头哩！傻子也不会恁死眼子。

村里的种种传言很快就进了桂平的耳朵里。于是乎，她再也坐不住了，整天忙着审东家走西家，来核实一下这些传言到底是真是假。她对这几天打探的消息进行精心的推理之后，开始对这些传言深信不疑。

这么多年，村里人对桂平的秉性了如指掌。只要有利益的地方，恨不得把头削得像竹签子一样往里钻。

于是，有人故意对桂平说道："海风和海山可是亲兄弟哩！你让海风去找海山，肯定会沾海山的光。说不定，你们也会发大财哩！"

桂平口是心非地回答道："俺才不去哩！海山就是当八楼高的官，我也不去求他。海山有钱是他的，我一点也不会眼气。"

虽然她嘴上这么说，可心里却炸开了锅，好像沙漠里饥渴难耐的骆驼发现了水源一样。她思量着，不能再等了，应该让海风马上出发，赶紧去投奔海山。对了，去的时候应该带一个大一点的包，万一挣的钱太多，装不下就麻烦了。

回到家后，桂平立刻就把听到的消息跟海风绘声绘色地讲了一遍。

海风躺在床上，装作没听见。桂平拍了拍他的肩膀，说道："海风，我今天晚上去找秋燕把海山的地址要回来。你去找海山，让海山给你安排个活儿。"

海风说道："你听风就是雨，屎壳郎跟屁走，这都是哪跟哪啊？"

说罢，海风就侧躺在床上，随手用被子把头蒙了起来。

然而桂平一反常态，不但没生气，反而乐呵呵的。她心想，如今海山能耐了，海风是谁？是海山的大哥呀。如果还用以前的脾气对待海风，海风一不高兴，就会把话传到海山耳朵里。万一激恼了海山，他就是有钱，也不会给俺们了。往后在海风面前，要改变一下态度。真有什么事儿，还是海风在海山心里的面子宽，可不能再装信球了。

想到这里，她整个人已经飘飘然了，好像看到海山正拿着钱在自己的眼前晃动。

此时，秋燕把两个孩子安顿好后，坐在床上，随手拿起给海山纳的鞋底。她还没扎上一针，就听到了桂平的喊声："秋燕、秋燕，睡这么早啊？"

秋燕一听，急忙从床上起身。打开门后，只见桂平手里提了一个鼓鼓囊囊的包裹。顿时，她感到十分诧异，天这么冷，桂平平时很少过来。即使偶尔来一趟，也是西北风带冷子——连讽刺带打击，连一句顺耳的话都听不到。今天她这是怎么了？看起来满面春风的。

秋燕和气地说道："大嫂，我还没睡呢，给海山做双鞋。天这么冷，你这个时候来，有事儿吗？"

桂平笑着说道："也没啥事儿，我看天冷了，就把虎子的毛衣给战强拿过来了，你也不用给他买了。与其放着，还不如让战强穿哩。"

秋燕说道："嫂子，还是让虎子穿吧！我给战强做的有新棉袄，冻不着他。"

桂平说道："现在虎子长高了，这件毛衣有点小了，他穿不上了。要是外边的，我还不舍得给哩！还有这双胶鞋，我也给战强拿过来了，你就留着吧！"

说着，桂平就把包裹往秋燕手里塞。在桂平的再三推让下，秋燕经历了短暂的思想斗争后，难为情地把包裹接了过来。

秋燕心想，今天是哪股风把她吹迷了，像变了个人一样，咋舍得把毛衣和胶鞋送给俺战强哩？虽然不想接，可看她这么实意，要是不收下，她恐怕会逢人就说，你架子大，看不起她。然而要是收下，还怕她到处说，你占她的便宜。算了，既然她拿过来了，就先放这儿吧，看看她到底咋想的。

接着，桂平不疼不痒地说了一阵子无关紧要的话后，才拐弯抹角地说到了正题上。

桂平说道："秋燕，我听说海山在外边混得可以，当上老板了。这一回，咱姓刘的祖坟里终于冒青烟儿了。那么多年被踩在脚下，没有翻身过的死鳖终于可以翻翻身了。风水轮流转，这是下雨不戴帽子——要淋（轮）到头上了。以后，咱们也该大拇指一伸，扬眉吐气一把。我心里想着，看是不是让恁大哥去找海山，让海山给恁大哥安排个差事儿？这二年，恁大哥的身体不如从前了，他从没打过工。现在去找海山，让恁大哥多少挣点，攒点钱，以后给虎子娶个媳妇。"

秋燕听着桂平的话，顿时感到莫名其妙，心想，我都不知道，你是从哪儿听的这没影儿的话呢？

秋燕说道："大嫂，你这都是从哪儿听哩？我咋不知道哩！海山哪有那么大本事？他是沾他师兄的光，在工地上支模板哩！听说工资是比做木工时多点，可是整天风刮日晒，爬高上梯的，天又这么冷，手都崩流血了，吃的也不咋的。老板整天像催命鬼一样，看谁干得慢一点，立马就吆喝上了。海山不是你说的那个情况，这是有人给海山戴高帽子哩！或者是别有用心，看笑话哩！往后你别再信这些话了，到哪里挣钱都不容易。你还能不知道吗？钱难挣，屎难吃啊。这样吧，等海山回来了再说。要是在工地上中，他肯定会叫着大哥去挣钱哩。"

桂平说道："秋燕，你能把海山的地址给我记一下吗？"

秋燕说道："大嫂，海山的地址，我还真的不知道。他很少来信儿，就是偶尔来一次，我也没在意问他的地址。他只是说离市区很远，平时想买点日用品都买不到。等他来信儿的时候，我问清楚了再给你说。"

走火入魔的桂平以为秋燕是在和自己绕圈子，于是嬉皮笑脸地说道："秋燕，我看你连大嫂也不相信了。我来找你，还是恁大哥让我来的，你可不能有啥想法呀！你可要记住，上阵父子兵，打虎亲兄弟。无论什么时候，胳膊肘也不能往外拐呀。海山要是让恁大哥挣到钱，比帮谁都强。"

秋燕继续解释道："大嫂，我给你说的都是实话。海山在哪里干活儿，我真不知道，你可不能生我的气呀！谁亲谁近，我还是明白的。"

停了一会儿后，桂平眼看得不到自己想要的信息，于是便知趣地离开了。

桂平走后，秋燕坐在被窝里，一边纳着鞋底，一边琢磨着。对于桂平说出的话，她万难相信。要说海山在工地上交了几个朋友倒也正常，因为海山义气重，虽是手头紧，但在朋友面前，可不是个吝啬鬼。但要说海山当上老板，那是绝对不可能的。海山要钱没钱，要人没人，更不会钩心斗角、花言巧语。天上掉馅饼的事儿，不会落到他的头上。

但令她感到疑惑的是，无风不起浪，大家之间相传的海山发财的这股烟儿，是从哪儿冒出来的呢？然而话又说回来，世上哪一个女人不希望自己的男人混得风生水起呢？也许有，但自己还没有听说过。

想到这里，秋燕本能地露出了微笑。她也希望桂平说的话是真的，即便她根本就不相信。

桂平垂头丧气地回到家后，想着自己破费那么大，竟然没打听到海山的一点消息，心中禁不住有些失落。

于是，她随口叫了海风几声，想求得一丝安慰。然而海风却没有搭理她，只是装作睡觉。

霎时，桂平气得咬牙切齿。她掀开被子，连衣服也没有脱，就直接钻进了海风的被窝。一瞬间，把海风冰得浑身直哆嗦，只听见牙齿咯吱咯吱的声音。

海风哆嗦地说道："你……你想把我冻死呀？连衣服都不脱。你去哪儿浪摆了？不冻僵，你都不会回来。"

桂平发出了得意的贱笑，说道："你咋呼啥？我啥时候钻你的被窝都是现成的，非要女的给男的暖脚，你就不应该给我暖脚呀？我为了这个家，整天操碎了心。你不但不同情我，就知道躺在被窝里睡大头觉，还说我上哪儿浪摆去了。就你这没心没肺的熊货，看哪个村能找着你这号的。"

此时，海风被桂平冰得上气不接下气地咳嗽起来，连辩论的气息都没有了。

桂平说道："刘海风，你就像那破车，三天不修就要零散。现在，我心里烦得像扒了两碗苍蝇一样闹心，你还跟没事儿人一样。就你这整天像八十老头戴的摔不烂的破毡帽一样，别说是我，看搁哪个女人的头上能受得了。"

接着，桂平叹了一口气，继续说道："刘海风，你也不知道是咋混哩？亲兄弟都看你不算个人。现在，海山混得有钱了，他那个瘸腿老婆也高人一等了。我问她海山在哪儿，她吓得没敢跟我说，生怕沾她一点光。就这我还是拿着东西去的哩，连个二家旁人都不如。我看你往后也别姓刘了，让虎子随我的姓。往后，咱俩各过各哩！"

海风说道："你整天都想的啥？一点不顺心，就胡球说，嘴里连个热屁都夹不住。我就不信，秋燕会照你说的那样。你别再唠叨了，搅得一家鸡犬不宁，等海山回来再说。"

桂平大声说道："我说的话，你从来就是不信。总是这个耳朵进，那个耳朵出。老是一根筋，非要一头撞到阎王爷蛋上，你才死心。我敢说，你只要不听我的，这辈子就死鳖定局了，想翻身就得等到重新投胎了。"

海风听着桂平的话，没再说什么。他知道，这么多年了，和桂平解释了很多事儿，最后都是瞎子点灯——白费蜡。有那磨嘴皮子的闲工夫，还不如去看看地里的庄稼哩。这个时候，就算睡不着，闭着眼睛，心里也好受些。

桂平怕海风睡着了，于是不时地用脚蹬着海风的屁股，嘴里像机关枪一样地唠叨着："刘海风，我说的话，你总是不在乎，像头闷骡子一样。但我还是要说，非要把你的耳朵磨出茧子不可。啥时候把你说明白了，你就理解我的好处了。你要知道，人不得外财不富，马不吃夜草不肥……"

就这样，伴随着桂平的唠叨声，海风又度过了一个不眠之夜。

六十八

近来，人们口中的海山在外面混得有模有样的事儿，像捷报一样接二连三地传到秋燕的耳朵里。然而秋燕并没有理会这些传言，在别人面前，从没有显露出丝毫得意忘形的神态。她每天给两个孩子洗衣做饭，喂鸡喂羊，从早到晚不停地忙碌着。

昨天，素枝几口人赶着驴车拉着王有轩老两口破天荒地来到了秋燕家。只见王有轩身穿绿大衣，头上戴着火车头绒帽，胡子刮得干干净净，看上去年轻了好几岁。高青兰身穿一件灰色的新棉袄，头上顶个黑围巾，下身穿一件蓝色的新棉裤。老两口坐在驴车上，素枝把被子围在了他们身上，孙子小宝、孙女萌萌则依偎在他们的怀中。

为了给老两口置办新衣服，素枝费尽了心思。至于素枝为何如此，老两口至今仍是一头雾水。

几天前的一个中午，素枝带着国斌和两个孩子向菜地赶来了。王有轩看见素枝来到菜地，心里是既高兴又担心。高兴的是，能和儿子、孙子、孙女团聚，因为他对他们的想念就像火焰一样，从没熄灭过。担心的是，素枝再像以前那样，闹起来不留情面。

素枝来到菜地后，拉着小宝的手笑嘻嘻地说道："小宝，恁俩去看看恁爷在干啥哩?"

此时，王有轩正坐在木墩上抽着烟。离很远，当他看到素枝的身影时，便故意背过身去了。

小宝、萌萌高兴地喊道："爷爷，爷爷。"

王有轩高兴地答应着："哎!哎!小宝、萌萌，你们来啦!"

说着，就伸开双臂，把小宝、萌萌搂在了怀里。

这时，素枝也来到了跟前，高兴地说道："爹，小宝他俩想你哩!"

当素枝喊出"爹"的时候，王有轩激动得脑子有点眩晕的感觉，浑身起了鸡皮疙瘩。这声音听起来，让他觉得既生涩又别扭。他想答应，可嘴唇却半张着定格在那里，怎么也发不出音来。就像许久没有拉过弦子的人，猛一下找不到调门一样，不知如何是好。他心想，难道太阳从西边出来了吗？还是素枝今天吃错药了？

停顿了一下，王有轩下意识地抠了一下自己的耳朵，然后扭过身，结结巴巴地说道："素……素枝，你来啦。小宝，萌萌，恁奶还给恁俩留着好吃的哩！快！找恁奶拿去。"

素枝笑着说道："爹，天冷了，你和俺妈有几年没添新衣服了。整天累死累活的，还穿这么破，我和国斌在爷们儿们面前也没面子啊。晚一天，让国斌赶着驴车，咱几个一块到集镇上，给恁俩每人买一身新衣服。俺手里有钱，不花你们的钱。"

王有轩说道："不用买了，我这棉袄暖和着哩。你们用钱的地方多着哩，别人说啥，你们别往心里去。你们的孝心，恁妈俺俩能理解。"

隔了一天，素枝便让国斌赶着驴车来到了菜地。素枝连哄带劝，使出浑身解数，硬是把王有轩老两口让上了车。然后，一家人开开心心地向集镇上赶去。

素枝指挥着国斌，让驴车顺着霍家集的大街向前挺进。很多人看到老两口和素枝坐在同一辆驴车上，都感到十分好奇。看到他们坐在上面其乐融融，更是感到匪夷所思。

今天，素枝打扮得格外新奇，上身穿一件带绒领的蓝色夹克，头上围了一条红围脖。下身穿一条涤纶裤子，脚蹬一双黑色的条绒棉鞋。

素枝坐在驴车上笑逐颜开，不断地朝路边的人打着招呼："走！趁俺们的驴车赶集去！"

有人不假思索地问道："素枝，你们赶集，咋不走东边那条路哩？走这条路，不是绕远了吗？"

素枝支支吾吾地说道："这还不是想和咱爷们儿们说说话嘛！"

很多人并不知道素枝葫芦里卖的什么药。今天的所作所为，都在她的计划之中。因为她听人说，海山现在混得有钱了。这则消息已经让她好几天没有睡过一个安稳觉了。于是乎，她便处心积虑地来宽慰王有轩老两口的心，盼望着他们能在秋燕面前替自己美言几句，让自己也沾沾海山的光。

对于素枝的小算盘，老两口还蒙在鼓里。他们仅仅想着，一家人和和睦睦才是最大的幸福，毕竟有哪个公婆想跟自己的儿媳妇闹崩哩？

　　王有轩坐在驴车上，开心得像个老顽童一样，脸上露出了多年从未有过的笑容，两只眼睛也变得光亮起来。看见霍家集的乡亲们时，他不时地拿出烟让与他们。高青兰搂着孙子、孙女，更是笑得合不拢嘴。

　　此时，国斌正面无表情地赶着驴车，因为他实在是笑不出来。自从知道了素枝心中的小九九后，他已经和素枝吵了两次了。他心想，就算海山发了财，跟你又有什么关系呢？以前你六亲不认的时候，眼里为什么没有他们呢？如今你这样做，就不觉得着愧吗？

　　今天，国斌之所以前来，一是迫于素枝的压力，二是他转念一想，这样也好，刚好趁这个机会，给二老买身新衣服。不管以后如何，让二老开心一刻是一刻吧，也算是自己做儿子的一片心意。他在心里祈祷着，海山，但愿你真的发财了吧。这样，妹妹就能过上好日子，家庭也能因你而变得和睦了。

　　毛驴的鼻孔里不停地冒着热气，任劳任怨地向前奔跑着，霍家集很快就被远远地甩在身后。

　　就这样，一家人来到了离刘庄不远的集镇上。对于这个集镇，王有轩并不陌生。自从秋燕来到刘庄，他能清楚地记起自己来过的次数。然而和之前比起来，这次他最高兴。因为这次他是和全家人一起来到这里，心中梦寐以求的愿望，终于成为现实。

　　国斌刚把驴车停稳，素枝就迫不及待地领着老两口来到了卖衣服的地方。她一连转了好几个摊位，拿的都是上等的衣服，并且不考虑价钱。然后她又买了一只鸡，还给外甥、外甥女准备了很多零食。王有轩想自己掏钱，她坚决不肯。

　　衣服买好后，素枝就让老两口直接穿在了身上。她看着自己的成果，终于露出了满意的笑容。

　　一家人赶到秋燕家时，已经快晌午了。此时，秋燕正准备擀面条。当她听见有人叫自己的名字时，扭头一看，心里顿时一惊。眼前和气的一幕，她连做梦都没有想到过，于是情不自禁地张大了嘴巴。

　　缓过神后，秋燕急忙走到门口，开心地说道："大嫂，咋是你们啊？天这么冷，快进屋。"

　　素枝笑着说道："怎么，不欢迎吗？"

　　秋燕笑着说道："我哪敢哪！高兴还来不及哩！你没听人家说吗？闺女见了娘家的鸡毛羽，还亲得撵几里地哩！何况今天俺娘家人都来了。你要是提前给我捎个信儿，我早到村头接你们了。我也好到镇上割点肉，提前准备一下。"

素枝说道："秋燕，你别不好意思。我是怕你花钱，才没告诉你哩！我在镇上买了一只鸡，搁锅里一炖就中了，你也不用麻烦了。"

秋燕笑着说道："大嫂，你这不是打我的脸吗?"

素枝说道："这没几个钱，我买是应该的。"

王有轩高兴地说道："秋燕，我和恁妈俺俩的新衣服都是恁嫂子买的，是镇上卖得最好的牌子，穿着暖和得很，恁嫂子没少花钱哩。今年恁妈俺俩是不会受冻了，你就放心吧!"

秋燕在高兴之余，心里忍不住犯起了嘀咕。素枝怎么忽然变了? 不但不和爹闹事儿，还舍得给他们买衣服。这出了名的短把镰，今天究竟是怎么了?

正说着，战强和娅文高高兴兴地放学回来了。

秋燕说道："战强，我给你点钱，你和小宝一起去代销点买几盒牛肉罐头，再买一瓶家乡大曲，两包烟，快去快回。"

素枝说道："秋燕，别让战强去了，净多花钱。"

秋燕说道："那可不中，你们好不容易来一趟，我要是连一分钱都不花，心里不好受啊。大嫂，你就别管了!"

接着，素枝主动请缨，和秋燕一起做起饭来。二人一个人烧锅，一个人炒菜，很快就把饭做好了。

一切准备就绪，众人都围坐在了小桌旁。此时，王有轩心想，今天遗憾的是海山没有在场，要不真就是大团圆了。他高兴地一连喝了几杯，很快就有了醉意。

高青兰劝道："别喝了，年龄大了，自己悠着点。"

王有轩说道："你别让我再憋屈了，人逢喜事精神爽，我就是把这一瓶都喝完也不会醉。你就没想想，素枝给咱俩买的新衣服，又买的鸡，秋燕又掂的酒。这么高兴的事儿，我能喝多吗?"

这时，王有轩笑着对小宝说道："小宝，来! 给爷爷倒一杯。等一会儿，再让恁战强弟弟给我倒一杯。这两杯酒喝了，我就不喝了。"

素枝笑着说道："爹绝对不会喝多，我知道爹的酒量。"

王有轩听着素枝的话，心里愈发高兴了。他接过小宝递过来的酒杯，一下子喝了下去，然后笑着说道："俺孙子给我真亲! 战强，该你了，你也给姥爷倒一杯。"

王有轩接过战强递过来的酒杯后又是一口闷，笑着说道："我的好外孙，真中!"

只一会儿，王有轩便晕得坐不住了。国斌见状，急忙把他扶到了床上，让他休息一会儿。

时间过得很快，眨眼已是三点多钟。高青兰说道："国斌，把恁爹叫醒吧！咱们离这儿远，该回去了。"

秋燕说道："妈，俺爹喝多了。今天就别让他走了，在俺家住几天吧。"

高青兰说道："不中啊，晚上菜地没人，我自己在地里害怕。把恁爹抬到车上，用被子盖着，半路就醒了。"

王有轩迷迷糊糊地说道："秋燕，等有空了，还让恁哥套着驴车拉着俺们过来。"

秋燕笑着说道："中，爹，来的时候提前给我打个招呼。"

就这样，几个人有说有笑地离开了。

今天的场景，着实让秋燕大吃一惊。她想，为何大嫂变化如此之大呢？照她无利不起早的秉性来看，心中肯定是有什么想法，只是没说出来罢了。难道她跟桂平一样，也相信别人说的海山发财的事儿吗？算了，不想这些了。虽然这些风言风语不知从何而起，但它至少短暂地促成了一家人的团团圆圆。

六十九

当一个人没饭吃的时候，身边连一只寻味儿的苍蝇都看不到。当你有碗饭吃的时候，你会发现，那些寻味儿的苍蝇不知从何处一下子冒了出来，整天嗡嗡嗡地围在你身边，轰也轰不走。

雪花稀稀拉拉地在天空中飘着，由于受天气影响，工地上已经几天没有开工了。工人们整天歇得百无聊赖，瞌睡瘾早就睡没了。一些爱打麻将、炸金花的工友们不分昼夜，像值班的保安一样，一拨接着一拨，基本没有脱岗的。一旁那些不受待见，熬烂眼子的看客们，被打牌的人赶了无数次，却依然无动于衷。无论谁输谁赢，他们都能沉浸在兴奋的刺激之中。

海山和自力都没有打牌的习惯，喝酒成了他们唯一打发时间的方式。这几天，他们每天从傍晚喝到深夜。二人聊着过往，畅想着未来。

这几天没有上班，工资自然是不用想了。就连做饭的厨师也是消极怠工，做的饭菜不像平时那样有咸有甜。本来油水就不大，如今就更可想而知了。工人们倒也苦中作乐，没人去抱怨这些，都盼望着雪停的那一天。

昨天傍晚，下了几天几夜的雪终于停了，可外面依旧阴冷刺骨。由于临近过年，为了赶工期，老板把做工的速度抓得更紧了。

天还没亮，史有利就鼓着腮帮子，铆劲儿吹起了哨子。霎时，刺耳的哨子声像电流一样钻进了工人们的耳朵里，接着又流遍全身，让人有一种快要窒息的感觉。

海山和自力急忙穿上衣服，简单吃过早饭后，便踩着被冻硬的冰雪向工地走去，冰雪顿时发出了嘎嘣嘎嘣的响声。他们趁着灯光，顺着楼梯，一步一步地向上爬去。钢管和模板上的雪花，在强力灯光的作用下，反射出晶莹的亮光。

来到顶层后，二人站在那里喘着粗气，用两只手来回地揉搓着自己的耳朵。

身边有人忍不住抱怨道："天真冷。把活儿干完了就赶快回家，不能再受这洋罪了。"

史有利担心歇了几天的工人偷懒，于是也跟了上来。当他看有些工人迟迟进入不了工作状态时，便扯开喉咙，大声吆喝着："快点干活儿，磨叽个球哩！挨了瞌睡当不了死，谁要是不想要工钱，就站那儿望吧！不怕你们干活儿的时候滑，到发工钱的时候，还是我说了算。要不想干，我也不拦你们，以后咱们工钱上说事儿！谁怕冷就回家，被窝里暖和，就是球毛钱不挣。"

对于史有利这样的说话方式，工人们早已是司空见惯，没有一个人去跟他争辩什么。海山和杨师傅用锤子敲打着木头上的冰雪，自力挪动着那一堆乱七八糟的模板。

这时，哗啦一声，放在满堂红架子上的木头、模板撒落下来砸在了钢管上。而后，钢管瞬间被弹了起来，正好砸在了一个搭架子的工人腿上。只听那人"哎哟"一声，就蹲在了橡胶板上。

海山看到这个情景，急忙跑了过去。他一看，被砸的不是别人，正是那天晚上尿他头上的安强。

海山把钢管从他身上拿开，关切地说道："安强，没事儿吧，砸到哪儿了？"

安强咧着嘴说道："我的腿可能砸断了，疼得厉害。"

海山急切地说道："来！你们把安强放我背上，我把他背下去。"

接着，几个人风风火火地随着海山向楼下走去，然后把受伤的安强送到了值班室。

这时，史有利也赶了过来。他看着自己老表那痛苦的表情，一下子鞋里边长草——荒（慌）脚了，嘴里催促着："快点，快点，别耽误了。"

情急之下，有人说道："现在刚下雪，120来得慢。用公司的车送安强去医院吧！"

很快，公司的车就开了过来，海山几个人急忙把安强抬到了车上。此时，海山累得已是精疲力尽，整个内衣都湿透了，头上冒着热气。

海山气喘吁吁地说道："兄弟，坚持住，好好养伤，等有机会了，我去看你。"

安强看着汗流满面的海山，感激地点点头，说道："谢谢你，刘师傅。"

晚饭的时候，送安强到医院的司机回到工地说："安强是右腿骨折了，正在医院打点滴呢，身上别的地方没啥事儿。"

工人们都为安强感到庆幸，说安强命大，要是那钢管甩到头上，就是碰不死，也会碰个脑震荡。

这时，史有利把全体民工召集在一起，大声强调道："公司已经说明，谁要是不操心，再出现这样的安全事故，如果是人为的，一切费用由自己承担。马上过春节了，我希望大家不要吊儿郎当，要时刻记住，在工地上干活儿，稍有不慎就会有生命危险。咱们都是上有老下有小的家里的顶梁柱。如果你倒下了，老婆孩子就都是人家的了。"

史有利使劲儿地吸了一口烟，继续说道："还有那些想打架斗殴的人，我也给你们敲下警钟，到时候出了问题，不是你们个人说了算。我也懒得给你们解释，钱在老板手里，你们自己心里有数就是了。"

自从海山第一次去小卖部买酒开始，史有利就对他有一种不好的看法，因为那个小卖部是史有利的小姨子经营的。海山买酒时说过的话，早就被添油加醋地传到了史有利的耳朵里。由于史有利一直找不出海山干活儿时的毛病，所以便没了借口。时间长了，这件事儿也就淡忘了。后来，海山打了安强以后，史有利就对海山格外留意了。但那次错不在海山，史有利又不想让工人们说自己护短，所以一直选择隐忍不发。

因此，今天发生这样的事儿，史有利很自然地就怀疑到了海山头上。他心想，这事儿怎么会这么巧呢？安强是满堂红的架子工，被砸的地方刚好是海山工作的层面。难道是海山在故意报复安强？就算跟他没关系，他也别想撇得一干二净，因为确实是在他这个层面出的问题。反正他的工资是别想拿全了，我看他能有啥办法。他离家这么远，谅他也翻不起大的浪花。就是报警，他也找不到地方。在这个地盘上，还是我说了算。要是催冰川敢打抱不平，就他那个吊样儿，我连他一起收拾了。

不用多问，史有利肯定有他的过人之处。要不然就他那整天斜着身子走路的形象，也不会当上大队长。为了能名正言顺地扣海山的工资，他想好了一套方案，并且自认为已经天衣无缝了。

这几天为了赶工期，工人们每天都是在加班加点地忙碌着。每天一大早，当史有利的哨子声响起时，工人们就披上衣服，揉着惺忪的眼睛向饭堂赶去。简单吃了一口后，便开始了繁忙的工作。

这几天，海山真的有些累了，眼看着又瘦了一圈。即便如此，为了多挣点钱，他还是和前段时间一样，从不歇力。每当他想起以前没钱时的情景，心中就不自觉地跳出一个字，那就是，"难"。

他经常告诉自己，现在有了挣钱的机会，一定要好好珍惜，家里还有老婆孩子需要养活哩！马上要过年了，把工资拿到手后，给家人买一套新衣服该有多好啊！知足吧！天虽是冷，但是有钱挣，这就很不错了。

今天中午，安强从医院回来了。不知不觉，他在床上已经躺了十多天。通过这段时间的治疗，他如今可以在双拐的支撑下来回地走动了。

晚饭后，海山来不及洗漱，就拿着十块钱去看望安强。对此，安强心里感到非常内疚，他感激地说道："刘师傅，谢谢你。你对我一点也不记恨，还把我从那么高的楼上背下来，我的胸怀真没法和你比。以前我对你不尊重，是我对不起你。等我病好了，我一定请你的客。你把钱拿走，家里还有老婆孩子等你养活哩！我还没结婚，没啥负担。"

海山说道："安强兄弟，你就收下吧！这是我的一片心意。买些鸡蛋补补，把腿养好，早一天挣钱。那天我打你后，心里就一直别扭。毕竟我比你大几岁，一没冤二没仇，我应该让着你才对哩，我后悔呀！"

安强说道："海山哥，这事儿不怨你，是我太昏头了。往后，我还要向哥学习怎样做人哩！过去的事儿就让它过去吧，不打不相识嘛！等过了春节，我的腿好了，咱们还在一起干活儿，明天我就准备回家了。"

七十

年味儿越来越浓了。

这天，史有利对工人们说道："弟兄们，明天就停工了。每个人核对一下自己的工时，准备领工资回家过年。"

工人们听到这个消息后，兴奋的心情瞬间在眉宇间展现得淋漓尽致。有的人甚至把安全帽高高地抛向空中，以示庆贺。

第二天上午，财务室门口站满了前来领工资的工人。有的人还把捆好的行李放在身旁，只要工资到手，就立刻离开此地。

有人调侃道："昨天就把行李捆好了吧？晚上肯定是站着睡哩，跟俺家黑驴睡觉时一样。"

此时，海山和自力几个人也在人群中。离很远，他们就看到史有利在财务室和几个发工资的人窃窃私语。

当叫到"刘海山"三个字的时候，海山兴奋得差点没有蹦起来。他心里想着，终于轮到自己了，只要工钱拿到手，无论多晚，今天也要往家赶。到时去镇上买一只烧鸡带回去，一家人坐在一起好好地饱餐一顿。晚上，帽子和围巾又可以放在一起了。想到这里，海山心中所有的苦累都跑得无影无踪。

海山把总工数报给会计后，会计一句话没说，随手就把数好的钱递给了海山。海山接过钱后，激动得连数都没数，就把指印使劲儿地摁在了会计的账本上。

然而当他定下心重数一遍后，结果发现工钱竟然少了将近二百块。于是，他惊讶地问道："我的工钱怎么没发够啊？少了大半个月的工钱！"

会计直截了当地说道："每个人定多少工资，我不知道，我只是算账发钱。账算错了我可以负责，但工资是你们队长按你们的技术和干活儿的态度定的，这都是有根据的。"

此时，史有利早已离开了财务室。听会计这么一说，海山瞬间觉得脑袋发蒙，血脉偾张。

于是乎，海山立刻冲出财务室，就要去找史有利问明情况。当他找到史有利的时候，史有利正准备和几个人一起坐车离开。

海山见状，立刻上前把他拦了下来，强压着心中的怒火，说道："史队长，我的工钱怎么没发够啊？"

史有利敷衍了事地说道："现在我没时间给你解释，等我回来了再说。"

海山明白史有利是在耍滑头。这个时候，他要是坐车一走，你再想找到他的影子，那可就困难了。

海山直截了当地问道："史有利，你凭啥扣我的工钱？你是不是故意的？"

史有利不耐烦地说道："刚才我就给你说了，等我回来了再给你解释，现在我有急事儿。"

海山一听，眼神里立刻闪出了一片燎原之火，似乎要熔化掉周围的一切。他握紧拳头，站在了车的前方，大声说道："今天不把话给我说清楚，你哪儿也别想去。"

史有利当场撂下狠话："刘海山，你给我闪开，要不然我对你不客气。"

这时，车上的几个人下来了。其中一个人拉着海山的衣领，霸道地说道："不给你工钱，自有不给你的道理，你想找碴呀？"

自力领完工资后，看到几个人正围着海山蠢蠢欲动，于是立刻跑了过来，然后张开双臂，用力把两个人拨到了一边。这一用力不当紧，两个人被当场甩了一个趔趄。

海山大声吼道："我是和史有利讲理来了！你们不分青红皂白就想打人，打也好，拼命也好，等我和史有利把问题说明白了，咱们再较量。"

几个人听海山这么一吼，还真就把抬起的胳膊放下了。

海山说道："史有利，你为啥扣我的工钱？你总得给我说个理由吧！我辛辛苦苦干了一冬天，你就想这样把人打发了吗？我什么时候耍过滑头？无论是包工还是天工，哪一次比别人干得少？"

史有利皮笑肉不笑地说道："我也没说你少干哪！"

海山说道："那你为啥要扣？你要明白，我就像那老鸟一样，在外边风里来雨里去地找食儿哩，老婆孩子整天在家张着嘴仰着头等着哩！史有利，我给你说清楚，催冰川来的时候就说好了，只要好好干活儿，老板一分钱也不会少给。"

此时，海山越说越激动，声音越来越高。他继续说道："史有利，咱俩本来无冤无仇，我不想得罪你。说句难听的话，咱俩之间没别的，就是血汗与金钱的关系。我凭力气挣你的钱，又不是白拿你的。你要是不明不白地扣我的血汗钱，我和你拼死的心都有。今天，就我这一百多斤，你看着办！你要是不把问题给我说清楚，别想出这个院子，啥事儿不全是你说了算。我要是和你拼，就一定往死里拼。你都不让我活了，我还跟你客气个球哩！"

史有利身边的一个人说道："史队长，走！跟他有啥好说的？随他的便。"

说着，几个人就拉着史有利的胳膊，想溜之大吉。海山哪里肯让，立刻挡住了史有利的去路。

还没等海山发作，自力就冲上前来，大声吼道："史有利，你想溜，那是不可能的，你自己掂量后果。"

这时，一些还没离开工地的工人也围了过来。看热闹的不怕事儿大，现场说什么话的都有。

有人说道："不行了就打，打掉头了拾个尿罐子，打断腿了拾个拐棍。"

一时间，局面变得更加紧张了。海山暗下决心，自己的血汗钱一定要拿到手，对待这些无赖，一步也不能退让。既然你们不仁，就别怪我无义，大不了鱼死网破。

见海山挡住了去路，史有利身边的几个人终于忍不住了，有人伸手就要去抓海山的胳膊。海山一咬牙，顺手把那人的两只胳膊使劲儿地拧到了后背。霎时，只听见那人疼得嗷嗷直叫。

自力大声吼道："要是不怕死，你们就上！把本事都拿出来，咱们比画一下。"

眼看着一场血腥就要发生，史有利当初的气焰变得一落千丈。他知道海山和自力的力气，二人扛四米长的木方子，一次就能扛七八根。看那块头，就知道是力大如牛的人，自己手下的兄弟恐难以为敌。再者，真要是打起来，不管是吃亏还是占便宜，对于作为队长的史有利来说，这都不是他想要看到的结果。一是脸面挂不住，二是觉得不值当。

史有利心想，看来是自己失算了。本来是想扣海山的工钱来弥补一下老表的药费，为老表出口气。没想到海山和自力这两个人，平时不爱说话，看着也不像惹事儿的人，竟然是个难啃的硬骨头。

这时，催冰川跑了过来，大声呵斥道："都住手！谁打死人谁抵命！出门在外，求财不求气，再大的事儿都可以商量。有啥话，好好说嘛！史队长是个有大是大非的人！"

于是乎，史有利就坡下驴地说道："你们还真打呀？有问题可以协商嘛！都几十岁的人了，动不动就要打。咱们平时在一起干活儿，总不能像仇人一样，拼个你死我活吧！今天放假了，咱们好聚好散，不走的路还走三遭哩！"

接着，史有利扫了一眼四周，对在场的人说道："各位兄弟，都散了吧，没啥好看的。这只不过是兄弟们闹着玩哩！不打不相识嘛！打出来的朋友才够义气。要是有谁不想回家，跟我一起到市里边喝酒去，再给你们找个小姐开开荤。要是不去，就赶快回家。等过了春节，咱们还在这儿见面。"

一场打斗就这样平息了，在场的工人们拾掇完自己的行李后，很快就离开了工地。

众人散去后，史有利把海山几个人领到了自己的办公室。说是办公室，还不如说是间工具储备室。房间里放着两张上下铺的床，床铺被花被单围住了。床头放了一张三斗抽屉的桌子，桌子上放着茶杯、烟缸、半袋茶叶和一些乱七八糟的东西。桌面上落了一层灰，看上去有一段时间没有打扫过了。床的那一头扯了一根铁丝，上面晾着史有利换洗的衣服。床下有几双破鞋，还有两双臭袜子。

屋内的大部分空间都被工具占用着，木工、瓦工、钢筋工等平时用得着的工具应有尽有。振动棒、油腻的钢丝绳、直板铝合金尺杆、灰桶、抹子、臭胶鞋等，杂乱无章地扔在一起。

催冰川走进房间后，把烟掏出来给每人让了一支。很快，整个房间就变得烟雾弥漫，把人熏得喘不过气来，咳嗽声此起彼伏。

史有利咳嗽着把窗户打开，瞬间透进来一阵凉气，屋里边总算安静了下来。接着，他把桌子的抽屉打开，拿出记工本找到海山的工底，重新写了一张证明并签名后，才递到海山手里，然后说道："你去对工吧！到财务室把工钱领出来。"

整个过程只有几分钟，几个人没多说一句废话，尴尬得形同陌生人。

海山接过证明，仔细看了一眼后，脸上终于露出了微笑，客气地说道："史队长，谢谢你，咱们后会有期。"

史有利木着脸说道："不必了。"

此时，财务室的会计正在锁门。海山见状，急忙快步上前，把史有利写的工时证明递了过去。还算顺利，会计简单瞅了一眼后，就把工钱结清了。

接着，海山高兴地跑回宿舍，毫不犹豫地把两双破鞋和两件破烂衣服隔着窗口扔了出去。然后把早已打包好的行李往肩上一甩，忍不住骂道："再见吧！终于熬到头了。"

这时，催冰川走了过来，对海山几个人说道："你们先走吧！我还有点事儿，晚一天再回去，你们路上操点心。"

这一刻，海山感到很知足。因为干了一个冬天，累也好，苦也罢，总算可以把钱带回家了。他情不自禁地摸了一下胸前内衣的口袋，工钱已经被暖得热乎乎的。对于催冰川，他还是抱有感激之情。至于催冰川和史有利之间的利益套路，他不知道，也不想知道。

告别催冰川后，海山几个人背着行李，不顾浑身的酸痛，迈着有力的步伐，走在寒冷的冬天里。此刻，他只想一步踏进自己的家门，然后和最亲爱的人在一起，热热闹闹地吃上一顿团圆饭，述说久违的思念之情。

七十一

几个人走了一个多小时，终于来到了客车停车点。这时，他们猛然发现，停车点旁边的烩面馆就是来的时候吃饭的地方。

自力说道："天这么冷，吃碗烩面暖和暖和吧！"说着，几个人就走进了烩面馆。

烩面馆的老板娘记性真好，一眼就认出了他们几个。她慌忙找了个地方，让他们把行李先放下。然后客气地倒了几杯开水，摆在了桌子上。

老板摆弄着围裙，笑呵呵地说道："几位兄弟看着恁高兴，肯定是发财了。"

海山说道："发财不发财，只要人回来。"

老板笑着说道："各位兄弟，钱挣到手了，还不好好享受一下吗？动动荤，我们这儿有便宜的'鸡'"。

海山没有领会老板的意思，说道："多少钱一只啊？"

"不贵，有五十的，有四十的，还有一百哩！"老板娘笑着说道。

海山笑着说道："你就给我们上两个素菜就中了。"

老板娘小声说道："兄弟，我说的你没听懂吗？我说的'鸡'就是小姐，年轻得很，比香港的电影明星长得还漂亮，简直是杨贵妃转世啊！我们这儿是最便宜的，兄弟们年纪轻轻的，也消费一回。别死物头，当一辈子守财奴。"

海山一听，急忙说道："哦，原来是这么回事儿。不用！不用！"

老板娘一听，便不再做更多解释了。她好像什么事儿都没发生一样，笑着说道："你们想吃点什么，尽管点。"

海山问道："老板娘，客车啥时候过来？"

老板娘说道："还早着哩！不耽误，我们做饭快。"

海山说道："简单一点，一盘花生米，一盘绿豆芽，再拿一瓶家乡大曲，每人一碗烩面。"

很快，酒菜就被端了上来。几个人一边吃，一边不停地隔着玻璃往外张望着，生怕错过了公共汽车。

海山说道："这酒真香，我今天早上就没吃饱，现在可以吃顿饱饭了。"

这时，从门口进来了两个女人。从面相不难看出，一位是五十多岁的中年妇女，一位是二十岁左右的年轻姑娘。接着，她们紧挨着海山，在海山旁边的桌子处坐了下来。二人要了两碗烩面，若无其事地等待着。

这时，老板娘端着一碗烩面走了过来。当她把一碗热气腾腾的烩面递到海山手里的那一瞬间，只听见老板娘"哎哟"一声，烩面一下子撒在了那位妇女的肩膀上，从上往下浇了下来。

霎时，那位妇女就鬼哭狼嚎地大叫起来："烫死人了，烫死人了。"

此时，海山被吓得不知所措。心里想着，这正吃饭哩！咋会碰上这样的倒霉事儿哩？

老板娘一声招呼后，饭馆的几个厨师急忙跑了过来，然后把那位妇女搀扶到老板娘的卧室。

年轻姑娘上前拉住海山的胳膊，哭着喊道："都怨你！把俺妈烫成这样，你要带俺妈去看医生。"

老板娘给那位妇女找了一件替换的衣服，然后扶着她躺在了床上。那位妇女仍旧高一声低一声地叫着："疼死我了，你们要带我去看医生。"

海山担心地说道："老板娘，她怎么样了？"

老板娘唉声叹气地说道："我看她脖子上烫了一块，手背和大腿也烫伤了。这大冷天哩，俺们这儿又没有车，要是打120，那就花大钱了。真倒霉！俺这食堂还是头一次摊上这事儿。你们听听，哭得像死了人一样。"

老板娘叹了一口气，无奈地说道："你是我的客人，她也是我的客人。你们在我这儿出了事故，我不能当甩手掌柜啊。老弟，我和你商量一下，也为你好，咱俩赔她点钱算了。你拿一半，我拿一半，大事化小，小事化了。咱俩都破点财，尽量别让她去医院。要是到了医院，看病钱加上误工费，再住上十天半月，三算两不算，没有个三五百下不来。马上过年了，还不如私了，把她赶紧打发走算了，免得夜长梦多。"

海山听着老板娘的话，觉得也有些道理。他心想，既然烫到人家了，赔点钱也是应该的。客车马上就要来了，再耽误下去，今天恐怕还回不了家呢。就照老板娘说的吧，赔她几十块钱算了。

海山说道："老板娘，就照你说的办吧。"

停了一会儿，老板娘回到海山面前，生气地说道："这个女人真黑，一张嘴就要二百，我气得差一点没把她从床上拉下来！这不是讹人吗？她要得太多了，我不会给她拿。再等一会儿，把她等急了，就不会要那么多了。"

时间一分一秒地过去了，眼看着客车就要到了，海山自然是心急如焚。老板娘看着海山焦急的神情，心中暗自欢喜。她心想，你挣那么多钱，总不能独吞吧，就是不催你，磨也要把你磨得没脾气。

几分钟后，海山急促地说道："老板娘，要不你再和她商量一下，尽量少拿点，这样拖着也不是办法。"

这时，那位年轻姑娘又叫起来了："你们要是再不去给俺娘上医院，我就回家叫人去！"

老板娘劝说道："你再和恁妈商量一下，是不是少要点？人家离家这么远，出门在外不容易，这一百块钱是人家半个月的工钱哪。像我这烩面馆，天还冷，人也少，一天连本带利卖不了几个钱。"

年轻姑娘说道："恁俩快把人烫死了，还好意思讨价还价哩。恁俩要是耍滑头，这样干耗着，等把俺妈气得心脏病犯了，比这花钱还要多。"

这时，伴随着嘀嘀嘀声客车来到了烩面馆旁边的停车点。

海山见状，急忙让自力和司机打个招呼。接着，他从怀里掏出一百块钱递到老板娘手里，说道："老板娘，辛苦你了。钱你拿着，我得赶车了。"

老板娘装作生气地说道："老弟，你这一百块钱掏出来，我也少不了一百块。今天真是骚气，又摸了个白皮。这事儿别往心里去，我不让你掏烩面钱了，也算是做到仁至义尽了。"

说罢，海山便提着行李快步乘上了客车。他望向窗外，一言难尽的思绪涌上心头。他想，烫到别人，赔钱是理所当然的事儿。然而这一百块钱毕竟不是少数，要是能带回家贴补家用，该有多好啊！

海山离开后，老板娘兴奋地拊掌大笑。其实，这是她和那位妇女设计的全套。然而海山却全然不知，自己的血汗钱就这样被她们算计了。

几个小时后，客车终于停在了离刘庄不远的集镇上。此时，天色慢慢暗了下来。

海山对自力说道："自力哥，路上慢点，等春节去看望师傅的时候，咱们再说话。"

几个人分手后，海山背着行李走在集镇的大街上。此时，街道上异常冷清，只有几个批发部还亮着灯光。走过几家食堂门口，里面传来了吆三喝四的划拳声，听起来战斗正酣。

于是乎，海山情不自禁地想起了以前和喜旺、建成一起在食堂喝酒时的情景。那种感觉，让人热血澎湃。他计划着，晚一天把他们叫过来，痛痛快快地喝上一场。

不知不觉中，海山来到了李家烧鸡店门口，那独特的香味儿顿时令他口齿生津。他毫不犹豫地走上前去，深深地吸了一下鼻子。

"兄弟，发财回来了，看样子没少挣啊，要大的还是要小的？"李老板高兴地说道。

海山笑着说道："来只大的，发财谈不上，买只烧鸡的钱还是有的。"

李老板客气地掏出一支烟递给海山，说道："兄弟还是这么爽快，老脾气没变。"

海山说道："啥时候也变不了，回到家里见到老熟人，说话自由了，心里也一下子放松了。别的地方再好，也没家乡好。"

二人闲扯了几句后，海山就背着行李大步向家里走去。

在这个寒冷的傍晚，他没有遇到一个熟人。由于思家心切，此时他觉得每一秒都是那么漫长。家，离他那么近，又离他那么远。对老婆孩子的思念，像烈火一样，噼里啪啦地在他的心中熊熊燃烧。而燃烧后释放的热量又变成了汗水，顺着他的脸颊滴在了地上。

这几天，秋燕在家里也是望眼欲穿。每天晚饭后，她都会把给海山留的饭放在热锅里。然后便拿着手电站在刺骨的大街上，探着身子来回地照着海山回家的方向。直到手电发出昏暗的光，眼睛发酸了，她才失望地回到家里。

想象着海山在工地上劳累的情景，她不时地在心里念叨着，马上要祭灶了，快了，快回来了。老板也有亲人，他也不会打破这老祖宗传下来的规矩。

秋燕从小就听村里的老人们讲，祭灶这一天，是灶神上天给老天爷禀报人间祸福的日子，以求得来年避祸增福。"祭灶祭外边，鸡狗都不耐烦。"这是提醒那些在外打拼的游子，你们回来吧！不要忘记生你养你的父母，不要忘记你成长的故乡。

当一个人思念某一个人而不得见的时候，往往就会想着，该不会出事儿了吧？几天下来，秋燕变得魂不守舍，对海山的挂念愈发强烈了。

海山终于回到了刘庄。眼前的一切是那么熟悉，那么温暖，那么亲切。短短几个月，他仿佛经历了沧海桑田一般。

他拐了个弯，立刻就看到远处有一束灯光向自己照来，于是他使劲儿地咳嗽了一声。小黑听到声音后，一溜烟儿地向他冲了过去。

秋燕说道："战强，娅文，你们快点过来，这回恁爹是真回来了。"

战强一听，急忙把作业本放下，飞快地跑了出来，娅文也紧跟其后。他们在灯光的映照下，像两只燕子一样，灵巧地向海山飞了过去。

海山立刻把行李放下，用两只有力的臂膀把两个孩子抱了起来。

娅文像个小精灵一样，趴在海山的肩膀上，用小手搂着海山的脖子，说道："爹，你可回来了，俺们想死你了。"

这时，秋燕也走了过来，随手背起了地上的行李。

战强高兴地说道："爹，我闻到了烧鸡味儿。"

海山笑着说道："你真是个馋猫。"

此时，小黑在前面带路，一家人开开心心地跟在后边。

回到家后，秋燕把烧鸡放到桌子上，然后把锅里炒好的菜也端了过来。战强把酒杯和一瓶家乡大曲递到了海山的手里。

海山笑着说道:"今天晚上还有酒啊!"

战强说道:"这是几天前妈妈让我去代销点买的。"

秋燕把烧鸡撕开后,把鸡头递到海山手里,笑着说道:"海山,你把这个鸡头吃了,当好一家的领头雁。"

然后,秋燕把两个鸡翅膀撕了下来,给两个孩子一人一个,说道:"你们吃吧,妈妈愿你们快快长大,越飞越高。"

接着,秋燕把两个鸡爪递到小黑的嘴里,说道:"小黑,你是咱家的有功之臣。吃了这两个鸡爪,你还要像以前那样勤快。"

随后,秋燕把鸡心拿出来递到海山的嘴里,说道:"海山,我让你吃这个鸡心,你知道是什么意思吗?"

海山笑着说道:"我还真不知道是什么意思,鸡心这么小,又不能当饱。"

秋燕笑着说道:"不是让你吃饱哩!我是说,咱这个家永远以你为核心。"

海山接着说道:"哦,原来你还有这心思。秋燕,那你吃啥哩?"

秋燕笑着说道:"我吃鸡皮,永远包容着这个家。"

海山笑着说道:"秋燕,今天晚上,你也破例陪我喝一杯吧!"

秋燕说道:"我不会喝酒,太辣了。"

海山说道:"咱俩用一个酒杯,你喝多少都中,剩下的是我的,也就算陪我喝酒了。"

两个孩子吃饱喝足后,很快就躺在床上睡着了。海山喝着酒,秋燕慢慢地向他讲述着这几个月所发生的林林总总。

当听到村里的人都说自己在外发财时,海山平静地说道:"我哪有那么大的本事?人家老板的钱再多,也不会平白无故地送给你一个穷打工的。这都是癞蛤蟆想吃天鹅肉——痴心妄想,也不知道是谁放了这样一个闲屁,肯定是冬天里吃饱撑的闲得慌,尽是闲扯淡哩!只要咱不出去说就是了。"

接着,秋燕又把桂平和素枝听到海山发财后的态度向海山说了一遍。海山说道:"事到如今,也没法跟他们解释,即使解释,也跟对牛弹琴差不多。"

秋燕说道:"有些人心怀叵测,嫉妒心强,就怕你过得稍微好一点,总是在背后煽风点火,说些捕风捉影的话,鼓动着别人看笑话。"

海山说道:"嘴在他们身上长着哩,由他们说去吧。"

停了一会儿,海山也把自己在工地上的见闻和在烩面馆赔人钱的事儿给秋燕说了一遍。

秋燕说道:"过去的事儿就让它过去吧,那是欠别人的,下次操点心就是了。"

海山说道："我心疼啊！那可是我半个月的工钱。"

秋燕说道："这事儿搁谁头上都心疼，但又有什么用呢？你又不是故意的。破财消灾，财去人安乐，以后还能挣哩。"

听着秋燕的话，海山的心一下子变宽了。他想，碰到今天这样的倒霉事儿，自己还没有秋燕的胸怀宽广哩！这辈子，有秋燕这样的媳妇陪伴着，自己还有什么想不开的呢？还有什么理由不去努力呢？

秋燕说道："海山，你不要整天想那些影响心情的事情。你想一下，从土墩房到新瓦房，再到现在有了战强和娅文。这些年，经历了那么多事儿，生活不还是慢慢好起来了吗？等两个孩子再长大些，我要和你一起好好拼上几年。"

海山说道："秋燕，我知道你的想法。这几年，还是我没把家带好。"

秋燕说道："海山，你多想了，你已经够辛苦了。过好过坏，不是一个人能左右的。时间不早了，你也累了这么多天了，好好休息一下吧！"

于是乎，海山便来到了床前。他把衣服脱下，钻进了软绵绵的被窝，说道："终于能好好睡一觉了！家里真是个神仙洞，自由自在。"

七十二

天色已经大亮，可大街上的行人依旧寥寥无几。连平时爱串街走巷的看家狗，此时也缩着脖子躺在窝里，眯着眼睛似睡非睡。整个村庄还没有完全苏醒过来，即便是一些平时勤快的人家，厨房也是刚刚升起袅袅炊烟。

秋燕也是刚开始做饭，海山还在酣睡。昨天晚上，他们睡得太晚了。

这时，喜旺笑哈哈地走了过来。

"嫂子，嫂子。"刚一进门，喜旺就大声喊道。

秋燕笑着说道："大清早的，你喊啥哩？像打鸣鸡儿一样，我又不聋，你就不会小点声？"

喜旺笑嘻嘻地说道："我昨天晚上做了个梦，梦见俺海山哥带了个美女回来了，我看看是真是假。"

秋燕笑着说道："一点不假，是带回来了，他俩现在还在床上搂着睡哩！等一会儿，我把饭做好了，就到民政所打离婚证去。"

喜旺笑着说道："嫂子，海山哥要是带个美女回来，你连家门都不能让他们进。这个家可是你一手操持的，要是给你带回来个保姆还差不多。"

秋燕笑着说道："我这辈子哪有雇保姆的命啊？说句实话，恁海山哥就是从外边带回来个女人，我也不怕。俺们这几口人，他还养活不起哩！再带个女人回来，跟着他喝西北风啊？"

听秋燕说着，喜旺一脚门里一脚门外地向屋里走去。当他看到海山正在睡觉时，又从屋里退了出来。

喜旺调皮地说道："嫂子，你要多炒几个鸡蛋给俺海山哥补补身子啊，可别脱水了。"

秋燕自然明白喜旺的话外之音，于是笑着说道："昨天恁海山哥回来时，就提前买了一只烧鸡补着哩！还能用你操这闲心啊！你把自己的心操好就中了，看你的眼还能睁开不？马上说话的力气都没有了，我看你吃个牛腿也难补过来。"

喜旺一听，立刻伸出大拇指在秋燕眼前晃了几下，然后说道："佩服！佩服！还是俺嫂子想得周到。"

吃过早饭，已经九点多钟。此时，大街上慢慢地聚集了很多人。海山往口袋里装了几包烟后，从家里走了出来。他来到大街上，亲切地同爷们儿们打着招呼，客气地把烟递上。他没在大街上逗留，直接来到了喜旺家，看望刘清德老两口。

此时，刘清德正在喂羊，王春妮正在厨房里洗洗涮涮。

海山走进院子后，把烟掏了出来，递给刘清德，说道："清德叔，身体还中吧？我看你的头发白了不少。"

刘清德笑着说道："老啦，身体大不如前啦。现在腰也疼，腿也疼。喜旺不让我干重活儿，刘半仙也不让我吸烟喝酒了，说我年轻时出力多，现在得悠着点。"

说着，刘清德接过海山递来的烟，平静地说道："海山，我好久没吸过烟了。今天你来了，我也破例一次，解解馋。"

海山看着刘清德清瘦的脸庞和开始变驼的脊背，眼睛不自觉地有点发酸。他想，人咋说老就老了呢？以前清德叔给自己帮忙时，那遇山开路、逢水搭桥的劲头，感染了多少人哪！没有清德叔，就没有自己的今天。将来过好了，一定要弥补一下刘清德对自己的情义。

刘清德把海山让到板凳上，说道："海山，听说你发财了，好！好！恁叔替你高兴啊。我还听说你在大酒店里吃饭，还有美女陪着。你可要记住我的话，要吃还是家常饭，要穿还是粗布衣，知冷知热结发妻。可别脑子一热，钻头就不顾腔，不知道二大爷姓啥名谁了。秋燕那媳妇好着哩！你要是瞎扑棱，可是在秋燕面前亏心哪！"

海山听着刘清德的话，不知该怎样回答才好。他心想，老叔啊，哪有这事儿呀！

海山说道："清德叔，恁孩子就是个打工哩！凭力气和手艺挣钱，咋会去酒店找美女呀？我连想都不敢想。你放心，我绝对听你的。现在别说没钱了，将来就是有钱，我也不会胡搞。你还能不知道我的脾气吗？我不会骆驼蹄子走那猴路。"

刘清德说道："这就好，我相信你，这个家还需要你挣钱养着哩！"

临走的时候，海山从口袋里掏出二十元钱，趁刘清德不注意的时候，偷偷地放在了他的枕头下边。

海山从喜旺家出来后，又一次出现在人们面前。很多人都觉得，海山的言谈举止、外表穿戴跟之前相比，并没有什么变化，让出的烟更是一般般。人不但没长胖，甚至比在家时还要瘦些。脸上的胡须还没来得及刮，整个人用囚首垢面来形容也不为过。

更有甚者，有意观察了一下海山的手。那双手黑不溜秋的，手指头上还缠了层层胶布。于是人们断定，不用解释，从这些外表就能看出，海山不仅没发什么大财，并且没少吃苦。一时间，很多人都打消了海山发财的念头。

海山把烟让了一圈后，便离开了。有人嘴里抽着海山递来的烟，转脸便无情地说道："我早就说过，可不是谁想发财就能发财哩，那都是有兆头的。你要是没那个福，就是挣点钱，也没那个命花。身边的推车鬼，趁你睡着的时候，早就偷偷地把你的钱推跑了。咱平头百姓，根本就没那个福，有吃有喝就知足吧！生就小庙的鬼，永远别想进那琉璃大殿！"

那些整天晒干碗边子的女人更是借题发挥，夸夸其谈，看上去像如来佛坐在那里，法力无边。其中一个女人振振有词地说道："我早就看透了，你们还不信。生成的小舅子命，就别想当姐夫。钱长着眼睛哩！谁家有福，就往谁家跑。像有些人，以前穷得整天光着腚，连他二哥都藏不住，哪会有藏钱的地方？钱会往他家跑吗？你们想一下，是不是这个理？别说发财了，有碗糊涂喝就不错了。"

此时，桂平也听到了海山回来的消息。这段时间，自从听到海山发财的消息后，她的脑子就没休息过，绞尽脑汁地想尽各种办法来向秋燕套近乎，三天两头往秋燕家跑个不停。

秋燕越是推辞，她越是黏糊。她总是用一句话搪塞，要是外边的，我绝对不会这样做。谁让海风和海山是亲兄弟哩？打断了骨头还连着筋呢。人活在世上，要是不知道亲近，吃屎不知香臭，那和畜生有什么区别呢？

前几天，桂平杀了一只鸡，趁战强和娅文放学后，非要让他们来家里改善生活。对于桂平近来的种种行为，秋燕感到左右为难。因为她知道桂平的脾气，她怕欠桂平的人情太多，将来万一算起驴打滚账来，就不好办了。

早饭后，桂平刚往人群里一站，就听见有人说，海山不是发财回来了，是在外头做苦力的。霎时，这句话像一盆冷水一样浇在了她的头上，透心地凉。她祈祷着，但愿别人说的不是真的。

接着，她慌忙向秋燕家走去。当看到海山的时候，她简直不敢相信自己的眼睛，唰的一下怔住了，惊讶得差点没休克。秋燕看着她的一举一动，心中觉得十分别扭。

海山看到桂平后，客气地把她让到屋里。此时，桂平只恨自己没心底。她想，这回真是烧香烧到老佛爷蛋上了，之前做的一切都是枉费心机，徒增烦恼。

她在心里骂道："恁这些鳖孙王八蛋，整天放些烟幕弹，说海山发财了，传得和真的一样，这不是在骗老娘吗？我要是能打听出来是谁先说的，要不把你那八辈先人骂得不得安宁，我就不是俺娘生的。"

于是乎，桂平敷衍了事地和海山说了几句话后，便耷拉着一张奔丧脸离开了。当她刚走出门口时，喜旺和建成刚好走了过来。

喜旺跟建成使了个眼色，然后小声说道："你看她那脸色儿，肯定没从海山哥那儿讨到什么好处。这下，海风哥又要倒霉了。"

海山笑着说道："建成，我刚才去找清德叔说话时，喜旺没在家。我想着恁俩就在一块哩，正准备去恁家哩，没想到恁俩都来了。"

喜旺说道："海山哥，我以为你还没睡醒哩！我早就来恁家一趟了，后来又去给建成说你回来了。"

海山说道："我想让你们和我一起去镇上转悠转悠，快过年了，给恁嫂子和两个孩子买身新衣服，恁俩也帮帮眼。"

"今天有点晚了，要不明天再去吧！"喜旺说道。

海山说道："是有点晚了，咱们转到中午到食堂里弄俩菜，喝点酒，我请客。"

"海山哥，算了吧！你挣钱不容易，去食堂喝酒，花钱多还不实惠，太浪费了。你的心意，俺俩领了。"建成说道。

秋燕笑着说道："海山，既然两个兄弟都来了，今天你们就在家喝吧。我炒几样菜，你们尝尝。你去代销点买两盒罐头，两瓶酒。"

海山说道："这也中，好长时间没和两个兄弟在一起喝酒了，还怪想得慌哩！"

说着，秋燕就从口袋里把钱掏出来，递给了海山。

喜旺笑着说道："嫂子，我看俺海山哥在这个家是一点权力也没有了，肯定一回到家，就把钱全交给你了。"

秋燕笑着说道："这过手的财神，你觉得好当啊？这钱，我只不过先替恁海山哥保管一下。最后还是被他们姓刘的花完。你想一下，俺家四口人，三个人姓刘，就我自己一个人姓王，我能花多少钱？我看你说话还是向恁姓刘的，一碗水可要端平啊！"

建成笑着说道："嫂子说得对。来！你炒菜，我烧锅。等会儿喝酒的时候，让喜旺哥多喝点。"

桂平回到家时，灰蒙的脸拉得像驴脸一样，看不清横竖道来。她一脚把堂屋门踹开，然后唉声叹气地坐在了板凳上。

此时，海风正躺在床上听收音机。听到咣当一声后，他急忙把收音机关上，从床上爬了起来。看到桂平的神情后，他没敢说什么，又蹑手蹑脚地躺回床上，只是没敢把收音机重新打开。

桂平长长地叹了一口气，说道："万奶奶！刘海风，你咋还有心躺床上哩？我又弄错了个大事儿，真是大意失荆州。刚才我见海山了，他那一身打扮，根本就不是发财的样儿，更不会当老板。这些天，我又白忙活了。我算了一下，咱吃亏不小。我真后悔呀，我咋会犯浑哩？把东西白白送给他们，到最后啥也得不到。"

桂平看海风没有一点反应，于是喘着粗气说道："刘海风，你听见了吗？就算是头猪，也得哼哼两声啊！"

"我就是哼哼两声，又能起什么作用？"海风说道。

桂平说道："那也比不哼哼强！你多少为我出个主意呀！刚才我从海山家回来，又碰见海山那几个狐朋狗友找他喝酒哩！海山每次回来，从没请过你，你还不如别人哩！马上过年了，我平时对他家那么好，他也应该给你买两瓶酒呀。就是不买酒，给几十块钱也中呀，也算是他作为兄弟对大哥的一片心意。"

海风心想，你真是个热粘皮，现在是抓不住鼻子拧耳朵，扒拉着肚皮想点子，想方设法地要海山的东西。当初我就劝你，别听风就是雨，亲人之间不用刻意去套近乎，而你偏不听。现在果然是达不到目的，立马翻脸不认人，你就不能让人念你点好吗？

海风说道："你别再闹了，马上虎子就要找媳妇了，弄不好还打光棍哩！"

桂平说道："你闭嘴吧！啥时候也指望不上你。我有的是办法。"

其实最近几年，桂平比以前收敛多了。即使再想发泄，她也不会闹出太大的动静。因为虎子慢慢长大了，快到找媳妇的年纪了。她可不想让别人说，虎子有个胡搅蛮缠的妈。只是那爱占便宜的心，依旧没有改变。

天色已晚，整个村庄变得寂静、阴沉，只有各家的窗棂上透着微弱的亮光。

下午，海山把喜旺和建成送走后，就躺在床上睡着了。今天他多喝了几杯，一直等到秋燕把晚饭做好后叫他时，他才醒过来。

这时，桂平拿着手电过来了。

秋燕连忙把桂平让到屋里，客气地说道："大嫂，你坐板凳上歇一会儿。"

桂平装作难为情地说道："天这么冷，我就不长坐了。我今天晚上来，是想找你们借点钱，俺手里的钱不凑手，过几天就还给你们。"

秋燕连想都没想，就开口说道："大嫂，你需要多少？"

桂平说道："我不要多，五十块钱就足够了。"

接着，秋燕顺手就从里间的抽屉里拿出了五十块钱，然后毫不犹豫地递到了桂平手里。

说了几句客套话后，桂平便转身离开了。刚走出大门，她就忍不住扭起了腰，无序地浪摆了几个在电影上学到的舞蹈动作。

回到家后，桂平躺在床上，在心里说道："这五十块钱是你们欠我的，你们就别再想了。往后遇到事儿，可不能盲目了，买个烧鸡不吃揣怀里——要撕撕（思思）想想，省得再干些赊账不赚钱的买卖。再不能和秋燕走得太近了，差一点没把裤衩赔上，想想都后怕！"

七十三

春节即将来临，豫东平原的大地上飘起了鹅毛大雪。海山刚把院子里扫出一条小路，只一会儿，又是白茫茫一片。

放眼望去，村庄、麦田、小河、树木等，早已银装素裹。一些庄稼人打着雨伞或者披着被单，踏着积雪兴奋地转悠到自家的麦田。

人们仰起脸，张开嘴巴，感慨地说道："瑞雪兆丰年哪！来年肯定又是大丰收。老天爷，下吧！使劲儿下吧！"

雪花轻轻地飘到人们的嘴里，凉凉的，甜甜的。人们享受着雪花无声的抚摸，十分惬意。

雪停后的第二天，太阳终于露出了它那久违的笑脸，温暖的阳光铺向大地。人们吃过早饭后，就三三两两地到集镇上置办年货。

刘清德当然也不例外，早早地就赶着驴车，拉着老婆、儿媳、孙子，还有秋燕、战强、娅文，向着集镇出发了。海山和喜旺则步行跟在后面，二人边走边聊。

此时，集镇的大街上已是人山人海，街道两旁摆满了琳琅满目的商品。十字街头，有的人甚至被挤得脚跟离开地面，整个身子都悬空了起来。但这并不影响人们的心情，反而挤得热闹，挤得开心。

这个时候，如果你的鞋子被挤掉了，那就提前恭喜你，可以穿新鞋子了。因为你根本弯不下腰去捡那只被挤掉的鞋子。一时间，笑声、骂声、尖叫声不绝于耳。此时，能穿过十字大街的人，堪比少林寺打出山门的武僧。

一些"街游子"终于找到了自己的用武之地，他们把整个冬天储存的力气都用在此时，像一群吃饱撑着的鳄鱼一样，在人群中胡搅起来。当他们流着汗水穿过拥挤的人群时，沾沾自喜地调侃道："万奶奶，终于闯出来了，真过瘾哪！"

海山把年货和家人的衣服买齐后，也想寻找一下刺激，再感受一下热闹的滋味。他对秋燕说道："秋燕，你拿着这些东西，带好战强他们两个，先绕到西边那个胡同去找清德叔。我想从十字大街再过一趟，感受一下年味儿。"

秋燕笑着说道："海山，你歇会儿吧，咋还有这心思哩？十字街上那么多人，快把人挤扁了！"

说着，秋燕伸手把海山拽了过来。

这时，有几个人从背后拍了一下海山的肩膀，笑着说道："老同学也赶集来了，看样子是打工才回来呀！听说你在外边混得不错，发财了。啥时候也让兄弟借借光，在你手下混碗饭吃。"

海山笑着说道："老同学，你这不是在挖苦恁兄弟吗？我吃几个馍喝几碗汤，人家不知道，你们还不知道吗？我就是凭力气和手艺挣点血汗钱。"

说着，海山把烟掏了出来，客气地让了一圈。其中一个同学说道："老同学，你就吸这烟吗？来！尝尝我的！"

海山看到老同学拿的烟比自己的贵了两倍都不止，于是乎，脸不由自主地红了起来。

几个同学客套了几句后，很快就离开了。走了老远，还不时地扭过头来。其中一个人说道："像刘海山这样的板儿（直）脾气，啥时候也发不了财。谁都知道他，人是好人，就是死物头得很。前段时间一听说他发财了，我就半信半疑。今天一看他这打扮，就知道跟以前没啥变化，还是老生常谈。就他拿那烟，我就断定他没挣到啥钱。"

海山原本高兴的心情，瞬间被同学递来的一支烟整得荡然无存。他背着年货，一句话也不想说了。

秋燕看出了海山的心思，劝说道："海山，你想那么多干啥？自己的路自己走，每个人都有每个人的活法。做过的事儿，只要对得起自己的良心就行了。人活一辈子，不要和任何人比。你没有听说过吗？人比人该死，货比货该扔。努力了，不后悔就算了。知足常乐嘛！只要不欠别人的情账就中，都想坐轿哩！但谁想抬轿呢？"

海山笑着说道："秋燕，你说得也是，只是有时心不由己呀！"

快晌午了，一家人都跑累了。秋燕给两个孩子买了两个烧饼，又给刘清德一家每人买了一个。

刘清德一只手拿着鞭杆，一只手拿着热烧饼，高兴地说道："秋燕，这烧饼真香，还热乎着哩！比我忘出气儿时给我烧纸强多了。等恁叔哪一天断了气儿，你一滴泪也别掉，也不用烧纸，那都是骗人哩！"

秋燕笑着说道："清德叔，到时候你可别吓唬我呀！"

"秋燕，你放心，恁叔可不傻。我要是到阎王爷那儿做个小鬼，肯定护着你们哩！"刘清德笑着说道。

秋燕说道："清德叔，你还要好好活着哩！等俺挣钱了，给你买好东西吃，啥时候也不会忘记你对俺家的好。"

刘清德开心地说道："中！中！我希望你们过得越来越好。我也多活一天，等着秋燕给我买好吃的。"

王春妮笑着说道："你这死老头子，一听到秋燕给你买好吃的，高兴得眼都睁不开了。我看哪！你是裁缝丢了剪子——净讲吃（尺）哩！"

刘清德笑着说道："不行啦！岁数不饶人，真老啦。现在是吃不能吃，干不能干了。往后，一天不如一天。"

小黑驴拉着车子，嘚嘚嘚地往家走着。一路上，驴车上时不时地传来几个人的欢声笑语。

此时，海山和喜旺说着话，远远地跟在驴车后边。

喜旺说道："海山哥，我想问你个事儿。俺爹枕头下那二十块钱，是你放的吧？俺爹说，那天就你到俺家找他说话了，别人没来。"

海山说道："不是我放的，你还是好好想想吧！"

喜旺说道："我已经想得不能再想了，除了你没二人。海山哥，你给俺爹钱干啥哩？俺家不缺钱，恁家的地少，全靠你一个人打工养活哩。我回去就把钱给你送过去，往后可别这样了。"

海山说道："兄弟，你不明白我的心思。我原先准备给俺叔掂两瓶酒，可俺叔对我说，半仙叔不让他喝酒了，所以我就想着给他二十块钱，让他买点啥。我要是明着给，他肯定不要，所以就偷偷放枕头下了。"

海山抽了一口烟，继续说道："我和秋燕早就商量好了，等俺叔老了，干不动了，一定要尽心孝敬他。这么多年，他从没把我当外人看待。没有俺叔替我操心，我就没有今天。现在我虽然没啥大钱，可二十块钱又算个啥呀！眼时，我给他点，他还能花。将来我真有钱了，恐怕他也不能享受了。到那个时候，我心里才是真的痛。"

"海山哥，你说的话，我能理解。可你的困难是明摆着哩！"喜旺说道。

海山说道："有些事儿，不是用钱来衡量的。俺叔对我的付出，我永远都回报不了。我也知道，俺叔善良、正直，从没想着让我报答他。无论啥时候，都要将心比心，不能做一个忘恩负义的人。如果我做不到，那我这一辈子就玩完了。"

海山叹了一口气，继续说道："兄弟，你就听我的吧！这事儿别再提了，你就给俺叔说，是你把钱忘那里了。这事儿，对任何人都不要说，你让我心里踏实一回吧！"

很快，刘清德就赶着驴车来到了海山家门口。接着，秋燕把战强和娅文抱下来后，又把买的年货卸了下来。

刘清德笑着说道："秋燕，今天上午，我就不吃恁家的饭了。晚一天煮肉的时候，把肉煮烂点，到时候你不用叫我，我闻着味儿就过来了。"

秋燕高兴地说道："清德叔，中，我把肉煮好了，等着你。"

王春妮顺手往刘清德背上拍了一巴掌，笑着说道："人家都说馋猫鼻子尖，我看你的鼻子也怪尖，比小黑的鼻子还好使哩！"

刘清德说道："这不是假排场碰到黏糊人了嘛！我是怕秋燕煮肉时不叫我，才故意提醒她哩！"

王春妮笑着说道："你整天就是讲吃，你就不怕吃多了，去集镇上卖鞭杆。"

"你真是属马户哩！不长记性，不透气儿（不聪明）。你还不知道，我就不会做生意。"刘清德笑着说道。

秀花笑着说道："爹，你说错了吧？十二属相里没有马户这个属相啊！"

刘清德"嘿嘿"一笑，说道："咱刘庄就你妈是这个属相，别人没这个福气，压量不住，这是我专一给你妈封哩！要不是你妈俺俩这特殊关系，我还不赏给她哩！别人就是掂着礼物来找我，我也不会封给他。"

霎时，几个人都笑了起来。

王春妮笑着说道："赶紧回家吧！别说些没长上牙的话了，你就没有听见，驴正饿得叫唤哩！"

刘清德笑着说道："听见了，催我赶紧回家哩！"

这时，王春妮照刘清德的屁股上拧了一下，说道："死老头子，你真是打莲花落的出身——嘴壮。一句话也不让我，非要说最后一句。"

刘清德得意地说道："对待你这样的阶级敌人，一定要斗争到底，坚持到底才能取得胜利。"

秀花笑着说道："爹，你就让俺妈一回吧！要是把俺妈气糊涂了，再把你封的马户这个属相给忘了。"

刘清德笑着说道："你妈不会气迷糊哩！你看她高兴得很。她就是忘了，还有我给她操心记着哩！"

王春妮笑着说道："秀花，你可别犯傻，那是恁爹编圈骂我哩！"

伴随着几个人的说笑声，刘清德高兴地甩了个响鞭，吆喝着毛驴向家里走去。

七十四

幸福的日子总是让人觉得十分短暂，大年初一很快就在人们的祝福声和鞭炮声中眨眼而过。

初二这天，天空不紧不慢地刮着西北风，寒气袭人，但这并没有影响到人们走亲访友的心情。一大早，海山就去喜旺家把驴车借了过来，为去霍家集走亲戚做准备。由于担心天气突变，他们打算早去早回。万一走到半路下起了大雪，一家人和毛驴都要遭罪了。

秋燕把为孝敬王有轩老两口而特意蒸的两个大白馍拿到驴车上，然后又用被子把两个孩子裹得严严实实。他们和以前一样，先来到集镇上买了一箱酒，几斤果子，两只烧鸡，又买了一些其他礼物。接着，一家人便有说有笑地向霍家集赶去。

这次走亲戚的心情，是他们以前从未有过的舒畅。秋燕对海山说道："海山，咱嫂子变好了，不跟咱爹妈生气了，不但给二老买了衣服，还把他们从菜地接了回去，今天咱们直接到咱嫂子家吃饭！咱嫂子不闹腾了，咱们也省心了。将来咱要是手里宽裕了，也帮一下咱嫂子。"

海山说道："那是应该的！"

很快，一家人便来到了霍家集。离很远，他们就看到王有轩正站在村头等着哩。王有轩看到海山一家人后，瞬间高兴得合不拢嘴，快步迎了上去。

看到王有轩，海山一下子愣住了。只见王有轩的穿衣打扮跟之前秋燕说的一模一样，整个人红光满面。跟之前相比，似乎变了一个人。海山心想，这要是在别的地方，还真不敢认哩！

缓过神后，海山急忙把烟掏了出来，客气地让与王有轩。

王有轩高兴地说道："赶快回家！恁嫂子把酒菜都备好了，专等着你们哩！"

秋燕高兴地说道："中！中！"

还没走进家门，素枝就听到了海山吆喝驴的声音，于是她急忙从厨屋走了出来，笑着招呼道："你们都来了，我一听声音，就知道是你们到了。"

素枝一边说，一边打量着海山。只见海山不但没有发福，还瘦了一圈。穿的衣服也很朴素，跟之前相比，并没有什么变化。秋燕的打扮也是如此，虽然穿着新衣服，但并不是什么好牌子。接着，她又瞅了一眼驴车上的礼物，显然不是十分贵重。

一瞬间，素枝有点不敢相信自己的眼睛，心里开始变得翻江倒海。她想，海山要是真发财了，怎么会只拿这些礼物呢？就是别人不说，他自己也会觉得烧脸吧。

于是乎，她停止了客套，毫不犹豫地回到厨房。接着，她转念又想，该不会是海山和秋燕为了考验自己，而故意装扮的吧？可能口袋里已装满了钞票。因为以前，自己也确实做了不少让秋燕不开心的事情。

素枝知道，秋燕是个心细的人。于是她提醒自己，这个时候，千万不能把情绪写在脸上。万一被秋燕看出破绽，那么多天的付出就前功尽弃了，还是要放长线钓大鱼。

今天的午饭十分丰盛，热菜、凉菜应有尽有。烧鸡、凉拌牛肉、清蒸鲤鱼、红烧猪肘、麻辣大肠等等，桌子上摆得是满满当当。

这张桌子还是当年海山亲手做的，现在看上去依旧光亮如初。秋燕看着这张桌子，忍不住用手轻轻地摸了一下。她想，就让曾经不愉快的往事随着岁月的流逝而消失吧，但愿以后，一家人能和和睦睦，别再有什么波澜了。

海山把王有轩老两口让到正位上，自己和国斌坐在两边，素枝和秋燕还有几个孩子依次坐下。顿时，整个堂屋里热热闹闹，每个人都满心欢喜。

国斌把酒倒上后，王有轩把酒杯端了起来，高兴地说道："今年咱们这一大家人能团团圆圆地坐在一起，我高兴啊！"

高青兰笑着说道："秋燕，恁嫂子知道恁一家子要来，特意做这么多菜，还是她给你们亲哪！往后，你也别挂念恁爹俺俩了。等你们过好了，可不要忘了恁嫂子啊。"

秋燕笑着说道："妈，你放心！我心里想着哩！"

素枝点点头，对高青兰说道："妈，你年纪大了，往后别再上地干活儿了。菜地的活儿，俺们几个人就干完了。"

伴随着说笑声，一瓶酒很快就被喝完了。接着，国斌又打开了一瓶。

这时，秋燕从口袋里掏出四十块钱，给小宝和萌萌每人二十块。

刹那间，素枝的脸色像帷幕一样拉了下来，心里直嫌秋燕给的压岁钱少。然而她哪里知道，就这四十块钱，也是海山辛辛苦苦干了将近一个星期才挣到的。

此时，素枝依旧假装着客气，没说什么。几杯酒下肚，平时不爱说话的国斌也变得话多了起来。

国斌说道："海山，听说你打工没少挣哪！"

海山说道："咱就是个打工的，挣不了什么大钱，就是比在家做木工活儿强一点。"

国斌说道："想挣钱啊，不流血汗是不行的。都说你发财了，我一直不相信，哪有那么容易的事儿啊。"

海山笑着说道："这都是别人胡说的，在工地上打工，挣的都是血汗钱，哪会发财呀！又不是赶集上店，运气好了，还能捡到钱哩！"

说着，海山把自己的手伸到国斌眼前，让国斌看一看那满是刀刻般伤口的手掌。

这一切，都被素枝看在眼里。秋燕拿出的压岁钱的面额已经让她快快不乐，海山的一言一行更是让她心急火燎。她仔细打量着海山和秋燕的神情，心中很快下了一个结论，海山不但没有发财，也没啥大本事，一辈子也就这样了。

刹那间，素枝觉得自己是这个世界上最委屈的人，心中所有的期望都鸡飞蛋打。她真想抽自己两个耳光，为什么一开始那么沉不住气，白白为老两口付出了那么多？眼看着一桌子的酒菜所剩无几，她觉得比吃自己的肉，喝自己的血还要心痛。

秋燕看到素枝的脸色越来越阴沉后，忍不住忧心忡忡起来。她不愿再看到以前不愉快的场景，于是对国斌说道："哥，你们不要再喝了，天这么冷，海山回去时还要赶牲口哩！"

喝在兴头上的海山说道："秋燕，咱嫂子做这么多菜，就是让喝酒哩！今天家里人聚在一块，我心里高兴，不会喝多。"

此时，海山每喝一口酒，每夹一筷子菜，都像针一样扎在了素枝心里。于是乎，素枝再也忍不住了，心中的情绪宛如流动的岩浆，如鲠在喉，不吐不快。

这时，她生气地说道："净知道喝喝喝，也不怕喝出病来。"

说着，就把酒菜收拾得一干二净。海山看着眼前的场景，一下子变得清醒过来，终于明白了秋燕的话外之音。

王有轩劝说道："素枝，酒不喝了，把菜还放桌子上，还没吃馍哩。"

这个时候，素枝哪里还顾得了那么多。她骂骂咧咧地说道："我真是瞎了眼了，付出了那么多，原来养了一群饭桶。伺候个牛驴，还能攒堆粪哩！"

王有轩越听越生气，禁不住浑身打战。他想不明白，本来好好的，为什么眨眼之间就变成了这个样子。

突然，只听见扑通一声，王有轩一下子倒在了地上，不省人事。霎时，整个堂屋里的人慌作一团。素枝则站在一旁，平静地看着这一切。

秋燕吓得哭着喊道："爹！爹！爹！"

高青兰急促地喊道："老头子！老头子！你可不能吓我呀！你不能撇下我一个人呀！"

海山和国斌急忙用车子把王有轩拉到了卫生室。医生简单地检查了一下，说道："血压太高了，要是再晚来一会儿就完了，我先给他输点水。"

醒来后的王有轩一句话也没说，只是连连地唉声叹气。海山从卫生室把王有轩拉回家时，天色已经暗淡了下来。

几个人回到家时，素枝正拿着扫帚打扫院子，只听见她嘴里不停地嘟囔着："我让你们吃饱喝好，你们还霉气我。看你们老的少的，一群糊涂虫，有哪一个照路上走的？把我给恁买衣服花的钱还给我！从今天起，恁俩不能住俺家！"

高青兰哀求道："素枝，天这么冷，你让俺俩住哪儿啊？"

素枝直截了当地说道："想住哪儿住哪儿！反正别让我看见，我听见恁俩说话，耳朵眼儿里就疼。你心里有谁，就住谁家，王国斌是从天上掉下来的。"

秋燕看素枝把话都说到这个份儿上了，如果再让爹妈留在家里，用不了几天，恐怕就要气死了。

于是，她说道："这样吧！我今天就把爹妈拉走。等开了春，暖和了，我再把他们送回来。"

素枝说道："你不用跟我商量！你们提前扎好的圈套，你们自己看着办。"

秋燕没再说什么，她把王有轩老两口扶上驴车，然后就离开了霍家集。海山赶着驴车走在大街上，又碰见了霍家集的爷们儿们。

有人调侃道："老王，这回恁老两口被闺女接走，该享清福啦。往后也不用种菜了，没事儿就可以看蚂蚁上树了。"

王有轩半躺在驴车上，耷拉着苦瓜脸，"嗯嗯"地敷衍着。这段时间，素枝整天爹长妈短地叫，他一时高兴，就把卖粮食和平时积累的几个钱全给她了。事到如今，他恼恨自己，咋就不长一点耳性（记性）哩？

想起此事，王有轩恨不得抱着自己的头往车把上撞。他思来想去，脑海里仍旧一团乱麻。自己的苦楚，有谁能理解呢？秋燕出嫁的时候，自己连一分钱的东西都没准备。秋燕家的地少，几口人吃的粮食都不稳当，全靠海山一个人抓挠（干）。现在，一下子又添了两张嘴，以后该怎么办呢？恐怕又要和野兔搁邻居了。

海山抽着烟，心里后悔着，今天不该喝那么多酒。秋燕坐在驴车上，一句话也没说，只是红着眼睛，拉着王有轩的手。

这时，海山劝道："秋燕，你不要难受了。今天，把咱爹妈都拉咱家了，你应该高兴才是，再也不用挂念他们了。他们住到咱家，还能给咱操份儿心。我常年不在家，有他俩给你做个伴儿，我也就放心了。现在卖粮食的多，等我挣了钱，咱可以去买粮食。只要不生气，他们就不生病，只要不生病，就少花钱。无论什么事儿，都有两面性。"

海山抽了一口烟，继续说道："秋燕，既然把爹妈拉回来，咱嫂子就是想拉回去，我也不会给她机会了，我会把二老养到最后一口气儿。你放心，我说话算话，咱就是再穷，只要有咱几口吃的，就有二老吃的。只要把心放平，就是遇到再大的困难，也能顶过去。"

秋燕说道："海山，有你这些话，我就放心了。"

此时，阴森森的天空慢慢飘起了雪花，洒落在海山的身上，洒落在盖着王有轩几个人的被子上。由于回来得晚，他们走在路上，一个行人也没有碰见。小黑驴仰着头，喘着粗气，融化着鼻尖上的雪花，坚定不移地在漆黑的路上走着。

秋燕说道："海山，你赶牲口时多操点心，千万注意安全。"

海山说道："秋燕，你放心，清德叔养的这头毛驴通人性，这条路它走了好几次了。我听清德叔说过，驴长的有夜眼。晚上，人看不见的，它能看见。驴是有灵性的，有人说昏驴，实际上，很多人比驴还昏哩。只是驴不会说话，没有辩论的能力罢了。你看着，我就是不吆喝，小黑驴也能平平安安地把咱们拉回家。"

很快，离刘庄越来越近了。海山看到一束灯光在远处来回地照着，走近一看，原来是喜旺推着自行车站在那里。

喜旺说道："海山哥，你们咋才回来呀？是不是喝多了？俺爹在家里等急了，怕你们在路上出麻烦，让我骑着车去接你们哩！"

海山说道："今天有点事儿，要不是小黑驴能看见路，还真麻烦哩。"说着，一行人便回家了。

夜深了，海山把一切都安顿妥当后才躺在了床上。然而他翻来覆去，怎么也睡不着。想起这么多年，自己坎坎坷坷地走到今天，经历了太多刻骨铭心的往事儿。今天，本来是一次开开心心的相聚，没想到却是这样的结果。自己毕竟也是几十岁的人了，素枝竟然不讲一点情面，处处紧逼。想想自己和秋燕从认识到现在，即使是在最困难的时候，也没向素枝张嘴借一分钱，更没求她帮一点忙，可她为什么还会在自己面前这样放肆呢？这么多年，为什么永远改变不了她对自己的看法呢？为什么自己在别人心里，这么不值得一提呢？

想到这里，海山的脑海里闪现了一个"穷"字。他对自己说，是啊，"穷"就像一张标签，粘在了脸上，牢牢地渗透在肌肉里，流淌在血液中，更刻在了别人心里。你的正直和善良，在某些人心里，又算得了什么呢？

人活在世上，那些用白眼看你的人，往往是你曾经帮助过的人，也是看起来亲近的人。因为那些没有丝毫恩怨的人，双方根本没有纠葛的机会。

第二天一大早，海山就把王有轩拉到了刘半仙的卫生室。

刘半仙认真诊断后，把海山叫到一边，说道："恁岳父的心脏出了点问题，是平时生气的结果。这个病不好治，是个富病，往后不能再生气了，也不能再干重活儿了。如果不好好保养，再犯了可不少花钱。我给他用中药慢慢调理，你们还要好好劝他，配合治疗。要不然，还真不太好办。凭我这么多年的经验，你们就是去上级医院检查，往往也查不出啥结果。"

海山笑着说道："半仙叔，大家都知道你的医术。我既然来找你，就是信任你，你就多费费心吧！"

接着，刘半仙给王有轩开了几服中药，又安抚他只要安心养病，慢慢就会好的。

此时，王有轩的心情舒展了很多。他告诉自己，没囊倒气地活着也比死了强，毕竟在女儿这里比在家里受气强多了，好好活着吧，再多看一眼以后的世道。

七十五

眨眼间，王有轩老两口来到刘庄已经一个多星期了，海山想出门打工的那颗心已经蠢蠢欲动。

过年前打工时遇到的一些不快，仍然萦绕在海山的心头。因此，他准备换个打工的地方。他觉得，凭自己的力气和手艺，到哪个地方打工都是一样的。但此时王有轩的身体还没完全康复，他担心秋燕一个人在家里支撑不住，才迟迟没有决定出门的日子。

正月十二上午，海山正在大街上和邻居们闲聊。忽然，一辆黑色小轿车在他面前停了下来，这让大家伙都感到非常奇怪，在村里人眼里，能坐上这小鳖盖车的人，不是有钱就是有势。于是乎，邻居们便不约而同地上前一探究竟。

小轿车上一共下来三个人，海山一看，原来是史有利、安强、催冰川。安强首先下来后，亲切地和海山握了一下手，又把烟掏出来让了在场的人。

海山笑着说道："哎哟！咋是恁几个呀？哪一股风把你们刮到俺刘庄来了？"

"海山哥，俺几个是想找你喝酒哩！"安强笑着说道。

海山亲切地说道："欢迎！欢迎！你们来得正好，我早把酒给你们准备好了。"

接着，海山就领着几个人进了门。

史有利笑着说道："刘师傅，你这小院打理得还怪干净哩！"

"干净啥？咱是个老百姓，没啥讲究。"海山笑着说道。

这时，战强和娅文听到家里来了客人后，都从里间走了出来。

史有利说道："刘师傅，这两个孩子是你家的吗？"

海山说道："是的。"

说着，史有利从皮包里掏出一百块钱，给战强和娅文每人五十块，然后说道："我来的时候匆忙，没买什么礼物，这是给孩子的压岁钱。"

海山客气地说道："史队长，你太客气了，给他们那么多。"

史有利说道："一点心意，这是我当大伯的应该做的，你就别客气了。现在这年头，政策这么好，只要不犯法，稍微干点啥都能挣钱。"

海山笑着说道："史队长，我这泥巴腿子出身，生来就不是挣大钱的料，除了出一点笨力，别的也做不了。"

秋燕看家里来了客人，慌忙把水倒上了，心里也难免有些拘束。海山对秋燕说道："秋燕，这位是史队长，这位兄弟是史队长的表弟安强，这位兄弟是自力哥的老表催冰川，就是他把我们带到工地的。"

秋燕客气地说道："欢迎史队长和两位兄弟来俺家做客。"

然后，她把茶倒好就离开了。

史有利开门见山地说道："刘师傅，今天我来，主要是向你赔个不是。"

海山说道："史队长，过去的事儿就让它过去了，你也没欠我啥。当时，我的脾气也太那个了，该我向你赔不是才对哩。"

史有利说道："当时我做得确实有些鲁莽，不分青红皂白就扣你的工资。刘师傅，对不住了，请你原谅。"

说着，史有利把两只拳头抱在一起，以示诚意。

史有利继续说道："刘师傅，今天我把安强也叫过来了，向你赔个不是。"

海山客气地说道："史队长，你什么话都不要说了，咱们一笑泯恩仇。既然你们来到俺家，那都是我的兄弟朋友。"

接着，海山对秋燕说道："秋燕，你对喜旺和建成说一声，就说我远方的几个兄弟过来了，让他们过来陪兄弟们说说话，然后再到镇上买点酒菜。"

史有利说道："刘师傅，今天就不在这儿吃饭了。把话给说清楚了，我还得赶回去。"

海山说道："那可不中，你们这么远来俺家，哪能连一顿饭都不吃哩？你们是不是嫌俺家穷，怕兄弟的穷气儿扑到你们身上了？"

史有利笑着说道："刘师傅，严重了啊。我既然过来，就是把你当兄弟，兄弟是富是穷都无所谓。"

海山也笑着说道："史队长，有啥话，你就直说吧。恁兄弟听着呢。"

史有利说道："话还得从头说起。今年过了年，我去俺舅家走亲戚，安强把话都给我说清楚了。自从那天晚上，安强尿到你头上，恁俩闹了矛盾以后，他就对你不满。后来，他就提前把钢管和方木放在那里，然后有一个螺丝故意没拧紧，想趁你干活儿的时候教训你一下，结果砸了他自己的腿。这事儿发生后，他也非常后悔。"

史有利一五一十地向海山解释着那件事儿的来龙去脉。安强则在一旁面红耳赤地耷拉着脑袋，一句话也没说。

史有利接着说道："自从安强给我说了以后，我就决定来恁家一趟，当面给你说明白，请你原谅，别再记恨。"

海山说道："史队长，你放心，记恨是不可能的。今天你亲自来俺家，我啥都明白了。安强还年轻，那事儿也不能全是他的错。当时，我也不应该打他，要是能忍一下，后面也就没啥事儿了，俺俩毕竟没冤没仇。"

史有利说道："兄弟，说句心里话，我还有心和你交个朋友。我通过平时的观察，再经过这几件事儿的了解，就知道你这人光明磊落，不耍心眼儿，手艺又好，还寡言少语。如果我对你这样的人都看不明白，往后，我别说挣大钱了，就我这个队长，早晚也得混成一个光杆司令。"

这时，喜旺和建成也来到了海山家。

海山说道："史队长，你有啥话尽管说，别窝心里。我要是能给你帮忙，绝没二话。要是帮不上忙，你也不要介意。"

史有利说道："兄弟，不瞒你说，我年轻的时候也不是省油的灯，整天好朋好友。但是我知道，在家靠父母，出外靠朋友，朋友多了路好走。今天，我来到兄弟家，还是有心想让你到我的工地捧个场面，替我操点心。"

史有利看了一眼在座的人，继续说道："兄弟，这个工地是我大舅哥承包的。现在，他又承包了一个大工程，想让我给他推荐一个队长，先在我身边干一段时间，等熟悉了工作流程以后我再走。我走了以后，这个工地就由他操心管理。他给我打过招呼后，我想了很长时间也没有找到合适哩！自从安强把恁俩的事儿跟我说了以后，我觉得你就是这个队长的合适人选。"

海山一听，立马推辞道："史队长，多谢你对兄弟的看重，我可干不了，要是让我去工地上干活儿还中。再说了，眼时我还去不成，俺岳父还养着病哩。"

这时，秋燕把酒菜端了上来。喜旺也把酒打开倒上了。

建成说道："史队长，来！咱一边喝酒一边说话，先尝一尝俺们当地的土特产。这烧鸡、牛肉都是俺们镇上的老字号，你们尝尝！这酒也不用我介绍了，是俺们常喝的家乡大曲。"

安强说道："海山哥，这酒我就不喝了，一会儿还要开车哩！恁几个喝吧！"

海山说道："兄弟，你千万别客气，多吃菜。"

说话间，几个人就无拘无束地连连碰杯。

这时，史有利说道："海山兄弟，你准备什么时候去呀？还有其他顾虑吗？"

海山不好意思地说道："眼时，兄弟我走不开，不敢直接答应你。"

史有利说道："兄弟，你要是有什么困难，尽管说。"

接着，史有利把皮包打开，掏出一沓人民币，说道："兄弟，这一千块钱你先用着，如果不够，你给我打个招呼。"

海山见状，急忙说道："史队长，这钱我不能要。我就是需要钱，也不能还没给你干一天活儿哩，就先拿你的钱啊，到哪儿也没这个道理。"

史有利说道："这钱，我给你也不是不要了，是先让你用着，等将来啥时候你有钱了再给我，这可以吧！现在，我手里不差钱，差你这样的人，到时候你的工资另算，我绝对不会亏你。"

催冰川说道："海山哥，你就拿着吧，这是史队长的一片心意，先挡过眼前的困难再说。我也听俺老表说过，你家里就一亩多地，一家人全靠你养活哩。现在还要给孩子的姥爷看病，我知道你肯定有苦难言，你就别不好意思了。等家里安排好了，你再过去，这样中吧？"

喜旺说道："海山哥，史队长已经把话说到这个份儿上了，你就先收下吧，给战强的姥爷看病要紧。"

海山说道："我去给史队长干活儿可以，但这钱我真不能要。"

史有利说道："兄弟，你就收下吧！你要不收下，我还真不好意思让你去哩。你这一大家子正需要钱，我帮你钱，你帮我操心，这很正常啊！来！咱们继续喝酒，这事儿就这么定了。"

酒桌上，众人频频举杯，眉开眼笑。史有利也是一个酒场上的老江湖，在划拳的路数上，他和喜旺可以说是龙虎相争，棋逢对手。二人在"哥俩好，三星照，四喜财，五魁首，六六顺，七个巧，八仙寿，九连环……"的喝叫声中推心置腹，脸上洋溢着相见恨晚的神情。

史有利高兴地说道："今天我真是不虚此行，喝的是酒，留下的是情。感谢兄弟们的热情招待，从今天起，豫东平原的刘庄就是我的第二故乡。愿兄弟们的情义地久天长，将来只要有机会，我一定来看看兄弟们。也欢迎兄弟们到我的工地做活儿，帮忙捧场。"

这时，秋燕大大方方地走了过来。她拿起海山的酒杯，高兴地说道："史队长，你是一位好大哥！你的情义，俺们一家人永远不会忘记。以后海山跟着你做事儿，我就更放心了。来！我敬在座的兄弟们一杯酒！"

说着，众人同时举杯，把杯中酒一饮而尽。秋燕又对海山说道："海山，你放心去吧。家里的事儿，有我哩。"

史有利笑着说道："谢谢你！弟妹。海山兄弟有你这样的贤内助，真是有福气啊！"

时间很快就在众人的推杯换盏中溜走了。这时，史有利说道："海山，时间不早了，天下没有不散的宴席，俺们也该回去了。家里忙完后，你早点过去吧。"

说罢，史有利就从酒桌上站了起来。坐上车后，史有利把手伸出窗外，热情地向海山几个人打着招呼："海山兄弟，回去吧！我在工地等你！"

轿车很快就在海山的视线里消失了。此时，大街上聚集的人群都忍不住对海山感到好奇和惊讶。当喜旺和建成从大街上走过来的时候，人们不由自主地围了过来，都想问个究竟。趁着酒劲儿，喜旺和建成更是夸大其词地把今天的事情说了一遍。

很多人又一次咋起了舌头，说道："刘海山这次真该发财了，秋燕的大嫂也快来了，家里的门槛又不经用了。"

第二天，海山早早地就起床了。黎明时的空气清冷异常，细微的霜雪覆盖在地面上。他把门打开，习惯性地用手捂着嘴巴哈着热气，忍受着天空中即将退去的昏暗。小黑则摇着尾巴望着他，自在且深情。

这时，秋燕也披着衣服从屋里走了出来，说道："海山，天这么冷，你起这么早干啥哩?"

海山说道："我睡不着，等天亮了，我去半仙叔那儿再给爹拿几服药。"

秋燕说道："这事儿你别管了，有我哩！"

"有些事儿，得跟媳妇有个交代。"海山接着诚恳地说："咱爹的药不买回来，我心里踏实不下来。以前他不嫌我穷，现在我必须怀揣感恩之心待他。给爹妈多买些鸡蛋、营养品，热天再添两身单衣。下雨天记得问问妈的腿还疼不，该花的钱千万别省。讲句掏心窝子的话，没有你守在二老身边，无论咋地，我也搁不下这颗心。另外，素枝给爹妈买衣服花了钱，抽空要送还回去，免得二老整天遭人诅咒，老话说得好啊！宁欠阎王债，不欠小鬼钱哪！"

接着，海山用手亲切地拍了一下秋燕的肩膀，继续说道："家有一老，如有一宝。无论什么时候，人的心不要变凉了，特别是对那些曾经帮助过你的人，要知恩图报，做到仁至义尽，这才是天理。"

天已经发亮，海山很快就把药拿了回来。早饭后，秋燕把海山的行李收拾停当，绑在自行车的后架一边。接着，海山便骑着自行车带着秋燕向集镇上的车站赶去。

红彤彤的太阳从东方缓缓升起，暖暖的阳光洒满了大地，洒在了海山和秋燕的身上，融化着车轮下那曾经冻僵的路。

（完）